NICOLE C. VOSSELER

Zeit der wilden Orchideen

Lesen erleben

Buch

Um 1840 ist Singapur gerade einmal zwanzig Jahre alt, von der East India Company als englisches Gegengewicht zum niederländischen Batavia gegründet und vom Handel geprägt. Hier lebt die kleine Georgina nach dem Tod ihrer Mutter weitgehend sich selbst überlassen. Ihr Vater vergräbt sich in seinem Kummer ganz in den Geschäften und kümmert sich kaum um seine Tochter. Im üppig wuchernden Garten des Hauses am Meer kann das Mädchen mit dem dunklen Haar und den veilchenblauen Augen ungehindert umherstreifen und seine Einsamkeit zumindest für einige Zeit vergessen.
Irgendwann findet Georgina in einem versteckten Winkel des Gartens einen verletzten Jungen: Raharjo, der dem Volk der Orang Laut angehört, den »Meeresmenschen«. Die beiden freunden sich an. Eines Morgens aber ist Raharjo verschwunden, und wenig später gibt Georginas Vater dem Drängen seiner Schwester in England nach und schickt seine Tochter nach Europa. Doch wie vom Schicksal gelenkt, kreuzen sich die Wege von Georgina und Raharjo über Jahrzehnte hinweg immer wieder – und diese Liebe, die nicht sein darf, verändert nicht nur ihrer beider Leben für immer ...

Weitere Informationen zur Autorin sowie zu lieferbaren Titeln finden Sie am Ende des Buches.

Nicole C. Vosseler
Zeit der wilden Orchideen

Roman

GOLDMANN

Dieses Buch ist auch als E-Book erhältlich.

Verlagsgruppe Random House FSC® N001967
Das FSC®-zertifizierte Papier *Pamo House* für dieses Buch
liefert Arctic Paper Mochenwangen GmbH.

1. Auflage
Originalausgabe September 2014
Copyright © 2014 by Nicole C. Vosseler
Copyright © dieser Ausgabe 2014
by Wilhelm Goldmann Verlag
in der Verlagsgruppe Random House GmbH
Umschlaggestaltung: UNO Werbeagentur Müchen
Umschlagbild: Getty Images/Christian Wheatley;
Florian Stern; Marc Rauw;
FinePic®, München
LT · Herstellung: Str.
Satz: omnisatz GmbH, Berlin
Druck und Bindung: GGP Media GmbH, Pößneck
Printed in Germany
ISBN: 978-3-442-48006-7
www.goldmann-verlag.de

Besuchen Sie den Goldmann Verlag im Netz:

Für alle Träumer dieser Welt,
deren Herz so tief und weit ist wie der Ozean.

Seltsame Anwandlungen von Leidenschaft hab ich gekannt,
und ich will's wagen zu erzählen
in der Verliebten Ohr allein,
was einst mir widerfahren.

William Wordsworth

Das Herz ist sein eigenes Schicksal.

Philip James Bailey

Der Himmel brannte.

Grelle Flammen loderten über den Horizont und züngelten weiter hinauf. Die ersten Wolkenbänke fingen Feuer, und unter der Glut, die von ihren Säumen hinabtroff, färbte das Meer sich rot.

Knisternd schwebte noch der Nachhall von Schüssen über dem Wasser. Ein Echo des scharfen Klirrens von Klinge gegen Klinge. Dazwischen trieb die schwache Erinnerung an Männerstimmen umher, zerrissen im Kampf und zersprengt in der Schwärze der Nacht.

Er wusste nicht mehr, wie er über Bord gegangen war, in jener Stunde, ehe die Sterne verblassten und die Dunkelheit zerfaserte. Bevor sich die Sonne am Horizont entlangrieb und den ersten Lichtfunken entzündete.

Ob er das Gleichgewicht verloren hatte, als er einem Schwertstreich auswich. Durch den Stoß der Kugel, die ihn traf. Oder ob er sich einfach hatte fallen lassen, vielleicht sogar gesprungen war, gepackt von einem unbändigen Lebenswillen, getrieben von beschämender Feigheit.

Wie ein Fels war er untergegangen in den finsteren Wassern, die ihre Fangzähne aus Salz in seine Wunden schlugen, und rasender, brüllender Schmerz hatte seinen Leib zerfetzt.

Ein Augenblick benommener Leere. Eines uferlosen Nichts.

Dann war sein Bewusstsein wieder aufgeflackert.

Seine Rippen zusammengepresst, die Lunge vor dem Bersten, hatte er um sich geschlagen und getreten. Endlich, endlich war er aus den Fluten aufgetaucht, hatte gierig Luft in sich hineingeschlungen.

Der Wind schmeckte rauchig auf der Zunge, nach rotem Staub und Asche. Ein Bein, ein Arm taub und nutzlos, paddelte er vorwärts. Durch ein Licht, golden wie geschmolzener Safran, das sich mit dem blauen Dunst des frühen Morgens mischte. Unter den Schattenrissen der Vögel, die ihre Kreise zogen und heiser den neuen Tag wachriefen. Der Insel entgegen, auf die sein innerer Kompass unbeirrbar zuhielt. Wie eine Schildkröte, die Jahrzehnte durch die Ozeane streift und doch stets zu dem Strand zurückfindet, an dem sie einstmals schlüpfte.

Das Meer verlor die Geduld, bedrängte ihn von allen Seiten, stieß ihn rau umher. Noch bevor er sie hörte, spürte er die Welle heranrollen. Gehorsam unterwarf er sich ihrem Willen, ließ sich von ihr packen und mitreißen, auch dann noch, als sie ihn jäh unterpflügte. Und wie die letzte starke Wehe, die ihn aus dem Mutterleib in diese Welt gedrängt hatte, spie sie ihn schließlich an Land wieder aus.

Ein Dröhnen in den Ohren, sein Herzschlag ein wildes Toben, robbte er atemlos voran, fort von der Flut, die ihn umtoste. Scharf rieb sich Sand in seine Wunden, Steine und Gräser scheuerten seine Haut auf.

Das glatte Weiß der Häuser warf das Licht der aufgehenden Sonne zurück, und geblendet kniff er die Augen zusammen. Schlanke Schatten lösten sich zu Bäumen auf, stumme Wächter über die gepflegten Gärten hinter niedrigen Mauern. Keiner davon stand einsam, und doch blieb dazwischen eine großzügige, luftige Weite, die keine Zuflucht bot.

Sein Blick fiel auf eine dunkle Blätterwolke. Eine übrig gebliebene Insel der Wildnis, beinahe unwirklich in den Schleiern aus Dunst und Dampf. Dort, wo das staubige Band der Jalan Pantai, an das die Wellen bereits heranbrandeten, sich zu einem Bogen krümmte.

Zu erschöpft, um sich noch bis zum Fluss durchzuschlagen, zu jung, um aufzugeben, zögerte er.

Das Kinn hochgereckt, das Rückgrat fest durchgedrückt, stand das Mädchen auf der Türschwelle des Hauses.
Alle sind sie gekommen an diesem bedeutsamen Tag. Alle meine Ritter und Edelmänner. Alle Weisen und Magier, Zauberinnen und Feen. Aus jedem noch so entlegenen Winkel meines Reiches, aus allen vier Himmelsrichtungen sind sie angereist, um mir heute ihren Dank zu bezeugen.

Die Kinderfinger geziert aufgefächert, breitete sie die Arme aus. »Erhebt euch.«
Unter dem Rascheln feinster Stoffe wogte die Menge auf wie das Meer bei Flut, als sich die Männer aus ihrer ehrerbietigen Verbeugung, die Frauen aus ihrem tiefen Knicks aufrichteten. Und wie Blumen, die sich nach der Sonne drehten, wandten sich alle Gesichter ihr zu.

Mit beiden Händen raffte sie den bedruckten Wickelrock und stieg langsam die Stufen hinunter.
Schwer drückte die Krone auf ihr Haupt, doch sie war stolz, sie zu tragen. Die Seide ihrer prunkvollen Robe flüsterte verheißungsvoll, und jeder ihrer Schritte in den goldbestickten Pantoffeln hallte von den edelsteinfunkelnden Wänden wider. Leichte Schritte waren es, mit denen sie kaum den glatten Stein des Bodens zu berühren schien.

Ein kleines Lächeln stahl sich auf das Gesicht des Mädchens, während es durch das niedrige, harte Gras weiterging.
Ehrfürchtig teilte sich die Menge vor ihr. Ein vielstimmiges Raunen schwebte durch den Saal, verklang zwischen den mächtigen Säulen aus dunklem Marmor und verlor sich unter dem Gewölbe aus Smaragd und Lapislazuli, so hoch und weit wie der Himmel selbst.

Das Herz schlug ihr bis zum Hals, und sie hatte Mühe, ihre königliche Haltung zu bewahren.
Die Blicke der Menge richteten sich auf den tapferen Recken, der

am Ende des Saals sein Knie beugte. Den Kopf hielt er demütig so tief gesenkt, als wüsste er nicht, ob ihn Lohn oder Strafe erwartete für die Heldentaten, mit denen er den Bann der bösen Hexe gebrochen hatte. Scheu sah ihr das silbrigweiße Einhorn entgegen, das er am Zaumzeug neben sich hielt, die dunkelglänzenden Augen unverwandt auf sie gerichtet. Ganz so, als ob ...

»Miss Georgina! Guten Morgen!«

Das Mädchen fuhr zusammen. Der prächtige Saal begann vor ihren Augen zu flirren und zerstob, und der Wind trug seine glanzlosen Überreste davon wie Blütenstaub. Über die Sträucher und Baumkronen hinweg, deren Laub er raschelnd gegeneinanderrieb, während hoch oben in den Ästen Vögel trillerten und keckerten.

»Ich hab dich doch nicht erschreckt?«

Georgina blinzelte. Zwischen Fontänen von Blüten in Purpur und Karmesin, so zart wie aus Seidenpapier gefaltete Lampions, stützte sich Ah Tong auf den Stiel seines Rechens. Ein vergnügtes Lächeln auf seinem Gesicht, das die Sonne zu vernarbtem gelbem Leder gegerbt hatte.

»Was treibst du denn so früh schon hier?«

Georginas Wangen wurden heiß; ihre Finger krampften sich um den Stoff ihres Wickelrocks, und die Grashalme stachen ihr in die bloßen Fußsohlen. In ihrer Brust sprudelte so vieles hoch, was sie Ah Tong erzählen wollte, von den Feen und Edelmännern und Rittern und von ihren Abenteuern im Zauberreich, dass sie kaum mehr Luft bekam. Doch jedes Wort legte sich schwer auf ihre Zunge, bevor sie es aussprechen konnte, und als hätte sie den Mund voll mit Kieselsteinen, blieb sie stumm.

»Hast ja Recht.« Ah Tong fuhr fort, die vergilbten Blüten zusammenzuharken. »Spring nur im Garten herum, solange es noch trocken ist.«

Georginas Blick wanderte nach oben. Die über Nacht frisch

gewaschenen Wolken, denen sie vom Fenster aus freudig zugewinkt hatte, kaum dass sie aus dem Bett gehüpft war, waren inzwischen verrußt. Schwerfällig drückten sie sich gegen die Insel, und der vorhin noch lichtblaue Himmel schwitzte milchiggrau.

»Ich seh auch zu, dass ich mein Tagwerk noch verrichtet bekomm.« Ah Tong schüttelte die letzten Blüten aus den Zinken. »Bevor nicht nur der Regen über mich hereinbricht ...«

Aus der ganzen Höhe seiner dürren Gestalt, um die die weiten Hosen und das langärmlige Hemd schlackerten, beugte sich Ah Tong zu Georgina hinunter, sodass der lange, dünne Flechtzopf über seine Schulter fiel.

»Sondern auch der Zorn unserer Herrin und Gebieterin.«

Wie Verschwörer sahen sie einander in die Augen, und während sich auf Ah Tongs Ledergesicht ein Grinsen ausbreitete, noch diebischer dadurch, dass seine entblößten Zähne schief und krumm waren, perlte in Georginas Kehle ein Kichern auf. Die Hand vor den Mund gepresst, schaute sie schnell zum Haus hinüber, dessen weiße Fassade glänzte wie das Innere einer Muschelschale. Denn den scharfen Augen und dem feingestimmten Gehör von Ah Tongs Frau und Georginas Ayah entging für gewöhnlich nichts, was sich in und um das Haus von L'Espoir tat, das Cempaka mit eisernem Besen und durchdringendem Gekeife regierte.

»Schau.« Ah Tong hatte aus einem der Sträucher eine leuchtend rote Blüte gepflückt, die er Georgina entgegenhielt. »Ist vorhin erst aufgegangen. Weißt du noch, wie sie heißt?«

Georgina nickte. »*Bunga raya.*« Ihr Mund war wieder frei, die Zunge gelöst. »Chinesische Rose. *Zhu jin.* Oder Hibiskus.«

»Sehr gut!« Ah Tong lachte erfreut. »Da, nimm, die ist für dich.«

Behutsam legte er die Blüte in Georginas hohle Hände, die den ausladenden Blütenkelch kaum zu fassen vermochten. Fasziniert betrachtete sie den aufragenden Blütenstempel und den Goldstaub darauf und freute sich daran, wie weich sich die Blütenblätter auf ihrer Haut anfühlten.

»Danke«, hauchte sie selig.

Ah Tong pflückte sonst nie etwas aus seinem liebevoll gehegten Garten; den letzten aller Blumensträuße hatte er für Maman geschnitten.

Im Anblick der Blüte gefangen, wandte sie sich ab und setzte vorsichtig einen Fuß vor den anderen.

Lodernde Fackeln erhellten den gewaltigen Tempel, vor Tausenden von Jahren erbaut. Im Wechselspiel von Flammenschein und Schatten flackerten Muster und geheimnisvolle Inschriften auf den starken Säulen. Aus Stein gehauene Dämonen, Göttergestalten und Fabelwesen tobten über die Wände, in einem wilden, todbringenden Tanz.

»Seht«, flüsterte sie, ihre Stimme tief und heiser vor Anspannung, »ich bringe euch das heilige Feuer.«

Konzentriert trug sie die goldene Schale vor sich her, in der die Flammen lebhaft und kräftig brannten. Eine falsche Bewegung, ein zu hastiger Schritt oder ein zu tiefer Atemzug, und das heilige Feuer, das ewiges Leben bedeutete, würde verlöschen. Für immer. Doch nicht ohne Grund war sie von den Göttern zur Hohepriesterin des Feuers erwählt worden. So besonnen, so behutsam tat sie einen feierlichen Schritt nach dem anderen, auf das große Heiligtum der Götter zu, dass all die glitzernden Geschmeide, die sie trug, nicht auch nur das feinste Klimpern von sich gaben. Selbst der schwere golddurchwirkte Brokat ihrer Gewänder schwieg.

Ah Tongs Augen folgten Georgina, während sie an den Hecken aus Bambusrohr und den blauen Blütentrauben des wilden Heliotrops entlangstelzte wie ein Kranich am Flussufer. Seine struppigen Brauen stießen über der Nasenwurzel zusammen, als der Wind Wortfetzen ihrer geflüsterten Selbstgespräche zu ihm heranwehte, sie sich schließlich langsam vor der Mangostane mit ihrer ausladenden Krone hinkniete und dem Baum die Hibiskusblüte wie eine Opfergabe darbot.

Mehr als ein Kind, das einfach in sein Spiel vertieft war, schien sich das Mädchen vollkommen in seiner Traumwelt zu verlieren. Als könnte sie nur dort frei sein und unbeschwert. Nur dort die Traurigkeit vergessen, die ihre Augen verdunkelte, seit die Mem nicht mehr da war.

»Armes Dingelchen«, murmelte Ah Tong und schüttelte einmal mehr mitfühlend den Kopf über das wunderliche Töchterchen von Tuan Findlay.

Ein blauer Funke ließ den steinernen Tempel erzittern und schwanken, ein weiterer brachte ihn zum Einsturz. Georgina blinzelte und hob den Kopf. Gebannt beobachtete sie die beiden Schmetterlinge, die einander umflatterten, Geschöpfe aus Himmelsseide, Schwimmer im Ozean aus Luft und Licht.

Sie sah ihnen nach, bis sie über die feuerfarbenen Blütenzungen der stolzen Cannalilien hinweggesegelt waren, und sprang auf. Den Kopf in den Nacken gelegt, schloss sie die Augen und breitete die Arme so weit aus, wie es nur ging. Sie stellte sich vor, winzig zu sein und gewichtslos unter einem schillernden Flügelpaar, und lief los. Schneller und schneller rannte sie und reckte sich dabei den Wolken entgegen, ein jubilierendes Kitzeln hinter dem Brustbein und bereit, sich jeden Moment in die Luft aufzuschwingen.

Die ersten Tropfen klatschten auf ihre Stirn, sammelten sich zu kühlen Bächen, die ihr über das Gesicht rannen und sich mit dem Schweiß auf ihrer Haut mischten. Jauchzend blinzelte Georgina in den Regen, hüpfte und wirbelte durch das Gras und lief weiter, dem Meer entgegen, das jenseits der Gartenmauer schäumte und brauste. Auf den Wall aus Schatten zu, der sich erst aus der Nähe zu den dichten Bäumen und Sträuchern eines Wäldchens auflöste.

Ein ungezähmtes Stück Natur, verwunschen und fast vergessen, über dem die Palmen wohlwollend mit den Köpfen nickten. Georginas Reich, ihres ganz allein, in das sich niemand sonst verirrte. Noch nicht einmal Cempaka, die davon überzeugt war, dass zwischen den Wurzeln der Bäume böse Geister hausten.

Der Regen prasselte auf die Blätter und plitschte von ihren Rändern herunter, als Georgina sich durch das Dickicht zwängte. Wie ein feuchtwarmes Tuch legte sich die Luft auf ihre Haut und Lunge. Nach Regen roch es und nach nassem Laub, nach durchtränktem Sand und roter Erde, und dazwischen wob sich der betörende Duft der wilden Orchideen, die im Dämmerlicht leuchteten wie farbige Sterne.

Ein Dschungel, in dem sie zuweilen einem menschenfressenden Tiger auflauerte, die weißschimmernde, zauberkräftige Königin aller Kobras zu beschwören versuchte oder nach dem silbrigen Einhorn Ausschau hielt, das sie auf seinem Rücken in ein fernes, märchenhaftes Land tragen würde.

Das Schönste an diesem Teil des Gartens aber war sein Pavillon. Zwischen den Backsteinen, auf denen er ruhte, spross das Unterholz so dicht, dass es aussah, als ob der Pavillon auf einem zugewachsenen See schwamm.

Georginas Feenschloss. Ein altes Herrenhaus, in dem es spukte. Robinsons einsame Insel. Der Palast eines Rajas. Eine Piratenhöhle.

Wie das große Haus von Papa für Maman erbaut, schmiegte sich der Pavillon mit dreien seiner durchbrochenen Wände in das Grün hinein. Zum Meer hin öffnete er sich auf eine luftige Veranda, und der rohe, schartige Felsen, unmittelbar vor der Mauer in rotblühende Hecken eingebettet, war Georgina mal ein Ausguck im Piratennest, mal ein Leuchtturm oder der höchste Berg der Erde, den es mühevoll und unter großen Gefahren zu besteigen galt.

Georgina sprang die Stufen zur Veranda hinauf. Das verzogene Holz knarrte unter ihren Füßen, und die Gräser, die sich zwischen den Bohlen emporreckten, kitzelten sie an den Knöcheln. Hinter der Türschwelle empfing Georgina der vertraute Geruch nach Nässe, nach Salz und modernden Stoffen, unter dem etwas Fauligsüßes schwelte.

Die Natur hatte sich den Pavillon längst zu eigen gemacht. Flechten überzogen das Dach und die Wände wie mit den Schuppen einer Echsenhaut. Bäume und Sträucher wucherten durch die Fenster herein, verdunkelten die beiden Zimmer und tauchten sie in das grünblau schillernde Licht versunkener Welten. Die Winkel, in denen sich die schimmelige Chaiselongue und das Schränkchen mit der stehengebliebenen Uhr verkrochen, waren von Moos ausgepolstert, und der Wind und die Wellen, die während des Monsuns oft über die Mauer schwappten, hatten Holz und Stein rasch altern lassen. Als hätten sich wenige Jahre zu Jahrhunderten ausgedehnt, die hier, an diesem Ort, einen Tropfen Ewigkeit umschlossen.

Sandkörner raschelten auf dem Boden, als Georgina um Tisch und Stühle herumging, und die weißen Krusten, die das Meer bei seinen Besuchen dagelassen hatte, knisterten unter ihren Sohlen. Bis Georgina jäh stehen blieb, die Augen aufgerissen und den Atem angehalten.

Nur noch das Tosen der Wellen war zu hören und der Regen, der draußen hinabrauschte und durch das undichte Dach hereintröpfelte.

Verwirrt betrachtete sie die Gestalt, die reglos und schattengleich vor ihr lag, plötzlich unsicher, was noch wirklich war und was schon Traum. In ihren Beinen zuckte es; sie wollte davonlaufen, in der erdrückenden, trostlosen Leere des Hauses, der sie sonst stets entfloh, Schutz suchen oder Ah Tong zu Hilfe holen. Doch sie konnte sich nicht rühren. Helle Aufregung und dunkle

Furcht pulsierten durch ihre Adern, und schließlich ließ sie sich auf die Knie sinken.

Es war kein Mann, der zusammengekrümmt dalag, aber auch kein Kind, sondern jemand auf dem halben Weg dazwischen. Vielleicht ungefähr so alt wie *Boy Three*, der dafür sorgte, dass Papas Schuhe immer blank poliert waren. Dünn war dieser Junge, obwohl auf andere Art als Ah Tong; ein langgestrecktes Bündel aus scharfkantigen Ellbogen und Knien, sehnigen Schienbeinen und viel zu großen Füßen. Die eine oder andere alte Narbe und frische Schrammen waren in die kupferbraune Haut seines blanken Oberkörpers geritzt, auf der getrocknetes Salzwasser weiße Schlieren hinterlassen hatte. Wie ein angespültes Stück Treibholz sah er aus, genauso abgewetzt, genauso tot.

Georgina musste an den toten Vogel denken, den sie einmal im Garten gefunden hatte, ein zerzaustes Federknäuel mit Beinchen, starr wie aus Draht, und an Mamans wachsbleiches Gesicht, ihre Hand so kalt wie Stein.

Hin- und hergerissen zwischen Neugierde und Schaudern streckte sie die Finger aus.

Aus finsteren Tiefen trieb es ihn herauf, in eine wolkenverhangene Dämmerung, die rasch aufklarte, und das Pochen in Arm und Bein rüttelte ihn endgültig wach. Seine Lider hoben sich, und mit jedem Wimpernschlag schärfte sich das flimmernde Bild vor seinen Augen. Er war nicht allein.

Ein Ruck ging durch seinen Leib. Er wollte kämpfen oder fliehen, doch der grelle Schmerz, der durch ihn hindurchjagte, prügelte ihn sogleich nieder. Unwillig ergab er sich, und seine verkrampften Muskeln lockerten sich erst, als der helle Fleck neben ihm sich zu der weißen Kebaya eines Mädchens auflöste. Ein Kind noch, das ihn aus großen Augen anstarrte, eine Faust vor die Brust gepresst.

»Was ... ser?«, raspelte er aus verätzter Kehle, mit einer Zunge wie ein verdorrtes Blatt.

Erschöpft schloss er die Augen, lauschte Stoffgeraschel und dem eiligen Trappeln nackter Füße, das sich entfernte, verstummte und wieder näherte. Das Rauschen des Regens drohte ihn erneut in der Schwärze versacken zu lassen, bis sich eine kleine, heiße Hand unter seine Schulter grub, ein spitzes Knie ihn stützte und sich der Rand eines Gefäßes an seinen Mund presste.

Unersättlich schien der Durst, mit dem er das kühle Regenwasser hinunterstürzte; er hätte alle Flüsse der Insel leertrinken können. Den Kopf weit zurückgeworfen, schlürfte er auch den letzten Tropfen aus dem Krug, bevor er sich halb aufsetzte und sich über den Mund und das nasse Kinn wischte.

»Du bist verletzt.« Das Mädchen schob sich von ihm weg. »Ich hol Hilfe!«

»Nein!«

So scharf, wie seine eigene Stimme ihm in den Ohren klang, so hart hatte er das Handgelenk des Mädchens gepackt. Dürr fühlte es sich unter seinen Fingern an, wie ein Ästchen, das sogleich entzweibrechen konnte. Es war auch ein mageres Ding, das er da vor sich hatte. Dunkel und strähnig vor Nässe hing ihr das Haar ins schmale, goldgebräunte Gesicht, das zu wenig weich, zu wenig rundlich war, um niedlich zu sein. Unkindlich beinahe in der Art, wie es sich argwöhnisch verzog. Und die verkniffenen Brauen verrieten ihm, wie weh er dem Mädchen tat, obwohl kein Laut aus seinem geöffneten Mund kam.

»Nein.« Milder hatte er klingen wollen, doch es kam genauso grob heraus wie zuvor, nur leiser. »Niemand darf wissen, dass ich hier bin. Versprichst du, keinem was zu sagen?«

Das Mädchen nickte, die Augen geweitet. Seltsame Augen waren es; dunkel, aber ohne die Glut schwarzer Augen, sondern mit einem eigentümlichen Schimmer. Von dichten Wimpernbögen eingefasst, als hätte jemand einen Pinsel angesetzt und mit Tusche geschwungene Linien gemalt, die sich zu den Schläfen hin in einer zarten Spitze aufwärts trafen. Augen, die ihn geradezu verschlangen, und seine Finger lockerten sich.

Er warf einen Seitenblick auf den langen, klaffenden Schnitt in seinen Hosen, die Ränder dunkelbraun und steif von Blut und Salz. Auf den nicht minder langen Schnitt in seinem Bein, von altem Blut überkrustet, mit frischem verschmiert.

»Kannst du Nadel und Faden besorgen? Und was zum Verbinden?«

Das Mädchen nickte wieder, zögerlicher dieses Mal.

Die Kebaya klebte auf Georginas Rücken und das nicht allein vom Regen, durch den sie ins Haus und wieder zurückgerannt war, fortwährend die Angst im Nacken, Cempaka könnte sie dabei erwischen, wie sie Schränke und Mamans Nähkorb durchwühlte und dann mit einem großen Bündel in den Armen in den Garten davonstob.

Schweiß rann ihr über die Schläfen, perlte auf ihrer Nase und sammelte sich auf ihrer Oberlippe; immer wieder fuhr sie sich mit dem Ärmel über das Gesicht und rieb die feuchten Hände an ihrem Rock trocken. Nur widerstrebend ging die Nadel durch die Haut, glitt der Zwirn hinterher. Vor Anstrengung hielt Georgina die Zähne zusammengebissen; sie gab sich alle Mühe, es genauso zu machen, wie es ihr der Junge erklärt hatte, als sie ihm nach mehreren fahrigen Anläufen schließlich die Nadel aus den entkräfteten Fingern genommen hatte.

Sie war es nicht mehr gewohnt, jemandem so nahe zu sein. Schon gar nicht auf diese Weise, bloße Haut und eine offene, blutende Wunde unter ihren Händen. Schon gar nicht einem Jungen mit brauner Haut und der tiefen Stimme eines Mannes, der nach Salz und Tang roch und ein bisschen wie sonnengetrocknetes Leder. Einem vollkommen Fremden, von dem sie noch nicht einmal den Namen wusste.

»Wie heißt du?«

Georginas Kopf ruckte hoch; ein, zwei Herzschläge lang blickte sie in seine Augen, schwarz und glänzend wie polierter Stein, dann kauerte sie sich tiefer über den Schnitt in seinem Bein.

»Georgina«, wisperte sie.

Außer Ah Tong redete sie kaum jemand bei ihrem Taufnamen an, und auch er wich oft auf *Ayu* aus, was Georgina dann rote Wangen und gleich ein bisschen größer machte, weil es »hübsch« bedeutete. Für Maman war sie meistens *chouchou* gewesen oder *p'tit ange* und für Papa blieb sie Georgie. Cempakas *Cik-cik* für »kleine Miss« klang nie freundlich oder gar respektvoll, sondern immer ein wenig verächtlich. Und wenn Cempaka sehr wütend war, schimpfte sie Georgina *Hantu*, weil sie wie ein Gespenst polternd umging und Unfug trieb.

»Aber meistens werde ich Nilam genannt«, fügte sie schnell hinzu.

Kartika, neben Cempaka die einzige Frau im Haus, nannte sie so; Anish, der Koch, der mit Maman und Papa damals aus Calcutta hierhergekommen war und auch die drei *Boys*, Chinesen wie Ah Tong, mit dem gleichen langen Zopf.

»Nilam?«

Georgina nickte, verknotete den letzten Faden und schnitt ihn mit Mamans angerosteter Nähschere ab. »Jetzt den Arm?«

Der Junge besah sich seinen Oberarm, aus dem ein Stück Fleisch herausgerissen war. Keine tiefe, aber eine hässliche Wunde, wie von einem Biss.

»Brauchst du nicht. Das heilt so.«

Georgina zuckte mit den Schultern, tauchte ein Stück Leintuch in die Schüssel mit Regenwasser, wrang es aus und tupfte vorsichtig das frische Blut von der Beinwunde.

Ohne den Blick anzuheben, fragte sie nach einiger Zeit leise: »Und wie heißt du?«

Er sah ihr zu, wie sie aus einer braunen Glasflasche eine Tinktur auf den genähten Schnitt träufelte. Sofort entzündete sich dort ein loderndes Feuer, das sich rasch weiter durch sein Bein fraß, dann zu einem heftigen Puckern abebbte.

Georgina. Bis auf die Strähnen, die ihr im schweißnassen Gesicht und am Hals klebten, war ihr Haar zu dicken, unordentlichen Wellen getrocknet, aber tiefbraun, fast schwarz geblieben. *Nilam.*

»Raharjo«, antwortete er schließlich, die Laute noch ungewohnt in seinem Mund.

Nicht der Name, den man ihm gegeben hatte. Sondern der Name, auf den seine eigene Wahl gefallen war. Das Versprechen, das er sich selbst gegeben hatte, wie eine Prophezeiung, dass seine Träume wahr werden würden.

Sie warf ihm nur einen kurzen Blick zu, dann zerteilte sie mit Schere und Fingern die weiße Stoffbahn, die sie mitgebracht hatte. Als wolle sie ihm zu verstehen geben, wie anmaßend ein Name, der Reichtum verhieß, für eine abgerissene Gestalt wie ihn war. Seine Wangen glühten, und in seinem Bauch flackerte es zornig auf. Dennoch zog er das Knie an, um es ihr einfacher zu machen, die Wunde zu verbinden, hielt er ihr widerstrebend den Arm hin, damit sie die Stelle, an der ihn die Kugel gestreift hatte, ebenfalls säubern und mit Stoff umwickeln konnte.

Die Anspannung, die vorhin noch hitzig durch seine Adern gekreist war und ihn aufrecht gehalten hatte, tröpfelte aus und spülte seine letzten Reserven mit fort. Eine fahle Schwerelosigkeit breitete sich in ihm aus und stieg ihm in den Kopf.

Es war schlimm genug, auf dieses kleine Mädchen angewiesen zu sein; um nicht vor ihren Augen auch noch das Bewusstsein zu verlieren, schüttelte er unwillig den Kopf und atmete tief durch.

»Drüben steht ein Bett«, flüsterte sie dicht an seinem Ohr. »Da kannst du dich hinlegen.«

Mit ihrer Hilfe kam er auf die Füße und taumelte vorwärts; er versuchte, sich so leicht wie möglich zu machen, spürte aber sehr wohl, wie schwerfällig er sich auf ihren schmalen Schultern abstützte. Der Boden schaukelte unter ihm wie die Planken eines *perau* im Sturm, und er hatte Mühe, sich halbwegs aufrecht zu halten. Die Beine sackten unter ihm weg, und er fiel in eine weiche Wolke hinein, die klamm war auf seiner Haut, aber herrlich kühl.

Von seiner Tapferkeit, seinem unbezähmbaren Willen war nicht viel übrig geblieben. Klein und schwach kam er sich vor, geradezu hilflos. Ein beschämendes Gefühl, eine klaffende Wunde in seinem Stolz, und dennoch war es ihm ein Trost, sich hier in Sicherheit zu fühlen. Aufgehoben.

»Danke«, murmelte er unwillkürlich und blinzelte unter schweren Lidern hervor.

Das Flüstern des Regens war verstummt. Die zarten Bänder aus Licht, die sich von draußen hereinstahlen, malten ein wechselhaftes Muster auf das Gesicht des Mädchens und ließen ihre Augen aufleuchten. Und er begriff, was an diesen Augen so seltsam war.

»Nilam«, flüsterte er. *Saphir.*

Sein Mund verzog sich zu einem Grinsen, bevor ihm die Lider zufielen.

Ihre Augen waren blau.

Georgina drückte sich in den Rattansessel, der kaum zwei Schritte vom Bett entfernt in der Ecke stand und leise knarzte, als sie die Füße unter sich zog.

Wieder und wieder formten ihre Lippen, ihre Zunge lautlos seinen Namen. *Raharjo.*

Hinter seinen Lidern zuckte es, seine Brauen waren zusammengezogen, und doch wirkten seine Züge gelöst. Vor allem sein Mund, der jetzt, im Schlaf, zu weich, zu verletzlich aussah, als dass er in dieses Gesicht gepasst hätte, in dem eine wuchtige Kinnlinie, eine starke, breite Nase und scharfe Wangenknochen miteinander im Widerstreit lagen. Ein unfertiges Gesicht, das seine Form noch nicht gefunden hatte, und doch eines, das aussah, als hätte Raharjo bereits mehr Leben gelebt als Georgina es jemals würde.

Das braungemusterte Band, verschossen und angeschmutzt, das um seinen Kopf geknotet war, vermochte kaum seinen pechschwarzen Haarschopf zu bändigen. Sonne, Wind und Salzwasser hatten ihn zu störrischen Spitzen und Wirbeln zerwühlt, und die Enden kringelten sich in seinem Nacken. Etwas Ungezügeltes, Ungestümes ging von ihm aus. Eine Ahnung von grenzenloser Freiheit. Als würde er nicht einen Flecken Erde sein Zuhause nennen, sondern die offene Weite aller sieben Weltmeere. Wie ein Pirat.

Es war dasselbe Zimmer wie eh und je, Georgina beinahe so vertraut wie ihr eigener Herzschlag. Wie ihr Atem, der sein Echo im Rauschen des Meeres fand, solange sie zurückdenken konnte. Die filigran durchbrochenen Wände und die Tür zur Veranda, durch die beständig ein Lufthauch hereinzog und der von Sand, Wasser und Salz abgeschliffene Holzboden. Das breite Bett unter dem löchrigen Moskitonetz, die Laken und Bezüge der Kissen stockfleckig und wohl schon lange nicht mehr gewechselt. Die aufgequollenen Bücher auf dem Bord, an die Georgina nur herankam, wenn sie den Sessel darunterschob, und der einfache Waschtisch mit der Lampe, der angeschlagenen Schüssel und dem Krug, aus dem sie Raharjo zu trinken gegeben hatte.

Ein Zimmer, das wohl schon viele Jahre niemand mehr betreten hatte, ehe Georgina es für sich entdeckt und in Beschlag genommen hatte.

Trotzdem war ihr dieses Zimmer nie leer vorgekommen. Wenn

es im Garten von L'Espoir irgendwo spukte, dann hier, in diesen vier Wänden, die wie von einer schattenhaften Vergangenheit getränkt waren. Ein Raum voller Erinnerungen, die nicht Georginas waren, erfüllt von Traumbildern und namenlosen Sehnsüchten. Den verschwommenen, noch ungeformten Anfängen einer Geschichte, die geduldig ausgeharrt hatte, bis es an der Zeit war, sie zu erzählen. Die sich jetzt, mit diesem fremden Jungen, vielleicht nach und nach entfalten würde.

Georginas Herz begann unruhig zu flattern, ein Gefühl, schmerzlich und süß zugleich.

»Cik-cik!«

Cempakas Stimme zerriss den Kokon, der den Pavillon umgab, und schreckte Georgina auf.

»Cik-cik! Wo treibst du dich wieder herum? Muss ich dich denn immer erst irgendwo aus dem Gebüsch zerren?!«

Hastig schwang sich Georgina aus dem Sessel, voller Furcht, Cempakas Zorn könnte stärker sein als ihr Aberglaube.

»Ich komme morgen früh wieder«, flüsterte sie und zog das Moskitonetz über Raharjo zurecht, der keine Regung zeigte.

»Cik-cik!!«

Auf Zehenspitzen schlich sich Georgina aus dem Pavillon, schlängelte sich zwischen den Sträuchern hindurch und rannte durch das Gras auf das Haus zu.

Finster lastete der aufgedunsene Himmel über dem Garten, schluckte alles an Licht und an Farben. Der Wind peitschte durch die Baumkronen, und vom Meer her grollte Donner heran. Auch in Georgina toste es. Ein Sturm, berauschend und beängstigend zugleich, der sie verwirrte. Aus Leibeskräften rannte sie dagegen an, so schnell sie konnte. Wütend rieb sie sich mit der Faust über die Augen, in denen die ersten Tränen aufstiegen.

๛

»Ah Tong! Ah Tong!«

Georginas Stimme, schrill vor Angst, ließ Ah Tong herumfahren.

Das Mädchen rannte durch den Garten auf ihn zu, strauchelte in vollem Lauf und stürzte, rappelte sich auf und rannte weiter. Selbst aus einiger Entfernung konnte Ah Tong erkennen, was für ein Aufruhr in ihr tobte.

»Miss Georgina!«

Er ließ den Rechen in die braunfleckigen Jasminblüten fallen und lief ihr entgegen, bis sie unmittelbar vor ihm scharf abbremste, außer Atem und glühende Flecken auf den Wangen.

»Was ist denn passiert?«, erkundigte er sich besorgt und ging in die Hocke. »Hat dich was erschreckt? Hast du dir wehgetan? Oder …«

Bei dem Gedanken an das Unaussprechliche geriet er ins Stocken.

Die Mauern entlang der Beach Road, in regelmäßigen Abständen von einem Durchgang oder einem Gittertor durchbrochen, waren nicht besonders hoch. Sie reichten gerade so aus, um die Gärten vor dem Meer abzuschirmen, und im Dezember, dem Monat, in dem der Monsun von Nordost am heftigsten wütete, oft nicht einmal dafür. Auch für einen Halunken wären sie nicht unüberwindlich, zumal die Gärten der einzelnen Häuser nur durch Hecken oder Bauminseln voneinander abgegrenzt waren.

Und Singapur war noch jung, wesentlich jünger als Ah Tong, noch keine fünfundzwanzig Jahre alt.

Aufstrebend, gewiss, aber ungeschliffen, die Mauern der europäischen Häuser, von Hunderten von Sträflingen aus Indien errichtet, die erst im vergangenen Jahr einen Gefängnisbau bekommen hatten, ein brüchiger, lückenhafter Firnis europäischer Lebensart. Zwischen den bunten Godowns, in denen Waren aus aller Welt umgeschlagen wurden, den Gassen von *Niu Che Shui*, dem umtriebigen chinesischen Viertel jenseits des Flusses und den malaiischen Siedlungen aus Holz und Palmblättern war Singapur eine rohe, unfertige Stadt. Wie alle Plätze, an denen sich Geld scheffeln ließ, ein Magnet für Glücksritter wie für Gesindel, ein quirliger morgenländischer Basar mitten in den ungezähmten Tropen.

Die Malaien und Bugis liefen dem Hörensagen nach mit ihren Dolchen immer wieder *amuk*. Tiger durchstreiften die Dschungel im Herzen der Insel und wagten sich gelegentlich bis an die Küste vor, und Schlangen und kaffeedunkle Skorpione versteckten sich zwischen Blättern und Gräsern. Banden der chinesischen Triaden, manchmal bis zu zweihundert Mann stark, die Gesichter geschwärzt, stürmten nachts die Häuser, um zu plündern und zu morden. Eine finstere Bedrohung, gegen die weder die winzige Garnison der indischen Sepoys etwas auszurichten vermochte noch die Handvoll freiwilliger Ordnungshüter, die sich lieber selbst in Sicherheit brachten. Und die Gewässer wimmelten von einheimischen Piraten, gierig nach Gold, nach Sklaven und manchmal auch nach Blut.

Ah Tong schluckte so heftig, dass sein knochiger Adamsapfel hüpfte. Behutsam nahm er Georgina bei den Schultern und zog sie näher zu sich heran.

»Oder ... oder hat dir jemand etwas getan?«

Georgina schüttelte den Kopf, klammerte sich aber mit beiden Händen an die weiten Ärmel von Ah Tongs Hemd.

»Was ist das schon wieder für ein Geschrei?«, keifte es vom Haus her. »So früh am Morgen!«

Ah Tong unterdrückte ein Seufzen und blickte über die Schulter. Die Hände in die Hüften gestützt, stand Cempaka auf der Veranda. Ihr eigentlich hübsches, rundes Gesicht, braungolden wie Muskat, war zu einer hässlichen Grimasse des Zorns verzerrt, und in ihren dunklen Augen loderte es.

»Ist nichts weiter, Liebes! Miss Georgina ist nur erschrocken, ich kümmer mich schon!«

Cempakas Miene bekam etwas Verächtliches. Sie sah aus, als wolle sie im nächsten Augenblick Gift und Galle spucken, beließ es jedoch dabei, unwillig zu schnauben und ins Haus zurückzumarschieren. Ah Tong wandte sich wieder Georgina zu, die unter seinen Fingern zitterte.

»Na, na, Ayu, ist ja gut.« Unbeholfen streichelte er ihr über den Kopf. »Magst du mir nicht sagen, was los ist?«

Der Junge, Ah Tong! Der Junge, der sich seit gestern im Pavillon versteckt. Raharjo. Gestern war er noch ganz munter! Und heute ... heute ...

Georgina erstickte beinahe an den Worten, die sich in ihrer Kehle aneinanderdrängten, und ihr Mund öffnete sich von selbst.

Niemand darf wissen, dass ich hier bin. Versprichst du, keinem was zu sagen?

Sie machte den Mund wieder zu.

Der Zwiespalt, in ihrer Not einen Erwachsenen zu Hilfe zu holen, aber auch das Versprechen zu halten, das sie Raharjo gegeben hatte, drohte sie zu zerreißen.

»Heil ... kräuter«, würgte sie schließlich hervor. »Kennst ... kennst du dich mit Heilkräutern aus?« Sie schnappte nach Luft. »Gegen Fieber?«

Ah Tongs hohe Stirn legte sich in tiefe Querfalten. »Ein wenig.«

Er blinzelte und legte den Kopf schräg. Das Mädchen war blass um die Nase und sah aus, als würde es sich jeden Moment vor seine Füße übergeben.

»Geht's dir nicht gut? Bist du krank?«

Dem sorgenvollen Blick Ah Tongs, der unter ihre Haut zu kriechen schien, konnte Georgina nur schwer standhalten, und rasch schüttelte sie den Kopf.

Ah Tongs Miene hellte sich auf. »Ist es für ein ... Spiel?«

Georgina schlug die Augen nieder und nickte.

»Ich seh mal nach, ja?« Ah Tong stand auf. »Gegen Fieber, sagst du?«

Georgina nickte wieder.

»Aber ... aber es muss *echt* sein, Ah Tong!«, rief sie seiner hageren Gestalt hinterher, die sich in langen Schritten entfernte.

Ah Tong wandte sich halb um, nickte ihr mit einem kleinen Lächeln zu und deutete eine Verbeugung an.

»Natürlich! Ehrenwort, Miss Georgina!«

Georgina sah ihm nach, unschlüssig, ob sie ihm hinterherlaufen sollte, obwohl Cempaka ihr strengstens verboten hatte, sich auch nur in der Nähe der Dienstbotenquartiere aufzuhalten. Ihre Knie, die zu zittern begannen, nahmen ihr die Entscheidung ab. Schlotternd und die Arme fest um sich geschlungen, rührte sie sich nicht von der Stelle und fror in der dampfenden Schwüle des Morgens.

Das braune Fläschchen mit dem kostbaren Pulver an sich gepresst, hastete Georgina in den Pavillon und kramte mit bebenden Fingern eines der Gläser und einen angelaufenen Löffel aus dem Schränkchen.

»Gleich geht's dir besser«, murmelte sie, als sie in das benachbarte Zimmer huschte.

Mehr, um sich selbst Mut zu machen, denn Raharjo lag noch genauso reglos da, wie sie ihn vorhin aufgefunden hatte. Nur sein flacher Atem, der stoßweise ging, die Schauer, die in Abständen seinen Leib erschütterten und das Flackern hinter seinen Lidern verrieten, dass er noch am Leben war.

Sorgsam maß sie das Pulver ab und rührte es in ein Glas mit Regenwasser, stützte Raharjo im Nacken und flößte ihm Schluck um Schluck ein. So viel schwerer war er als gestern, dass sie unter der Anstrengung keuchte; so stark glühte er, dass es ihr die Brust zusammenzog. Ungeschickt bettete sie seinen Kopf zurück und ließ sich von der Kante der Matratze gleiten.

»Du musst wieder gesund werden«, flüsterte sie ihm zu, während sie auf dem Boden kauerte, ein Stück Stoff in die Schüssel mit Regenwasser tauchte, es auswrang und ihm damit über das schweißnasse Gesicht fuhr. »Hörst du? Du darfst einfach ... einfach nicht sterben.«

Sie zuckte zusammen, als sich feuchtkalte Finger um ihre Hand schlossen. Starkknochig und sehnig war seine Hand, von rauen Schwielen übersät, die perlmutthellen Nägel schwarzgerändert. Eine Männerhand, in der ihre Kinderfinger beinahe verschwanden.

»Soll ... soll ich nicht doch Hilfe holen?«

Raharjo deutete ein Kopfschütteln an.

»Ich kann das nicht alleine«, entfuhr es ihr kläglich.

Die Bürde, die sich damit auf sie gewälzt hatte, dass dieser fremde, verletzte Junge hier aufgetaucht war, wie vom Meer angespült, kam ihr mit einem Mal viel zu schwer vor. Zu gewaltig für ihre noch nicht einmal zehn Jahre.

Er drückte ihre Hand, und seine Brauen ruckten dabei, als wollte er ihr widersprechen.

Georgina sank in sich zusammen und legte die Wange gegen die Matratze, deren Laken muffig rochen. So dicht war ihr Gesicht an dem Raharjos, dass sie die Schweißperlen auf seiner Haut erkennen konnte. Eine winzige Narbe auf seiner Nasenwurzel, eine andere dicht unterhalb seines Brauenbogens und die Ahnung einzelner dunkler Bartstoppeln um den Mund.

»Du musst wieder gesund werden«, wisperte sie in seinen schwefligen Atem hinein.

Raharjo nickte schwach, ein kaum sichtbares Zucken um die rissigen Mundwinkel.

Seine Finger drängten sich zwischen ihre, die noch immer das feuchte Tuch umklammert hielten, und als besiegelten sie einen Pakt, verflochten sie sich ineinander.

Georgina starrte ins Dunkel.

Ihr Herz trommelte in der Brust, geriet immer wieder schmerzhaft ins Stolpern und hämmerte dann weiter. In Schüben brach ihr der Schweiß aus, durchfeuchtete ihr Nachthemd und das Laken. Ihr war speiübel, und an Schlaf war nicht zu denken. Es war die Angst, die sie wachhielt, die Angst vor dem Morgen. Davor, was sie dann im Pavillon erwarten mochte. Ob es Raharjo besser ging oder er womöglich in der Nacht an seinem Fieber gestorben war.

Am Tag verliehen die Stimmen der Männer und Frauen dem Haus einen Anschein von Lebendigkeit, ihre Schritte, ihre kleinen und großen Handgriffe und ihr Gelächter wie das Krabbeln emsiger Insekten in einem viel zu großen Bau. Des Nachts jedoch wurde die lähmende Stille spürbar, die wie ein Nachtmahr über dem Haus lastete. Als wäre die Seele von L'Espoir erloschen, seitdem es Maman nicht mehr gab.

Eine Stille, die für Georgina umso quälender war, da Cempaka nicht mehr bei ihr im Zimmer schlief.

Meist war Georgina viel daran gelegen, Cempaka aus dem Weg zu gehen, die nie sonderlich herzlich gewesen war, sie jedoch seit Mamans Tod geradezu mit Abscheu und Verachtung strafte. In Nächten wie dieser aber wäre sie froh darum gewesen, wenigstens Cempakas schlafschwere Atemzüge in ihrer Nähe zu haben.

Unaufhörlich peinigten sie die Gedanken daran, ob sie etwas falsch gemacht hatte, als sie sich um Raharjos Wunden kümmerte und es ihm deshalb jetzt so schlecht ging. Ob das Pulver, das Ah Tong ihr gegeben hatte, wirklich *echt* war und sie sich auch nicht in der Menge vertan hatte. Ob die Arnikatinktur, mit der Maman früher ihre aufgeschürften Ellbogen und aufgeschlagenen Knie betupft hatte, nicht inzwischen gekippt war und nun bei Raharjo alles schlimmer machte. Bange Fragen und Zweifel, die beharrlich an ihr nagten.

Ihr war zum Weinen zumute; sie sehnte sich nach jemandem, der sie in die Arme nahm und an sich drückte. Jemand, dem sie alles erzählen konnte, der sie tröstete und ihr versprach, dass alles gut werden würde. Jemand wie Maman.

Ein Geräusch ließ sie aufhorchen, und Georgina hielt den Atem an. Es klang wie Pferdehufe und Wagenräder.

Papa! Kurzerhand raffte sie das Moskitonetz beiseite, sprang aus dem Bett und lief hinaus auf den Gang. *Papa ist zu Hause!*

Oben an der Treppe blieb sie stehen und lauschte. Unter dem sich wieder entfernenden und schließlich hinter dem Haus verstummenden Klappern und Knirschen von Pferd und Wagen hörte sie feste Schritte, dann Stimmen. Die tiefe, trockene von Papa und den hohen Singsang von *Boy One*, der abends immer auf ihn wartete, um ihm Hut und Gehrock abzunehmen und ihm die Pantoffeln und etwas zu trinken brachte, gleich wie spät es auch wurde. Als unten Stille einkehrte, wartete Georgina noch einige Herzschläge, halb unruhig, halb hoffnungsvoll, bevor sie langsam die Stufen aus glatt poliertem Holz hinabstieg, in den sanften Lichtschein des unteren Stockwerks hinein.

Barfuss tapste sie über den kühlen Boden der Halle und drückte sich dann gegen den Türrahmen des Arbeitszimmers.

Die Lampe auf dem Schreibtisch schnitt einen pudrig-gelben Lichtkreis aus der Dunkelheit. Schummerlicht und tiefe Schatten zogen sich über Papierstöße und einen Stapel Briefe, ließen das halb leere Glas aufglänzen und meißelten die Züge ihres Vaters noch härter heraus. Die scharf vorspringende Nase, die sein Profil dominierte und das unnachgiebige Kinn. Der Mund, der sich in den letzten paar Jahren zu einem Strich zusammengepresst hatte und die zu beiden Seiten eingeritzten Falze. Obwohl ein erster Silberglanz sein dichtes Haar durchkämmte, waren die starken Brauen nach wie vor kohlschwarz und überschatteten seine Augen. Blau wie Georginas, nur heller und durchdringender.

Ein Ziehen machte sich in Georginas Bauch breit.

»Papa.« Dünn kam es heraus, ein bloßes Piepsen.

Über dem Brief, den er in den Händen hielt, ruckte sein Kopf hoch.

»Georgie.«

Vielleicht lag es am Licht, aber Georgina glaubte zu sehen, wie ein Leuchten in seinen Augen aufglomm, das jedoch sogleich wieder verglühte. Seine Brauen, die Georgina immer an pelzige Raupen erinnerten, zogen sich zusammen.

»Wieso bist du nicht im Bett?«

Sie zog eine Schulter hoch und zwirbelte einen Zipfel ihres Nachthemds zwischen den Fingern.

»Ich kann nicht schlafen.«

Einer ihrer Füße tastete sich über die Schwelle vor, doch weiter wagte sie sich nicht.

»Darf ich zu dir kommen?«

Hoffnung keimte in ihr auf, als sich das Gesicht ihres Vaters zu erweichen schien, und fiel dann in sich zusammen, als sich seine Miene wieder verhärtete.

»Geh zurück ins Bett. Ist schon spät«, erwiderte er und senkte den Blick wieder auf den Brief. Müde klang er, die Stimme wie aufgeschürft. »Gute Nacht.«

»Nacht«, wisperte Georgina, die Kehle eng und einen bitteren Geschmack auf der Zunge.

Mit gesenktem Kopf trottete sie in die Halle zurück und versuchte nicht an den Vater zu denken, den sie einmal gehabt hatte. Ein Vater, der viel lachte, mit ihr scherzte und spannende Geschichten zu erzählen wusste. Der sie hoch in die Luft stemmte und herumwirbelte, sie jedes Mal sicher in seinen Armen auffing, sie fest an sich drückte und ihr einen Kuss gab. Auf dessen Schoß sie sich oft kuschelte, wenn er abends im Lampenschein auf der Veranda saß, einen Arm um Mamans Schultern gelegt, bis die Flüsterstimmen der beiden und Mamans weiche Hände, die ihr über das Haar streichelten, Georgina nach und nach in einen seligen Schlummer fielen ließen. Und sie verstand nicht, warum sie nichts davon über den Abgrund hatte retten können, der sich mit Mamans Tod aufgetan hatte und Papa seither einer leeren Muschelschale glich.

Mitten in der Halle blieb sie stehen und rieb sich über die brennenden Augen. Sie wünschte sich so sehr, bei Raharjo zu sein, dass es wehtat. Aber sie war noch nie nachts allein im Garten gewesen, der in der Finsternis seine ungezähmte Seite auslebte. Von rastlosen Schatten bevölkert und erfüllt von Myriaden von Stimmen, die keckerten und raschelten, raunten und säuselten. So wie das Meer in der Nacht ungehemmt schäumte, sein zügelloses Rollen und Stampfen ein Echo seiner Tiefe.

»Gute Nacht, Nilam.«

Georgina hob den Kopf. Den ausgebürsteten Gehrock von Papa über dem Arm, stand *Boy One* neben der Treppe, ein mitfühlendes Lächeln auf seinem Gesicht, das im Lampenschein so hell und durchscheinend aussah wie das einer chinesischen Porzellanpuppe.

Georgina konnte nur nicken und schlich langsam die Stufen zu ihrem Zimmer hinauf.

ℰ)ℭ

Sie gab sich alle Mühe, Raharjo nicht unverhohlen anzustarren, während er aß, sich stattdessen ganz darauf zu konzentrieren, ein frisches Laken in Streifen zu reißen. Es gelang ihr nicht; immer wieder musste sie zu ihm hinsehen, in seligem Erstaunen, dass er nach einem Tag Fieber und zwei Tagen schläfriger Mattigkeit heute wieder munter wirkte. Ausgehungert machte er sich über Dal Tadka und Reis, die Chapatis und die Bananen her, die sie teils von ihrem eigenen Mittagessen aufgespart, teils Anish abgebettelt oder einfach aus der Vorratskammer gestohlen hatte.

Als er den bis auf die Bananenschalen leeren Teller beiseitestellte, rutschte Georgina näher. Vorsichtig schob sie sein Hosenbein hinauf und wickelte den Verband ab, um die blutverkrustete Wunde zu säubern, mit Tinktur zu behandeln und neu zu verbinden. Sie konnte nur hoffen, dass Cempaka nicht so bald auffiel, wie der Stapel Leintücher im großen Wäscheschrank rasch zusammenschmolz.

Als Raharjo zusammenzuckte, hielt sie erschrocken inne.

»Tut's sehr weh?«

Er schüttelte den Kopf. »Geht schon.«

Georgina zog die Unterlippe zwischen die Zähne, um all die neugierigen Fragen zurückzuhalten, die ihr die Zunge versengten.

»Wie ist das ...«, platzte sie schließlich heraus, als sie es nicht mehr aushielt. »Ich meine, was ... wer ...« Die Augen auf seine Beinwunde geheftet, verstummte sie wieder.

»Ein Kampf. Auf See.«

Langsam hob Georgina den Kopf, ein aufgeregtes Zittern im Bauch.

»Bist ... bist du ein ... Pirat?«

Einer seiner Mundwinkel hob sich zu einem Grinsen, das seine weißen Zähne aufblitzen ließ.

»Was weißt du schon über Piraten?«

Ihre Gedanken streiften die Märchen und Abenteuergeschichten, die Maman ihr früher vorgelesen hatte und denen sie schon bald entwachsen war. Piraten waren für Georgina keine schneidigen Freibeuter in Kniehosen, keine schmutzigen Finsterlinge mit Augenklappe und Säbel, die unter einer Totenkopfflagge segelten. Sondern die allzu wirklichen Räuber zur See, die aus China stammten oder von den unzähligen Inseln hinter dem Horizont.

Eine beständige Sorge für Papa und die anderen Händler der Stadt, aber auch für Onkel Étienne in Pondichéry; mehr als einmal hatte Georgina mitbekommen, wie ihr Vater mit einer Mischung aus Wut und Resignation davon gesprochen hatte, erneut eine vielversprechende Fracht abschreiben zu müssen. Sie wusste davon, dass die Regierung in Calcutta nach langem Drängen endlich Kanonenboote geschickt hatte, um die Piraterie auszumerzen. Doch nach wie vor waren die Seewege von und nach China und Japan, Indien, Europa und Amerika, die sich durch die Straße von Malakka fädelten wie Garn durch ein Nadelöhr, alles andere als sicher.

Den Kopf hochgereckt, erwiderte sie fest Raharjos Blick.

»Auf jeden Fall weiß ich mehr, als du mir wohl zutraust.«

Raharjo wurde nicht schlau aus diesem seltsamen Mädchen.

Sie musste ungefähr in demselben Alter sein wie seine jüngsten Schwestern, aber so unbeholfen, wie sie sich um ihn kümmerte, schien sie es nicht gewohnt zu sein, dort mit anzupacken, wo es Arbeit zu tun gab. Oft wirkte sie noch wie ein kleines Mädchen, und doch fehlte ihr die fröhliche, übersprudelnde Unbeschwertheit, die er aus seiner eigenen Kindheit kannte. Eine vorzeitige Ernsthaftigkeit umgab sie. Fast so, als ob der Schatten, den ihr schmaler Leib warf, wenn die Sonne zwischen den Regengüssen ihre Strahlen hereinschickte, finsterer war als bei anderen Menschen.

Ihre Haut war zu hell, als dass sie ein Kind dieser Insel oder vom Festland hätte sein können, aber sie sprach das Malaiisch dieser Gegend wie ihre Muttersprache. Zuweilen rutschte ihr ein Wort auf Englisch heraus, ohne dass sie es zu merken schien, und ab und zu eines in einer anderen Sprache, die verspielt klang, Französisch vielleicht.

Ihre Augen ... Merkwürdige Augen hatte *Nilam*.

Wechselhaft wie der Himmel über der Insel. In der Tat so blau wie Saphire, vor allem, wenn sie auffunkelten, so wie jetzt. Je nachdem, wie sie den Kopf hielt und wie das Licht darauf fiel, vielleicht auch je nachdem, was in ihr vorgehen mochte, spielte ihre Farbe in das tiefe Violett der wilden Orchideen, die oben am Fluss wuchsen. Und manchmal verdunkelten sie sich so stark, dass sie genauso schwarz aussahen wie seine eigenen und die seiner Brüder und Schwestern.

Nur die Orang Putih hatten blaue Augen, aber selten so dunkles Haar wie *Georgina*, selten so gebräunte Haut. Vor allem gab es kaum Frauen unter ihnen, und Raharjo hatte auch noch nie ein weißes Kind gesehen, obwohl er viel auf der Insel herumgekommen war.

Das Mädchen mit den zwei Namen, das Haar immer ein wenig zerzaust, in einer fleckigen Kebaya und mit staubigen Füßen, war ihm ein Rätsel.

Nach der roten Dunkelheit des Fiebers hatten ihn die Gezeiten von Wachen und Dämmerschlaf überspült, und wann immer er zu sich gekommen war, waren seine Gedanken um dieses Rätsel gekreist. *Georgina. Nilam. Cik-cik*, wie sie von einer schrillen malaiischen Frauenstimme gerufen wurde, vor der sie sich fürchtete.

Der einzige Reim, den er sich darauf machen konnte, war, dass ein Orang Putih dem Drängen seiner Lenden nachgegeben und mit einer Frau der Insel dieses Mädchen gezeugt hatte, das hier, in seinem großen Haus, leben durfte, ohne dass es dafür arbeiten musste. Ein Kind zweier Welten, das wohl in keiner von beiden je Wurzeln schlagen könnte. Wohin sie sich auch wandte – sie würde immer eine Fremde sein. Kein Wunder, dass sie so einsam, so verloren wirkte.

»Nilam.«

Leise hatte er diesen Namen ausgesprochen. Behutsam, als wollte er herausfinden, welcher von beiden ihr besser behagte.

Sie hob die Augen von der Schusswunde in seinem Arm an, die sie gerade mit einem frischen Verband versah. Klarblau wie das Meer an einem sonnigen Tag waren sie jetzt, die Brauen in einer stummen Frage zu zierlichen Arabesken zusammengezogen.

»Du hast was gut bei mir. Auf ewig.«

Ihr Blick flackerte und wich seinem aus. Ihre Wangen färbten sich, und ihr Mund bog sich zu etwas wie einem Lächeln; das erste, das er an ihr sah.

»Du schuldest mir noch eine Antwort.«

Ein Grinsen zuckte auf seinem Gesicht auf. »Die Orang Putih mögen diese Insel jetzt vielleicht ihr Eigen nennen. Aber die Flüsse und das Meer – die werden immer uns gehören. Den Orang Laut.«

Orang Laut. Meeresmenschen.

Seit Georgina das erste Mal von diesen Stämmen gehört hatte, Seenomaden, die nicht in Häusern lebten, sondern auf Booten, mit denen sie auf dem Meer umherzogen, hatte sie sich die Orang Laut als Fabelwesen vorgestellt. Menschen, die statt Beinen einen schuppigen Fischschwanz hatten. Geschöpfe, die an Land wie gewöhnliche Menschen aussahen, sich im Wasser aber in Meeresgetier verwandelten. Ihr Blick huschte zu Raharjos Füßen, jeder Zeh, jede Rinne und jeder Höcker wie von kunstfertiger Hand aus frischem Tropenholz geschnitzt, glatt geschmirgelt und blank poliert.

»Was ist?«

»Nichts.« Erneut schoss ihr das Blut ins Gesicht.

»Liest du mir wieder vor?«

Raharjos Kinn ruckte in Richtung des Sessels, in dem ein aufgeschlagenes Buch auf den welligen Seiten lag, der Rücken zerfasert und hochgebogen wie der aufgesperrte Schnabel eines Vogels.

Das Buch, in dem Georgina gestern gelesen hatte, während

sie über Raharjos Schlaf wachte und darauf wartete, bis es an der Zeit für die nächste Dosis von Ah Tongs Fieberpulver war. Verschwommen erinnerte sie sich daran, wie sie irgendwann ihre eigene Stimme hatte murmeln hören, um der Stille im Raum, dem einschläfernden Rauschen von Meer und Regen etwas entgegenzusetzen. In dem Glauben, Raharjo schlafe zu tief, um etwas davon mitzubekommen.

»Du verstehst Englisch?«

Er legte den Kopf schräg. »Nicht alles. Aber viel.«

Sie spürte, wie seine Augen ihr folgten, als sie sich vom Bett herunterschob und das Buch holte.

»Dein Vater ... Ist er Engländer?«

»Schotte. Aus Dundee. Aber er war schon sehr lange nicht mehr dort. Bevor er hierherkam, hat er viele Jahre in Calcutta gelebt. Eines Tages geht er mit mir dorthin zurück.«

Wie selbstverständlich hockte sie sich neben Raharjo, ihren Rücken gegen das Kopfteil gelehnt, das Buch auf ihren angezogenen Knien. Ein Impuls, den sie schnell bereute. Denn seine Nähe verunsicherte sie ebenso wie seine forschenden Blicke, die zwischen ihrem Gesicht und den bedruckten Seiten hin- und herwanderten. Ihre eigene Stimme klang ihr fremd in den Ohren, verzerrt und viel zu hoch, und alle paar Zeilen verhaspelte sie sich und geriet ins Stottern.

»Willst ... willst du vielleicht selber lesen?«, unterbrach sie sich schließlich mit einem dünnen Auflachen und hielt ihm das Buch hin.

Der wissbegierige Glanz in seinen Augen verschwand, und die Muskeln seines starken Kiefers spannten sich an.

»Ich bin müde«, gab er heiser von sich, streckte sich der Länge nach aus und drehte Georgina den Rücken zu.

Georginas Lider flatterten. Dann begriff sie, und ihr wurde heiß.

»Entschuldige«, flüsterte sie. »Ich … ich hab nicht dran gedacht, dass du … Das war dumm von mir.«

Raharjo rührte sich nicht. Georginas Magen krampfte sich so fest zusammen, dass ihr schlecht wurde.

»Wenn … wenn du willst, bring ich's dir bei. Ist gar nicht so schwer!«

Raharjo schloss die Augen und blieb stumm.

Sanft driftete Georgina aus tiefem Schlaf empor, ihre Kebaya durchgeschwitzt und ein klebriges Gefühl auf der Wange. Das schwere Licht des späten Nachmittags hing im Raum, und draußen schrillten die Zikaden; für den Moment musste es zu regnen aufgehört haben.

Schläfrig blinzelte sie ein paar Mal und riss dann die Augen auf.

Ihr Gesicht drückte sich gegen Raharjos braune, glatte Brust, die sich mit jedem seiner Atemzüge hob und senkte, sein Herzschlag ein ruhiges, gleichmäßiges Pochen an ihrem Ohr. Sie konnte sich nicht erinnern, eingeschlafen zu sein, und noch weniger, wie es dazu gekommen war, dass sie halb auf ihm lag, halb in seine Armbeuge geschmiegt. Ihr Blick wanderte über Raharjos flachen Bauch, über den scharfen Grat seines Hüftknochens und blieb neugierig an der feinen Linie schwarzer Härchen hängen, die sich von seinem Nabel bis unter seinen Hosenbund zog und die ihr bisher noch gar nicht aufgefallen war. Hastig sah sie weg und hob vorsichtig den Kopf.

Auch Raharjo schlief, den Arm um ihre Schultern gelegt. Ein seltsames, süßes Sehnen zitterte durch ihren Bauch, das sie verwirrte, und gleichzeitig wand sie sich vor Scham, ihm ungewollt so nahe gekommen zu sein; gewiss war es ihm unangenehm. Sie zog den Ellbogen unter sich, um sich hochzustemmen und sich unter seinem Arm durchzuwinden.

Ein leichtes Rucken ging durch seinen Körper, und Georgina versteifte sich.

Unter schweren Lidern sah er zu ihr hinunter, dann zuckte ein Lächeln um seinen Mund. Mit einem tiefen Atemzug rollte er sich halb auf die Seite, zu Georgina hin, und zog sie fest an sich.

Ein Augenblick ungläubigen Widerstands, dann gab Georgina dem Druck seines Arms nach und ließ sich wieder gegen seine Brust sinken. Atmete seine Wärme, seinen Geruch nach Meer und Tang, wie Leder und Zimt, und ihr Herz zersprang beinahe vor Glückseligkeit.

༻✦༺

Wie ein Stein, der in ein stilles Gewässer fällt und die spiegelnde Oberfläche kräuselt, darin Wellen schlägt und Kreise zieht, formte Raharjo Georginas Tage neu.

Das ziellose Mäandern zwischen leeren Stunden war vorbei. Der unendliche, glatte Ozean aus Zeit bekam Konturen aus Stränden und felsigen Küsten, eine Struktur aus Korallenriffen und grünen, hügeligen Inseln. Einen Namen, *Nusantara*, der einen Kontinent aus Gewässern und Inseln beschrieb, weiter als das menschliche Auge reichte.

Galang. Bintan. Mesanak. Temiang. Singkep.

Inseln, deren Namen für Georgina so neu und fremd waren wie manche Ausdrücke in Raharjos Malaiisch. Nachts träumte sie von Welten unter Wasser, das Licht blauschillernd und türkisen, in dem es glitzerte und flirrte. Inmitten irisierend bunter Fische schwebte sie in diesen Träumen umher, zwischen Seesternen und bizarren Meerestieren in den knochenbleichen Steinwäldern der Korallen. In einer schwerelosen, friedlichen Stille.

Das Meer war das Zuhause der Orang Laut, die Heimat ihrer Ahnen, von Anbeginn aller Zeiten ihre Lebensader und ihr Schicksal.

Es war eine archaische Welt, aus der Raharjo kam, in der die Menschen noch genauso lebten wie vor Tausenden von Jahren. Indem sie fischten und nach den Schätzen des Meeres tauchten und Tauschhandel trieben. Herren der Meere, Krieger zur See, die heute Handelsfahrern Geleitschutz boten, morgen jedoch schon für sich beanspruchten, was sich an Bord der Schiffe befand, die ihre Gewässer durchsegelten. Ein Leben, das seinen eigenen althergebrachten Traditionen, Werten und Ritualen folgte, eingeknüpft in das engmaschige Netz aus Familie, Sippe und Stamm. Dem Temenggong des Sultans von Johor unterstellt, einem neptungleichen Herrscher, dessen Reich weitaus mehr Wasser denn Land umfasste. Das auf Wellen und Sand gebaut war und nicht auf Stein und doch ewig und zeitlos schien.

Gierig sog Georgina alles auf, was Raharjo ihr von dieser fremden Welt erzählte, die einem Märchen entsprungen schien und die es dennoch wirklich gab. Raharjo brachte das Abenteuer zu ihr, das sie sich in ihren lebhaftesten Tagträumen nicht kühner hätte ausmalen können. Und obwohl sie ihm in all diesen Tagen so nahe gewesen war, dass sie nicht daran zweifeln konnte, einen Jungen aus Fleisch und Blut vor sich zu haben, kam er ihr manchmal wie ein mythisches Geschöpf des Ozeans vor.

Ein junger Meermann. Ein Sohn Tritons. Oder wie einer der Selkies, von denen ihr Vater früher erzählt hatte, Robbenwesen, die ihr Fell abstreiften, um in Menschengestalt an Land zu gehen.

Während Georgina nur ein gewöhnliches kleines Mädchen war, an Land geboren und erdverhaftet.

Dessen einziger Schatz im Wissen um die Lettern bestand, durch die sich Raharjo mit ihrer Hilfe buchstabierte, ihrer beider Köpfe dicht an dicht über die Buchseiten gebeugt. Schwarze Zeichen, dürr wie Spinnenbeine, spröde wie das verschlissene Papier ihres Untergrunds. Armselig im Vergleich zu dem Zauber, der von Raharjo ausging.

»Eines Tages«, sagt Raharjo leise, den Blick über die rotblühenden Zweige hinweg auf das Meer gerichtet, »eines Tages werde ich ein reicher Mann sein. Reich und mächtig. Mit einem großen Schiff, das allein mir gehört.«

Georgina, die neben ihm auf dem Felsen hockte, musterte ihn verstohlen von der Seite. Seine dunklen Augen glosten mit einer Sehnsucht, die wie ein Echo ihrer eigenen Träume war. Sie schlang die Arme fester um ihre angezogenen Knie.

»Nimmst du mich dann mit?«, fragte sie zaghaft.

Sein Mund kräuselte sich. »Kannst du denn schwimmen?«

Beschämt schüttelte Georgina den Kopf.

Er schnitt ein Gesicht und schnalzte bedauernd mit der Zunge. »Mir kommt keiner aufs Schiff, der nicht schwimmen kann.«

Georgina nickte schwach und zerrte an einem losen Faden ihres Sarongs herum.

»Aber«, hörte sie ihn dicht an ihrem Ohr raunen, »ich kann's dir beibringen.« Er versetzte ihr einen leichten Stoß mit der Schulter. »Natürlich nehm ich dich mit.«

Die Spur eines Lächelns zitterte über Georginas Gesicht und sprang dann zu einem Strahlen auf, als Raharjo ihr Lächeln erwiderte.

Georgina wusste nicht, ob sie ihn mit dem leichten Schatten an Bartflaum lieber mochte oder wenn sein Kinn und die Partie um den Mund glatt und weich aussahen, nachdem er von dem alten Rasiermesser in der Schublade des Waschtischs Gebrauch gemacht hatte. Aber sie wusste, dass sie die kleinen Kerben beiderseits seiner Mundwinkel mochte, die sich zeigten, wenn er lächelte, und wie hell seine regelmäßigen Zähne in seinem braunen Gesicht aufleuchteten, wenn er grinste. Sie mochte, wie lebhaft sich seine Brauen bewegten, wenn er sprach, und sie mochte seine Augen, die sie an satte Tropfen eines schwarzen Ozeans erinnerten, mal ruhig und von einer unergründlichen Tiefe, mal von aufbrausender Natur. Und wenn er sie ansah, so wie jetzt, begann es in ihrem Bauch zu kitzeln wie von einer ganzen Handvoll Käfer.

Unwillkürlich zog sie die Knie enger zu sich heran, ein unruhiges Kribbeln in ihren Fingern, die es vermissten, sich um Raharjos Wunden zu kümmern.

»Wie geht es deinem Bein?«

Raharjo hielt den Schnitt in seinen Hosen mit zwei Fingern auf und spähte hinein, besah sich dann die rosige Stelle an seinem Oberarm.

»Heilt gut.« Mit einem kleinen Grinsen auf dem Gesicht wandte er sich ihr zu. »Die Narben werden mich immer an dich erinnern.«

Der Wind war plötzlich kühl auf ihrer Haut, und Georgina musste blinzeln.

Da war etwas in Raharjos Augen, wenn sie über die Mauer schweiften und den Segeln der Schiffe folgten, bis sie hinter dem Horizont verschwunden waren, das verriet, wie sehr er sich nach dem nassen Element verzehrte. Eine Unrast hatte in seinen Gliedern Einzug gehalten, die in dem Maße zunahm, in dem er wieder zu Kräften kam. Als bedeute es eine Folter, zu lange an Land auszuharren.

Und Georgina fürchtete den Tag, an dem der Lockruf des Ozeans übermächtig werden würde und sie Raharjo an das Meer verlor, bevor sie sein Robbenfell fand und es verstecken konnte.

☙❧

Leichtfüßig lief Georgina durch den Garten, und im Takt ihrer Schritte schlug ihr Herz frei und schnell. Die Schüssel mit dampfendem Frühstückscurry und Reis an sich gedrückt, zwängte sie sich durch das Dickicht und hüpfte die Stufen zur Veranda hinauf.

»Guten Morgen«, rief sie von der Schwelle aus in das Schlafzimmer hinein, eine neugewonnene Freude in der Stimme.

Der Raum war leer.

Sie drehte sich um und schaute zum Felsen hinüber, blickte nach allen Richtungen in das dichte Grün hinein.

»Raharjo?«

Die Unterlippe zwischen die Zähne gezogen, wandte sie sich wieder um. Aus dem Augenwinkel nahm sie wahr, dass oben auf dem Bord eine Lücke klaffte; zwei der Bücher fehlten.

Als ihr Blick auf den Zweig rosablühender Orchideen fiel, der auf dem Bett lag, wusste sie es.

Zitternd stellte sie die Schüssel auf dem Waschtisch ab. Ihre Schritte über den Holzboden waren schwer und schleppend; kraftlos kroch sie auf das Bett und rollte sich eng zusammen.

In ihrem Bauch brannte es, ein gieriges, alles verzehrendes Feuer, das glühende Wellen durch ihren ganzen Leib schickte. Die Finger in den Stoff gekrallt, presste sie das Gesicht in Laken und Kissen, sog die Spuren von Raharjos Geruch ein und den Duft der Orchideen, die sie mit ihrer Wange zerdrückte.

Jeden Morgen kam Georgina in den Pavillon, mit dem zittrigen Fünkchen Hoffnung in der Brust, Raharjo wiederzusehen. Und fand die beiden Zimmer jedes Mal genauso leer, genauso verlassen vor wie früher.

Tag für Tag saß sie auf dem Felsen vor der Mauer und sah auf die braune Rinde der Insel von Batam hinaus, den Wind in den Haaren, Sonne, Salz und Regen auf der Haut. Auf das Meer schaute sie, auf diese ewig gleiche, ewig unbeständige Weite aus Seide, perlgrau, türkisgrün, indigoblau, der wankelmütige Himmel durchzogen von Pelikanen, Möwen und Fregattvögeln.

Den Pferdewagen und Ochsengespannen, die über die Beach Road rumpelten und an trockeneren Tagen Staub aufwirbelten, schenkte sie kaum einen Blick. Sie hielt nach den Fischern Ausschau, die ihre schweren Netze an Land brachten, eine aufgeregt flatternde Vogelschar im Gefolge, ob sie unter ihnen Raharjos Gestalt ausmachen konnte. Und nach den stolzen Segelschiffen, den großen und kleinen Booten, die die Wellen durchschwärmten. Von denen eines vielleicht irgendwann auf sie zusteuerte, Raharjo an Bord, der zurückkam, um sie mitzunehmen auf das große, weite Meer.

Tag für Tag verstrich zwischen Ebbe und Flut. Im Kommen und Gehen von Hoffnung und Enttäuschung und im endlosen Wellenspiel der Zeit.
    Bis der unaufhaltsam vorwärtsströmende Fluss des Lebens Georgina ergriff und mit sich forttrug.

∞ I ∞

Tropenfieber

1849–1851

Wie Königsfischer Feuer fangen und Libellen zieh'n Flammen an,
wie am runden Brunnenrand ein fallend' Stein erklingt,
wie jede angeschlag'ne Saite singt, jeder Glocke Bogen schwingt,
mit eigner Stimme ihren Namen ruft hinaus in die Welt,
ein jedes Menschenkind ihnen tut es gleich:
schickt hinaus das Wesen, das einem innewohnt.
Das vielgestalte Ich – es wird zum Selbst, ich selbst, *verkündet es laut*
und ruft: Was ich tue, bin ich. Dafür kam ich her.

Gerard Manley Hopkins

I

Singapura. Die Löwenstadt.

Das alte Temasek, das *Land im Meer.*

Long Ya Men, das *Tor des Drachenzahns* und das Tor zu China.

Die Stadt unter dem Wind, wo der eine Monsun endet und der andere beginnt.

Wie ein Ginkgoblatt schwamm die Insel im Wasser.

Nur durch das schmale Band der Straße von Johor vom Krokodilrücken der malaiischen Halbinsel getrennt, öffnete sie sich auf die weite Bläue der Straße von Singapur. Und so klein und schmal der Fluss auch war, der sich durch die Regenwälder wand, durch Mangrovensümpfe, Salzmarschen und Sandbänke, der aufgehenden Sonne entgegen, so viel Macht trug er in sich. Ein kraftvoller Drache, das spitzzahnige Maul zur Küste hin aufgerissen, dessen Wasser sich dort in einem leidenschaftlichen Kuss mit denen des Meeres mischten.

Ein natürlicher Hafen entsprang dieser Liaison, durch die umliegenden Inseln vor den Unbilden der Elemente geschützt und wie dafür geschaffen, hier das Herz einer Handelsniederlassung zum Schlagen zu bringen.

Mutig hatte Sir Stamford Raffles mitten in das Grün und Blau von Meer und Dschungel das Saatkorn gesetzt, dem er den Namen Singapur gab. Beschirmt von der Flagge der East India Company und gestützt durch Verträge und Pläne keimte dieser

Samen schnell im fruchtbaren Boden eines jahrhundertealten, weit gespannten Netzes aus Handelswegen. Singapur wuchs und gedieh, trug prächtig Früchte und verzweigte sich immer weiter über die vielen Menschen, die der Freihafen anzog wie eine besonders reiche Futterstelle die Vogelschwärme.

Dabei war Singapur ohne Wurzeln, wie eine Orchidee. Eine Stadt ohne Geschichte, ohne Vergangenheit, hastig aus dem Boden gestampft und überbordend in ihrer hemmungslosen Blüte. Geflutet von Menschen aus China und Indien, aus den Sultanaten der malaiischen Halbinsel, von Java, Sumatra, Bali und all den anderen Inseln des Archipels, aus Arabien und Armenien und umsäumt von der blassen Gischt aus Schotten, Engländern und Deutschen. Eine Stadt der Männer, die allein kamen, um Handel zu treiben, Arbeit zu finden, reich zu werden, bevor sie wieder dorthin zurückkehrten, wo sie herstammten.

Singapur war eine Stadt voller Zugvögel. Eine Stadt, in der man keine Wurzeln schlug, die niemandes Heimat war. In der Heimweh jede Schüssel Reis salzte.

Georgina India Findlay jedoch hatte bei ihrem allerersten Atemzug ihre Lunge mit der Tropenluft dieser Insel gefüllt. Sonnenglut, warmer Regen und die salzige Brise des Meeres hatten ihr Wachsen und Werden begleitet, und so wie sie im Garten von L'Espoir ihre ersten wackeligen Schritte tat, im Schatten unter dem Jasmin ihren ersten Milchzahn verlor, hatte sie in den ersten zehn Jahren ihres Lebens im dünnen Boden der Insel Wurzeln ausgetrieben, in roter Erde, Sand und Schlamm Halt gefunden.

Wurzeln, die von einem Tag auf den anderen gewaltsam gekappt worden waren. Eine klaffende Wunde, an der sie zu verbluten glaubte, bis sie sich mit der Biegsamkeit einer Kinderseele an ihr neues Leben in der Fremde gewöhnte. Und an das

Heimweh, das mit der Zeit zu einem dumpfen Pochen abebbte, aber nie verging.

Selig badete Georgina in der dampfigen, kaum vom Wind gemilderten Hitze an Bord des Sampans, der sie und ihr Gepäck der Insel entgegentrug. Obwohl die Bänder ihres Huts auf ihrer Haut klebten und der Rücken ihres Kleids aus dünnem Musselin durchgeschwitzt war; hier würde sie nie mehr frieren.

Was ist das Gegenteil von Heimweh? Heimkehr?

Ein Wort, das Georgina viel zu leise, zu nüchtern vorkam, mehr eine Richtung vorgab denn eine Empfindung ausdrückte.

Dabei war alles um diese Heimkehr laut gewesen und von heftigen Gefühlen begleitet. Die Auseinandersetzungen mit ihrer Tante, hitzig durch ihrer beider schottisches Blut und selbst von einem Gemütsmenschen wie Onkel Silas nicht zu schlichten. Die Tränen ihrer Cousine Maisie, die Georgina wie eine Schwester betrachtete und sie nicht mehr hergeben wollte. Georginas unfassbares Glück, als Tante Stella schließlich nachgab und ihre Zustimmung erteilte. Die fieberhafte Ungeduld, endlich aufzubrechen, endlich anzukommen, die sich auf dem langen Weg zu Wasser und zu Lande als hartnäckiger Gefährte erwies.

Wolkenschlieren maserten einen Himmel aus duftiger puderblauer Seide. Behäbig schmiegten sich ihre üppigen Schwestern an die Hügel, die sich wie weiche Moospolster an der Küste ausbreiteten. Der Government Hill mit seinem weithin sichtbaren Flaggenmast, Wächter über das Meer und die hereinkommenden Schiffe, das Haus des Gouverneurs noch weißer vor dem Grün der Hügelkuppe, schien Georgina erwartungsvoll entgegenzusehen. Als wollte er ihr zurufen: *Endlich bist du zurück. Erinnerst du dich an mich?*

Georginas letzte Erinnerungen an Singapur waren verzerrt durch hilflose Angst und einen flammenden Zorn, in dem sie

Onkel Étienne kratzte und nach ihm schlug und schrie, als risse man ihr das Herz heraus. Sie erinnerte sich an den Blick ihres Vaters, voller Kummer und beschämter Erleichterung, bevor er sich wortlos umgedreht hatte und ins Haus zurückgegangen war. Daran, dass sich ihre Kraft erschöpft gehabt hatte, sobald sie an Bord gegangen waren und wie sie sich willenlos von Onkel Étienne in die Arme ziehen und trösten ließ und vor Tränen nichts mehr sah.

Der Sampan fädelte sich durch den Wald aus schaukelnden Schiffsleibern und schlingernden Bootsrümpfen, die an der Küste vor Anker lagen, unter dem Geäst aus Masten und Schornsteinen, Segeln, Flaggen und bunten Wimpeln hindurch. Große Schaufelraddampfer waren darunter wie derjenige der *Peninsular & Oriental Steam Company*, der Georgina von Suez aus hierhergebracht hatte, schwerfällige Segelschiffe und wendige, pfeilschnelle Klipper. Georgina erkannte die chinesischen Dschunken mit ihrem hufeisenförmig gebogenen Rumpf wieder, rot, gelb oder weiß bemalt, unter Segeln, die an Fächer erinnerten, und die dreieckigen Segel der Schiffchen aus Cochinchina. Die Segel der malaiischen Perahus waren rechteckig, und die Boote der Bugis zeichneten sich durch einen hohen Kastenaufbau am Heck aus.

Das Band aus weißen Hausfassaden und terrakottaroten Dächern lockerte sich hinter der offenen Fläche der Esplanade, jenseits des neuen, schlanken Turms von St. Andrew's, und verwob sich mit den tropischen Gärten entlang der Beach Road zu einem verschwenderischen Muster aus Paisley, Palmetten und Millefleurs. Eines der Häuser dort musste L'Espoir sein, Georgina war nicht sicher, welches; Dunstschleier trübten ihre Sicht, vielleicht war es auch zu lange her.

Fischerboote glitten vorüber und Kähne voller Bananenstauden; andere hatten Körbe mit Mangos und rotpelzigen Rambutanen an Bord, mit Muscheln und Korallen, oder kreischende Äffchen und farbenprächtige Vögel in Bambuskäfigen.

Dort, wo sich der Fluss ins Meer ergoss, rollte sich der helle Saum der Stadt eng zusammen, und die beiden Flussufer reckten sich einander entgegen, als wollten sie sich die Hände reichen. Scharf schwenkte der Sampan in diese schmale Passage ein, und dann sprang Georgina das Leben am Singapore River in seiner ganzen Buntheit, seiner ganzen lärmenden Geschäftigkeit entgegen.

Dutzende und Aberdutzende von Booten und Kähnen drängten sich an die Ufermauer, tummelten sich den Fluss hinauf und wieder hinunter, den vollkommenen Halbmond der Godowns entlang. Von überallher erschallten Stimmen und Geräusche und verwoben sich zu einem Summen, Klappern, Dröhnen; die Gesichter, die Kleidung der Menschen, ein Kaleidoskop aller Facetten Asiens. Die Luft war schwer von überreifem Obst und Unrat, von Fisch, Staub und Schweiß und dem Moder der nahen Sümpfe, gewürzt mit Salz und Tang, dem Aroma von Spezereien und dem Rauch der Holzkohlefeuer.

Am Rand dieses brodelnden Sees aus Farben, Gerüchen, Klängen und Menschen, am rechten Ufer des Flusses, empfing Georgina die kühle, idyllische Insel eines weißen Säulenpavillons. Zwei Herren in Anzügen warteten, jeder für sich, in seinem Schatten auf ankommende Passagiere; Georginas Vater war nicht darunter.

Georgina wich ihren neugierigen Blicken aus und wehrte freundlich einen chinesischen Coolie ab, der sich näherte, um seine Dienste anzubieten. Ein zittriges Lächeln auf dem Gesicht, hielt sie nach der überschlanken, hoch aufragenden Gestalt ihres Vaters Ausschau, und das Herz schlug ihr bis zum Hals.

Mit freudigen Rufen, Händeschütteln und Schulterklopfen nahmen die beiden Herren die Neuankömmlinge in Empfang, die aus den nachfolgenden Sampans kletterten. Einer von ihnen nickte Georgina kurz zu; ein junger Mann, nicht viel älter als sie selbst, semmelblond und rotgesichtig und ebenfalls aus London, der auf demselben Schiff angereist war und dessen Namen sie bereits vergessen hatte.

Ihre vergnügten Stimmen und Schritte verhallten zwischen den Säulen, und Stille breitete sich aus.

Georgina beobachtete die chinesischen Coolies, die am gegenüberliegenden Ufer Kisten mit Gewürzen und Tee, Säcke voller Pfeffer, Sago und Tapioka, Körbe mit Früchten und Bündel von Rattan von den Booten in die Godowns verluden oder umgekehrt. Wie sie es früher manchmal mit ihrem Vater getan hatte, als sie noch ganz klein gewesen war. Den Möwen schaute sie nach, die mit heiseren Rufen ihre Kreise über dem Wasser zogen, auf der Suche nach einem Futterbröckchen, das vielleicht irgendwo für sie abfiel und den Pelikanen, elegante Segler in der Luft, zu Land aber tollpatschig und drollig anzusehen.

In gleichmäßigen Abständen schreckte sie das Schlagen einer Kirchturmuhr ganz in der Nähe auf. Ein Klang, der ihr in London vertraut geworden war, hier jedoch fehl am Platz schien. In ihrer Kindheit hatte keine Glocke die Stunden in Singapur gezählt, nur der Kanonendonner vom Government Hill Tagesanbruch, Mittag und die Abendstunde verkündet. Und obwohl sie nicht mitzählte, verkündete ihr jeder Uhrenschlag, dass die Zeit unerbittlich verstrich, während sie hierstand und wartete.

Sie mied die fragenden Blicke der nach ihr Ankommenden. Die der Herren, die nach und nach den Pavillon betraten, um jemanden abzuholen. Tat so, als bemerke sie nicht, wie die malaiischen *syces* auf den Kutschböcken sie musterten.

Während alles und jeder um sie herum in Bewegung war, harrte Georgina auf ein und derselben Stelle aus; ein aufgezwungener Stillstand, der sich wie ein Vakuum um sie zusammenzog und mit einem Gefühl der Verlassenheit füllte. Das Lächeln auf ihrem Gesicht war längst in sich zusammengefallen, verloren stolperte ihr Herz im Brustkorb umher.

Langsam ließ sie sich auf dem größten ihrer Koffer nieder und starrte vor sich hin.

»Miss Findlay?«

Eine männliche Stimme, tief und volltönend, unterlegt von schnellen Schritten.

Georgina fuhr herum. »Ja?«

»Gott sei Dank, Sie sind noch da!«

In einem schwungvollen, breitbeinigen Gang, der Tatkraft verhieß, eilte ein Fremder auf sie zu, der auch nichts von seiner resoluten Wirkung einbüßte, als sich seine Schritte verlangsamten und er stehen blieb. Das gewinnende, aber unpersönliche Lächeln auf seinem Gesicht jedoch fiel wie eine Maske; ratlos wirkte er mit einem Mal, beinahe unsicher.

Georginas Herz setzte einen Schlag aus, und wackelig kam sie in die Höhe.

»Ist ... ist etwas mit meinem Vater?«, raspelte sie aus trockener Kehle, ihre Tasche mit beiden Händen umklammert.

»Nein«, kam es tonlos und leise von ihm.

Ein neues Lächeln, echter, offener diesmal, flackerte über sein Gesicht und gab ihm etwas Jungenhaftes.

»Nein, keineswegs. Mister Findlay wollte Sie ursprünglich selbst abholen, musste sich aber um eine kurzfristig eingetroffene Ladung kümmern. Also hat er mich geschickt.«

Sein Lächeln gewann an Sicherheit und weitete sich, während er vor sie hintrat und ihr seine Rechte entgegenstreckte.

»Sehr erfreut, Miss Findlay. Paul Bigelow. Ich arbeite für *Findlay and Boisselot*. Hatten Sie eine gute Reise?«

Die Welle der Erleichterung, die eben noch in Georgina aufgebrandet war, sackte in sich zusammen und lief in eine brackige

Pfütze der Enttäuschung aus. Mechanisch nickte sie und ergriff Paul Bigelows kräftige Hand.

Sein Händedruck fiel eine Spur zu fest aus, heiß und ein bisschen feucht. Ihre Augen begegneten sich dabei auf gleicher Höhe, denn Paul Bigelow war nicht besonders groß, während Georgina hochgewachsen war für eine Frau, rank und schlank wie alle Findlays.

»Wie Sie sehen«, in einer lockeren Handbewegung deutete er auf sein Hemd mit den aufgerollten Ärmeln, das unter den Hosenträgern angeschwitzt war, »habe ich mich derart beeilt, dass ich ohne Rock aus dem Kontor gestürmt bin.« Er rieb sich über sein hellbraunes Haar, das er kurzgeschoren trug. »Und ohne Hut.«

Mit gesenktem Kopf sah er sie von unten herauf an. Sein Mund krümmte sich zu einem Lächeln, entschuldigend, mehr aber noch schelmisch, und Georgina konnte nicht anders, als zurückzulächeln.

»Ich weiß Ihren Einsatz zu schätzen, Mister Bigelow.«

In seinen Augen blitzte es auf. »Danke, Miss Findlay. Darauf hatte ich gehofft.«

Er winkte zwei chinesische Coolies herbei und bot Georgina seinen Arm an.

»Kommen Sie, ich bringe Sie nach Hause.«

Trotz der Fensteröffnungen über den niedrigen Türen und der geschlitzten Jalousien auf allen Seiten war es heiß und stickig in dem Wagen aus Holz, in den Paul Bigelow ihr hineinhalf; mehr aus Galanterie denn echter Notwendigkeit, denn der Einstieg befand sich dicht über dem Boden.

Mit schwitzigen Fingern nestelte Georgina an der Schleife unter dem Kinn herum, riss sich mit einem erleichterten Seufzer den Hut vom Kopf und wischte hastig mit dem Ärmel über Stirn und Schläfen.

»In die Beach Road, bitte«, wandte sie sich an Paul Bigelow, der auf der anderen Seite zustieg.

»Ich weiß.« Er schmunzelte und deutete eine Verbeugung an. »Gestatten – Ihr Untermieter. Ich habe mir im Übrigen erlaubt, jemanden nach L'Espoir vorauszuschicken, der dort Bescheid gibt, dass Sie unterwegs sind.«

Die Brauen zusammengezogen, nickte Georgina.

Paul Bigelow klopfte außen gegen die Tür; der Wagen ruckte an und holperte auf seinen dünnen Metallrädern los. In den halbwegs komfortablen Kutschen auf den Straßen Londons hatte Georgina vergessen, wie sehr man in einem Palanquin Singapurs durchgerüttelt wurde. Der warme Fahrtwind zog herein, und dann, als der Wagen auf die Küstenstraße einbog, eine schwüle Meeresbrise.

Georgina reckte den Hals nach der weißen Fassade von St. Andrew's, der von Gordon Findlay und anderen schottischen Kaufleuten der Stadt finanzierten kleinen Kirche. Für Georgina von jeher das heimliche Wahrzeichen Singapurs, ihr Leitstern auf jedem Weg, der nach Hause führte.

Robust, geradezu kompakt wirkte der Angestellte ihres Vaters, mit dem sie künftig unter einem Dach leben würde, dabei noch jugendlich; er konnte höchstens Mitte zwanzig sein. Genauso breitbeinig wie er ging, saß er ihr im Wagen gegenüber, die Füße in den blank polierten Schuhen fest auf dem Boden, entspannt zurückgelehnt und die Arme auf der Lehne ausgestreckt. Überraschend starke Arme waren es und leicht gebräunt, als würde er seine Tage mehr damit zubringen, Kisten zu schleppen, denn am Schreibtisch der Firma zu sitzen. Im Sonnenlicht glomm der dichte Flor darauf golden auf, und obwohl es erst früher Nachmittag war, überzog bereits wieder die Ahnung eines falben Bartschattens die Partie um seinen Mund, eine draufgängerische Note an seiner sonst soliden Erscheinung.

Seine Augen, bestechend blau, trafen sich mit ihren. Georgina lenkte rasch ihren Blick zum anderen Fenster hinaus, auf die Schiffe und Boote, die auf den Wellen tanzten.

»Sie haben die letzten Jahre in England verbracht, wie Mister Findlay mir erzählte.«

Ein Tonfall zwischen bemühter Höflichkeit und echtem Interesse, nüchtern und gleichzeitig vorsichtig.

»Die ersten paar Monate war ich in Indien, in Pondichéry. Bei meinem Onkel, dem Bruder meiner Mutter, und seiner Frau.« Georgina warf ihm einen Seitenblick zu. »Sie kennen ihn bestimmt. Étienne Boisselot.«

Paul Bigelow nickte. »Sicher. Mir obliegt ein Großteil des Schriftwechsels mit Mister Boisselot. Er war vergangenes Jahr erst für einige Wochen hier.«

Sein Englisch hatte einen schwingenden Akzent, der manche Laute langzog und verflachte; stammte er aus dem Norden?

»Sind Sie schon lange in Singapur?«

»Vier Jahre müssten es mittlerweile sein.« Seine Stirn legte sich in Falten. »Angefangen habe ich bei *Boustead*, und seit zwei Jahren bin ich bei *Findlay and Boisselot*. Ja, ziemlich genau vor vier Jahren bin ich hierhergekommen.« Er schmunzelte. »Geradewegs aus Manchester.« *Mahnchastah*.

»Ich war fast sieben Jahre in London, bei der Schwester meines Vaters und ihrer Familie.«

»Wie alt waren Sie, als Sie von hier fortgegangen sind?«

»Zehn.« Ihre Stimme klang schwach; ein Nachhall des Bruchs, mit dem ihr Leben, viel zu früh von tiefen Rissen durchzogen, in jenem Jahr endgültig entzweigegangen war.

»Zehn.« Leise war das Echo, das von ihm kam. Unvermutet weich. »Das muss sehr schwer für Sie gewesen sein.«

Tief und dunkel waren seine Augen dabei, wie eine ruhige See an einem bewölkten, aber windstillen Tag.

Erst der plötzliche Ruck, als der Palanquin abbog, löste ihre Blicke voneinander, und schweigend ließ Georgina das flimmernde Wechselspiel aus Sonnenlicht und dem Schatten hoher Bäume über ihr Gesicht streichen.

Ihr Herz klopfte heftig, als sie die ersten Häuser in ihren saftiggrünen, blühenden Gärten wiedererkannte. Begann zu tanzen, als der Palanquin in eine Einfahrt schwenkte und im schattigen Tunnel der überdachten Auffahrt zum Stehen kam.

Ein Malaie sprang herbei, öffnete den Wagenschlag und verneigte sich tief; möglich, dass er noch einer der beiden *syces* war, die sich früher auf L'Espoir um Pferde und Wagen gekümmert und ihren Vater immer in die Stadt kutschiert hatten.

»Ich muss zurück ins Kontor«, hörte sie Paul Bigelow sagen, als er ihr aus dem Wagen half. »Bis heute Abend.«

Georgina konnte nur nicken; sie war gefangen im Anblick der Personen, die auf den Stufen der Veranda aufgereiht standen. Wie in einem Traum tat sie einen Schritt vorwärts, und das starre Tableau erwachte schlagartig zu überschwänglichem, lautem Leben, in dem das Geräusch des davonfahrenden Palanquins unterging.

»*Selamat datang!* Willkommen, herzlich willkommen!«

Lachend und rufend lief ihr das Personal entgegen und umringte sie. Die drei Boys zuerst, erstaunlich wenig verändert, wie von der Zeit unberührt, die sie förmlich und geradezu steif, aber mit breitem Lächeln begrüßten, ehe sie in Richtung des Gepäcks weitereilten.

»Schaut sie euch an! So schaut doch!«, kiekste Kartika und umschloss Georginas Gesicht mit ihren kaffeebraunen Händen. »Unsere kleine Nilam ist eine *Lady* geworden! Eine richtige *Lady*! Und so hübsch! Genauso hübsch wie unsere Mem damals!«

»Hier, Nilam!«

Anish, dessen makellos weißen Turban Georgina inzwischen um mehr als Haupteslänge überragte, der Bart mit den gezwirbelten Enden gänzlich ergraut, drängte sich neben Kartika. Nachdrücklich hielt er Georgina eine Platte mit bunten Häppchen entgegen.

»Eigens für dich gemacht! Für den Anfang!«

Ah Tongs Ledergesicht spiegelte seine Verlegenheit wider, aber auch Stolz und Freude; in den überschlanken, knorrigen Händen hielt er einen Kranz aus aufgefädelten Orchideen, deren Blütenblätter mit der gelbgetupften Zunge weiß leuchteten.

»Im Namen von uns allen«, erklärte er feierlich und hörbar bewegt, »möchte ich dich zu Hause willkommen heißen, *Ay...* Miss Georgina.«

Mit einer leichten Verbeugung legte er ihr die Blütenkette um, und dieser fast vergessene, nun in seiner Intensität aufwühlende Duft ließ Georgina mehr als alles andere mit den Tränen kämpfen.

»*Terima kasih banyak-banyak*«, flüsterte sie mit enger Kehle, das lange nicht mehr geübte Malaiisch störrisch auf der Zunge. »Vielen, vielen Dank.«

Fragen nach der Reise und ihrem Wohlbefinden schwirrten durch die Luft, nach England und ihren Verwandten; stets aufs Neue wurde betont, wie froh man war, dass sie heil wieder hier und wie groß sie doch geworden war. Kartika, von einem jungen Mädchen zu üppiger Fraulichkeit gereift, bewunderte ausgiebig Georginas zartgrünes Kleid mit den weiten Röcken und wurde nicht müde, ihr immer wieder über den Kopf und Arm zu streichen oder sie bei der Hand zu fassen.

Über Kartikas Scheitel hinweg trafen sich Georginas blaue Augen mit den dunklen einer Frau, die auf der Treppe stehen geblieben war. Erste Linien hatten sich in ihr zimtfarbenes Gesicht gegraben, und das lackschwarze Haar, wie eh und je zu einem strengen Knoten zusammengefasst, durchzogen mittlerweile ein paar feine Silberfäden.

»*Selamat sejahtera*, Cempaka«, sagte Georgina leise und griff dabei unbewusst auf die ehrerbietige Form des Grußes zurück.

Einen Augenblick lang schien es, als wolle Cempaka etwas erwidern, dann legte sich ein Schatten über ihr Gesicht. Abrupt kehrte sie Georgina den Rücken zu und eilte ins Haus.

Erfrischt vom Bad, das Haar noch feucht über den Schultern des Morgenrocks ausgebreitet, stand Georgina vor dem geöffneten Kleiderschrank. Es widerstrebte ihr, sich in der Hitze des Tropentages mit den Häkchen des Korsetts abzumühen, sich ein Kleid, mochte es auch aus noch so leichtem Stoff sein, nebst mehreren Petticoats über ihre Unterwäsche zu streifen.

Halbherzig langte sie nach einem der dünnen Sommerkleider, die Kartika vorhin unter verzückten Ausrufen über die Stoffe und ihre Verarbeitung, über die Bänder, Spitzen und Biesen aus den Koffern in den Schrank geräumt hatte. Sie ließ die Hand wieder sinken und wandte sich um.

Stäubchen glitzerten im Sonnenlicht, das buttrig durch die Schlitze der Bambusjalousien quoll, und unter dem Schrillen der Zikaden sickerten Wellengeflüster und Blättergeraschel herein.

Ihr altes Kinderzimmer.

Unverändert und doch nicht mehr dasselbe. Das Bett unter dem Moskitonetz, das ihr einmal so groß vorgekommen war wie der Bauch eines Ostindienfahrers, seine Laken eine kühl knisternde Polarlandschaft, lange bevor sie zum ersten Mal Schnee und Eis gesehen hatte. Der Schrank, der wie ein Zimmer für sich gewesen war und in dem sie sich manchmal vor Cempaka versteckt hatte. Die Kommode, einstmals eine unerschöpfliche Schatztruhe für die kindliche Lust am Spiel, irgendwann in den letzten sieben Jahren gnadenlos geplündert, ihre gähnende Leere nur unzureichend mit Georginas Leibwäsche, Strümpfen und Handschuhen gefüllt.

Auf bloßen Füßen tat sie ein paar ziellose Schritte, die sie schließlich aus dem Zimmer führten.

Die Türen jenseits der Balustrade, unter der sich die Eingangshalle ausdehnte, früher einen Ozean weit entfernt, waren ganz in die Nähe gerückt; vermutlich hatte sich Paul Bigelow in einem der Zimmer dort eingemietet.

Das gesamte Haus von L'Espoir schien geschrumpft, enger und dunkler als in ihren Erinnerungen, Georgina eine Riesin, nach sieben mal sieben Jahren in einen einstigen Palast zurückgekehrt, der seinen früheren Glanz verloren hatte und dem Untergang geweiht war. Tropenluft hatte Stein zersetzt, Holz verformt, Spiegel braun gefleckt; Meeresfeuchte hatte Stoffe und Rohrgeflecht ausgelaugt und Schatten an die Wand gezeichnet. Mit nassem Atem lockte die See L'Espoir zu sich, und das Haus schien gewillt, sich in ihre Umarmung fallen zu lassen.

Zaghaft, fast scheu schob Georgina die Tür neben der des Badezimmers auf und schwankte unter der Flut an Erinnerungen, die über sie hereinbrach. Die Gehröcke, Fräcke, Hemden und Hüte, Schuhe und Reitstiefel ihres Vaters auf der einen, der Regenbogen an Kleidern und Abendroben ihrer Mutter auf der anderen Seite. Der unverkennbare Geruch des Ankleidezimmers, nach feuchter Seide, Wolle und Baumwolle, nach Neemholz, Pfeifenrauch und Leder, nach Staub und Blütenhauch.

Gierig vergrub Georgina beide Hände in den feinen Stoffen und drückte das Gesicht hinein. Trank jede vergilbte, fast verwehte Spur von Duft, jeder Tropfen Erinnerung so kostbar und selten wie ein funkelndes Juwel.

Die farbenprächtigen, glitzernd bestickten Saris, die Maman vor so vielen Jahren aus Indien mitgebracht hatte, waren von Stockflecken dunkel gemasert und rochen modrig; die Sarongs und Kebayas jedoch, die sie zu Hause am liebsten getragen hatte, dufteten frisch nach Flusswasser und Seife, wie gerade erst vom *dhobi-wallah* gewaschen und geplättet zurückgebracht. Als erwarte man in L'Espoir jeden Tag die Rückkehr der Mem, während Georginas Spuren so gründlich getilgt worden waren, als ob es hier nie ein kleines Mädchen gegeben hätte.

Georgina schlüpfte aus dem Morgenrock, stieg in einen blaugrundigen Sarong und streifte eine der zarten Kebayas über ihr Hemdchen.

»Schämst du dich nicht?!«

Die Arme vor der Brust verschränkt, stand Cempaka im Türrahmen, unverhohlene Missbilligung in den Augen.

»Das sind die Sachen der Mem!«

Verschämt zupfte Georgina an der Kebaya herum, die ihr an den Ärmeln zu kurz war, wie auch der Sarong ihre Waden nicht mehr als zur Hälfte bedeckte.

»Nur geborgt«, beteuerte sie leise. »Fürs Erste. Bis ich mir hier etwas Neues …«

Ihre Stimme zerfiel unter dem lodernden Blick Cempakas.

»Bilde dir nur nicht ein, du könntest hier die neue Herrin spielen. Niemals wirst du unserer Mem Joséphine das Wasser reichen können.«

Die altbekannte Furcht reckte ihre kalten Klauen nach Georgina.

»Es … es tut mir leid, wenn ich dir früher das Leben schwer gemacht habe«, flüsterte sie, nach den richtigen Worten suchend. »Wenn ich ein ungezogenes Kind war. Aber jetzt bin ich kein Kind mehr, und …«

Wortlos drehte sich Cempaka um und ging davon.

»Cempaka!« Georgina lief ihr nach. »Kannst du nicht endlich deinen Groll gegen mich ablegen? Nach all der Zeit? Es wenigstens versuchen?«

Cempaka wandte sich ihr halb zu, das Gesicht weniger zornerfüllt als verwaschen von Müdigkeit.

»Warum musstest du zurückkommen?« Eine Müdigkeit, die ihre sonst so kräftige Stimme dämpfte und aushöhlte. »Du wirst nur Unheil über dieses Haus bringen. Wie du es früher schon getan hast.«

Ohne auch nur einen weiteren Blick an Georgina zu verschwenden, ließ Cempaka sie stehen.

Stumm starrte Georgina ihr hinterher.

※

Der Garten simmerte unter einem Himmel aus Kreidestaub. Das klare Licht des Nachmittags versickerte im Boden, und verfrühtes Dämmergrau wusch die Farben von Blättern und Blüten aus.

Jeder Herzschlag war schweißtreibend, die Luft, die Georgina atmete, legte sich warm als zäher Film auf Kehle und Lunge. Eine bleierne Schwere hatte in ihren Gliedern Einzug gehalten; ein Nachhall der Strapazen einer solch langen Reise, selbst für einen jungen starken Leib wie den ihren, während ihre Seele in Aufruhr war.

Sie war dankbar für die Ruhe auf der Veranda, obwohl sich ihre Mundwinkel hoben, wann immer sie hinter sich im Haus die Boys hörte, einander so ähnlich in ihrem melodischen Tonfall. Die raue Stimme Ah Tongs. Der Bass und das dröhnende Lachen von Anish. Kartikas Kichern. Selbst der harsche Befehlston Cempakas hatte aus der Ferne etwas Vertrautes, Behagliches, obwohl Georgina jedes Mal, wenn er an ihr Ohr drang, unbewusst die Schultern hochzog.

Auch der Garten schwieg, halb andächtig, halb abwartend; allein das Meer wirkte beunruhigt und murmelte orakelgleich vor sich hin.

Ein kräftiger Wind zerzauste raschelnd die Kronen der Palmen und durchwühlte das Laub der hohen Bäume. Blätter wippten unter den ersten Tropfen, und unter polterndem Donner öffneten sich die Schleusen des Himmels.

Von Menschenhand unberührt schien das Wäldchen am Meeresufer. Ihr Lieblingsplatz als kleines Mädchen. Genauso undurchdringlich wuchernd, genauso verwunschen wie damals, als sie es zuletzt gesehen hatte; womöglich nach ihr von niemandem je wieder betreten und der Pavillon längst verfallen.

Wo sie in einem Regen wie diesem einen Jungen gefunden hatte, verwundet und geschwächt. Ein junger Meermann. Ein Selkie. An den sie ihr Kinderherz verlor, jeden Tag ein bisschen mehr, und der ihr dieses kleine, große Herz gebrochen hatte, als er eines Morgens verschwunden war.

Sein Gesicht, seine Stimme hatte sie mitgenommen über das Meer und als kostbaren Schatz im Gedächtnis gehegt. Ihr Talisman in all jenen Nächten, in denen quälendes Heimweh den Schlaf fernhielt; das Schicksal, das sie ihm in ihrer Phantasie zudachte, ein Wiedersehen, das sie sich stets aufs Neue ausmalte, ihr Leitstern. Bis die Erinnerung sich an der scharfkantigen Wirklichkeit abgenutzt, ihr Abbild in Georgina sich bis zur Unkenntlichkeit aufgelöst hatte.

Warum musstest du zurückkommen?

Grell zerschnitt ein Blitz den Himmel, scharf zerriss der nächste Donner die Luft mit einem krachenden Peitschenhieb, unter dem die Veranda erzitterte und Georginas Ohren klingelten. Pfützen sammelten sich im Gras und dehnten sich schnell zu Teichen aus; in Kaskaden sprudelte der Regen über den Rand des Vordachs hinweg, und Sturzbäche gurgelten am Fundament des Hauses vorbei.

Deshalb musste ich zurückkommen.

Georgina legte den Kopf in den Nacken und atmete tief ein. Eine Luft, die sich leichter atmen ließ, klar und rein war und eine Spur des Meeres in sich trug. Sie badete im Tosen der Elemente, der Wildheit von Blitz und Donner, von Regen und Wind, die sie so lange entbehrt hatte. Und ein Teil ihres Wesens, in der nüchternen, kühlen Fremde, die keine Extreme kannte, taub geworden, begann wieder aufzuleben.

Das malaiische Wort für Heimat kam ihr in den Sinn. *Tanah air. Erde und Wasser.*

Der Regen hatte nachgelassen; stetig strömte er in perlgrauen Bahnen herab, und wo in der Ferne die Wolken zerfaserten, lugte leuchtend blauer Himmelsgrund hervor. Noch war die Luft wie frisch gewaschen, verdichtete sich aber bereits wieder zu schweißtreibender Schwüle. Unter dem Rauschen des Regens grollte ein sich entfernender Donner, und aus dem Gefühl heraus, nicht mehr allein auf der Veranda zu sein, wandte Georgina den Kopf.

Hoch aufgeschossen, dabei starkknochig, gaben ihm seine hängenden Schultern das Aussehen einer Trauerweide. Die Zeit hatte die schon vorhandenen Linien in seinem schmalen Gesicht tiefer eingeätzt, sein dunkles Haar weiter versilbert, die pelzigen Brauen aber nach wie vor verschont.

»Georgie?«

Papa, blieb es ihr im Hals stecken; umso stürmischer sprang sie auf.

Das offene Staunen in seinen Augen über das kleine Mädchen, vor sieben Jahren der Obhut seines Schwagers übergeben, das scheinbar über Nacht als junge Frau zurückgekehrt war, flackerte und verlosch. Verschlossen wirkte sein Blick mit einem Mal, er selbst verlegen, wie er an der Uhrenkette seiner Weste spielte, seine zusammengezogenen Brauen Ausdruck von Schuldbewusstsein, vielleicht auch eines alten, nie verwundenen Schmerzes.

Wie ein Zicklein rannte Georgina mit gesenktem Kopf auf diesen Wall aus Unnahbarkeit zu und warf sich dagegen, krallte sich fest und ließ ihren kindlichen Tränen freien Lauf.

»Papa«, weinte sie gegen seine Hemdbrust, die nach grüner Seife roch, nach Tabak, Sonne und trockenen Teeblättern und nach einer lange untergegangenen Kindheit. »Papa.«

Einen Moment lang stand Gordon Findlay auf unsicheren Beinen, in unentschlossener Abwehr oder auch nur hilflos. Schließlich legten sich seine Hände auf Georginas Rücken und fuhren unbeholfen darüber.

»Ist gut«, raunte er spröde. »Ist ja gut.«

Ohne den Kopf zu heben, nickte Georgina. Ja, jetzt war alles wieder gut, sie war wieder zu Hause.

Mit einem langgezogenen Räuspern fasste ihr Vater sie bei den Schultern und schob sie von sich weg. Er hob eine Hand, als wollte er ihr über das Haar oder ihr verweintes Gesicht streichen und ließ dann beide Hände einfach fallen.

»Du ...« Ein Hüsteln unterbrach ihn und erzwang ein erneutes Ansetzen. »Du wirst dich sicher noch umziehen wollen.« Er zögerte, nestelte wieder an der Uhrenkette und nickte Georgina zu, während er sich zum Gehen wandte. »Wir essen um sechs.«

※

Eine Befangenheit, so dick wie die Hitze des Tropenabends, die über die Veranda hereindrang, füllte das Speisezimmer im oberen Stockwerk.

Der *punkah-wallah*, ein spilleriger malaiischer Junge, der in tiefer Hocke und mit glasigem Blick auf dem Boden kauerte, hielt mit seiner monotonen Handbewegung den Deckenfächer am anderen Ende der Leine in knarrendem Schwung. Die Ahnung eines Luftzugs ließ die Kerzen der Tischleuchter flackern, vermochte aber kaum an der zähen Schwüle zu rühren. Genauso wenig gelang es Georgina, die Stimmung bei Tisch zu entkrampfen.

Über den bunten Currys, mit denen Anish ein Feuerwerk aus süß, fruchtig, scharf, gar feurig, salzig und sauer entzündet hatte, schilderte sie ihre Reise über das Mittelmeer und die knochenbrecherische Fahrt von Alexandria nach Suez, auf der sie die Pyramiden und die Sphinx gesehen hatte. Von Eliza und William Hambledon erzählte sie, einem noch recht jungen Ehepaar, dem sie für die Dauer der Überfahrt anvertraut worden war und das von Singapur aus nach Hongkong weiterreiste, um westliche Medizin und Bildung und den christlichen Glauben nach China zu bringen. Und ausführlich berichtete sie von Tante Stella und Onkel Silas und ihrem Haus am Royal Crescent; von den Konzerten und Museen und Gärten, die sie besucht, und von den Ausflügen aufs Land, die sie gemacht hatte, und von ihren Cousins Stu, Dickie und Lee und ihrer Cousine Maisie. Schnell hingeworfene Skizzen, atemlos und ohne Tiefe, damit nicht auch nur einen Atemzug lang unbehagliches Schweigen entstehen konnte.

Immer wieder glaubte Georgina, die Augen ihres Vaters auf sich zu spüren. Auf seiner fremden Tochter, die so erwachsen im kurzärmeligen Mieder mit aufgebauschten Röcken, das Haar gescheitelt und sorgfältig aufgesteckt, zu seiner Rechten saß. Doch jedes Mal, wenn sie zu ihm hinsah, starrte er auf seinen Teller oder auf sein Glas. Es war Paul Bigelow, der zustimmend nickte, zwischendurch eine Frage stellte, eine Bemerkung oder ein Lachen fallen ließ, wenn er nicht gerade den Blick zwischen Gordon Findlay und seiner Tochter hin- und herwandern ließ.

»Tante Stella und Onkel Silas lassen dich herzlich grüßen«, warf Georgina ihrem Vater hastig zu, ihre Stimme hoch, beinahe schrill. »Vor allem Tante Stella!«

Gordon Findlay nickte bedächtig vor sich hin und ließ dann sein Besteck auf dem Teller ruhen. In eckigen, ein wenig umständlichen Bewegungen zog er die Serviette vom Schoß, legte sie beiseite und stand auf.

»Wenn du mich entschuldigst. Ich habe noch zu arbeiten. Gute

Nacht.« Er nickte verhalten nach beiden Seiten. »Mister Bigelow. Wir sehen uns morgen.«

Paul Bigelow erhob sich halb und deutete eine Verbeugung an. »Gute Nacht, Sir. Bis morgen.«

Georgina lauschte den Schritten ihres Vaters, die sich eilig über den Korridor entfernten und unten auf der Treppe verhallten. Die Überreste ihres Currys verschwammen vor ihren Augen, die sich mit Tränen füllten.

Überlaut gellten die Zikaden von draußen herein; ein schadenfroher Chor, der sie für die Illusion verspottete, etwas hätte sich zwischen ihrem Vater und ihr geändert nach all der Zeit. Und das halb bedauernde, halb missbilligende Schnalzen, die sonoren Klagen aus den feuchten Kehlen der Ochsenfrösche waren wie ein fortwährendes *Da hast du's. Hätten wir dir gleich sagen können.*

»Lassen Sie ihm etwas Zeit«, hörte sie Paul Bigelow sagen, behutsam, fast sanft. »Und sich selbst auch. Sie beide haben sich eine Ewigkeit nicht mehr gesehen.«

Die Unterlippe zwischen die Zähne gezogen, nickte Georgina.

»Ja.« Tapfer blinzelte sie ihre Tränen weg und warf ihm über den Tisch hinweg einen dankbaren Blick zu. »Ja, das wird es sein.«

Boy Two löste sich von seinem Platz neben der Anrichte und hielt mit fragendem Blick erst Georgina, dann Paul Bigelow die Karaffe Wein entgegen und schenkte auf ihr Nicken hin nach.

Der *punkah-wallah*, der einen Herzschlag lang innegehalten hatte, wohl in dem Glauben, Tuan Findlays Aufbruch sei das Signal gewesen, die Tafel aufzuheben, begann wieder an der Leine zu rucken, und das gemütliche Knarzen des Fächers setzte sich fort.

Den angewinkelten Unterarm auf die Lehne gestützt, streckte Paul Bigelow die Beine von sich und griff zu seinem Glas.

»Gab es einen bestimmten Grund, weshalb man Sie nach England geschickt hat? Ich will nicht indiskret sein«, fügte er schnell hinzu. »Ich bin nur ... neugierig.«

»Hat mein Vater Ihnen das nicht erzählt?«

Ein Aufblitzen in seinen Augen, sah er sie über den Rand seines Glases hinweg an und trank langsam einen Schluck.

»Mister Findlay ist Schotte. Ich bin Engländer. Wir reden nicht viel über persönliche Dinge. Nur übers Geschäft.« Sein schmaler Mund krümmte sich zu dem schelmischen Lächeln, das typisch für ihn zu sein schien.

Unwillkürlich hoben sich auch Georginas Mundwinkel. »Verzeihung. Ich vergaß.«

Paul Bigelow lachte leise.

Georginas Brauen zogen sich zusammen, und ihr Blick verlor sich zwischen dem Porzellan und Silber auf der Dinnertafel.

»Es hieß, ich würde hier in den Tropen nur verwildern, allein von einheimischen Dienstboten beaufsichtigt. Und dass Singapur kein Ort für ein kleines Mädchen sei.«

Geistesabwesend klaubte sie ein Chapati aus dem Brotkorb und begann es über ihrem Teller zu zerkrümeln.

Ein Kind braucht mehr als nur ein Dach über dem Kopf, klang die entschiedene Stimme ihrer Tante in Georgina nach. *Mehr als nur etwas zum Anziehen und eine Mahlzeit auf dem Tisch.*

»Als dann in jenem Jahr die Cholera wütete, fast jede Nacht irgendwo in der Stadt eingebrochen wurde und die Überfälle am helllichten Tag zunahmen, ließ mich mein Vater von Onkel Étienne abholen. Zumal er kein besonders gutes Geschäftsjahr hinter sich hatte und sich mit dem Gedanken trug, die Niederlassung hier aufzugeben und nach Indien zurückzugehen.«

»Was er aber nicht tat.«

»Nein. Und ich war auch nicht lange dort.«

Noch immer schoss ihr das Blut ins Gesicht, wenn sie daran dachte, mit welchem Zorn, welch gewaltigem Trotz sie Onkel Étienne und Tante Camille und ihren kleinen Cousins und Cousinen begegnet war.

»Ich muss mich furchtbar aufgeführt haben«, murmelte sie kleinlaut und nahm sich ein weiteres Chapati vor. »Auch noch, als Onkel Silas kam und mich nach London brachte.«

Ihr wurde es warm ums Herz, fast ein bisschen schwer, als sie an Tante Stella dachte, eine aparte Erscheinung mit stahlblauen Augen und dem dunklen Haar der Findlays. Auf den ersten Blick unterkühlt und streng, wenn es nötig war, hatte sie jedoch mit der Geduld eines Engels alles getan, um für Georgina ein Heim zu schaffen. Onkel Silas, wohlbeleibt und fast einen ganzen Kopf kleiner als sein Frau, hatte mit allerlei Faxen versucht, das erst zornestobende, dann verstockte kleine Mädchen von seinem Kummer abzulenken, ihm ein Lachen oder wenigstens ein Lächeln zu entlocken. Und Maisie mit ihren dicken Zöpfen und den blauen Kulleraugen, die bereitwillig eine Hälfte ihres Zimmers für Georgina freigeräumt hatte, ihr sogar ihre zweitliebste Puppe samt dazugehöriger Garderobe schenkte, blieb unbeirrbar in ihrer Freude über ihre *neue Schwester*. In ihrer überschwänglichen Zuneigung, unter der Georginas bockige Abwehr bald in sich zusammenfiel.

»Sicher nicht schlimmer als wir Jungs früher«, kam es belustigt von Paul Bigelow. »Ich bin der Jüngste von fünf Brüdern. Der Nachzügler. Immer der Kleinste. Vielleicht können Sie sich vorstellen, was bei uns los war – und wie es dann zuging, als ich endlich alt genug war, es den anderen heimzuzahlen.«

Georgina dachte an Stu, Dickie und Lee, die sie anfangs mit einer Mischung aus Neugierde und stoischem Gleichmut behandelt hatten, bis sie ihr dieselbe ruppige Zuneigung und brüderliche Heimtücke entgegenbrachten wie Maisie, und sie musste lächeln.

»Ja, das kann ich mir ungefähr vorstellen.«

Das Läuten einer Kirchenglocke strömte über die Veranda herein, emsig und fortdauernd in der Dunkelheit vor den Fenstern, und Georgina sah Paul Bigelow fragend an.

»Die Glocke von St. Andrew's. Sie läutet jeden Abend um acht die Ausgangssperre ein.«

Georginas Brauen hoben sich.

Paul Bigelow schmunzelte. »Ich fürchte, allzu viel hat sich hier nicht verändert. Singapur ist immer noch alles andere als eine sichere Stadt. Besonders nach Einbruch der Dunkelheit.«

Schweigend ließ sich Georgina vom metallenen, satt auf- und abschwellenden Ruf der Glocke umfließen.

»Meine Tante war entschieden dagegen, dass ich hierher zurückkehre«, sagte sie schließlich leise. »Allein schon wegen der weiten Reise. Sie hatte Angst, dass ich womöglich dem Schiffsfieber zum Opfer falle. Vom Leben in dieser Stadt gar nicht zu reden.«

Paul Bigelow setzte sich auf und stützte das frisch rasierte Kinn in die Hand; seine Bewegung trug den Hauch einer herben Seife zu Georgina herüber. Der warme Schein der Kerzenflammen schmolz alles Jungenhafte in seinem Gesicht, formte das Markige, Männliche daran stärker heraus. Die eckigen Konturen von Kinn und Wangen. Die starke Nase. Seine tief herabgezogene, geradlinige Brauenpartie.

Nur sein flacher Mund wirkte biegsam, beinahe nachgiebig, und ein ruhiger Glanz stand in seinen Augen.

»Und trotzdem sind Sie zurückgekommen.«

»Ja.« Unsicher klang ihre Stimme, als könne sie es noch nicht recht fassen. »Trotzdem bin ich zurückgekommen.«

2

Georgina saß auf der Veranda und sah in den Regen hinaus, der sich über den Garten ergoss.

Sie war zurückgekommen. Vom nebelgrauen, schrillen Lärm Londons, der etwas von der hektischen Aufbruchstimmung eines immerwährend frühen Morgens hatte, heimgekehrt in den ewigen Nachmittag Singapurs, heiß, still, verträumt.

Der straffe, manchmal gehetzte Tagesablauf am Royal Crescent, dem sie sich anfangs erbittert widersetzt, mit der Zeit dann gebeugt hatte, zerfloss hier zwischen dem ersten Kaffee bei Tagesanbruch, Curry und Reis um neun, dem Tiffin zu Mittag und dem Dinner. Eine Langsamkeit, träge geradezu, die Georgina wohltat und den letzten Rest Müdigkeit nach der langen Reise aus ihren Knochen vertrieb. Eine eigentümliche Mischung aus Leere und Freiheit, in der sie durch die Tage driftete und sich in ihr altes, neues Leben spülen ließ.

Alle Briefe waren geschrieben – an Tante Stella, mit Grüßen an Onkel Silas und die drei Cousins. Einen eigenen für Maisie. Und einen nach Hongkong, in dem Georgina den Hambledons nochmals für ihre Gesellschaft während der Reise dankte. Seither gab es für sie nichts mehr zu tun, um die Stunden des Tages zu füllen, sobald ihr Vater und Paul Bigelow nach dem Frühstück in die Stadt fuhren und nach Feierabend zurückkehrten.

Sie war zurückgekommen, aber noch lange nicht wieder zu Hause.

Noch kam sie sich vor wie ein Eindringling im Haushalt von L'Espoir, der die eingefahrenen Rituale der zwei Junggesellen durcheinanderbrachte. Wenn sich die Gespräche bei Tisch um Preise und die Gewinnspannen von Muskatnuss und Indigo, Kupferdraht, Reis und Zuckerrohr drehten. Um die finanziellen Schwierigkeiten, die die seit zwei Jahren immer wieder verschobene Eröffnung des Armenhospitals auf dem Pearl's Hill, vom chinesischen Towkay Tan Tock Seng erbaut, weiterhin verzögerten. Wenn die jüngsten Gerüchte diskutiert wurden, dass der Findlay'sche Konkurrent Edward Boustead sich nach dem Ausscheiden seines Partners im vergangenen Jahr ebenfalls in Kürze aus der Firma zurückziehen und nach England zurückkehren würde und man über die möglichen Folgen sowohl für *Boustead* als auch für *Findlay & Boisselot* spekulierte.

Bis die beiden Männer Georginas Anwesenheit am Tisch gewahr wurden, sich hüstelnd unterbrachen und nach einer betretenen Pause einem anderen, leichteren Thema zuwandten, vorzugsweise dem Wetter. Bevor sie sich bald nach dem Dessert ins Arbeitszimmer oder auf die Veranda zurückzogen, um sich bei Tabakrauch und einem Glas Hochprozentigem ungestört weiter den Geschäften zu widmen.

Wie unverhoffter und auch ein wenig ungelegener Besuch empfand sich Georgina, bei dem man insgeheim darauf wartete, dass er wieder abreiste. In den seltenen und knappen, wie nebensächlichen Bemerkungen ihres Vaters. Einer Andeutung eines Lächelns dann und wann, dünn und vorsichtig, beinahe verstohlen. In der Art, wie Paul Bigelow ihr anbot, mit ihm und einem der *syces* frühmorgens auszureiten, sich nach ihren Plänen für den Tag erkundigte und eine Führung durch den Godown von *Findlay & Boisselot* am Commercial Square vorschlug, *bei Gelegenheit*. Eine beflissene Höflichkeit, hinter der zuweilen etwas anderes aufflackerte, aber unausgesprochen blieb.

Was wirst du mit dir anfangen – dort?

Eine Frage, die ihre Tante wiederholt aufgebracht und die Georgina stets mit einem Schulterzucken abgetan hatte. Jemandem wie Tante Stella, die sich mühelos durch das Wabengebilde britischen Lebensstils bewegte, ihr von Kindesbeinen an vertraut und mit ihr mitgewachsen, konnte sie nicht verständlich machen, wie sehr ihr Seelenfrieden von dieser Rückkehr abhing.

Nicht, um als unbeschriebenes Blatt von vorne anzufangen. Nicht, um nahtlos dort anzuknüpfen, wo die Fäden ihres alten Lebens vor sieben Jahren durchtrennt worden waren, vielleicht schon davor. Sondern um die Fäden, die sie an diese Insel banden, wieder in die Hand zu bekommen. Fäden, ohne die sie niemals komplett sein konnte. Spinnweben, zart und fragil und doch überdauernd und unzerstörbar, die alte Geheimnisse bargen. Fragen, die ohne Antwort geblieben, weil sie noch nicht gestellt worden waren. Geschichten, die es noch zu erzählen galt.

Wie soll dein Leben denn künftig aussehen?

Es war Tante Stella unbegreiflich, wie Georgina von dem Weg abweichen konnte, den sie ihr sorgfältig und nicht ohne Mühen gebahnt hatte. Indem sie sie unterrichten ließ, ihr Benimm beibrachte und die nötigen Feinheiten der Etikette. Damit ihre Nichte eines Tages eine gute Partie machen und sich als wertvolles Mitglied der bürgerlichen Gesellschaft erweisen konnte.

Sie verstand nicht, dass Georgina erst in ihre Vergangenheit zurückkehren musste, um nach vorne schauen zu können.

Einmal mehr fing sich ihr Blick am Blätterdickicht des Wäldchens, nassglänzend und tropfend im nachlassenden Regen, dampfend unter der Hitze der hervorbrechenden Sonne. Jeden Tag nahm sie sich vor, den alten Pfad durch das überbordende Grün hindurch zu suchen. Nachzuschauen, was von ihrer Kinderzeit dort übrig geblieben war, Erinnertes wiederzufinden, Vergessenes wachzurufen. Doch auf all ihren Schlenderwegen durch den Garten hatte sie sich dieser Insel der Wildnis, einst so geliebt und ihr ein sicherer Hort, nie mehr als ein paar Schritte genähert.

Als wäre sie mittlerweile alt genug, um an Geister zu glauben, die dort lauerten.

Georgina zog die Knie an und strich gedankenverloren über den dünnen, verschossenen Stoff des braungemusterten Sarongs. Solange ihr Vater und Paul Bigelow nicht im Haus waren, lief sie barfuß umher und trug nach wie vor die Kleider ihrer Mutter, teils aus wehmütiger Sehnsucht, teils aus Trotz gegenüber Cempaka. Vielleicht war es dennoch an der Zeit, dass sie sich eigene Sarongs und Kebayas zulegte. Von dem Taschengeld, das Onkel Silas ihr für die Reise spendiert hatte, war noch einiges übrig; bestimmt würde ihr Vater ihr auch etwas geben, wenn sie ihn darum bat.

Sie sprang auf und lief ins Haus, um sich rasch eins ihrer leichten Sommerkleider überzustreifen.

Erinnerungen strömten zurück, während sie im Palanquin über die Küstenstraße ruckelte und Häuser auf der einen, Wellen und Schiffe auf der anderen Seite vor den Wagenfenstern vorüberschaukelten, an die sie früher nur bis zur Nasenspitze herangereicht hatte.

Viens, mon p'tit ange! Komm, wir gehen deinen Papa bei der Arbeit besuchen!

Oft war Maman mit ihr in die Stadt gefahren, in den Godown ihres Vaters, und nie ohne einen Korb oder eine Dose mit hausgemachten Süßigkeiten. Kozhukattai, Teigtaschen aus Reismehl und geraspelter Kokosnuss. Kaju Katli, eine Masse aus gemahlenen Cashewnüssen, mit Kardamom gewürzt und in Rhomben geschnitten, und Laddu, süße Bällchen, die Anish in immer neuen Sorten und Farben zauberte, mit Mandeln oder Pistazien, Früchten oder Sesam, weiß, gelb, grün oder orange.

Ihr Vater hatte sich immer über ihren Besuch gefreut, und während Maman und Papa bei einer Tasse Tee zusammensaßen, hatte Georgina, den Bauch übervoll mit Zuckerzeug, auf dem Boden mit Münzen aus fremden Ländern gespielt und Paläste aus Zigarrenkistchen errichtet.

Auf der Fahrt dorthin hatte Maman ihr erklärt, was sie gerade sahen oder ihr Abzählverse beigebracht. Oder sie hatten zusammen gesungen, Lieder, die Georginas *grand-maman* aus ihrer Heimat mit nach Indien gebracht hatte.

Sur le pont d'Avignon,
L'on y danse, l'on y danse ...

Ein Lächeln huschte über Georginas Gesicht, und unwillkürlich umfasste sie die Blechdose fester, die sie auf dem Schoß hielt: Khaja, süße Teilchen aus Weizenmehl, das weiche Innere vollgesogen mit Zuckersirup, die sie Anish vorhin abgeschmeichelt hatte.

Ratternd, polternd, gellend rollte der Lärm der Stadt auf den Palanquin zu und umtoste ihn wie ein reißender Strom. Georgina hörte den *syce* vorne fluchen, dann bremste der Wagen mit einem Ruck.

Georgina streckte den Kopf zum Fenster hinaus, vor dem ein riesiges Bündel Wäsche auf dem Kopf eines *dhobi-wallah* vorüberschaukelte. Der Palanquin stand zwischen anderen Wagen eingekeilt, die in dieselbe oder die entgegengesetzte Richtung wollten.

»Jati«, rief sie nach vorne, »was ist?«

Der *syce* drehte sich auf dem Kutschbock um. Der Palanquin der Findlays war einer der wenigen in der Stadt, der von dort aus gelenkt wurde, da Gordon Findlay die gängige Praxis, dass der *syce* neben dem Pferd einherlief, unmenschlich fand; dementsprechend stolz war Jati auf seine Arbeit, den Palanquin und Tuan Findlay.

Sein Gesicht, braun und zerfurcht wie eine Walnuss, war betrübt verzogen.

»*Minta maaf,* ich bitte um Verzeihung, Miss Georgina! Geht gleich weiter!«

Seufzend lehnte sich Georgina zurück. Von selbst begann eins ihrer Knie zu wippen, trommelten ihre Finger einen schnellen Takt auf den Rand der Blechdose, und sie beugte sich zum Fenster hinaus. Jetzt konnte sie weiter vorne ein Ochsengespann erkennen, das quer stand und sich offenbar keinen Inch vor- oder zurückbewegte. Die beiden zartgrauen Rinder harrten mit gesenkten Köpfen reglos aus, stocktaub gegenüber gebrüllten Befehlen, lockenden Rufen und Peitschenknallen.

Hinter dem Ochsengefährt war schon der Brückenbogen in Sicht, über den sich in zwei gegenläufigen Perlschnüren Karren und Wagen mal stockend, dann wieder geschmeidiger bewegten.

Georgina erinnerte sich: Bis zu dieser Brücke hatte der *syce* sie früher immer gebracht, schmaler damals und noch nicht von Wagen befahren. Danach waren sie zu Fuß weitergegangen, Georginas kleine Hand fest in der von Maman, die in ihren weiten Röcken forsch ausschritt, den Kopf hoch erhoben und die Ränder des riesigen Strohhuts im Wind flappend. Bewundernd hatte Georgina immer wieder zu ihrer Mutter aufgeschaut, die schmal und feingliedrig war, aber so stolz, so furchtlos wirkte, dass jedermann sofort Platz machte. Als sähe man ihr an, dass sie in Indien ihre Brüder auf Tigerjagden begleitet hatte.

Wie eine Löwin sah sie aus, hatte Georgina oft gedacht, mit den schmal zulaufenden braunen Augen, golden und grün gesprenkelt, besonders, wenn ihr tiefbraunes Haar morgens und am späten Abend gelöst über ihre Schultern floss, schwer und seidig-glatt. Für Georgina mit ihren vier Jahren war es ein zweifach tüchtiger

Marsch gewesen, nach dem sie meistens schon während der Rückfahrt auf Mamans Schoß einschlief. Eine Strecke, die heute gewiss nur mehr ein Katzensprung wäre, denn Singapur war keine große Stadt, fast zu klein für all die vielen Menschen, die Fuhrwerke und Unmenge an Waren und ihre Entfernungen überschaubar.

Georgina hielt es nicht länger aus; sie riss den Wagenschlag auf und sprang aus dem Palanquin.

»Ich geh schon voraus«, rief sie dem *syce* zu. »Komm einfach nach, sobald es wieder vorangeht!«

Jati riss die Augen auf, und seine Stimme überschlug sich.

»Nicht, Miss Georgina! Geht doch gleich weiter! Warten Sie! Bitte, Miss Georgina!«

Fröhlich winkte Georgina ihm zu und schlüpfte zwischen den anderen Wagen hindurch.

… sur le pont d'Avignon
L'on y danse tout en rond.

Die Gebäckdose unter den Arm geklemmt, sang Georgina leise vor sich hin, und im Takt ihrer langen Schritte tanzte ihr Hut an den vorne verknoteten Bändern über ihren Rücken. Frei und leicht war ihr zumute, während sie die Steigung der Brücke hinauflief, den bunten Fassaden der chinesischen Godowns entgegen, auf scharlachroten Bannern Schriftzeichen in Schwarz und Gold, die an Kraniche und Pagoden erinnerten, an Blütenzweige, Palmblätter und Sternblumen. Viel später war sie mit Ah Tong noch einmal hier gewesen; wann genau und warum, das wusste sie nicht mehr. Aber sie erinnerte sich noch an die kleinen Läden und Buden jenseits der Godowns, an eine Flut fremdartiger, bunter Dinge und überwältigend intensiver, teils aufregend neuer Gerüche und an chinesische Gesichter, die sie freundlich ansahen.

Obwohl sie vorhin vor Ungeduld beinahe zersprungen wäre, blieb sie auf dem höchsten Punkt der Brücke stehen, in einem seltsamen Schwebezustand zwischen hoch aufschießender Freude und stiller Seligkeit. Die Unterarme auf dem Sims, blinzelte sie in die Sonne und sammelte Fragmente aus Licht, Farbe, Gerüchen, Bildern und Klängen.

Das Glucksen des Flusses gegen Bootsrümpfe. Der Schwung, mit dem die Coolies einander Kisten zureichten, in dem die Sehnen und Adern ihrer dünnen Arme hervortraten wie stramme Paketschnur. Jadegrün. Azurblau. Mohnrot. Schallendes Lachen irgendwo und ein munter gepfiffenes Liedchen. Der feuchte, dumpfe Geruch von Schlamm und darunter der zibetgleiche Bodensatz von *night soil*, dem *Schmutz der Nacht*, wie man hier die Abwässer der Stadt nannte. Die Säure von nassem Stein, Holz und Moos, Moder und Schimmel. Schritte, die hinter ihr vorbeieilten; Hufe, die vorüberklapperten, das Rattern von Wagenrädern. Schnelle, auf- und abflatternde Folgen der nasalen Zischlaute des Chinesischen und die dunkleren, beweglicheren der malaiischen Dialekte. Die aufgemalten Augen am Bug der Tongkangs, die mit ihrem scharfen Blick Gefahren auf dem Weg entdecken sollten. Die Form und Struktur der Wolken am Himmel. Eine Ahnung von Zimt und Kardamom, Kohlenstaub und Sägespänen und der beißende, betäubende Duft von Räucherwerk, das zum Schutz vor Unheil und als Opfergabe auf dem Kai vor sich hin glomm. Das Klingeln von Metall gegen Metall und ein goldenes Aufblinken in der Ferne. Der Wind auf ihrer Haut, der einen Gruß des nahen Meeres mit sich trug.

Es war nicht die Schuld der Gillinghams, dass sie nie in London heimisch geworden war. In ihrem Äußeren, ihren Farben eine Findlay durch und durch, war sie dort trotzdem immer eine Fremde geblieben, in den Tiefen ihres Seins so früh von den Tropen geformt und geprägt. Sie mochte ihr Essen scharf und vielfältig gewürzt, Süßes konnte ihr nicht süß genug sein, bis es in den Zähnen ziepte, und ihre Lieblingsfarben waren kräftig bis grell. Ihr Blut schien zu dünn für die Kühle Englands, selbst im Sommer, sie selbst zu leicht erregbar, zu maßlos in ihren Empfindungen. Was so wenig zu ihr passen mochte, die nach außen hin oft so still, so zurückhaltend wirkte, einer wohlgefälligen Fügsamkeit zum Verwechseln ähnlich.

Unter der filigran ziselierten, dezenten und wohlgeordneten Oberfläche Englands vermisste sie immer etwas Urwüchsiges, Elementares. Ein Überschwang in allen Dingen. Eine gewisse Art von Leidenschaft. Etwas Magisches.

Georgina stellte sich auf die Zehenspitzen und beugte sich weit über den Sims. Als könne sie dort unten, in den sanften, brackigbraunen Wellen des Singapore Rivers, nicht nur ihre Kindheit wiederfinden, sondern auch ihre Zukunft geweissagt sehen.

Kurze, zuschnappende Rufe schreckten sie auf. In einem der Boote am Kai standen zwei Coolies, die sie mit breitem Grinsen taxierten und ihr Worte zuwarfen, die sie nicht verstand.

Georgina wurde rot; abrupt löste sie sich vom Brückensims und wollte sich schon hastig abwenden. Ein Blick aus dunklen Augen hielt sie jedoch fest und zog sie unnachgiebig zu sich heran.

Augen wie satte Tropfen eines schwarzen Ozeans, ruhig und unergründlich; fragend, zweifelnd, hoffend.

Reine Neugierde hatte ihn aufblicken lassen, als er dabei war, das Segel seines Bootes zu hissen. Am Morgen noch schwer von den Schätzen des Meeres, schaukelte es leicht wie ein Korken auf dem Wasser und zerrte ungeduldig an der Leine, mit der es am Kai vertäut war.

Sein Chinesisch war nicht besonders gut, umfasste kaum mehr das Nötigste: einzelne Worte und Redewendungen, die er über die Zeit aufgeschnappt hatte. In den Godowns der *taukehs*, in denen er auf Malaiisch begrüßt wurde und auf Malaiisch feilschte. Auf den Straßen der Stadt und hier am Boat Quay. Es genügte jedoch, um herauszuhören, was die beiden Coolies in seiner Nähe in solche Aufregung versetzte. In dem guten Gefühl, den Rest des Tages alle Zeit der Welt zu haben, auch für eine solche Nebensächlichkeit, folgten seine Augen den Blicken der beiden. Hin zu der jungen Frau, fast ein Mädchen noch, die sich über den Rand der Thomson's Bridge beugte.

Während die Coolies noch darum stritten, ob sie nun eine *ang mo char bor*, eine Weiße war, obwohl sie weder rote noch bleiche Haare hatte, oder vielmehr eine *chap cheng kia*, eine Frau von gemischtem Blut, verlosch das kleine Grinsen auf seinem Gesicht.

Die Narben auf seinem Arm, seinem Bein, nicht die jüngsten, die sein Leib aufwies und längst verheilt, begannen leise zu pochen. Zart und zitternd wie ein Schmetterlingsflügel streifte ihn die Erinnerung, noch bevor er sie wirklich erkannt hatte oder auch nur eine Ähnlichkeit ausmachen konnte.

Die beiden Coolies schleuderten Bemerkungen zu ihr hinauf, die so klangen, wie sie es wohl überall auf der Welt taten, wenn Männer eine Frau auf sich aufmerksam machen wollten, die ihnen gefiel: halb ungeschickte Komplimente, halb zotig. Hastig richtete sie sich auf, und die Erinnerung traf ihn mit ganzer Wucht. Wie ein Hieb in die Magengegend, der ihm den Atem nahm.

Ihr Haar, gescheitelt und am Hinterkopf zusammengenommen, war so dunkel, wie er es im Gedächtnis behalten hatte, tiefbraun wie poliertes Palmholz. Dicke Strähnen kringelten sich in ihr noch immer schmales Gesicht, in seinen klaren Konturen offener als früher, mit einer Spur femininer Weichheit, gerade genug, um es eher interessant erscheinen zu lassen als einfach nur hübsch.

Eine feine Röte hatte sich auf ihre hohen Wangenknochen

gelegt und vertiefte sich, als ihr Blick mit seinem zusammentraf. Ihre Brauen, eben noch verärgert zusammengekniffen, lockerten sich, hoben sich dann zu einer stummen Frage.

Die Leine des Segels glitt aus seinen Fingern, voller Staunen, was aus dem seltsamen kleinen Mädchen geworden war. Das ihn in diesem Häuschen im Garten gefunden hatte, sein Bein zusammenflickte und seine Hand hielt, als er im Fieber lag.

Sieben Jahre musste es her sein, er hatte sie mitgezählt.

Die Zeit der östlichen Winde war es gewesen, so wie jetzt, die im Kalender der Orang Putih auf die Monate Februar, März, April fiel, je nach Jahr auch bis weit in den Mai hinein.

Es waren ihre Augen, die den letzten Zweifel fortwischten. Diese merkwürdigen Augen mit dem dunklen Wimpernsaum, in demselben tiefen Blau, fast Violett wie der Abendhimmel, kurz bevor die Dunkelheit hereinbricht. Augen, die er unter Tausenden wiedererkennen würde.

Nie wieder hatte er solche Augen gesehen, obwohl er immer danach Ausschau gehalten hatte.

Nilam.

Lautlos formte sein Mund ihren Namen, dann hob er langsam die Hand.

Ein Funke des Wiedererkennens glomm in ihrem Blick auf, und in seinen Ohren begann es zu rauschen. Und als es um ihren Mund zuckte, sich ein zaghaftes Lächeln abzeichnete, riss es ihn mit fort wie die Welle, die ihn damals an Land geschwemmt hatte.

Für einen Moment war die Zeit stehengeblieben und strömte dann rückwärts.

Georgina war wieder neun, fast zehn. Unter ihren Fingern spürte sie die Haut des Piratenjungen, den das Meer zu ihr gebracht und ihr danach wieder genommen hatte. Der junge Meermann, der sie mit seinen Erzählungen der fremden Welt, aus der er kam, betört und verzaubert hatte.

Sie erinnerte sich an die Gezeiten seines Atems, wenn er schlief. Wie ihre Stirnen sich über den Buchseiten fast berührten und an ihre kleine Hand in seiner großen. Ihr Selkie, der sie mit so viel Sehnsucht im Herzen zurückgelassen hatte.

Jäh stürzte Georgina zurück ins Heute, als der Mann, der Raharjos Augen hatte, vom Boot auf den Kai sprang und loslief, auf die Brücke zu. Traum und Wirklichkeit, Vergangenheit und Gegenwart gerieten aus dem Gleichgewicht, prallten aneinander, brachen sich gegenseitig auf, und Georgina verlor den Boden unter den Füßen. Mit einem Mal unsicher und scheu, wollte sie flüchten, sich in aller Eile irgendwo ein Versteck suchen und darin verkriechen. Doch ihre Beine gehorchten ihr nicht; die Blechdose in den überkreuzten Armen an sich gepresst, starrte sie ihm entgegen, ein Tosen im Bauch.

Ein Lachen stand auf seinem Gesicht, hell leuchtend gegen seine braune Haut wie das weiße Hemd, das er trug. Sein lockerer Laufschritt verlangsamte sich, und er blieb vor ihr stehen.

Georgina wand sich unter seinem Blick, mit dem er jedes noch so kleine Detail von ihr in sich aufzunehmen schien; vielleicht aalte sie sich auch darin, sie war nicht sicher.

»Nilam.«

Wie selbstverständlich strich er über den Ärmel ihres blassblauen Kleides, berührte sie kurz am Ellbogen, so behutsam, dass sie kaum mehr spürte als eine flüchtige Wärme.

»Schau dich nur an. Wie eine feine Nyonya siehst du aus.«

Seine Stimme war noch tiefer geworden; weich und aufgeraut klang sie, ein dunkler Teppich mit dichtem Flor.

Raharjo. Sie musste den Kopf anheben, um ihm ins Gesicht zu sehen.

Der schlaksige Jungenleib von damals, nichts als scharfe Winkel und spitze Knochen, hatte sich zu dem eines Mannes ausgewachsen, geschmeidig und kraftvoll. Wie auch seine Züge zu einer maskulinen Harmonie gefunden hatten, massiv, fast hart und von einer herben Schönheit.

Gewaltsam löste Georgina ihren Blick von seinem Mund, der sie mit seinem sinnlichen Schwung verwirrte, und nickte zum Kai hinüber. »Dein Boot?«

»Mein Boot«, bekräftigte er. »Und draußen vor der Küste ankert mein Schiff. Nicht groß, aber schnell.«

Ein Lächeln schien auf Georginas Gesicht auf, das sogleich wieder erstarb, als der alte Kummer sich ihr aufdrängte.

»Warum bist du nie zurückgekommen?«, flüsterte sie mit gesenktem Kopf.

Sie spürte seine Augen auf sich.

»Ich bin zurückgekommen, Nilam. Mehr als einmal. Aber dich habe ich nie wieder gesehen.«

Georgina nickte. »Ich war ...« Ihre Zunge kämpfte schwerfällig mit den Lauten des Malaiischen. »Ich war einige Jahre fort. Bei ... Verwandten. Erst seit ein paar Tagen bin ich wieder hier.«

Ruhelos war ihr Blick umhergewandert, bis er an Raharjo Halt fand.

Er sah sie an, als suche er in ihren Augen das kleine Mädchen, das er vor sieben Jahren zuletzt gesehen hatte. Als versuche er zu ergründen, wo sie gewesen, was sie erlebt hatte und wer sie geworden war.

»Miss Georgina!«

Sie fuhr herum. In einer lockeren Reihe von Wagen rumpelte der Palanquin von L'Espoir die Brücke herauf, und Jati winkte ihr aufgeregt vom Kutschbock aus zu.

»Hier, Miss Georgina! Hier!«

Unwillkürlich wandte sie sich halb von Raharjo ab, verharrte jedoch unschlüssig auf der Stelle.

»Warte.« Er fasste sie beim Ellbogen und zog sie zu sich heran. »Morgen? An unserem alten Platz?«

Georgina konnte nur nicken, dann eilte sie wie auf Wolken über die Brücke. Noch bevor der Palanquin richtig zum Stehen gekommen war, riss sie den Wagenschlag auf und kletterte hinein.

Der Wagen rollte wieder an, und Georgina lehnte sich zum Fenster hinaus.

Aufrecht stand Raharjo da und sah ihr hinterher, barfuss, in seinen hellen Hosen und dem einfachen Hemd, das schwarze Haar vom Wind durchkämmt.

»Alles gut, Miss Georgina?«, rief es von vorne, als sie die Brücke hinabschaukelten und Raharjo aus Georginas Blickfeld verschwand.

»Alles gut, Jati!«

Durchatmend warf sich Georgina gegen die Lehne und lauschte dem glückstrunkenen Trommeln ihres Herzschlags.

Ihr Selkie war zu ihr zurückgekehrt.

3

Gebückt und den Kopf eingezogen, zwängte sich Georgina durch das Dickicht, das aus allen Poren dampfte. Mit beiden Händen bog sie Äste beiseite, alle paar Schritte musste sie innehalten, weil sich der Saum ihres Sarongs irgendwo verfangen hatte. Grell prasselte das Lied der Zikaden auf sie nieder und übertönte das Brausen der Wellen. Irgendwo raschelte es aufgeregt in den Baumkronen; vielleicht eines der grauen Eichhörnchen, das sie aufgeschreckt hatte.

In ihrer Magengegend flatterte es unruhig, als sie die Stufen zur Veranda hinaufstieg, deren Holzbohlen unter ihren bloßen Füßen ächzten. Sie atmete tief ein und ließ sich dann in das grünschillernde Dämmerlicht des Pavillons fallen. In den Geruch von Moos, von Moder und süßer Fäulnis, der nach Kindheit schmeckte, nach seligen, selbstvergessenen Stunden und Einsamkeit und ihr Tränen in die Augen trieb.

Das Knistern von Sand und Salz begleitete ihren Weg durch den Raum, auf dem sie mit zitternden Händen über die verwitterten Möbel strich, als erkunde sie ein Schiffswrack auf dem Grund des Ozeans. Die Luft, durch die sie sich bewegte, war nass und schwer; während das Meer noch um das Haus von L'Espoir warb, war der Pavillon längst ein Teil davon.

»Raharjo?«, wisperte sie an der Türschwelle, obwohl sie sah, dass das Zimmer leer war. Das alte Gefühl der Verlassenheit breitete sich in ihr aus, und sie schlang die Arme um sich.

Ihr Blick fiel auf den Waschtisch, und verwundert trat sie näher. Ein Lächeln schien auf ihrem Gesicht auf, als sie die Fingerkuppen über die Dinge gleiten ließ, die dort lagen.

Eine nahezu faustgroße ovale Muschel, die glänzende Oberfläche gefleckt wie ein Leopard, glitschig von Feuchtigkeit und dem Schleier aus Moos, das sich in der Zwischenzeit darauf niedergelassen hatte. Ein filigraner Kamm aus tigerfarbigem Schildpatt. Ein schwarzer, poröser Stein, den Georgina ratlos in den Fingern drehte, bis sich ihre Miene erhellte, weil sie eine chinesische Dschunke darin erkannte. Der Fächer aus Holz, der geöffnet dalag, hatte sich stark verzogen, das Papier gewellt und stockfleckig, die Bemalung darauf an einigen Stellen zerlaufen. Wider besseres Wissen versuchte sie sich das Armband aus aufgefädelten Muscheln überzustreifen. Für eine Kinderhand gemacht, war es heute zu eng; vor ein paar Jahren hätte es bestimmt noch gepasst.

»Gefällt's dir?« Leise drang Raharjos Stimme von der Tür zur Veranda zu ihr herüber.

Ohne aufzublicken, nickte sie und betrachtete jede einzelne der kleinen pastellfarbigen Muscheln zwischen ihren Fingern.

»Ist das alles für mich?«

»Jedes Mal, wenn ich hierher zurückgekommen bin, habe ich etwas davon mitgebracht.« Er kam näher. »Etwas, das ich unterwegs gefunden oder erworben hatte. Etwas, von dem ich dachte, es würde dir gefallen.«

»Warum?« Aus großen Augen sah sie ihn an.

Ein Schulterzucken war seine Antwort.

»Ich kann es dir größer machen«, murmelte er, als er zu ihr trat und seinen Zeigefinger mit in das Armband hakte, sein Daumen darüberfuhr. »Oder gleich ein neues.«

»Nein.« Georgina schüttelte den Kopf. »Ich will kein anderes. Und ich will es lassen, wie es ist.«

Dass Raharjo sich nicht nur an sie erinnerte, sondern die ganze

Zeit über an sie gedacht hatte, überwältigte sie, war fast zu viel, um es zu ertragen.

»Erzähl mir von dir, Nilam«, raunte er.

Unter dem Gespinst des Moskitonetzes erzählte Georgina von Indien und von der fernen Insel im kalten Meer. Orte, die jenseits der Gewässer lagen, die die Orang Laut mit ihren Schiffen durchmaßen und die Raharjo nur vom Hörensagen kannte. Georgina merkte nicht, wie sich die Erinnerungen, die ihre Mutter aus Indien mitgebracht hatte, einflochten; die Geschichten ihres Vaters, die Märchen, Sagen und Legenden, mit denen sie aufgewachsen war. Ihre Träume, ihre Hoffnungen und Enttäuschungen und der alte Zauber, der von Raharjo ausging. Wie sie hier etwas ausschmückte, dort etwas wegließ, an anderer Stelle einen losen Faden weiterspann. Ausgestreckt auf den muffigen Laken, wob sie ein Tuch in schillernden Farben, mit kunstvoller Stickerei und glitzernden Säumen, das sie über sich und Raharjo ausbreitete.

Die Gesichter einander zugewandt, versanken sie im Anblick des anderen und schlugen eine Brücke zwischen ihren Erinnerungen und den Veränderungen, die die Zeit mit sich gebracht hatte. Bis das rauchige Grau schwerer Wolken hereindrang und das Zimmer mit Düsternis füllte.

Das Donnergrollen, das Rauschen des Regens, der auf das Dach hämmerte, davon herabpladderte und klatschte, brachten jedes Wort zum Verstummen. In der wieder und wieder jäh aufflackernden Helligkeit eines Blitzes erhaschten sie Blicke aufeinander, selten mehr als ein Bruchstück.

Georginas feingezeichnete Lippen. Die energische, geradezu eigensinnige Kurve ihres Kinns. Die Kuhle an Raharjos sehnigem Hals und die scharfe Rinne entlang seines Schlüsselbeins, die der Ausschnitt seines Hemds enthüllte. Die ungebärdigen Wirbel seines Haares, obschon er es kürzer trug als früher. Die Andeutung eines Grübchens in Georginas Wange, wenn sie auf eine bestimmte Weise lächelte. Raharjos Mund, der so weich aussah gegen seine schwere Kieferlinie.

Bloße Details, die nur einen Wimpernschlag lang sichtbar waren, bis sie beide wieder zu Schatten wurden, die unmerklich aufeinander zustrebten, angezogen von der Nähe, der Wärme des anderen.

Blaues Licht barst herein, so grell, dass es den Raum bis in den letzten Winkel erhellte und in den Augen wehtat; noch bevor es verlosch, knallte ein Donnerkrachen, ohrenbetäubend und markerschütternd in seiner Gewalt, unter dem der Erdboden schauderte, der Pavillon schwankte und sich dem tosenden Meer entgegenzuneigen schien. Ein entfesselter Dämon, der sich nur widerstrebend und unter Getöse wieder entfernte.

Raharjos Hand legte sich auf Georginas Schulter. »Keine Angst. Es ist nichts passiert.«

»Nein«, hauchte sie, mehr erstaunt denn erschrocken. »Es ist nichts passiert.«

Das Gewicht seiner Hand ließ nach, als wolle er sie fortnehmen; er zögerte kurz und umfasste dann ihre Schulter fester. Georginas Kopf sank gegen seine Brust, und eingehüllt in seinen Duft nach Leder und Zimt, nach Meer und Tang, in seinen sich beruhigenden Herzschlag, schloss sie die Lider.

Erst später würden sie erfahren, dass in der Nähe der Blitz eingeschlagen hatte: in den neuen Turm von St. Andrew's, zum zweiten Mal.

Ein schlechtes Omen in den Augen der Chinesen und Malaien der Stadt, das die nie verstummenden Gerüchte nährte, die Kirche sei verflucht und von bösen Geistern heimgesucht. Und obwohl der Kirchenbau sich mit den Schäden an Mauerwerk und Gebälk tapfer hielt, hatte der Blitzschlag an diesem Tag das Schicksal von St. Andrew's besiegelt.

༄

Die letzten Wolkenfetzen segelten über das stille Tintenmeer und hinterließen eine glimmernde Spur aus Himmelslichtern. Mit neuem Schwung rollte und schäumte die Flut an die Beach Road heran, während eine satte, zufriedene Stille über dem Garten lag. Nur dann und wann zitterte ein helles Zikadenstimmchen durch die Nacht, gab ein Ochsenfrosch ein Schnalzen von sich, und irgendwo plitschten noch die letzten Tropfen aus den Baumkronen. Warm und schmeichlerisch war die Luft, balsamisch geradezu.

Eine Nacht wie ein Versprechen. Eine Nacht, die zu schön war, um zu schlafen.

Ihr Haar bereits gelöst und ohne Schuhe, aber noch in ihrer Dinnergarderobe, hatte es Georgina zu dieser späten Stunde auf die Veranda hinausgezogen. In einem dunklen Winkel zwischen den Säulen trank sie die Nacht in großen Zügen und zelebrierte jeden Gedanken an Raharjo.

Schritte näherten sich, schlendernd und doch zielstrebig, und Georgina wandte den Kopf. Aus der schwachen Beleuchtung des unteren Stockwerks schälte sich die Gestalt von Paul Bigelow. Er trat an die Balustrade, stellte ein Glas darauf ab und zündete sich eine Zigarre an. Georgina überlegte noch, ob sie sich bemerkbar machen sollte, als sein Kopf hochruckte und er mit zusammengekniffenen Augen in ihre Richtung sah.

»Miss Findlay? Verzeihen Sie, ich hatte keine Ahnung! Ich ...«
Er gestikulierte mit der aufglühenden Zigarre.

»Lassen Sie nur, es macht mir nichts aus.«

Dennoch wirkte er befangen, wie er den Rauch in den Garten hinausblies; ein scharfer, kratziger Geruch, der die Süße der Nachtluft würzte und Erinnerungen wachrief. An den Besuch, der früher manchmal in L'Espoir eingetroffen war, vorwiegend Herren in Gehröcken, deren laute Stimmen sich zu einem gemütlichen Brummen dämpften, wenn sie die kleine Georgina unter dem Kinn kitzelten, bevor sie sich mit Papa zu Drinks und Zigarren versammelten. Während die wenigen Damen bei Maman blieben und fortwährend ihrem Entzücken über den Kontrast zwischen dem dunklen Haar und den Augen des kleinen Mädchens Ausdruck verliehen, *so blau wie Veilchen!*

Ein Vergleich, mit dem Georgina nichts anzufangen wusste, bis sie mit elf in England zum ersten Mal eine Wiese voller Veilchen sah. Mit Mamans Krankheit waren die Besucher auf L'Espoir seltener geworden, blieben bald ganz aus, bis der einzige Gast der Hausherr war, der nur für einige späte Stunden im Arbeitszimmer und eine kurze Nachtruhe nach Hause kam.

»Was für eine Nacht«, sagte Paul Bigelow gedankenvoll zwischen zwei Schlucken. »Und das nach einem solchen Gewitter.«

Georgina gab einen zustimmenden Laut von sich.

»Ich weiß nicht, ob ich mich an das Wetter in Singapur jemals gewöhnen werde«, setzte er mit einem Auflachen hinzu. »Diese Hitze. Diese gewaltigen Regengüsse fast jeden Tag.«

»Bestimmt«, murmelte Georgina; beiläufige, höfliche Konversation gehörte nicht zu ihren Stärken, machte sie immer ein wenig nervös. »Wenn Sie noch einige Jahre länger hier sind …«

»Kommt darauf an, wie sich die Dinge entwickeln.« Paul Bigelow drehte die Zigarre zwischen seinen Fingern und atmete durch. »Ja, ein paar Jahre mit Sicherheit noch.«

Weil sie nicht wusste, was sie darauf sagen sollte, beließ Georgina es bei einem Nicken.

Er sah sie von der Seite her an. »Kann ich Sie denn nicht doch noch dazu überreden, einmal mit mir auszureiten, Miss Findlay?«

Georgina lächelte. »Ich mache mir wirklich nichts aus Pferden. Und ich fürchte, ich bin auch nicht allzu sattelfest.«

»Ich kann es Ihnen beibringen!«

Sie lachte. »Das wäre vergebliche Mühe, Mister Bigelow! Selbst meine Tante musste schließlich einsehen, dass das Geld für die Reitstunden zum Fenster hinausgeworfen war.«

Er stützte sich auf die Balustrade und sah sie unverwandt an. »Sie sollten wissen, dass ich ein Nein nicht so ohne Weiteres hinnehme. Ich kann überaus hartnäckig sein.«

Eine heiter hingeworfene Bemerkung, in der jedoch eine selbstbewusste Ernsthaftigkeit lag.

»Kann ich Ihnen noch etwas bringen lassen, Tuan Bigelow?«

Die Hände vor der Brust gefaltet, stand Cempaka auf der Türschwelle. Ein schmächtiger, vogelgleicher Schattenriss gegen das sanfte Licht aus dem Inneren des Hauses, hielt sie den Kopf auf irritierend demütige Weise gesenkt.

»Nein, vielen Dank«, wehrte Paul Bigelow freundlich ab.

»Haben Sie vielleicht sonst noch einen Wunsch?« Ihre sonst so harsche Stimme war samtig wie die Nachtluft.

»Nein danke, Cempaka, alles bestens.«

»Dann wünsche ich eine gute Nacht, Tuan Bigelow.«

Nur zögerlich trat Cempaka einen halben Schritt zurück.

»Aber eventuell möchte Miss Findlay …?« Sein Tonfall bekam etwas Nachdrückliches, Aufforderndes.

Cempakas Kopf hob sich wie der eines Kranichs, bereit, mit seinem Schnabel als Waffe sein Revier zu verteidigen.

»Danke, ich möchte nichts.« Georgina stolperte in ihrer Hast beinahe über jedes Wort. »Ich werde ohnehin gleich zu Bett gehen.«

Cempaka nickte hoheitsvoll und schritt mit hoch erhobenem Kopf ins Haus, jeder Zoll an ihr Ausdruck ihres Widerwillens.

Georgina fing Paul Bigelows fragenden Blick auf und zuckte mit den Schultern.

»Sie mag mich nicht.«

»Das habe ich bemerkt. Und nicht zum ersten Mal.« Er warf einen Blick über seine Schulter. »Cempaka ist schon sehr lange hier im Haus, nicht wahr?«

»So lange ich zurückdenken kann.« Georgina löste sich aus ihrem dunklen Winkel und bewegte sich auf Paul Bigelow zu. »Meine Mutter verehrt sie bis heute über alle Maßen, aber mir gibt sie nach wie vor das Gefühl, ich hätte etwas verbrochen. Etwas Schreckliches, das sie mir einfach nicht verzeihen kann.«

»So dürfen Sie nicht denken.« Er hob die Hand, als wolle er sie am Arm berühren; im letzten Augenblick schien er sich darauf zu besinnen, dass sich das nicht gehörte, und fuhr sich stattdessen über das kurzgeschorene Haar. »Ich war zwar schon ein großer Bursche, als ich innerhalb eines Jahres erst meine Mutter und dann auch noch meinen Vater verlor. Trotzdem möchte ich mir nicht vorstellen, wie es mir ohne meine Brüder ergangen wäre.«

Sein Blick wanderte durch den Garten, bis er auf Georgina zu liegen kam.

»Sie müssen hier als Kind sehr einsam gewesen sein.«

Unvermittelt fühlte Georgina sich unwohl, als stünde sie nur halb bekleidet neben Paul Bigelow, und sie schlang die Arme fest um sich. Er beugte sich herüber, so nahe, dass sein Atem über ihre Wange streifte.

»Ich möchte Ihnen gerne ein guter Freund sein, Miss Findlay«, sagte er leise.

Hinter ihnen hüstelte es, und Paul Bigelow trat rasch einen Schritt zurück.

»Gute Nacht, Miss Findlay.« Er griff zu seinem Glas. »Gute Nacht, Sir.«

Gordon Findlay murmelte eine Antwort, als Paul Bigelow an ihm vorüberging, und stellte sich dann neben Georgina an die Brüstung. Ihr Herz pochte hoffnungsvoll, als sie zu ihrem Vater aufsah, im Zwielicht eine knorrige Birke in Silbergrau und Schwarz.

»Es war nett von dir, gestern im Kontor vorbeizuschauen«, sagte er nach einer Weile. »Überraschend. Aber nett.«

Georginas Eindrücke vom Godown der Firma *Findlay & Boisselot* waren verwaschen, wieder und wieder überschwemmt von diesem Rausch, in den das Wiedersehen mit Raharjo sie versetzt hatte, und nur wenige trockene Inseln waren übrig geblieben.

Erstaunlich wenig hatte sich im Godown verändert, vom scheinbar heillosen Durcheinander aus Kisten, Säcken und Fässern im unteren Stockwerk, die einen Geruch nach Holz und Metall verströmten. Nach Pfeffer, Tee und Ingwer und all den anderen Waren, die hier zwischengelagert wurden. Bis hin zum Kontor in der Etage darüber mit seinen Rechnungsbüchern und Papierstößen und den Landkarten an den Wänden, die stickige Luft von den Fächern der *punkah-wallahs* nur leicht aufgerührt.

Gordon Findlay räusperte sich verhalten. »Hast ... hast du dich schon wieder eingelebt?«

»Ein wenig, ja.« Georgina lächelte in sich hinein.

So unbeholfen und zögerlich Gordon Findlay sich hier im Haus gab, bei ihr als seiner Tochter, so entschlossen und tatkräftig hatte er sich in seinem Kontor gezeigt, genau wie früher. Inzwischen mit Paul Bigelow als seinem Schatten, der mit ihm zusammen die Firma leitete wie zwei ineinandergreifende Zahnräder eines tadellos geölten Uhrwerks.

Seine Finger strichen unruhig über die Balustrade.

»Wirst du bleiben? Für länger?«

Eine Frage wie eine Ohrfeige; Georgina brauchte einige Augenblicke, um sich wieder zu sammeln.

»Natürlich werde ich bleiben.« Ihre Stimme klang aufgeschürft. »Hier ist doch mein Zuhause!«

»Ja. Natürlich.« Sein geräuschvolles Ausatmen hatte etwas von einem Seufzen. »Dann werde ich wohl Mister Bigelow bitten müssen, sich eine neue Bleibe zu suchen.«

Das Bedauern in seinen Worten war wie ein Schlag auf die andere Wange.

»Bevor die Leute anfangen zu reden.« Er nickte bedächtig. »Ja, das sollte ich wohl tun.«

Tränenblind starrte Georgina vor sich hin.

»Ich weiß nicht, wie das hier für dich werden soll«, hörte sie ihren Vater nach einer Weile sagen. »Ich habe seit Jahren kaum noch gesellschaftliche Kontakte außerhalb des Geschäftslebens. Ab und zu ein Dinner oder eine Runde Drinks, immer rein unter Männern. Es ist niemand da, der sich darum kümmern könnte, dass du unter Menschen kommst. Jetzt oder in ein, zwei Jahren. Bälle, Teegesellschaften oder was ihr jungen Leute heutzutage so macht. Ich habe nicht die geringste Ahnung, was eine junge Dame wie du braucht. Und ich weiß nicht, wen ich von den wenigen Damen hier bitten kann, dich unter ihre Fittiche zu nehmen. Du bräuchtest hier jemanden wie Stella oder wie ... wie Joséphine.«

Zuletzt hatte er nur noch geflüstert, niedergedrückt vom Gewicht der Trauer, die noch immer auf ihm lastete.

»Ich brauche das alles nicht«, brach es aus Georgina heraus. »Ich will einfach nur hier sein!«

Gordon Findlay ließ den Blick auf seiner Tochter ruhen. Lange.

Seine Miene, wie aus Stein gehauen, bekam erste Risse, dann Sprünge; ein Aufbrechen, das ihm Schmerzen zu bereiten schien.

»Du bist deiner Mutter unglaublich ähnlich«, flüsterte er heiser.

Du bist ein Kind der Tropen, mon chouchou. Wie ich.

Eine Träne rann über Georginas Wange. »Sie fehlt mir auch immer noch so sehr.«

»Ja«, kam es hohl von ihm. Sein Blick bekam etwas Unstetes, wie aufgeschreckt, verwundert und fast schuldbewusst, und er wandte sich ab. »Ja.«

4

Zischend schnitt der Kiel des Schiffs durch die Wellen.

Im Schatten unter dem Sonnensegel blinzelte Georgina auf das Meer in Türkisgrün und Indigoblau hinaus und klaubte immer wieder Strähnen ihres Haares aus dem Mund, die ihr der Wind fortwährend ins Gesicht blies.

Die Bungalows entlang der Beach Road hatten sie längst hinter sich gelassen. Den Istana, den Palast des Sultans von Johor, eine prächtige zweistöckige Villa inmitten weitläufiger Gärten, und das malaiische und arabische Viertel von Kampong Glam mit seinem kleinen, geschäftigen Hafen. Bis auf einzelne Siedlungen von einfachen Holzhäuschen, palmblattgedeckt und auf Stelzen halb ins Wasser gebaut, drängte sich seit geraumer Zeit nichts als Dschungel ans Meeresufer. Ein hoch aufschießender Wall aus Gehölz und Laubwerk, überquellend in seiner grünen Saftigkeit, seiner Urwüchsigkeit. Wie eine Reise in die Vergangenheit war diese Fahrt, zurück zu den Ursprüngen der Insel.

Georgina wandte den Kopf.

»Willst du mir nicht endlich verraten, wo es hingeht?«

Die Augen weiter unverwandt geradeaus gerichtet, zeichnete sich ein Lächeln auf Raharjos Gesicht ab.

»Erst wenn wir dort sind.«

Entspannt und doch mit wachen Sinnen steuerte er das Schiff. Ab und zu hob er die Hand, wenn ein Perahu seinen Weg kreuzte oder sie an einer Flotte kleiner Fischerboote vorbeisegelten, und erwiderte einen Gruß im eigenwilligen Zungenschlag der einheimischen Völker.

Wie leichtfüßig, beinahe katzengleich, er sich über die Planken bewegte, so selbstverständlich mit den Leinen und Segeln hantierte, wie er atmete, verriet, wie sehr er auf dem Meer zu Hause war. Als wären sein Leib und der Leib des Schiffs eins, beide schlank, beide wendig und das polierte Holz von fast derselben Farbe wie seine Haut.

Kleiner als eine chinesische Dschunke, war das Schiff doch größer, als Georgina erwartet hatte, mit viel Stauraum unter Deck und einer Koje, in der spartanische Kahlheit das Durcheinander einfachen Lebens beherbergte: ein paar Hemden und Hosen, eiserne Töpfe und Schalen aus glasiertem Ton, eine Lampe. Größer als die Perahus war es, die Georgina schon vom Strand aus gesehen hatte; wohl genauso groß wie die Schiffe der Bugis und mit dem langen Bugspriet auch von ähnlicher Form, wie ein Schwertfisch.

»Warum hat dein Schiff keinen Namen?«

Seine Brauen hoben sich. »Braucht es denn einen?«

»Natürlich braucht es einen! Wie *Seagull* oder *Morning Star*. Etwas, das mit dem Meer zu tun hat. Wie *Neptun* oder *Triton*. Den Namen einer Stadt oder eines Flusses. Oder einen Frauennamen! Viele Schiffe tragen weibliche Namen. Wie *Mary Ann* oder *Emma* oder ...«

»... oder Nilam?« Einer seiner Mundwinkel hob sich zu einem Grinsen.

Georgina wurde rot und senkte den Blick auf die beiden Bücher in ihrem Schoß, die Raharjo ihr vorhin unter Deck gegeben hatte. Nicht die zwei, die damals fehlten, als er eines Morgens verschwunden war; jedes Mal, wenn er in den Pavillon zurückkehrte, brachte er die Bücher wieder, die er sich zuvor geborgt hatte, und nahm andere dafür mit.

Zärtlich streichelte Georgina über die Schrammen und Brüche im Einband, den schrundigen, gekräuselten Buchschnitt. Sie stellte sich vor, wie diese Bücher Raharjo auf seinen Reisen durch die Inselwelt Nusantaras begleitet hatten, in müßigen Stunden hier an Deck vielleicht oder im Lampenschein einer stillen Nacht, die er irgendwo in einer Bucht vor Anker lag.

Und sie wünschte sich, dass seine Gedanken dann manchmal zu dem kleinen Mädchen gewandert waren, das sie einmal gewesen war.

Er konnte sich nicht sattsehen an ihr. Gerade in solchen Augenblicken, wenn sie in ihre Gedanken vertieft war und sich unbeobachtet glaubte; vermutlich ahnte sie nicht, dass sich jede ihrer Regungen auf ihrem Gesicht widerspiegelte wie das Spiel von Wolken und Sonne auf den Wellen.

Wieder und wieder fuhr er mit seinen Blicken ihr klares Profil entlang und verfing sich jedes Mal im Schwung ihrer dichten Wimpern, schwankend zwischen Furcht und Hoffnung, sie würde im nächsten Moment aufblicken und ihn dabei ertappen, wie er sie anschaute. Unter ihrer stillen Art schien immer ein Sturm zu schwelen, der jederzeit losbrechen konnte, und wie eine Tropeninsel, die auf dem Gipfel der Hitze nach dem erlösenden Gewitter lechzt, konnte er nicht erwarten, sich in diesen Sturm zu stellen.

Doch noch immer konnte er sich keinen Reim machen auf dieses seltsame Mädchen, das Nilam war.

Das wie eh und je barfuss und in abgetragenen Sarongs und Kebayas umherlief, während das große Haus jenseits des Dickichts von Geld und Macht kündete. Bei dem es damals wie heute niemanden zu kümmern schien, wenn es sich fortstahl, um ganze Tage in einem verborgenen Winkel des Gartens zu verschwinden.

Nackte Wut packte ihn, wenn er an ihren Vater dachte, diesen feinen Tuan, von dem er weder Gesicht noch Namen kannte. Dieser Orang Putih, dem seine Tochter derart gleichgültig war und sein Kind aufwachsen ließ wie wildes Kraut, zufällig in lockeren Sand gesät, ohne dass es wusste, wo es hingehörte.

Etwas unendlich Trauriges ging von ihr aus, besonders, wenn sie von ihrer Mutter sprach, die schon lange tot war. Etwas so schmerzlich Verwaistes, dass er nicht nachzufragen wagte, um nicht an diesem alten Schmerz zu rühren. Kein Wunder, dass sie wie von einem finsteren Schatten umgeben war, ihre Augen manchmal fast wund wirkten, wie ein frischer Bluterguss.

Sie hob den Kopf und fing seinen Blick auf, ließ diesen Blick jedoch sogleich wieder fallen, als sei sie diejenige, die ertappt worden war, bevor sie ihn erneut aufgriff. Ihre Augen hellten sich auf, in einem Strahlen, das sich auf ihrem ganzen Gesicht ausbreitete und ihn weich in den Knien werden ließ.

Ein kaum merklicher Wechsel im Rhythmus der Wellen unter ihm weckte ihn auf.

»Wir sind da«, sagte er, leise und rau.

Georgina sah ihm zu, wie er das Schiff zur Küste hin drehte, den Anker auswarf und die Segel reffte. Sie legte die Bücher beiseite und stand auf.

»Machst du immer alles allein auf dem Schiff?«

»Manchmal heuere ich zwei oder drei Männer an«, erklärte er, während er das Beiboot hinabließ. »Orang Laut wie ich. Die an Bord mit Hand anlegen und das Schiff bewachen, wenn ich an Land gehe.« Er kletterte die Strickleiter hinunter.

»Aber nicht heute«, flüsterte Georgina über die Reling hinweg, als begreife sie erst jetzt, dass sie beide hier ganz allein waren. Wie blind sie sich ihm anvertraute.

»Nein.« Ernst sah er sie an und streckte die Hand nach ihr aus. »Heute nicht.«

In einer schmalen Meerenge lag das Schiff vor Anker; dort, wo sich die Küste Singapurs zur malaiischen Halbinsel hinüberreckte und dazwischen kleine Inseln wie Splitter aus grünem Glas in der Sonne aufglänzten. Dunst verwischte die Konturen der Hügel und der mächtigen Mangroven, die ihr Netz aus Luftwurzeln ins Meer auswarfen und unter tief herabhängenden Ästen schattige Höhlen schufen.

Ein geheimer, ein verschwiegener Ort. Der Tempel einer Wassergottheit. Ein Hort vergrabener Schätze. Ein Schlupfwinkel für Piraten.

»*Pulau Seranggong*«, erklärte Raharjo mit einem Blick über die Schulter, während er das Boot mit kräftigen, gleichmäßigen Ruderschlägen durch das türkishelle Wasser trieb. »Die Insel von Serangoon.«

Ein Name, so paradiesgleich wie die dicht bewachsene kleine Insel, auf die sie zuglitten. Der das leuchtende Blau von Wasser und Himmel in sich trug und das Grün des Dschungels.

»Serangoon.« Georgina ließ sich die weichen Laute auf der Zunge zergehen. »Ich könnte mir keinen schöneren Namen für dein Schiff vorstellen.«

Raharjo schwieg, aber sie sah ihm an, dass ihm dieser Vorschlag gefiel. Der Kiel schrammte über festen Grund; Raharjo sprang aus dem Boot, um es auf den Strand hinaufzuziehen, und Georgina tat es ihm gleich. In einer schnellen Bewegung zog er sich das Hemd über den Kopf und schleuderte es ins Boot.

»Und jetzt lernst du schwimmen!«

Er packte Georgina bei der Hand und lief so schnell los, dass sie lachend halb neben ihm herrannte, halb stolperte, in die aufspritzenden Wellen hinein.

෨෮

Raharjo war ein guter Lehrmeister.

Schien das Wasser anfangs zu flüchtig, um sie zu halten, ihr Leib unbeweglich und massig wie ein Fels, dazu verdammt unterzugehen, lernte Georgina nach und nach, dem nassen Element zu trauen. Sich von ihm tragen zu lassen und aus eigener Kraft darin fortzubewegen kam ihr bald ganz natürlich vor. Auch wenn sie sich plump und schwerfällig fühlte neben Raharjo, der schon schwimmen konnte, bevor er sicher auf zwei Beinen lief.

In eleganten Zügen glitt er durch das Nass und tauchte geschmeidig bis auf den Grund, scheinbar ohne den Drang zu verspüren, jemals wieder Atem zu schöpfen. Den flinken Ottern nicht unähnlich, die sie beobachteten, wenn sie nebeneinander im Sand saßen, bis Raharjos Hosen, Georginas Sarong und Kebaya auf ihrer Haut getrocknet waren.

Das Grüblerische, Schwermütige, das zuweilen von ihm Besitz ergriff, seine Stirn dann umwölkte, seine Augen verhärtete, fiel im Wasser von ihm ab. In ein Meerwesen verwandelte er sich dort, unbeschwert und frei, am Ziel seiner Sehnsüchte.

Sein schlanker Körper, von Muskelsträngen quergerippt und in schmale Hüften auslaufend, seine starken, sehnigen Arme waren wie geschaffen für ein Leben im Ozean. Manchmal war es Georgina beinahe, als könne sie einen Ansatz von Kiemen oder Schwimmhäuten an ihm entdecken, der beim nächsten Wimpernschlag bereits wieder verschwunden war. Jedes Mal, wenn er aus dem Meer hervorbrach und sich lachend das triefende Haar zurückstrich, Wasser von seiner Haut, braun wie Palmzucker, tropfte und zwischen den Muskelsträngen hinabrann, war sie froh darum, ihr glühendes Gesicht in den Wellen zu kühlen.

Für Raharjo glich sie einer Nixe, ab dem Tag ihrer Geburt ihrem Ursprung entfremdet und endlich heimgekehrt, ein wenig unbeholfen noch in dieser neuen, aber zunehmend vertrauten Welt. Eine Sirene, deren Anblick ihn betörte, wenn der hochgerutschte Saum des Sarongs ihre langen Beine enthüllte. Sein Blut rauschend durch seine Adern strömen ließ, wenn nasser Stoff durchscheinend auf ihrer Haut haftete und die noch schüchternen Rundungen ihres Leibes, biegsam wie junger Bambus, preisgab.

Und wenn sie sich mit ihm auf den Grund sinken ließ, in dieses jadegrüne Licht hinein, ihre Finger mit seinen verschränkt, ihr Haar dann um sie herumfloss wie Seegras und Luftbläschen über ihren lächelnden Mund perlten, war es, als lege sie in ihren Augen ihre Seele bloß.

Hier, an den silbrigen Stränden der Straße von Johor, fühlte Raharjo, wie stark das Band war, mit dem Nilams Seele an der Insel von Singapur hing.

Wie sehr sie ein Kind Nusantaras war, genau wie er.

Sanft schaukelte das Boot den Sungai Seranggong, den Serangoon River, entlang.

Die Luft, die an der von Fischerbooten gesäumten Mündung noch die herbe Leichtigkeit des Meeres gehabt hatte und die salzige Frische des nahen Fischmarkts, war hier schwer von gewässerter Erde und Dung und der Süße reifer Früchte. Rauchfähnchen stiegen zwischen den kleinen Holzhütten mit ihren gepflegten Gärtchen auf, in denen malaiische Frauen und Männer werkelten und Hühner gurrten und gackerten.

Hier schien die Zeit stehengeblieben zu sein, lange bevor Sir Stamford Raffles zum ersten Mal einen Fuß auf die Insel gesetzt hatte; vielleicht hatte Zeit hier auch nie eine Rolle gespielt.

Aus einer der alten malaiischen Siedlungen wie dieser hier musste Cempaka stammen. Georgina wusste nicht viel über ihre Ayah; nur, dass sie hier auf der Insel geboren und aufgewachsen war, ehe sie um die Zeit von Georginas Geburt nach L'Espoir kam. Irgendwann danach hatte Ah Tong den alten malaiischen

Gärtner ersetzt, der für diese Arbeit zu gebrechlich geworden war, dann lange um Cempaka geworben und mit dem Segen des Tuans und der Mem schließlich geheiratet. Georgina glaubte sich blass an ein kleines Fest im Garten zu erinnern und an Musik und Gesang aus den Dienstbotenquartieren bis in die Nacht hinein; möglich, dass sie auch nur eine Erzählung davon aufgeschnappt hatte, sie musste damals wirklich noch sehr klein gewesen sein.

Eine Handvoll nackter Kinder sprudelte irgendwo zwischen den Gärten hervor, rannte jauchzend neben dem Boot her und sprang kreischend und quietschend in sein Kielwasser.

Lachend richtete Georgina den Blick wieder nach vorne, zu Raharjo, der sie den Fluss hinaufruderte. Auch sein Mund zeigte ein Lächeln, und ein heiterer Funke glomm in seinen Augen auf.

Hinter den Gärten breitete sich ein Mosaik aus Gemüsebeeten und kleinen Feldern aus, verschwand dann unter kräftigen Sträuchern, und der Fluss wand sich in ein schattiges Gewölbe hinein.

Bis zum Himmel reckten sich die Bäume empor und neigten sich einander entgegen, ließen nur einen schmalen blauen Streifen hoch oben über Georginas Kopf übrig. Einzelne aus den Laubkronen ausgestanzte Flecken von Himmelstuch und Sonnenlicht rissen weiter auf, wenn der Mast des Bootes überhängende Zweige streifte. Das smaragdene und bläuliche Grün der Blätter, manchmal ins Gelb oder Rot spielend, manchmal fast schwarz, sprenkelte das gedämpfte Licht, in dem Reiher zu ihrem majestätischen Flug aufbrachen, und Vögel pfiffen und trillerten.

Tiefer und tiefer ruderte Raharjo sie in diese Welt jenseits der Zeit hinein, bis er die beiden Paddel an Bord holte und das Boot auslaufen ließ. Er reckte den Arm nach einem kräftigen Ast, zog das Boot heran und vertäute es.

Die Unterarme locker auf den Knien, saß er eine Weile einfach nur da und schaute die Biegung des Flusses entlang, an Georgina vorbei.

»Das ist mein Land«, sagte er schließlich. »Von da vorne«, er deutete in die Richtung, aus der sie gekommen waren, und wandte sich dann halb um. »Bis dort hinauf.« Seine Handfläche überstrich das Ufer zu seiner Linken. »Bis zur Serangoon Road – alles mein Land. Seit gestern.«

Als müsse er sich selbst dessen versichern, wiederholte er leise: »Mein Land. Auch wenn es noch dauern wird, bis ich das Geld zusammenhabe, um ein solches Haus darauf zu bauen, wie ich es mir vorstelle.«

Georginas Blick wanderte über die verwunschene Flusslandschaft; es wäre herrlich, hier zu wohnen.

Zum ersten Mal bekam sie eine Ahnung davon, was Raharjo tat, wenn er zwischendurch für einige Tage fort war; das, was er stets in einem kargen *Geschäfte* zusammenfasste und ihr die Zeit mit ihm noch kostbarer machte. Sie versuchte sich vorzustellen, was für eine Art von Haus Raharjo hier wohl bauen würde, doch es gelang ihr nicht. Raharjos Zuhause war für sie das Meer, seine Behausung das noch immer namenlose Schiff, das Georgina an die Schneckenhäuser der Einsiedlerkrebse erinnerte, die über die Strände der Insel krabbelten.

»Du und ein Haus an Land?«

Um seinen Mund zuckte es, halb belustigt, halb spöttisch.

»Wir Orang Laut haben immer schon Häuser gebaut, Nilam. Es gibt Stämme, die ganze Dörfer auf Stelzen ins Wasser hineinbauen. Doch wir bauen nicht für die Ewigkeit. Meist nur Pondoks, einfache Hütten am Strand, aus dem, was uns der Wald an der Küste gibt. Für die Dauer eines Monsuns. Oder wenn eine unserer Frauen ihr Kind lieber im Schutz eines Pondoks zur Welt bringen will. Danach brechen wir diese Hütten wieder ab, verwenden Holz, Bambus und Blätter für unsere Boote und ziehen weiter.«

Er schaute auf den Fluss hinaus. Seine Gedanken bildeten

sich auf seinem Gesicht ab, in schwachen, kaum merklichen Bewegungen wie die Dünung einer windstillen See. Bis sich seine Brauen finster zusammenzogen und er angestrengt auf seine Hände starrte, während er mit dem Daumen über die Innenfläche seiner anderen Hand rieb.

»Die Zeiten haben sich geändert, Nilam. Vor allem für uns Orang Laut. Für die Malaien waren wir immer ein wildes Volk, mit seltsamen Bräuchen und unverständlicher Sprache. Ein Volk mit eigenen Gesetzen und ohne rechten Glauben. Menschenfresser und Hexenmeister.«

Ein Grinsen blitzte auf seinem Gesicht auf, zeigte seine weißen, geraden Zähne, und aus seinen Augen loderte der Stolz auf sein Volk. Auf das, was er war.

»Immer schon haben sie uns gering geschätzt und gleichzeitig gefürchtet. Weil wir starke, unerschrockene Krieger zur See sind und den Wind und das Meer im Blut haben. Solange der Sultan von Johor und sein Temenggong uns brauchten, waren wir angesehen. Wir waren die Wächter ihres Reiches, ihre Soldaten im Krieg. Wir bauten ihnen Schiffe und Boote und sorgten dafür, dass ihre Schatullen gut gefüllt waren.« Seine Mundwinkel bogen sich abwärts, abschätzig, beinahe verächtlich. »Diese Zeiten sind vorbei. Jetzt sind die Orang Putih die Herrscher der Meere. Mit ihren Kriegsschiffen, ihren besseren Waffen. Sie sind es jetzt, die Macht und Reichtum von Sultan und Temenggong sichern. Die im Gegenzug alles tun, damit kein Orang Laut mehr in den Gewässern um Singapur auf Beutezug geht und die Orang Putih verärgert. Der Temenggong hat gar ein Ehrenschwert vom Gouverneur der Orang Putih erhalten, als Auszeichnung für seine Verdienste im Kampf gegen die Piraten.«

Georgina zog die Knie näher zu sich heran, legte die überkreuzten Arme darauf und schmiegte ihr Gesicht dagegen.

Sie hatte sich nie Gedanken darüber gemacht, inwieweit

Händler wie Gordon Findlay diesen Teil der Welt veränderten. Allein durch ihre bloße Anwesenheit brachten sie ein Gefüge, das seit Jahrhunderten Bestand gehabt hatte, aus dem Gleichgewicht und formten es neu. Dabei klang in allem, über das ihr Vater und Paul Bigelow bei Tisch sprachen, etwas Provisorisches, Schnelllebiges an, als sei die Handelsstadt von Singapur eine Blase, die jederzeit platzen konnte.

Deshalb waren die Straßen auch so schlecht, von Unrat übersät und von streunenden Hunden heimgesucht, bei Flut vom Singapore River überschwemmt, bei Einbruch der Dunkelheit von Funzeln mehr schlecht denn recht beleuchtet. Die Verwaltung in Calcutta ließ die Geschicke der Stadt in den Händen der Händler ruhen, deren Augenmerk jedoch ausschließlich auf das Kaufen, Verkaufen und Verschiffen von Waren gerichtet war. Nicht darauf, aus Singapur eine Stadt zu machen, in der es sich gut leben ließ. Weil keiner von ihnen wusste, ob er morgen oder in einem Jahr noch hier sein würde.

»Mein Stamm musste sich auf Befehl des Temenggong am Sungai Kallang niederlassen.« Seine Stimme, sonst so samtig, dass sie sich darin einhüllen wollte, klang rau und kratzig. »Und der Stamm, der im Kallang lebte, seitdem es Menschen auf der Insel gibt, wurde nach Johor gebracht, um in den Wäldern des Sultans als seine Knechte zu schuften. Bis ihn eine Seuche dort fast vollkommen auslöschte.«

Georginas Brust war schwer von all den Dingen, die sie Raharjo sagen wollte und von denen ihr doch nichts gut, nichts tröstend genug erschien. Er fing ihren Blick auf und deutete ein Kopfschütteln an, seine Augen unvermittelt hart und glänzend wie polierter Stein.

»Nein, Nilam. Kein Grund, uns zu bedauern. Wir wissen um den Lauf der Dinge. Darum, dass das Leben so veränderlich ist wie das Meer und der Himmel darüber.«

Georgina nickte; ja, das verstand sie. Obwohl ihr eigenes Leben viel mehr einem langsam dahintreibenden Fluss wie dem Serangoon River glich, über den alle paar Jahre ein verheerendes Unwetter hinwegfegte und nichts als Trümmer hinterließ.

»Deshalb ein Stück Land?«, riet sie ins Blaue hinein. »Ein Haus? Weil es Zeit ist für eine Veränderung?«

Raharjos Blick flackerte, und er zuckte mit den Schultern. »Vielleicht.«

Seine Augen bekamen einen sehnsüchtigen, verträumten Glanz.

»Die Malaien erzählen sich, die Orang Laut seien mehr Fisch denn Mensch. Meeresbewohner, die an Land zugrunde gehen. Vielleicht ist das so. Ich würde sicher zugrunde gehen, ohne immer wieder einige Zeit auf dem Meer zu verbringen. Ohne Wasser in meiner Nähe. Aber in einem Haus hier, an diesem Fluss, könnte ich gut leben.«

»Ich würde dein Haus gern einmal sehen«, flüsterte Georgina.

Raharjo sah sie an, ernst und ohne eine Regung in seinen nachtschwarzen Augen. Augen, die in ihrer Tiefe einen Sog auf sie ausübten. In die sie sich einfach hineinfallen lassen wollte, und das Tosen, das in ihr aufstieg, machte sie schlucken.

Jäh schnellte er hoch, und Georgina hielt sich erschrocken am Rand des schaukelnden Bootes fest.

»Ich bin gleich zurück«, warf er ihr heiser vor die Füße, sprang ans Ufer und verschwand zwischen den Sträuchern, die hinter ihm zurückschnappten.

Mit pochendem Herzen horchte Georgina auf das vielfache Rascheln, das sich eilig durch das Unterholz ausbreitete und entfernte, vielleicht kleine Nagetiere, die Raharjo dort aufgeschreckt hatte. Rotglänzende Flämmchen zuckten durch die Luft: Libellen, die surrend vorüberflogen, einander nachjagten und sich knisternd streiften, bereit, einander in Brand zu stecken.

Ihr Kopf ruckte hoch, als Raharjo unter dem Rascheln von Laub und Geäst wieder aus dem Gebüsch hervorkam und zurück ins Boot stieg. Behutsam diesmal, sodass das Boot nur sanft schwankte, auch dann noch, als er sich neben Georgina hinhockte.

Ein Lächeln schien auf ihrem Gesicht auf, und sie nahm die Blüte entgegen, die er ihr wortlos hinhielt: eine Orchidee, wie sie sie noch nie gesehen hatte, tiefblau, fast violett.

»Die wachsen hier an allen Flüssen«, raunte er. »Vor ein paar Jahren gab es sie noch oben am Sungai Singapura.« Und kaum lauter als der Klang des Windes fügte er hinzu: »Sie haben dieselbe Farbe wie deine Augen.«

Ihr Herz drohte ihre Rippen zu zertrümmern, und etwas gab in ihr nach; überzeugt, im nächsten Augenblick ins Leere zu stürzen, lehnte sie sich zu Raharjo hinüber und drückte ihren Mund auf seinen.

Ein keuscher, kindlicher Kuss, und ihr Gesicht stand in Flammen, als sie sich schnell wieder von ihm löste; sie konnte ihm nicht mehr in die Augen schauen.

»Heute ist mein Geburtstag«, wisperte sie wie zur Rechtfertigung.

Seine Hand legte sich kühl auf ihre heiße Wange, bevor sein Mund über ihren strich, ihren Namen dagegen hauchte und sie zu atmen vergaß.

※

Den Kopf auf Raharjos Schulter, schaute Georgina in die Baumwipfel hinauf, tanzende Blätterrispen, die ein Stück tiefblauen Himmels umgarnten. Der Wind trieb weiche Wolkennester vor sich her, und das Flüstern der Bäume fand sein Echo im Gluckern des Flusses, in dem das Boot an seiner Leine sacht hin und her trieb, und im Lied der Vögel.

»Glaubst du an einen Gott?«

Georgina hielt sich gern in der kleinen Kirche von St. Andrew's mit ihrem maroden Turm auf, die erst ein Jahrzehnt stand, aber schon Moos angesetzt hatte. In der es so warm und feucht war zwischen den Kirchenbänken, dass sie nur darauf wartete, bis sich die ersten Orchideen die Wände entlangrankten. Doch in den Gottesdiensten dort empfand Georgina nie etwas, das dem gleichkam, was sie auf dem Meer oder hier auf dem Serangoon River empfand. Etwas, das ihre Seele erfüllte und zum Singen brachte.

Sie betrachtete Raharjos Gesicht. Sein kräftiges Profil. Die scharf umrissene, schwere Linie seines Unterkiefers. Die Biegung seines Mundes, und ein glückliches Flattern durchrieselte ihren Bauch.

»Ich glaube«, begann er langsam, »an die Mächte des Meeres und des Himmels. An die des Windes. Das sind die Mächte, die ich achte. Die ich verehre und anbete.«

»Glaubst du an Schicksal?«

Er wandte den Kopf, der auf seinem angewinkelten Arm ruhte. »Dass die Dinge vorherbestimmt sind?«

Sie nickte, und er richtete den Blick wieder gen Himmel.

»Nein. Ich glaube an Glück und Pech.« Er grinste. »Vor allem an das Glück, das mit dem ist, der es wittern kann. Der es zu packen und festzuhalten versteht.« Er warf einen Seitenblick auf Georgina. »Und du? Glaubst du an Schicksal?«

»Ich weiß es nicht«, murmelte sie. Nachdenklich streichelte sie Raharjos Arm, der sie umfasst hielt, und ein kleines Lächeln malte sich auf ihr Gesicht. »Ja, doch. Manchmal schon.«

»Schau.« Raharjos Kinn ruckte aufwärts. »Ein Cit-cit.«

Georgina hatte hier am Fluss schon einige Königsfischer gesehen; geflügelte Edelsteine in Orange und irisierendem Blau, die pfeilschnell ins Wasser tauchten und genauso schnell wieder davonflogen. Aber noch keinen, der so ruhig dasaß wie dieser auf einem wippenden Ast über dem Boot. Immer wieder ließ er seine schwarzglänzenden Augen durch die Gegend huschen, bevor er erneut zu ihnen hinabspähte.

»Er beherrscht die Flüsse und Meere und kann Stürme abwenden«, flüsterte Raharjo. »Deshalb bringt er Glück und Reichtum.«

Georgina sah noch, wie sich der Königsfischer von seinem Ast abstieß und Raharjo sich über sie beugte, dann schloss sie die Lider.

Natürlich hatte es für ihn Frauen gegeben, irgendwo auf den Inseln Nusantaras. In sternenübersäten Nächten, in denen ein Blick, ein Lächeln genügte, um sich einig zu sein. Um einen Rausch der Sinne zu teilen, bevor jeder wieder seines Weges ging, ohne Versprechungen, ohne Reue.

Aber keine war wie Nilam gewesen.

Es war nicht nur das Feuer, mit dem sie seine Küsse erwiderte und mit dem sie Küsse für sich einforderte. Die Funken, die sein Rückgrat hinabsprangen, wenn sie die Finger in seinem Haar vergrub, und das Gefühl ihrer Haut unter seinen Händen, das ihn schwach machte. Es war mehr als die Flutwelle, die in ihm emporrauschte, wenn sie sich an ihn presste, und mehr als das Dröhnen in seinen Ohren, wenn er die Konturen und Wölbungen ihres Leibs durch die dünnen Stoffe hindurch spüren konnte; es war schwer, nicht den Kopf zu verlieren.

Als hätte er all die Jahre ihren Namen auf dem Grund seiner Seele eingeritzt getragen, so war es, und wenn sie ihn ansah, ihr dabei das Glück aus den Augen lachte, bekam das Leben einen neuen Sinn.

Gut möglich, dass er damals allein durchgekommen wäre, in diesem Versteck, in das ihn sein Glück geleitet hatte; wahrscheinlicher jedoch wäre er ohne die Hilfe des kleinen Mädchens heute nicht mehr am Leben. Ohne die Gedanken, die aus der Finsternis aufstiegen und zu ihm ins Bett krochen, in jenen Nächten, in denen er wach lag, weil seine Wunden brannten und puckerten. Diese Gedanken, die er mitnahm auf das Meer und die den Kurs änderten, dem sein Leben folgte.

Ein Kurs, der sich nun abermals geändert hatte. Jede seiner Fahrten würde an ihrem Ende nur noch ein einziges Ziel haben: Nilam.

Mit einem langgezogenen Laut, fast ein Seufzen, ließ Georgina den Atem ausströmen und rieb ihr glühendes Gesicht an Raharjos harter Brust.

»Ich muss für einige Zeit fort«, murmelte er in ihr Haar.
Sie schlug die Augen auf. »Länger als ein paar Tage?«
Er drückte seinen Mund auf ihre Stirn. »Ein paar Monate.«
Blinzelnd setzte sie sich auf und umklammerte ihre angezogenen Knie.

»Ich hätte längst in See stechen sollen. Der Wind kommt schon eine Weile aus dem Süden.«

»Wann«, ihre Kehle war wie zugeschnürt, »wann wirst du aufbrechen?«

»Morgen.«

Morgen, formten ihre Lippen.

Er richtete sich auf und fuhr die Rinne in ihrem Rücken entlang. Ein Schauder rann über ihre Haut.

»Ich kann es nicht länger aufschieben. Die Leute auf den Inseln warten darauf, dass ich ihnen ihre Waren abkaufe. Und ich lebe davon, dass ich sie mit Gewinn weiterverkaufe.«

Die Unterlippe zwischen die Zähne gezogen, nickte Georgina. Ja, das wusste sie; *dayang*, das malaiische Wort für Handel, war gleichbedeutend mit Reise, und trotzdem war ihr elend zumute.

»Spätestens, wenn der Wind wieder von Osten kommt, bin ich zurück.«

Sie nickte erneut und ließ den Kopf hängen.

Raharjo rutschte näher und legte einen Arm um ihre Schultern, fasste sie unter dem Kinn und drehte ihr Gesicht zu sich. Ernst blickten seine Augen, mit einem hoffnungsvollen Schimmer darin.

»Wirst du auf mich warten, Nilam?«

»Bis in alle Ewigkeit«, wisperte sie.

5

In reinstem Azurblau leuchtete der Morgenhimmel, so strahlend, dass dagegen die Farben des Meeres zu Jadegrün und Lavendel verblassten. Heitere Wolkenbänke kräuselten sich am Horizont, und das klare Licht hatte noch nicht die diesige Schwere der Mittagszeit.

»Das war doch heute schon ganz gut«, lobte Paul Bigelow, noch unrasiert zu dieser frühen Stunde. Schwungvoll stieg er von seinem braunen Wallach ab, um Georgina aus dem Sattel der falben Stute zu helfen. Kräftig packte er dabei zu, und kräftig war auch sein Geruch, wie schwerer Ackerboden und warmes Tierfell. »Sie machen große Fortschritte!«

Jati lenkte sein Pony ein Stück weit den Strand hinunter, ließ sich von seinem Rücken gleiten und hockte sich in den Sand, wo er herzhaft gähnte und dann müßig auf das Meer hinaussah.

Paul Bigelow hatte Wort gehalten, sich so lange hartnäckig gezeigt, bis Georgina es nicht länger übers Herz gebracht hatte, ein ums andere Mal seine Einladung auszuschlagen. Er war ein guter Reiter, der sicher im Sattel saß und sich in kraftvoller Harmonie mit dem Pferd unter ihm bewegte, in Stiefeln und engen Reiterhosen, die seine starken Oberschenkelmuskeln betonten, ein goldenes Vlies im Ausschnitt seines aufgeknöpften Hemdes.

Lachend strich sich Georgina Haarsträhnen, die sich gelöst hatten, hinter die Ohren und rieb sich mit dem Ärmel ihres Sommerkleids über das verschwitzte Gesicht.

»Meine Leidenschaft wird es wohl trotzdem nicht werden!«

Der malvenfarbene Baumwollstoff klebte überall auf ihrer Haut, obwohl die Luft angenehm leicht war und eine kräftige Brise über den Strand blies; es war anstrengend, sich im Sattel in der Balance zu halten, und nur langsam wich das Ziehen und Brennen aus ihren Muskeln.

»Das muss es auch nicht«, erklärte Paul Bigelow gelassen. »Mir genügt es schon, wenn es keine allzu große Qual für Sie ist und Sie vielleicht doch eines Tages ein wenig Vergnügen daran finden können.«

Er machte sich am Sattel zu schaffen.

»Ich genieße unsere morgendlichen Ausritte jedenfalls sehr.«

Verlegen wandte sich Georgina ab.

»Würden Sie vielleicht einmal mit mir ausgehen?«

Georginas Kopf flog herum.

»Mit dem Einverständnis von Mister Findlay natürlich«, schob Paul Bigelow hastig nach.

Georgina dachte an die Teekränzchen von Tante Stella, an die Abendgesellschaften am Royal Crescent. Ein Geschicklichkeitsspiel, dessen Regeln man ihr zwar beigebracht hatte, das sie aber nicht beherrschte. In dem sie überdeutlich zu spüren bekam, dass sie ihre Kindheit in einer vollkommen anderen Welt verbracht hatte, immer einen Taktschlag zu langsam, einen Atemzug zu schnell. Das Unausgesprochene hinter dem Gesagten entging ihr oftmals, und zuweilen war sie um die richtigen Worte verlegen, als spräche sie nicht dieselbe Sprache wie ihr Gegenüber.

Unwillkürlich zog sie die Schultern hoch.

»Sagen Sie jetzt nicht, Sie machen sich auch nichts aus gesellschaftlichen Anlässen!«, rief Paul Bigelow mit gespielter Strenge und lachte auf. »Sie sind so jung, Sie sollten die Nächte durchtanzen!«

»Ich habe kein allzu großes Talent fürs Tanzen.«

Georgina senkte den Kopf und vergrub die Zehen im Sand. Mangels Reitstiefeln hatte sie anfangs halbwegs bequeme Schuhe zu diesen Ausritten angezogen, doch nachdem Jati immer wieder umdrehen und einen verlorengegangen Schuh auflesen musste, war sie dazu übergegangen, barfuss in den Sattel zu steigen.

»Ich fürchte, ich habe für rein gar nichts ein Talent.«

Anders als Maisie, die hervorragend Klavier spielte, begeistert malte und zeichnete und mit buntem Garn kleine Kunstwerke schuf, waren Georginas Fertigkeiten allenfalls bescheiden zu nennen; vielleicht, weil sie nicht von klein auf daran herangeführt worden war, vielleicht, weil ihr die Leidenschaft dafür fehlte.

»Und wenn schon!«, kam es entschieden von Paul Bigelow, und ein Lächeln huschte über Georginas Gesicht. »Allerdings rätselt die halbe Stadt über Miss Findlay, die schon fast ein halbes Jahr hier ist, die aber noch niemand gesehen hat. Die womöglich an einer mysteriösen Krankheit leidet, einen Klumpfuß hat, ein Feuermal im Gesicht oder anderweitig entstellt ist. Manche halten es auch für denkbar, dass Sie nichts anderes sind als ein Gespenst, das L'Espoir heimsucht.«

Ein Seitenblick auf ihn bestätigte ihr, dass er sie aufzog, und sie musste lachen. Schließlich saß sie jeden Sonntag neben ihrem Vater und Paul Bigelow in einer der Kirchenbänke von St. Andrew's und reichte den Gentlemen und den wenigen Ladys, mit denen die beiden nach dem Gottesdienst ein paar Worte wechselten, die Hand. Wie Gouverneur Butterworth nebst seiner stattlichen Gattin oder Doktor Oxley und seine Frau Lucy mit ihren vier Kindern, von denen Isabella, die Älteste, nur drei Jahre jünger war als Georgina. Der Doktor bedachte sie stets mit versonnenen wie melancholischen Blicken, weil er sich noch sowohl an die neugeborene Georgina erinnerte als auch daran, Joséphine Findlay auf ihrem letzten Weg begleitet zu haben. Mr Guthrie von *Guthrie & Company* oder Mr Little, der das kleine Kaufhaus von *Little, Cursettjee & Co.* am Commercial Square führte und viele seiner Waren von *Findlay & Boisselot* bezog.

»Ihnen ist hoffentlich bewusst, welch bittere Enttäuschung Sie all den vielen Junggesellen Singapurs bereiten. Die verzehren sich doch danach, einmal eine hübsche junge Lady zu Gesicht zu bekommen, ihr vielleicht gar den Hof zu machen. Wobei ich es durchaus genieße, um das Privileg beneidet zu werden, mit Ihnen unter einem Dach zu leben.«

Georgina blinzelte in die Sonne und hatte Mühe, ihr Lächeln, das sich jäh ausgedehnt hatte, wieder zurückzudrängen. Falls ihr Vater seinen Untermieter tatsächlich darum gebeten hatte, sich nach einem anderen Quartier umzusehen, deutete bislang jedoch nichts darauf hin, dass Paul Bigelow in Bälde L'Espoir den Rücken kehren würde. Nach wie vor bewohnte er die beiden Zimmer mit eigenem Bad auf der anderen Seite des Stockwerks und bewegte sich durch das Haus, als wäre es seines, erhellte es mit seiner gutgelaunten Präsenz und brachte Georgina oft zum Lachen.

»Werden Sie wenigstens darüber nachdenken, ob Sie einmal mit mir ausgehen?«

Georgina nickte. »Das mache ich.«

»Schön. Ich freue mich darauf«, sagte er, als hätte sie bereits zugestimmt.

Seine Augen, blau wie der Himmel über ihnen, funkelten, bevor er sie auf das Pferd richtete und dessen Flanke zu streicheln begann.

»Wissen Sie«, sagte er leise, »ich mache mir Gedanken um Sie, Miss Findlay. Ob Sie sich nicht sehr allein fühlen. Ich frage mich, wie Ihre Tage aussehen, während Mister Findlay und ich im Kontor sind. Wie es für Sie sein muss, den lieben langen Tag allein im Haus, nur von Dienstboten umgeben. Die für Sie etwas wie Familie sein mögen, aber doch ihrer Arbeit nachgehen müssen, während Sie ganz sich selbst überlassen bleiben.«

»Ich bin gern allein«, verteidigte sich Georgina mit einem Anflug von Trotz.

Er warf ihr einen schnellen Blick zu, und sein Mund krümmte sich zu seinem schelmischen Lächeln.

»Damit Sie heimlich schwimmen gehen können?«

Georgina erstarrte, und er zuckte mit einer Schulter.

»Ich bin zwei oder drei Mal früher nach Hause gekommen und habe zufällig gesehen, wie Sie sich ins Haus zurückgeschlichen haben. Tropfnass.« Sein Lächeln bekam etwas Herausforderndes. »Was mich zu der Frage bringt, was sich wohl in diesem verwilderten Winkel des Gartens verbirgt, der auf Sie eine so starke Anziehungskraft ausübt.«

Georginas Miene verfinsterte sich.

»Das geht Sie nichts an! Das ist *mein* Platz«, fauchte sie ihm entgegen, ihre Stimme wie ein scharfes Messer, das jedoch an ihm abprallte.

»Ah, eine Frau mit Geheimnissen.« Er legte die Schläfe gegen den Pferdeleib und sah Georgina an. »Das gefällt mir«, murmelte er, ein tiefes Vibrieren in seiner Stimme, bevor er sich wieder aufrichtete. »Ich lasse Ihnen natürlich Ihre Geheimnisse. Und Ihr Versteck.«

Georgina drehte ihm den Rücken zu. Die Arme um sich geschlungen und das Kinn vorgeschoben, starrte sie aufs Meer hinaus.

Irgendwo dort draußen, in der weiten Bläue, kreuzte Raharjo auf seinem Schiff umher. In einem Labyrinth aus von Dschungeln bedeckten Inseln, von fremdartigen Völkern bewohnt.

Das Verlangen, in die Wellen hinauszuwaten und sich ihnen zu überlassen, das Wasser mit ihren Armen und Beinen zu teilen und sich von ihm tragen zu lassen, war beinahe übermächtig. Wenn sie im Meer schwimmen ging, wurden nicht nur Erinnerungen an die Tage mit Raharjo an den Stränden von Serangoon wach;

jede Welle, die auf ihren Körper traf, konnte dieselbe sein, durch die der Kiel von Raharjos Schiff irgendwann zuvor gepflügt, in der er selbst geschwommen war.

Der Wind, der von Westen kam, kühlte ihr das erhitzte Gesicht, und stumm bat Georgina diesen Wind, bald zu drehen und ihren Selkie zu ihr zurückzubringen.

֎

Georgina war immer gern allein gewesen, selbst unter anderen Menschen.

Sie zog es vor, still zu sein. Zu beobachten, zuzuhören, früher oder später in diese Welt in ihrem Inneren hinabgezogen zu werden, in der sie Formen schmecken und Farben riechen konnte. In der sie die Sprache der Tiere verstand und Bäume und Flüsse beseelt waren und Steine atmeten. Eine Welt, die sie an der Hand ihrer Mutter mit den Märchen und Legenden aus der Provence, aus Madras, Maharashtra und Bengalen entdeckt hatte und die ihr nach dem Tod Mamans ein sicherer Hort geworden war. Diese Welt, an deren Küsten die Wellen des Ozeans brandeten, der die Heimat der Orang Laut war.

Raharjo hatte ihr Alleinsein verändert.

Nicht nur, dass sie seine Nähe, seine Stimme vermisste, seine Küsse, die Wärme seiner Haut. Eine Gier nach mehr und immer mehr hatte er ihr hinterlassen, die sie verwirrte. Einen Traum von einem Leben, das sie sich nur schemenhaft ausmalen konnte. Der ihr Angst machte, weil er so vage, so ungreifbar war, nichts als ein Gefühl tief in ihrem Bauch; ein Sehnen, das gewaltsam an ihr zerrte und sie rastlos machte. Als riefe das Meer, das Raharjo stets aufs Neue fortlockte, nun auch nach ihr.

Traust du dich zu lieben?, rief es ihr zu. *Traust du dich zu leben?*

Ein gläserner Himmel wölbte sich hoch oben über dem Garten. Der auffrischende Wind zerzauste die Baumkronen, hinter denen sich schon die grauen Schlieren regenbeladener Wolken abzeichneten.

Angespannt kaute Georgina auf ihrer Lippe, während sie Ah Tong dabei zusah, wie er die welken Sternchen aus den leuchtend roten und grellrosafarbenen Blütentrauben der Hecken aus Jejarum, der Dschungelflamme, pflückte.

»Hast du was auf dem Herzen, Ay ... Miss Georgina?«

Georgina konnte sich nicht daran erinnern, dass Ah Tong jemals Hast an den Tag gelegt hatte, wenn er im Garten seiner Arbeit nachging. In sich ruhend und mit feierlicher Hingabe jätete, harkte, säte, pflanzte, mähte und sägte er. Ein Priester, der in diesem grünen, verschwenderisch mit Blüten geschmückten Tempel seine heiligen Handlungen vollzog, zu Ehren einer Göttin der Schönheit und Fruchtbarkeit. Als wäre er stets mit sich und seiner Welt im Reinen.

»Bist du glücklich, Ah Tong?«, wisperte sie.

»Oh ja.« Ohne auch nur einen Moment zu überlegen, ohne seinen Blick von den üppigen Blütenkugeln zu lösen, nickte er. »Ich bin ein sehr glücklicher Mann, Miss Georgina. Die Götter haben es gut mit mir gemeint.«

Er ließ eine Handvoll der aussortierten Blüten fallen, zupfte ein gelbes Blatt aus dem Laub und noch eines, widmete sich dann der nächsten Blütentraube.

»Ich komme aus einer sehr armen Gegend in Fukien. Wir waren zu viele Kinder für das kleine Reisfeld meines Vaters und das Gemüsegärtchen meiner Mutter. In schlechten Jahren fehlte es uns an allem, und wir litten Hunger. Zwei meiner Brüder starben, und meine Eltern mussten meine drei Schwestern verkaufen. Als ich alt genug war, bin ich ans Meer, um Arbeit zu finden. Und da war ein Mann, der Leute für Singapur gesucht hat. Als Coolies.

Ich war stark, aber nicht schnell genug und bekam viel Prügel deshalb. Einmal hat der Tuan das mitangesehen und mich gefragt, ob ich etwas von Pflanzen verstehe.«

Ah Tong musterte die Hecke, suchte jeden der Blütenbälle nach einem welken Blättchen ab, das er vielleicht noch übersehen hatte, und nickte dann vor sich hin.

»So kam ich hierher.« Er bückte sich nach dem Rechen, um die verblühten Sternchen im Gras zusammenzuharken.

»Und schau mich heute an, Miss Georgina. Ich habe eine bessere Arbeit, als ich mir je hätte träumen lassen, und werde gut dafür bezahlt. Ein behagliches Heim, das mich nichts kostet. Ich bekomme reichlich zu essen und kann Geld für meine alten Tage zurücklegen. Und dazu hat mir der Himmel noch eine gute Frau geschenkt.«

Wie auf Geheiß durchbohrte Cempakas Keifen die Stille im Garten, die Rechtfertigungen Kartikas, obwohl ebenfalls laut vorgebracht, kaum mehr als das Summen eines Insekts dagegen.

Um Georginas Mund zuckte es, und auch Ah Tong entblößte seine schiefen Zähne zu einem Grinsen.

»Ich hatte vergessen, den Himmel auch darum zu bitten, sie soll sanftmütig und fügsam sein.« Er gluckste, bevor er Georgina ernst ansah. »Cempaka ist mir wahrlich eine gute Frau. Und glaub mir, tief in ihrer Brust schlägt ein gutes Herz.«

Georgina verschränkte die Arme; es fiel ihr schwer, das zu glauben, heute genauso wie früher, als Kind.

»Siehst du, Miss Georgina … Manche Pflanzen können nur dann blühen, wenn sie Dornen austreiben. Weil diese Dornen die Pflanze davor schützen, verletzt zu werden und einzugehen. So ist es mit Cempaka. Sie spricht nicht viel über früher, aber ich weiß, dass sie ein schweres Leben voller Armut und Leid gehabt hat, bevor sie hierher kam.« Ein Schatten legte sich auf Ah Tongs Gesicht. »Gewiss, vollkommen wäre mein Glück, wenn uns Kinder vergönnt gewesen wären.« Seine Miene hellte sich auf. »Aber dafür warst du ja da. Ein liebes Mädchen und so lebhaft, dass wir alle hier im Haus etwas von dir abhaben konnten.«

Mit zusammengezogenen Brauen schüttelte er Blüten aus den Zinken des Rechens, pflanzte ihn dann in den Boden und stützte sich darauf ab.

»Und für uns alle war es schwer mitanzusehen, wie die Mem so krank wurde und dann jeden Tag schwächer. Als ob ein böser Geist sie von innen her auffraß. Aber für niemanden war es schwerer als für den Tuan.«

Seine schmalen Augen wanderten durch den Garten, während seine Brauen sich lockerten und wieder verkniffen.

»Manchmal denke ich, er gibt sich die Schuld daran. Weil er sie hierhergebracht hat. Weil er nichts finden konnte, um sie zu retten. Nichts, was der Doktor ihr gab, und nichts an Kräutern und Wurzeln, die ich in der Stadt kaufte.«

Seufzend fuhr er fort, mit den Zinken durch das Gras zu fahren.

»Er ist ein guter Tuan, nach wie vor. Aber er hat sein Herz mit seiner Mem begraben.« Er warf ihren einen kurzen, weichen Blick zu. »Und für niemanden dauert mich das mehr als für dich, Miss Georgina.«

Georgina dachte an ihren Vater, der ebenso einer undurchdringlichen Dornenhecke glich. Und die Angst, das Meer könnte sich unter einem Sturm aufbäumen und Raharjo verschlingen, presste ihr den Atem aus der Lunge; sicher würde auch sie zu einer Dornenhecke werden, sollte ihm je etwas zustoßen, sie ihn niemals mehr wiedersehen.

»Wie könnte man danach auch einfach weiterleben?«, hauchte sie.

»Man muss dankbar sein für das, was einem die Götter geschenkt haben«, sagte Ah Tong. »Bevor sie einem das genommen haben, was einem das Liebste ist. Dankbar auch für die kleinen Dinge.«

Er bückte sich und klaubte eine Blüte des Kemboja auf, die der Wind durch den Garten getragen hatte; frisch vom Baum gefallen, war sie noch reinweiß, mit leuchtend gelber Mitte.

»Das lerne ich hier jeden Tag. Dankbar zu sein für das, was mir zuteilgeworden ist. Dankbar für die Schönheit, die mich umgibt.« Er verzog das Gesicht. »Vielleicht ist das eine Gabe. Vielleicht muss man es auch einfach nur versuchen. Unsere Mem konnte es, bis zu ihrem letzten Tag auf Erden. Cempaka kann es nicht. Genauso wenig wie der Tuan.«

Lächelnd hielt er Georgina die Blüte hin. »Und dabei hat ihm die Mem doch eine Tochter hinterlassen, für die er jeden einzelnen Tag dankbar sein müsste.«

ᔆᘏ

Der Palanquin rumpelte an der säulenumstandenen Kirche der winzigen armenischen Gemeinde vorüber und dann weiter die Steigung hinauf. Jati hatte den Wagen kaum am Fuß des Hügels zum Stehen gebracht, als Georgina die Tür aufriss, ihre Röcke zusammenraffte und heraussprang.

»Wird nicht lange dauern«, rief sie. »Ich bin bald zurück!«

Jati grummelte etwas Unverständliches in sich hinein, hin- und hergerissen, ob es nicht seine Pflicht war, sich Miss Georgina als Geleitschutz anzudienen oder ob er doch lieber auf Pferd und Wagen achtgeben sollte.

Argwöhnisch linste er auf das eingezäunte Gelände hinunter, das um diese Tageszeit verlassen dalag, aber man wusste schließlich nie. Denn in den langgestreckten Bauten mit Walmdach waren die indischen Sträflinge untergebracht, die jeden Morgen vor Sonnenaufgang in Kolonnen ausschwärmten und irgendwo in der Stadt ihr Tagwerk verrichteten. Schon von Weitem waren dann die schwermütigen Gesänge zu hören, die ihre Handgriffe begleiteten, wenn sie den oberen Lauf des Singapore River begradigten oder den unteren von angeschwemmtem Sand und Schlamm freihielten. Wenn sie unter dem Kommando ihres Aufsehers ein neues Haus errichteten und mit Chunam verputzten, dieser eigentümlichen Mischung aus Eiklar, Kokosfasern, grobem Zucker und Muschelkalk, die den Häusern Singapurs ihr unverkennbares strahlendes Weiß und ihre glänzend polierte Oberfläche verlieh.

Nicht weniger sorgenvoll beobachtete Jati den Himmel, der sich finster und ächzend auf die Insel niederwalzte und die Luft zu einer klebrigheißen Masse zusammenpresste, unbewegt von den Windstößen, die zischelnd und raschelnd durch Baumkronen und Gräser huschten wie geisterhafte Wesen.

Jati schauderte. Nicht ohne Grund nannten die Malaien den Hügel, der für die Briten Government Hill hieß, Bukit Larangan. *Verbotener Hügel.*

»Kein guter Tag, um die Toten zu besuchen«, knurrte er vor sich hin.

Mit einem tiefen Seufzen ergab er sich in sein Schicksal und behielt mit Leidensmiene sowohl die Umgebung des Wagens im Auge als auch die schlanke Gestalt von Miss Georgina, die hügelan stapfte.

Einen Korb aus geflochtenen Bananenblättern in den Händen ging Georgina durch den Torbogen in der roten Backsteinmauer. Ratlos ließ sie ihre Blicke über den Garten aus Granit und Marmor schweifen, wanderte dann ziellos zwischen den Obelisken, Grabsteinen und Statuen umher; im Vorübergehen entzifferte sie die Inschriften, von denen manche sich bereits aufzulösen begannen.

Seeleute lagen hier begraben, George Coleman, der irische Architekt, der Singapur seinen unverwechselbaren Stempel aufgedrückt hatte, und Kaufleute und Angestellte der Verwaltung in Bengalen. Und ihre Frauen, viele davon nur wenige Jahre älter als Georgina, oft zusammen mit ihren Kindern.

So viele Kindergräber waren es.

Eine kleine Kate, nur sieben Tage alt. John, zehn Monate und neunzehn Tage. Zwei Schwestern, Laura und Lorena, vier Jahre die eine, vier Monate die andere, innerhalb weniger Wochen nacheinander gestorben. Zwei kleine Töchter der Oxleys.

Steinerne Zeugnisse dafür, wie zerbrechlich das Leben in Singapur war. Welches Glück Georgina gehabt hatte.

Ihr Blick fiel auf einen Engel aus Marmor, der auf der Kante eines Grabsteins saß und traurig auf die Inschrift zu seinen Füßen hinunterblickte; ihr Herz machte einen Sprung, und ihre Schritte beschleunigten sich.

Georgina wusste nicht, ob sie schon einmal hier gewesen war, davon erzählt bekommen oder davon geträumt hatte; ihre Erinnerungen an die Zeit nach dem Tod und dem Begräbnis ihrer Mutter waren nebelhaft und verschwommen, und dennoch glaubte sie diesen Engel wiederzuerkennen. Während Moos und gelbschuppige Flechten die anderen Grabsteine überzogen, schimmerten Engelsfigur und Steinplatte reinweiß wie ein Stück Singapur. Jemand musste viel Zeit und Sorgfalt darauf verwenden, das Grabmal sauber zu halten, Ah Tong vielleicht.

Etwas in dem feinen Marmorgesicht ähnelte den ebenmäßigen, klaren Zügen ihrer Maman, aber Georgina war nicht sicher, was es war. Sie wünschte, es hätte damals schon die Erfindung der Daguerreotypie gegeben, diesen sepiagetönten Spiegel der Erinnerung, oder wenigstens ein Portrait von Maman in Öl oder Kreide. Doch außer einem Gemälde im Haus von Onkel Étienne, das die gesamte Familie Boisselot vor einer grünen Flusslandschaft mit Tempel zeigte, zu einer Zeit entstanden, als Maman selbst noch ein Kind gewesen war, hatte Georgina kein Bildnis ihrer Mutter. Nur das Abbild in ihrem Gedächtnis, viel zu schnell vom Fluss der Zeit abgeschliffen und ausgewaschen.

Unter einem heranrollenden Donner ging Georgina in die

Knie, stellte den Korb ab und fuhr mit zitternden Fingern die goldenen Lettern nach.

In seligem Angedenken an
Joséphine Aurélie FINDLAY
née Boisselot
Geliebte Ehefrau von
Gordon Stuart Findlay
Schmerzlich entbehrte Mutter von
Georgina India Findlay
Gestorben am 27. Oktober 1837
im Alter von 33 Jahren und 4 Monaten

❦

Beschützt und sicher vor Schmerz und Sorge

Georginas Brust quoll über von all den Dingen, die sie ihrer Mutter anvertrauen wollte, und doch brachte sie kein Wort heraus; nicht einmal die Gedanken für ein stummes Zwiegespräch brachte sie zusammen. Alles in ihr tat weh; in ihrem Gesicht zuckte es, und die ersten Tränen liefen ihr über die Wangen.

Aufschluchzend klaubte sie ein paar Blüten aus dem mitgebrachten Korb und legte sie auf das Grab, doch der Wind trug sie sogleich mit sich fort. Die nächste Bö preschte heran, und beide Hände voll mit wächsernen, süß duftenden Kembojas in Weiß und Rosa erhob sich Georgina. Der Wind zerwühlte ihre Röcke und ihr Haar; ein Blitz blendete sie, der darauffolgende Donner machte ihr Gänsehaut, und sie öffnete die Finger. Ein Wirbel aus Blüten umtoste sie, bevor der Wind die Kembojas in alle Richtungen blies und Georgina den Atem nahm.

Keuchend stand sie da, am Grab ihrer Mutter, Singapur zu ihren Füßen. Ein sorgsam bestelltes Feld aus weißen Häusern unter roten und braunen Dächern, die Türme der katholischen und der armenischen Kirche und von St. Andrew's wie Wegweiser auf den Pfaden durch dieses Feld. Der aufkommende Sturm pflügte durch das dichte Grün der Stadt, schüttelte Baumriesen, zerzauste die Palmen und brachte das Meer zum Kochen.

Blitz und Donner begannen miteinander zu wetteifern, Regen stürzte in kräftigen Bächen vom Himmel. Georgina schloss die Augen und legte den Kopf in den Nacken, und Regentropfen mischten sich mit ihren Tränen.

Sie spürte, wie lang und stark ihre Wurzeln waren und wie tief sie in den roten Boden der Insel hinabreichten, den der Regen unter ihren Füßen aufweichte. Gier stieg in ihr auf, gewaltig und himmelsstürmend, danach, das Leben mit beiden Händen zu packen und in sich hineinzuschlingen, ohne Angst vor Reue oder Schmerz, um auch ja nicht nur den kleinsten Tropfen Glück zu vergeuden.

Wie ein Otter schüttelte sie sich, aus purer, übersprudelnder Lebensfreude, raffte ihre Röcke und rannte zwischen den Gräbern hindurch den Hügel hinab, durch hoch aufspritzenden Schlamm und durch den Sturm, der fauchend über die Insel fegte und ihr Herz fröhlich springen ließ.

ಸಂಶ

Der Sturm, der an diesem Oktobertag über Singapur wütete, hatte die Unruhe aus Georginas Gliedern und aus ihrer Seele geschüttelt. Gelassen und heiter trieb sie durch die graue, nasse Zeit des Nordostmonsuns, der die Straßen der Stadt flutete und auch vor den Gartenmauern der Beach Road nicht Halt machte.

Bücher aus dem Schrank im Salon begleiteten ihre Tage zwischen den Rattansesseln dort, der Veranda und dem Pavillon, obwohl sie sich allzu oft über den aufgeschlagenen Seiten in Tagträumen verlor. Die Erinnerung an jeden Moment mit Raharjo auskostend, malte sie sich aus, wie sie mit ihm an Bord seines

Schiffs zu fernen Küsten segelte. Wie sein Haus am Serangoon River wohl einmal aussehen würde; vielleicht ein weitläufiger Bungalow, luftig und lichtdurchflutet. Mit einer Veranda, die auf einen üppig blühenden, wilden Garten hinausging, voller Schmetterlinge und Vogelgesang, und von der aus man auf den Fluss sah und den Flug der Königsfischer beobachten konnte.

Briefe aus England trafen ein, von Tante Stella und Maisie, und einer von Mrs Hambledon aus China, und ein paar Mal kutschierte Jati sie und Kartika in die Stadt, wo sie sich neue Sarongs und Kebayas kaufte. Eine ruhige, fast traumverlorene Zeit für Georgina, in der sie wieder in den Rhythmus des Lebens auf L'Espoir hineinfand wie in ein altes, eingetragenes und nach langer Zeit wieder hervorgeholtes Kleidungsstück.

In den Godowns indes herrschte Hochbetrieb. Der November, in den der St. Andrew's Day fiel, bildete den Schlusspunkt der Saison für die Bugis aus Sulawesi, Celebes, Bali und Borneo, die in ihren dickbäuchigen Schiffen die Schätze Südostasiens nach Singapur brachten. Verschiedene Algensorten für die japanische und chinesische Küche und Haifischflossen. Schwalbennester, die sich als Delikatesse und Medizin für teuer Geld nach China verkaufen ließen. Ebenholz und Sandelholz, Rattan und Reis und edle Gewürze. Gambir, ein Strauch aus Java und Sumatra, aus dessen Blättern eine braune, fast schwarze Farbe für Baumwolle und Seide gewonnen wurde, der vor allem aber als Gerbstoff für Leder heiß begehrt war. Bis der Wettlauf um die besten Waren, die besten Preise beendet und das Weiterverschiffen in die Wege geleitet war, neigte sich das Jahr schon fast dem Ende zu.

Der Dezember und der Januar bedeuteten eine Verschnaufpause im umtriebigen Geschäftsleben der Stadt. Von den Malaien der Insel *die Zeit der geschlossenen Mündungen* genannt, behinderten starke Regenfälle und stürmische Winde den Schiffsverkehr. Nur einzelne unerschrockene Handelsfahrer aus Java oder

Siam steuerten noch den Hafen an; Geschäfte, die sich locker nebenbei aus dem Handgelenk abwickeln ließen.

Das Christfest kam und ging, und das neue Jahr brach an, leise und nüchtern, verglichen mit dem chinesischen Neujahrsfest im Februar. Bunt und lärmend und unter dem Krachen von Knallfröschen begrüßten die Chinesen das Jahr des eisernen Hundes. Was Ah Tong sorgenvoll die Stirn runzeln ließ, weil sich in einem solchen Jahr großes Glück und Unglück die Waage hielten, und die Pocken, die sich auf der Insel ausbreiteten, waren wie ein unheilvolles Vorzeichen für das neue Jahr.

In das Gordon Findlay hingegen voller Zuversicht blickte, nachdem er als Mitglied der Handelskammer die Gelegenheit bekommen hatte, Lord Dalhousie, dem Generalgouverneur von Indien, anlässlich seines dreitägigen Besuchs nicht nur die Hand zu schütteln, sondern auch ein paar Worte mit ihm zu wechseln, von Schotte zu Schotte, von einem Indienveteranen zum anderen. Dalhousie schien ebenso wie seine Gattin angetan von Singapur, das eben doch mehr war als nur ein Fischerdorf, besser als eine Sträflingskolonie. Ein Besuch, der zu der Hoffnung Anlass gab, Dalhousie würde dafür sorgen, dass Singapur künftig mehr und vor allem schnellere Unterstützung aus Calcutta erhielt.

Zweimal ging Georgina in dieser Zeit mit Paul Bigelow aus, mit Zustimmung ihres Vaters und in dessen Begleitung. Gesellschaften in bescheidenem Rahmen, auf denen viel gegessen, noch mehr getrunken, ein bisschen getanzt und vor allem über Geschäfte geredet wurde. Paul Bigelow erwies sich dabei als ähnlich ungeschickt auf dem Parkett wie sie selbst, ließ sich davon jedoch nicht den Spaß verderben und steckte Georgina damit an. Dennoch waren es Abende wie Talmi, glitzernd im Lampenschein, aber nicht von dauerhaftem Wert und bald schon vergessen.

Sobald die gespannt erwartete erste Dschunke vom Government Hill aus gesichtet wurde, die gehisste Flagge ihre Ankunft verkündete, verbreitete sich die Nachricht wie ein Lauffeuer durch die Stadt. Denn dieser ersten Dschunke folgten viele, viele weitere, schwer beladen mit Kostbarkeiten aus dem Reich der Mitte, für die es überall auf der Welt einen Markt gab. Granitplatten und Fliesen, Steingut, Porzellan und Schirme aus Papier. Fadennudeln und getrocknete Äpfel, Aprikosen und Pfirsiche und allerlei heilkräftige Kräuter, Wurzeln und Pülverchen. Räucherstäbchen und Geistergeld: farbig bemalte und mit Ornamenten verzierte Stücke aus Papier, die die Chinesen zu Ehren ihrer Toten verbrannten. Mehl und süße oder salzige Kekse, Zuckerzeug und kandierte Lotussamen und Ingwer. Nankingstoffe in Gelb, Grün und Blau, bunter Satin und Seidenstoffe.

Und natürlich Tee, eine Unmenge von Tee in verschiedensten Sorten und Qualitäten. Nicht selten belief sich der Wert der Ladung einer einzigen Dschunke auf Zehntausende spanische Dollar, der offiziellen Handelswährung in Singapur und darüber hinaus.

Oft saß Georgina in dieser Zeit in der feuchten Wärme der Kirche von St. Andrew's. In diesem kleinen Stück alter Heimat, schottisch durch und durch, das sich Händler wie Gordon Findlay an diesem Ende der Welt geschaffen hatten. Und jedes Mal bat sie Saint Andrew, den Fischer vom See Genezareth, Schutzpatron der Fischerleute und Seemänner, dessen Gebeine nach einem Schiffbruch heil an der Küste Schottlands gelandet waren, am Ende der damaligen Welt, Raharjo heil und unversehrt zu ihr zurückzubringen.

Der Regen ließ nach, die Tage hellten sich auf, und bald wechselten sich wieder irisierend blauer Himmel und Sonnenschein mit kräftigen Gewittern ab.

Endlich, endlich drehte der Wind und kam von Osten.

6

In großen Schritten lief Georgina durch das harte Gras. Durch eine Luft, die heiß war, ohne schwül zu sein, und betörend duftete, nach Kemboja und Jasmin, Heliotrop und den champagnerhellen Blütentrauben des Tembusubaumes.

Nach den heftigen Monsunregen der vergangenen Monate war der Garten in einem Rausch der Farben explodiert. Die Zweige von Bäumen und Sträuchern hingen schwer von üppigem Laub herab, überall spross und wucherte neues Grün hervor, sodass Ah Tong kaum mit Zurückschneiden und Unkrautjäten hinterherkam.

Georgina schob sich durch das Dickicht hindurch, in dem sie bereits wieder einen engen Pfad, eine schmale Schneise hinterlassen hatte. Jeden Tag klopfte ihr Herz erwartungsvoll, wenn sie die Stufen der Veranda hinaufhüpfte, und jeden Tag schluckte sie die Enttäuschung hinunter, wenn sie die beiden Zimmer verlassen vorfand. Ohne eine Spur davon, dass Raharjo hier gewesen war.

Zügig schwamm sie durch das flirrende grünblaue Dämmerlicht des Pavillons. Durch das Flüstern der Blätter, die der Wind außen gegen das Gartenhaus rieb und den weichen Gesang der Meereswellen.

Jäh blieb sie im Türrahmen stehen.

Eine Gestalt zeichnete sich unter dem Moskitonetz des Bettes ab. Georginas Herz setzte einen Schlag aus, bevor es in einen stolpernden Takt verfiel und zu jubeln begann, und auf Zehenspitzen schlich sie näher.

Alle viere von sich gestreckt, lag Raharjo in einem tiefen Schlaf, der seinen Brustkorb ruhig hob und senkte.

Dünner war er als Georgina ihn in Erinnerung hatte, nurmehr Muskeln und Sehnen unter dem angeschmutzten Hemd, den ausgefransten Hosen, sein Gesicht unter dem zerrauften Haar kantiger. Wohl auch durch den Bartschatten um seinen Mund und die letzten Spuren von Erschöpfung auf den schlafentspannten Zügen; als hätte er einen Ozean durchschwommen, um zu ihr zu gelangen, so sah er aus.

Vorsichtig, damit sie ihn nicht weckte, ließ sie sich auf der Bettkante nieder und zog die Füße zu sich herauf. Mit einem Ruck, einem tiefen Einatmen hob er den Kopf und blinzelte unter zusammengezogenen Brauen umher, bis sein Blick sie erfasste.

»Nilam«, murmelte er mit seiner Stimme wie starker schwarzer Kaffee mit viel Zucker und richtete sich auf. »Endlich.«

Seine Hände schlossen sich um ihr Gesicht, sein Mund drückte sich auf ihren, und er schmeckte nach dem Salz des Meeres.

Wie ein Schiffbrüchiger an ein Stück Treibgut presste er sich an sie. Sie hatte nichts dagegen, dass seine rauen Hände unter den Saum ihrer Kebaya glitten, ungeduldig an den feinen Stoffen von Bluse, Hemdchen und Sarong zerrten, dass die Nähte knirschten, er sich selbst entkleidete; sie hatte lange genug darauf gewartet.

Es schien das Natürlichste der Welt zu sein, nackt beieinanderzuliegen, den anderen zu fühlen, zu schmecken. Und über die Narben der alten Wunden zu streichen, die sie als kleines Mädchen unter ihren Händen gehabt hatte, mit den Lippen darüberzufahren, war wie die Erfüllung eines lange zurückliegenden Schicksalswunsches.

Georgina staunte über den so vertrauten, so fremden Körper

Raharjos, der ihren Leib zu rieselndem Sand machte, überspült von einer Meereswoge nach der anderen. Über die Laute, die aus ihrem Mund kamen, als seine Hand das dunkle Delta zwischen ihren Beinen hinabglitt, heiser und lockend wie ein Seevogel.

Sie ertrank in einem Fieber und wurde zu einer stürmischen See, in die sich Raharjo hineinstürzte, ein Schwimmer, der ebenso kraftvoll wie behutsam die Wellen teilte, und Raharjo entdeckte, dass eine Frau Erde und Meer zugleich sein konnte und wie nah zwei Menschen sich der Sonne und den Sternen bringen konnten.

※

Die glühende Wange an Raharjos Brust geschmiegt, blinzelte Georgina in das Halbdunkel der Koje und lauschte dem Glucksen der Wellen, die an den Rumpf des Schiffs schlugen, es hin- und herschaukelten.

Schwül und stickig war es hier unten durch den Schweiß, den sie beide vergossen hatten, und der schwersüße, scharfwürzige Geruch von Körperhitze und erfüllter Begierde mischte sich mit dem des Ozeans.

Sie hob den Blick zu seinem Gesicht. Mit den geschlossenen Lidern sah er aus, als schlafe er, mit diesem träumerischen Ausdruck eines satten, stillen Glücks, der die selige Trägheit in ihren Gliedern widerspiegelte. Nur seine Hand, die unaufhörlich ihren Oberschenkel entlangstrich, verriet, dass er wach war.

Georgina streckte ihr Bein aus, stemmte sich auf dem Ellbogen hoch und legte sich bäuchlings auf Raharjo. Für einen langen Kuss, der sie beide atemlos zurückließ, und sie zerging beinahe vor Seligkeit, als er sie unter schweren Lidern ansah, als bedeutete sie die Welt für ihn.

»Hast du auch Hunger?«, murmelte er und spielte mit Strähnen ihres Haares.

Keck hob Georgina eine Augenbraue und drückte ihren Schenkel gegen sein eben noch ermattetes und weiches Glied, das sich wieder zu regen begann.

Raharjo lachte; dieses tiefe, leise Lachen, das sie so liebte, wie das Grollen eines noch fernen Donners.

»Ich meine den anderen Hunger.«

Sanft zog er sie an einer Handvoll ihres Haares und streichelte dann ihre Wange, während seine andere Hand die Kurve ihrer Pobacke nachfuhr.

Georgina nickte. Diese rauschhaften Stunden mit Raharjo im Pavillon oder hier auf seinem Schiff ließen sie jedes Mal wie ausgezehrt zurück, sobald das andere, drängendere Begehren gestillt war.

»Dann geh ich uns einen Fisch fangen.«

Sanft schob er sie von sich herunter, auf die Flechtmatten, die den schwankenden Boden bedeckten, und griff zu seinen Hosen.

Die Mittagssonne blendete Georgina, als sie auf das Deck hinaufstieg, und sie kniff die Augen zusammen. Der Wind der offenen See spielte mit ihren Haaren, ihrem Sarong und ließ ihre Kebaya flattern wie die Segel, die sie bis hier hinausgetragen hatten. In der Ferne zogen Schiffe vorüber und kleinere Perahus, und dahinter konnte sie einen Küstenstreifen erkennen, vom Dunst zu einer mit Pastellkreide gezogenen Linie verwischt.

Sie sah zu, wie Raharjo verschiedene Speere mit gefährlich aufblitzenden Metallspitzen im Beiboot verstaute, das er dann hinabließ, und über die Strickleiter hinunterkletterte.

In ein paar schnellen Schritten trat sie an die Reling.

»Kann ich mitkommen?«

Raharjo lachte.

»Weißt du, was es bei uns Orang Laut bedeutet, wenn eine Frau und ein Mann zusammen fischen gehen?«

Er legte den Kopf in den Nacken und blinzelte zu ihr hinauf.

»So schließen wir den Bund fürs Leben. Mit dem Meer und allem, was darin lebt, als Zeugen.«

Leichthin hatte er es sagen wollen, vielleicht mit einem kleinen Grinsen; ungewollt ernst war es ihm über die Lippen gekommen. Begleitet von einer unausgesprochenen Frage, die in ihm nachhallte.

Er sah ihr an, dass sie ihm nur halb glaubte, und zum ersten Mal durchzog ihn so etwas wie Bedauern, dass sie keine Orang Laut war. Dabei war es gerade dieses Andere, Fremde an ihr, das ihn bezauberte. Ihr zur Hälfte schottisches Blut, das für die Klarheit ihrer Züge verantwortlich war. Für ihre hellgoldene Haut und für diese saphirblauen Augen, die ihn stets aufs Neue gefangen nahmen.

Die Brauen nachdenklich zusammengezogen, wickelte er eine der Angelleinen für kleinere Fische auf.

Hätte sein Leben nicht einen anderen Kurs eingeschlagen, wäre er heute längst verheiratet und wohl auch Vater mehrerer Kinder. Nach den Bräuchen seines Stammes war er damals, als er sich verwundet in den Garten flüchtete, schon ein Mann, nicht lange davor das erste Mal körperlich mit einem Mädchen zusammen gewesen. Nie hatte er einen Gedanken daran verschwendet, sich zu binden; sein ganzes Sein war nur darauf ausgerichtet gewesen, aus seinem Wissen um die Reichtümer Nusantaras Geld zu machen. Erst mit Nilam …

Wann war aus dem kleinen Mädchen, das sich um ihn gekümmert und ihm das Lesen beigebracht hatte, die Frau geworden, mit der er sein Leben teilen wollte? Sicher schon an dem Tag, an dem er beschloss, das Land am Sungai Seranggong zu kaufen, um dort ein Haus zu bauen. Vielleicht auch schon davor, er erinnerte sich nicht mehr.

Als hätte ihm jemand unbemerkt einen Liebestrank aus den Tränen der Seekuh eingeflößt, wie in den alten Legenden der Orang Laut.

»Kann ich trotzdem mitkommen?«

Er konnte ihre Furcht heraushören, womöglich einen Fehler zu begehen, ein Tabu zu brechen, und unwillkürlich zuckte es um seinen Mund. Ausgerechnet Nilam fürchtete sich davor, die ihn doch so leicht um den Finger hätte wickeln können, wie er die Angelleine um seine Hand schlang, wenn sie nur wollte. Für die er bis ans Ende aller Meere segeln und bis auf den Grund des tiefsten Ozeans tauchen würde.

Raharjo warf die aufgewickelte Angelleine ins Boot und bereute es sogleich, weil er ohne sie nicht wusste, wohin mit seinen Händen. Denn jetzt war er derjenige, der von Furcht ergriffen wurde, er könnte der Tochter des schottischen Tuans nicht gut genug sein. Ein schmutziger Orang Laut, geboren und aufgewachsen auf einem kleinen Schiff auf dem Ozean. Der seine Jugend mit Raubzügen zu Wasser verbracht und zum ersten Mal einen Mann getötet hatte, als er ungefähr in demselben Alter gewesen war wie Nilam damals. Er hatte ihr nie erzählt, wie viel Geld er mit Perlmuttmuscheln und Schildkrötenpanzern gemacht hatte und mit den Perlen, die die Männer der Inseln vom Meeresboden für ihn heraufholten. Wie viel mehr Geld er wahrscheinlich durch die Quellen machen würde, die er auf seiner letzten Fahrt aufgetan hatte, und nun war es zu spät dafür.

Er schluckte.

»Willst du denn meine Frau werden, Nilam?« Zerrissen zwischen Hoffen und Bangen sah er zu ihr hinauf. »Hier und heute?«

Das ungläubige Lächeln, das ihr Gesicht erhellte und zum Leuchten brachte, das fassungslose Glück hinter den Tränen in ihren Augen, holte ihn beinahe von den Füßen.

»Ja!«, rief sie aus. »Ja, Raharjo!«

Mit weichen Knien trat er an den Rand des Bootes und streckte ihr die Hand entgegen. »Dann komm.«

Schwungvoll zog er sie zu sich ins Boot und in seine Arme.

»Es gehört aber eine Mutprobe dazu«, raunte er zwischen zwei Küssen.

Wie sie ihn aus großen Augen ansah, fragend und ein bisschen furchtsam, aber mit unbezwingbarem Mut und vertrauensvoll, erinnerte ihn so sehr an die kleine Nilam von damals, dass er fast versucht war, doch an etwas wie Schicksal zu glauben.

In Georginas Magengegend flatterte es, und das Herz schlug ihr bis zum Hals, vor Glück wie vor Aufregung, während sie zuschaute, wie Raharjo das Boot auslaufen ließ und das Segel reffte.

Sie konnte sich nicht vorstellen, was für eine Mutprobe er gemeint haben könnte, mochte sich nicht ausmalen, was sein würde, wenn sie dabei versagte.

Raharjo nahm sie bei den Händen und zog sie in die Höhe, balancierte sie beide im schaukelnden Boot aus.

»Bist du bereit?«

Nein. Sie nickte.

Er drehte sie zum Wasser hin und schloss die Arme um sie.

»Du springst einfach ins Wasser und tauchst unter dem Boot hindurch«, sagte er. »Ist nicht schwer, und hier ist ein guter Platz dafür. Nicht zu flach und nicht zu tief.«

Vorsichtig spähte Georgina ins Wasser, das zwar lichtgrün und türkisen schimmerte, ihr aber erschreckend abgründig vorkam; sie war noch nie alleine getaucht, ohne Raharjo. Sie konnte jetzt schon fühlen, wie sie falsch absprang und das Boot zum Kentern brachte, das sie dann erbarmungslos unter Wasser drückte. Wie sie hilflos in der Tiefe umherruderte, sich ihre Lunge mit Wasser füllte, und sie ertrank.

»Die Ehe ist wie das Meer, das uns Orang Laut ernährt«, murmelte er in ihr Haar. »Manchmal heiter und ruhig, manchmal stürmisch, mit Untiefen und tückischen Strömungen. Eine lebenslange Fahrt durch vertraute Gewässer und an neue, unbekannte Küsten. Der Sprung ins Wasser bedeutet, dass man voller Vertrauen und Zuversicht in die Ehe geht. Vertraust du mir denn?«

Georgina nickte.

»Dann vertrau mir, wenn ich sage, dass du das kannst. Wenn ich dir verspreche, dass dir nichts geschehen wird.«

Er drückte ihr einen Kuss auf die Schläfe, ließ sie los und trat einen Schritt zurück.

Georginas Pulsschlag hämmerte ihr in den Ohren, und just in dem Augenblick, als sich ihr Magen umkehrte, schloss sie die Augen und sprang.

Schwer sackte sie in das Nass hinab, das sie packte und weiter hinabzog; blind war sie und nahezu taub, nur das Gurgeln des Wassers füllte ihre Ohren. Sie zwang sich, die Augen zu öffnen, im flirrenden grünlichen Licht nach dem Boot Ausschau zu halten, paddelte im Kreis herum, bis sie den langgezogenen Rumpf entdeckte und darauf zuschwamm. Raharjo hatte Recht gehabt, hier war das Wasser nicht sehr tief, und doch war der sandige Grund weit genug entfernt, um mühelos unter dem Boot durchzutauchen.

Mit kräftigen Zügen schwamm Georgina darauf zu, aber sobald das Boot über ihr war, wälzte sich eine beklemmende Last auf ihre Schultern, und die Brust wurde ihr eng. Verbissen zog sie sich weiter voran, bis das Wasser vor ihr aufwirbelte und sich trübte.

Ein Schatten glitt aus dem Nebel auf sie zu, schnell und in geschmeidigen Wellenbewegungen. Größer als ein Otter, mit schlankem, braunem Leib und schwarzen Augen. Eine Robbe, die ihr zulächelte. Ein Selkie mit dem Gesicht Raharjos.

Luft sprudelte aus Georginas Lunge, und Wasser strömte in ihren Mund. Sie schlug und trat um sich, fühlte sich um die Taille gepackt und mitgerissen, und zusammen mit Raharjo stieß sie an die Oberfläche.

Georgina hustete und spuckte Wasser, keuchte und sog gierig Luft ein.

»Tapfere Nilam«, murmelte Raharjo, der sie mit einem Arm an sich gedrückt und über Wasser hielt, während er ihr mit der anderen Hand das triefende Haar aus dem Gesicht strich und sie küsste.

»Weißt du«, murmelte er gegen ihre nasse Wange, »wenn Mann und Frau sich auf Anhieb unter dem Boot wiederfinden, heißt das, dass sie füreinander geschaffen sind. Dass nichts sie jemals mehr trennen kann.«

Georgina wrang sich das Haar aus und drehte es zu einem Zopf über der Schulter zusammen. Die Sonne brannte auf ihrer Haut und zauberte goldene Fünkchen auf das Wasser, und Georgina musste blinzeln.

»Was kann ich tun?«, fragte sie Raharjo, der aufrecht im Boot balancierte.

Er drehte sich halb um und legte den Finger an die Lippen, und Georgina blickte schuldbewusst. Grinsend bückte er sich und reichte ihr eine aufgewickelte Schnur, an deren Ende ein Federbüschel um einen dünnen Haken befestigt war.

»Zieh den Haken durchs Wasser«, erklärte er ihr flüsternd. »Wenn es an der Leine ruckt, hol sie schnell ein.«

Georgina ließ den Köder durchs Wasser tänzeln und musste doch immer wieder Raharjo anschauen. Eins schien er zu sein mit seinem Element, als könne er jede Welle in seinem Leib spüren. Das Flüstern der Fische verstehen. Unbeweglich wie eine Statue aus Bronze stand er da, jeder seiner angespannten Muskeln wie in das polierte Metall graviert; nur der Arm, dessen Hand die Harpune hielt, wirkte locker, und Wassertropfen rannen aus seinem Haar und funkelten auf der Haut.

Sie schlug die Augen nieder und wandte sich wieder ihrem Köder zu. Unvermittelt krängte das Boot und kippte hin und her wie ein ausschlagendes Pferd. Georgina klammerte sich Halt suchend am Rand fest und schrie leise auf; ein Schrei, der in Raharjos Triumphgebrüll und dem Zischen einer Wasserfontäne unterging.

»Was für ein Fang!«, rief er lachend und stemmte mit einer Hand den mächtigen Fisch hoch, der zappelnd auf der Speerspitze steckte und Meerwasser versprühte, bevor Raharjo ihn auf dem Boden ablegte. »Halt ihn fest, Nilam!«

Hastig zog Georgina die Angelschnur aus dem Wasser und krabbelte auf allen vieren durch das wippende Boot. Mit beiden Händen versuchte sie den glitschigen Fisch zu packen, der sich wand und aufbäumte, ihn dann einfach niederzudrücken, erstaunt über die unbändige Kraft, die durch ihn hindurchzuckte.

Raharjo griff zu einem Dolch und versenkte die Spitze im weichen Fleisch; der Fisch schlug noch ein paar Mal mit der Flosse und lag dann still. Der metallische Geruch von Blut stieg Georgina in die Nase und der intensiv frische von Salzwasser, als Raharjo die Klinge hinter den Kiemen erneut ansetzte und dann geschickt die Widerhaken der Harpune aus dem Fischleib löste.

»Der verheißt uns Glück«, murmelte Raharjo über dem Fisch. »Reichtum und Gesundheit und viele Söhne und Töchter.«

»Wir sind jetzt wahrhaftig Mann und Frau?«

Eine Spur von Zweifel blieb, ob es nicht mehr brauchte als diesen Fisch unter ihrer beider Hände, um den Übergang zwischen jungem Mädchen und verheirateter Frau zu markieren.

Raharjo hob den Kopf und sah sie an, zärtlich und einen feierlichen Ernst in seinen schwarzen Augen.

»Ja, Nilam. Das sind wir. Für immer.«

»Für immer«, kam ihr Echo, halb erstaunt, halb ein Versprechen aus tiefstem Herzen.

Raharjo beugte sich zu ihr herüber und küsste sie, seine Hand nass und warm auf ihrer Wange.

Es machte ihr nichts aus, dass seine Hände blutig waren, genau wie ihre, und verschmiert von der schlüpfrigen Nässe der Fischhaut.

Gesegnet fühlte sie sich, in einem archaischen Ritus, so alt wie die Menschheit selbst. Wie das Blut, das ihr Leib jeden Monat vergoss, wie Raharjos Samen ein Teil des ewigen Mysteriums von Leben und Tod. Ein Teil dieser Welt, in der sie beide zu Hause waren.

Wenn auch jeder in einer anderen Sphäre, die hier, auf diesem Boot, endgültig ineinandergeflossen waren.

❧

Murmelnd umspülten die Wellen den Rumpf des Schiffs, in dieser öligen Schwere, die das Meer nur dann bekam, wenn es von derselben tintigen Schwärze war wie der Himmel in der Nacht.

Im Schein der Lampe saß Georgina auf den Flechtmatten, die Raharjo an Deck ausgebreitet hatte, und ließ sich den letzten Bissen butterzarten Fischs auf der Zunge zergehen.

Ihre Finger zeichneten das erhabene Wellenmuster am Rand der glasierten Tonschale nach, und einmal mehr wanderten ihre Augen über die blassen Lichter, die sich am Ufer entlangzogen und sich dort verdichteten, wo sich der Singapore River ins Meer ergoss.

Myriaden von Lichtflecken tanzten vor der Küste auf dem Wasser: die Lichter der Schiffe und Boote, die über Nacht hier vor Anker lagen. Ein Teppich schwimmender Kerzenflammen, wie eigens für Georgina angezündet unter dem silberbestickten Himmelstuch. In der Luft aus fließender Seide verlor sich der

Horizont, liess Himmel und Meer ineinander übergehen, das Schiff ein Inselchen in der schwarzglänzenden, lichterübersäten Weite dieses Himmelsmeeres.

»Es ist wunderschön«, hauchte sie, und Raharjo gab einen zustimmenden Laut von sich.

»Hat es dir geschmeckt?«, fragte er und streckte die Hand nach der Schale aus.

»Sehr!«

Die Fische, Krabben, Langusten und Garnelen schmeckten nach Meeresbrise und nach dem Salzwasser, in denen Raharjo sie fing; Reis, Früchte und Gemüse, von denen er immer einen Vorrat auf dem Schiff hatte, waren anders gewürzt, als Georgina es von Anishs indischer Küche gewohnt war, aber so scharf, wie sie es mochte, und sie liebte es, ihm dabei zuzusehen, wie er an den offenen Flammen der Kochstelle an Deck mit eisernen Töpfen und den graubraunen Tonschalen hantierte.

Sie wischte sich die Hände an ihrem Sarong ab.

»Ich bin die wohl schlechteste aller Ehefrauen«, murmelte sie schuldbewusst, die Augen auf ihre im Schoss verschränkten Finger geheftet. »Ich kann nicht einmal kochen.«

Raharjo stellte die Tonschalen beiseite und lachte. »Das war nicht der Grund, warum ich dich geheiratet habe!«

Er rutschte näher, legte die Arme um sie und zog sie zu sich heran, zwischen seine Knie.

»Du wirst nie für mich kochen müssen«, flüsterte er, strich ihr Haar zurück und küsste sie auf die Wange. »Du wirst genug Dienstboten haben, die dir jeden Wunsch von den Augen ablesen. Was immer du dir wünschst – du sollst es bekommen.«

Lächelnd kuschelte sich Georgina an ihn, in die Wärme seiner blossen Brust hinein, die durch die Kebaya auf ihre Haut drang.

»Was sagt deine Familie dazu, dass du geheiratet hast?«

Raharjo schwieg, und sie wandte sich um.

»Sie wissen es noch nicht?«, riet sie.

Sein Blick ging an ihr vorbei, auf die Lichter der Schiffe hinaus, und ihre Kehle wurde eng.

»Ist es, weil ... weil ich keine von euch bin?«

»Nein.« Er drückte sie fester an sich. »Nein, das ist es nicht. Es ist ...«, er atmete tief durch. »Wir stehen uns nicht sehr nahe. Nicht mehr. Vieles hat sich für uns Orang Laut verändert. Vieles ist aber auch gleich geblieben, wie zu Zeiten unserer Ahnen. Meine Familie versteht nicht, dass ich meine eigenen Entscheidungen treffe und nicht die des Stammesoberhauptes befolge. Dass ich meinen eigenen Weg gehe, macht mich zu einem Orang Lain. Einem Sonderling.«

Nachdenklich streichelte er ihren Arm.

»Mir kam es immer vor, als hätte mir mein Vater nie verziehen, dass ich nicht bis zum Letzten gekämpft habe und dabei getötet wurde wie mein Bruder. Ich weiß bis heute selbst nicht, ob ich einfach ins Wasser gefallen oder doch gesprungen bin, um meine Haut zu retten.«

Während er sprach, hatte Georgina sich ihm zugewandt; zart fuhr sie jetzt mit den Fingerspitzen über die Narbe auf seinem Oberarm. »Damals?«

Er nickte. »Piratenjäger. Als wir ein reich beladenes Schiff der Bugis überfielen. Gegen Bugis und Orang Putih zusammen konnten wir nichts ausrichten.«

Weil Georgina nicht wusste, was sie darauf sagen, wie sie ihn trösten konnte, schmiegte sie sich an ihn und drückte ihr Gesicht in seine Halsbeuge.

»Sobald ich zurück bin«, flüsterte er und strich durch ihr Haar, »suche ich deinen Vater auf. Und sollte er darauf bestehen, heirate ich dich noch einmal. Gleich nach welchem Ritual.«

Georgina wurde flau in der Magengegend, als sie sich vorstellte, Hand in Hand mit Raharjo vor ihrem Vater zu stehen. Ihm zu beichten, dass sie mit einem Orang Laut heimlich und nach heidnischem Brauch den Bund fürs Leben geschlossen hatte.

Gordon Findlay, der indisches Essen schätzte, gute Kontakte zu den Towkays pflegte und sein Personal wie entfernte Verwandte behandelte, aber auch nach all den Jahren noch Schottland als seine Heimat betrachtete. Ein Königreich des Geistes, das er nach Indien mitgenommen hatte und in dem er auch in Singapur weiterhin lebte, stolz darauf, Tugenden wie Nüchternheit und Gottesfurcht, Fleiß, Aufrichtigkeit und Sparsamkeit im Blut zu haben. Ewig würde sich es nicht verheimlichen lassen, das wusste sie, und doch spielte sie auf Zeit, bis es so weit sein würde, aus den beiden Leben, zwischen denen sie hin- und herflirrte, eines zu machen.

Sobald Raharjo zurück war.

Die Hand gegen seine Brust gedrückt, stemmte sie sich von ihm weg. »Du gehst schon wieder fort?«

»Erst in ein paar Tagen. Ich warte nur noch auf den richtigen Wind.«

Er hielt das Gesicht in die Meeresbrise, und seine Brust vibrierte, als ob er mit schnellen, flachen Atemzügen Witterung aufnahm.

»Ich muss einfach. Mit dem, was ich von der nächsten Reise mitbringe, kann ich anfangen, unser Haus zu bauen.« Er sah sie an und vergrub seine Finger in ihrem Haar. »Einen Palast werde ich für dich bauen, Nilam.«

»Ich will mitkommen!« Sie wollte tapfer sein, fühlte sich aber den Tränen nahe.

Er schüttelte den Kopf. »Nein. Nicht so. Nicht heimlich. Und du verstehst sicher, dass ich erst vor deinen Vater treten will, wenn ich etwas vorweisen kann.«

Ja, das verstand sie, und trotzdem war ihr schwer zumute. Und erst jetzt begriff sie, was es wirklich bedeutete, als Kind des Landes mit einem Meeresmenschen das Leben zu teilen.

»Wirst du wieder so lange fortbleiben?«

Raharjo lächelte. »Nein. Noch bevor der Wind von Westen kommt, bin ich wieder bei dir.«

Er nahm ihr Gesicht in seine Hände und presste seinen Mund auf ihren.

»Darauf gebe ich dir mein Wort.«

Er beugte sich zur Lampe herüber und löschte das Licht.

»Meine Frau«, raunte er und schälte sie aus den Baumwollstoffen. Kleidete sie in Wind und Tropennacht und Sternenglanz und hüllte sie in die Hitze seiner Haut.

»Meine Frau.«

Finster erstreckte sich der Garten vor dem schwach beleuchteten Haus.

Ein sanftes Rauschen brandete in Wellen heran, ununterscheidbar, ob es der Wind war, der durch die Blätter der Bäume und Sträucher strich oder das Meer jenseits der Beach Road. Besänftigt klangen auch die Zikaden, nur mehr zirpend über dem dröhnenden Bass der Ochsenfrösche, und wie herabgefallene Sterne trieben Glühwürmchen durch die Dunkelheit.

Paul Bigelow stand auf der Veranda und blies den Rauch seiner Zigarre in die Nacht.

Gordon Findlays Brauen hatten sich missbilligend gehoben, als Paul Bigelow sich noch vor dem Dessert aus der geselligen Runde von Geschäftsmännern verabschiedet hatte; sein Vorwand, an diesem Abend noch eine weitere Verabredung zu haben, war nicht einmal gänzlich gelogen gewesen. Ein Paar veilchenblaue Augen hatten ihn hierher zurückgezogen.

Sehnsucht hatte in diesen Augen gestanden, nachdem Mister Findlay beim Frühstück *Boy Two* darüber in Kenntnis gesetzt hatte, dass die beiden Männer nach Feierabend ihr Dinner auswärts einnahmen, es gewiss sehr spät würde, bis sie nach Hause kamen. Ein Blick wie ein Lockruf, dem Paul Bigelow einfach Folge leisten musste, in der Hoffnung, ein paar Stunden mit Georgina Findlay allein zu sein.

Doch von Miss Findlay war keine Spur zu sehen, weder im Salon noch auf der Veranda, und Paul Bigelow spülte den schalen Geschmack von Enttäuschung mit einem Schluck Whiskey hinunter.

Schwärzer als der Rest des Gartens zeichnete sich die Silhouette des verwilderten Wäldchens gegen den sternenübersäten Nachthimmel ab. Als zögen die unbeschnittenen Bäume, die ungepflegten Sträucher die Finsternis an, sammelten und verdichteten sie zwischen ihren Zweigen.

Er hatte Wort gehalten und Miss Findlays geheimen Platz ungestört gelassen, so schwer es ihm auch fiel. Dank Ah Tong wusste er immerhin, dass dieser Winkel des Gartens schon verwildert gewesen war, als dieser seinerzeit die Arbeit aufgenommen hatte. Erst auf Wunsch der Mem, dann zu ihrem Gedenken; etwas, das seiner chinesischen Gärtnerseele sichtlich wehtat.

Eines von vielen Geheimnissen, die L'Espoir zu bergen schien. Wie Knochen, die unter dem Fundament des Hauses vergraben lagen, von denen jeder hier etwas ahnte, aber nie darüber sprach. Noch nicht einmal Cempaka, deren Augen sich verdunkelten, wenn er mehr über die Findlays wissen wollte, während sie mit spröder Stimme darauf auswich, ihm etwas zu trinken anzubieten oder sich danach erkundigte, ob er noch Hemden für den *dhobiwallah* hatte.

L'Espoir. Hoffnung.

So hatte Gordon Findlay das Haus getauft. In der Hoffnung, seine immer schon zarte Frau, die in der brütenden Hitze Calcuttas beinahe gestorben wäre, würde sich im Klima Singapurs wieder erholen. Mit der Hoffnung, dass in diesem Haus seine Ehe vielleicht doch noch mit einem Kind gesegnet würde.

Wie bewundernd, wie ehrerbietig Ah Tong von seiner verstorbenen Mem erzählte, mit der ihn die Liebe zu allem, was grünte und blühte, verbunden hatte, nahm Paul Bigelow noch mehr für den Gärtner ein. Noch mehr für die vage Vorstellung, die er sich von der früheren Hausherrin gemacht hatte.

Und für ihr einziges Kind.

Ein kleines Mädchen hatte er erwartet, als Gordon Findlay ihn zum Landungsplatz schickte, seine Tochter abzuholen, allenfalls noch einen linkischen Backfisch. Nicht ein junges Mädchen an der Schwelle zur Frau, biegsam wie eine Weide und in ihren verwirrend kräftigen Farben von großer Anziehungskraft. Mit betörend schönen Augen und einer Stimme wie Samt. Schwer zu fassen war sie wie Wasser, das einem durch die Hände rann, und doch sprühte manchmal ein Feuer aus diesen ihren Augen, an dem man sich die Finger verbrennen konnte.

Die Schicklichkeit hätte längst verlangt, dass er seine Siebensachen packte und auszog, das wusste er auch ohne die Bemerkung, die Gordon Findlay vor geraumer Zeit hatte fallen lassen. Ohne die tadelnden Blicke Cempakas, wenn sie zu einem ihrer morgendlichen Ausritte aufbrachen.

Indes, er konnte nicht.

Die Zigarre zwischen den Fingern, strich er über die Balustrade. L'Espoir war zu seinem Zuhause geworden, und obwohl die feuchten Mauern des Hauses von Kummer und Leid getränkt waren, Geister der Vergangenheit in den Räumen umgingen, war auch immer noch die Liebe zu spüren, mit der es damals erbaut worden war. Eine schwache Spur der Hoffnung, die diesem Haus seinen Namen gegeben hatte, und die ihm wie ein Versprechen war.

Ein Rascheln unten im Garten riss ihn aus seinen Gedanken. Ein heller Fleck löste sich aus der Finsternis und bewegte sich durch das knisternde Gras aufs Haus zu. Schärfte sich zu einer schlanken Frauengestalt mit dunklem Haar, und Paul Bigelows Herz zuckte auf.

Unwillkürlich trat er einen Schritt zurück, in die Schatten zwischen den Säulen hinein. Und erst, nachdem Georgina Findlay leichtfüßig die Treppen hinaufgesprungen und im Haus verschwunden war, wusste er, warum.

Nur ein kurzer Augenblick war es gewesen, in dem das schummrige Licht auf ihr Gesicht gefallen war, aus dem das Glück strahlte, das selige Nachglühen von Sinnlichkeit noch in den Augen.

Ein Augenblick, in dem er begriff, was für ein Narr er gewesen war.

Heiß schoss eine Stichflamme in ihm empor, und er leerte sein Glas in einem Zug.

7

Die Arme um die angezogenen Knie geschlungen, saß Georgina auf dem Felsen vor der Mauer. Die Pferdewagen und Ochsenkarren, die auf der Beach Road hin- und herfuhren, beachtete sie nicht; sie starrte auf die Wellen hinaus. Auf die Segel der Schiffe, die vor den dunstigen Küsten der Inseln auf der anderen Seite kreuzten. Den Vögeln hinterher, die am Himmel kreisten und wieder davonglitten. Sie wünschte sich, einer von ihnen zu sein.

Einfach die Flügel auszubreiten, in die Luft aufzusteigen und davonzufliegen, weit, weit fort, über das Meer.

Der Wind blies ihr Haarsträhnen ins Gesicht, die auf ihren nassen Wangen kleben blieben, aber sie rührte keinen Finger, um sie zurückzustreichen.

Aus dem Süden war der Wind gekommen, als sie sich von Raharjo verabschiedet hatte, und wie einen lange vermissten Freund hatte sie den Westwind begrüßt. Der Westwind, der nach Glückseligkeit roch, verheißungsvoll schmeckte und sich dann als Betrüger entpuppte, weil er Raharjo nicht zur ihr zurückgebracht hatte.

»Wo bist du?«, flüsterte sie in den Nordwind, der bereits die schwere, dampfende Nässe des Monsunregens in sich trug, und stumm bat sie das Meer, ihren Selkie freizugeben und zu ihr zurückzubringen.

Bevor es zu spät war.

Sie zog die Knie näher zu sich heran, um die Angst im Zaum zu halten, die durch ihren Leib zitterte und ihre Glieder fahrig machte. Doch sie verstärkte damit nur die Übelkeit, die ihren Magen abwechselnd zusammenkrampfte und dann schlagartig ausdehnte; alles an ihr war aus dem Lot geraten.

Hinter ihr raschelte es, kräftiger als von einem Vogel, einem Eichhörnchen oder einer Echse, und sie fuhr herum. Das dichte Blattwerk neben dem Pavillon wippte.

»Raharjo?«, krächzte sie, kaum lauter als ein Atemzug, und ihr Herz hämmerte so wild, dass sie sich beinahe übergeben musste.

Das Grün teilte sich, und ein Mann trat daraus hervor, in hellem Hemd und Hosen, die Augen leuchtend blau im sonnengebräunten Gesicht.

»Miss Findlay! Dachte ich es mir doch, dass ich Sie hier finde.«

»Mister Bigelow«, murmelte Georgina und wischte sich hastig über die Wangen.

Die Hände in die Hüften gestützt, sah er sich um, betrachtete eingehend den verwitterten Pavillon und das Blätterdach darüber, dann den Fels, auf dem Georgina hockte.

»Das ist also Ihr Geheimnis.« Seine Augen funkelten auf, und er hob entschuldigend die Hände. »Ich weiß! Ich hatte versprochen, Ihnen dieses Geheimnis zu lassen.«

In langen Schritten kam er auf sie zu, das Gestrüpp um seine Beine rauschend, als wate er durch Wasser.

»Ich wusste mir nur nicht anders zu helfen, nachdem Sie auch heute wieder nach kaum einem Bissen vom Frühstück aufgesprungen sind. Also habe ich wichtige und leider irgendwo im Haus liegen gelassene Papiere vorgeschoben und Mister Findlay allein vorausfahren lassen.«

Ein Bein angewinkelt und die Arme über Kreuz, lehnte er sich neben Georgina an den Felsen, ließ seine Blicke nach links und rechts schweifen, dann auf das Meer hinauswandern.

»Ist schön hier«, sagte er nach einer Weile. »Kein Wunder, dass Sie diesen Platz für sich allein haben möchten.«

Verstohlen wischte sich Georgina die Tränen weg, die nicht zu fließen aufhören wollten.

»Wollen Sie mir nicht sagen, was los ist?«

Georgina umschlang ihre Knie fester; die Art, wie er sie anschaute, eindringlich, fast prüfend, war ihr unangenehm.

»Dass Sie nicht mehr mit mir ausreiten wollen, hätten Sie mir auch ruhig ins Gesicht sagen können.« Sein Scherz lief ins Leere, und leise fuhr er fort: »Ich sehe doch, dass es Ihnen nicht gut geht. Seit Wochen nicht.«

Georgina suchte das Zittern zu unterdrücken, das durch sie hindurchruckte, schluckte den sauren Geschmack hinunter, der sich auf ihrer Zunge ausbreitete.

»Ich habe Ihnen einmal gesagt, dass ich Ihnen ein guter Freund sein möchte. Erinnern Sie sich? Dazu stehe ich nach wie vor. Und mit Verlaub, Sie machen den Eindruck, als hätten Sie einen guten Freund gerade bitter nötig.«

Georgina war immer allein gewesen, sie kannte es nicht anders. Aber noch nie hatte sie sich derart verloren gefühlt. Tante Stella und Maisie waren zu weit weg; kein noch so verzweifelter Brief hätte die Entfernung zu ihnen verkürzen können. Noch einmal diese weite Reise auf sich zu nehmen, ohne zu wissen, ob Tante Stella, schottisch korrekt und gottesfürchtig wie ihr Bruder, ihr nicht einfach die Tür vor der Nase zuschlug, wagte sie nicht. Auf Onkel Étienne würde sie vielleicht zählen können, niemals jedoch auf Tante Camille, die damals sichtlich froh gewesen war, ihre ungebärdige und zornestobende kleine Nichte wieder aus dem Haus zu haben.

»Bitte, Miss Findlay.«

Georgina ließ die Schultern nach vorne fallen und krümmte sich über den angezogenen Knien zusammen.

»Ich …«, begann sie stockend, die Augen starr auf die blau und grün changierenden Wellen gerichtet. »Da gab es …«

Einen Mann aus dem Meer. Einen Selkie.

Es würgte sie im Hals, bevor es aus ihr herausbrach.

»Er hat versprochen, er kommt zurück. Er hätte schon längst wieder da sein sollen. Aber er ist nicht gekommen. Er ist einfach nicht zurückgekommen. Und jetzt erwarte ich sein Kind.«

Die älteste Geschichte der Welt.

Georgina hörte selbst, wie naiv, wie dumm sie dabei klang, und schlug die Hände vors Gesicht.

Paul Bigelow schwieg. Lange.

Die Stille war eine Qual, das Knistern der Blätter im Wind, das Raunen der Wellen nervenaufreibend; schließlich fuhr sich Georgina über das Gesicht, wischte die Hände an ihrem Sarong ab und zog die Nase hoch.

»Ich weiß nicht, was ich jetzt machen soll«, flüsterte sie mit geschwollener Kehle, ihre Stimme dick von Tränen.

Ah Tong würde ihr niemals ein Pulver aus der Chinesenstadt besorgen, so gut kannte sie ihn. Kartika würde ihr nicht helfen können, Cempaka nicht wollen, und alle drei würden es für ihre Pflicht halten, Tuan Findlay davon zu unterrichten.

»Wie weit sind Sie?«, kam es irgendwann von Paul Bigelow, spröde und rau wie Sandpapier.

Seine Worte drangen dumpf und verzerrt zu ihr, wie Geräusche unter Wasser; sie hatte Mühe, ihn zu verstehen.

»Was meinen Sie mit …«

»Wie weit Sie mit dem Kind sind, will ich wissen!«

Die Schärfe seiner Stimme stieß sie zurück an die Oberfläche.

»Ich weiß es nicht genau.«

Bei Raharjo hatte sie ihr altes Gefühl für Zeit verloren, Tage, Wochen und Monate im Lauf der Sonne und der Gestirne zu messen begonnen, in den Gezeiten des Meeres und denen des Windes.

»Vier Monate vielleicht?«

Unbeweglich wie der Fels, an dem er lehnte, starrte Paul Bigelow vor sich hin. Blass unter seiner Sonnenbräune, fast grau, das Gesicht hart, wie aus Granit gemeißelt, mit Augen aus blauem Glas.

Ein Ruck ging durch ihn hindurch, und er stieß sich von dem Felsblock ab.

»Machen Sie sich keine Sorgen. Ich bringe das für Sie in Ordnung.«

Ohne ihr auch nur den kleinsten Blick zuzuwerfen, drehte er sich um, und knackend beugte sich das Gestrüpp seinen festen, ausgreifenden Schritten.

»Aber wie?«, rief Georgina ihm nach.

»Ich sagte doch«, warf er ihr über die Schulter hinweg zu, »machen Sie sich keine Sorgen.«

Georgina kauerte sich wieder zusammen und sah auf das Wasser hinaus, sein Fließen und Rauschen ein Echo dessen, was in ihrem Leib vor sich ging.

Ihr ins Stocken geratener Herzschlag, der ihr manchmal so heftig in den Ohren pochte, dass ihr schwindelig wurde. Ebbe und Flut von Übelkeit und rasendem Hunger. Das Strömen und Brausen des Blutes, das durch ihre Adern kreiste. Und tief, tief in ihr ein winziges Menschenwesen, das umherschwamm und herumzappelte wie ein Fischlein. Eine Kaulquappe, ein Wesen zwischen Erde und Meer, ein Geschöpf zweier Elemente.

Das Kind des Selkie, das in ihr heranwuchs.

Müde schlich sie durch den Garten, ein Wald düsterer Schatten, über den sich der Abendhimmel blauviolett wie zerriebener Heliotrop ergoss. Dunkle Wolken ballten sich unheilvoll zusammen, von gespenstisch flackernden Lichtern erhellt und begleitet von der Schwüle eines herannahenden Gewitters.

Den ganzen Tag hatte sie draußen auf dem Fels verbracht. Erst der Kanonendonner vom Government Hill, der die fünfte Stunde des Nachmittags verkündete, hatte sie aufgeschreckt, und doch war noch einige Zeit verstrichen, bis sie sich aufgerafft hatte, ins Haus zurückzugehen. Um sich für das Dinner umzuziehen, ihrer Verzweiflung den Schleier eines wohlgeordneten Alltags überzustreifen, den es längst nicht mehr gab.

Als ein Geisterschloss baute sich die Fassade von L'Espoir vor ihr auf, die Lichter knochenbleich in der hereinstürzenden Dämmerung. Nur widerstrebend setzte Georgina einen Fuß vor den anderen, die Stufen hinauf, und der scharfsüße, würzige Geruch von Dal und frisch gebackenen Chapatis, von verschiedenen Currys, der durch die Halle waberte, drehte ihr den Magen um.

Ein Krachen wie von einem umgeworfenen Möbelstück ließ sie zusammenfahren, ein zischendes Röhren wie von einem Tiger erstarren.

»Hinter meinem Rücken! Unter meinem Dach!«

Die Stimme ihres Vaters, in ungezügeltem Zorn und kaum gedämpft durch die Tür seines Arbeitszimmers.

»Nilam!« Kartika huschte aus einem Winkel der Halle auf sie zu. »Ach je, Nilam! Es muss etwas ganz Schlimmes geschehen sein! Tuan Findlay und Tuan Bigelow waren kaum wieder zu Hause, da haben sie sich in das Zimmer zurückgezogen. Zuerst war alles still, doch dann begann Tuan Findlay zu toben wie ein wildes Tier im Käfig.«

»Habt ihr jungen Leute denn keinen Funken Anstand mehr im Leib?«, brüllte Gordon Findlay. »So etwas wie Ehrgefühl?«

Ängstlich lauschte Kartika zum Arbeitszimmer hin. »So habe ich den Tuan noch nie erlebt.«

Ich auch nicht. Georgina schluckte.

Wütend, ja, und hitzig, zuweilen laut und polternd, aber nicht in einem solch entfesselten Flächenbrand. Nicht von derart vernichtender Gewalt.

Ihr Blick fing sich mit dem Cempakas, die hinter Kartika in die Halle getreten war.

»Ich hatte es vorausgesehen«, flüsterte Cempaka tonlos, beinahe traurig und ohne die leiseste Spur von Genugtuung oder Häme. »Was hast du da nur angerichtet.«

Ein Windstoß fuhr um das Haus und schien es in Richtung des Meeres zu zerren, und das Rauschen in den Baumkronen klang, als ob die Wellen bereits an seinem Fundament leckten, gierig darauf, sich L'Espoir endlich einzuverleiben und in die Tiefe zu reißen.

Stunde um Stunde harrte Georgina auf der dunklen Veranda aus.

Sie wartete, ohne zu wissen, worauf; dass der Wind drehte vielleicht oder die Gezeiten des Schicksals umschlugen. Sie wusste nicht, was sie sonst tun sollte.

Es war sinnlos, auch nur darüber nachzudenken, davonzulaufen; kein Ort der Welt konnte ihr Zuflucht bieten. Überallhin würde sie die Schande begleiten, ein Kind aus einer Ehe zu erwarten, die in europäischen Augen nichts galt, weil nicht in einer Kirche geschlossen, sondern auf dem Meer, mit dem Himmel und den Fischen als einzigen Zeugen und nirgendwo schriftlich festgehalten. Mit einem Mann, der so flüchtig war wie das Element des Wassers, das sein Leben ausmachte.

Mit einem braunhäutigen Mann. Ein Vergehen, für das sie nicht auf Gnade hoffen konnte. Nirgendwo.

Das Abendgeläut von St. Andrew's war längst verklungen. Im Stockwerk über ihr verriet das feine Klirren von Silber und Porzellan, dass die Boys den Tisch abdeckten; heute würde es kein Dinner mehr geben. Sonst war es still; eine unheimliche, bedrohliche Stille, die auf der Seele lastete. Selbst der weit entfernte Donner rumorte nur zaghaft, als fürchte sogar das aufziehende Gewitter die Naturgewalt von Gordon Findlay.

»Miss Nilam?« Die schmale Silhouette von *Boy One* tauchte neben ihr auf. »Tuan Findlay wünscht dich zu sehen.«

Schmutziggelb war der Lichtkegel, den die Lampe über den Schreibtisch warf, alle Farbe aus dem Gesicht Gordon Findlays saugte und tiefe Furchen hineingrub; um Jahre gealtert sah er aus. In einigen Schritten Entfernung lehnte Paul Bigelow am Fensterrahmen und fixierte mit gesenktem Kopf eine Stelle auf dem Boden. Im Halbdunkel glühten seine Ohrmuscheln wie die eines Schuljungen, der sich seine Standpauke abgeholt hatte.

Stickig war es im Raum. Die schwüle Gewitternacht war von Männerschweiß beschwert, noch beißender durch den Rauch, der in der Luft hing; Zigarrenstummel füllten den Aschenbecher. Darunter mengte sich scharfer Alkoholdunst, die gläserne Karaffe neben den beiden Gläsern war fast leer.

»Papa«, piepste Georgina wie ein kleines Mädchen und deutete unwillkürlich einen Knicks an.

Sie wünschte, sie hätte daran gedacht, sich etwas anderes anzuziehen, nicht in fleckiger Kebaya und staubigem Sarong und mit schmutzigen Füßen hierzustehen. Wie vor Gericht.

Gordon Findlay schwieg; die Hände flach auf die ausgebreiteten Papiere gepresst, als müsse er an sich halten, nicht aufzuspringen, starrte er auf den Schreibtisch vor sich.

»Papa?« Gegen nackte Angst kämpfte sie an.

Endlich räusperte er sich.

»Mister ... Mister Bigelow hat mir heute Abend eröffnet, wie sehr er mein Vertrauen und meine Gastfreundschaft missbraucht hat.«

Fragend sah Georgina zu Paul Bigelow hinüber, der den Kopf noch tiefer hängen ließ.

»Sein Entschluss, reinen Tisch zu machen, ehrt ihn im Grunde zwar. Doch schmälert das weder die Dreistigkeit, mit der er mich hintergangen hat, noch die Unehrenhaftigkeit seines Vergehens.« Seine dicken, geraden Brauen stießen über der Nasenwurzel zusammen. »Was deinen Anteil daran betrifft, bin ich noch unschlüssig, ob allein Mister Bigelow dafür verantwortlich zu machen ist. Oder ob ich mich wirklich derart in meinem eignen Fleisch und Blut getäuscht habe. Ich kann mir kaum vorstellen, dass deine werte Tante dich zu einem … einem solch lockeren Lebenswandel erzogen haben soll.«

»Nicht, Papa«, flüsterte Georgina heiser. »So war es nicht. Ich hatte nie …«

Seine flache Hand hieb krachend auf den Schreibtisch.

»Lüg mich nicht an! Oder streitest du etwa ab, dass du ein Kind in dir trägst?«

»Nein.« Ein Hauchen, kaum lauter als ein Atemzug.

»In meinem Haus«, raunte er, und es klang wie das Fauchen eines Raubtiers. »Unmittelbar vor meiner Nase. Wie konntet ihr nur!«

»Papa, ich …«

»Sei still!« Seine Augen schleuderten blaue Blitze, und sein Zeigefinger ruckte in einer drohenden Geste hoch. »Ich will kein Wort hören! Ich muss dir wohl nicht eigens erklären, wie maßlos enttäuscht ich von dir bin.« Er atmete scharf durch die Nase ein. »Immerhin konnte Mister Bigelow mir glaubhaft versichern, ehrbare Absichten zu hegen. Abgesehen von dieser schwerwiegenden Verfehlung hat er sich stets untadelig verhalten. Er ist ein fähiger Kaufmann und wird einen guten Nachfolger für die Firma abgeben.«

Kreuz und quer schienen Fallstricke durch das Zimmer zu verlaufen, von den beiden Männern wohl gemeinsam in den vergangenen Stunden ausgelegt. Noch bevor Georgina nach einem Schlupfloch suchen konnte, zog Gordon Findlay das Netz weiter zusammen.

»Die Leute werden so oder so reden. Ihr heiratet, so schnell es geht.«

Ein bisschen Zeit. Lass mir nur ein bisschen Zeit.

Sie schluckte es hinunter; sie wusste, sie hatte keine Zeit mehr zu verlieren.

»Nein!« Ein verzweifelter Versuch, dieses Netz doch noch zu zerreißen. »Nicht, Papa, bitte!«

»Keine Widerrede!« Ein tosender Sturm war es, der ihr entgegenblies und sie ins Schwanken brachte. »Du bist noch nicht mündig und tust, was ich dir sage!«

Tränenblind sah Georgina zwischen ihrem Vater und Paul Bigelow hin und her, und keiner von beiden schaute ihr in die Augen.

»Gleich morgen wird das Aufgebot bestellt.«

Die Falle war zugeschnappt.

8

Raharjo schob das Boot den Strand hinauf, stob durch den Sand und flog in langen Schritten über die Jalan Pantai. Ungeduld riss an seinen Muskeln; zu lange war es her, dass er Nilam gesehen hatte. Keinen Herzschlag länger konnte er warten, doch es war es wert gewesen.

Widrige Winde, die sich vor Pulau Flores zu einem reißenden Sturm verschworen, hatten ihn unterwegs aufgehalten, ihm jedoch das Glück beschert, mit Fischern ins Geschäft zu kommen. Um Wochen verspätet, aber schwer von Perlmutt, Schildpatt, Perlen und Goldstaub hatte er sein Schiff erst nach Malakka, dann nach Singapur gebracht; sein Schiff, das jetzt leicht und leer auf den Wellen vor der Küste tanzte.

Morgen schon könnte er anfangen, sein Haus zu bauen, übermorgen ein größeres Schiff in Auftrag geben. Heute indes konnte er hoch erhobenen Hauptes vor Nilams Vater treten, denn als reicher Mann war er nach Singapur zurückgekehrt.

Er schlüpfte durch den Durchbruch in der Mauer und hielt sich in ihrem Schatten, bis er in das Dickicht aus Ästen und Blättern, Gräsern und Gehölz eintauchte, dann in das grünschillernde Licht des Zimmers.

»Nilam?«, raunte er in den Raum hinein und fuhr zum wiederholten Male über das Gewicht, das seine Hosentasche beschwerte.

Ein Armreif aus dunklem Gold, mit Wellenlinien und Fischen

verziert. Ein Hochzeitsreif der Orang Laut, den er von seiner Mutter bekommen hatte, gegen das Versprechen, seine Braut bald mit der ganzen Familie bekannt zu machen.

Sein Zeh stieß an etwas Hartes, Raues, und er senkte den Blick. Ein Lavastein, geformt wie eine chinesische Dschunke. Unweit davon lag der bemalte Fächer, das Holz zersplittert, und in einer Ecke der Perlmuttkamm, in drei Teile zerbrochen. Das Armband war noch heil, und die Muschel nirgends zu sehen. All die Dinge, die er über die Jahre hierhergebracht hatte, um sich dem kleinen Mädchen dankbar zu zeigen, wie von wütender Hand umhergeschleudert.

Stimmen stahlen sich vom Haus her durch das Blättergeflecht; lauter und fremder klangen sie, als er es von diesem Ort gewohnt war, dichter vor allem in ihrer Vielzahl. Ein Knistern in der Luft wie vor dem ersten Blitzschlag. Eine Vorahnung, die sich dunkel in ihm zusammenballte wie ein Sturm am Horizont, und er rannte los.

Fieberhaft schlug er sich durch das Gebüsch, brach atemlos daraus hervor und taumelte zurück.

Zahlreiche Orang Putih versammelten sich vor und auf der Veranda, in feinen Anzügen und Gläser in der Hand; wie Orchideenblüten leuchteten dazwischen die weiten Röcke ihrer Frauen.

»Hoch lebe das Brautpaar!«

»Auf das junge Glück!«

»Hoch sollen sie leben! Auf viele glückliche und gesunde Jahre!«

Wie Wellen um einen Schiffskiel wandten sich alle Köpfe einem Paar zu, das auf die Veranda heraustrat und oben an der Treppe stehen blieb.

Raharjo schloss für einen Augenblick die Lider, wie geblendet, und versuchte zu begreifen.

Ein Orang Putih mit Haaren wie Sand, die Augen blaufunkelnd und ein Lachen von Ohr zu Ohr auf dem Gesicht, hielt Nilam in seinem Arm und küsste sie auf die Wange.

Nilam. Dieses halbwilde Kind eines Tuans und einer Frau von der Insel. Die sich ihm beim Fischen auf einem Boot angetraut hatte, wie es bei den Orang Laut Brauch war.

Seine Frau. *Für immer.*

Die sich in eine weiße Nyonya verwandelt hatte, in einem blauen Kleid mit ausladenden Röcken und aufgebauschten Ärmeln, das ihre Haut elfenbeinhell schimmern ließ. Durch und durch eine Weiße war sie, wie sie den Kopf hochreckte, ein hochmütiges Lächeln auf den Lippen, ihre Augen nicht blau wie die wilden Orchideen am Sungai Seranggong, sondern wie die giftigen Taranteln in den Wäldern der Insel.

Kein Tropfen malaiisches Blut floss in ihren Adern, das sah er jetzt.

Aus den Tiefen seines Gedächtnisses trieb ihr anderer Name herauf.

Nicht Nilam. *Georgina.*

Nilam hatte ihm einmal versprochen, bis in alle Ewigkeit auf ihn zu warten, und nun hatte Georgina einen Orang Putih geheiratet. Ihresgleichen.

Wie eine Kugel durchschlug es ihn. Wie eine Klinge, die tief in sein Fleisch drang, und sein aufbrausender Herzschlag ließ das Blut in seinen Adern aufkochen, trübte seine Sicht mit roten Schlieren.

Mit einem Mal verstand er den *amuk* der Bugis: mit gezücktem Dolch auf Menschen loszugehen, in blinder Raserei auf Leiber einzustechen, einzuhacken, bis alles Blut vergossen war. Bis nur noch erschöpfte, tödliche, friedliche Stille herrschte.

Und er verstand, wie leicht es war, ein Menschenherz zu vernichten. Wie selbst das Herz eines Meeresmenschen, eines Kriegers zur See, von einem Augenblick zum nächsten tot sein konnte.

Raharjo wandte sich um und nahm denselben Weg zurück, über den er gekommen war, ohne Eile, ohne innezuhalten. Ohne die Spur eines Gefühls im Leib; er spürte es nicht einmal, als er das kleine Armband aus aufgefädelten Muscheln zertrat und ihn die Spitzen der Muschelscherben in die Fußsohle schnitten.

Er schob das Boot zurück ins Wasser und sprang hinein, ließ das Segel aber gerefft. Die Zähne zusammengebissen, genoss er es, gegen Wellen und Strömung anzurudern, dass es in seinen Muskeln brannte und seine Lunge vor dem Bersten war. In den vertrauten Handgriffen an Bord fand er Halt, im vertrauten Gefühl von Holz und Tau und Segeltuch unter seinen Händen.

Entschlossen knatterten die Segel, die er eines nach dem anderen herabließ; der Schiffsrumpf ruckte unruhig an der Leine des Ankers, bis er ihn heraufholte und das Schiff befreit durch die Wellen pflügte. Dem Wind nach, nach dem Raharjo die Segel ausrichtete, keinem anderen Ziel entgegen als dem Horizont.

Georgina saß an dem Frisiertisch ihrer Mutter, der den Weg in ihr Zimmer gefunden hatte, und mied ihr Spiegelbild. Die Muskeln ihres Gesichts schmerzten nach den Stunden, in denen sie ihm wenigstens die Andeutung eines Lächelns aufgezwungen hatte. Ihr Haar war zwar endlich erlöst von den vielen Nadeln, die es den langen Tag über stramm zusammengehalten hatten, doch die gleichmäßigen Striche, mit denen Kartika die Bürste hindurchgleiten ließ, zerrten ebenso an ihren Nerven wie die tiefen Laute der Ochsenfrösche. *Rahar-jo*, riefen sie in die Nacht hinaus, *Rahar-jo*, jeder Ruf ein Stich mitten in ihr Herz.

Wahrscheinlich waren sie eines der letzten Paare, das seine Hochzeit in St. Andrew's gefeiert hatte. Viel wurde nicht geheiratet in Singapur, und während des Gottesdienstes hatte das vom Blitz zersplitterte Gebälk fortwährend geächzt, im Chor mit den vorsorglich angebrachten Stützbalken, war immer wieder Putz von Decke und Wänden gerieselt; über kurz oder lang würde die Kirche wohl abgerissen werden, bevor sie der Gemeinde eines Sonntags über den Köpfen einstürzte.

Sie betrachtete den massiven Goldreif, den Paul Bigelow ihr heute während der Trauung an den Finger gesteckt hatte. Nahm man den Ehering über Nacht ab? Sie wusste es nicht, und sie wusste auch niemanden, den sie fragen konnte.

Die Tür öffnete sich, und hastig legte Kartika die Bürste beiseite.

»Gute Nacht, Nil... Mem Georgina. Gute Nacht, Tuan Bigelow.«

»Gute Nacht«, flüsterte Georgina ihr hinterher.

Die Tür schloss sich leise.

»Endlich allein«, hörte sie Paul Bigelow sagen, ein erleichtertes Seufzen in der Stimme.

Eine erwartungsvolle Anspannung.

Mit gesenktem Kopf lauschte sie hinter sich, wie er aus seiner Frackjacke schlüpfte und sich schwer auf dem Bett niederließ; ein Schuh nach dem anderen polterte zu Boden. Ihre Nackenhaare sträubten sich bei der Vorstellung, dass er von dieser Nacht an in ihrem Zimmer schlafen würde. In ihrem Bett.

Ein kurzes Aufflackern von Widerwillen, bevor sich in ihr wieder die staubige Wüste ausbreitete, in der sie die vergangenen Wochen verlebt hatte, stumm, taub und beinahe blind. Während um sie herum alle in betriebsame Unrast verfallen waren, eine Hochzeit zwischen gebotener Eile und Wohlanständigkeit vorzubereiten.

»Du darfst mir gratulieren«, rief Paul Bigelow ihr zu, die Zunge hörbar schwer. »Seit einer halben Stunde bin ich offiziell Teilhaber der Firma. Von nun an heißt es *Findlay, Boisselot and Bigelow*. Dein Vater hat es mir bei einem letzten Glas mitgeteilt.«

»Glückwunsch«, murmelte Georgina.

»Ja, ich bin zu beneiden.« Er stand auf und kam zu ihr herüber. »Das hätte ich mir alles nicht träumen lassen, als ich hierherkam. Teilhaberschaft in einer prosperierenden Firma und dazu noch eine solche Frau.«

Sie wich seinen Blicken im Spiegel aus, während er über ihr Haar strich, dann über ihre Arme, die das Nachthemd mit den breiten Trägern freiließ.

»Du bist so schön«, flüsterte er heiser.

Georgina wand sich unter seinen Händen hervor, rutschte auf dem Hocker zur Seite und sprang auf.

»Langsam!« Lachend packte er sie an der Schulter und drehte sie zu sich um. »Findest du nicht, es ist endlich Zeit für einen richtigen Kuss?«

Einen Arm um sie geschlungen, presste er sie an sich. Sein lächelnder Mund drückte sich auf ihren, heiß und feucht; seine Zunge strich über ihre Lippen und zwängte sich dazwischen. Warm wie regengetränkte Erde schmeckte er, fast süß, und nach Alkohol und Zigarrenrauch.

Georgina bog den Kopf zurück.

»Nicht so schüchtern! Das kann schließlich kaum dein erster Kuss gewesen sein.« Belustigt zog er eine Braue hoch. »Ein wenig mehr Hingabe hatte ich mir von meiner Frau in der Hochzeitsnacht schon erhofft.«

»Ich will nicht!« Georgina versuchte sich loszureißen.

Hart griff er sie beim Arm, starrte ihr ins Gesicht. »Ich bin kein Ungeheuer, Georgina. Aber ich bin auch kein Heiliger. Und noch viel weniger bin ich ein gutmütiger Trottel. Ich habe meine Stellung in der Firma und meinen guten Ruf aufs Spiel gesetzt, um dir aus deiner misslichen Lage zu helfen. Dein Vater hätte mich genauso gut in Schimpf und Schande davonjagen können, und ich hätte nie wieder eine gute Position im Handel bekommen. Weder in Singapur noch sonst irgendwo. Ich habe es gern getan, denn ich habe es für dich getan. Aber ich verlange auch etwas dafür.« Sein Griff lockerte sich. »Meinst du nicht, du bist mir etwas schuldig?«

In die Ecke getrieben, ließ Georgina den Kopf hängen.

Zart fuhr er mit dem Fingerknöchel über ihre Wange, die Kinnlinie hinab.

»Wenn du nur ahnen könntest, wie lange ich mich danach gesehnt habe. Wohl schon seit dem Moment, als ich dich am Landungsplatz abholen kam und du mich mit deinen schönen blauen Augen angeschaut hast.«

»Das Kind«, wisperte Georgina. »Ich will nicht, dass dem Kind etwas passiert.«

Eine Lüge. Sie wollte kein Kind bekommen, noch nicht. Nicht so, verheiratet mit einem Mann, den sie einmal gemocht hatte, aber nicht liebte und noch weniger begehrte.

Er versteifte sich. »Natürlich.« Nüchtern klang er, beinahe kalt. »Ich werde versuchen, vorsichtig zu sein.«

An ihrer Hand führte er sie zum Bett, während er sich die Weste aufknöpfte.

Sie zerging vor Scham, dass er sie nackt sah. Vor Scham über diesen anderen, fremden Leib, der so viel schwerer war als derjenige Raharjos, mit kompakt gebündelten Muskeln und von goldenem Pelz überzogen, und seine schwärmerischen Laute, seine gemurmelten Koseworte perlten von ihrer Haut ab.

Er gab sich Mühe, behutsam zu sein, obwohl er vor Begierde zitterte, und konnte doch nicht verhindern, dass er zu fest anpackte in seiner Erregung, grob war in seiner Unbeholfenheit; jede Berührung an ihren Brüsten, die prall waren wie Honigmelonen und an denen schon der dünne Stoff einer Kebaya scheuerte, tat ihr weh. Er achtete darauf, mit seinem kräftigen Leib nicht auf der kleinen Halbkugel zwischen ihren scharfen Hüftknochen zu lasten, aber es brannte, als er in sie eindrang, rieb unangenehm, als er sich in ihr bewegte. Von dem Duft der auf den Laken ausgestreuten Jasminblüten, die sie unter sich zerquetschten, dem herben Geruch seiner Haut, seines schnellen Atems und von der Hitze, die sein Leib verströmte, wurde ihr übel.

Georgina war froh, dass es schnell vorbei war, er sich auf die andere Seite der Matratze rollte und das Licht löschte. Zitternd kroch sie unter das Laken, während Samen klebrig zwischen ihren Beinen hervorsickerte.

Bis dass der Tod uns scheidet.

In der Dunkelheit ließ sie ihren Tränen freien Lauf, und die Ochsenfrösche lachten und spotteten über sie.

»Ich weiß, dass du mich nicht liebst«, hörte sie ihn nach einer Weile flüstern, seine Stimme ermattet nach dem Geschlechtsakt, schwerfällig von zu vielen Gläsern Champagner und Hochprozentigem.

»Aber ich habe jedes Wort meines Eheversprechens genau so gemeint, wie ich es heute am Altar gesagt habe. Und ich weiß, dass ich dir ein guter Mann sein kann. Wenn du mich nur lässt.«

9

Paul Bigelow saß auf der Veranda und starrte in den Regen hinaus. Ein ungleich leichterer Regen als in den vergangenen Monaten, in denen der Wintermonsun sich mit brachialer Gewalt über die Insel ergossen hatte, aber dennoch nickten die Blätter der Bäume und Sträucher heftig unter dem Schauer, der vom grauen, blitzüberflackerten Himmel stürzte.

Das neue Jahr stand für die Chinesen im Zeichen des eisernen Schweins. Was Ah Tong nicht unzufrieden stimmte; ein ungestümes Jahr, gewiss, eines, das viele Wagnisse bereithielt, aber ein Jahr, das dem Mutigen und Tüchtigen Reichtum versprach, und eines, auf das man später mit einem guten Gefühl zurückblicken würde.

Paul Bigelow indes hegte Zweifel an Ah Tongs vielversprechenden Aussichten für dieses Jahr 1851, das ähnlich stürmisch begonnen hatte, wie das letzte zu Ende gegangen war.

Die gewaltigen Wassermassen, die im Januar niedergegangen waren, hatten den Kanal von Bras Basah und den Rochor River über ihre Ufer treten lassen und waren bei Flut in die Stadt geströmt. Straßenzüge standen unter Wasser, Erdreich wurde weggespült und die zutage geförderten Steine machten sie unpassierbar. In der Bencoolen Street und der Middle Road wurden malaiische Häuser mitgerissen, und Reis und Gemüse aus den Gärten fand sich später auf weit entfernten Straßen angeschwemmt. Holz, Kokosnüsse, tote Schweine und ertrunkene

Hunde trieben durch die Stadt, und die Ufermauer an der Esplanade, die die offene Fläche vor dem Meer schützen sollte, war an vielen Stellen eingestürzt. Es würde noch einige Zeit dauern, bis auch die letzten Spuren des Monsuns nicht mehr sichtbar waren.

Die Cholera war auf der Insel wieder aufgeflammt, und die indischen Sträflinge wurden vom Hausbau abgezogen, um die Tiger zu jagen, die die Plantagen im Herzen der Insel heimsuchten und dort eine blutige Spur hinterließen.

Es waren diese Plantagen, auf denen Pfeffer und Gambir angebaut wurden, der einzige gewinnträchtige Ertrag der Insel, auf denen die Kongsis, die chinesischen Triaden, im Februar wie Tiger gewütet und mit chinesischem Blut die rote Erde dunkel gefärbt hatten. Das Blut ehemaliger Mitglieder, die sich aus dem engmaschigen Netz der Geheimgesellschaft gelöst hatten, nachdem sie von Pater Jean-Marie Beurel zum katholischen Glauben bekehrt worden waren. Die fortan in ihre eigenen Taschen wirtschafteten, nicht mehr in die Schatullen der Triaden, und nun deren Rache zu spüren bekamen.

Fünf Tage dauerte der rote Sturm zwischen Kranji und Bukit Timah, der Hunderte Tote forderte und Scharen von Flüchtlingen in die Stadt strömen ließ, und in den Nächten gloste der Widerschein der brennenden Plantagen am Himmel, roch die Luft nach Rauch. Bis einmal mehr die indischen Häftlinge und die Soldaten der kleinen Garnison der Stadt ausrückten und durch die Vermittlung des mächtigen Towkays Seah Eu Chin, dem *König des Gambir*, selbst Gründer und Kopf eines Kongsis, wieder Frieden einkehrte.

Ein brüchiger Friede, denn die Verwaltung unter Gouverneur Butterworth zögerte noch immer, die Macht und den Einfluss der Triaden zu beschneiden. Aus Angst, wie manche Kaufleute der Stadt meinten; aus wirtschaftlichem Interesse, wie andere befanden, die selbst gute Geschäfte mit Mitgliedern der Kongsis machten.

Aus China trafen neuerdings ebenfalls besorgniserregende Nachrichten ein. Gut zehn Jahre nach dem Ende des Opiumkriegs, aus dem die Briten als Sieger hervorgegangen waren, erschütterten Unruhen das Kaiserreich: Eine Bewegung, die sich die Taiping nannte, erhob sich gegen die Mandschuherrscher und gegen den Einfluss westlicher Mächte.

Ein Bürgerkrieg schien unausweichlich, mit möglicherweise katastrophalen Folgen für den Handel. Denn der Vertrag von Nanking, der seinerzeit die chinesischen Märkte öffnete und den Opiumhandel erlaubte, brachte einen äußerst lukrativen Kreislauf in Schwung. Das in der britischen Kolonie Indien in rauen Mengen und billig gewonnene Opium floss nach China, und die dafür erworbenen, in aller Welt begehrten Schätze ließen sich weiterverkaufen. Mit gigantischen Gewinnspannen – gerade für die Händler in Singapur. Auch für die Firma von *Findlay, Boisselot & Bigelow*.

Noch zumindest. Nicht wenige der Kaufmänner, mit denen Paul Bigelow gelegentlich bei einem Glas zusammensaß, rieten ihm, so viel wie möglich aus dem Handel herauszupressen, solange es noch ging. Denn obwohl der Handel in diesem Hafen, in dem keine Zölle, keine Steuern erhoben wurden, mehr als profitabel war – auf Dauer würde der Erfolg Singapurs nicht anhalten. Nicht ohne eigenständige Verwaltung, als bloßer Ableger der Regierung in Calcutta. Nicht ohne ordentlichen Hafen, mit einem Fluss als Umschlagplatz, der allen Anstrengungen zum Trotz zunehmend verschlickte und versandete. Nicht in Konkurrenz mit den neuerdings der Welt geöffneten Häfen von Shanghai und Hongkong, nicht in unmittelbarer Nachbarschaft von Malakka und dem holländischen Batavia.

Ein paar gute Jahre stünden ihnen wohl noch bevor, danach würde Singapur als Freihafen bedeutungslos werden.

Mit den Handballen rieb sich Paul Bigelow über die brennenden Augen, fuhr sich dann über das Gesicht; er hatte sich heute Morgen noch nicht einmal rasiert.

Manchmal zweifelte er daran, ob es gut gewesen war, sein Glück hier in Singapur zu versuchen, und oft plagte ihn Heimweh. Er vermisste die Nüchternheit Englands und die verlässliche Ordnung des Lebens dort. Eine gewisse Sicherheit und weite, offene Felder, die gedämpften Farben; sogar das Grau. Und er vermisste die Jahreszeiten, hätte einiges darum gegeben, einmal wieder einen Winter zu erleben, mit Schnee und klirrendem Frost.

Doch solange die Geschäfte so gut liefen, wie sie es derzeit noch taten, wäre es töricht, hier die Zelte abzubrechen.

Er zündete sich eine Zigarre an und blickte mit zusammengekniffenen Augen dem Rauch hinterher.

Das Prasseln des Regens, das Gurgeln der Kaskaden vom Dach und der Bäche, die sich durch die rote Erde des Gartens wühlten, dämpften kaum die Geräusche im oberen Stockwerk. Nur wenn der Donner krachend über das Haus hinwegrollte, verstummten die Frauenstimmen oben im Haus für einige wenige Augenblicke. Bevor die Klagelaute wieder zu hören waren, das Weinen und das Stöhnen, das ihn tief in Mark und Bein traf.

Seine Hand zitterte, als er sich nachschenkte und das Glas zum Mund führte.

Vermutlich wäre es klüger gewesen, in aller Frühe mit Gordon Findlay in den Godown zu fahren, um sich dort mit Arbeit abzulenken. Zur Not auch dort die Nacht zu verbringen, bis die Nachricht eintraf, alles sei überstanden. Doch er hatte sich entschieden hierzubleiben, und sei es nur, um im Ernstfall wie der Teufel loszureiten und Doktor Oxley zu holen.

Er misstraute der *mak bidan*, der Hebamme, die Cempaka vor Wochen aus ihrem Dorf geholt und im Dienstbotenquartier untergebracht hatte. Dass diese Georginas geschwollenen Leib und ihre Beine jeden Tag ölte und knetete, sie eng in einen Sarong wickelte und mit Bändern verschnürte wie ein Paket, störte ihn nicht weiter, schien ihm sogar Sinn zu machen. Argwöhnisch hingegen betrachtete er die Kräuter, die sie in Georginas Nähe verbrannte, die Lieder, die sie dabei sang und die für ihn nach faulem Zauber klangen. Die Tränke, die sie ihr verabreichte und wie sie Georginas Speisen streng überwachte und eigenhändig nachwürzte.

Dabei litt Georgina unter dem Kind, das sie auszuhöhlen schien. Bleich war sie geworden, das Gesicht spitz und mit eingefallenen Wangen, ihr Haar stumpf und strohig. Eine groteske Gestalt aus gewaltig vorgewölbtem Bauch mit Armen und Beinen, dünn wie Stöckchen. Als trüge sie ein Monstrum unter ihrem Herzen, das sie von innen her auffraß und bis zuletzt so wild in ihrem Bauch getobt hatte, dass sie sich immer wieder übergeben musste.

Bei Gordon Findlay stieß er mit seinem Misstrauen, seiner Sorge auf taube Ohren; er überließ seine Tochter ganz Cempakas Obhut, die ihre Befehlsgewalt mit Zähnen und Klauen verteidigte. Dagegen war Paul machtlos, schließlich war er nur der Schwiegersohn, nur der zweite Herr im Haus, und das Ganze ohnehin Frauensache.

Er verzog das Gesicht und trank noch einen Schluck.

Während sein Verhältnis zu Paul Bigelow fast wieder das alte war, manchmal fast noch eine Spur freundschaftlicher als früher, hatte Gordon Findlay seiner Tochter noch immer nicht verziehen. Wie zwei Fremde, die zufällig unter einem Dach lebten, wirkten Vater und Tochter, beide gleichermaßen in sich gekehrt und einsilbig, beide gleichermaßen unversöhnlich, und ohne dass es Paul gelang, zwischen ihnen zu vermitteln.

Er hatte Georgina nie gefragt, wer der Vater ihres Kindes war; er wollte es auch nicht wissen. Singapur war eine kleine Stadt, die Gefahr, dass er dem Mann, der Georgina geschwängert hatte, früher oder später über den Weg lief und ihm dann womöglich das Gesicht zu Brei schlug, zu groß.

Es hätte ohnehin nichts geändert. Er hatte gewusst, worauf er sich einließ, als er sich entschieden hatte, Gordon Findlay um ein Gespräch unter vier Augen zu bitten, und er hatte bekommen, was er wollte.

Ein hoher, dünner Schrei drang zu ihm herunter, der ihm in seiner Qual einen kalten Schauder den Rücken hinablaufen ließ.

Fahrig drückte er die Zigarre aus und kippte den Rest Scotch in seinem Glas hinunter; er konnte das nicht länger mitanhören.

Georgina ertrank in einem blutroten Ozean aus Schmerz. Flammender, beißender Schmerz, der sich durch ihre Eingeweide fraß. Und schwarz und schwer war der Leib des Kindes, der ihren Unterleib entzweiriss, ihre Beckenknochen zu sprengen drohte. Welle um Welle kam und ging, glühend und gewalttätig; Wehe um Wehe saugte mehr Kraft aus ihren Muskeln, ohne dass sie auf diesem qualvollen Weg auch nur einen einzigen Schritt vorwärtskam.

Die Stimmen von Bethari, der Mak Bidan, von Cempaka und Kartika, die sie seit den frühen Morgenstunden umsummt und umgurrt hatten, steigerten sich unvermittelt zu einem aufgebrachten Geschnatter, in das eine Männerstimme hineinpolterte.

»Schluss jetzt! Keine Widerrede! Ich bin der Herr im Haus, und ich will es so!«

Die plötzliche Stille traf mit einem Wellental zusammen und ließ Georgina befreit durchatmen, das Rauschen des Regens vor dem Fenster so wohltuend kühl auf ihrem heißen Gesicht, dass es ihr Tränen in die Augen trieb.

»Georgina.«

Eine kräftige Hand schloss sich um ihre verschwitzten Finger, und sie blinzelte. Ein unrasiertes Männergesicht, blass unter der

Sonnenbräune, der Mund angespannt und das Weiß um die blaue Iris rotgeädert.

»Paul?«, hauchte sie langgezogen, und ein Schluchzen ruckte durch ihren Leib. »Paul.«

»Ich bin da«, stieß er hervor. »Ich lass dich jetzt nicht allein. Ich bleibe bei dir, ja?«

Georgina wollte den Kopf schütteln; stattdessen nickte sie und begann kläglich zu weinen.

»Ist ja gut«, sagte er, seine Stimme rau vor Hilflosigkeit, und drückte ihre Hand.

Ein Händedruck, den sie schwach erwiderte. »Wenn ich das nicht überlebe ...«

»Red keinen Unsinn«, fiel er ihr barsch ins Wort und zwängte sich zwischen sie und das Kopfteil des Betts. »Natürlich überlebst du das!«

Georgina schluckte jedes weitere Wort hinunter. Den Kopf gegen Pauls breite Brust gestemmt, ihre Hand von seiner umklammert, holte sie tief Luft und stürzte sich kopfüber zurück ins rote Meer.

Das Hemd klebte ihm auf der Haut, seine Hosen hafteten feucht an seinem Hintern und an den Schenkeln. Paul Bigelow hatte sich noch nie zuvor so schmutzig gefühlt, so ausgelaugt. So aufgewühlt.

Die zittrigen, kraftlosen Hände, von roten Halbmonden und blutigen Kratzern übersät, in den Hosentaschen vergraben, stand er vor der Wiege, staunend darüber, wie klein so ein Kind war. Wie riesig für einen Leib wie den Georginas.

Ein Junge war es, unübersehbar. Schlank und zäh und mit langgestreckten Gliedern, mit seiner ohrenbetäubend kräftigen Stimme gleich zu Beginn jeden Zweifel ausräumend, wer der neue Herr im Haus war.

Friedlich lag er jetzt da, nackt bis auf eine weiße Stoffbahn, die um sein Bäuchlein gewickelt war, die winzigen Finger zu Fäusten geballt, mit denen er in die Luft boxte. Sein rotes Gesicht sah zerdrückt aus, die Partie um die zugekniffenen Augen verschwollen. Ein Gesicht, das auf anrührende Weise noch so jung war und zugleich die Weisheit von Ewigkeiten in sich trug.

Das Köpfchen mit dem dichten schwarzen Haarschopf wandte sich hin und her, sein voller Mund verzog sich, und unwillig kickte er in die Luft.

Ein Lächeln zuckte um Pauls Mund und verlosch sogleich. Die Brauen zusammengezogen, fasste er nach einem Fuß des Jungen, dann nach dem anderen. Das bedauernde Zungenschnalzen und Geflüster der Hebamme, der Blick, den sie mit Cempaka getauscht hatte, ergaben mit einem Mal einen Sinn.

»Armer kleiner Kerl«, murmelte er.

Ein Schock war es, dieses gerade geborene Menschlein unter seiner Hand zu spüren. Seine unbändige Lebenskraft und wie zart und weich die faltigen Fußsohlen waren.

Das Erlebnis der Geburt, dessen er gerade Zeuge geworden war, überrollte ihn; eine Naturgewalt, brutal und verstörend und Ehrfurcht gebietend, die ihn sich beinahe dafür schämen ließ, ein Mann zu sein. Der Geruch nach saurem Schweiß und schwerem, süßem Blut, der noch in der Luft hing, machte ihn benommen, und die jähe Angst, dem nicht gewachsen zu sein, was vor ihm lag, ließ ihn nach Atem ringen.

Er stolperte aus dem Zimmer, die Treppen hinunter und rannte ins Freie. In die zähe Gallertmasse der Regenluft hinein, die erstickend nach Moder roch und ihm den Magen umdrehte.

Gleich hinter den Stufen der Veranda sackte er auf die Knie, in den aufspritzenden Schlamm hinein und erbrach sich, bis er Galle schmeckte. Keuchend rang er nach Atem und hielt das Gesicht in den Regen, der ihn bereits bis auf die Haut durchnässt hatte.

»Kommen Sie, Tuan.« Die schlaksige Gestalt Ah Tongs kniete neben ihm und zog ihn an den Schultern hoch. »Kommen Sie ins Trockene.«

Sanft, aber bestimmt führte er ihn auf die Veranda hinauf und drückte ihn auf der obersten Stufe nieder. »Warten Sie hier, Tuan. Ich bin gleich zurück.«

Schnaufend und am ganzen Leib zitternd starrte Paul ins Leere, rieb sich über das bärtige Gesicht, wischte sich mit dem Ärmel über den ausgedörrten Mund.

Er sah auf, als Ah Tong ein Handtuch über seinen Schultern ausbreitete, bevor er sich neben ihn auf die Treppe hockte und ihm eine Tasse dampfenden Tees reichte.

»Vorsichtig trinken. Ist sehr heiß.«

Der Tee schmeckte nach Kräutern und Gewürzen, spülte den schlechten Geschmack hinunter und machte seinen Kopf wieder klar.

»Danke«, sagte er zwischen zwei Schlucken.

Ah Tong nickte nur.

»Die Frauen in diesem Haus …«, begann er nach einer Weile und sah zum Vordach hinauf, von dem der Regen hinuntertroff. »Es ist etwas Seltsames mit den Frauen in diesem Haus. Lange glaubt man, Schmetterlinge vor sich zu haben. Schillernd und zart und zerbrechlich. Und dann, eines Tages, ohne dass man vorher etwas geahnt hat, begreift man, dass sie in Wahrheit wilde Tigerinnen sind. Die einem ohne mit der Wimper zu zucken die Klauen in den Leib schlagen und das Herz herausreißen können.«

Paul dachte an Georgina, die oft so still wirkte, wie nicht ganz von dieser Welt, ihn aber mit dem blauen Feuer ihrer Augen versengen konnte. Die heute brüllend und mit gefletschten Zähnen einen Sohn zur Welt gebracht hatte, Paul dabei die Hände zerkratzte und ihren Kopf so fest in seine Brust bohrte, dass er wohl ein blaues Brustbein davontragen würde. Georgina, die mit ihm unter demselben Dach lebte, im selben Bett schlief und ihm dennoch immer fern war. Die er auch nach fast einem halben Jahr Ehe noch kaum kannte, geschweige denn verstand.

»Ja«, würgte er hervor.

»Man kann einen Tiger jagen und schießen. Ihn einfangen und in einen Käfig sperren. Aber man kann einen Tiger niemals zähmen. Man kann sich nur ganz behutsam mit ihm anfreunden. Ihm seine Freiheit und seine Wildheit lassen. Manchmal kommt dann der Tiger von alleine zu einem. Weil auch ein Tiger ab und zu Nähe und Schutz braucht.«

»Und man kann vermutlich nur hoffen, dass der Tiger es sich nicht doch noch anders überlegt und einen zerfleischt?«

»So ist es.«

Ah Tong schmunzelte, und Paul lachte.

»Ein Junge«, rief Ah Tong mit breitem Grinsen aus und rüttelte Paul Bigelow an der Schulter. »Ein gesunder, kräftiger Junge, Tuan!«

»Ja«, erwiderte Paul mechanisch. Ein Schatten legte sich auf sein Gesicht, und er versenkte den Blick in der fast leeren Tasse. »Ja. Ein Junge.«

༄༅

Das durchdringende Gebrüll bohrte sich schmerzhaft in Georginas Ohren und hallte grell in ihrem Kopf wider.

»Bethari!«, rief sie. »Bethari! Das Kind!«

Für einen Augenblick war es still im Zimmer, dann hob das Geheul erneut an.

»Bethari! Cempaka! Kartika!«

Niemand kam, um nach dem Kind oder ihr zu sehen.

»Bethari!« Georginas Stimme überschlug sich, und auch das Kind verfiel in eine höhere Tonlage.

»Sei still! So sei doch endlich still!«

Weinend vergrub sie ihr Gesicht in der Kissenrolle, presste die Enden gegen die Ohren. Das Brüllen des Kindes war nur noch gedämpft zu hören, und trotzdem fand sie keine Ruhe. Als nähme ihr Leib die Schwingungen aus der Luft auf, zog sich Georginas Unterleib schmerzhaft zusammen, pochte es quälend in ihren übervollen Brüsten.

Zornig schleuderte sie das Kissen von sich und kroch aus dem Bett. Jeder Schritt war ein Gang über Glasscherben; ihr ganzer Unterleib fühlte sich aufgerissen und wund an. Sie war dankbar, dass Bethari sie von der Taille bis zu den Knien eng in einen Sarong geknotet hatte, der ihre Organe an ihren angestammten Platz zurückdrängen, ihren Körper wieder formen sollte, ihr jetzt aber vor allem Halt gab.

Keuchend stützte sie sich auf den Rand der Wiege.

»Was willst du?«, herrschte sie das Kind an, das stramm in bunte Tücher gewickelt war.

Für einen Augenblick hielt es inne, blinzelte suchend umher. Dann schnappte es nach Luft und fing sogleich wieder zu brüllen an, das Gesicht rot und zerknittert wie eine Hibiskusblüte, den zahnlosen Mund mit der rosigen Zunge wütend aufgerissen.

»Er hat Hunger.«

Cempaka stand in der Tür, mit gestrenger Miene, aber so etwas wie Mitgefühl in den Augen.

Georgina richtete sich auf und strich sich das strähnige Haar aus dem Gesicht.

»Warum habt ihr keine Amme geholt?«

Cempaka schnalzte missbilligend mit der Zunge. »Du hast mehr als genug Milch für ihn. Kein Grund, die zu verschwenden.«

Georgina sah auf das Kind hinab, das sie durch die Hölle hatte gehen lassen. Das ihr Leben zerstört hatte. Sie wollte es nicht nähren. Sie wollte es nicht einmal in ihrer Nähe haben.

Sie wollte keine Mutter sein.

Ein seltsames Ziehen breitete sich in ihrer Magengegend aus und wanderte aufwärts, in Richtung ihres Brustbeins. Ein Gefühl zwischen Weh und Sehnsucht, das sie schmelzen ließ wie Wachs, über den Rand der Wiege tröpfelnd, dann zerfließend.

»Ich ... ich weiß nicht, wie ...« Furchtsam sah sie ihre Ayah an. »Hilf mir, Cempaka.«

Cempaka nickte zum Bett hinüber. »Setz dich hin. Ich bring ihn dir.«

Gehorsam humpelte Georgina durch das Zimmer und ließ sich ächzend auf der Matratze nieder. Mühselig rückte sie sich zurecht und lehnte sich mit dem Rücken an; sie kam sich vor wie eine alte, gebrechliche Frau.

Erstaunt sah sie zu, wie liebevoll Cempaka den Kleinen aus den Tüchern wickelte und dabei zärtlich mit ihm flüsterte. Sie konnte sich nicht erinnern, Cempaka je so milde erlebt zu haben, nicht daran, ihre Züge so beglückt gesehen zu haben.

Von selbst ahmten ihre Arme die Haltung nach, mit der Cempaka den Jungen in Windeln und Hemdchen vor sich her trug und ihn ihr schließlich übergab, bevor sie ihr mit weichen Fingern dabei half, das Kind anzulegen.

»Nein, schau, so muss das sein. Ja, besser. So ist's richtig. Ja. Genau so.«

Georgina schrie leise auf, schockiert über den scharfen Schmerz, der durch ihre Brust schoss und sich bis in ihre Zehen fortsetzte. Über die heißen Wellen, die bis tief in ihren Bauch schwappten.

»Hört gleich auf«, murmelte Cempaka und legte ihr sanft die Hand auf die Schulter. »Ist gleich besser. Wirst sehen.«

Der Schmerz ebbte ab, und Georgina atmete erleichtert durch. Aufseufzend legte sie den Kopf zurück und schloss die Lider, genoss das leichte Ziepen, das Prickeln und Kitzeln und die Wärme, die durch ihren Leib strömte.

Als sie die Augen wieder öffnete, war Cempaka verschwunden.

»Danke«, hauchte Georgina in den Raum hinein und senkte den Blick auf das Kind an ihrer Brust.

In höchster Konzentration hielt er die Brauen zusammengezogen, ein mit feinem Pinsel hingetuschter Schattenflaum. Seine schmalen Augen waren grau, fast silbern, wie das Meer an einem stürmischen Tag. Zaghaft hob Georgina eine Hand und strich behutsam über sein schwarzes Haar. Über seine Wange, die so weich war wie die Blütenblätter der Kemboja, und ein seliger Laut tröpfelte aus ihrem Mund.

Verzückt betastete sie die Finger der kleinen Faust, die vollkommenen, so winzigen Fingernägel aus Perlmutt, und sie strich lächelnd über die Furchen an den Gelenken seiner Beine, fuhr einzeln über jeden Zeh.

Sie schaute genauer hin, entfaltete ängstlich erst die eine Faust, dann die andere, Fingerchen für Fingerchen. Besah sich wieder seine Zehen, zählte sie mehrmals hintereinander ab, rieb schließlich so kräftig darüber, wie sie es gerade noch wagte.

»Nein«, hauchte sie entsetzt. »Nein, bitte nicht.«

Bis fast zur Spitze hinauf waren an beiden Füßen die zweite und dritte Zehe zusammengewachsen. Ein Häutchen spannte sich dazwischen. Schwimmhäute. Wie die eines Otters oder einer Robbe.

Der Selkie hatte ein Zeichen auf seinem Sohn hinterlassen.

Ein langgezogener Klagelaut floss aus Georginas Mund, und der pochende Schmerz, den die Geburt in ihrem Leib hinterlassen hatte, war wie ein Echo ihres zerrissenen Herzes.

Tränen rollten aus ihren Augen und tropften auf ihren Sohn.

Den dunklen Mutterkuchen und die silbrige Nabelschnur, den Seelenzwilling des Neugeborenen, vergrub Cempaka im Garten unter einer jungen Mangostane, eigens von Ah Tong dafür gepflanzt. Wie es hier Brauch war, damit die Seele des Kindes Wurzeln schlagen konnte in der roten Erde Singapurs.

Während er in St. Andrew's auf die stolzen Namen seiner schottischen Vorfahren getauft wurde, plitschte Gewitterregen durch das schadhafte Dach der Kirche auf die Stirn des Säuglings.

Seine erste Taufe jedoch hatte Duncan Stuart Bigelow, der Sohn des Selkie, gezeugt unter dem Südwind, geboren in der Zeit des Ostwinds, mit den Tränen seiner Mutter erhalten.

Salzig wie das Meer, aus dem sein Vater gekommen war.

৩ II ৫৪

Unter Tigern

1854–1861

*Tiger! Tiger! Flammenpracht,
in den Wäldern finstrer Nacht,
sag: welch unsterblich Aug' und Hand
deine schrecklich' Symmetrie erfand?*

William Blake

Keine zwei Tiger können auf demselben Berg leben.

Aus Kanton

10

Viswanathan bildete sich viel auf sein Wissen über Gold und Steine ein. Mindestens ebenso viel bildete er sich auf seinen Geschäftssinn ein und auf sein Gedächtnis, in dem er nicht nur lange Zahlenkolonnen behielt, sondern auch jedes noch so kleine, noch so unwichtige Detail. Und auf seine Menschenkenntnis.

Aus dem Mann jedoch, der ihm am Tisch gegenübersaß, wurde er nicht schlau. Immer noch nicht, obwohl sie nun schon so oft Geschäfte miteinander gemacht hatten. Gute Geschäfte.

Während vor den Fenstern der Monsunregen herabrauschte, schlürfte Viswanathan geräuschvoll den Tee aus der Untertasse, den sie nach dem Abschluss eines jeden dieser Geschäfte zusammen tranken, und beobachtete verstohlen sein Gegenüber, das an seiner Tasse nippte.

Man musste genauer hinschauen, um zu erkennen, dass sein schlichtes weißes Hemd und die hellen Hosen aus erlesenen Stoffen und von sorgfältiger Hand geschneidert waren. Kunstvoll ziseliert waren auch die Griffe des Dolches und der Feuerwaffe, die in seinem Hosenbund steckten. Ungeachtet dessen, dass er stets von drei bis vier bewaffneten Männern begleitet wurde, die die Kisten ins Haus trugen und dann im Schatten der Veranda teetrinkend und betelkauend darauf warteten, bis ihr Herr wieder aufbrach.

Malaien waren es, so wie er selbst vermutlich; manches an ihm war anders, als Viswanathan es von den Malaien kannte, denen er bislang begegnet war, bis hin zu seinem eigenwilligen Zungenschlag.

Hoch erhobenen Hauptes betrat er jedes Mal das Haus, selbstbewusst, fast überheblich, obwohl er sich Viswanathan gegenüber nie herablassend zeigte. Seine Rede hielt er aufs Nötigste beschränkt; ernst, ohne unfreundlich zu sein, lachte er nie und deutete nur selten so etwas wie ein Lächeln an. Und sobald er über die Schwelle trat, schien er stets den salzigen Hauch des Meeres mitzubringen.

Er war schwer auf ein bestimmtes Alter zu schätzen. Sein Auftreten war das eines Mannes, der viel gesehen und viel erlebt, der es zu etwas gebracht hatte. Schlank und hochgewachsen, bewegte er sich mit der geschmeidigen Kraft jüngerer Jahre. Jung war auch noch sein Gesicht, aber bereits mit Linien von Enttäuschung und Bitternis darin, die ihm auf den ersten Blick einige Jahre mehr aufluden. Ein hartes Gesicht war es, mit einer schweren Kinnlinie und scharfen Wangenknochen. Hart wirkten auch seine Augen, steinern beinahe; nachtschwarz waren sie wie sein kurzgeschnittenes, welliges Haar. Ein Mann, den Frauen offenbar gutaussehend und anziehend fanden. Überaus anziehend sogar, und Viswanathan unterdrückte ein Seufzen.

Schattenmann nannten ihn viele, weil man kaum etwas über ihn wusste, außer, dass er reich war und ein großes Haus hatte. In der Serangoon Road, weit hinter den Viehweiden und Ziegelbrennereien, den Feldern und Bauernhöfen, den Sümpfen und Wäldern. Irgendwo am Fluss, unterhalb der Behausungen der Coolies mit ihren Schweinepferchen und der malaiischen Dörfchen und hinter hohen Bäumen verborgen. Manche erzählten sich, dass die umherstreifenden Tiger sich nie bis an dieses Haus wagten, weil sie die Macht seines Besitzers fürchteten; Viswanathan jedoch hielt das für den Aberglauben schlichter Gemüter.

Ungreifbar und flüchtig war er, verschwand von Zeit zu Zeit

spurlos an Bord seines wendigen Schiffs, um mit Gold und manchmal einer Handvoll Diamanten aus Borneo zurückzukehren, die ihn noch reicher machten. Mit Perlen, Perlmutt und Korallen aus dem Meer. Mit honigleuchtendem Bernstein aus Kalimantan, seltener mit Bernstein aus Sumatra, der golden war, wenn man durch ihn in die Sonne schaute, aber olivgrün, wenn das Licht auf ihn fiel, und für den Viswanathan hohe Preise erzielt hatte. Und zwei Mal hatte er etwas so Seltenes, Kostbares mitgebracht, dass es selbst einem Händler wie Viswanathan, der schon alles gesehen zu haben glaubte, die Sprache verschlagen hatte: Bernstein, blau wie geschmolzener Lapislazuli. Ein gefrorener Tropfen aus dem tiefsten Ozean.

Wie ein Strandräuber kam er Viswanathan dabei vor, der sich ziellos über die Meere treiben ließ und unterwegs einfach aufsammelte, was er im Sand fand.

Dieser Mann, den Viswanathan unter dem Namen Raharjo kannte. Ein Name wie ein Glücksbringer, der Reichtum verhieß.

Puppenspieler nannten ihn andere, weil er längst nicht überall selbst in Erscheinung trat, sondern im Hintergrund die Fäden zog, manchmal über eine lange, verzweigte Kette von Mittelsmännern hinweg. Und nicht wenige waren überzeugt, dass manch ein Faden durch seine Finger lief, wenn wieder einmal eine chinesische Dschunke, ein europäisches Handelsschiff in die Hände von Piraten fiel, die allen Anstrengungen der Briten zum Trotz weiter ihr Unwesen auf den Meeren vor Singapur trieben, Malaien, Bugis, aber zunehmend auch Chinesen.

Wo es ein Meer gibt, gibt es auch Piraten, sagte man in Singapur.

Geräuschlos schob sich die Tür am anderen Ende des Raumes auf. Seine Frau steckte den Kopf herein, bereits einen Anflug von Verärgerung auf ihrem mondrunden, sonst sanftmütigen Gesicht. Sie winkte ihm in einer Geste, die ihre Ungeduld verriet.

Viswanathan unterdrückte abermals ein Seufzen und setzte sein gewinnendstes Lächeln auf.

»Ich weiß, Ihr seid ein vielbeschäftigter Mann ... Aber vielleicht findet ihr dennoch die Zeit, zum Essen zu bleiben? Es wäre meiner Frau und mir eine Ehre, Euch zu Gast zu haben.«

Es entsprach ihm nicht, einen solchen Besuch über den obligatorischen Handschlag zum Abschluss des Geschäfts und die Tasse Tee oder Kaffee danach hinaus auszudehnen. Er legte keinen Wert auf nähere Bekanntschaft mit den Händlern, auf persönliche oder gar freundschaftliche Beziehungen. Seine Waren und der Preis, den er dafür bekam, waren alles, was für ihn zählte; falls jemand ihm sie nur dann abnehmen wollte, wenn er ihm schöntat, bot er sie lieber woanders an.

Dennoch nahm Raharjo diese Einladung Viswanathans an. Vielleicht, weil er es für angebracht hielt, diese für beide Seiten mehr als gewinnbringende Geschäftsbeziehung wenigstens ein einziges Mal zu feiern; vielleicht aber auch, weil er witterte, dass der Händler dabei etwas im Sinn hatte, das über den Erwerb von Perlen und Korallen hinausging, und damit seine Neugierde weckte.

Dafür sprachen auch die unzähligen Schüsseln auf dem Tisch, und dass Viswanathans Frau Sujata, die er noch nicht oft gesehen hatte, ihn ehrerbietig begrüßte und ihm die aufgetragenen Speisen aufzählte.

Reis mit Schalotten, Knoblauch, Cashewnüssen und Rosinen, gewürzt mit Zimt, Koriander und Kreuzkümmel. Reis mit Kurkuma, Reis pur. Ikan Pindang, Huhn in Kokosmilch und Tamarindensaft, scharf durch Chilis und frisch durch Zitronengras. Verschiedenen Fisch, Garnelen, Hummer. Bunte Chutneys und Sambals und Currys. Früchte wie Mango, Nangka, Papaya, Mangostanen.

Ein Festmahl wie für einen Sultan.

»Greift zu, greift zu!« Mit lebhaften Gesten wies Viswanathan auf die dampfenden Schüsseln. »Eine kleine Auswahl aus unserer Küche, in der sich neue und alte Heimat mischen.«

Über die Sträflinge und die kleine Garnison der Sepoys hinaus lebten viele Inder in Singapur: Die *Orang Kling*, nach dem alten Königreich Kalinga, das in früheren Zeiten mit der malaiischen Halbinsel und den Inseln Nusantaras Handel getrieben hatte.

Tausende mussten es inzwischen sein, die meisten aus dem Südwesten, aber auch aus Ceylon und dem Sindh, aus Gujarat und Kerala; Hindus, Muslime, eine Handvoll Christen. Angestellte und Schreiber in den Kontoren der Godowns und der Verwaltung, Arbeiter in den Ziegelbrennereien und auf den Feldern, Viehzüchter und Hirten, Bauern und Handwerker, und die Unberührbaren mischten sich als Coolies unter die Chinesen. Viele eröffneten kleine Läden oder versuchten sich im Handel, und manche wurden reich damit wie Viswanathan.

Besonders augenfällig waren die Chettiars, eine Händlerkaste aus Südindien, mit ihren markanten Gesichtszügen und der dunklen Haut, gegen die der helle Sarong und Schal grell abstachen, oft noch weiße Streifen auf Gesicht, Arme, Brust gemalt. Hier auf der Kling Street hatten sie ihre schmalen Geschäftshäuser, in denen sie Geld an kleine Geschäftsleute, Arbeiter, fliegende Händler und Pflanzer verliehen und davon sehr gut lebten, wie auch in der Market Street, in der Nähe des Marktes von Telok Ayer, dem pulsierenden Herzstück des chinesischen Viertels.

»Als ganz junger Mann bin ich hierhergekommen, nach Singapur. Aus Cuddalore. Über Malakka, wo Verwandte von mir leben. Stammt Ihr von hier? Aus dieser Gegend?«

Raharjo nickte.

»Ah.« Viswanathan lächelte breit, und sein gepflegter graugestromerter Bart, halb verborgen unter der vorspringenden Nase, zitterte vergnügt. »Meine Frau ebenfalls. Aus Johor.«

Er sah zu Sujata hinüber, die sich in einen Winkel des Raumes zurückgezogen hatte, die Stirn mit dem roten Tupfen der verheirateten Frau demütig gesenkt, die Hände vor dem Schoß ihres purpurfarbenen Saris ineinandergelegt.

»Seid Ihr Muslim? Oder Christ?«

»Weder noch.«

Eine Antwort, die Viswanathan zufriedenzustellen schien; zumindest fragte er nicht weiter nach.

Die Tür öffnete sich leise und schloss sich wieder, und ein zarter Duft wie von Rosen wehte zu Raharjo herüber.

»Möchtet Ihr noch Tee, Tuan?« Eine sanfte Frauenstimme neben ihm, jung und zittrig.

Raharjo nickte.

»Meine Tochter Leelavati.«

Für gewöhnlich kümmerte es ihn nicht, wer ihm in diesem Haus den Tee eingoss, meistens irgendein spilleriges Bürschlein, von dem er nicht einmal wusste, ob es stets derselbe war; erst Viswanathans Bemerkung ließ ihn aufblicken.

Mit gesenktem Scheitel und unsicherer Hand schenkte ihm das junge Mädchen nach; die Goldreifen an ihren kräftigen Armen klimperten, während der Tee in einem wackeligen Strahl die Tasse füllte. Der Sari in der Farbe reifer Aprikosen ließ ihre Haut, die kaffeebraun war wie die ihres Vaters, noch dunkler wirken, und obschon der Ausschnitt ihres Choli züchtig gehalten war, ließ das eng anliegende Leibchen frauliche Rundungen erkennen. Ihr Gesicht glich dem ihrer Mutter: rund und flach wie der Mond, mit einem übergroßen, vollen Mund in einem satten Rosenholzton. Die Flügel ihrer breiten Nase bebten, als sie sich verneigte, dabei einige Tropfen verschüttete und sich mit der Kanne in der Hand neben ihre Mutter stellte.

»Habt Ihr auch Kinder?«

Raharjo verneinte.

»Dann werden die Götter Euch und Eurer Frau sicher noch welche schenken.«

»Ich bin nicht verheiratet.«

Nicht mehr.

»Ah.«

Das Strahlen auf Viswanathans Gesicht erhellte den kleinen Raum mit den geweißelten Wänden und dem schweren, dunklen Mobiliar. Er nickte den beiden Frauen zu, die sich auf leisen Sohlen und unter dem Geraschel ihrer Saris entfernten und die Tür hinter sich schlossen.

»Falls ich alter Mann Euch einen Rat geben darf ... Wartet nicht zu lange mit der Ehe. Nicht so wie ich. Als ich noch jung war, verwendete ich all meine Aufmerksamkeit und Kraft auf das Geschäft. Erst fehlte mir die Zeit, mich nach einer Frau umzuschauen, dann fand ich lange keine. Als ich meine Sujata endlich gefunden hatte, waren wir beide nicht mehr die Jüngsten. Lange haben wir auf ein Kind gewartet, und am Ende ist uns nur eine Tochter vergönnt gewesen. Nun bin ich alt und in Sorge, wer nach mir mein Geschäft übernehmen wird. Es einem tüchtigen Schwiegersohn oder einem Kindeskind zu hinterlassen wäre mir bedeutend lieber, als aus Indien einen Neffen oder den Sohn eines Vetters dafür herzuholen.«

Stumm hörte Raharjo ihm zu, bereits vorausahnend, welchen Kurs Viswanathans Rede einschlagen würde.

»Siebzehn ist Leelavati jetzt. Schon längst im heiratsfähigen Alter. Oh, an Bewerbern um ihre Hand mangelt es nicht! Ihr habt sie gesehen, sie ist ein liebreizendes Mädchen! Aber ich muss mit Bedacht vorgehen, was meinen künftigen Schwiegersohn angeht. Vieles muss ich dabei in Betracht ziehen. Nicht zuletzt, weil es natürlich auch um Geld geht.« Er senkte seine Stimme zu einem bedeutungsschwangeren Flüstern. »Viel Geld.«

Seinen erwartungsvollen Blick beantwortete Raharjo mit einem auffordernden Heben der Brauen.

»Leelavati ist gut erzogen. Behütet und zurückgezogen aufgewachsen, wie es sich gehört.« Viswanathans Miene verdüsterte sich. »Ich will allerdings ganz offen zu Euch sprechen. Ich fürchte, wir haben unser einziges Kind zu sehr verwöhnt. Zu nachgiebig sind wir wohl gewesen, wo sie eine starke Hand gebraucht hätte.«

Er fing den Blick auf, den Raharjo ihm zuwarf, und wedelte abwehrend mit den Händen.

»Nicht, was Ihr womöglich denkt! Sie ist ein sittsames Mädchen, von makellosem Ruf und Benehmen. Nur manchmal ein wenig ... eigenwillig.« Er kratzte sich hinter einem seiner abstehenden Ohren. »So hat sie sich in den Kopf gesetzt, Euch zum Mann zu bekommen.«

Raharjo starrte ihn an.

»Sie muss Euch wohl von den Fenstern hier oben aus gesehen haben, wenn Ihr kamt oder gingt.« Beschämt schielte Viswanathan ihn über seine markante Nase hinweg an. »Seitdem liegt sie uns damit in den Ohren, dass sie keinen anderen will als Euch.« Er seufzte. »Ich weiß nicht viel über Euch, aber ich weiß, dass Ihr mir gegenüber immer rechtschaffen gehandelt habt. Dass Ihr ein guter Geschäftsmann seid. Und von untadeligem Leumund. Könnte ich mir einen besseren Mann für meine Tochter wünschen? Noch dazu, wenn ihr ganzes Herz daran hängt? Leelavati wird Euch eine geschickte und verständige Hausfrau sein. Euch viele Söhne schenken. Und sie wird einen großzügigen Brautschatz mit in die Ehe bringen.«

Mit den glänzenden Augen eines gewieften Händlers, der ein besonders lohnendes Geschäft wähnt, setzte er eifrig hinzu: »Was sagt Ihr?«

Raharjo schwieg.

ಶೋಡ

Es war nicht das erste Angebot dieser Art, das Raharjo erhalten hatte, aber mit Abstand das beste: Viswanathan war nicht nur vermögend, sondern dazu noch ein angesehener Bürger der Stadt. So verwurzelt, wie man in Singapur nur sein konnte, mit einem weit verästelten Netz an Beziehungen.

Drei Mal kam er noch zum Essen in die Kling Street, jedes Mal saßen Sujata und Leelavati mit am Tisch, ohne mitzuessen. Schweigend, mit gesenkten Lidern und glühenden Wangen das Mädchen, ein kaum verhohlenes glückliches Lächeln auf den Lippen. Redseliger und neugieriger ihre Mutter, die vor allem erleichtert schien, dass im Haus in der Serangoon Road keine Schwiegermutter auf ihre Tochter warten würde.

Raharjo kam nicht mehr oft an den Kallang River. Nicht, seit auch seine jüngste Schwester geheiratet und sich irgendwo auf der Insel niedergelassen hatte, wie fast alle Orang Laut seines Stammes nach und nach vom sesshaften Leben der Malaien aufgesogen wurden wie Wasser von einem unglasierten Ziegelstein. Nicht, seit sein Vater im vergangenen Jahr gestorben war, friedlich, an Bord seines Bootes, was Raharjo kaum berührt hatte. Wie ihn kaum noch etwas berührte.

Unangenehm waren ihm die Fragen seiner Mutter, seines jüngeren Bruders und dessen Frau, wann er endlich seine Braut mitbrächte, ob sie nicht endlich ein Kind erwarteten. Er schämte sich, zugeben zu müssen, wie sehr er getäuscht worden war.

Er wollte nicht von Nilam erzählen, die ihn an der Nase herumgeführt hatte wie einen Fisch, dem man mit Federn eine Mücke vorgaukelte, und ihn damit fing. Nicht von Georgina, der schönen weißen Frau, die ihn verraten und ihm kaltblütig das Herz herausgerissen hatte. Es kränkte ihn in seinem Stolz, dass sie das Geld nicht nahmen, das er ihnen geben wollte, weil sie nach wie vor vom Tauschhandel lebten, es gegen ihre Ehre als Orang Laut verstieß, sein Geld zu nehmen, für das sie ihm nichts zurückgeben konnten. Erst jetzt, so viele Jahre später, bekam er zu spüren, dass er seiner Wurzeln verlustig gegangen war, indem er in eine andere Richtung wuchs als seine Brüder, seine Schwestern.

Es war Zeit, eine eigene Familie zu gründen.

Als Viswanathan zu guter Letzt noch etwas mehr zum Brautschatz dazugab, Raharjo schulterzuckend zustimmte, dass Leelavati weiter ihren Glauben frei ausüben und die zu erwartenden Kinder als Hindus erziehen durfte, war man sich einig, und die beiden Männer besiegelten die Verlobung mit einem entschlossenen Händedruck.

Ein Astrologe wurde geholt, der das Horoskop des Paares erstellen und einen günstigen Tag für die Vermählung bestimmen sollte. Was bei Raharjo schlichtweg nicht möglich war, da er weder das genaue Jahr kannte, in dem er geboren worden war, geschweige denn Monat oder Tag oder gar die Stunde. Nur die Jahreszeit und den Ort: in der Zeit des Nordwinds, in einem Boot östlich der Küste Singapurs.

Der Astrologe stöhnte und schimpfte, schätzte und rechnete und präsentierte schließlich für viel, viel Geld ein Horoskop voll ehelicher Harmonie, Glück und Kindersegen. Für die Hochzeit empfahl er einen besonders verheißungsvollen Tag: in der Zeit des Ostwinds, im Monat Pankuni des tamilischen Kalenders, dem April.

Die Nacht war still.

Nur der Wind war zu hören, der durch die Blätter der hohen Bäume raunte, die er hatte stehen lassen, der Setzlinge, die er im noch jungen Garten hatte pflanzen lassen. Drei neue waren frisch hinzugekommen, von Feige, Banyan und Neem, für die drei Gottheiten Shiva, Vishnu und Shakti.

Leise murmelte der Fluss jenseits des Gartens, sprudelte munterer die Anlegestelle aus Stein und Holz entlang, die er für sein Boot hatte bauen lassen. In den feuchten Wiesen schnalzten gedämpft die Ochsenfrösche, und irgendwo über seinem Kopf keckerte ein Gecko im Gebälk der Veranda.

Ein großes Haus hatte er sich gebaut, beinahe so groß wie der Istana, der Palast des Sultans von Johor.

Blendend weiß waren die hohen, weiten Räume auf beiden Stockwerken, mit dunklem, glänzend poliertem Holz für Böden, Balken und Treppen, schlicht und sparsam eingerichtet, fast spärlich. Ein Haus, durchflutet von einem Licht, das gewichtslos war, zart eingefärbt vom Grün der Bäume und Sträucher und flirrend in den Sonnenstrahlen, die auf dem Wasser funkelten. Ein luftiges Haus, durchzogen vom Atem des Flusses, einer Ahnung des nahen Meeres. Von Flügelschwirren und Vogelgesang, dem Knistern der schillernden Libellen.

Kulit Kerang hatte er sein Haus genannt. Wie sein Schiff. *Muschelschale*.

Eine köstliche Stille war es in dieser Nacht, wohltuend nach dem Trubel der vergangenen vier Tage.

Ein rauschendes Fest war diese Hochzeit gewesen, im über und über geschmückten und zur Kling Street hin mit einem Pandal, einem Baldachin aus Seide und Blumenschmuck, versehenen Haus der Braut. Halb Singapur hatte Viswanathan eingeladen, zumindest den indischen Teil, und viele Chinesen. Raharjos Gäste, eine Handvoll seiner besten Männer, Orang Laut wie er, hatten sich in dieser lärmenden, feiertaumeligen Menschenmenge vollkommen verloren.

Vier Tage, die von früh bis spät mit feierlichen Ritualen und Gesten angefüllt waren und am Abend des vierten Tages in einer großen Zeremonie ihren Höhepunkt fanden. Nach rituellen Waschungen, Opfergaben und Anrufungen der Götter hatten Braut und Bräutigam einander prächtige Kleidungsstücke überreicht, hatte Raharjo seine Braut vom Schoß ihres Vaters übernommen. Blütengirlanden hatten sie einander um den Hals gelegt, und gemeinsam waren sie sieben Mal ums Feuer geschritten, später dann in einem festlichen Zug mit einem offenen, blumengeschmückten Wagen quer durch die Stadt gefahren, von der Kling Street über den Singapore River bis hierher.

Sein Kopf schwirrte von den monotonen Gesängen und Gebeten in einer Sprache, die er nicht verstand, von einer schrillen, scheppernden Musik, die ihm in den Ohren schmerzte. Von all den Stimmen, dem schallenden Lachen und Händeklatschen und dem Lärm, den viele Menschen auf engem Raum verursachten. Vom Glitzern und Funkeln von Gold und geschliffenen Edelsteinen, den leuchtenden Farben von Rot und Gelb und Weiß. Den verschwenderischen Mustern überall, die ihm Schwindel verursacht hatten.

Übel war ihm von all dem Räucherwerk und Blütenduft, von den intensiven Gerüchen nach Safran und Kurkuma, von den Ausdünstungen vieler Leiber und von Panaham, Wasser mit Rohrzucker, Kardamom und schwarzem Pfeffer, das das Brautpaar gemeinsam getrunken hatte.

Er sehnte sich nach der Ruhe des offenen Meeres. Nach dem Rauschen der Wellen und des Windes, das eins war mit seinem Herzschlag, seinem Atem. Nach der klaren, frischen Luft an Deck und nach endloser, einsamer Weite.

Danach, nicht von der Erinnerung an eine andere Hochzeit gemartert zu werden.

Eine Hochzeit unter dem Wind, in einem Boot zwischen kühlem Meer und freiem Himmel. Blut und Nässe und Fischschuppen unter den Händen und die weiche, hellgoldene Haut einer Frau, die sich ihm für immer versprochen hatte.

Leelavati wartete bereits auf ihn. In dem Zimmer im oberen Stockwerk, in dem sie von nun an als Mann und Frau beieinanderliegen würden.

Auf der Kante des breiten Brautbetts saß sie, ihr schwarzes Haar glänzend über ihre Schultern ausgebreitet. Sie schrak zusammen, als er eintrat. Ihre Hand, wie die Füße von filigranen Ornamenten aus Henna geziert, flog zum Ausschnitt ihres rotseidenen Morgenrocks und zog ihn enger zusammen, und die Reifen in Rot und Silber, die ihre Arme bis fast zu den Ellbogen hinauf bedeckten wie der Teil einer Rüstung, klirrten scharf. Dabei lächelte sie jedoch, und ihre dunklen Augen strahlten.

»Heute ist der glücklichste Tag in meinem Leben«, hauchte sie.

Wenig hatten sie miteinander gesprochen in den Wochen seit der Verlobung, kaum mehr als ein paar Sätze.

Ist es dir recht, wenn ich eine Frau einstelle, die für dich da ist, oder bringst du jemanden von zu Hause mit?

Oh, das wäre mir sehr recht, vielen Dank!

Würde es dir etwas ausmachen, wenn ich in einem Winkel des Hauses einen Schrein aufstelle? Ist auch ein ganz kleiner, vielleicht fällt er dir nicht einmal so sehr ins Auge.

Wie du willst.

Er wünschte, sie würde aufhören, ihn auf diese Weise anzuschauen. Als wäre er ein Prinz, von einer Wolke herabgestiegen, die Jungfrau vor einem Ungeheuer zu erretten. Ein Jungmädchentraum, zu Fleisch und Blut geworden. Und dennoch erwachte in ihm der Hunger, ihren jungfräulichen Leib zu besitzen.

Er drehte ihr den Rücken zu und zog sich das lange, bestickte Hemd über den Kopf.

»Soll ... soll ich mich auch entkleiden?«, wisperte es hinter ihm. »Und hinlegen?«

Er spürte, wie ihm der Schweiß ausbrach. Eine solche Hochzeitsnacht war etwas anderes als seinem Begehren auf irgendeiner Insel nachzugeben. Mit einem Mädchen, einer Frau, die ihm fremd war und es auch bleiben würde. Die ihm fernblieb, auch wenn er sich körperlich in ihr verlor, für wenige, viel zu kurze Augenblicke eines lustvollen Rausches. Eines Vergessens, das linderte, aber nicht zu heilen vermochte.

Es hatte viele davon gegeben, in den letzten vier Jahren.

»Wie du willst.«

Ein dumpfes Pochen kroch ihm den Nacken hinauf, in Richtung seines Schädels.

Er hörte es rascheln und drehte sich um. Den Morgenrock mit beiden Händen zusammengeklammert, hatte sie sich auf dem Bett ausgestreckt und lächelte ihm entgegen, Aufregung und Angst, vor allem aber erwartungsvolle Sehnsucht im Blick.

»Soll ich das Licht löschen?«, fragte er und stieg auf das Bett.

»Wie du es lieber hast.«

Er zögerte. Die Götterstatue auf dem Tischchen neben dem Bett entschied schließlich für ihn. Sujata hatte sie heute Abend mit ins Haus gebracht, bevor sie sich tränenreich von ihrer Tochter verabschiedete. Ein hässlicher Kobold von blauer Hautfarbe, einen selbstzufriedenen Ausdruck auf dem Gesicht.

Das Licht verlosch, Nacht füllte den Raum.

Er schlüpfte aus seinen Hosen und schlug ihren Morgenrock auseinander, beugte sich über sie. Der Duft der ausgestreuten Jasminblüten mischte sich mit dem ihres Haares, nach Rosenöl und Sandelholz. Mit dem schweren, würzigen ihrer Haut, wie tief aufgewühlte, feuchte Erde, und das Pochen in seinem Kopf wurde stärker.

Nur kurz streifte sein Mund über ihren; er mochte es nicht, wie willig ihre Lippen sich unter seinen öffneten. Ihre Brüste waren voll und schwer unter seinen Händen, ihre Taille schmal, und ihr strammer kleiner Bauch, ihre runden Hüften liefen in ein weiches Vlies aus, unter dem eine leise Glut schwelte.

Sie zitterte, atmete schwer, streichelte unbeholfen über seine Schulter und murmelte etwas, das lockend klang.

Etwas riss in ihm. Ein roter Blitz, der hinter seinen Augen aufflammte. Hunger, der in eine triebhafte Gier umschlug.

Grob packte er ihre Hand und drückte sie auf das Laken, zwängte ihre Schenkel auseinander und stieß in sie hinein. Er genoss es, als ihr Jungfernhäutchen riss, wie sie sich verkrampfte und aufschrie, genoss das Reiben, das Scheuern. Berauschte sich an seiner eigenen Gewalt und brüllte auf, als sich dieser Rausch in einer grellen Explosion entlud.

Keuchend ließ er sich auf die andere Seite des Bettes fallen. Funken pulsierten hinter seinen Augen, schmerzhaft hämmerte es in seinem Schädel, und erst ein schwarzer, bleischwerer Schlaf brachte Erleichterung.

Unbeweglich starrte Leelavati in die Dunkelheit, zwischen ihren Beinen aufgeschürft und wund, klebrig von Samen und Blut. Ihre Träume zerdrückt wie die Blüten unter ihr, ihr Herz zertreten. Bis sie die Kraft aufbrachte, sich umzudrehen und leise in ihre Kissen zu weinen.

II

Der Palanquin bremste scharf in der überdachten Auffahrt.

Paul Bigelow sprang heraus und bezahlte den *syce*, dessen braunrunzliges Gesicht grimmig verzogen und schweißgebadet war, bevor er in langen Schritten die Stufen hinaufeilte. Hinter ihm trabte das Pferd an, und in einer Wolke aus rotem Staub rollte der gemietete Wagen davon.

»Willkommen zu Hause, Tuan Bigelow.«

Boy One ließ sich nicht anmerken, wie überrascht er von seiner verfrühten und unerwarteten Rückkehr sein musste; vielleicht wusste er es schon, manche Neuigkeiten verbreiteten sich schneller als Blütenpollen in der Luft.

Die Miene des Hausdieners zeigte auch keine Regung, als Paul ihm das Gewehr hinhielt.

»Bring das bitte ins Arbeitszimmer und leg es auf die Kommode hinter der Tür.

»Jawohl, Tuan!«

»Jati soll anspannen, in den Godown fahren und dort auf Tuan Findlay warten, gleich wie lange es dauert. Und sag ihm, er soll auf sich aufpassen, in der Stadt ist die Hölle los.«

»Sehr wohl, Tuan.«

Paul zwang sich, langsam und leise zu gehen, während er die Halle durchquerte; er wollte sich die Freude nicht nehmen lassen. Auch an einem Tag wie diesem nicht.

An der Tür zur Veranda blieb er stehen, lehnte sich mit verschränkten Armen gegen den Türrahmen und spähte hinaus. Ein Lächeln schien auf seinem Gesicht auf.

Das war das Beste an jedem Tag: nach Hause zu kommen.

Er mochte die Arbeit in der Firma, den Umgang mit Waren, Listen und Zahlen; süchtig war er nach dem Nervenkitzel des Wettlaufs um die besten Handelsgüter, den besten Preis. Nach der kribbelnden Anspannung während der Verhandlungen und dem Triumph danach und nach dem Druck, Kauf, Verkauf, Verschiffung so schnell, so dicht nacheinander wie möglich abzuwickeln. Doch es bedeutete ihm nichts, verglichen mit dem Gefühl absoluten Glücks, das ihn jeden Tag hier erwartete, sobald er nach Hause kam.

Er war stolz darauf, als einer der wenigen Männer der Stadt eine Frau zu haben, noch dazu eine wie Georgina, genoss die neidischen, die bewundernden Blicke, wenn er sie, elegant frisiert und in einem feinen Kleid, an seinem Arm ausführte. Zu einem Dinner, in ein Theaterstück in die Assembly Rooms am Fuß des Government Hill oder wie jüngst erst im Februar, als die Stadt in ebendiesem Saal ihre Gründung vor fünfunddreißig Jahren mit einem Ball des Gouverneurs feierte. Zum Pferderennen auf der Rennbahn jenseits der Serangoon Road, einen hübschen Hut auf ihrem hochgesteckten Haar, zum Freiluftkonzert auf der Esplanade und der alljährlichen Regatta am Neujahrstag. Oder einfach nur sonntags zum Gottesdienst, der nach dem Abriss der einsturzgefährdeten Kirche von St. Andrew's teils in der alten Mission Chapel in der Bras Basah Road abgehalten wurde, teils im ebenfalls schon alten und erneuerungsbedürftigen Gerichtsgebäude zwischen High Street und dem Ufer des Singapore River.

Doch am liebsten sah er sie so: in Sarong und Kebaya.

Die bloßen Füße mit den eingestaubten Sohlen von sich gestreckt und ihr Haar zu einem nachlässigen Zopf zusammengebunden, sah Georgina mit zweiundzwanzig noch immer aus wie ein junges Mädchen. Nicht wie die Mutter zweier Söhne, die mit ihr und Cempaka auf den Holzbohlen der Veranda saßen. In eins der Spiele waren sie vertieft, mit denen Georgina die Tage der Kinder füllte, mit Geschichten und Phantasiewelten, die Paul ahnen ließen, wie Georgina ihre Kindheit hier auf L'Espoir wohl verbracht hatte.

Duncans dunkler, fast schwarzer Schopf beugte sich über das Haus, das er gerade errichtete, dann hob er den Kopf und deutete auffordernd auf eine Ecke der Hausmauer. Halb auf Cempakas Schoß und von ihrer Hand geführt, stellte der kleine David den Bauklotz, den er zuvor schon ungeduldig in der Faust geschüttelt hatte, dort ab. Die Zunge angestrengt auf die Oberlippe geheftet, lösten sich seine Finger. Als er begriff, dass der Klotz stehenbleiben würde, kiekste er auf und klatschte in die Hände. Ein glückliches Strahlen auf dem Gesicht, grapschte er sich den nächsten Klotz, den sein Bruder ihm hinhielt.

Pauls Lächeln vertiefte sich, als er Georgina beobachtete, wie sie mit ihren Söhnen sprach und wie ihre Augen dabei leuchteten. Sofern das auch nur möglich war, schien ihm Georgina mit der Geburt von David vor etwas über einem Jahr noch schöner geworden zu sein. Bereits in der Schwangerschaft, die so viel sanfter verlief als die erste, Georgina geradezu aufblühen ließ, hätte er ganze Tage mit ihr im Bett zubringen können. Die Arme um ihren wachsenden Leib geschlungen und die Bewegungen des Kindes unter seinen Händen. Das Gesicht in Georginas Haar vergraben und den Duft ihrer Haut einatmend, diesen Duft nach dem rauen Gras des Gartens und wie die Luft kurz vor einem nächtlichen Gewitter.

Zuweilen fühlte er sich schuldig, dass er sein Begehren auslebte, wann immer ihm danach war, obwohl er sehr wohl merkte, dass ihr nichts daran lag. Schuldig, obwohl er wusste, dass es sein gutes Recht war als ihr Ehemann. Er gab sich Mühe, sacht zu sein mit ihr, sich Zeit zu lassen, vielleicht doch noch etwas zu finden, das ihr daran gefallen mochte.

Und beruhigte unterdessen sein schlechtes Gewissen, indem er ausgefallene und teure Spielsachen für die Kinder kaufte. Ein Schmuckstück für Georgina, einen neuen Hut. Geschenke, über die sie sich ehrlich zu freuen schien, am meisten über die Bücher, die er für sie kommen ließ, und über das klebrigsüße Zuckerzeug, das er ihr aus dem chinesischen Viertel mitbrachte.

Einen Fehlgriff hatte er allerdings mit dem Kakadu in seinem Käfig getan, bei dem ihm schließlich nichts anderes übrig geblieben war, als sich von Jati ins Innere der Insel fahren zu lassen und den Vogel dort freizulassen. Die glänzenden Augen, mit denen Georgina dem davonflatternden Kakadu nachgeblickt hatte, wie sie ihm dann um den Hals gefallen war und mit einem geflüsterten Danke seine Wange geküsst hatte, war dennoch jeden einzelnen Penny wert gewesen.

Georgina war ihm in der Hitze Singapurs wie eine kühle Meeresbrise, die ihn durchatmen ließ. Bei der er zur Ruhe kam.

Das Lächeln auf seinem Gesicht verlosch. Es widerstrebte ihm, diese Idylle zu zerstören, er wollte diesen Moment so lange hinauszögern wie möglich; seit ein paar Stunden verstand er, wie Gordon Findlay damals seine kleine Tochter entwurzeln und in die Fremde schicken konnte.

Georginas Augen, die durch den Garten wanderten, dann über die Veranda, entdeckten ihn schließlich in seinem verborgenen Winkel.

Eine feine Röte zeichnete sich auf ihren Wangenknochen ab, dann lächelte sie ihm entgegen. »Hallo.«

Die beiden Kinderköpfe ruckten hoch.

»Papa!«

David ruderte mit beiden Armen, und der Bauklotz flog in hohem Bogen davon. Cempaka half ihm aufzustehen; die grossen blauen Augen funkelnd vor Aufregung und Glück, patschte er in schnellen, noch ein wenig wackeligen Schritten auf seinen Vater zu, der in die Knie ging und seinen Sohn in den ausgebreiteten Armen auffing.

»Hallo, mein Kleiner«, murmelte er in das seidige Blondhaar des Jungen hinein, einmal mehr berührt von diesem kleinen, stets fröhlichen Menschen, der ihn mit so viel Liebe überschüttete.

Seinen Sohn auf dem Arm, trat er hinaus auf die Veranda und liess sich neben Georgina nieder, küsste sie auf die Wange.

»Hallo, meine schöne Fee.«

Er sah Duncan an, der sich mit zusammengezogenen Brauen an seine Mutter drückte, seine Haut in genau demselben hellen Goldton wie ihre, sein scharf geschnittenes Gesicht eine kühne Abwandlung von Georginas Zügen.

»Bekomme ich kein Hallo von meinem Grossen?«

Duncans Stirn glättete sich, und er kam auf ihn zu, ein kaum sichtbares Lächeln um seinen vollen Mund.

Paul tat sich schwer mit dem Jungen, auch wenn er manchmal vergass, dass ein anderer Mann ihn gezeugt hatte. Vielleicht weil Duncan so scheu war, so bedächtig, langsam geradezu und wenig sprach.

Lange war er überzeugt gewesen, der Junge sei zurückgeblieben, aber das war er nicht. Im Gegenteil: Duncan verblüffte ihn immer wieder damit, was er schon alles wusste und verstand, und mit den klugen Fragen, die er aus heiterem Himmel stellte, bevor er wieder in Schweigen verfiel. In diese andächtige, tiefgründige Ruhe, die Paul bei einem noch so kleinen Kind befremdlich, beinahe unheimlich fand.

Es mochte auch daran liegen, dass Duncans unkindlich ernste Miene nur selten Einblicke in das erlaubte, was in ihm vorgehen mochte, und an seinen irritierend grauen Augen, manchmal wie Quecksilber, manchmal wie Granit. Oder daran, dass der Junge zuweilen aufbrausend reagierte, sich in Zornausbrüche hineinsteigerte und Paul hilflos zusehen musste, wie es niemand anderem als Georgina gelang, ihn wieder zu beruhigen, nur indem sie ihn berührte, ihm in die Augen schaute und leise auf ihn einredete.

Aber in seltenen Momenten wie diesem, als Duncan sich an ihn drückte, das Gesicht in seiner Halsbeuge vergrub, er ihm über Kopf und Nacken strich und der Junge selig aufschnaufte, spürte er, wie viel Vertrauen und Zuneigung ihm dieses Kind entgegenbrachte; dann war Duncan ganz und gar sein Sohn.

Georgina rutschte näher und streichelte Duncan über den Rücken, lehnte sich dann gegen Pauls Schulter. Eine dieser kleinen Gesten, die sich in der letzten Zeit eingeschlichen hatten. Wenn sie ihn bei der Hand nahm, sich in seine Armbeuge schmiegte oder gar einen Kuss von ihm erwiderte, kam sie ihm vor wie eine Knospe, die halb verdorrt zu lange im Schatten ausgeharrt hatte und sich unter Regen und Sonne langsam und zögerlich öffnete. Und nährte damit seine Hoffnung, dass sie ihn vielleicht doch noch irgendwann liebgewann.

Sie blinzelte zum Himmel hoch, zur Sonne hin.

»Du bist heute früh zurück.«

Beunruhigt sah Georgina zu, wie Cempaka auf Pauls Bitte hin David auf den Arm hob und die Kinder ins Haus brachte. Der Blick, den Duncan ihr an der Hand seiner Ayah zuwarf, fragend, fast ängstlich, schnitt ihr ins Herz.

»Ist etwas passiert?«, flüsterte sie und sah unwillkürlich zum Haus hin. »Ist ... ist etwas mit Vater?«

»Keine Sorge. Deinem Vater geht es gut. Er kommt bald nach.« Er legte den Arm um ihre Schultern und zog sie an sich. »Es hat heute Mittag in der Stadt einen Zwischenfall gegeben. Zwei Chinesen gerieten über eine Nichtigkeit in Streit. Über den Preis für eine kleine Menge Reis oder etwas in der Art. Das hat Neugierige angezogen, sich dann schnell zu einer Massenprügelei hochgeschaukelt und auf ganze Viertel ausgeweitet. Überall sind Steine durch die Gassen geflogen, gingen die Männer mit Stöcken und Messern aufeinander los. Buden und Läden wurden demoliert und geplündert. Das Militär versucht gerade, der Unruhe Herr zu werden.«

»Und da hast du meinen Vater allein im Godown gelassen?«

Ihre Augen schlugen Funken, und Paul musste grinsen; als sie sich losmachen wollte, hielt er sie unnachgiebig fest.

»Ich bin nicht annähernd ein solcher Schuft, wie du glaubst. Dein Vater wollte eigenhändig darüber wachen, dass im Kontor alles Wertvolle und Wichtige hinter Schloss und Riegel kommt und der Godown verrammelt wird. Und dass seine Angestellten und Arbeiter in Sicherheit sind. Mich hat er hierher geschickt, damit ich meine Frau und meine Kinder beschützen kann.«

Er drückte einen Kuss auf Georginas glühende Wange.

»Morgen ist bestimmt alles schon wieder vorbei.«

ஐ

Eine ruhige Nacht war Singapur noch vergönnt.

Eine Nacht, in deren Dunkelheit sich die Chinesen zusammenrotteten und mit allem bewaffneten, was als Waffe taugte, um bei Tagesanbruch loszuschlagen.

Chinesen, die aus Kanton stammten gegen Chinesen aus Fukien und Amoy, viele davon noch kampfesdurstig wie gereizte Raubtiere, nachdem sie gerade erst nach Singapur geflohen waren. *Sinkehs*, Neuankömmlinge, aus einem China, das sich in der nicht enden wollenden Taiping-Rebellion selbst zerfleischte. Teochew gegen Hokkien: Der Graben zwischen den beiden chinesischen Dialekten, immer spürbar, immer sichtbar, riss die

Insel auseinander. Klaffte weiter auf, weil es zu wenig Arbeit gab und zu wenig, zu teuren Reis, und dieser Graben füllte sich mit Scherben und Trümmern, Feuer und Blut.

Die Handvoll Ordnungshüter der Stadt stand diesem Ausbruch an Gewalt hilflos gegenüber. Das Militär musste einspringen und die Besatzung der vor der Küste ankernden Kanonenboote. Siebzig Männer, ein großer Teil der europäischen Bevölkerung, schlossen sich zu einer freiwilligen Schutztruppe zusammen; sogar der Sultan von Johor schickte schließlich zweihundert seiner Krieger, und mächtige Towkays wie Tan Kim Seng und abermals Seah Eu Chin bemühten sich um Vermittlung.

Die Zorneswogen waren jedoch nicht zu glätten, schaukelten heftig auf und ab, rollten von der Stadt in die ländlichen Gebiete des Landesinneren hinein, nach Paya Lebar, Bedok und Bukit Timah und wieder zurück, ohne sich dabei zu erschöpfen.

Angstvolle, nervenzerreißende Tage waren es in diesem Mai, während die Chinesen Singapurs randalierten, plünderten und einander niedermetzelten. Ah Tong und die drei Boys schlichen wie geprügelte Hunde durch den Garten und das Haus, beschämt über ihre Landsleute und voller Sorge, was ihre Herrschaft nun von ihnen denken mochte.

Georgina wischte sich über die nasse Stirn und sah zum Himmel hinauf, der milchigweiß schwitzte. Eine drückende Stille lastete über dem Garten. Nur das Meer gurgelte unruhig jenseits der Mauer; bald würde es wieder ein Gewitter geben.

Gleichmäßig schaukelte sie die Hängematte vor und zurück, die Ah Tong für den neugeborenen und anfangs oft stundenlang brüllenden Duncan an den Deckenbalken der Veranda befestigt hatte; jetzt war es David, der mit lockeren Gliedern und offenem Mund darin schlummerte. Dieses Kind, das in seinem Äußeren, seinem Wesen so sehr Paul glich, als wäre Georgina nur das

Gefäß gewesen, um es zur Welt zur bringen, und nichts weiter. Vielleicht, weil sie so wenig dabei empfunden hatte, als sie beide dieses Kind zeugten, wie sie manchmal dachte.

Cempaka, die ihn sonst in den Schlaf wiegte und über ihn wachte, hatte sie fortgeschickt und gehofft, die eintönigen Bewegungen würden sie beruhigen. Doch bei jedem Knacken in den Bäumen, jedem Rascheln und Knistern fuhr sie zusammen.

»Keine Angst«, ließ sich Gordon Findlay vernehmen. »Hier sind wir sicher. Wir Europäer hier in der Beach Road sind für diese Unruhestifter vollkommen uninteressant.«

Georgina sah zu ihrem Vater hinüber, der in Anzug und Weste bei einer Tasse Tee am Tisch saß und sich durch die *Straits Times* blätterte.

»Wie kannst du nur so ruhig bleiben?«

»Das ist eben Singapur.« Er warf ihr einen nachsichtigen Blick zu. »Wenn du in geordneten, allzeit sicheren Verhältnissen leben willst, hättest du in England bleiben müssen.«

Nüchtern klang er dabei, ohne einen Vorwurf oder auch nur die Spur einer Schärfe in der Stimme; die Geburten seiner Enkelsöhne hatten Gordon Findlay versöhnlich gestimmt, fast milde.

Georgina blutete das Herz bei der Vorstellung, wie die Chinesen der Stadt miteinander im Krieg lagen.

Sie dachte an die Gassen und Straßen, in denen sich unter den geschwungenen Dächern ein Lädchen an das nächste reihte, in denen man vom Taschenmesser über Schraubenzieher bis hin zum Schießpulver alles bekam. Die unterschiedlichsten Teesorten und Kräuter, Zuckerzeug, Porzellan und Glas und Korbwaren. Straßenhändler boten Wasser an, Zuckerrohr zum Naschen und Stücke von Ananas, Mango und Jackfruit; mobile Garküchen verkauften Suppe, Krebsfleisch, Reis und Gemüsegerichte. Schreiber verfassten gegen Geld Briefe in die alte Heimat oder lasen dem Empfänger ebensolche vor, und die Barbiere hatten immer alle Hände voll zu tun: die Köpfe der Chinesen bis auf den allgegenwärtigen langen Zopf kahl zu scheren, Bärte zu rasieren und zu stutzen und die Ohren mit allerlei Pinzetten, Stäbchen und Bürstchen zu säubern.

Ihre Gedanken wanderten zu Poh Heng, ihrem Schuhmacher, und zu ihrem Schneider Ah Foo Mee, mit dem sie über einer Tasse Tee die Modemagazine studierte, die Tante Stella nach Singapur schickte, damit er Georgina ein neues Kleid zauberte. Ihr feines Briefpapier kaufte Georgina ebenfalls in einem dieser chinesischen Läden, wenn sie mit Kartika hinfuhr.

Manchmal bat sie Ah Tong, sie zu begleiten, unter dem Vorwand, vielleicht einen Übersetzer zu benötigen. Tatsächlich aber, weil das Strahlen auf seinem Gesicht sie glücklich machte, wenn er sich unter seine Landsleute mischen konnte, hierhin grüßte, dort ein Schwätzchen hielt, irgendwo bei einer Tasse Tee auf sie wartete oder auf einen Sprung in den Tempel von Thian Hock Keng ging, den Tempel des Himmlischen Glücks, der auf das Meer hinaussah, um unter den geschweiften, drachengekrönten Dächern aus roten und grünen Ziegeln zu seinen Göttern zu beten.

Ihr Herz verfiel in einen angstvoll stolpernden Takt.

»Ich habe Angst, dass Paul etwas zustößt«, flüsterte sie.

Seit zehn Tagen tobten die Unruhen in Singapur, und seit neun Tagen war Paul Bigelow als Teil der freiwilligen Schutztruppe in der Stadt unterwegs. Nur für einige wenige Stunden bleischweren Schlafs, ein Bad und eine schnelle Mahlzeit kam er zwischendurch nach L'Espoir, verschwitzt, staubig und müde, eine Erschöpfung, eine Härte im Blick, die verrieten, was seine Augen gesehen hatten.

»Brauchst du nicht«, entgegnete Gordon Findlay. »Er ist körperlich stark und auch sonst auf dem Quivive. Dem passiert so leicht nichts.«

Er schwieg einen Augenblick.

»Einen guten Mann hast du dir da ausgesucht.«

Ein seltenes, unerwartetes Lob, und Georgina wurde es warm ums Herz.

»Ja, das ist er.«

Die kohlschwarzen Brauen ihres Vaters zogen sich zusammen, und geräuschvoll blätterte er die Zeitung um.

»Sieht man einmal von dem Fiasko mit der Plantage ab. Ich hatte ihm gleich gesagt, dass das nichts wird. Wir sind schließlich Kaufleute und keine Pflanzer. Daran sind schon ganz andere gescheitert. So wie Balestier, der amerikanische Konsul seinerzeit, mit seiner Zuckerrohrplantage. Damals, in den Dreißigern.«

Gambir und Pfeffer, zwei Pflanzen, die sich in ihrem Wuchs und Ertrag gegenseitig förderten und sich für gutes Geld verkaufen ließen, hatten sich in den letzten Jahren in die Dschungel im Herzen der Insel hineingefressen, und nicht wenige chinesische Pflanzer waren mit ihren Plantagen reich geworden.

Lange hatte Paul sich mit dem Gedanken getragen, ebenfalls in dieses Geschäft einzusteigen. Zu lange; als er kurz nach Duncans Geburt mit Firmenkapital endlich eine Plantage erwarb, begann sich bald danach abzuzeichnen, dass die Erdkrume der Insel zu dünn war für eine dauerhafte Kultivierung der Pflanzen. Nach zehn, höchstens fünfzehn Jahren hatten Gambir und Pfeffer den Boden erschöpft, war er allenfalls noch für den Anbau der anspruchslosen Ananas zu gebrauchen. Die Plantagen wanderten auf die malaiische Halbinsel ab, die besseren Boden bei gleichwertigem Klima bot und dazu noch wesentlich mehr Raum als die kleine Insel von Singapur, und der Preis für Gambir sackte in die Tiefe.

»Warum hast du ihm dann erst das Geld dafür gegeben?«

Eine seiner Brauen hob sich.

»Wie soll er denn sonst lernen, Risiken einzuschätzen? Er ist ein heller Kopf und weiß eine Menge, hat schon viel Erfahrung gesammelt, seit er hier ist. Aber noch nicht genug. Nicht genug, dass ich die Firma guten Gewissens in den nächsten Jahren nach und nach in seine Hände geben könnte. Außerdem«, er trank einen Schluck Tee, »sind wir so zu einem guten Stück Land gekommen. Das wird nicht schlecht. Das kann man immer mal gebrauchen.«

Duncan hatte vor geraumer Zeit schon darin innegehalten, an seinem Turm aus Bauklötzen weiterzubauen, und stattdessen aufmerksam seiner Mutter und seinem Großvater zugehört. Er legte den Klotz, den er noch in der Hand hielt, beiseite und tapste auf bloßen Füßen zu Gordon Findlay hinüber.

Georgina verbiss sich ein Auflachen. Wie der Junge dastand, kerzengerade und beide Füße fest auf dem Boden, die Arme hinter dem Rücken verschränkt, war er das Ebenbild seines Großvaters.

Gordon Findlay musterte seinen Enkelsohn. »Möchtest du mit mir Zeitung lesen?«

Duncan deutete ein Nicken an.

»Na dann.«

Gordon Findlay hob ihn auf sein Knie und begann, ihm vorzulesen, unterbrach sich dabei immer wieder, um etwas zu erklären oder zu erzählen. Ihm, dem sonst die Arbeit das Lebenselixier war, schien es nichts auszumachen, dass er die Firma vorsorglich geschlossen hielt; vielmehr schien er die Zeit zu genießen, die er auf L'Espoir mit seinen Enkeln verbringen konnte.

David gab einen kleinen Laut von sich, zog blinzelnd eine Grimasse und rieb sich mit dem Handrücken über das Gesicht. Georgina streichelte seine Wange und setzte die Hängematte wieder in Bewegung. Ein Lächeln zuckte um seinen rosigen Mund; mit einem Aufschnaufen wandte er den Kopf und schlief weiter.

Georginas Blick kam auf dem Wäldchen zu liegen, das sich finster gegen den weissgrauen Himmel abzeichnete.

Sie war lange nicht mehr dort gewesen. Das letzte Mal ein paar Tage, nachdem die Verlobung mit Paul Bigelow beschlossene Sache gewesen war. In der verzweifelten Hoffnung, Raharjo könnte doch noch zurückgekehrt sein, ihr irgendein Zeichen hinterlassen haben, das sie vor dieser Heirat bewahrte. Eine Hoffnung, die ihr wie Wasser durch die Finger geronnen war, bis sie voller Zorn alles hinweggefegt hatte, was sie an Raharjo erinnerte.

Manchmal kam ihr die Zeit mit Raharjo wie ein Traum vor. Wie ein Märchen, das sie mit allen Sinnen durchlebt hatte. Das Märchen vom Piratenjungen, der aus dem Meer gekommen war, und dem Mädchen aus der roten Erde von Singapur. Das jäh zerstob, als die Wirklichkeit sich seiner bemächtigte.

Die Wirklichkeit – das waren ihre beiden Söhne, die Hunger hatten und spuckten, zahnten und weinten. Die gewickelt werden mussten, die laufen und sprechen lernten und aufs Töpfchen zu gehen. Die mal leicht fieberten, sich Beulen stiessen und die Knie aufschlugen und getröstet werden wollten. Gierig waren sie danach, die Welt Stück für Stück, Schritt für Schritt zu begreifen, hungrig nach Nähe und Zärtlichkeit, nach immer neuen Spielen und alten Geschichten.

Manchmal war es fast, als wäre es nie geschehen. Nur in ihrer Phantasie.

Doch die Schwimmhäute an den Füssen ihres Sohnes erinnerten sie stets daran, dass sie einmal einen Meeresmenschen geliebt hatte. Wenn Duncan den Mund oder seine Brauen auf eine bestimmte Weise verzog, so wie Raharjo es getan hatte. Und wenn er seine grauen Augen in die Ferne schweifen liess, als lausche er dem Ruf des Meeres wie sein Vater, war es kaum zu ertragen.

Es tat weh, das mit niemandem teilen zu können.

Das Wäldchen, das Georgina einmal so geliebt hatte, in dem

sie früher so glücklich gewesen war, hatte etwas Bedrohliches bekommen. Nicht mehr nur eine Wildnis, sondern ein wucherndes Pflanzengeschwür, war es zum Sinnbild des Unheils geworden, das sie nach Cempakas Überzeugung mit sich brachte, wohin sie auch ging. Vielleicht hatte sie Raharjo Unglück gebracht, und er war nie von dieser einen Fahrt über das Meer zurückgekehrt; vielleicht hatte sie sich auch selbst ins Unglück gestürzt, indem sie einem Mann vertraut hatte, für den sie nichts anderes gewesen war als eine flüchtige Liebelei.

Sie würde es wohl nie erfahren.

»Meinst du nicht, dass wir das Wäldchen endlich abholzen sollten?«, fragte sie leise und mehr sich selbst. »Und den Pavillon abreißen. Sofern er nicht schon eingestürzt ist. Nicht dass sich eines der Kinder dort noch etwas tut.«

Gordon Findlay hob den Kopf von der Zeitung und sah in den Garten hinaus.

»Vielleicht sollten wir das, ja«, sagte er nach einer Weile, die schmale Brust seines Enkels sicher in seiner großen Männerhand geborgen. Seine Augen richteten sich auf Georgina, mattblau, wie aufgeschürft. »Aber ich habe deiner Mutter versprochen, es nicht zu tun. Nicht, solange ich lebe.«

Georgina nickte und sah wieder in den Garten hinaus. Womöglich war es besser, wenn das Wäldchen erhalten bliebe, besser als eine freie Sicht auf das Meer.

Sie konnte nur hoffen, dass sie nicht auch noch Paul Unglück brachte.

※

Das Rauschen des Regens und ein fernes Donnergrollen ließen Georgina aus tiefem Schlaf heraufdämmern. Das Bettlaken feuchtheiß und klebrig auf ihrer Wange, blinzelte sie in schummriges Licht hinein. Die Lampe brannte noch.

Ihre Schulter tat weh, als sie sich streckte. Sie musste eingenickt sein, während sie in ängstlicher Unruhe auf Paul wartete.

Flüsterstimmen woben sich in das Lied des Regens, ein Lachen; dann Schritte und das Geräusch der sich leise öffnenden und wieder schließenden Tür. Georgina setzte sich auf.

»Du bist ja noch wach«, sagte Paul leise und hockte sich auf die Bettkante. »Ist doch schon mitten in der Nacht.«

Gähnend rieb sie über ihre schlafverklebten Augen, zuckte zusammen und streckte die Finger nach der blutverkrusteten Schramme aus, die sich über Pauls Stirn zog.

Grinsend bog er den Kopf zurück. »Ist nur ein Kratzer. Sieht schlimmer aus, als es ist.«

Seine Hand legte sich gegen ihre Wange.

»Es ist vorbei, Georgina. Mehrere hundert Männer sind verhaftet, der Rest hat sich zerstreut. Draußen ist wieder alles ruhig.«

Sie schlang die Arme um ihn, jeder ihrer Atemzüge stoßweise wie ein Schluchzen.

»Schon gut!« Paul rieb ihr über den Rücken und lachte leise. »Nicht dass ich mir noch einbilde, du hättest Angst um mich gehabt.«

Georgina blieb stumm, klammerte sich nur noch fester an ihn, ihre Wange gegen die Bartstoppeln in seinem Gesicht gedrückt, die schon weich wurden.

Behutsam schob er sie von sich weg, fasste sie unter dem Kinn und sah ihr in die Augen, ein Blick, dem sie auszuweichen versuchte.

Erstaunen breitete sich auf seinem Gesicht aus.

»Du hattest wirklich Angst um mich.«

Sie lehnte sich vor und legte ihre Lippen auf seinen Mund. Begann ihn zögerlich zu umschmeicheln, in einem Kuss, der drängender, fordernder wurde.

Paul keuchte auf, als sie sich abrupt von ihm löste, sich die Kebaya über den Kopf zog und das Hemdchen, das sie darunter trug, den Sarong von ihren Hüften schob.

»Georgina …«

Nackt presste sie sich an ihn und verschloss ihm den Mund mit fiebrigen Küssen. Ihre Hände strichen über seine Hüften, zerrten ihn mit sich auf die Laken, und seine Haut schmeckte nach dem Regen, der draußen vor dem Fenster niederging.

Die Lampe war kurz vor dem Verlöschen und warf einen flackernden Schein über das Bett.

Paul betrachte Georgina, die neben ihm schlief, die Schläfe auf ihrem angewinkelten Arm ruhend und die Knie angezogen. Sein Blick zeichnete die Konturen ihres Gesichts nach und die dichten Fächer ihrer Wimpern. Die Biegung ihres Halses und die Wölbung ihrer Schultern. Ihre Brüste, die so weich waren unter seinen Händen, ihre sanft gerundeten Hüften, ihre Schenkel, voller als früher.

Schweißperlen auf ihrer Haut wie Tautropfen, sah sie wie eine frisch aufgesprungene, fremdartige Blüte aus. Jetzt. Danach.

»Du bist wahrhaftig eine Tigerin«, raunte er aus enger Kehle.

Trunken war er, immer noch, von der Leidenschaftlichkeit, mit der sie ihn mit sich gerissen hatte wie ein Tropensturm. Wie ein Schiffbrüchiger kam er sich vor, der einmal vom salzigen Wasser des Meeres gekostet hatte und nun nach immer mehr verlangte.

Er wünschte sich, die Zeit anhalten zu können, um nicht erleben zu müssen, wie quälend der Durst am Morgen sein würde.

12

Turbulente, aufregende Jahre waren es für Singapur in diesem Jahrzehnt.

Sechzigtausend Menschen, so schätzte man, lebten und arbeiteten auf der nicht einmal dreihundert Quadratmeilen großen Insel, wahrscheinlich sogar mehr. Täglich kamen neue an, vor allem aus China, in dem die Taiping-Rebellion kein Ende zu nehmen schien, während am Horizont ein neuer Krieg gegen Großbritannien um die Opiumfrage heraufdämmerte. Unliebsame Sträflinge aus Hongkong, die man nach Singapur verschiffte, und solche, die man den niederländischen Kolonien in Ostindien gnädig abnahm. Sinkehs, von den Kongsis unter die Fittiche genommen, die in der überwältigenden Menge ihrer Landsleute aufgingen.

Und jeder von ihnen träumte von einem besseren Leben auf dieser Insel, wo das Geld auf der Straße zu liegen schien. Vielleicht gar ein reicher und mächtiger *taukeh* zu werden, von denen nicht wenige reicher – und wie manche sagten, auch mächtiger – waren als die wohlhabendsten unter den europäischen Kaufleuten.

Auch Malaien, Inder, Armenier, Juden, Araber wollten ihren Anteil am Reichtum der Stadt oder wenigstens gut von den Möglichkeiten leben, die Singapur bot. Menschen, deren Hautfarbe, die Form und Färbung ihrer Augen sie als Eurasier auswiesen, von überall dorther angespült, wo sich europäisches und asiatisches Blut schon gemischt hatte.

Menschen über Menschen, die Arbeit suchten und fanden, Unternehmen gründeten, Läden eröffneten oder sich als Straßenhändler verdingten, sich ein Stückchen Land kauften oder pachteten, um Gemüse anzubauen und Vieh zu halten. Menschen, die Kleidung benötigten und Essen und eine Unterkunft und sich von dem Geld, das sie übrig hatten, das gönnten, was die Stadt ihnen anzubieten hatte.

Die Zahlen sprachen für sich. Zum ersten Mal überschritt die Anzahl der Schiffe, die den Hafen in einem Jahr anliefen, die halbe Million. Im April 1855 wurden im Postamt fast zweiunddreißigtausend Sendungen gezählt. Inzwischen konnte sich Singapur dreier respektabler Hotels rühmen, zweier französischer Wanderzahnärzte, die für die Dauer ihres Aufenthalts in Singapur Hausbesuche machten, und gleich mehrerer privat praktizierender Ärzte für die europäische Bevölkerung. Die englischsprachige *Singapore Free Press* erschien wöchentlich, die *Straits Times* zwei Mal pro Woche, dann täglich, und bald sollte eine weitere Tageszeitung hinzukommen. Ein neuer Vertrag erleichterte den Handel zwischen Großbritannien und dem Königreich von Siam und verhalf den Geschäften zu weiterem Aufschwung. Um eine Million Pfund Sterling, so schätzte man, würde der Handel jedes Jahr weiter wachsen.

Doch obwohl man diese Entwicklung in Calcutta mit Wohlwollen sah, Singapur seit über zwanzig Jahren die Hauptstadt der Straits Settlements war, der britischen Niederlassungen an der Straße von Malakka, flossen Gelder für den Ausbau, den Unterhalt und die Verwaltung Singapurs weiter spärlich; lieber investierte man vor Ort, auf dem indischen Subkontinent. Die von der Regierung in Bengalen immer wieder aufgebrachte Anregung, die Stadtkasse von Singapur doch einfach zu füllen, indem man Steuern auf den Handel und Zölle erhob, stieß hier jedoch auf erbitterten Widerstand. Sie widersprach dem Ethos der mehrheitlich schottischen Händler, dass jeder seines eigenen Glückes Schmied sei. Frei war das Leben in Singapur, und frei sollte auch der Handel bleiben. Ohne Kontrolle durch die Regierung, ohne Einmischung der Behörden. Denn nur ein freier Handel war ein lukrativer Handel, besonders in dieser Ecke der Welt, in der gleich mehrere Häfen miteinander im Wettstreit lagen.

So beließ man es bei den Steuern allein auf Wein und Spirituosen und Opium, für das es auf der Insel mit den hart arbeitenden Coolies viele Abnehmer gab, auf den Verkauf unbebauten Landes und einen Obolus für vermieteten Wohnraum, bei Gebühren, Bußgeldern und Porto. Man vertraute auf die traditionellen schottischen Tugenden von Sparsamkeit und Fleiß und bezahlte im Ernstfall dann eben zähneknirschend aus der eigenen Tasche, was die Stadt dringend benötigte, in der Hoffnung, diese Investition würde sich bald für den Handel auszahlen.

Einen Leuchtturm hatte Singapur inzwischen bekommen, das Horsburgh Lighthouse, auf einem vom Guano der Seevögel weißglasierten Granitfelsen östlich der Insel, nur ein paar Meilen von der Küste von Johor entfernt; dort, wo sich die Wasser der Straße von Singapur mit denen des Südchinesischen Meeres mischten. Und nicht lange darauf einen zweiten, auf dem südlichsten Felsen vor der Küste der Insel, dem Gründer der Stadt zu Ehren Raffles Lighthouse getauft.

Eine dritte Brücke über den Singapore River wurde geplant, auf der Höhe des Postamtes, um die bisherigen Umwege über die Thomson's Bridge oder mit einem Boot über das Wasser zu verkürzen. Aus Holz, für Fußgänger und mit einer sechzehn Fuß breiten Fahrspur, doch die veranschlagten knapp zehntausend Dollar wurden für zu teuer erachtet, und so blieb es bei einer reinen Fußgängerbrücke, für deren Nutzung eine Gebühr von einem Viertelcent erhoben wurde, und den Rochor River überspannte bald die Victoria Bridge aus Ziegelsteinen. Nachdem die bisherigen Assembly Rooms baufällig geworden waren, wurde der Grundstein für eine neue Town Hall gelegt, finanziert von Kaufleuten der Stadt. Und aus ihren Börsen, aufgestockt um einen Zuschuss aus Calcutta, stammte auch das Geld, mit dem St. Andrew's größer und schöner wiederauferstehen würde.

Die *Peninsular & Oriental Steam Navigation Company*, die auf ihrer Route von und nach Australien Singapur nicht mehr nur einmal, sondern zweimal im Monat anfuhr, richtete sich westlich der Mündung des Singapore River ein. An einem Stück der Küste, das die Natur zu einem großzügigen, geschützten Hafen mit hohem Wasserstand gestaltet hatte, dem New Harbour, und weitere große Unternehmen folgten bald.

Ein zweites Batavia hatte Sir Stamford Raffles im Sinn gehabt, als er Singapur gründete. Eine *Königin ferner im Osten*, die versprach, Batavia, die *Königin des Ostens*, zu übertrumpfen, vielleicht gar vom Thron zu stoßen.

Jetzt, in ihrem vierten Jahrzehnt, schien Singapur dieses Versprechen einzulösen.

Der Palanquin rumpelte bergauf, rollte dann auf einer Ebene weiter, die sandig und manchmal steinig war. Bei jedem Rütteln des Wagens wurde Georgina gegen Paul geschleudert, der die Arme schützend um sie gelegt hatte. Der Geruch von Staub drang durch die Schlitze der Jalousien; immer wieder verirrte sich ein Sonnenstrahl hinein und streichelte Georgina über die Wange.

»Vielleicht hätten wir heute doch einfach zu Hause bleiben sollen«, murmelte Paul gegen ihre Lippen und ließ seine Hand ihre Taille abwärtsgleiten.

Georgina lachte leise. »Du wolltest doch partout mit mir diese Fahrt machen.«

Sie wandte den Kopf und spähte blinzelnd zwischen den Schlitzen hindurch, versuchte, in Schattenflecken und blendendem Sonnenglitzern, in Staubwolken und Laub zu erkennen, wo sie sich gerade befanden.

»Oh nein«, gab Paul gespielt tadelnd von sich und drehte ihr Gesicht wieder zu sich. »Du verdirbst dir sonst noch die Überraschung.«

»Welche Überraschung?«

Paul hob vielsagend die Augenbrauen.

»Sag schon!« Georgina lachte und knuffte ihn zärtlich zwischen die Rippen.

»Hab einfach ein bisschen Geduld. Und ich lenke dich so lange ab.«

Er zog sie fester an sich und küsste sie, und ein warmes Kitzeln füllte ihren Bauch.

Der Palanquin verlangsamte seine Fahrt.

»Hier, Tuan Bigelow?«, erschallte es vom Kutschbock.

Widerstrebend löste sich Paul von ihr und lugte durch einen Spalt der Jalousie hinaus, griff dann an die Tür.

»Ja, hier ist es. Danke, Jati!«

Die breite, staubige Straße verlor sich in der Ferne.

Ihre Ränder lagen in den tiefen Schatten mächtiger Bäume, hinter denen sich auf der einen Seite die Kuppe des Government Hill erhob, auf der anderen die des Mount Sophia. Nach Sonne und Schatten roch es hier, nach Staub und Laub und Gras. Süß wie reife Früchte, wie Blüten und ein bisschen nach frischen, noch grünen Gewürzen. Vögel trillerten in den Baumkronen, und silbrig perlte das Lied der Zikaden von den Ästen herab.

Hier war Georgina noch nie gewesen, höchstens einmal durchgefahren, vielleicht, als sie im Inneren der Insel den Kakadu freigelassen hatten.

»Komm.« Paul nahm sie bei der Hand.

Sie stapften durch Gras, zwischen scheinbar endlosen Baumreihen hindurch; Georgina konnte Mandelbäume erkennen, Mangostanen und Muskatbäume und gelbgrüne, säuerliche Rosenäpfel in den Zweigen.

Paul blieb stehen und breitete die Arme aus. »Was hältst du davon, wenn das hier morgen uns gehört?«

Georgina sah ihn aus großen Augen an. »Ein Obstgarten?«

Er lachte. »Ja, ein Obstgarten.«

Seine blauen Augen funkelten, und die Freude, die er ausstrahlte, umgab ihn mit einem Goldschimmer, der Georgina unwiderstehlich anzog und sie einen Schritt auf ihn zumachen ließ.

»Noch ist hier an der Orchard Road alles voller Obstbäume. Voller Muskatplantagen und Pfefferpflanzungen. Aber der Preis von Muskat fällt zunehmend. Und siehst du den Muskatbaum dort drüben? Mit der weißgebleichten Rinde und den von Schlingpflanzen überwucherten Zweigen? Viele der Bäume sind krank und sterben ab. Die ersten Pflanzer denken daran, ihr Land zu verkaufen.«

Erwartungsvoll sah er sie an, während sie unsicher war, was er ihr damit sagen wollte. Er trat hinter sie und schloss sie in die Arme, legte seine Wange an ihre.

»Siehst du es denn nicht?«, flüsterte er. »Unser neues Haus? Mit einem großen Garten für dich und die beiden Lausbuben?«

Ihr Gesicht brannte, als hätte er ihr mit seinen Worten einen Hieb auf die Wange versetzt.

»Georgina?«

Ihr Magen krampfte sich zusammen.

»Warum sagst du nichts?«

Tränen schossen ihr in die Augen, und blinzelnd wandte sie den Kopf ab.

»Wir … wir haben doch schon ein Haus«, würgte sie schließlich hervor.

Tröstend streichelte er ihre Schultern. »Ich weiß, wie viel dir L'Espoir bedeutet. Mir ja auch. Aber du musst zugeben, dass es mittlerweile alt und abgewohnt ist. Die Nähe zum Meer hat in den vergangenen Jahren einfach ihren Tribut gefordert.«

Das Atmen fiel ihr schwer, zu sprechen noch mehr.

»Dann ... renovieren wir es eben.«

»Wenn wir alles richten lassen, was es daran zu tun gibt, wird das sicher genauso viel kosten wie zwei neue Häuser.« Er seufzte. »Ich schätze deinen Vater sehr, aber auf Dauer wird es mir einfach zu eng mit ihm unter einem Dach. Das Haus ist ohnehin viel zu klein. Jetzt, da die Jungs größer werden.«

Seine Hand stahl sich unter ihrem Arm hindurch und legte sich auf ihren Bauch, strich sanft darüber.

»Ich will noch mehr Kinder mit dir«, flüsterte er in ihr Ohr. »Lieber heute als morgen.«

Georgina biss sich auf die Lippe. Von Bethari hatte sie gelernt, dass es besonders fruchtbare Tage gab und unfruchtbare, nach denen sie sich zu richten und mit Kräutern zusätzlich vorzubeugen versuchte. Sie wollte kein weiteres Kind, noch nicht. Nicht jetzt, da David zwar den Windeln entwachsen war, aber beide Jungen voller Wissbegierde und Übermut die Welt mit allen Sinnen zu erkunden begannen und sich gegenseitig zu immer gewagteren Abenteuern im Garten anstachelten.

Georgina befreite sich aus seiner Umarmung und tat ein paar Schritte, auf einem Boden, der ihr keinen Halt gab, als versuche sie, über Wasser zu gehen.

Das Wasser eines Flusses, verwunschen und jenseits der Zeit.

Sie atmete tief durch und wischte sich die Tränen weg, bevor sie sich umdrehte.

»Warum willst du dich jetzt doch fest hier niederlassen? Nachdem du die ganze Zeit Zweifel hattest, ob Singapur eine Zukunft hat?«

Er schob die Hände in die Hosentaschen und zuckte mit den Schultern. »Ich habe meine Meinung geändert.« Seine Augen wanderten in die Ferne, glitzerten kühl. »Sollte de Lesseps es wirklich schaffen, diesen Kanal in Ägypten zu graben ... Ich weiß, Kaufmänner wie dein Vater sagen, ein solcher Kanal wird uns den Indienhandel ruinieren. Ich kann mir das aber nicht vorstellen. Die Seewege von und nach Europa würden dadurch kürzer, noch dazu mit den Dampfschiffen, die immer zahlreicher und schneller werden. Ich glaube vielmehr, der Handel würde davon profitieren. Gerade auch der Indienhandel. Und Singapur ...« Ein kleines, zufriedenes Lächeln umspielte seinen Mund. »Singapur ist von der Natur reich beschenkt worden. Mit seiner Lage auf der Weltkarte. Mit seinen natürlichen Häfen, den geschützten Ankerplätzen. Da können Penang und Malakka nicht mithalten. Wenn wir uns dieses Geschenk der Natur zunutze machen, mit Umsicht und Weitblick und technischem Fortschritt ... Dann kann Singapur noch viel größer werden. Noch viel reicher.« Sein Lächeln dehnte sich aus. »Inzwischen bin ich überzeugt – die beste Zeit für Singapur kommt erst noch.«

Unwillkürlich erwiderte Georgina dieses Lächeln; sie mochte es, wenn er mit ihr über die Firma sprach. Über das, was seinen Alltag ausmachte. Was ihn dabei beschäftigte, was ihm durch den Kopf ging.

Sein Lächeln bekam etwas Unstetes, Unsicheres.

»Ist es nicht das, was dir am meisten am Herzen liegt? In Singapur zu bleiben? Für immer?«

Georgina nickte.

Paul hob die Schultern, eine Geste, die hilflos wirkte.

»Warum nicht hier? In der Orchard Road? Du hast doch bestimmt bemerkt, wie kurz die Fahrt hierher war. Du könntest dich jederzeit nach L'Espoir fahren lassen oder selbst hinreiten und dort Zeit verbringen. So oft und so viel du willst.«

Georginas Blick wanderte über die Baumreihen, die sich unendlich fortsetzten wie in einem Spiegelkabinett.

»Hier gibt es kein Wasser«, flüsterte sie schließlich.

Paul deutete auf eine Stelle irgendwo hinter Georgina.

»Hinter der anderen Straßenseite verläuft ein Kanal, der das ganze Jahr genug Frischwasser führt. Hier müssten wir nie darum bangen, dass uns in trockeneren Zeiten das Wasser knapp wird wie in anderen Teilen der Stadt. Gerade der Kinder wegen. Wahrscheinlich gibt es hier sogar zu viel Wasser. Wir müssten uns auf jeden Fall Gedanken über eine Drainage des Bodens machen.«

Prüfend drückte er den Fuß tief in die Erde.

»Das meinte ich nicht.«

Pauls forschender Blick machte es ihr schwer, die richtigen Worte zu finden.

»Hier ... hier gibt es kein Meer«, versuchte sie es schließlich zu erklären.

Lange sah er sie an, dann schüttelte er den Kopf.

»Ich verstehe dich nicht. Weißt du, wie unglücklich du aussiehst, wenn du aufs Meer schaust? Wie traurig du wirkst, wenn die Wellen besonders heftig heranrollen und im ganzen Haus zu hören sind? Ich dachte, für dich müsste es eine Erleichterung bedeuten, das Meer nicht mehr vor der Tür zu haben.«

Georgina verstand sich selbst nicht. Sie konnte dem Meer nicht verzeihen, dass es ihr Raharjo genommen hatte, und doch war es unvorstellbar, ihm nicht mehr jeden Tag so nahe zu sein wie in L'Espoir. Im Lied der Wellen war sie aufgewachsen, von ihrer Geburtsstunde an darin eingehüllt wie in die Stimme ihrer Mutter.

Ein unsichtbares Band hielt sie an L'Espoir fest. Schon immer, noch bevor sie Raharjo zum ersten Mal begegnet war.

»Ich verstehe dich wirklich nicht«, fuhr Paul fort, leiser, aber mit einem unerbittlichen Ernst in der Stimme. »Jedes Mal, wenn ich damit beginnen will, uns ein gemeinsames Leben aufzubauen, weichst du mir aus. Sei es, wenn ich die Frage aufbringe, wo die beiden Jungs einmal zur Schule gehen sollen. Wenn ich dir sage, dass ich mir noch mehr Kinder wünsche. Wenn ich versuche, dich mit Leuten zusammenzubringen, die mir wichtig sind. Du lächelst und unterhältst dich mit ihnen, aber ich werde das Gefühl nicht los, dass du gar nicht wirklich bei der Sache bist. Und nie kommt dir der Gedanke, dich mit einer Gegeneinladung zu revanchieren oder von dir aus auf andere zuzugehen.«

Beschämt ließ Georgina den Kopf sinken. Ihr wunder Punkt, von jeher. Es gelang ihr nicht, dauerhafte Beziehungen aufzubauen oder gar Freundschaften zu knüpfen. Menschen blieben ihr immer Fremde. Die weit verzweigte und fest in Singapur verwurzelte Familie des verstorbenen portugiesischen Konsuls und Händlers José d'Almeida. Die Lisks, Robbs, Napiers, Pickerings und Taylors. Sogar die Oxleys. Obwohl sie fast im selben Alter war wie Isabella Oxley, trennten sie Welten voneinander. Eine Kluft, die Georgina nicht zu überbrücken vermochte.

Als hätte sie damals, nach ihrer Rückkehr, zu lange in Raharjos Welt gelebt, um danach wieder in ihre eigene Welt zurückzufinden.

Dass die Europäer, die nach Singapur kamen, fast ausschließlich Männer waren, nie lange blieben und irgendwann wieder gingen, machte es nicht leichter. Die Butterworths hatten Singapur vorletztes Jahr verlassen, und auch die Oxleys sprachen davon, nach bald dreißig Jahren wieder nach England zurückzukehren. Und die, die nachkamen, brachten eine andere Sichtweise, andere Vorstellungen vom Leben in den Tropen mit. Man wollte hier leben wie zu Hause, wenn man nicht damit beschäftigt war, Geld zu scheffeln, und das hieß: unter sich zu bleiben. Personal war Personal und nichts weiter, schon gar nicht Familie, und auch wenn man aus geschäftlichem Interesse mit den chinesischen Towkays verkehrte, mit den Malaien und mit den Indern, so zog man doch seinesgleichen vor. Im neugegründeten Cricket Club beispielsweise oder die Deutschen in ihrem Clubhaus Teutonia.

Die Stadt war dabei, sich zu verändern, vielleicht spürte man es deutlicher, wenn man wie Georgina hier geboren war. Singapur bekam an seiner Oberfläche eine dünne, glatte und harte Schale, die glänzte wie die Fassaden aus Chunam und auch genauso weiß war.

Sie hatte gelernt, an Pauls Seite ihre gesellschaftliche Rolle zu spielen, die sie jedoch gleich wieder ablegte, sobald sie zu Hause aus ihrer Abendrobe, ihrem Nachmittagskleid schlüpfte, sich Sarong und Kebaya überstreifte. Wieder ganz sie selbst wurde, still und in sich gekehrt, zufrieden in ihrer eigenen kleinen Welt, damit, Briefe von Tante Stella und Maisie, inzwischen selbst verheiratet und Mutter, zu lesen und ihnen zurückzuschreiben.

»Immer, wenn ich das Gefühl habe, ich bin dir endlich nähergekommen, entgleitest du mir wieder.« Bedrückt klang er, traurig und verletzt. »Bedeutet dir das, was wir zusammen haben, denn so wenig?«

»Das ist es nicht.«

»Was ist es dann?«

Offen sah sie ihn an. »So bin ich eben.«

Nachdenklich hielt Paul ihren Blick fest. »Ich weiß nicht, ob du wirklich so bist. Oder ob es vielmehr an mir liegt.«

Georgina wusste nicht, wie sie Paul erklären sollte, dass ein Teil ihres Wesens zu fehlen schien. Immer schon. Ein Bruchstück, vor langer Zeit abhandengekommen, das Raharjo zu ihr zurückgebracht, dann aber wieder mit sich genommen hatte. Das sie seither vergeblich zu finden suchte. Das vielleicht irgendwann einmal wieder auftauchte, wenn sie nur geduldig darauf wartete.

»Du denkst immer noch an ihn, nicht wahr?«

Eine Frage wie ein Schnitt, die in ihrer kalten Schärfe keinen Zweifel daran ließ, wen er damit meinte.

Ihr Schweigen war Antwort genug.

Paul atmete schwer aus und vergrub die Hände in den Hosentaschen.

»Lassen wir das mit dem Haus. War kein guter Einfall von mir. Fahren wir nach Hause.«

In langen Schritten ging er davon. Schritte, die müde wirkten, und die Enttäuschung lastete sichtbar schwer auf seinen Schultern.

Raharjo war ein Schatten, der ihr auf Schritt und Tritt folgte. Den sie zumeist nicht wahrnahm, weil er hinter ihr lag, der sich aber genau dann über sie beide warf, wenn Georgina glaubte, mit Paul so etwas wie Glück gefunden zu haben.

13

Raharjo musterte sich im Spiegel.

Die lange Jacke mit Stehkragen saß gut, betonte mit ihrem engen Schnitt die Konturen seines schlanken, langgestreckten Körpers. Weiß war sie wie die schmalen Hosen, mit schweren Goldknöpfen verschlossen und so fein mit Goldfäden bestickt, dass man die Stickerei nur sah, wenn er sich im Lampenschein bewegte und der Stoff aufschimmerte. In der zum Gürtel gebundenen roten Schärpe steckten der *Keris*, der heilige Dolch seiner Ahnen, den er von seinem Vater geerbt hatte, mit seiner geschwungenen Klinge wie eine silberne Flamme, und seine Pistole, ohne die er nie aus dem Haus ging.

Er ertrug es nicht, einen Hut oder einen Turban zu tragen, er brauchte das Gefühl, jederzeit den Wind in den Haaren spüren zu können. Auch die blank polierten braunen Schuhe nach europäischer Mode engten ihn ein, nahmen ihm jegliches Gespür für den Boden unter seinen Füßen. Ohne sie konnte er jedoch wohl kaum hingehen.

Er hob die Linke, um sich über den Bart zu streichen, den er sich hatte wachsen lassen. Ein akkurater und gepflegter Rahmen um Mund und Kinn, der die Schärfe seiner Züge noch hervorhob, ihn älter aussehen ließ. Respekteinflößend.

Mitten in der Geste zuckte er zusammen; die Narbe an seinem Arm, die an seinem Bein spannten schon den ganzen Tag. Vielleicht eine unbedachte Bewegung, während er sein Schiff zurück nach Singapur steuerte, die sich erst jetzt bemerkbar machte, vielleicht auch das Wetter.

»Musst du heute Abend wirklich dort hingehen?«

Mit zusammengezogenen Brauen griff er zu den beiden massiven, verschwenderisch ziselierten Ringen aus Gold und schob sie sich auf die Finger, den mit einem Rubin links, den mit Onyx rechts. Rot wie Blut. Schwarz wie die Nacht.

»Du warst so lange fort und bist erst seit ein paar Tagen wieder zurück.«

»Whampoa ist ein wichtiger Mann«, sagte er nur und drehte sich um.

Auf einem der Rattanstühle im Zimmer saß Leelavati, das zinnoberrote Zeichen der verheirateten Frau auf der Stirn. Das Ende des Saris hatte sie zur Seite geschlagen, ihr Choli hochgeschoben, und hielt einen Säugling an der prallen Brust.

Harshad. Raharjo hatte Mühe, den Namen in seinem Gedächtnis zu verankern. Ein paar Monate war er wohl alt, Raharjo wusste es nicht genau, geboren, während er auf See gewesen war.

Nacktheit war ihm nicht fremd, Leelavati stillte den Kleinen so offen, wie es die Orang Laut von jeher getan hatten; dennoch widerte ihn dieser Anblick an, und er wandte den Kopf ab.

Leelavati musste es in seinem Gesicht gelesen haben: Das Klingeln ihrer zahllosen Goldreifen, das Rascheln von Seide verriet, dass sie hastig Brust und Kind mit dem Ende ihres Saris verhüllte.

Ihre tiefbraunen, großen Augen, dichtbewimpert, erinnerten ihn zuweilen an die einer Kuh, genauso sanftmütig, genauso duldsam. Einer Erdmutter glich sie, mit ihrer dunklen, schweißfeuchten Haut, ihrem Leib, der zugleich stark und weich war und üppig gerundet. So tief im Boden verwurzelt, dass nichts sie aus ihrem Gleichgewicht bringen konnte.

Ein vergnügtes Glucksen zu seinen Füßen ließ ihn hinuntersehen. Ein kleines Mädchen hockte auf dem Boden, sein dickes schwarzes Haar ein glänzender Helm um das Gesicht, rund wie das seiner Mutter und pausbäckig. Schüchtern lächelte es zu ihm hinauf und reckte die Finger nach seinem Hosenbein, wohl, um sich festzuhalten und daran hochzuziehen.

Veena. Kein Jahr nach der Hochzeit zur Welt gekommen, während er irgendwo hinter der Insel von Ceram kreuzte. Wie ihr Bruder aus Pflichtgefühl und blankem Trieb gezeugt, mit Gleichgültigkeit, vielleicht sogar einer Spur Verachtung. Nicht aus Lust oder gar Zuneigung.

Seine Miene verfinsterte sich, und er trat einen Schritt zurück.

Das Lächeln auf dem Kindergesicht flackerte und zerstob; die Kehrseite in die Luft gereckt, drückte sich das Mädchen vom Boden in die Höhe und rannte davon, klammerte sich an seine Mutter und vergrub das Gesicht in den Falten des Saris.

Raharjo steckte sein Zigarrenetui aus Schildpatt und Gold ein. Eine neue Angewohnheit von ihm wie die Abende, an denen er solchen Einladungen Folge leistete, um sie nicht hier verbringen zu müssen.

»Ich lasse mir ein eigenes Schlafzimmer herrichten. Unten. Nächste Woche kommen die Handwerker.«

Leelavati blieb stumm, unter gesenkten Lidern ganz in den Anblick des Säuglings in ihrem Arm vertieft.

Er sah nicht mehr, wie eine Träne ihre Wange hinabrann, als sich seine Schritte entfernten.

Erstickend schwül war es an diesem Abend.

Die Seide ihrer Robe, violettblau wie die Blüten des Heliotrops, klebte an Georginas Rücken, obwohl sie aufrecht saß, mit mehr als einer Handbreit zwischen ihrer Wirbelsäule und der Stuhllehne, und die langen Unterhosen, die Unterröcke hafteten feucht an ihrem Gesäß und an ihren Schenkeln. Wenigstens die

Krinoline aus Fischbein, die neueste Mode aus Europa, brachte trotz ihres Gewichts ein wenig Erleichterung, indem sie die Last des schweren Seidenrocks trug und von ihrem Leib fernhielt. Beim Gehen schwang sie mit, hob sich im Sitzen vorne leicht an und ließ jedes Mal etwas Luft um ihre Beine streichen.

Sie setzte dazu an, sich zuzufächeln, kam sich dabei jedoch albern vor, sodass sie den Fächer wieder zuklappte und sinken ließ. Wie das Klischeebild einer europäischen Dame saß sie da, die sich in den Tropen über die allgegenwärtige Hitze beschwerte und sich gleichermaßen erschöpft wie überreizt zu Tode langweilte. Sie wünschte, sie wäre zu Hause geblieben.

Sehnsüchtig warf sie einen Blick über ihre Schulter, in die Nacht hinaus.

Es war noch hell gewesen, als sie die vielgerühmten Gärten durch eines der chinesischen Tore betreten hatten. Fächerpalmen und Baumriesen spendeten Schatten, und gigantische Seerosen, ein Geschenk des Königs von Siam, trieben auf einem See, ihre gefüllten Blütenbälle reinweiß oder rosafarben, ihre Blätter Lagerplatz für Scharen von Wasservögeln.

In einem Labyrinth aus Hecken und sich durch zauberhaft arrangiertes und blühendes Grün schlängelnden Wegen lag das Haus. Zierlich wie ein Pavillon trotz seiner beeindruckenden Größe, luftig durch seine vielen Fenster und Torbögen, schwebte es auf Pfählen, unter denen Kanäle Wasser führten, Lotusblumen blühten und rotgoldene Fischleiber aufglänzten.

Jetzt schälten Lampions und Laternen die Silhouetten zierlicher asiatischer Pavillons aus der Dunkelheit, von sorgfältig gehegten Bäumen, Hecken und Blumenbeeten umgeben. Das Kreischen eines Pfaus übertönte das Schrillen der Zikaden, das sanfte Gluckern und Fließen der Bäche. Die Schatten der mit einem Unterbau aus Draht zu Drachen und Delphinen, Elefanten, Hunden und Krokodilen zurechtgestutzten Sträucher waren zum

Leben erwacht. Ein Märchenland zwischen Ost und West. Ein Zauberreich, mit grenzenloser Phantasie von Menschenhand aus dem unerschöpflichen Reichtum der Natur geschaffen.

Ah Tong liebte diesen Garten, der zum chinesischen Neujahrsfest für jedermann geöffnet war; Georgina konnte es kaum erwarten, ihm morgen ausführlich davon zu erzählen.

Vor ihr brandete das Gelächter der Herren auf. Der Dunst von Hochprozentigem hing schwer in der Luft und eine Mischung aus Männerschweiß, beißendem Zigarrenrauch und Räucherwerk; es würde gewiss noch einige Zeit dauern, bis man das Dinner servierte. Georgina fing einen entschuldigenden Blick von Paul auf, bevor Mr Gilman von *Hamilton, Gray & Co.* und ein Geschäftsmann aus der Schweiz ihn erneut in das lebhafte Gespräch über Kongsis, den Bau von Hafendocks und die Steuern auf Opium verwickelten.

Gespräche, denen Georgina sonst gerne zuhörte, auch wenn sie wusste, dass ihre Gedanken dazu keinen Wert besaßen.

»Soll ich dich einem Sommertage vergleichen?« Eine Männerstimme, tief und melodisch, in fehlerfreiem Englisch, aber mit der unverkennbaren Färbung chinesischer Herkunft. *»Dabei bist du viel lieblicher und auch gelinder.«*

Georgina legte den Kopf in den Nacken und lachte. »Man merkt, dass wir uns gerade erst begegnet sind, Mister Hoo. Gelinder als einen Sommertag würde mich sicher niemand bezeichnen, der mich näher kennt!«

Sein pechschwarzer Bart, lang und dünn wie die Schwänze zweier Ratten, zuckte amüsiert.

»Euer von mir überaus geschätzter Master Shakespeare würde es, Madam. Gestatten Sie?«

Auf Georginas Nicken hin ließ er sich im Stuhl neben ihr nieder.

Er war groß für einen Chinesen, wenn auch nicht so groß

wie Ah Tong. Obwohl er gut zwanzig Jahre älter sein musste als Georgina, war sein ovales Gesicht mit der hochgewölbten Stirn glatt wie blassgelbes Porzellan. Seine Augen unter den hohen, dünnen Brauenbögen, schmal wie mit Tusche aufgemalt, hätten bedrohlich gewirkt ohne den gutmütigen Schalk mit einer tüchtigen Prise Charme, der darin aufglomm.

»Bitte, Madam – nennen Sie mich einfach Whampoa. Jeder in Singapur tut das. Whampoa, nach meinem Geburtsort in Kanton.«

Ungeniert ergriff er Georginas Hand und führte sie an seine Lippen. Obwohl er an der chinesischen Tradition der ausrasierten Stirn und des langen geflochtenen Zopfes festhielt, trug er Frack wie seine Gäste aus Europa. Nur die Handvoll chinesischer *taukehs*, die an diesem Abend zugegen waren, hatte ihre Mode aus weich fallenden Hosen und langärmligen Seidenhemden beibehalten.

»Eine Dame von solch berückendem Äußeren wie Sie zu meinen Gästen zählen zu dürfen ist mir heute Abend die größte Kostbarkeit in meinem bescheidenen Heim.«

Ölgemälde englischer Landschaften bedeckten ebenso die Wände wie chinesische Tuschezeichnungen, Schriftrollen und gerahmte Drucke mit Portraits der Familie von Ihrer Majestät Königin Viktoria. Italienische Vasen, japanische Schnitzereien und chinesisches Porzellan standen auf englischem und asiatischem Mobiliar neben Jadeschnitzereien und Statuen aus Fernost und Europa. In diesem Haus, das Fenster aus deutschem Buntglas hatte, dessen Böden von gemusterten Keramikfliesen aus England bedeckt waren und in dem französische Uhren die Stunde schlugen.

Inmitten dieser Fülle aus Kunst und Kuriositäten kam sich Georgina vor wie ein weiteres Dekorationsobjekt, eine schmückende Leihgabe für einen Abend. Sie erriet, dass Paul sie zu eben diesem Zweck gebeten hatte mitzukommen, an der Art, wie die versammelten Gentlemen sie ansahen: Captain Marshall, der Agent der *Peninsular & Oriental Steam Navigation Company* in Singapur, Mr Dunman, der Vorsteher der kleinen Polizeieinheit der Stadt, Mr Kerr von *Kerr, Whitehead & Co.*, die Herren Zapp und Ritterhaus. Nicht anzüglich, obwohl der eine oder andere verstohlene Blick ihrem Dekolleté galt; vielmehr respektvoll und bewundernd, allen voran ihr Gastgeber.

Georgina hob eine Braue. »Wenn man es genauer betrachtet, bin ich auch die einzige Dame hier heute Abend.«

Whampoa lachte schallend und tätschelte ihre Hand, eher väterlich denn galant.

»Weise und wahr gesprochen, Madam. Und geistreich noch dazu! Mister Bigelow ist wahrhaftig zu beneiden.«

»Mister Whampoa!« Mr Duff von der *North Western Bank of India* winkte eifrig zu ihnen herüber. »Kommen Sie, wir benötigen Ihre geschätzte Meinung!«

Whampoa seufzte tief auf. »Was nützt einem Mann wie mir die Poesie Ihrer Gegenwart, wenn sich die banale Prosa der Geschäfte dazwischendrängt? Verzeihen Sie, Madam.«

Mit einem weiteren Handkuss verabschiedete er sich und mischte sich wieder unter seine Gäste.

Paul nickte ihr mit einem zufriedenen Lächeln zu, als wolle er sagen: *Gut gemacht.*

Whampoa war ein bedeutender Mann in Singapur, nicht nur als Geschäftsmann, sondern auch als Konsul für China, Russland und Japan. Nahezu unermesslich reich sei er, wie es hieß; zumindest so reich, dass er es sich leisten konnte, einen seiner Söhne in Edinburgh studieren zu lassen.

Als junger Bursche war er aus China hierhergekommen, um im Laden seines Vaters zu arbeiten, der in der Nähe der chinesischen Godowns am Boat Quay Fleisch, Brot und Gemüse verkaufte. Ein Laden, der nach dem Tod seines Vaters in Whampoas Händen zu einem Imperium anwuchs, indem er allerlei Bedarfsartikel für die Schiffe der Royal Navy lieferte. Ein Eishaus, kühn konstruiert mit seinen schmiedeeisernen Balustraden, gehörte ebenso dazu wie Plantagen und eine gutgehende Bäckerei in der Havelock Road; es konnte nicht schaden, sich mit Whampoa gut zu stellen.

Georgina erwiderte Pauls Lächeln, doch er war bereits wieder in sein Geschäftsgespräch vertieft.

Zwischen den Köpfen der Männer, die sich gegenseitig zunickten, einander zudrehten und wieder abwandten, sich in einem Lachen zurückwarfen, öffnete sich für den Bruchteil eines Augenblicks die Sicht auf die gegenüberliegende Tür.

Ein Mann stand darin, gekleidet wie ein malaiischer Fürst, das Weiß seiner Jacke grell gegen seine Haut, braun wie Palmzucker. Ein hartes, unerbittliches Gesicht hatte er, und hart wirkte auch sein Mund. Seine Augen jedoch, schwarz und glänzend wie zerlassener Onyx, blickten verloren.

Als sei er nicht sicher, ob er hier richtig war. Oder aber als hätte er sich auf seinem Weg verirrt und fände nicht mehr zurück.

Georginas Herz setzte einen Schlag aus.

Die Köpfe der Gentlemen nahmen ihr die Sicht, nur ein Wimpernzucken lang, gaben sie dann wieder frei.

Der Türrahmen war leer.

Georgina rang nach Luft, jeder Atemzug ein zäher Kampf, während ihr Herz gegen ihr Brustbein hämmerte. Auf unsicheren Knien stemmte sie sich in die Höhe.

Niemand nahm Notiz von ihr; nur einer der chinesischen Jungen, die, in schwarzen Hosen und weißen Hemden, Bambusfächer schwangen und darauf achteten, dass es den Gästen nicht an Getränken mangelte, warf ihr einen verwunderten Blick zu, als sie über die Schwelle ins Freie taumelte.

Die Luft legte sich wie ein feuchtheißes Tuch auf ihre Haut, ihre Lunge, während sie durch das Gras stolperte. Über einen Kiesweg hinweg, auf dem sie mehrmals mit ihren hohen Absätzen umknickte, in eine andere Rasenfläche hinein, bis sie schließlich stehen blieb, keuchend, schluchzend beinahe.

Den ganzen Tag schon war ihr seltsam zumute gewesen. Eine Schwere in den Gliedern hatte sie mit sich herumgeschleppt, während ihr Kopf sich leicht anfühlte. Keine klare Leichtigkeit war es, sondern traumverloren, fast verwirrt, wie nach zu viel Champagner. Und nichts, was sie aß oder trank, konnte den Geschmack von Salz und Tang von ihrer Zunge wischen.

Tief sog sie die nasse Luft ein, die nach süßen Blüten duftete, nach Gras und Blättern und nach dem Meer. Obwohl sie doch ein Stück weit ins Landesinnere gefahren waren, eine lange Straße entlang, gesäumt von Bambus, ausladenden Palmen und wilden Mandelbäumen, ihre Stämme von Schlingpflanzen und Orchideen überzogen, und geschützt von Hecken aus wildem Heliotrop.

Der Garten sang. Nicht allein die Vögel, die irgendwo im Laub, vielleicht auch in einer Voliere, trillerten und pfiffen. Nicht nur die Zikaden, die Ochsenfrösche und die Pfauen. Ein sanftes, weiches Lied war es aus den tausend Stimmen der Blätter, das wie das Raunen des Meeres klang. Wie das Flüstern des Windes auf offener See, und Georginas Seele sang mit; ein Gefühl, das sie lange nicht mehr gehabt hatte.

Langsam beruhigte sich ihr Herzschlag, entspannte sich ihr Atem. Und noch bevor sie den Tabakrauch roch, drehte sie sich um.

Eine Scherbe weißen Tuchs, herausgebrochen aus dem gläsernen Zwielicht von Nacht und Lampenschein. Halb im Schatten, halb im Licht das massive Profil, das ihr einmal so vertraut gewesen war, wie aus Tropenholz geschnitten, geschmirgelt und poliert.

Eine kräftige Strömung umspielte Georginas Beine, riss an ihr, spülte sie auf ihn zu.

»Du bist es wirklich«, flüsterte sie, überzeugt, beim nächsten ihrer Schritte würde er sich erneut wie eine Fata Morgana in Luft auflösen. Flüchten wie ein scheues Meerestier.

Seine Augen unter den schweren Brauenbögen waren auf die Glut seiner schmalen Zigarre gerichtet. Eine gewisse Anspannung, die die Luft zwischen ihnen auflud, verriet, dass er sich ihrer Gegenwart bewusst war.

Sieben Jahre. Fast genau sieben Jahre ist es her.

Die Zeit hatte seine Züge geschärft und verhärtet. Vielleicht lag es auch an diesem Bart, der seine Mundpartie umschloss und ihm etwas Hochmütiges, Grausames verlieh.

»Wo warst du?«, hauchte sie, ein Tosen aus Glück und Verzauberung in ihrem Inneren. Und das Sehnen, das in einer tosenden Welle in ihr aufschoss, ließ sie schwanken.

Beim nächsten Schritt trat sie ins Leere, als sie begriff, dass es nicht das Meer gewesen war, das ihn ihr genommen hatte. Sie strauchelte und fand Halt in einem jäh aufglimmenden Zorn.

»Wo warst du? All die Zeit?« Ein zischendes Fauchen, mit einem Grollen darin, das Feuer widerspiegelnd, das sich in ihrem Leib entzündet hatte. »Wo warst du, während ich auf dich gewartet und gehofft und um dich gebangt habe?«

Endlich hob er den Blick, hielt ihn jedoch auf einen unbestimmten Punkt hinter Georgina gerichtet.

»Allzu lange kannst du nicht gelitten haben. Gerade lange genug, um dich sogleich dem Nächsten an den Hals zu werfen.«

Auch seine Stimme war härter geworden, mit einem metallenen Schwingen darin wie das Sirren einer Klinge. Georgina stieg das Blut ins Gesicht.

»Ich hatte keine Wahl«, flüsterte sie.

Dein Sohn brauchte einen Vater. Einen Namen.

Sie rang nach Worten, ihm davon zu erzählen.

»Natürlich nicht.« Seine Augen hefteten sich auf sie, schwarzglänzend wie der Himmel in einer mondlosen Nacht. »Über kurz oder lang musstest du dich im Netz deiner Lügen verfangen.«

Das Blut wich aus ihrem Gesicht, sackte in die Tiefe ihres Leibes und fachte das Zornesfeuer weiter an.

»Ich habe dich nie angelogen. Niemanden habe ich angelogen.«

»Nenn es, wie du willst.« Er trat auf sie zu, in einer Haltung, die bedrohlich wirkte, und seine Stimme war flach und heiser. »Ich mag nur ein schmutziger Orang Laut sein. Aber ich habe meinen Stolz. Meine Ehre.«

Georgina suchte Raharjo in seinem Gesicht und fand ihn nicht. Ein Fremder hatte sich die Haut ihres Selkie übergestreift. Sie wollte zurückweichen, doch sein Geruch, dieser vertraute, vermisste und nie vergessene Geruch nach Meer und Tang, wie Leder und Zimt, verschärft durch den Rauch, trieb sie näher zu ihm.

Sein Gesicht schob sich neben ihres, so dicht, dass sein Bart beinahe ihre Wange streifte, die Wärme seiner Haut sie durchglühte.

»Der Orang Putih wird den Tag verfluchen, an dem er dich zu seiner Frau gemacht hat«, raunte er neben ihrem Ohr. »Dein Vater den Tag, an dem er dich zeugte. Ich werde dir alles nehmen, was dir lieb und teuer ist. Und wenn ich mit dir fertig bin, wirst du bereuen, mir je begegnet zu sein.«

Jäh wandte er sich ab, warf die halb geraucht Zigarre ins Gras und ging davon, in gemessenen, kraftvollen Schritten, bis ihn der nächtliche Garten verschluckte.

Paul gab sich Mühe, seine Verärgerung zu unterdrücken, dass dieser Abend, auf den er große Hoffnungen gesetzt hatte, für ihn frühzeitig wieder vorbei war. Noch vor dem Dinner und dem

Auftritt einer malaiischen Tanztruppe, die als Höhepunkt des Abends angekündigt worden war.

Schwerer jedoch wog seine Sorge um Georgina, die stumm und blass neben ihm im Palanquin saß, ihre Augen groß und starr und so dunkel, dass sie fast schwarz wirkten. Ihre Hand war kalt unter der seinen, doch auf ihrer Haut schien eine knisternde Spannung zu liegen, die ihn verstörte.

Als wäre sie einem Geist begegnet in den berühmten Gärten von Whampoa.

Einem Geist der Vergangenheit, auf den er nur einen flüchtigen Blick erhascht hatte, schräg am Türrahmen vorbei und halb von der Seite. Ein weißer Anzug wie ein scharfkantiger Knochensplitter. Ein braunes Gesicht, die Kinnlinie schwer, die Konturen hart. Der Mund jedoch verblüffend weich, voll und geschwungen.

Wie eine Messerklinge zwischen die Rippen hatte es ihn getroffen.

Er versuchte, sich nichts anmerken zu lassen, an diesem Abend. An den Tagen danach.

Doch seither sah er Duncan mit anderen Augen.

ଛଠ

Eine Decke unter sich ausgebreitet, saß Georgina im Gras, der Himmel über ihr in einem herzlosen Blau. Die fernen Wolken sahen so dick und weich aus, dass es unvorstellbar schien, darauf nicht barfuss bis ans Ende der Welt wandern zu können.

Unweit von ihr schnitt Ah Tong den Jasmin zurück, unter dem gleichmäßigen Schnippen der Gartenschere, dem Rascheln herabfallender Zweige. Die Stimmen und das Lachen von Duncan und David füllten den Garten, beide in kurzen Hosen und in ein Spiel vertieft, in dem sie umhersprangen wie Fohlen.

»Du bist nicht glücklich, Miss Georgina.«

Sie beobachtete ihre Söhne, äußerlich und in ihrem Wesen so verschieden, aber meistens herzenseinig, wie sie johlend und kieksend auf einen Baum zurannten; vielleicht hatten sie einen der wilden Affen entdeckt, die sich manchmal hierherverirrten.

Vier Jahre zuvor hatten die großen Mächte des Osmanischen Reiches, Russlands, Großbritanniens und Frankreichs auf der Krim einen Krieg angezettelt, der in ein noch nie dagewesenes Blutvergießen mündete. So weit entfernt dieser Krieg auch war, hatte er Singapur doch mit einem Schlag bewusst gemacht, wie ungeschützt die Insel im Meer lag. Singapur, das nie eine Kolonie im eigentlichen Sinne gewesen war. Kein Stück Großbritannien, das man in eine unzivilisierte Wildnis verpflanzte, indem man Gebiete eroberte und Einheimische im Kampf besiegte, sich in einer Festung verschanzte und Soldatenheere kampfbereit hielt.

Ein Ableger britischen Unternehmergeistes und Kapitals war Singapur, aus Verhandlungen und Verträgen entstanden, gewachsen im friedlichen Nebeneinander, Miteinander verschiedener Völker und zu ihrem gegenseitigen Nutzen. Eine unbewachte Schatzkammer, die ein lohnendes Ziel für einen Überraschungsangriff darstellte, das sah man nun, und sei es nur ein einzelnes russisches Kriegsschiff, das mühelos die Stadt vom Wasser her zerstören und Großbritannien als Handelsmacht wie als Nation damit empfindlich treffen konnte.

Große, kühne Pläne für eine Befestigung der Stadt wurden von Calcutta aus geschmiedet, verworfen, geändert und neu verfasst. Während die Bürger der Stadt einmal mehr im Alleingang tätig wurden und ein Rifle Corps gründeten, hervorgegangen aus der Schutztruppe während der Unruhen unter den Chinesen der Stadt: Freiwillige, die sich mit ihren eigenen Waffen zu einem Regiment für den Verteidigungsfall zusammenschlossen, darunter auch Paul Bigelow.

Der Krieg auf der Krim war gerade zu Ende gegangen, als sich in Indien erst die Sepoys der Armee, dann die Menschen auf dem Land und in den Städten gegen die britischen Kolonialherren erhoben. Eine blutige Rebellion, die nicht nur Indien, sondern auch Singapur bis ins Mark traf. Tiefe Sorgenfalten durchzogen das Gesicht Gordon Findlays, während er die Geschehnisse verfolgte und auf Nachrichten wartete, obwohl sich der Aufstand weitestgehend auf den Norden und die Mitte des Subkontinentes beschränkte und alles danach aussah, als würde er nie die französische Enklave von Pondichéry erreichen.

Niemand wusste, was dieser Aufstand für Singapur bedeutete, das in diesem Jahr sein Handelsvolumen im Vergleich zu dem fünfzehn Jahre zuvor wohl verdoppeln würde. Niemand wusste, wie sich die Sepoys der Garnison von Singapur verhalten würden, die dreitausend Sträflinge, die mehrere tausend Inder der Stadt, denen nicht einmal vierhundert Europäer gegenüberstanden. In einem Jahr, das mit Streiks und Protesten gegen das neuformierte und rein europäische Municipal Board begonnen hatte, das die Verwaltung der Stadt in die Hände nahm, künftig über Steuern und Gebühren entschied und diese eintrieb, über den Unterhalt von Straßen, die Abfallbeseitigung, den Bau und Abriss von Häusern verfügte und eine neue Polizeiverordnung mit unnachgiebiger Härte umsetzte.

In einer Zeit, in der die Reichen immer reicher wurden, die Armen ärmer. In der Singapur hin- und hergerissen war zwischen der bisherigen Haltung des Laisser-faire und der Notwendigkeit einer gewissen Ordnung und Sicherheit, zwischen dem Wunsch nach Unterstützung aus Calcutta und Unabhängigkeit von der Regierung in Bengalen.

Lange war Singapur eine zwar betriebsame, aber dennoch verträumte Insel am Ende der Welt gewesen. Fast über Nacht brandeten die unruhigen Wellen des Weltenmeeres nun an ihre Küsten, und entlang der Fäden des Handelsnetzes, das Singapur sicher barg und kräftig gedeihen ließ, hatten sich Risse aufgetan. Zogen sich durch den Boden, auf dem sie alle gingen, fein verästelt wie Sprünge in der Glasur einer chinesischen Porzellanschale.

Ein bislang ungekanntes Gefühl der Bedrohung hatte sich eingeschlichen, gerade bei Georgina, nach ihrer Begegnung mit Raharjo, der ihr wie ein Nachtmahr vorkam.

Ein Königsfischer war es gewesen, der heute Morgen diesen bösen Traum, über Monate hinweg abgeschüttelt und verdrängt, mit einem Schlag wieder wachgerufen hatte. Ein Aufglimmen in Orangerot und Kobaltblau zwischen den Bäumen, Hoffnungsschimmer und unheilvolles Vorzeichen zugleich; sie konnte sich nicht erinnern, je einen hier in L'Espoir gesehen zu haben.

»Nein«, flüsterte sie schließlich.

»Ich kann gut zuhören, wie du weißt. Und ich bin verschwiegen.«

Georgina rutschte auf der Decke herum, um sich ihm zuzuwenden, mied jedoch die Blicke, die Ah Tong ihr durch die blühenden Zweige zuwarf.

»Ich glaube, ich habe verstanden, dass ich vor langer Zeit mein Herz begraben habe. Genau wie der Tuan damals.«

Ah Tong fuhr fort, einzelne Ästchen des Jasmins abzuknipsen.

»Verzeih, wenn ich widerspreche, Miss Georgina. Das hast du keineswegs. Man muss dir nur zuschauen, wenn du mit deinen Söhnen zusammen bist. Wenn Tuan Bigelow nach Hause kommt. Dann weiß man, dass dein Herz nach wie vor kräftig in deiner Brust schlägt.«

Sein Ledergesicht, knittriger geworden mit jedem Jahr, zog sich angestrengt zusammen, als er kraftvoll einen Ast durchtrennte und zu Boden fallen ließ.

»Aber ich glaube dir, dass es sich anfühlt, als hättest du es begraben. Solche Zeiten gibt es. Eine solche Zeit gab es auch einmal für unsere Mem.«

Aufmerksam sah Georgina ihn an, und ein Grinsen blitzte auf seinem Gesicht auf.

»Habe ich dir je erzählt, dass ich ins Haus geholt wurde, um die Wildnis am Meer zu lichten und zu zähmen? Doch, so war es.«

Ah Tong ließ die Schere sinken. Eine Hand auf einem Ast, lehnte er die Stirn dagegen. Er zögerte, als müsse er abwägen, ob er weitersprechen sollte.

»Ich war mir damals nicht sicher, ich hatte ja zuvor noch nie mit Herrschaften wie dem Tuan und der Mem zu tun gehabt. Aber ich hatte das Gefühl, es stünde nicht zum Besten zwischen ihnen beiden. Obwohl sie voller Freude über ihr kleines Mädchen waren, wirkten beide unglücklich. Die Mem vor allem.« Seine struppigen Brauen zogen sich schmerzlich zusammen. »Sehr unglücklich sogar. Sie war es, die das Dickicht abholzen lassen wollte. Dabei hat der Tuan es eigens für sie stehen gelassen, als er das Haus baute. Damit sie etwas hat, das sie an ihre Heimat erinnert. Mit dem Pavillon am Meer, damit sie die Seeluft genießen kann. Just an dem Morgen, als ich die Säge ansetzte, kam sie angelaufen. Sie habe es sich anders überlegt. Sie wolle es lassen, wie es ist.«

Ah Tong lachte, dass sein knochiger Adamsapfel hüpfte.

»Ich war am Boden zerstört, weil ich dachte, ich würde ohne Bezahlung wieder fortgeschickt. Zurück an den Kai, um als Coolie Kisten zu schleppen. Aber ich durfte bleiben.« Er hob den Kopf und nickte vor sich hin. »Ich denke, in jeder Ehe gibt es Dürren. Gibt es Stürme. Man darf nur nicht die Hoffnung aufgeben. Den Glauben verlieren. Bald danach ist auch wieder Harmonie zwischen dem Tuan und der Mem eingekehrt. Sie waren so glücklich miteinander, wie Eheleute nur sein können. Bis zuletzt.«

Ah Tong setzte die Schere wieder an.

Georgina zerrte an einem losen Faden ihres Sarongs, während sie vorsichtig die Worte auf der Zunge kostete, die sie so lange mit sich herumgetragen hatte.

»Weisst du, woran sie gestorben ist?«

Ah Tong hielt inne und starrte sie an. »Hat dir das nie jemand erzählt?« Er seufzte und zupfte einige gelbe Blätter aus dem Laub. »Warst ja auch noch sehr klein. Danach hat wahrscheinlich niemand mehr daran gedacht, es dir zu sagen.«

Verbissen riss er an einem Zweig, der noch weich war, aber schon welk aussah, nahm dann doch die Schere zu Hilfe.

»Sie wollte noch ein Kind. Obwohl alle Ärzte sagten, es sei zu gefährlich für sie. Obwohl auch die Mak Bidan sie gewarnt hat. Aber sie wollte es so sehr, und auch der Tuan war voller Hoffnung. Doch sie hat eines nach dem anderen verloren. Bis ihr Leib keine Kraft mehr hatte.« Wehmütig starrte er vor sich hin. »Das letzte war es, das sie das Leben gekostet hat. Ein Junge wäre es gewesen. Hat Cempaka erzählt.«

Er wandte sich halb ab und wischte sich verstohlen mit dem Ärmel über seine Augen, seine Wangen, bevor er entschlossen einen weiteren Zweig abschnitt.

»Wenn es je eine Mem mit einem Tigerherzen gegeben hat, dann war das unsere Mem. Und du, Miss Georgina, schlägst ganz nach ihr.«

Georgina starrte vor sich hin und schlang die Arme um sich; sie hatte sich als Kind nach einem Bruder, einer Schwester verzehrt. Sie konnte dankbar sein, zwei gesunde Söhne zur Welt gebracht zu haben, schmal und zäh der eine, kräftiger der andere, froh darum, dass die beiden Jungen nicht nur mit Mutter und Vater aufwuchsen, sondern auch einander hatten. Besonders jetzt, nachdem die Oxleys Singapur den Rücken gekehrt hatten, Duncan und David sich von Thomas, Edward, Gertrude und Eva verabschieden mussten, mit denen sie manchmal hier im Garten oder bei den Oxleys auf Killiney gespielt hatten.

Ihre Miene hellte sich auf, als ihr Blick auf David fiel. Die Augen wie zwei blaue Sterne in seinem gebräunten Gesicht, rannte er aus Leibeskräften durch das Gras auf sie zu, und sie breitete die Arme aus.

In vollem Lauf warf er sich in ihre Arme. Das Gesicht gegen ihre Schulter gedrückt, klammerte er sich an ihr fest, sein kleiner Jungenleib ruckend, halb atemloses Luftholen, halb Schluchzen.

»Was ist denn?«, murmelte Georgina in sein Haar, das nach Sonnenwärme roch, frisch und süß wie Pflanzensaft und ein bisschen nach Salz, und streichelte seinen Rücken.

»Duncan ist doof«, murmelte er in ihre Halsbeuge.

»Habt ihr euch gestritten?«

David nickte heftig. »Geschubst hat er mich auch.«

Georgina hob den Kopf und blickte suchend im Garten umher.

Es hätte keinen Sinn gehabt, ihnen das Wäldchen zu verbieten, dafür war es für Kindersinne zu reizvoll, waren die beiden zu neugierig, zu lebendig. Einmal war Georgina noch eingetaucht in das grünschillernde Licht der beiden Zimmer, in diese Welt wie unter Wasser. Ihr Herz gewaltsam verschlossen, taub und blind für Erinnerungen, hielt sie ihre Aufmerksamkeit ganz darauf gerichtet, schadhafte Stellen in Holz und Mauerwerk des Pavillons zu entdecken, an denen sich die Kinder verletzen konnten. Was von ihrer Zeit mit Raharjo übrig geblieben war, hatte sie mechanisch eingesammelt und achtlos in eine Schublade des Waschtischs gestopft; nur das verrostete Rasiermesser hatte sie mitgenommen, um es wegzuwerfen, bevor sie dem Pavillon endgültig den Rücken kehrte und ihn den Kindern überließ.

Ich werde dir alles nehmen, was dir lieb und teuer ist.

Ein Feuerball aus Angst dehnte sich in ihrem Magen aus. Fester als nötig packte sie David, hielt ihn von sich weg und starrte ihm streng ins Gesicht.

»Wo ist dein Bruder?«

Unwillig ruckte er mit den Schultern, befreite einen Arm aus ihrem Griff und wies hinter sich, in Richtung der Mauer.

Auf das Meer hinaus.

»Ich bin noch zu klein, hat er gesagt.« Seine Augen füllten sich mit Tränen. »Nur er. Ganz allein, hat er gesagt.«

»Ich mach schon, Miss Georgina.« In zwei, drei langen Schritten war Ah Tong neben ihr und nahm David, der laut zu schluchzen begonnen hatte, bei der Hand.

Georgina sprang auf und rannte los, und das harte Gras schnitt ihr in die Fußsohlen.

Sie jagte durch das Tor, über die Beach Road hinweg, um Haaresbreite zwischen einem Palanquin und einem Ochsengespann hindurch und hetzte auf die Böschung zu.

Bis über die schmalen Hüften stand er im Wasser, schwankend im weichen, nachgiebigen Untergrund, im Wellengang.

Er hörte nicht, dass sie ihn rief.

Wie in Trance hielt er die Arme ausgebreitet, bot sich selbst dem Meeresgott als Opfer dar.

Welle um Welle rollte auf den Jungen zu, hoch aufgebäumt und brausend, erst kurz vor ihm flach und sanft auslaufend. Ein flüchtiges, fließendes Raubtier, das ihren Sohn umschlich und umschmeichelte, bereit, ihn beim nächsten Atemzug zu ergreifen und zu verschlingen.

Hoch spritzte das Wasser auf, als Georgina hineinrannte, durchnässte ihre Kleider und brannte in den Kratzern und aufgeschürften Stellen ihrer bloßen Füße. Sie stürzte sich auf ihren Sohn, packte ihn, zerrte ihn mit sich; zentnerschwer schien er zu sein.

Duncan schrie, als würde sie ihn bei lebendigem Leib häuten, strampelte, boxte, trat nach ihr. Bis ihre Beine einknickten und sie im nassen Sand, von dünnen, schäumenden Wasserzungen überstrichen, zusammensackte.

Mit letzter Kraft versuchte sie den tobenden Jungen festzuhalten, der sich ihr entwinden wollte, sich gegen sie stemmte, nach ihr schlug.

Fort wollte er, zurück ins Meer.

Bis auch seine Kraft sich erschöpft hatte, sein Gebrüll in ein haltloses Weinen überging, in dem er sich an seine Mutter klammerte und sein Leid gegen ihre Brust klagte.

Georgina wiegte ihren Sohn in den Armen, ihr schönes, wildes Meereskind. Sie strich ihm über das nasse Haar und teilte sein Sehnen. Seinen Schmerz. Seinen Zorn.

Am nächsten Tag fing Georgina damit an, ihren Söhnen das Schwimmen beizubringen, erst Duncan, dann David.

Und sie bat Paul, mit ihr und den Kindern umzuziehen.

Fort aus L'Espoir. Weg vom Meer.

14

Singapur wuchs.

An Reichtum, aber auch an Menschen.

Die Mieten für die Godowns und die Wohnungen darüber, für Häuser und Privatzimmer stiegen rasant. Wer es sich leisten konnte, dachte darüber nach, aus den beengten Verhältnissen und dem Schmutz der Stadt wegzuziehen. Fort von Lärm, Gestank und immer wieder überfluteten Hauseingängen, in eine ruhigere Gegend mit mehr Platz, frischer Luft und seinesgleichen als Nachbarn.

Waren es zuvor Pflanzer wie Konsul Balestier oder Dr. Oxley gewesen, die sich Grundstücke landeinwärts kauften, um eine Plantage darauf anzulegen und sich in diesem Zuge noch ein Haus daraufstellten, dann einzelne Towkays, einige wenige reiche Europäer, die ihren Wohlstand herzeigen wollten, zog es mehr und mehr Kaufleute aus der Stadt hinaus, aufs Land.

Ein Bedürfnis, das mit dem Niedergang der Plantagen von Pfeffer und Gambir zusammenfiel, mit dem durch Käfer verursachten Eingehen der Muskatbäume. Grundstücke wurden als Ganzes oder in Parzellen verkauft oder Häuser daraufgebaut und dann vermietet. Dr. Oxley hatte seinen Besitz von Killiney mit den kränkelnden Muskatbäumen, rund einhundertachtzig Morgen groß, noch losgeschlagen, bevor er mit seiner Frau und den neun Kindern nach England abreiste; fast vierzig Häuser wurden in den folgenden Jahren daraufgebaut. Vor allem Tanglin war beliebt, jenseits der Orchard Road, wo die Straßen gut und die Aussicht hübsch war und von wo aus man sich bequem von einem *syce* zur Arbeit im Kontor fahren lassen konnte.

Hand in Hand damit ging eine Neuordnung des Stadtplans einher, der noch aus der Ära von Sir Stamford Raffles und seinem Residenten William Farquhar stammte. Die Kanäle, die die Wasserversorgung der Stadt sicherstellten, bekamen endlich Namen. Der Commercial Square wurde in Raffles Place umgetauft, und die Straßen am nördlichen Ufer des Singapore River, die denselben Namen trugen wie ihr Gegenstück auf der anderen Seite des Flusses, wurden neu benannt. Aus der Church Street wurde die Waterloo Street, aus der Market Street die Crawfurd Street.

Riechst du's? Heute wieder reinster Lavendelduft!, sagte man grinsend über die Straße, die jenseits des Rochor River nach Norden führte, auf die Serangoon Road zu, zwischen mit *night soil* gedüngten Pflanzungen und Gemüsegärtchen und den Schweineställen. Sie bekam ihren Spitznamen offiziell eingetragen: Lavender Street.

Gerade noch rechtzeitig hatte Paul Bigelow ein Grundstück an der Orchard Road ergattern können. Denn innerhalb von drei Jahren hatte sich der Wert von Grundbesitz und Eigenheimen verdoppelt, am Ende sogar verdreifacht, und längst überstieg die Nachfrage das Angebot.

In Singapur tobte das Baufieber.

Die Lampe auf dem Nachttisch warf einen behaglichen Schein über das Bett. Auf das aufgeschlagene Buch, das Georgina an ihre angezogenen Knie gelehnt hatte. Geraume Zeit hatte sie keine Seite mehr umgeblättert; stattdessen horchte sie in die Nacht hinaus.

Der Wind flüsterte im Laub der alten Bäume, die abzuholzen sie nicht übers Herz gebracht hatten, solange sie gesund waren, und silbern tröpfelte der Gesang einzelner Zikaden herein; es war eine trockene Nacht.

Das Meer fehlte ihr, immer wieder glaubte sie, das Rauschen und Rollen der Wellen zu hören. Ein Phantomklang. Als wäre sie auf einem Ohr teilweise taub geworden, so fühlte es sich an.

Auch Duncan litt darunter, sie sah es in seinen Augen, an der Sehnsucht darin. Und während David jubelnd durch die Räume gesprungen war, um sein neues Zuhause zu erkunden, hatte sich Duncan tagelang bockig gezeigt; nicht einmal das Pony, das Paul für die beiden Jungen gekauft und zu den Pferden in die Stallungen gestellt hatte, war ihm ein Trost gewesen.

Die Kinder schliefen längst, mit Kartika in ihrem Zimmer, die vor Freude außer sich gewesen war, als Ayah mit in das neue Haus zu kommen. Auch die Dienstboten hatten sich in ihre Quartiere im rückwärtigen Teil des Gartens zurückgezogen. Der indische Koch, der ihr von Anish empfohlen worden war mit seinem Gehilfen. Drei chinesische Boys, zwei malaiische Hausmädchen, die drei *syces* und der *tukang ayer*, der Wasser holte, Feuerholz schlug und Nachttöpfe leerte. Die Zeiten, in denen schottische Kaufleute wie Gordon Findlay stolz darauf waren, mit möglichst wenig Personal auszukommen, waren vorbei.

Bei Einbruch der Dunkelheit hatten die beiden malaiischen Nachtwächter ihren Dienst angetreten. Georgina konnte zuweilen ihre murmelnden Stimmen, ihre gedämpftes Gelächter hören, wenn sie ihren Rundgang über das Gelände machten. Und *Boy One* würde noch auf sein, der auf die Rückkehr des Tuans wartete. Genau wie Georgina.

Ein großes, schönes Haus war es geworden, auf einem Fundament aus Ziegeln einige Fuß über dem Grund gebaut, um Feuchtigkeit abzuhalten und die Böden zu kühlen.

Bonheur hatten sie es getauft, als Hommage an Georginas Mutter wie als gutes Omen. *Glück.*

Es roch noch neu, nach dem frischen Chunam der Wände, nach poliertem Holz und dem Bambus der Jalousien. Nach dem eigens dafür angeschafften zierlichen Mobiliar aus Tropenhölzern und Rattan, nach frisch abgeriebenem Silber und Messing und der gewässerten Erde, den grünen Blättern der Topfpflanzen.

Und immer lag der süße, würzige Hauch der Obstgärten in der Luft. Der trockene Duft des Grases, der kreidige der roten Erde und die Frische der jungen Setzlinge von Bambus, Tembusu und wildem Heliotrop, von Cannalilien und verschiedenen Jasminarten.

Ah Tong hatte sich bereiterklärt, Georgina bei der Auswahl der Pflanzen zu helfen und die beiden malaiischen Gärtner anzuweisen, die jeden Tag von ihrem Kampong herüberkamen. Ihr Angebot, mit Cempaka hierherzuziehen, hatte er freundlich, aber bestimmt abgelehnt; sein Platz war auf L'Espoir.

Unten im Salon schlug eine Uhr die Stunde, und Georgina zählte mit. Mitternacht.

Am Nachmittag hatte Paul einen Boten geschickt. Es würde spät werden, sie solle nicht mit dem Dinner auf ihn warten. Das zweite Mal schon in dieser Woche. Er arbeitete häufig lange in der letzten Zeit, oft auch am Wochenende, in seinem Arbeitszimmer im unteren Stockwerk, und wenn er endlich heraufkam, beließ er es dabei, sie in seine Arme zu ziehen und auf die Wange zu küssen, bevor er mit dem nächsten Atemzug auch schon eingeschlafen war.

Einmal mehr machte sich ein klammes Gefühl in ihr breit.

Sie horchte auf. Das Stampfen von Pferdehufen und Räderknirschen hatte sich dem Haus genähert und war verstummt, setzte dann erneut ein und entfernte sich wieder. Gleich darauf hörte sie unten die Stimmen von Paul und *Boy One* und atmete erleichtert auf.

Doch keine Schritte näherten sich über die Treppe.
Das Haus lag so schlafstill da wie zuvor.

Die Fliesen in der Eingangshalle schmiegten sich kühl unter ihre Füße. Dunkel war es hier, bis auf den schummrigen Lichtkeil, der aus dem Arbeitszimmer fiel.

Paul saß am Schreibtisch, ein Glas vor sich, dessen Inhalt im Lampenschein bernsteinfarben glänzte. Den Kopf über die ausgebreiteten Papiere gesenkt, knetete er seine Stirn; erschöpft wirkte er. Entmutigt.

»Willst du nicht ins Bett kommen?«

Sein Kopf ruckte hoch, und seine Augen funkelten auf.

»Georgina. Hab ich dich geweckt?«

»Nein, ich war noch wach.«

»Geh doch wieder nach oben.« Er lächelte ihr zu; beruhigend sollte es wohl wirken, gequält sah es aus. »Ich habe hier noch etwas durchzusehen, komme dann aber gleich nach.«

»Ich muss mit dir reden«, wisperte sie.

Seine Brauen zogen sich zusammen. »Ist etwas mit den Jungs?«

Sie schüttelte den Kopf.

»Etwas Wichtiges?« Ungeduldig klang er, fast gereizt. »Hat es vielleicht Zeit bis morgen? Oder bis zum Wochenende?«

Georgina trat an den Schreibtisch, fuhr mit dem Zeigefinger die Kante entlang, während sie um ihn herumging, und blieb an der Schmalseite stehen. Die Last, die sie mit sich herumtrug, drückte ihr das Herz ab, ließ sich nur schwer in Worte zerteilen und formen.

»Hast du … Gibt es … gibt es eine andere Frau?«

Paul starrte sie unter hochgezogenen Brauen an, den Mund leicht geöffnet.

»Eine andere Frau?« Ein heller Funke blitzte in seinen Augen auf, und er brach in Lachen aus. »Was für eine andere Frau denn?

Misses Napier etwa? Vielleicht Miss Cooke von der chinesischen Mädchenschule?« Der Schalk sprühte aus seinen Augen. »Obwohl, wenn ich es mir so recht überlege … Lucy Oxley hätte mir gefallen können, aber sie ist ja leider nicht mehr hier.«

Georgina konnte nicht mitlachen; angespannt kaute sie auf ihrer Lippe und zeichnete das Reliefmuster nach, das die Schreibtischplatte umlief.

»Komm her zu mir.« Er streckte die Hand nach ihr aus.

Sie rührte sich nicht, und er reckte sich vor, nahm sie beim Handgelenk und führte sie um den Schreibtisch herum. Widerstrebend ließ sie sich auf seinen Schoß ziehen.

»Was für ein Narr müsste ich sein«, flüsterte er, »eine Frau wie dich zu betrügen. Wo du doch alles bist, was ich begehre.« Er küsste sie auf ihren bloßen Oberarm, rieb dann seine unrasierte Wange dagegen. »Ich verspreche dir, ich habe bald wieder mehr Zeit für dich und unsere Jungs.«

Georginas Blick blieb auf den Papieren liegen, lange Zahlenreihen und eilig hingeworfene Notizen, stellenweise mit entschlossenem Zug unterstrichen, einzelne Worte eingekreist.

»Ist es die Firma?«

Es musste Monate her sein, dass Paul mit ihr über die Geschäfte gesprochen hatte; ihre gemeinsame Aufmerksamkeit war gänzlich von ihrem neuen Haus in Anspruch genommen worden, Georginas dazu noch von der Aufgabe, sich jetzt, mit sechsundzwanzig, zum ersten Mal als Mem um einen Haushalt zu kümmern.

Mit einem langgezogenen Ausatmen ließ er sich im Stuhl zurückfallen.

»Es gibt zurzeit ein paar Schwierigkeiten, ja. Ausgerechnet jetzt, da wir so viel Geld in das Haus gesteckt haben und satte Gewinne brauchen könnten.« Er schnitt eine Grimasse und rieb sich über das Gesicht, dann über das kurzgeschorene Haar, als wolle er etwas abschütteln. »Uns sind einige Towkays abgesprungen. Und wir wissen nicht, weshalb. Ich kratze derzeit jeden Tag wie ein Bettler an den Türen ihrer Godowns, um sie umzustimmen oder wenigstens den Grund dafür herauszubekommen. Und dazwischen renne ich mir die Hacken ab, um neue Kontakte zu knüpfen.«

Georgina kannte das Muster, nach dem der Handel in Singapur ablief.

Die europäischen Händler stellten das Grundkapital zur Verfügung. In Form von aus Europa und Amerika importierten Gütern wie Eisenwaren, Stahl, Waffen und das dazugehörige Schießpulver. Kupferdraht und Glas, Bier, Weine und Spirituosen und Waren, die das koloniale Indien lieferte, wie Baumwollstoffe, Erzeugnisse der Kokosnuss, Jute, Tee, Salpeter, Weizen, Reis, Kichererbsen und vor allem natürlich Opium.

Waren, die auf Kredit von den chinesischen Towkays eingekauft wurden und ebenfalls gegen Kredit an die Kapitäne der Dschunken und andere Händler weitergegeben wurden, die nach Siam und China, Cochinchina und Tonkin segelten. An kleinere Händler und Ladenbesitzer, an Agenten, die die Waren nach Sumatra verschifften, nach Borneo und auf die malaiische Halbinsel, wo noch kleinere Händler sie weiterverkauften.

Die Güter aus dem gesamten südostasiatischen Raum nahmen den umgekehrten Weg, von den kleinen Händlern über die Towkays zu den Europäern, aus deren Godowns sie in alle Welt verschickt wurden. Gewürze, Zinn, Gold, Tapioka, Zucker, Reis, Guttapercha, Tierfelle und Büffelhörner und alles, was sich aus den Dschungeln und Meeren zu Geld machen ließ. Dazwischen verwoben sich die Schätze Chinas, Zimt, Kampfer, Ingwer, Anis, Seide, Porzellan und Tee. Zucker aus Siam, Reis aus Java und Burma. Kohle aus Borneo. Sandelholz, Pferde und Schiffe aus Australien. Tabak, Kaffee, Hanf aus Südamerika.

Ein Geflecht, so weit und fein verzweigt wie die Wurzeln und

Äste der Mangroven. Mit den chinesischen Händlern als Stamm, der Wurzelwerk und Krone miteinander verband und wechselseitig nährte, indem er die auf- und absteigenden Bahnen von Kapital und Waren bündelte. Es sich mit ihnen zu verscherzen war fatal.

»Zu allem Überfluss hat uns gestern die Nachricht erreicht, dass wir eine teure Fracht verloren haben. Das Schiff, das sie an Bord hatte, ist überfallen und geplündert worden.« Paul schloss die Arme um Georgina und legte den Mund gegen ihre Schulter. »Aber mach dir keine Sorgen. Wir bekommen das schon wieder hin, dein Vater und ich.«

Das Herz schlug ihr bis zum Hals.

❧

Golden flirrte das Sonnenlicht, das durch das Laub der ausladenden Bäume fiel, und verzauberte ihren kühlenden Schatten. Heiß war es, ohne schwül zu sein; einer dieser heißen Tage in Singapur, der Konturen messerscharf zog und Farben kühn leuchten ließ, das Lied der Vögel, das Sirren der Zikaden jedoch zu einem trägen Murmeln dämpfte.

Eine Ahnung von Wasser lag in der Luft, wusch sie klar, füllte sie mit einem Wellenklang, der nicht zu hören, nur zu spüren war, ein Flüstern auf der Haut.

Hell strahlte das Haus aus dem Grün hervor, seine glatte Fassade gegen die Türen und Fensterläden aus dunklem, poliertem Holz noch weißer. Eine Kaurimuschel. Wie diejenige, die Raharjo einst für sie dagelassen hatte, im Pavillon. Das Haus, das er einmal für sie hatte bauen wollen.

Kulit Kerang. Der *syce* des Mietwagens hatte auf Anhieb gewusst, wo in der Serangoon Road ein Mann namens Raharjo lebte.

So groß wie Bonheur musste dieses Haus sein, vielleicht noch größer, sein Dach mit denselben roten Ziegeln aus Malakka gedeckt. Verlassen wirkte es an diesem Morgen. Abweisend.

Georgina schluckte.

»Mem?«

Das breite Lächeln des *syce* war umso unsicherer geworden, je länger er ausharren musste, eine Hand auf dem geöffneten Wagenschlag, die andere ihr entgegengestreckt. Auch die beiden Wachposten vor dem Haus musterten sie irritiert, warfen sich gegenseitig fragende Blicke zu; bewaffnet waren sie, wie die beiden Männer an der Einfahrt zum Grundstück.

Georgina gab sich einen Ruck und stieg an der Hand des *syce* aus. Den Kopf mit dem kleinen, bändergeschmückten Strohhut hochgereckt, trat sie auf die beiden Wachposten zu.

»Bringt mich zu eurem Tuan. Sagt ihm, Nilam will ihn sprechen.«

Schweigend musterte er sie.

Sie stand aufrecht vor seinem Schreibtisch, einen albernen Hut auf dem hochgesteckten Haar. In einem dieser Kleider mit enger Taille, weiten, bauschigen Ärmeln und Röcken wie eine Kuppel. Ein hochwertiges, aber kein allzu teures Kleid, das ihre kräftigen Farben betonte. Hübsch, aber nicht besonders auffällig, geschneidert aus einem leichten Baumwollstoff in zweierlei Blumenmuster.

Weiß und Blau, wie chinesisches Porzellan. Wie Meer und Gischt.

Ob sie sich mit Bedacht so gekleidet hatte?

Er hatte sie nie für berechnend gehalten, aber darin mochte er sich getäuscht haben. Wie in vielem anderen. Er hätte auch nicht geglaubt, dass sie so dreist sein würde, ihn aufzusuchen. Im ersten Moment hatte er sie hinauswerfen lassen wollen, sie dann aber einfach in der Halle warten lassen, bis seine Neugierde ihm keine Ruhe mehr gelassen hatte. Bis die alten Narben zu sehr störten.

Kalt und klar waren ihre Augen. Wie am Tag ihrer Hochzeit mit dem Orang Putih.

Nur wie ihre Finger über die Handschuhe rieben, die sie in der Hand hielt, über den Verschluss ihrer Tasche, verriet, dass sie sich nicht so sicher fühlte, wie sie sich gab. Ließ hinter der voll erblühten, erwachsenen Nyonya das kleine Mädchen aufscheinen, das sie einmal gewesen war.

Die junge Frau, die er einmal kannte und doch nie gekannt hatte.

»Was willst du?«, gab er schließlich barsch von sich.

»Ich will die Fracht zurück, die du unserer Firma gestohlen hast.«

Um seinen Mund zuckte es. »Was habe ich damit zu schaffen?«

»Ich weiß, dass du es warst.«

Seine Brauen zogen sich zusammen. »Einmal Pirat, immer Pirat, nicht wahr? Immer ein Dieb. Das ist es, was du zu wissen glaubst.«

Sie zuckte mit den Schultern. »Ich weiß es einfach. Und du hast dafür gesorgt, dass wichtige *taukehs* keine Geschäfte mehr mit uns machen wollen. Auch wenn ich nicht genau weiß, wie du das angestellt hast.«

War es bei den Orang Putih üblich, dass die Männer mit ihren Frauen über ihre Geschäfte sprachen? Einer seiner Mundwinkel hob sich, während er eine schmale Zigarre aus der Silberdose holte.

»Gib nicht mir die Schuld, wenn du einen Mann geheiratet hast, der nichts vom Handel versteht.«

Er zündete sich die Zigarre an und blies genüsslich den Rauch aus, erfreute sich daran, wie sich ihre Wangen färbten, ihre Augen Funken schlugen. Sein Pulsschlag beschleunigte sich, ließ sein Blut schneller durch die Adern kreisen. Er lehnte sich in seinem Stuhl zurück und schlug die Beine übereinander, zwischen denen es zu pochen begonnen hatte.

»Und wenn es so wäre? Wenn ich etwas damit zu tun hätte? Was würde ich dafür bekommen?«

Ihre Brauen hoben sich, krümmten sich dann zu zwei zornigen Arabesken.

»Was du getan hast, war unrecht! Es müsste genügen, dass du zurückgibst, was uns gehört.«

»Unrecht.« Seine Stimme klang ihm selbst unangenehm beißend in den Ohren. »Darunter verstehst du wohl etwas anderes als ich.«

»Du kannst meinen ganzen Schmuck haben«, flüsterte sie. »Wenn es sein muss, auch den meiner Mutter.«

»Was soll ich damit?« Er lachte auf, trocken und spröde; sein Mund war ausgedörrt.

»Ich bezahle es dir, wenn du willst. Ich bekomme das Geld schon irgendwie zusammen. Nach und nach.« Ihre Brust hob und senkte sich rasch. »Ich … ich bitte dich«, hauchte sie.

Hatte sie denn keinen Stolz? Liebte sie diesen Mann so sehr, dass sie sich nicht schämte, sich für ihn kleinzumachen? Seine Miene verhärtete sich.

»Ich weiß, was ich dafür haben will.«

Seine Augen hefteten sich auf ihre Brust, wanderten betont langsam an ihr hinunter und wieder zurück. Zufrieden sah er, wie sich ihre Wangen stärker röteten, sie die Lider senkte.

»Einverstanden.«

Eine Antwort, kaum lauter als ein Atemhauch.

Sein Blut strömte in seiner Leibesmitte zusammen, sammelte sich in einem Strudel, der weiter abwärtszog.

»Würdest du dich wirklich für deinen Mann zur Hure machen?«

Sie schlug die Augen auf, die scharf auffunkelten wie geschliffene Saphire.

»Nein. Aber für die Firma meines Vaters. Und für meine Kinder.«

Die glimmende Zigarre in der Hand, stand er langsam auf und ging zu der Tür hinter dem Schreibtisch, öffnete sie.

»Beweis es.«

Georginas Blick wanderte an ihm und der weit aufstehenden Tür vorbei in das Zimmer dahinter.

Im Dämmerlicht hinter den geschlossenen Fensterläden wirkte es so schmucklos und nüchtern wie die Halle, in der sie lange gewartet hatte, bis er sie zu sich rufen ließ, wie das Arbeitszimmer, in dem sie stand. Aus irgendeinem Grund hätte sie erwartet, dass er sich mit prunkvollem Luxus umgab, mit verschwenderisch bunten Stoffen und verzierten Möbeln, Silber und Glas, Porzellan und Marmor; vielleicht, weil sie das Haus von Whampoa gesehen hatte und malaiische Lebensart immer mit Farben in Verbindung brachte. Doch dieses Haus, edel in seiner Einfachheit, in kühlem Weiß und dunklem Braun passte zu ihm, wie das einfache weiße Hemd, das er trug, die braunen Hosen, und dass er darin barfuß umherging.

Ihre Augen saugten sich an dem breiten Bett unter einem Baldachin fest, und ihr Gesicht ging in Flammen auf. Das Kinn hochmütig vorgereckt, aber die Lider gesenkt, schritt sie an ihm vorüber und ließ dabei ihre Röcke energisch schwingen wie mit kaum verhohlener Empörung.

Sie legte Handschuhe und Tasche auf einem Stuhl ab, der hinter der Tür stand, zog die Hutnadeln heraus und legte den Hut dazu. Die Tür fiel mit leisem Klicken hinter ihr ins Schloss.

»Worauf wartest du? Zieh dich aus.«

Georgina unterdrückte ein Lächeln. »Du musst mir helfen. Das Kleid wird hinten geschlossen. Und auch mit dem Korsett.«

Er zögerte, trat dann zu ihr und machte sich an ihrem Rücken zu schaffen. Unbeholfen und vorsichtig erst, dann gewollt grob; zwei der Häkchen rissen ab, klirrten auf dem Boden. Seine Finger, die dabei ihren Nacken streiften, ließen einen Funkenschauder ihr Rückgrat hinabspringen.

Sie schlüpfte aus dem Miederteil und warf es von sich, ließ Überrock und Krinoline rauschend zu Boden gleiten. Ungeduldig zerrte er am Band des Korsetts, und seine Hand, die sich dabei gegen ihre Rippen legte, versengte ihr Hemdchen, bis auf die Haut hinunter.

Schicht um Schicht schälte sie von sich, ließ Kleidungsstück um Kleidungsstück zu Boden fallen, während sie aus dem Augenwinkel sah, wie er um sie herumging, die Zigarre in einer Glasschale neben dem Bett löschte und sich entkleidete. Nackt entstieg sie den Wolken aus Stoff wie Venus dem Meeresschaum und ging zu ihm, mied seinen Blick, der lauernd auf ihr lag.

Dunkel war sein Leib im perlgrauen, von pudrigen Lichtsprenkeln durchsetzten Schatten des Zimmers. Wie aus dem glänzenden Holz des Bodens, des massiven Bettes gemacht, die Riefen und schlanken Wölbungen von Muskeln, Knochen und Sehnen herausgeschnitzt. Eine Hitze ging von ihm aus, in deren Dunstkreis sie hineindriftete. Die ihr den Mund wässrig machte.

Seine Hand strich über ihren Hals, packte sie dann jäh im Genick und drückte sie abwärts. In die Knie wollte er sie zwingen, zu seinem gierigen Geschlecht. Sie versteifte sich, stemmte sich mit aller Kraft gegen seine Brust, bog den Kopf zurück; vorher müsste er ihr das Genick brechen.

»Nein«, fauchte sie und funkelte ihn an.

Sie wusste, was sie wollte.

In seinen Augen flackerte es, und er stieß sie auf das Bett, warf sich auf sie. Seine Hände, weicher als früher, aber immer noch ein wenig rau, gingen hart mit ihr um, sein Mund brutal auf ihrer Haut, jede Berührung ein halber Biss, und Georgina begriff.

Er wollte sie damit strafen, dass er ihr wehtat. Sie demütigen, indem er sie zwang. Sie brechen.

Wie absurd. Wie sinnlos.

Wo sie doch lichterloh brannte vor Verlangen, seit sie ihm vorhin gegenübergetreten war. Während seine Hände ihren Leib zum Schmelzen brachten, sein Mund glühende Spuren hinterließ und sein Bart ihre Haut streichelte.

Heiterkeit stieg in Georgina empor, schoss ihre Kehle hinauf, und sie begann zu lachen, laut und unbeherrscht und glücklich. Ein Lachen, das ihn verwirrte, noch mehr aufreizte.

Sie konnte spüren, wie überrascht er war, dass sie ihm keinen Widerstand leistete, als er in sie hineinglitt. Wie sehr sie ihn willkommen hieß.

Ihr Lachen tröpfelte aus, wurde zu einem langgezogenen, heiseren Ruf, sehnsüchtig und balzend. Seine Hand verschloss ihren Mund, und ihre Blicke verhakten sich ineinander. Sie lockerte ihre Lippen wie zu einem Kuss, grub langsam die Zähne in den Handballen, bis die Haut brach, sie Blut schmeckte, und sie sah ihm an, dass er es ebenso genoss wie sie.

Ein reißender Fluss war es, in heftigen Wellen über die Ufer donnernd, der sie beide fortschwemmte, in einen dunklen Abgrund hinein, der Auslöschung ihres Ichs entgegen.

Georgina verfolgte den Weg der blauen Rauchfähnchen zum Baldachin hinauf, wie sie sich teils im spinnwebfeinen Moskitonetz verfingen, teils durch die Poren des Gewebes schlüpften, in Richtung der Balken und Bohlen der Decke. Die Hitze, die Raharjos Leib noch immer verströmte, überspannte mühelos die Elle kühler weißer Laken zwischen ihnen und mischte sich mit dem Nachglühen ihrer eigenen Haut.

Sonnenlicht, von den Blättern draußen und den Fensterläden gefiltert, tanzte durch den Raum. Jetzt konnte Georgina den Fluss hören, sein sanftes Murmeln und Gluckern.

Sie blinzelte.

Stimmen stahlen sich durch die Schlitze der Fensterläden herein, vergnügt und hell, wie von kleinen Kindern, ein perlendes Auflachen, und sie wandte den Kopf.

»Du hast Kinder?«

Sein Blick blieb reglos auf den Baldachin gerichtet. »Eine Tochter und einen Sohn. Meine Frau ist mit dem dritten schwanger.«

Obwohl sie wusste, dass sie kein Recht hatte, so zu empfinden, traf es sie bis ins Mark. Und mehr noch, wie gleichgültig er es gesagt hatte, fast kalt.

Raharjo drehte sich auf die Seite und blies den Rauch aus, über sie hinweg, und der beißende Hauch war wie eine Liebkosung, der sich ihre Brüste entgegenreckten. Er streckte den Arm aus und schnippte die Asche in die Glasschale, bevor seine Hand auf ihrer Hüfte zu liegen kam. Seine Fingerkuppen zeichneten die feinen, kaum mehr sichtbaren Silberspuren nach, die Duncan trotz Betharis Pflege dort hinterlassen hatte, und seine Berührung, der heiße Atem der Zigarrenglut, gefährlich dicht an ihrer Haut, ließen sie erschauern.

»Und du?«

»Zwei Söhne.« Ein Lächeln umspielte ihren Mund. »Sie sind beide gute Schwimmer. Ich habe es ihnen beigebracht. Wie du es mich damals gelehrt hast.«

Auch sein Mund zeigte so etwas wie ein Lächeln, während seine Augen sich in der Ferne verloren und er seine Hand wieder fortnahm, eine unangenehm kühle Stelle hinterließ. Glatt und glänzend wirkten seine Augen hinter dem Rauch der Zigarre. Undurchdringlich, wie Stein.

Sie wusste, sie hätte es ihm sagen müssen, doch sie konnte nicht. Mehr als ihren Leib mochte sie ihm nicht anvertrauen. Noch nicht.

Ihre Hand schob sich in seine, löste die Zigarre aus seinen Fingern und führte sie an ihren Mund. Sie sog nur leicht daran, gerade genug, um die feuchte Spur zu schmecken, die seine Lippen auf dem rauen Pergamentstängel hinterlassen hatten, und ihren Mund mit dem beizenden Rauch zu füllen, bevor sie ihm die Zigarre zurückreichte. Der Rauch, den sie ausblies, verwehte in dem, der gleich darauf aus Raharjos Mund strömte.

»Erzähl mir von deinen Kindern«, flüsterte sie. »Von deiner Frau.«

Raharjo langte über sie hinweg, um die Zigarre im Aschenbecher auszudrücken. Ein Knie zwischen Georginas Schenkeln, die Unterarme neben ihrem Kopf aufgestützt, legte er sich auf sie, sein Gesicht keine Handbreit von ihr entfernt. Er zögerte, dann senkte sich sein Mund auf ihren. Georgina entfuhr ein kleiner Laut, erstaunt und beinahe klagend. Sie schloss die Augen und versank in diesem Kuss. Dem nächsten und dem darauf.

Seine Hände, seine Lippen strichen so behutsam über ihre Haut, dass es wehtat. Sie öffnete sich seiner Härte, und es war, als läge sie in seinen Armen in einem Boot, das sanft auf dem Serangoon River schaukelte, sein Atem in ihrem Ohr wie das Fließen von Wasser, das ihren Namen hauchte.

Tränen sammelten sich hinter Georginas Lidern, rannen heiß über ihre Schläfen und versickerten in ihrem Haar.

»Ich muss gehen.«

Georgina löste sich aus seinem Arm und stand auf. Ihre Muskeln zitterten, während sie über den glatten Holzboden ging, ein Kleidungsstück nach dem anderen aufhob und sich anzukleiden begann. Überall auf ihrem Leib, ihren Gliedern pochte es, Spuren, die Raharjos Hände, sein Mund hinterlassen hatten; morgen würde sie mit blauen Flecken übersät sein. Ihre Lippen brannten und fühlten sich geschwollen an, zwischen den Beinen war sie aufgescheuert, und sie roch nach Schweiß und Geschlechtlichkeit, moschusschwer und salzig.

Sie hoffte, sie würde es rechtzeitig nach Hause schaffen, um noch ein Bad zu nehmen, bevor Paul aus dem Godown zurückkam.

Scham oder Schuld empfand sie nicht. Nur das Hochgefühl, sich das geholt zu haben, was ihr Jahre zuvor genommen worden war. Was ihr zustand.

Einen Hauch von Glück empfand sie. Eine Art von Macht. Und einen Anflug von Traurigkeit.

»Hilfst du mir bitte?«

Die Hände in die Hüften gestützt, wartete sie, bis Raharjo hinter sie getreten war und die Bänder des Korsetts zuzerrte.

»Zieh das nächste Mal etwas anderes an. Ich bin nicht dein Kammerdiener.«

Georgina lachte und stieg in die Krinoline. »Das nächste Mal? Du hast doch bekommen, was du wolltest. Jetzt bist du dran. Gib mir zurück, was du gestohlen hast.«

Unsanft rupfte Raharjo ihr das Oberteil zurecht und machte sich daran, die Häkchen zu schließen.

»Rechnest du etwa damit, dass eure kostbare Fracht heute Abend vor dem Tor des Godowns steht? Oder vor eurem Haus in der Orchard Road?«

Es durchzuckte sie kalt. »Du weißt, wo ich jetzt wohne?«

Er schnaubte, ein heißer Atemstoß in ihrem Genick. »Ich weiß viel von dem, was in der Stadt vor sich geht.«

Unwillkürlich atmete sie auf, als er die Hände sinken ließ, sie sich einen Schritt von ihm entfernen konnte, um in ihre Schuhe zu schlüpfen, ihr Haar notdürftig wieder aufzustecken, das sich gelöst hatte; etliche Nadeln fehlten.

»Mir ist es gleich, wie du das in Ordnung bringst. Tu's einfach.«

Er packte sie beim Arm und riss sie an sich.

»Sag mir nicht, was ich zu tun habe, oder wie ich es tun soll«, raunte er heiser, sein Mund dicht an ihrem Hals. Sein Griff lockerte sich, und er hauchte einen Kuss in ihren Nacken, noch feucht von Schweiß, in die feinen Härchen, die sich dort kräuselten.

»Ich bestimme, wann deine Schuld beglichen ist.«

Er ließ sie los, und sie hielt auf die Tür zu, nahm sich im Vorbeigehen ihre Sachen vom Stuhl. Sie spürte, wie sich Raharjos Augen in ihren Rücken bohrten.

»Versuch nicht, mit mir zu spielen, Nilam. Es wird dir nicht bekommen.«

Sie drehte sich nicht mehr um.

Raharjo ging durch das schattengemaserte Gras auf den Fluss zu. Genauso ruhig vor sich hin treibend, genauso klar fühlte er sich.

Friedlich. Friedliebend. Ein neues, ungekanntes Gefühl.

Unter einem der Bäume blieb er stehen.

Unweit von ihm spielten Veena und Harshad miteinander; ein Spiel, in dem es offenbar darum ging, den anderen mit der flachen Hand irgendwo am Körper abzuklatschen und dann wegzurennen. Harshad war seiner großen Schwester hoffnungslos unterlegen, was seiner Freude daran keinen Abbruch tat, die er quietschend und mit kullerndem Lachen kundtat. Immer wieder sah er Beifall heischend zu seiner Mutter hin, die im Schneidersitz auf einer Decke saß.

Veena, groß für ihre vier Jahre und schlank, nachdem sie über das vergangene Jahr in die Länge geschossen war, entdeckte ihn zuerst.

Mitten im Lauf hielt sie inne; ihre erhobene Hand fiel herab und krampfte sich um einen Zipfel ihres orangeroten Kleidchens. Das Strahlen auf ihrem Gesicht, noch runder durch die zum Zopf zusammengebundenen Haare, der die goldenen Ringe in ihren durchstochenen Ohrläppchen sehen ließ, verschwand. Ängstlich starrte sie ihren Vater an, der mal unwirsch und abweisend sein konnte, dann wieder so freundlich, dass es sie verwirrte. Der oft von einem Tag auf den anderen verschwand und so lange fortblieb, dass sie ihn schon fast vergessen hatte, bis er eines Tages wieder da war und einen Geruch nach Salz und Wasser, Wind und Holz mitbrachte.

»Darf ich?«

Leelavatis Kopf ruckte hoch. Sie nickte, rutschte ein Stück beiseite, als er sich neben ihr niederließ. Mit gesenktem Kopf strich sie sich verlegen über ihren Bauch, der sich unter dem Sari wölbte.

Jetzt hatte auch Harshad ihn erblickt, der vielleicht noch zu klein war, um unter den Launen seines Vaters zu leiden, vielleicht auch einfach von unbekümmerterem Wesen war als seine Schwester. Unter fröhlichem Kreischen rannte er auf seinen Vater zu, warf sich gegen ihn und drückte den Kopf gegen seine Brust, fast überschnappend vor Lachen. Raharjo legte den Arm um ihn und winkte Veena heran.

Einen Knöchel unsicher umgeknickt, sah sie fragend ihre Mutter an. Erst auf ein Nicken Leelavatis hin setzte sie sich langsam in Bewegung, hockte sich dann aber zu ihrer Mutter, die Wange gegen deren Bauch gelehnt und Raharjo argwöhnisch musternd.

»Geht es dir gut? Und dem Kind?«

Leelavati starrte ihn ungläubig an und brauchte einen Augenblick, um sich wieder zu sammeln; er hatte sie noch nie gefragt, wie es ihr ging. Ihre Wangen wurden heiß, und sie nickte, während sie Veena über das Haar streichelte.

»Ich habe mir überlegt, eine Ayah ins Haus zu holen, sobald das Kind da ist. Vielleicht auch schon früher. Was denkst du?«

Leelavatis Herz pochte heftig; vielleicht würde sich doch noch alles zum Guten wenden.

»Das wäre sehr freundlich. Vielen.Dank.«

»Die beiden müssen endlich schwimmen lernen. Was meinst du, Veena?« Das Mädchen zuckte zusammen und sah ihn aus großen Augen an. »Gehen wir morgen schwimmen? Im Fluss?«

»Auch!«, protestierte Harshad und hob den Kopf, während seine Schwester abwechselnd Mutter und Vater anschaute, die Brauen misstrauisch zusammengezogen.

»Ja, du auch.« Raharjo lachte und schaukelte den Jungen hin und her. »Na, Veena, was sagst du? Hast du Lust?«

Endlich hellten sich ihre Augen auf, erschien ein scheues Lächeln auf ihrem Gesicht, und sie nickte.

Unter gesenkten Lidern warf Leelavati einen Seitenblick auf ihren Mann. So gelöst, so gutgelaunt hatte sie ihn noch nie erlebt in den fünf Jahren ihrer Ehe. So zugänglich.

Du wolltest ihn doch um jeden Preis, diesen schönen Fremden! Jetzt siehst du, was du davon hast!, hatte ihre Mutter, die oft aus der Kling Street herüberkam, um ihr mit den Kindern zur Hand zu gehen, sie jedes Mal gescholten, wenn sie sich beklagte.

Du hast keine böse Schwiegermutter, die dich schikaniert, und dein Mann schlägt dich nicht. Hat er etwa ein böses Wort fallen gelassen, als du zuerst eine Tochter zur Welt gebracht hast, hm? Das ist viel wert, mein Kind, sehr viel wert! Du hast ein prächtiges Haus, in dem du schalten und walten kannst, wie es dir beliebt, und jede Menge Dienstboten. Mehr Geld, als du ausgeben kannst, hast du noch obendrein und zwei gesunde Kinder. Reicht dir das nicht? Was willst du denn noch? Und dass das Kindermachen keine Süßigkeit aus Rosenblüten und Honig ist, hättest du wissen müssen. Wo hast du nur diese Flausen her? Von mir jedenfalls nicht!

Vielleicht stimmte es doch, dass die Götter über die Zeit alles richteten.

Leelavati jedenfalls tat ihr Möglichstes, sie gewogen zu machen. Mit Opfergaben und Räucherwerk und Gebeten aus tiefstem Herzen, am Schrein hier im Haus und im Tempel von Sri Mariamman im chinesischen Viertel.

Wenn ihr Mann zuletzt heraufgekommen war, um bei ihr zu liegen, war er weniger grob mit ihr umgegangen; zu der Zeit, als er das Kind zeugte, mit dem sie schwanger war, hatte sie sogar ein bisschen Gefallen daran gefunden.

Ja, vielleicht würden die Götter doch noch alles richten und ihre Träume von Liebe und Glück wahr werden lassen.

Raharjo lehnte sich herüber, um Veena über die Wange zu streicheln, was diese sich nur widerstrebend gefallen ließ, hin- und hergerissen zwischen Abwehr und Sehnsucht. Eine Regung, die seinen Geruch zu Leelavati herübertrug, diesen Geruch nach Meer und Zimt, der sie trotz allem betörte. Frischer roch er heute, wie das Gras, in dem sie saßen, wie die Luft kurz vor einem Gewitter. Und schärfer, dunkler, wie Patschouli und Sandelholz. Wie nach dem Geschlechtsakt.

Die Frau, die heute Morgen gekommen war, fiel ihr ein, sie hatte sie vom Fenster oben aus gesehen, als sie gerade Veena das Kleidchen überstreifte. Die Frau, die für viel Getuschel unter den Dienstboten gesorgt hatte.

Weil es eine feine Nyonya gewesen war, mit heller Haut und blauen Augen, schön wie Shakti selbst.

Du kannst nicht alles haben, mein Kind!

Das Lächeln, das sich eben noch auf Leelavatis Gesicht ausbreiten wollte, schrumpfte wieder zusammen.

15

Die Lider geschlossen, atmete Georgina den Hauch von salzgetränktem und sonnendurchglühtem Holz ein. Den Duft der Laken, stellenweise steif und kühl, dann wieder durchfeuchtet und anschmiegsam auf ihrer nackten Haut, nach Meerwasser und Wind. Den schwülen Geruch ihres Leibes, den zum Teil ein anderer Leib darauf hinterlassen hatte.

Die Hand, die sacht ihren Rücken auf- und abstrich, die Biegungen ihrer Wirbelsäule nachzeichnete und sich um ihre Pobacke legte, machte sie schnurren, die weichen Partien der Fingerkuppen, der Handflächen ebenso wie die härteren, rauen der Schwielen. Dieselbe Hand, die zusammen mit ihrem Gegenstück vorhin erst so kräftig zugepackt, so fest über ihre Haut gerieben hatte, dass sich die Koje um sie drehte vor Lust und Begierde.

Träge plätscherten die Wellen außen an die Wand, versetzten die Bettstatt unter ihr in ein gleichmäßiges, sanftes Schaukeln. An Deck konnte sie Stimmen hören, ein nicht zu entschlüsselndes Murmeln und Nuscheln, das immer wieder zu Gelächter aufschäumte.

Dian, wohl im selben Alter wie Raharjo und seine rechte Hand, das von Sonne und Wind gegerbte Gesicht dunkel wie starker Tee. Seine kohlschwarzen Augen blitzten auf, wenn er mit Georgina scherzte oder über das Wetter sprach und ihr von Deck aus Delphine zeigte, die sich in einiger Entfernung in den Wellen tummelten, einmal gar einen majestätisch dahingleitenden Wal.

Mit Tirta und Yuda sprach sie kaum je etwas. Die beiden jungen Männer, die sich ihr längeres Haar mit einem verknoteten Band aus den bronzebraunen Gesichtern hielten, beschränkten sich darauf, ihr freundlich zuzugrinsen, manchmal verschwörerisch zuzuzwinkern.

Kurz schoss ein Anflug von Verlegenheit in ihr herauf, was die Männer oben wohl mitangehört hatten, ließ ihre Wangen glühen und flaute dann schnell wieder ab; erstaunlich, woran man sich gewöhnte, mit der Zeit. Erschreckend beinahe.

»Wie denken wohl deine Männer darüber, dass du deine weiße Geliebte mit an Bord bringst?«, flüsterte sie lächelnd.

Raharjos heißer Atem wanderte über ihren Nacken.

»Sie werden fürs Arbeiten bezahlt. Nicht fürs Denken.«

Ihr Lächeln vertiefte sich. »Traust du dich etwa nicht mehr, mit mir allein auf einem Schiff zu sein?«

Seine Zähne gruben sich in die Stelle zwischen Nacken und Schulter, und sie erschauerte. Wie besänftigend fuhr seine Zunge dieselbe Linie nach.

»Wie könnte ich auch einer Ehebrecherin trauen? Einer Betrügerin?«

Georgina versteifte sich und schlug die Augen auf.

»Ich kann dich beruhigen«, murmelte er gegen ihre Haut. »Sie halten dich nicht für eine weiße Nyonya. Für sie bist du wenigstens zur Hälfte von malaiischem Blut. Wie für mich damals.«

Er presste seinen glühenden Leib gegen ihren Rücken, ließ sie spüren, dass er sie noch einmal wollte.

»Und jeder von ihnen nimmt es mit der Treue zu seiner Frau nicht so ernst, wenn wir lange auf See sind.«

Georgina stieß ihn beiseite und fuhr herum.

»Das hast du geglaubt? Früher? Dass ich eine halbe Malaiin bin?«

Unter zusammengezogenen Brauen musterte er sie.

»Was hätte ich denn sonst glauben sollen?«

Er fuhr sich durchs Haar, eine Geste, die ebenso gereizt wirkte wie sein Tonfall.

Georgina starrte vor sich hin, bevor sie den Blick wieder zu ihm anhob.

»Hätte ... hätte das etwas zwischen uns geändert? Damals?«

Er brauchte ihr nicht zu antworten, sie sah es ihm an, und ihr Magen ballte sich kalt zusammen.

»Ich hatte keine Ahnung«, hauchte sie.

»Ist heute auch nicht mehr von Bedeutung.«

Einen missmutigen Klang in der Stimme setzte er sich auf, suchte nach seinem Hemd, seinen Hosen.

Beklommen sah Georgina ihm zu.

So war es immer zwischen ihnen. Ein gegenseitiges Belauern und Umkreisen, abwartend und misstrauisch, fast feindselig. Das sich jäh in einem leidenschaftlichen Kampf Bahn brach, in dem sie einander mit Zähnen und Klauen zusetzen. Erst die Ermattung danach ließ so etwas wie Nähe, wie Zärtlichkeit zu. Bis einer von ihnen den ersten Seitenhieb austeilte und der andere es ihm gleichermaßen vergalt, sie wieder und wieder den brüchigen Frieden zwischen ihnen gefährdeten, der jederzeit in einen Krieg umschlagen konnte. Im Haus in der Serangoon Road und hier, an Bord dieses Schiffs. In diesen beiden Muschelschalen, geräumig und licht, und doch von nostalgischer Intimität.

An all diesen gestohlenen Tagen seit jenem Wiedersehen, unterbrochen von einem halben Jahr, in dem Raharjo auf See war und Georgina gefühlstaub und leer zurückließ.

Die Kälte in ihrem Bauch schmolz unter einer jäh aufschießenden Hitze.

»Du hast dein Versprechen nicht gehalten.«

Er hob die Brauen.

»Du hast weder die gestohlene Fracht zurückgegeben noch

dafür gesorgt, dass die *taukehs*, mit denen die Firma früher Geschäfte gemacht hat, ihr wieder gewogen sind.«

Das Stück Land, auf dem er Pfeffer und Gambir anzubauen versucht hatte, hatte Paul verkauft. Mit etwas Gewinn sogar, aber nicht zu dem Preis, den es erzielt hätte, hätte er noch ein oder zwei Jahre gewartet, dafür lag es zu weit außerhalb der Stadt. *Findlay, Boisselot & Bigelow* hielt sich tapfer, kränkelte aber; eine Last, an der Paul schwer trug.

Raharjo lachte auf, ein trockenes, hässliches Lachen, während er im Liegen in seine Hosen schlüpfte und sich wieder aufsetzte.

»Ich habe dir schon einmal gesagt, dass es nicht meine Schuld ist, wenn dein Mann nichts von Geschäften versteht.«

»Du hast es versprochen.«

Seine Augen bohrten sich in ihre. »So ist das mit Versprechen. Manche lassen sich eben nicht einhalten.« Um seinen Mund zuckte es, und er streifte sein Hemd über. »Wenn du willst, kann ich dir nachher ein paar Dollars in die Hand drücken. Für deine Gesellschaft heute.«

Georgina fuhr auf, holte zum Schlag aus, doch er war schneller, warf sich auf sie. Ihre Handgelenke umklammert, drückte er sie nieder, lag so schwer auf ihr, dass sie kaum noch Luft bekam.

Stumm und mit zusammengebissenen Zähnen starrten sie einander in die Augen, in einem erbitterten Messen ihrer Kräfte, ihres Willens, indem immer wieder ein Muskel aufzuckte und keiner nachgeben wollte. Bis sich Raharjos Griff lockerte und sein Gesicht sich ihrem näherte, wie zu einem Kuss.

Georgina drehte den Kopf zur Seite.

»Komm mit mir, Nilam«, raunte er in ihr Ohr. »Irgendwohin, wo uns keiner kennt. Nusantara ist groß. Wenn du willst, stechen wir noch heute in See und kehren nie wieder zurück.«

Georgina schloss die Augen. Seine Worte erfüllten die Sehnsucht, die sie in sich trug, seitdem sie ein kleines Mädchen gewesen war. Seitdem sie auf dem Felsen im Garten von L'Espoir saß, auf das Meer schaute und auf die Rückkehr ihres Selkies wartete. Der Nachhall seiner Worte walkte sie weich, ein Ja tastete sich schon auf ihrer Zunge vor.

»Ich kann nicht«, flüsterte sie schließlich und öffnete die Augen. »Ich habe doch meine beiden Jungen.«

»Dann nimm sie mit! Es wird ihnen gefallen auf dem Schiff.«

Ein schmerzliches Lächeln glitt über ihr Gesicht.

Dein Sohn könnte sich nichts Schöneres vorstellen, ja. Er liebt das Meer so sehr wie du. Aber nicht David. Nicht Pauls Sohn, der genauso erdverhaftet ist wie sein Vater. Der lieber auf Bäume klettert, als schwimmen zu gehen und mit ganzem Herzen an seinem Pony hängt.

»Ich kann nicht«, wiederholte sie, halb erstickt von Traurigkeit.

Raharjo atmete aus und ließ sie los, stand in langsamen Bewegungen auf. Müde wirkte er, so zermürbt, wie Georgina sich fühlte. Vielleicht waren sie beide nicht mehr jung genug für diese Art der Leidenschaft, wo sich die Meere von Lust und Hass trafen und sich in reißenden, tückischen Strudeln verwirbelten.

Sie setzte sich auf, zog die Knie an und legte die Arme überkreuzt auf die Schultern.

»Und du? Könntest du deine Kinder wirklich einfach so zurücklassen? Und deine Frau?«

Raharjo schwieg, das Gesicht halb abgewandt.

»Paul ist kein schlechter Geschäftsmann«, sagte sie leise. »Er ist meinen beiden Söhnen ein guter Vater. Und mir ein guter Ehemann.«

Raharjos Augen richteten sich auf sie, offen und glänzend.

»Warum bist du dann hier?«, flüsterte er rau.

Georginas Blick wanderte ins Leere. Ja. Warum war sie dann hier? Sie wusste es nicht mehr.

Sie schüttelte den Kopf und rutschte über die Laken, griff zu ihrem Sarong und streifte ihn sich über.

»Bring mich zurück an Land.«

Sie spürte seine Blicke auf sich, während sie ihr Hemdchen und die Kebaya anzog.

»Ich meine es ernst, Nilam«, raunte er. »Komm mit mir. Wohin du willst. Du und deine Söhne.«

Sie setzte zu einer Erwiderung an.

»Nein. Nicht heute. In sechs Monaten. Wenn ich wieder zurück bin. Dann erst will ich eine Antwort von dir.«

Georgina hatte dabei innegehalten, ihre Kebaya zurechtzuzupfen. Ihre Hände zitterten.

»Sag …«, begann er zögerlich und fuhr dann sicher, geradezu schneidend fort: »Sag deinem Mann, er soll Häuser in der Upper Circular Road kaufen. Dort wird sich in nächster Zeit etwas tun.«

Sie stand auf und strich sich über den Sarong.

»Bring mich zurück an Land«, erwiderte sie nur.

Nur zögerlich rollte das Donnergrollen aus. Immer wieder bäumte sich das Gewitter auf und zerschnitt die dampfende Luft mit einem Krachen, jedes Mal aus einer anderen Himmelsrichtung, doch hörbar aus immer weiterer Entfernung. Nur der Regen prasselte unverändert stark hinab, plätscherte über das Dach und die Blätter der Bäume, gurgelte und strudelte in der roten Erde des Gartens in der Orchard Road.

»Blöder Regen«, murrte David, zog seine Stupsnase kraus und versetzte einer Zigarrenkiste einen Stoß, sodass sie über den Boden schlitterte.

»He«, schalt Paul ihn liebevoll und schüttelte ihn zärtlich im Genick. »Ich würde jetzt auch lieber mit euch im Garten Ball spielen. Aber dafür habe ich euch ja etwas mitgebracht.«

Mit den beiden Jungen saß er auf dem Boden des Salons, auf dem in den vergangenen Stunden aus Zigarrenkisten, Blechdosen und Bauklötzen die Bebauung entlang der Strecke entstanden war, auf der die neue Eisenbahn fahren sollte. In Karmesinrot, Dschungelgrün, Schwarz und Marineblau glänzten die beiden Lokomotiven, ihre Tender und die zahlreichen Waggons aus Blech und warteten darauf, durch die Tunnels aus zurechtgerückten Stühlen hindurchzufahren. Mit den Kartons, in denen die Züge verpackt gewesen waren, als Bahnhöfe und Zinnsoldaten als Zuschauer, wartende Passagiere, Straßenhändler und Bauern auf dem Feld.

Sündhaft teuer war die Eisenbahn gewesen, aber Paul hatte den guten Geschäftsabschluss heute einfach feiern wollen. Wiedergutmachung wollte er leisten, dafür, dass er die beiden in der letzten Zeit so wenig gesehen hatte, und er hatte sich eigens dafür den Nachmittag frei genommen.

»Da ist noch Platz«, sagte Duncan und wies auf eine leere Stelle an den gedachten Gleisen.

Davids Miene hellte sich auf. »Eine Festung! Wir brauchen noch eine Festung!«, lispelte er durch seine frische zweite Zahnlücke hindurch.

»Au ja!«, stimmte Duncan begeistert zu.

Wie Sprungfedern schnellten beide Jungen in die Höhe, sammelten Zigarrenkisten ein, trugen die Bauklötze, denen sie eigentlich schon entwachsen waren, zusammen und machten sich daran, eine Festung ganz nach ihrem Geschmack zu errichten. In ihre Stimmen, die in fachmännischer Ernsthaftigkeit debattierten und verhandelten, was eine solche Festung an welcher Stelle benötigte und wie die Details aussehen sollten, drangen Stimmen von unten herauf.

Paul stand auf und ging zur Tür.

Die Kebaya an den Schultern durchnässt, das nachlässig zusammengenommene Haar feucht, stieg Georgina die Treppen hinauf, barfuß, ein Paar leichter Schuhe in der Hand. Erschöpft sah sie aus, das Gesicht verschleiert, wie in Gedanken.

»Hallo.«

Sie zuckte zusammen und zwang sich ein Lächeln auf.

»Paul.« Ihr Lächeln geriet ins Rutschen. »Du bist schon zu Hause?«

»Wie du siehst.« Die Schärfe in seiner Stimme milderte sich zu Unsicherheit, und er vergrub die Hände in den Hosentaschen. »Kartika hat mir gesagt, du seist in der Stadt.«

Verlegen hatte sie dabei gewirkt, seine Blicke um Haaresbreite gemieden. Als fürchte sie, von ihm zur Verantwortung gezogen zu werden, weil ihre Mem ohne sie unterwegs war und sie auch nicht sagen konnte, wann diese zurück sein würde.

»Ja.« Georgina schlug die Augen nieder. »Ich hatte etwas zu erledigen.«

Seine Augen wanderten unter hochgezogenen Brauen über ihre Kebaya und den Sarong. »So?«

Sie zuckte mit den Schultern. »Ich hatte es eilig und dachte, ich würde schnell zurück sein.«

Unruhe überfiel Paul, ließ ihn seinen Schwerpunkt mehrmals von einem Bein auf das andere verlagern; schließlich streckte er die Hand nach ihr aus.

»Komm her«, sagte er weich.

»Ich bin unterwegs beinahe eingegangen vor Hitze und durchgeschwitzt. Ich mach mich nur schnell frisch, ja?« Sie lächelte schwach und lief davon, in Richtung des Badezimmers.

Die Tür klappte hinter ihr zu.

»Komm spielen, Papa!«, rief David hinter ihm.

»Gleich.«

War es seine Schuld, dass Georgina ihm fremd geworden war? Früher so klar, wirkten ihre Augen oft dunstig wie das Meer an einem diesigen Morgen, mit ihren Gedanken Ozeane weit entfernt. Beim Frühstück und beim Dinner saß sie mit am Tisch, als gehöre sie nicht mehr zur Familie, driftete nach und nach weiter von ihnen fort wie Schwemmholz.

Eine schöne Fremde, die in seinem Bett schlief und seine Zärtlichkeiten routiniert erwiderte, wenn ihn doch wieder einmal das Begehren überkam. Mehr Trieb denn tief empfundenes Verlangen, eher mechanisch als lustvoll. Zu viele Gedanken kreisten in seinem Kopf, lenkten ihn ab, während der Leib unter seinen Händen zwar freundlich und entgegenkommend war, aber seelenlos und ohne Feuer.

Eine heiße Hand legte sich von hinten an sein Bein, und er senkte den Blick. Duncan lehnte sich an ihn, drückte seinen harten Kopf in Pauls Flanke und sah zu ihm herauf, wie tröstend. Pauls Hand, die sich auf das glatte Haar legen wollte, verharrte auf halbem Weg.

Er musterte die Augen des Jungen, silbern wie Mondlicht, und die ausgeprägten Brauenbögen darüber. Die kräftige Nase und den vollen Mund. Die Kinnlinie, die mit dem Zahnwechsel schärfer, kantiger gezeichnet war.

Dieser Junge, ohne den er Georgina wohl niemals bekommen hätte. Den er auf seinem Weg in die Welt begleitet und dem er ein Vater zu sein versprochen hatte, obwohl nicht sein eigen Fleisch und Blut. Er hatte von Anfang an gewusst, dass es nicht leicht werden würde.

Georginas Sohn und der eines anderen Mannes.

Eine dunkle Ahnung trieb in Paul herauf, verdichtete sich und drückte schmerzhaft gegen sein Brustbein, machte ihm für einen Augenblick das Atmen unmöglich.

Schließlich senkte sich seine Hand und strich über das fast schwarze Haar des Jungen.

Zu spät; trotzig bog Duncan den Kopf zurück und entwand sich ihm.

Er rannte zurück zu seinem Bruder, wo er stumm weiter an ihrer gemeinsamen Festung baute. Die Brauen verkniffen und einen unkindlich bitteren Zug um seinen Mund, die Augen mattgrau und hart wie Flusskiesel, und Paul war es schwer ums Herz.

16

Paul stand am Schreibtisch seines Arbeitszimmers und überprüfte zum wiederholten Male die Unterlagen und Briefe, die er darauf ausgebreitet hatte. Die Ernte seiner Bemühungen, seiner Erkundigungen in den vergangenen Monaten. Antworten auf die Schreiben, die er selbst über den halben Erdball verschickt hatte. Er hatte an alles gedacht, alles beisammen.

Ausgiebig hatte er mit Gordon Findlay darüber gesprochen. In den kurzen Mittagspausen im Godown, die sie daraufhin über Gebühr ausdehnten. Bei einem Glas nach Feierabend. An den Sonntagen, an denen sie nach dem Kirchgang auf L'Espoir zu Mittag aßen, während Georgina nach dem Dessert mit den beiden Jungen im Garten herumtollte oder später mit ihnen schwimmen ging.

Dass sein Schwiegervater ihm in seinen Gedanken und Überlegungen nicht nur zustimmte, sondern sogar noch sein Anliegen guthieß, bestätigte ihn in seiner Entscheidung.

Er wusste, er tat das Richtige, doch Erleichterung wollte sich keine einstellen.

Dumpfe Schläge, die durch das Haus polterten, verrieten ihm, dass die beiden Jungen mit voller Wucht die Treppen hinuntersprangen. Ihre lebhaften Stimmen näherten sich, entfernten sich dann wieder, bevor er sie von draußen hörte.

Er trat ans Fenster, und ein Lächeln zuckte über sein Gesicht.

Johlend rannten die beiden im staubigen, pastellweichen Licht des Gartens über das Gras, zwischen den blühenden Sträuchern hindurch. Die kurzen Hosen, die aufgekrempelten Ärmel ihrer lockeren Hemden enthüllten ihre schlanken nussbraunen Glieder, berstend vor Energie und Lebensfreude. Sichtlich glücklich, dem Stillsitzen über den Büchern für heute entronnen zu sein, rempelten sie sich immer wieder an, schubsten sich in ruppiger Innigkeit, und ihr Lachen sprudelte zu den überhängenden Zweigen der alten Bäume empor.

Zwei Brüder wie Tag und Nacht, wie Sonne und Mond. Genauso gegensätzlich, genauso unzertrennlich.

Paul konnte sich ein Leben ohne die beiden nicht mehr vorstellen. Ohne Georgina.

Einen Penny für jedes Mal, das ich mich frage, was um alles in der Welt in den Frauen vor sich geht, hatte sein älterer Bruder John oft mit trübseliger Miene gesagt, wenn ein Stelldichein mit einem Mädchen ihn in tiefste Verwirrung gestürzt hatte. *Und ich wär' reich wie Krösus.*

Er musste eine Frau wie Georgina gekannt haben.

Ein nettes, liebes Mädchen hatte Paul im Sinn gehabt, wenn er sich vorstellte, eines Tages zu heiraten, ein Heim aufzubauen, Kinder in die Welt zu setzen. Bekommen hatte er eine Naturgewalt, der er hilflos gegenüberstand.

In den bald zehn Jahren Ehe hatte es eine Zeit gegeben, in der er Georgina geerdet glaubte, gezähmt. Ein Trugschluss. Dieser Ozean, der Georgina war, mochte zuweilen glatt und sanft erscheinen, aber er war unberechenbar, voll tückischer Sandbänke und Strömungen und unauslotbarer Tiefen. Noch konnte er sich über Wasser halten, doch seine Kräfte ließen nach; er fürchtete, darin zu ertrinken.

»Kartika sagt, du willst mich sprechen?«

Paul atmete tief durch, bevor er sich umwandte.

In Sarong und Kebaya stand sie im Türrahmen, ein wenig

unsicher, ein wenig ungeduldig. Die unausgesprochene Frage schwamm in ihren meerblauen Augen, weshalb er um diese Zeit des Tages nicht im Godown war.

»Ja.« Er rang sich ein Lächeln ab, schwankend, ob er stehen bleiben oder mit ihr in den Salon gehen sollte, vielleicht auch auf die Veranda, bis er sich schließlich am Schreibtisch niederließ.

Es fiel ihm schwer, ihr in die Augen zu schauen.

»Es geht um unsere beiden Jungs. Sie müssen endlich auf eine Schule gehen.«

»Aber warum?« Sie klang ernsthaft erstaunt. »Sie können doch längst lesen, schreiben und rechnen. Beide sprechen fließend Englisch und Malaiisch und machen mit Französisch gute Fortschritte. Duncan kann sogar ein bisschen Hokkien. Und ich lerne jeden Tag mit ihnen.«

»Das reicht nicht. Sie brauchen eine richtige Ausbildung. Eine angemessene Erziehung.«

Aus der Art, wie sie die Luft einsog, hörte er heraus, wie sehr er sie damit getroffen hatte.

»Deine Tante und ihr Ehemann werden so freundlich sein, eine passende Schule für die beiden auszusuchen. In zwei Wochen machen Duncan und David sich auf den Weg nach London.«

»Nein, auf keinen Fall!« Jäh schlugen die Wellen bei ihr hoch, und ihre Augen schlugen Funken. »Wenn, dann werden sie hier in Singapur zur Schule gehen!«

»Mit chinesischen Kindern etwa? Mit malaiischen?«

»Ja, warum auch nicht?«

Seine Hände, die unruhig über die ausgebreiteten Papiere gewandert waren, ballten sich zu Fäusten.

»Kommt nicht in Frage! Für dich mag es gereicht haben, hier aufzuwachsen, du siehst es möglicherweise deshalb anders. Vielleicht fehlt dir auch der nötige Weitblick. Aber ich denke an später, an die Zukunft. Und wenn die beiden es zu etwas bringen wollen in dieser Welt, brauchen sie eine ordentliche Ausbildung.« Mit jedem Wort hatte er festeren Grund unter die Füße bekommen, und er entspannte sich ein wenig. »Ich habe das so entschieden, zum Wohle der beiden. Sie fahren nach England.«

»Mein Vater wird nie erlauben, dass du seine Enkelsöhne in die Fremde schickst.«

Ein Argument, das wenig Gewicht besaß, angesichts ihrer eigenen Geschichte, und trotzdem warf sie es in die Waagschale.

»Dein Vater steht dabei voll und ganz hinter mir. Bildung war ihm immer ein hohes Gut, das müsstest du wissen.«

Ein tiefes, dunkles Fauchen strömte aus ihrer Kehle. »Du nimmst mir meine Kinder nicht weg!«

Seine Fingerknöchel schimmerten weißlich auf und schmerzten, als er ihr den Stich mitten ins Herz versetzte.

»Du wirst mit ihnen fahren.«

Das Holz des Bodens zerfiel zu Staub und rieselte unter ihren bloßen Füßen davon.

»Tu mir das nicht an«, flüsterte sie.

Er versuchte, ruhig zu bleiben. Sachlich.

»Ich habe versucht, deinen Vater davon zu überzeugen, die beiden nach England zu bringen oder euch zu begleiten. Er hatte lange keinen Urlaub, war seit Jahrzehnten nicht mehr in seiner alten Heimat. Eine gewisse Zeit hätte ich die Geschäfte schon allein stemmen können. Aber er will nicht, hält sich hier für unabkömmlich.«

»Nein, Paul.« Langsam schüttelte sie den Kopf; ihr Zorn schien verraucht, vielleicht auch nur vor Entsetzen gelähmt, für den Augenblick. »Ich gehe nicht zurück nach England. Nie wieder. Ich werde nicht mitfahren. Und du kannst mich auch nicht dazu zwingen.«

»Liebst du diese Insel wahrhaftig mehr als deine eigenen Kinder?« Seine Augen blitzten auf vor kalter, kaum verhohlener Wut. »Was bist du nur für eine Mutter!«

In Georginas Ohren rauschte es, als Welle um Welle eines rasenden Zorns in ihr emporschoss.

»Du kaltherziges Ungeheuer!«

Sie wirbelte herum und rannte davon. Durch die Halle, auf deren glatten Boden sie beinahe strauchelte, aus dem Haus hinaus, in Richtung der Ställe, rief nach den *syces*, die anspannen sollten. Paul lief ihr hinterher, brüllte ihren Namen, doch sie blieb nicht stehen, warf keinen einzigen Blick zurück.

Wie in einem Blitz, der scharf und blendend herabzuckte und mit aller Kraft in die Erde einschlug, hatte sie ihre Entscheidung gefällt. Nachdem sie über Wochen hinweg durch Fragen und Zweifel getaumelt war; durch eine massige Wolkenbank, die finstergrau und gewitterschwer am Himmel dräute, sich jedoch einfach nicht hatte entladen wollen.

Sie würde nicht darauf warten, bis Paul sie und ihre Söhne nach England verschiffte. Sie konnte nicht in diesem Haus bleiben, das ihr nie ein Zuhause geworden war. Nicht bei diesem Mann.

Das dämmrige Licht der Ställe umfing sie und das Schnobern der Pferde, der warme, behagliche Geruch von Stroh und Tierleibern; ein süßer Vorgeschmack, ihr Leben in die eigenen Hände zu nehmen.

»Wo willst du hin?« Paul packte sie beim Arm und riss sie zurück.

»Lass mich los!« Sie versuchte sich seinem Griff zu entwinden, schlug mit der freien Hand nach ihm, trat nach seinen Schienbeinen und verlor den sicheren Stand.

Unsanft stieß er sie gegen die Wand des Stalls, hielt sie mit beiden Händen dort fest, so sehr sie auch zappelte und sich wand. Aus dem Augenwinkel sah sie das Gesicht eines *syce* um die Ecke lugen, die Augen erschrocken aufgerissen, und gleich wieder verschwinden; in einem solchen Streit zwischen dem Tuan und der Mem geriet man besser nicht zwischen die Fronten.

»Du kannst mich nicht einsperren!«, spie sie ihm ins Gesicht.

»Das will ich doch auch nicht! Verdammt, Georgina, kannst du mich denn so gar nicht verstehen?« Wütend sah er aus und sorgenvoll, ein Flackern in den Augen, das verletzt wirkte. »Ich will dich damit doch nicht quälen!«

Die hoch aufwallenden Wogen ihres Zorns fielen in sich zusammen, sammelten sich zu einer Flut, die unerbittlich höher und höher stieg, ihre Augen benetzte und rauchblau färbte.

»Ich kann nicht zurück nach England. Bitte, Paul! Alles, nur das nicht.«

Er legte seine Stirn an ihre. »Denk bitte an unsere Jungs, Georgina. Ich weiß, dass ich dir da ein gewaltiges Opfer abverlange. Und auch wenn du es mir vielleicht nicht glaubst, so ist es auch für mich eines. Aber ich bitte dich, denk zuallererst an die beiden. Sie bekommen hier einfach nicht die nötige Ausbildung. Damit einmal etwas aus ihnen wird. Und sie werden dich brauchen, die erste Zeit in der Fremde. Dich, ihre Mutter.«

Ihre Muskeln gaben nach. Mit zitternden Händen strich er über ihre Arme, umschloss dann ihr Gesicht.

»Denk jetzt nicht an dich. Oder an mich. Sondern nur an unsere beiden Jungs. Bitte.«

Tränen liefen über ihre Wangen.

»Ich kann nicht, Paul. Ich kann einfach nicht.«

Georgina begann zu weinen, laut und haltlos und aus den Tiefen ihrer Seele, aus einem Leid heraus, das viel älter war, weiter zurückreichte. Das sie schon vergessen, schon verwunden geglaubt hatte.

Ohne Gegenwehr ließ sie sich an seine Brust ziehen, klammerte sich sogar noch an ihn.

»Ich weiß«, murmelte er, während er sie festhielt. »Ich weiß.«
Als wüsste er tatsächlich, woran sie litt.

❦

Singapur schimmerte im gleißenden Sonnenlicht, das die letzten Dunstschleier des frühen Morgens zerstreute und die Luft blank rieb.

Tränenblind starrte Georgina auf die grünen Hügel der Insel. Auf den Teppich aus weißen, ziegelgedeckten Häusern, der so viel dichter war, sich so viel weiter die Küste entlang ausdehnte als bei ihrer Heimkehr vor mehr als einem Jahrzehnt. Der Trubel im Hafen war ohrenbetäubend und schwindelerregend gewesen, ungleich roher als in ihrer Erinnerung; sie fürchtete, Singapur nicht mehr wiederzuerkennen, wenn sie zurückkehrte.

Zum zweiten Mal musste sie sich von ihrer Heimat verabschieden. Und auch wenn dieser Abschied sanfter verlief, weniger heimtückisch und gewalttätig, schien er ihr schmerzlicher zu sein. Sehenden Auges war sie ihm entgegengegangen, mit jedem von Vorbereitungen angefüllten Tag, in vollem Bewusstsein um die Abschiedsstunde, die immer näher rückte, und um ihre Unabwendbarkeit.

Der Dampfer ruckte ungeduldig unter ihren Füßen. Eine Ungeduld, die Georgina teilte; sie wollte den Abschied nicht länger hinauszögern.

Sie blinzelte, um den Flaggenmast auf dem Government Hill und das Haus des Gouverneurs klarer zu sehen.

Auf Wiedersehen. Vergesst mich nicht.

Irgendwo dahinter reihte sich in der Orchard Road das Haus von Bonheur zwischen seinen schmucken Nachbarn ein, dem sie heute in aller Frühe und ohne Bedauern den Rücken gekehrt hatte. L'Espoir, wo sie sich gestern von ihrem Vater verabschiedet hatte, sprang ihr dieses Mal mühelos ins Auge; zu finster, zu wild zeichnete sich das Wäldchen hinter der Mauer entlang der Beach Road ab.

Hell glänzte der neue Leib von St. Andrew's auf der Esplanade, noch unfertig und von Gerüsten umgeben. Die Kirche würde prächtig wiederauferstehen, über zweihundert Fuß lang, vielleicht irgendwann vergessen lassen, wie lange es dauerte, bis mit dem Neubau begonnen werden konnte, wie zögerlich die Arbeiten daran fortschritten.

Wasser auf die Mühlen spottlustiger Bürger. Reiche Nahrung für den Aberglauben der Chinesen, dieser Ort sei verflucht. So mächtig waren die bösen Geister, die dort hausten, dass die Weißen ihren Tempel verlassen hatten und ihre Rituale andernorts abhielten. So mächtig, dass man den alten Tempel einreißen musste und die Regierung den indischen Sträflingen befohlen hatte, des Nachts auf den Straßen auf Menschenfang zu gehen und mit abgeschlagenen Köpfen der Chinesen die Geister milde zu stimmen, bevor der neue Tempel gebaut werden konnte.

Ihr heimliches Wahrzeichen von Kindheit an, ihren Leitstern abgerissen und erst zum Teil wieder aufgebaut zu sehen, war Georgina ein Sinnbild für ihr geteiltes Herz, das in Singapur blieb, während es gleichzeitig ihre Söhne nach England begleitete.

Erstaunlich gefasst hatten sie den bevorstehenden Umzug aufgenommen. Für beide schien es ein Abenteuer zu sein, auf das sie nur gewartet hatten, auf dem sie nicht nur mit einem großen Dampfer und mit der Eisenbahn fahren, sondern auch die Pyramiden von Ägypten sehen würden und irgendwann dann auch Schnee und Eis, das nicht aus einem Eishaus kam. Sicher eine Verlockung, ein Trost, der den Abschied von Großvater und Vater gelassen ausfallen ließ; die meisten Tränen hatte David um sein Pony vergossen. Vielleicht war ihnen die ganze Tragweite noch nicht bewusst, vielleicht hatten sie sich auch einfach tapfer in das Unvermeidliche geschickt.

Unter lautem Getrappel kamen die beiden angerannt und drängten sich an ihre Mutter. Die Gesichter erhitzt vom schnellen Lauf und von der Sonne an Deck, nachdem sie sich überall zwischen die Passagiere gedrängelt und alles bestaunt hatten, was es auf und von einem solchen Schiff aus zu sehen gab.

David überschüttete Georgina mit einem Redeschwall, in dem *sooo groß* und *sooo hoch* und *riesig* feste Größen waren, während Duncan sich stumm an sie drückte und mit glänzenden Augen die Küste betrachtete.

»Wenn ich groß bin«, murmelte er, heiser vor Aufregung und Glück, »dann fahre ich auch zur See.«

»Ja, das wirst du«, flüsterte sie und fuhr ihm über das Haar, ein seltsames Ziehen in der Brust.

Paul behielt den Dampfer fest im Blick, während der Sampan ihn davon fort trug, zurück in den Hafen, der sich im selben Maß näherte wie der Dampfer sich entfernte und kleiner wurde. Er glaubte, noch immer Georgina ausmachen zu können, wie sie an der Reling stand, in ihren weit ausladenden Röcken in Weiß und Blau und dem breitkrempigen Hut.

Keinen Deut hatte er sich um die Blicke der Passagiere geschert, als er Georgina an Deck an sich zog und auf die Wange küsste. Steif wie eine Puppe hatte sie sich in seinen Armen angefühlt, auch noch, als er versprach, sie so bald wie möglich zu besuchen. Auf ein liebes Wort hatte er gehofft, als ihr Mund sich seinem Ohr näherte, sie zu einem Flüstern ansetzte.

Das werde ich dir nie verzeihen.

Er senkte den Kopf und rieb sich über die Augen, tat blinzelnd und mit zusammengekniffenen Brauen so, als hätte ihn die Sonne geblendet, die vom Himmel knallte und sich blitzend auf den Wellen brach.

Er hatte das Richtige getan, das wusste er, auch wenn ihm das kein Trost war. Er hatte getan, was er tun musste, um seine Ehe zu retten. Um seine Familie zusammenzuhalten.

Um Georgina vor dem Wahnsinn zu bewahren, der von ihr Besitz ergriffen hatte und in den sie unaufhaltsam abzugleiten drohte. An den er sie zu verlieren fürchtete.

Freundlich hatte Whampoa ihn in seinem Godown empfangen. Bei einer Tasse Tee und einer Zigarre hatten sie vor der Tür gesessen und zugesehen, wie die Coolies die Boote mit Waren für Whampoas Unternehmen entluden und Straßenhändler vorbeikamen und wortreich Enten und Hühner, Austern, Lederbörsen und geschnitzte Gehstöcke zum Kauf anboten. Während sie eine mögliche Geschäftsbeziehung ihrer beiden Unternehmen besprachen, hatte er sich beiläufig nach dem Malaien erkundigt, der an jenem einen Abend wohl ebenfalls bei Whampoa eingeladen gewesen war, aber die Gesellschaft noch verlassen hatte, ehe man ihn bemerkte. Paul hatte nicht damit gerechnet, dass Whampoa sich noch daran erinnerte, fast drei Jahre später, aber er hatte das Gedächtnis des Towkays unterschätzt.

Raharjo. Der Schattenmann. Der Puppenspieler.

Ein *Beachcomber,* der die Strände und das Meer nach Schätzen durchkämmte. Mehr Strandräuber denn wirklicher Händler, aber damit reich geworden.

Das Horn des Dampfers draußen auf dem Meer gab dröhnend das Signal zum Ablegen, und als der Sampan in die Flussmündung einbog, verschwand er aus Pauls Blickfeld. Als schmutziger, lärmender, gewürzduftender Sturzbach brach die Geschäftigkeit am Singapore River über ihn herein.

Er hatte Georginas Vertrauen, ihre Achtung verloren, das wusste er, vielleicht hasste sie ihn sogar.

Sollte sie ihm doch die Krallen in die Brust schlagen, jetzt und für den Rest seines Lebens, das könnte er ertragen. Aber nicht, dass sie ihm bei lebendigem Leib das Herz herausriss und zerfetzte.

Weil sie einen anderen Tiger mehr begehrte als ihn. Den Tiger, der schon einmal die Klauen in ihr Herz gebohrt und sie dabei zutiefst verletzt hatte.

Niemand konnte von ihm verlangen, dass er untätig dabei zusah, wie ihr das noch einmal widerfuhr.

17

Glühend lastete der Tag auf dem Sungai Seranggong.

Träge trieb er vor sich hin, lustlos Scherben von Sonnenlicht einfangend und wieder freigebend. Nur selten streifte ein Lufthauch durch die Blätter der Bäume, von gleißender Hitze matt gescheuert, brachte ein dürres Wispern hervor, das bedrückt klang.

Raharjo stand reglos auf der Veranda und starrte durch den Garten auf den Fluss. Seine Augen flackerten, wenn ein Königsfischer durch sein Blickfeld schoss, Libellen, die einander knisternd streiften, doch sein Blick hielt sie nicht fest, folgte ihnen nicht.

Die Ruhe, die ihn ausfüllte, war keine friedliche, sie glich vielmehr einer uferlosen Leere, vielleicht auch der Ruhe vor einem Sturm; er wusste es selbst nicht.

Rastlos war er gewesen auf seiner jüngsten Fahrt, getrieben von dem Sehnen, nach Singapur zurückzukehren. Von einer hungrigen Hoffnung, einer rauschhaften Gier.

Ungewohnt hastig hatte er sein Schiff entladen, seine Schätze an den Mann gebracht. Unruhig war er durch sein Haus gewandert, in angespanntem Warten auf den Tag, die Stunde, die ihm Gewissheit verschaffen würde. Überbracht hatte sie dann jedoch der Laufbursche, den er schließlich in das Haus in der Orchard Road geschickt hatte.

Sie war abgereist. Nach England. Für lange Zeit.

Ohne ein Wort, ein Zeichen.

Er hätte es wissen müssen. Ein Tiger wusch sich seine Streifen auch nicht aus dem Fell, wenn er im Fluss badete.

So kurz war er davor gewesen, ins Schwanken zu geraten. Betört von ihrer Stimme, ihren Augen, blauviolett wie die wilden Orchideen am Fluss. Von ihrem Leib, verändert über die Zeit und doch unveränderlich. Die atmende, pulsierende Verkörperung einer Seele, die wie der Ozean war, in den er wieder und wieder eintauchen, sich darin verlieren wollte. So kurz war er davor gewesen, zu vergessen und zu vergeben, jeden Gedanken an Vergeltung mit dem Wind, den Wolken am Himmel davonziehen zu lassen.

Die Flut des Hasses, die sich in ihn ergoss, schwarz, tief und totenstill, war wie eine Erleichterung.

Das Rascheln von Seide näherte sich, ein Hauch von Rosenöl und Sandelholz.

»Möchtest du nicht doch etwas essen? Du hast kaum etwas zu dir genommen, seit du zurück bist.«

Er warf Leelavati einen Seitenblick zu. Blass sah sie aus, was vielleicht an ihrem königsblauen Sari, dem türkisleuchtenden Choli liegen mochte, ihre Augen groß und schimmernd vor Besorgnis.

»Lass mich in Ruhe«, raunte er spröde.

Leelavati zögerte, trat dann einen Schritt näher, legte scheu die Hand auf seinen Arm.

»Es ist diese weiße Nyonya, nicht wahr?«

Er zuckte zurück, fuhr herum. »Geh mir aus den Augen!«

Tapfer hielt Leelavati seinem flammenden Blick stand, eine Spur von Entschlossenheit auf ihrem weichen Gesicht.

»Sie hat dich verhext.«

»Ich sagte, geh mir aus den Augen!«, brüllte er, sprungbereit und die Zähne gebleckt.

In Leelavatis sanftmütigen Augen gloste es, bevor sie demütig den Kopf senkte und davonging, das Flüstern ihres Saris, das weiche Geräusch ihrer nackten Fußsohlen auf dem Holz wie Wellen, die sich über den Strand zurückzogen, und er konnte wieder atmen.

Leelavati stand vor ihrer Kommode und wischte sich über die nassen Wangen. Mit zitternden Händen klappte sie ihre Schmuckschatulle auf, hob den Einsatz hoch und nahm den Brief heraus. Das steife weiße Papier war knittrig, speckig und gelb von Leelavatis schweißfeuchten Fingern, nachdem sie ihn so oft in den Händen gehalten und betrachtet hatte.

Ein Laufbursche hatte ihn gebracht, während ihr Mann auf See gewesen war. Nie kamen Briefe nach Kulit Kerang, nur Boten mit mündlichen Botschaften. Leelavati konnte nicht lesen; sie hätte auch keine Zeit und Muße gehabt, mit einem Buch auf der Veranda zu sitzen, wie es ihr Mann manchmal tat.

Aber sie war sicher, dass dieser Brief von einer Frau stammte, das schloss sie aus dem lebhaften, fast sinnlichen Schwung der Federstriche.

Den Brief in den Falten ihres Saris verborgen, hastete sie durch das Haus.

Die Flamme des Öllämpchens zuckte und rußte, als Leelavati sich vor dem Götterschrein auf die Knie fallen ließ. Liebevoll arrangierte sie die frischen Blütengirlanden neu, die sie heute Morgen um die Gestalten von Shakti und Krishna gelegt hatte, und verscheuchte die Fliegen, die sich an Reis, hübsch arrangierten Früchten und buntem Zuckerzeug laben wollten. Aus der Metallschale in der Mitte des Schreins klaubte sie halb verwelkte Blüten und warf sie achtlos beiseite. Sorgsam entzündete sie ein Räucherstäbchen und steckte es zwischen die Opfergaben. Der Duft von Sandelholz, Narde und Patschouli stieg auf und drang bis tief in ihre Seele.

Leelavati zog den Brief hervor und hielt ihn in das tanzende

Flämmchen der Lampe. Die Ecke knisterte und färbte sich braun, dann schwarz, glomm auf und fing Feuer. Gierig fraßen sich die Flammen durch das Papier und begannen es zu verzehren, und Leelavati ließ den brennenden Brief in die Schale fallen.

Die Handflächen aneinandergelegt, beugte sie den Kopf und bat die Götter, dass ihr Mann des Nachts wieder bei ihr lag und ihr ein weiteres Kind schenkte. Die wiedergeborene Seele des kleinen Mädchens, das sie im vorletzten Jahr zur Welt gebracht hatte und das nur wenige Wochen gelebt hatte. Einmal mehr bat sie die Götter inständig, das steinerne Herz ihres Mannes zu erweichen, damit sie ihn für sich gewinnen konnte.

Und sie flehte die Götter an, endlich den Bann der weißen Nyonya zu brechen.

༄

Das Meer, in dem die *Kulit Kerang* vor der Küste ankerte, war in dieser Nacht zäh und ölig. Im Südosten, fern der Häfen der Insel, der Ankerplätze der Dampfer und Segelschiffe.

Still und dunkel war es hier, an diesem Stück der Küste, an dem die Menschen schon vor geraumer Zeit schlafen gegangen waren, das letzte Licht, das letzte Feuer gelöscht hatten; auch die Fischerboote würden erst kurz vor Tagesanbruch wieder auslaufen.

Den Kopf auf die verschränkten Arme gebettet, lag Raharjo in seiner Koje und betrachtete das Schattenspiel, das die flackernde Lampe an der Decke und den Wänden aufführte. In seinen Muskeln brannte es ungeduldig; er verzehrte sich nach dem offenen Meer.

Oben an Deck konnte er die Stimmen seiner Männer hören, die sich die Zeit vertrieben. Sie warteten auf den richtigen Wind, der sich bereits ankündigte. Nicht mehr lange, und sie würden schnell wie die Harpune in der Hand eines Orang Laut in See stechen, zu den Sternen und darüber hinaus.

Jäh steigerten sich die Stimmen zu lauten Rufen, zu Gebrüll; es gab einen dumpfen Schlag, ein Knirschen, und das Schiff erbebte.

Fluchend sprang Raharjo auf und griff zu Dolch und Pistole.

Auch seine Männer stießen Flüche aus und schüttelten ihre Fäuste, in Richtung des gedrungenen Schattens, der im Silberglanz der Sterne vom Rumpf der *Kulit Kerang* wegtrieb. Eine chinesische Dschunke war es, die unter dunklen Segeln fuhr.

Flink wie ein Affe kletterte Dian an dem Tau, an dem er sich hinabgelassen hatte, zurück an Deck.

»Sieht gut aus, Tuan. Nur zwei, drei Schrammen, nichts weiter. Ich schaue es mir bei Tageslicht aber noch einmal an.« Er warf einen Blick zu dem anderen Schiff hinüber und spuckte verächtlich über die Reling. »Da war wohl jemand zu dämlich, eine solche Nussschale sicher zu ankern!«

Atemlos sprangen Tirta und Yuda an Deck herauf.

»Unten sind auch keine Schäden zu entdecken, Tuan!«

»Alles in Ordnung, Tuan!«

Raharjo fuhr sich durch das Haar; sein Schiff war ihm heilig. Seine Braut, seine Gefährtin. Sein Leibeszwilling.

Er starrte zu dem anderen Schiff hinüber, das schwerfällig in den Wellen vor und zurück dümpelte. Ohne eine Laterne an Deck und anscheinend auch ohne Besatzung.

»Dunkle Segel, Tuan. Und abseits der Häfen unterwegs.« Tirta stieß ihn leicht mit dem Ellbogen an. »Was glaubst du, was es geladen hat?«

Das alte Jagdfieber schoss heiß durch Raharjos Adern. Um seinen Mund zuckte es, als er seine Männer der Reihe nach ansah, in deren Augen dasselbe Fieber gloste.

»Wollen wir nachsehen?«

Ringsum blitzten mehr oder weniger vollständige Zahnreihen auf, als er ein beifälliges Grinsen erntete.

Taue peitschten durch die Luft, Metallhaken hängten sich in Zwischenräume ein, wickelten sich um Masten und Spieren. Sanft glitten die beiden Schiffe aufeinander zu, dockten sacht aneinander an. Geschmeidig wie Katzen und lautlos wie Schatten wechselte die Handvoll Männer das Schiff.

Unter Deck empfing sie ein beissender, schwüler und süsslicher Duft, der Raharjo in der Kehle kratzte. Nahe der chinesischen Godowns am Boat Quay roch es so. In der Pagoda Street, in der Nähe des Tempels, zu dem er Leelavati manchmal begleitete, wenn sie dort beten oder einem der vielen Rituale ihres Glaubens beiwohnen wollte.

Opium.

Als eine kostbare Perle, eingebettet in das weiche Polster der grünen Hügel, des Dschungels und der Gärten, lag Singapur im Meer, reinweiss und glänzend. Eine Perle, die jedoch Fehler aufwies, hässliche Fissuren und braune Flecken.

Mittellose Seemänner strichen über die Kais, auf der Suche nach einem Kapitän, der sie anheuern wollte. Abgerissen wirkende Raubeine aus Australien, die eine Schiffsladung Pferde hier abgeliefert hatten und die Augen nach einer Gelegenheit aufhielten, Geld zu verdienen oder sich wenigstens zu vergnügen. Zwielichtige Gestalten, die ihnen Schlafmittel in den Schnaps kippten, sie ausraubten und dann zusammenschlugen. Entlang des Boat Quay am südlichen Ufer und in den Strassen des chinesischen Viertels dahinter waren Kaschemmen wie Pilze aus dem feuchten Boden geschossen. Wie Schimmel, grauschlierig und seine Sporen freizügig in der schwülheissen Luft verteilend, breiteten sich Bordelle und Spielhöllen ständig weiter aus. Und die Opiumhöhlen.

In rauen Mengen importierten die Briten Opium aus Indien. Ein Grossteil wurde von hier aus nach China verschifft, in andere Länder Asiens, kleinere Mengen nach Europa und Amerika.

Doch viel Opium blieb auch hier in Singapur, und die Steuern darauf, die Gebühren für die Lizenzen, die man den Chinesen für den Weiterverkauf erteilte, füllten den Beutel der Stadt. Es war ein offenes Geheimnis, dass Singapur den Lastern von Opium, Arrak und Glücksspiel mehr Einnahmen verdankte als dem Fleiß ihrer Bürger. Und mindestens ebenso verbreitet war das Wissen, dass Opium die *taukehs* noch reicher machte, die Kongsis noch mächtiger.

Der Bedarf an Opium war groß. Reiche Chinesen genossen es in Mußestunden, empfanden es als selbstverständlichen Ausdruck von Gastfreundschaft und gutem Ton, ihren Gästen zu einer edlen Tasse Tee eine Opiumpfeife anzubieten. Es waren jedoch die Armen, die Handwerker und Coolies, die Schiffer der Tongkangs und Sampans auf dem Fluss, denen Opium das Lebenselixier war, wichtiger als die tägliche Schüssel Reis.

Opium war billig zu haben. Selbst ein schlecht bezahlter Coolie konnte sich eine Pfeife in einer der zahlreichen Opiumhöhlen der Stadt leisten, die seinen schmerzenden Muskeln, den müden Knochen am Ende eines langen, harten Arbeitstages Erleichterung brachte. Wenn die Sampans in starkem Wellengang gegen die Bordwand der großen Schiffe krachten, die Seile der Kräne rissen und schwere Kisten, Bündel und Säcke auf die Arbeiter stürzten, half Opium gegen den Schmerz und ließ einen trotz gebrochener Knochen und zerquetschter Glieder weiterarbeiten, damit man den Lohn nicht verlor. Opium nahm das Fieber und die Ruhr, Zahnweh und Husten und den Hunger, linderte die Begleiterscheinungen von Geschlechtskrankheiten und wirkte angeblich sogar gegen Schlangenbisse.

Opium entspannte, ließ die Plackerei des Tages vergessen, das Heimweh und alle Sorgen. War Balsam für zerschundene Körper und einsame Seelen. Den Drachen zu jagen, wie man das Opiumrauchen umschrieb, war der Weg zu Frieden und Glück.

Zumindest eine gewisse Zeit lang, aber das Leben eines Coolies in Singapur war ohnehin kurz.

In der Kajüte war die Luft zum Schneiden dick und schwer, geschwängert von Opiumrauch. Die langen Bambusrohre der Opiumpfeifen in den Händen, starrten ihnen im rußenden Licht einer Öllampe zwei Chinesen entgegen. Aus glasigen Augen, ihre Mienen bar jeder Regung, zu berauscht, um sich darum zu sorgen, dass Fremde an Bord waren. Drei weitere Chinesen lagen in tiefem Schlaf, vielleicht auch bewusstlos, auf dem Boden.

»Erbärmlich«, knurrte Dian.

Raharjo nickte. Was seine Männer an Land taten, ob sie Arrak tranken oder Betel kauten oder vielleicht sogar Opium rauchten, war ihm gleich; an Bord jedoch verlangte er einen klaren Kopf.

Ihm selbst lag nichts daran, seine Dämonen in einen künstlich herbeigeführten Schlaf zu versetzen. Er zog es vor, mit ihnen zu tanzen, manchmal in den Armen einer Frau, allenfalls noch ihr hitziges Toben in Wind und Wasser abzukühlen.

»Was glaubst du, was …«, setzte Dian an, doch Raharjo legte den Finger an die Lippen und horchte.

Er hatte ein Geräusch gehört. Von unten war es gekommen, aus den Eingeweiden der Dschunke, bevor es wieder verstummt war. Ein, zwei Herzschläge verstrichen, dann hob es erneut an.

Fein und dünn klang es, kläglich wie ein Wimmern, ein leises Weinen.

»Menschen«, raunte er. »Sie haben Menschen geladen.«

Einer der lukrativsten Geschäftszweige der Kongsis: Männer in China anzuwerben und hierherzubringen. Um die fünfunddreißig Dollar verlangte man von einem Sinkeh, alternativ von einem Bürgen in seiner Heimat, für diese Mühe, die Überfahrt und die Vermittlung einer Arbeitsstelle, wo er bleiben musste, bis er diesen Betrag abgearbeitet hatte, wenigstens drei Jahre. Oft genug war ein solcher Vertrag nicht das Papier wert, auf dem er geschrieben war, waren Misshandlungen und Leibeigenschaft an der Tagesordnung, der Übergang zur Sklaverei fließend.

Schweinehandel, nannte man dieses Gewerbe in Singapur.

»Tuan!« Yudas Stimme, die von irgendwo unten aus dem Schiff heraufdrang, klang entschlossen, fast zornig, und doch lag ein Zittern darin. »Tuan!«

Schweigend stand Raharjo mit Dian in dem engen Laderaum der Dschunke.

Das Schiff knarzte und ächzte im Wellengang.

Unerträglich war der Gestank nach altem Schweiß, nach geronnenem Blut, nach Erbrochenem, nach Urin und Kot. Nach nackter Angst.

Angelockt von Yudas Ruf stürmten die anderen Männer hinzu, drängten sich hinter ihn; einer sog erschrocken den Atem ein.

Die Laterne, die Yuda hochhielt, warf einen flackernden Schein über Kisten und Säcke. Auf die Mädchen, die dahinter eingepfercht waren, zusammengekauert, einander umklammernd. Die Augen schreckensstarr auf die Männer gerichtet oder furchtsam zusammengekniffen, ihre Gesichter schmutzig und tränenverschmiert; immer wieder war ein leises Schluchzen zu hören. Chinesische Mädchen waren es, mindestens ein Dutzend, vielleicht auch mehr.

Sehr junge Mädchen, viele davon noch Kinder.

Mädchen, die von ihren Eltern verkauft worden waren, um in Singapur als Hausmädchen oder als *amah* weiterverkauft zu werden, meistens jedoch als *ah ku*: als Prostituierte.

Prostitution war offiziell verboten in Singapur, und doch war sie nicht zu übersehen im chinesischen Viertel. Wenn man nur hinschaute.

Die Briten jedoch wandten peinlich berührt ihren Blick ab. Sicher, weil sie die Kongsis fürchteten, die sich damit eine goldene

Nase verdienten. Vielleicht aber auch, weil sie wussten, dass ein solches Verbot nicht durchzusetzen war in dieser Stadt, in der Tausende und Abertausende von Chinesen fern von ihren Heimatdörfern, ihren Familien lebten.

Die strengen Traditionen verboten es, anständige chinesische Mädchen in die Fremde zu schicken, um zu heiraten, und kaum ein Coolie verdiente so viel, dass er in seine Heimat hätte reisen können, um sich dort eine Braut zu suchen. Von den Summen, die eine traditionelle Hochzeitsfeier verschlang, nicht zu reden.

Chinesische Frauen und Mädchen waren Mangelware in Singapur. Außer in den Bordellen.

Von denen es viele gab in Singapur, für jeden Geschmack war etwas dabei – auch chinesische Knaben und junge Männer wurden angeboten, und *karayuki-san*, Japanerinnen, kamen gerade in Mode.

Das Schweigen, das Dian und Yuda, die anderen Männer umgab, verriet, dass sie an ihre eigenen Töchter dachten. An ihre Nichten und die kleinen Mädchen in ihrer Nachbarschaft.

»Hier, Tuan!« Tirta zerrte einen Chinesen herein, seinen Arm gewaltsam auf den Rücken gedreht. »Den habe ich im hintersten Winkel aufgespürt. Wollte sich vor uns verstecken!«

Der Chinese schien ein Schlupfloch zu wittern. Sein vor Zorn und Schmerz verzerrtes Gesicht glättete sich zu geschmeidiger Gefälligkeit.

»Bitte, Tuan, seht Euch um«, rief er in einem Durcheinander aus Chinesisch und Malaiisch, sein Tonfall listig und anbiedernd. »Allerbeste Ware hab ich an Bord! Für Euch und Eure Männer! Ich mache Euch auch einen guten Preis. Zwischen zweihundert und dreihundert Dollar das Mädchen, je nach Alter und Zustand. Ein sehr guter Preis! Die besten gehen hier sonst für fünfhundert an den Mann.«

Funken tanzten vor Raharjos Augen. Er ruckte mit dem Kopf, um Yuda zu bedeuten, den Mann wegzuschaffen; es war ihm gleich, was Yuda mit ihm machen würde.

»Nicht, Tuan! Tut mir nichts! Bitte! Ehrlich gekauft hab ich sie. Alle! Mindestens dreißig Dollar hat mich jede gekostet! Ersetzt mir wenigstens meine Auslagen. Dann könnt Ihr damit machen, was ...«

Abrupt brach seine Tirade ab.

Raharjo ließ seinen Blick über die Mädchen wandern. Über diese flächigen, herzförmigen, oft noch kindlichen Gesichter, die Augen mal stumpf und schicksalsergeben, mal gehetzt, geradezu fiebrig. Sie nach China zurückzuschicken wäre sinnlos; bei nächster Gelegenheit würden sie erneut verkauft und irgendwohin verschifft.

»Dian.« Aufmerksam sah Dian ihn an. »Glaubst du, du kannst sie irgendwo unterbringen? Alle? In Häusern, in Läden, wo sie sich gegen einen kleinen Verdienst nützlich machen können? Wo man sie gut behandelt? Ich gebe auch noch etwas Geld dazu.«

Dian betrachtete die Mädchen; in Gedanken schien er alle seine Verwandten, Freunde und Bekannten durchzugehen. Bedächtig wiegte er den Kopf.

»Das müsste gehen, Tuan. Ich kenne einige anständige Leute, die ein Mädchen brauchen können, das mitanpackt.« Ein schwaches Grinsen flackerte über sein Gesicht. »Meine Frau liegt mir schon geraume Zeit damit in den Ohren, dass sie eine Hilfe für die Kinder will. Wo wir jetzt doch wohlhabend sind.« Er hob die Laterne ein Stück weiter an. »Wenn du willst, kann ich sie auch eine Nacht oder zwei in meinem Haus und dem meines Bruders beherbergen. Das wird schon gehen.«

Raharjo nickte erst ihm, dann seinen anderen Männern zu.

»Bringt sie aufs Schiff.«

Er sah zu, wie seine Männer auf die Mädchen zugingen, mit

langsamen, behutsamen Bewegungen. Leise und beruhigend redeten sie dabei auf sie ein, in ihrem eigenen Zungenschlag und den wenigen Brocken der chinesischen Dialekte, die sie kannten. Ein Mädchen nach dem anderen brachten sie hinaus; Mädchen, die am ganzen Leib zitterten, die humpelten, die man stützen musste. Manche weinten, vielleicht vor Erleichterung, vielleicht, weil sie noch nicht begriffen hatten, dass sie in Sicherheit waren oder sich auf der nächsten Etappe ihres Leidenswegs wähnten. Ein paar mussten die Männer tragen, weil sie zu geschwächt waren nach der langen Überfahrt.

Raharjo wandte das Gesicht ab, als Dian ein Mädchen vor sich hertrug, das nicht viel älter aussah als Veena.

»Das waren alle, Tuan«, sagte Dian, nachdem er den Laderaum mit der Laterne in der Hand abgeschritten war, jeden Winkel davon ausgeleuchtet hatte.

Raharjo nickte. »Gehen wir.«

Ein Geräusch ließ ihn innehalten, so schwach, dass es kaum mehr als eine Ahnung war. Seine Hand legte sich an den Lauf seiner Pistole.

Mit einem Fingerzeig bedeutete er Dian, eine der Kisten neben der Tür zu beleuchten. Etwas Helles schimmerte im Spalt dahinter hervor; er konnte nicht erkennen, was es war. Auf eine weitere Geste von ihm stellte Dian die Laterne auf dem Boden ab, und als Raharjo ihm zunickte, zog er mit einem Ruck die Kiste hervor.

Zusammengekauert und die angezogenen Knie eng umschlungen, hockte ein kleines Mädchen auf dem Boden. Ängstlich schielte es zu ihm herauf, das Gesicht spitz und kreideweiß.

Raharjo nahm die Hand von seiner Waffe und ging in die Knie.

»Keine Angst«, sprach er sie leise auf Hokkien an, mit einem Lächeln, von dem er hoffte, dass es vertrauenerweckend wirkte. »Dir tut niemand etwas.«

Das Mädchen zeigte keine Regung.

»Klug, dich hinter der Kiste zu verstecken. Das brauchst du aber nicht mehr. Komm. Wir bringen dich an einen sicheren Ort.«

Er streckte ihr die Hand entgegen.

Schließlich seufzte er und rückte näher. Langsam, um sie nicht zu erschrecken, und unendlich behutsam legte er einen Arm um sie, schob den anderen unter ihre Knie und stand mit ihr auf.

Erschreckend leicht war sie, nicht viel schwerer als Veena, obwohl sie älter sein musste. Kaum mehr als ein Bündel aus Haut und Knochen, schnitten ihre Schulterblätter durch den dünnen Stoff ihrer Bluse in seinen Oberarm; bei jedem ihrer verkrampften Atemzüge konnte er den Fächer ihrer Rippen durch sein Hemd hindurch spüren. Sie stank; säuerlich roch sie, zugleich dumpf und stechend, und der Urin, der ihre langen Hosen getränkt hatte, durchfeuchtete nun auch sein Hemd.

»Du kannst sie mir geben, Tuan.« Dian streckte die Arme nach dem Mädchen aus.

Ihre Lider klappten zu, und ihr Kopf rollte an Raharjos Brust. Ein Zittern lief durch sie hindurch, sprang auf ihn über und versetzte tief in ihm etwas in Erschütterung.

»Nein.« Seine Stimme klang belegt. Er betrachtete das Mädchen, das schlaff in seinen Armen hing.

»Ich nehme sie mit nach Hause.«

Prustend tauchte Raharjo aus dem Fluss auf, strich sich das nasse Haar aus dem Gesicht und schwamm in starken, gleichmäßigen Zügen auf die Anlegestelle zu.

Die Nacht war weit fortgeschritten, doch immer noch voller Leben. Überall am Ufer zirpte, raschelte, knisterte es. Fische hatten seinen Weg unter Wasser gekreuzt und begleitet. Als wüssten sie, dass sie heute nichts von ihm zu befürchten hatten, waren sie über seine Arme und Beine hinweggeglitten, während er sich über den schlammigen Grund treiben ließ. Blind in der Schwärze der Nacht, im tintendunklen Fluss. Wohltuend taub, nur noch mit seiner Haut, seinen Muskeln wahrnehmend und spürend. Klares Flusswasser auf der Zunge, wenn er auftauchte und sich den Mund ausspülte, das Wasser in hohem Bogen ausspie, bevor er sich wieder in die Fluten stürzte.

Gereinigt an Körper und Seele fühlte er sich, als er dem Fluss entstieg, mehr, als ein einfaches Bad im Haus es vermocht hätte. Er schüttelte sich und schlüpfte in die frischen Hosen und das Hemd, die er mit hinausgebracht hatte.

Seine Stirn legte sich in Falten, als er auf das Haus zuging und im zartgelben Rechteck der schwach beleuchteten Türöffnung eine Silhouette ausmachen konnte. Kembang war es, eine der Frauen im Haus, die er aus dem Schlaf gerissen hatte, damit sie sich um das Chinesenmädchen kümmerte; offenbar wartete sie schon eine ganze Weile auf ihn.

»Was ist?«

»Verzeiht, Tuan.« Sie deutete eine Verneigung an, verknotete unruhig die Hände vor dem Schoß ihres Sarongs und löste sie wieder. »Es ... es geht um das Kind, das Ihr vorhin mitgebracht habt.«

»Was ist damit?«

In langen Schritten ging er an ihr vorbei ins Haus, und sie hastete ihm hinterher.

»Wir haben es gebadet und ihm etwas angezogen, wie Ihr gesagt habt. Hat es sich alles ohne Mucken brav gefallen lassen. Nur ... nur essen will es nicht.«

Raharjo blieb stehen und starrte sie unter verkniffenen Brauen an. »Was kommst du damit zu mir?«

»Nun ... Wir dachten ...« Kembang schluckte und spielte einmal mehr mit ihren Fingern, bevor sie sich zusammenriss und in einer energischen Bewegung den Sarong glattstrich. »Wir dachten, Ihr könntet vielleicht mit in die Küche kommen und das Kind zum Essen überreden.«

»Ich?« Eine Braue Raharjos hob sich. »Bin ich der Herr im Haus oder eine Ayah?«, herrschte er sie mit finsterer Miene an.

Kembang senkte betreten den Blick.

»Gut«, knurrte er schließlich. »Von mir aus.«

Heiß war es in der Küche, die in einem eigenen kleinen Gebäude untergebracht war, durch eine Veranda mit dem Haupthaus verbunden. Der Herd aus Ziegelsteinen in der Mitte des Raumes glühte noch. Die Überreste von verschiedenem Gemüse und Wurzeln, von einem Huhn und Kräutern, in der nächtlichen und unerwarteten Hast der Zubereitung einfach liegen gelassen, verteilten sich auf einem langgestreckten Tisch, und ihr würziger Duft sättigte die Luft.

Die Köpfe des Kochs und von Bunga, dem anderen Hausmädchen, fuhren hoch, als Raharjo eintrat. Beide verneigten sich vor ihm, Besorgnis auf den Gesichtern und sichtlich verstört, dass der Tuan nur wenige Stunden nach seinem Aufbruch schon wieder zurück war, sie mitten in der Nacht aufgeweckt und ihnen ein abgemagertes, schmutziges und zu Tode verängstigtes Kind in die Hände gedrückt hatte.

Auch die Augen des Mädchens hefteten sich auf ihn.

In derselben Kauerstellung, in der er es auf der Dschunke vorgefunden hatte, hockte es in einem Winkel der Küche auf dem Boden, den Rücken gegen die Wand gepresst, ihr langes schwarzes Haar noch feucht vom Bad. Die Kebaya, in die man sie gesteckt hatte, war ihr viel zu groß, sie ertrank fast darin, und der Sarong war wohl der Länge nach einmal gefaltet worden, bevor man ihn ihr umgewickelt hatte.

Er ging vor dem Mädchen in die Knie.

»Du musst essen, hörst du?«, sagte er streng. »Du musst wieder zu Kräften kommen.«

Der Blick des Mädchens flackerte, und es zog die Knie enger zu sich heran.

»So geht es schon die ganze Zeit«, flüsterte Kembang hinter ihm. »Sie will auch nicht sprechen. Nicht den leisesten Piep gibt sie von sich. Wir wissen ja noch nicht einmal, wie sie heißt.«

Sie klang ratlos.

»Gib her.« Raharjo winkte den Koch heran, der eine Schale in den Händen hielt und sie ihm nun eilfertig überreichte.

»Ist frisch geschöpft, Tuan. Die erste war schon kalt geworden.«

Raharjo ließ sich auf dem Boden nieder und rührte den sämigen Eintopf um, bevor er dem Mädchen den Löffel an den Mund hielt.

»Komm, mach den Mund auf, und iss. Du hast doch sicher großen Hunger.«

Das Mädchen starrte ihn nur an.

»Na, komm. Wenigstens ein kleines bisschen.«

Sacht strich er mit dem Rand des Löffels über ihre Unterlippe. Langsam und zaghaft öffnete sich ihr Mund. Genauso langsam und zaghaft begann das Mädchen schließlich, den Eintopf vom Löffel zu schlürfen.

Ein hörbares Aufatmen flatterte durch die Küche. Der Koch und die beiden Hausmädchen warfen sich erstaunte Blicke zu. Es rührte sie, dass der launische Tuan, den sie alle fürchteten, der sich so wenig um seine eigenen Kinder scherte, diesem armen, geschundenen Wesen so viel Zuwendung schenkte.

Löffel um Löffel flößte Raharjo dem Mädchen ein und sprach dabei leise mit ihm.

Und nicht auch nur einen Wimpernschlag lang löste das Mädchen die Augen von ihm.

ᛞ III ⌘

Verloren

1865–1871

Ist auch das Strahlen, das einstmals war so hell,
verloren für immer meinem Augenlicht.
Bringt auch nichts je zurück die Stunde
von glänzend Gras, von Blütenpracht,
wir werden nicht trauern, eher Stärke finden
in dem, was wir zurückgelassen.
In dem tiefen Mitgefühl,
das immer war und immer ist.
In den tröstend Gedanken, die entspringen
aus des Menschen Leid.
In dem Glauben, der den Tod durchschaut,
in den Jahren, die uns Weisheit bringen.

William Wordsworth

18

Das Indigo der Nacht blutete zu einem fahlen Blau aus, verlor weiter an Kraft und wich schließlich dem zarten Gold, das das Aufgehen der Sonne verkündete.

Aus der rauchigen Dämmerung schälten sich die Kronen der Bäume, in denen Vögel ihren Morgengruß anstimmten. Ein früher Otter räkelte sich im Uferbett den Schlaf aus den Gliedern und glitt lautlos ins Wasser, um den ersten Fisch zu fangen.

Still lag das Haus von Kulit Kerang da, noch träumend in seinem Nest aus Bäumen und Sträuchern, verschleiert vom Dunst des neuen Morgens. Alle schliefen noch, sogar die drei Kinder. Nur die Ayah, aus Gewohnheit früh wach, blinzelte verschlafen in das blasse Licht des neuen Tages und wartete darauf, dass die kleine Sharmila zu ihrem morgendlichen Gebrüll ansetzte, damit sie sie wickeln und ans Bett ihrer Mutter bringen konnte.

In der Küche indes ging es schon geraume Zeit geschäftig zu. Wenn der Tuan im Haus weilte, pflegte er bei Tagesanbruch seine Morgenmahlzeit einzunehmen. Kein üppiges Mahl, aber eine Auswahl verschiedener Gerichte in kleinen Mengen, die viel Arbeit zu früher Stunde bedeuteten.

»Geschafft«, stöhnte der Koch und wischte sich über die Querfurchen, die sich mit der Zeit und unter der Last seiner Aufgaben in seine teakbraune Stirn gegraben hatten.

Zufrieden betrachtete er das Durcheinander aus den abgezogenen Häuten von Obst und Gemüse, aus Gräten und Fischköpfen; soeben war Bunga mit einem schwer beladenen Tablett hinausgegangen, um auf der Veranda des Hauses aufzutragen.

Die glühende Luft in der Küche war satt von Aromen. Von saftiger, süßer Mango und zarten Lychees; von starkem Kaffee, frisch gebratenem Fisch und in Knoblauch gesottenen Krabben, einem feurigen Gemüsecurry. Von feinem, jasminduftenden Reis.

»*Aduh*«, stieß der Koch verblüfft hervor. »Ich habe den Reis vergessen.« Er wirbelte herum. »Mädchen! Schnell! Trag Bunga den Reis hinterher!«

Das Mädchen ließ den Topf, den es gerade abwusch, zurück ins Becken gleiten. Sorgsam trocknete es sich die Hände ab, die rot und geschwollen waren vom heißen, mit Lauge versetzten Wasser. Gerötet von der Hitze waren auch die Wangen in seinem Gesicht, schmal und mit spitz zulaufendem Kinn wie das Blütenblatt einer Kemboja. Zur Sicherheit rieb es seine Hände noch einmal an ihrem Sarong ab, bevor es die Porzellanschale mit dem dampfenden Reis anhob.

»Schnell, schnell! Beeil dich! Nicht dass der Tuan darauf warten muss!«, trieb der Koch sie an. »Und lass ihn unterwegs nicht fallen!«

In raschen, aber vorsichtigen Schritten trippelte das Mädchen die Veranda entlang, die von der Küche zum Haus führte.

Aus dem Augenwinkel nahm es einen Schatten wahr, der aus dem Fluss emporschoss.

Sie blieb stehen, schaute genauer hin. Ihre Augen, schwarzglänzende Mandeln in ihrem blassen Gesicht, weiteten sich. Sie zögerte nur kurz, bevor sie der Verlockung erlag, hinter eine der Säulen schlüpfte und dahinter hervorspähte.

Sie wusste, dass der Tuan im Fluss schwimmen ging, wenn es noch dunkel war, obschon sie es noch nie mit eigenen Augen gesehen hatte. Der Koch sagte, der Tuan müsse jeden Tag im Fluss untertauchen, weil er sonst einging wie ein Fisch auf dem Trockenen, war er doch mehr Meereswesen denn Mensch. Deshalb war auch sein Herz so kalt wie das eines Fisches, hatte er ergänzt. Bunga hatte ihm widersprochen: ein Tiger war der Tuan, genauso wild, genauso reizbar und angriffslustig. Das sah man allein schon daran, wie er mit der Herrin umsprang und mit seinen Kindern. Der Tuan war kein Rudeltier; ein Einzelgänger wie er hätte besser daran getan, niemals zu heiraten.

Inwendig hatte das Mädchen beiden widersprochen. Der Tuan war wie eine Mangostane: Seine ungenießbare Schale bewahrte ein weiches Herz. Das Mädchen hatte es in seinen Augen gesehen, damals, und tief in sich eingeschlossen; ein kostbarer Schatz, der ihm allein gehörte.

Dunkel wie Zimtrinde war seine Haut, nassglänzend im sanften Licht des Morgens, als er dem Fluss entstieg; Wasser troff überall von ihm herunter, triefte aus seinem Haar, seinem Bart. Einen verträumten Glanz in den Augen, bewunderte sie seinen schlanken, starken Leib, die sehnigen, kraftvollen Glieder. Ihr Blick fiel auf sein Geschlecht, dunkel, gefährlich und verheißungsvoll, und die glühenden Flecken auf ihren Wangen, die sich gerade abzukühlen begonnen hatten, glommen erneut auf.

Doch wegschauen konnte sie nicht.

Wie ein Otter schüttelte er sich, versprühte glitzernde Wassertropfen, bevor er sich nach seinen Sachen bückte, die Muskeln auf seinem Rücken dabei spielen ließ und ihr sein vollkommenes, halbrundes, strammes Gesäß zukehrte. In ihrem Bauch zuckte es; eine verwirrende Wärme breitete sich aus und sickerte in ihren Schoß hinab, während ihr Mund staubtrocken war.

Sie schluckte.

Sie spürte die Hitze der Schale nicht, doch die Nervenenden ihrer Haut schlugen Alarm. Die Muskeln ihrer Arme zuckten, das glatte Porzellan rutschte aus ihren Fingern und zerschellte auf dem Boden.

Mit Tränen in den Augen starrte sie auf die Wolkengebilde aus dampfendem Reis, das wirre Mosaik aus scharfkantigem Jadegrün, Rosa und Meerblau. Sie schickte sich an, sich nach den Scherben zu bücken.

»Aiii!« Der Koch kam angelaufen. »Ich hab dir doch gesagt, du sollst aufpassen!« Mit der flachen Hand verpasste er ihr einen kräftigen Schlag gegen den Hinterkopf, und sie schluchzte auf. »Du ungeschicktes Ding, du!«

Ein Luftzug wirbelte heran, ein Hauch von Flusswasser, in dem feine Tropfen umherflogen, und die Hand des Kochs, die zu einem weiteren Schlag ausholte, wurde zurückgerissen.

»Wag es ja nicht!« Eine Männerstimme, tief und grollend und bedrohlich. »Hier im Haus wird niemand geschlagen!«

»Aber Tuan …« Sein Protest klang dünn; die kräftige Hand quetschte ihm den Arm bis auf den Knochen hinunter.

»Schon gar nicht wegen einer lächerlichen Schüssel Reis! Wenn ich noch einmal Zeuge werde, wie du dieses Mädchen oder sonst jemanden schlägst, kannst du deine Sachen packen und gehen!«

»Ja, Tuan«, presste der Koch hervor. »Verzeiht, Tuan. Wird nicht wieder vorkommen.«

Er atmete auf, als der Tuan ihn losließ, und rieb sich den brennenden Arm. Dennoch: Es musste einmal gesagt werden.

»Das geht so nicht mit der Kleinen, Tuan«, brach es in einem Sturzbach aus ihm heraus. »Sie ist ein liebes Ding und tut, was man ihr sagt. Sie ist nicht faul, sie gibt sich Mühe. Aber sie ist oft saumselig, weil sie mit offenen Augen vor sich hin träumt. Und sie ist schrecklich ungeschickt. Nicht zu glauben, Tuan, bei einem so zarten Geschöpf! Ich kann schon nicht mehr zählen, wie viele Krüge, Gläser, Teller und Schüsseln sie zerschlagen hat, seit sie hier ist. Sie taugt nicht für die Küche, Tuan!«

Die dunklen Augen Raharjos hefteten sich auf das Mädchen,

das mit gesenktem Kopf dastand, sein langer, straff geflochtener Zopf, schwarz wie Pech, über die Schulter ihrer Kebaya baumelnd.

»Stimmt das? Machst du viel kaputt? Aus Versehen?«

Das Mädchen zögerte. Es fürchtete die Wahrheit und wollte doch nicht lügen.

Schließlich deutete es ein Nicken an.

»Zeig mir deine Hände.«

Sie zögerte wieder, löste dann die Finger, die sie vor ihrem Schoß verkrampft gehalten hatte, und hielt sie dem Tuan hin. Sie zerging vor Scham, als er ihre geröteten und aufgesprungenen Hände von allen Seiten betrachtete, die ohnehin rissigen und dazu noch abgekauten Nägel. Und zerfloss vor Seligkeit, ihre kleinen Hände in seinen großen, warmen zu haben. Weich waren sie, nur an wenigen Stellen von harten, rauen Schwielen überzogen.

»Das sind auch keine Hände für Küchenarbeit.« Er ließ sie los. »Kannst du mit Nadel und Faden umgehen? Kannst du nähen?«

Sie nickte eifrig. Ja, das konnte sie gut, sie hatte es als ganz kleines Mädchen gelernt.

»Schau mich an, wenn ich mit dir rede.«

Barsch hatte er geklungen, aber nicht böse, und das Mädchen hob den Kopf. Sein Blick wanderte über die Hosenbeine des Tuans, nass an den Knien und Schenkeln, über die feine Linie dunklen Haares, die sich seinen flachen, muskelgerippten Bauch aufwärtszog. Über seine glatte, harte Brust, auf der das Wasser abperlte, zu seinem Gesicht hinauf.

Noch nie hatte sie ihn von so Nahem gesehen; nicht mehr, seit er sie damals vom Schiff geholt, sie mit Suppe gefüttert hatte. Hatte er anfangs noch einige Male in den Dienstbotenquartieren vorbeigeschaut oder in der Küche, um sich davon zu überzeugen, dass es ihr gut ging, an nichts fehlte, sah sie ihn seither nur noch von Weitem. Wenn sie Schmutzwasser ausgoss und frisches holte oder Abfälle auskippte. Einsam wirkte er, wenn er im Garten stand und auf den Fluss hinaussah; eine Einsamkeit, die sie verstand.

Er war älter, als sie ihn in Erinnerung gehabt hatte. Tiefe Kerben zogen sich beiderseits seiner Mundwinkel herab und verloren sich in seinem Bart; feine Linien fächerten sich unter seinen Augen auf, die sie forschend musterten.

Bis unter die Haarwurzeln lief sie rot an.

»Ich habe vielleicht eine andere Arbeit für dich. Komm mit.« Mit einem Kopfrucken bedeutete er, ihm zu folgen. »Hol dir aus der Stadt einen Burschen für deine Küche«, rief er über die Schulter hinweg dem Koch zu. »Von mir aus auch zwei!«

»D… danke, Tuan«, stammelte der Koch verdattert, aber glücklich. »Vielen Dank! Sehr großzügig von Euch!«

In langen Schritten eilte der Tuan voraus; das Mädchen hatte Mühe, mit ihm mitzuhalten, war es doch fast zwei Köpfe kleiner als er.

Bunga, die auf der Veranda neben dem gedeckten Tisch bereitstand, um den Tuan zu bedienen, warf ihr einen erzürnten Blick zu.

Was um alles in der Welt hast du verbrochen?, schien dieser zu besagen.

Der Tuan führte sie um das Haus herum, zur Schmalseite hin.

Vor Aufregung hielt das Mädchen die Luft an, als es hinter ihm durch eine Tür trat; es war noch nie im Inneren des Hauses gewesen. Gleich darauf blieb dem Mädchen der Mund offen stehen, als es alles in dem weiten, hohen Raum in sich aufnahm. Das riesige Bett, in dem gleich mehrere Menschen bequem Platz gefunden hätten. Die blütenweißen Laken, die kühl und glatt aussahen. Das polierte Holz der wunderschönen Möbel.

So viel Licht, so viel Luft.

Der Tuan öffnete eine der drei Türen im Raum und winkte sie heran. In ein eigenes kleines Zimmer, nur für Kleider; nie hätte sie es für möglich gehalten, dass jemand so viele Hemden und Hosen, Jacken und Schuhe besitzen konnte.

»Dafür könnte ich dich brauchen. Ist bisher eine der Aufgaben von Kembang, aber sie ist sicher froh, wenn du ihr ein wenig Arbeit abnimmst. Du hältst hier drin Ordnung. Räumst die Sachen ein, wenn der *dhobi-wallah* sie bringt, und gibst ihm die Wäsche mit. Du achtest darauf, dass keine Knöpfe fehlen und die Nähte sich nicht auflösen. Falls doch, kümmerst du dich darum. Schaffst du das?«

Das Mädchen nickte; schwindelig war ihm vor unfassbarem Glück.

Einer seiner Mundwinkel hob sich einen Deut. »Kannst du auch sprechen?«

Ein winziges Lächeln spielte um ihren Mund. »Ja, Tuan.«

»Ja, du kannst sprechen? Oder ja, das ist eine Arbeit für dich?«

Ihr Lächeln dehnte sich eine Spur weiter aus. »Ja, Tuan. Und ja, Tuan.«

Um seinen Mund zuckte es. »Hast du auch einen Namen?«

Bis sie ihre Sprache wiederfand, sie ein bisschen Malaiisch verstehen lernte, hatte sich niemand mehr die Mühe gemacht, sie nach ihrem Namen zu fragen; sie war einfach immer nur das Mädchen geblieben.

»Mei Yu«, hauchte sie.

Seine Brauen waren in Bewegung, als er nachdachte.

»Kostbare Jade? Oder schöne Jade? Das bedeutet dein Name doch.«

Sie nickte. Ihre helle Haut, ihre feinen Züge waren den Männern viel Geld wert gewesen, die sie ihren Eltern abkauften und aufs Schiff brachten.

»Gut.« Er nickte ihr zu, griff sich wahllos eines der weißen Hemden und zog es sich über. »Wenn du Fragen hast, geh damit zu Kembang. Von ihr bekommst du auch Nähzeug.«

Sie holte Luft, um etwas zu sagen, dann verließ sie sogleich wieder der Mut. Das Malaiisch ging ihr nicht leicht von der Zunge, sie hatte es viel gehört, aber wenig geübt.

»Ja?«

»Habt … habt tausend Dank, Tuan. Ihr werdet es nicht … bereuen.«

Erneut zuckte es um seinen Mund. »Das hoffe ich.«

Er ging einfach davon und ließ sie allein. In seinem Schlafzimmer. Zwischen seinen Kleidern.

Mit pochendem Herzen wartete Mei Yu darauf, dass jemand herbeieilte und sie ausschalt, hier nicht unnütz herumzulungern, sie in die Küche zurückscheuchte. Aber niemand kam.

Vorsichtig lugte sie um den Türrahmen herum. Niemand, weit und breit nicht.

Langsam ging sie die Regale entlang, prägte sich ein, was wo lag und wie die Kleidungsstücke zusammengefaltet waren. Behutsam strich sie über die Stapel Hemden, eine kostbar bestickte Jacke, nur mit den Fingerkuppen, damit die feinen Stoffe an ihren abgearbeiteten Händen keinen Schaden nahmen. Ihr Blick fiel auf den großen Korb, der in der Ecke auf dem Boden stand und bis zum Rand mit zerknüllten Kleidungsstücken gefüllt war: die Wäsche für den *dhobi-wallah*.

Verstohlen schaute sie sich um, ob auch wirklich niemand sie beobachten konnte.

Mei Yu griff sich das Hemd, das zuoberst lag, und drückte es an ihr Gesicht. Tief sog sie den Geruch nach Salz und Tang ein, nach gewässertem und in der Sonne getrocknetem Leder und feuchtem Kupfer.

Wie ein Riese hatte er im finsteren Bauch des Schiffs auf sie hinuntergesehen; so groß sah er aus, dass er mühelos die Sonne hätte vom Himmel pflücken können, wenn er sich danach reckte, die Sterne in seine Hand hätte schaufeln können. Seine Stimme wie starker Tee hatte so freundlich, so beruhigend geklungen, auch wenn sie nicht alles verstand, was er sagte.

Wie ein welkes Blättchen hatte er sie vom Boden aufgelesen, vom Schiff getragen wie ein heldenhafter Krieger eine Prinzessin. Den ganzen Weg über hatte er sie in seinen Armen gehalten, an Bord eines anderen Schiffs, in einem Wagen, bis hierher.

Ihr Gesicht an seiner Brust, hatte er sie eingehüllt in diesen Geruch, der ihre Angst verwässerte, die Scham von ihr wusch. Ihr das unbegreifliche, überwältigende Gefühl gab, gerettet zu sein.

In Sicherheit.

19

Georgina atmete tief ein. Diese zähflüssige, fast triefende Luft, kaum gemildert durch die kräftige Brise, die vom Meer herüberstrich und den saftigwürzigen Geruch von Blättern, den betäubend süßen der Blüten salzte. Sie genoss den Schweiß, der einen feuchten Film auf ihrer Haut bildete, Stoff an den Konturen ihres Leibes kleben ließ und auf ihrer Stirn, ihrer Nase perlte.

Selig blinzelte sie zum blauen Himmel hinauf, ein Blau, das in England nie eine solche Strahlkraft erreichte. Ihre Augen tranken das satte Grün der Bäume, die leuchtenden Farben der Blütenstände und tränkten ihre Seele. Sogar das Wäldchen, ein kleiner Dschungel mittlerweile, das sie einst geliebt, später verabscheut hatte, war ihr ein willkommener Anblick; sie war wieder zu Hause.

»Hast du dich schon etwas eingerichtet?«, erkundigte sich Gordon Findlay.

»Ja, danke.« Georgina nippte an ihrem Tee.

»Wird es denn gehen, mit dem Platz? Und … sonst allem?«

»Natürlich.« Sie senkte den Blick.

Georgina wollte sich nicht anmerken lassen, wie froh sie war, wieder auf L'Espoir zu wohnen. Ihr Vater hätte es nicht verstanden; sogar ihm war bewusst, wie beengt und schäbig sich das Haus im Vergleich zu Bonheur ausnahm. Eine von Alter und Stürmen eingekerbte Muschel, mit Moos überzogen und flechtenverkrustet, die sich mehr schlecht denn recht noch an ihre Felskante klammerte, unter der die Wasser der Zeit schäumten und strudelten.

Anfangs war Georgina selbst bestürzt und ein wenig beschämt gewesen über das verzogene Holz und die schimmligen Wände. Über die Spärlichkeit, die Schlichtheit von Mobiliar, Zierrat und Haushaltsgegenständen und den allgegenwärtigen Geruch nach Moder, nach Gärung, der überwältigender, erstickender schien als der kratzige Ruß Englands.

Im fortschrittlichen, eleganten London hatte sie vergessen, wie einfach, geradezu primitiv man in Singapur lebte, war man auch noch so wohlhabend. Luxus definierte sich je nach Längengrad verschieden; wenigstens das Gaslicht hatte in den Straßen Singapurs inzwischen Einzug gehalten, feierlich entzündet zu Ehren des Geburtstags von Königin Victoria. Bei ihrer ersten Rückkehr hatte sie diesen Kontrast als weit weniger dramatisch empfunden; vielleicht lag es am Alter, sie war jetzt dreiunddreißig.

»Paul weiß das Opfer sehr zu schätzen, das du damit bringst«, ließ sich ihr Vater leise vernehmen, hörbar verlegen. »Und ich ebenfalls.«

Georgina schwieg.

Das vergangene Jahr war für den Handel das schwärzeste gewesen, das Singapur je erlebt hatte; dagegen waren auch die Jahre, in denen es mit den Pfeffer- und Gambir-Plantagen bergab ging und die Muskatbäume dahinsiechten, ein Klacks gewesen.

Das System, nach dem in Singapur gehandelt wurde, indem importierte Waren auf Kredit verkauft und weiterverkauft wurden, bis klingende Münze über die einzelnen Knotenpunkte der Handelsketten hinweg ihren Weg zurückfand, war jahrzehntelang reibungslos abgelaufen, zum Gewinn aller daran Beteiligten. Bis es fast über Nacht in sich zusammenfiel wie ein Kartenhaus.

Habgier hatte um sich gegriffen, Gewinnspannen höher und höher geschraubt; die Rückzahlungen der gewährten Kredite wurden verschleppt, oft gar nicht erst eingelöst. Die Mangrove des Handels in Singapur hatte zwar viele Wurzeln ausgetrieben, aber das Wasser versalzte auf Dauer, stieg zu hoch, als dass die Luftwurzeln atmen, den Baum nähren konnten.

Vielleicht war auch einfach das Handelsnetz zu schnell gewachsen, zu groß geworden, auf dieser Insel, die bei der letzten Zählung über achtzigtausend Menschen umfasste, davon fünfzigtausend Chinesen. Das Holz von Stamm und Ästen erwies sich irgendwann zu schwer für den sandigen, schlammigen Untergrund; der Baum fiel.

Wie ein ansteckendes Tropenfieber ging der Ruin unter den kleinen chinesischen Händlern um, die zu Hunderten ihre Geschäfte schließen mussten. Die größeren Towkays fuhren dadurch erhebliche Verluste ein, und schließlich schwappte die Pleitewelle auch auf die europäischen Firmen über. Die ersten Unternehmen gaben auf oder meldeten Konkurs an, darunter *José d'Almeida & Sons*, eine der größten und angesehensten Firmen in Singapur.

Undenkbar, dass dieses alteingesessene Unternehmen, im Besitz einer Familie, die ein Urgestein der Stadt war, seit ihr Gründer, ein portugiesischer Schiffsarzt, sich als einer der ersten Europäer in Singapur niedergelassen hatte, bankrottgehen konnte; von Verbindlichkeiten in der schwindelerregenden Höhe von einer Million Dollar war die Rede. Panik brach aus, dass Banknoten bald nichts mehr wert sein könnten; Menschenmassen, die ihr Papiergeld in Silber umtauschen wollten, überrannten die vier Banken der Stadt. Eine Zeit lang kam der gesamte Handel zum Erliegen. Und am Silvestermorgen ging der Godown von *McAlister & Co.* in Flammen auf, ein Brand, der rasch auf die benachbarten Godowns übergriff; der Schaden ging in die Zehntausende.

Singapur stand unter Schock.

War es zuvor schon nicht gut um *Findlay, Boisselot & Bigelow* bestellt gewesen, drohten der Zusammenbruch des Handels und die Zahlungsunfähigkeit von Geschäftspartnern die Firma mit in den Abgrund zu reißen. Georginas Cousin Georges Boisselot in Pondichéry, der nach dem Tod Onkel Étiennes vor vier Jahren dessen Anteile übernommen hatte, war außer sich über diese katastrophale Entwicklung und drohte damit, sich auszahlen zu lassen, was für die Firma den Todesstoß bedeutet hätte.

Die zarten weißen Flocken der Baumwolle waren der einzige Rettungsanker in dieser Zeit. Nachdem im Sezessionskrieg des amerikanischen Südens gegen den Norden keine Baumwolle mehr aus den sklavenhalterischen Südstaaten nach Großbritannien und Europa exportiert wurde, schwenkte man dort auf Baumwolle aus Ägypten und vor allem Indien um. Ein Geschäft, das zwar die Verluste durch die Blockade der Häfen in den amerikanischen Südstaaten während des Kriegs nicht ausglich, aber *Findlay, Boisselot & Bigelow* gerade noch so über Wasser gehalten hatte.

Gordon Findlay trug schwer an dieser Last, obwohl niemand eine solche Entwicklung hatte voraussehen können, kein persönliches Versagen innerhalb der Firma vorlag. Paul, dem er nach und nach mehr Verantwortung, mehr Entscheidungsgewalt übertragen hatte, machte er keinen Vorwurf; er schulterte diese Schuld allein.

Man sah es ihm an. Als gäben jetzt, in seinen Sechzigern, seine Knochen der Schwerkraft nach, ging er tiefer vorgebeugt als früher, schienen seine Schultern dauerhaft nach vorne gesackt. Massive Riefen zogen sich von seiner Nase herab zum kantigen Kinn. Seine blauen Augen wirkten heller, wie ausgewaschen von Müdigkeit und Resignation, die Haut darunter zerknittert. Ein spinnwebfeines Netz feiner Linien hatte sich über sein Gesicht gelegt, weichte dessen Konturen auf, und sein noch immer dichtes Haar schimmerte silberweiß. Allein seine dicken, pelzigen Augenbrauen beharrten auf ihrem Kohlschwarz und weigerten sich, mehr als ein, zwei angegraute Härchen aufzuweisen.

Sogar seine tiefe Stimme, immer schon von trockener Färbung, war brüchig geworden.

»Schade um das schöne Haus«, sagte er leise.

Georgina nickte halbherzig.

Bonheur stand zum Verkauf; sobald es an den Mann gebracht war, würde der Erlös in die Firma gesteckt werden. Unter Wert würde es wohl weggehen, aber hoffentlich genug erzielen, um die größten Löcher zu stopfen. Zu einer anderen Zeit hätte das eine nicht wiedergutzumachende gesellschaftliche Schande bedeutet, mit der man in Sack und Asche hätte gehen müssen; in Singapur waren in diesem Jahr die Bigelows damit nicht allein.

Bis das Haus verkauft war, würde Paul dort wohnen bleiben; ein Kompromiss, dem er zu Georginas Erleichterung zugestimmt hatte. Wenn auch widerwillig und sichtlich verletzt.

»Besser als die Anteile der Dock Company«, erwiderte sie. »Sobald die Docks in Tanjong Pagar gebaut sind, werden die einiges einbringen.«

Gordon Findlay schmunzelte. »Das ist meine Tochter!«

Georgina lächelte schwach.

Wenn sie und Paul stritten, ging es immer um die Firma. In ihren Briefen. Während seines Besuchs in London. Gleich nach ihrer Rückkehr. Er verbat sich jegliche Einmischung ihrerseits, auch nur einen Einwurf, einen Einfall. Nicht zu Unrecht, wie es ihr einmal mehr durch den Kopf schoss, und ihre Wangen wurden heiß.

Gordon Findlays Blick senkte sich auf das kleine Mädchen, das er auf dem Schoß hielt. Den Kopf voll dicker, glänzend dunkelbrauner Locken, hatte es die blauen, dicht bewimperten Augen auf die Taschenuhr seines Großvaters geheftet, die es ihm aus der Westentasche gefischt hatte und nun mit staunender Faszination daran herumspielte.

Die kleine Jo. Josephine Emma Bigelow, vor zweieinhalb Jahren im Haus der Gillinghams am Royal Crescent zur Welt gekommen.

Fast ein Schock war es gewesen, das Wiedersehen mit Paul nach zwei Jahren.

Ein Fremder war es, der sie besuchen kam, kleiner, kräftiger, als sie ihn in Erinnerung hatte, mit einem ersten Silberglimmern im Haar, den ersten Fältchen unter den Augen. Selbstsicher, fast arrogant in seinem Auftreten, das sie abstieß, unter dem erst nach und nach eine Scheu, eine Vorsicht im Umgang mit ihr zutage trat, als wolle er sie nach einem Dutzend Ehejahren erneut umwerben. Wie er mit den beiden Jungen umging, voll inniger, fröhlicher Zuneigung und wie herzlich die Gillinghams ihn in die familiären Arme schlossen, ließ Georginas Herz sich wider besseres Wissen für ihn erwärmen. Und zu sehen, in welch bescheidenen Verhältnissen er in Manchester aufgewachsen war, ihn mit seinen raubeinigen, unbeholfenen Brüdern zu erleben, zeigte ihr neue Facetten an dem Mann, den sie in der Not und unter Zwang geheiratet hatte.

Ihr Leib war es schließlich, der zum Verräter ihres Willens, ihres Verstandes wurde. Ihr Leib, der ausgehungert war und sich nach Küssen sehnte, nach Berührungen, nach Leidenschaft. Der eines Nachts schwach wurde und nachgab; eine Schwäche, der sie nichts entgegenzusetzen hatte.

Bitternis vergällte ihr die Freude, als Jo sich ankündigte. An Pauls Seite hätte sie zurück nach Singapur fahren wollen, eine Rückkehr, die sich nun auf unbestimmte Zeit verschob. Solange der Kanal bei Suez noch nicht fertiggestellt war, war die strapaziöse Fahrt über Land, bei Wüstenhitze und in kaum gefederten Wagen, die über Stock und Stein holperten, zu riskant für eine werdende Mutter. Für ein Neugeborenes. Einen Säugling von wenigen Monaten.

Aus geplanten zwei Jahren in England wurden fünf.

»Etwas Schöneres hättest du mir aus England nicht mitbringen können.«

Gordon Findlays knorrige Hand, zerfurcht und blaugeädert, strich liebevoll über das Haar seiner Enkelin. Jo hatte das Interesse an der Uhr verloren, kuschelte sich stattdessen vertrauensvoll an die Hemdbrust ihres Großvaters und knabberte an einem ihrer Fingerknöchel herum.

»Sie sieht aus wie du, als du klein warst.« Seine Augen schimmerten auf. »Danke, dass du sie nach Joséphine benannt hast.«

Es rührte Georgina an, ihren Vater so zärtlich mit seiner Enkeltochter zu sehen, und doch versetzte es ihr einen Stich. Jedes Mal.

Genauso war er zu ihr gewesen, bevor er sich von ihr abwandte, zu einer Zeit, in der sie ihn am nötigsten gebraucht hätte.

»Erzähl mir von Maman«, flüsterte Georgina. »Von früher.«

Seine Brauen zogen sich zusammen; lange blieb er stumm, in die Betrachtung seiner Enkelin vertieft.

»Kannst du sie wieder nehmen?«, fragte er schließlich, seine Stimme dürr und kratzig. »Sie muss doch bestimmt Mittagsschlaf halten. Und ich sollte noch auf einen Sprung ins Kontor.«

೧೦೦೩

Oft ging Georgina in dieser Zeit auf den Government Hill hinauf, ans Grab ihrer Mutter.

Manchmal nahm sie Jo mit, die zwischen den Gräbern umherstapfte, Marmorengel bestaunte, Schmetterlingen nachsetzte und Blumen pflückte, die in ihren schwitzigen Händen schnell matschig wurden, und die nie greinte, wenn die Mücken sie umsurrten und in die Ärmchen und Waden stachen.

Meistens kam Georgina allein.

Während der Wind ihr ins Gesicht blies, beobachtete sie die wechselnden Stimmungen des Meeres und sein immer neues Farbenspiel. Den Wolken sah sie zu, die sich zu flockigen Gebilden auftürmten, zu finster drohenden Bollwerken zusammenzogen, dann wieder heiter und leicht über sie hinwegzogen. An einem Himmel, der sich mal in einem Blau zeigte, das so glatt und glänzend war, dass es beinahe klirrte, dann wieder eintrübte, bis er so weiß schimmerte wie Milch. Manchmal färbte er sich perlgrau, verdüsterte sich zu einer rußigen Schwärze, in der er dem Hang ganz nahe kam, von dem aus Georgina über die Stadt blickte, die sich in dieser kurzen Zeit so sehr verändert hatte.

Etwas länger als ein Jahr hatte die Rebellion in Indien gedauert, mit Blut und Pulverqualm den Glanz des strahlendsten Juwels in der britischen Krone getrübt. Ein gewalttätiges Erdbeben im Herzen des Empire, dessen Stöße bis nach England hohe Wellen schlugen. Die East India Company wurde entmachtet; die Verwaltung Indiens lag von nun an in den Händen des neueingerichteten India Office.

Singapur war nicht mehr in allen Fragen der Regierung in Bengalen untergeordnet, sondern der neuen Behörde in London. Gleichberechtigt mit Calcutta, der früheren Mutterpflanze, von der Singapur anfangs doch nur ein Ableger gewesen war.

Das neue Selbstbewusstsein Singapurs zeigte sich auch im Stadtbild.

Weit dehnte sich die Stadt aus, beinahe so weit das Auge von hier oben reichte. Weiß glänzten die Häuser im Sonnenlicht, ihre Dächer ziegelrot leuchtend oder in schmeichlerischem Grau. Sogar wenn es regnete, die Wolken als dunkle Decke tief über den Dächern hingen, blieb der weiße Chunam von heiterer Gelassenheit, von leichtherziger Frische. Von gewichtsloser Eleganz war auch die neue Town Hall mit ihrer gerieften Fassade, den Arkaden und großen Fenstern, den Balustraden; ein neues Court House sollte bald folgen.

Ein schöner, stolzer Schwan war aus dem hässlichen Entlein geworden. Eine Königin.

Der Aufstand in Indien war schon ausgetröpfelt, Singapur von einem verschont geblieben, als sich Captain George Collyer von den Madras Engineers mit Feuereifer in die endlich genehmigte Befestigung der Stadt stürzte: Artilleriestellungen entlang der Küste schwebten ihm vor, ausgedehnte Festigungsanlagen entlang des Government Hill mit Arsenal, Werkstätten, Baracken und einem Magazin. Dazu noch einige kleinere Befestigungen auf den umliegenden Hügeln und eine Schutzzone um Gerichtsgebäude, Town Hall und die neue Kirche von St. Andrew's. Der damalige Gouverneur Blundell zügelte ihn: Singapur sollte mitnichten eine abweisende Militärfestung werden, sondern eine weltoffene Hafenstadt bleiben.

Eine Ufermauer zum Schutz der Gegend um den Telok Ayer durfte Collyer dennoch bauen und eine Ausdehnung der bebaubaren Fläche ins Wasser durch Landgewinnung in die Wege leiten. Und Fort Canning, eine Befestigungsanlage, die bei einem Angriff der europäischen Bevölkerung Zuflucht bieten sollte. Leider ohne unabhängige Wasserversorgung im Falle einer Belagerung, wie sich später herausstellen sollte, und die Kanonen würden von hier aus im Ernstfall keine feindlichen Schiffe treffen, sondern den Singapore River und das chinesische Viertel.

Collyer's Folly. Collyers Narretei.

In der grauen Kälte Englands hatte Georgina begriffen, was für eine Närrin sie gewesen war, auch nur daran zu denken, Paul zu verlassen, vielleicht sogar ihre Söhne, und mit Raharjo zu gehen.

Georgina's Folly.

Sie verging vor Scham, wenn sie daran dachte, wie sie Raharjos Ratschlag, in Gebäude an der Upper Circular Road zu investieren, beinahe an Paul weitergegeben hätte. Alte, heruntergekommene Häuser, die vor zwei Jahren einem Feuer zum Opfer fielen. Brandstiftung, munkelte man; Grundstücksspekulation, hieß es hinter vorgehaltener Hand.

Zwar war die Straße neu bebaut worden, großzügiger, schöner, ließ sich mit den neuen Häusern jetzt Geld machen, aber für Paul

Bigelow hätte der Neubau den sicheren Ruin bedeutet. Sie hatte recht daran getan, Raharjo nicht zu trauen; sie hatte ihn sich zum Feind gemacht. Wie töricht war sie gewesen zu glauben, die Leidenschaft, die sie aneinanderband, hätte seine drohenden Worte im Garten von Whampoa null und nichtig werden lassen.

Die Zeit, in der sie mit Raharjo hätte leben können, war unwiederbringlich vorbei, das wusste sie jetzt. So wie die alte Thomson's Bridge, auf der sie einander damals wiedergesehen hatten, durch die neue Elgin Bridge ersetzt worden war.

Von Holz zu Eisen. Von so etwas wie Liebe zu blankem, unversöhnlichem Hass.

England hatte sich als heilsam erwiesen.

In England hatte sie gelernt, dass sie zwar ein Kind Singapurs war, aber kein Kind Nusantaras.

Ihre Wurzeln ruhten in den Tropen, aber ihr Leben ruhte auf einem Fundament, das europäisch war. Ob sie es wollte oder nicht: Die Ehe mit Paul hatte sie geprägt, ihre Söhne gingen in England zur Schule, wurden als Engländer erzogen, und in ihren Adern floss halb schottisches, halb französisches Blut.

Sie war eine Distel, mit Lavendelzweigen umflochten. Keine Kemboja.

Sie kannte niemanden mehr in dieser neuen Stadt; die Alteingesessenen waren in ihre Heimat zurückgekehrt oder verstorben, alle anderen neu zugezogen. Und die Beach Road war längst keine feine Adresse mehr, aber Georgina war auch keine feine Dame. Singapur hatte sich verändert und war doch im Kern dieselbe Stadt geblieben. Hübsch anzusehen hinter kolonialen Fassaden, aber unbezähmbar.

Eine englische Pflanze, geformt von Tropenhitze, den Monsunwinden und dem Meer. Wie Georgina.

Das Schönste am neuen Singapur war der Neubau von St. Andrew's, der bald auch einen Kirchturm bekommen würde. Blendend weiß strahlte der Bau, der trotz seiner gewaltigen Größe durch seine Spitzbögen, Fialen und Türmchen, durch die Verzierungen wie aus dezenten Spitzenbordüren so leicht und luftig wirkte, dass er auf dem Grün der Esplanade zu schweben schien. Georginas Herz hüpfte jedes Mal, wenn ihr Blick auf den langgestreckten Leib der Kirche fiel. Und wenn sie in einer der neuen Kirchenbänke saß, in diesem hohen Säulengewölbe aus weißem Chunam, unter der Decke aus dunklen Balken, die Wände blau gestrichen, der Farbe von Himmel und Meer, und die Sonne durch die Buntglasfenster fiel, wurde ihr Herz groß und weit.

Dann wusste sie, dass sie wieder zu Hause war.

In London war Singapur das Loch in ihrem Herzen gewesen; hier in Singapur trug dieses Loch, schmerzend und in Stößen Blut vergießend, die Namen von Duncan und David.

Letztlich war es gut gewesen, dass sie länger in England geblieben war. So lange, bis ihre Söhne sicheren Halt gefunden hatten zwischen den Söhnen von Stu, Dickie und Maisie, deren Töchter willfährige Opfer für die Streiche und Albernheiten der Jungs. In den Freundschaften, die sie an ihrer Schule schlossen, David mit seinem sonnigen Wesen mühelos, Duncan zögerlicher und nur auf zwei Jungen beschränkt, die ähnlich schweigsam und verschlossen waren. Bis Georgina zwar nicht leichten Herzens, aber guten Gewissens fahren konnte, weil ihre Söhne groß und selbständig genug waren.

Vierzehn und zwölf waren sie jetzt; David ein noch kindlicher Ausbund an Lebensfreude, dem das Stillsitzen schwerfiel, Duncan nur Arme und Beine, spitze Winkel und scharfe Knochen, launisch zuweilen und mit einer schon tiefen Stimme. Das nächste Mal, wenn Georgina sie sehen würde, wären sie schon junge Männer, nicht mehr die beiden Jungen, die sie in ihrem Herzen trug, deren sepiabraune Portraits in Silberrahmen ihr kostbarster Schatz waren.

Dann würde auch die Gefahr gebannt sein, dass Raharjo ihr Duncan wegnahm, sollte er je erfahren, dass er sein Sohn war; in England wusste sie ihn in Sicherheit.

Bonheur weinte sie keine Träne nach. Sie gehörte nach L'Espoir. Wie ihr Vater. Wie Cempaka und Ah Tong.

Denn Glück war vergänglich. Hoffnung blieb.

Die Hoffnung darauf, aus dem Leben, das sie sich nicht ausgesucht hatte, das ihr aber vom Schicksal geschenkt worden war, das Beste zu machen. Aus ihrer Ehe mit Paul, dem sie nicht verzeihen konnte, dass er sie fortgeschickt hatte, wie sie sich ihre eigene Torheit nicht verzieh.

Hoffnung blieb. Immer.

20

Glücklich summte Mei Yu vor sich hin.

Für sie schien die Sonne an diesem finsteren Nachmittag, an dem kräftige Regengüsse auf das Haus klatschten, den Garten fluteten und den Fluss zu einem reißenden Strom anschwellen ließen, der bis ins lampenerleuchtete Haus zu hören war.

Der Tuan war wieder zu Hause.

Sie verstummte und lauschte auf das Plätschern, Gluckern und Prusten, das durch die Tür des Badezimmers drang. Der Anblick des Tuans, wie er dem Fluss entstieg und nackt am Ufer stand, über so viele Monate in ihrem Gedächtnis gehütet und gehegt, tauchte vor ihrem inneren Auge auf. Sie presste ihr glühendes Gesicht zwischen die glatten Stoffe seiner Jacken, um es zu kühlen, bevor sie zum wiederholten Male fortfuhr, die makellosen Stapel von Hemden und Hosen zurechtzuzupfen.

Sie trödelte mit Absicht; sie wollte den Tuan noch einmal sehen, wenn er aus dem Bad kam.

Mei Yu liebte ihre neue Arbeit, die ihr inzwischen in Fleisch und Blut übergegangen war. Nicht nur, weil sie dem Tuan dabei nahe sein konnte, sondern weil sie den Umgang mit den schönen Kleidungsstücken, mit Nadel und Faden mochte und einen Sinn für Ordnung besaß. Eine leichte Arbeit war es obendrein. Viel zu leicht. Denn wenn der Tuan für viele Wochen auf See war, hatte sie nichts zu tun.

Wie ein Hündchen war sie Kembang durchs ganze Haus hinterhergelaufen, die sie ein ums andere Mal wütend wegzubeißen versucht hatte, weil sie glaubte, Mei Yu wollte ihr die Stellung streitig machen. Bis Kembang begriffen hatte, dass sie sich wirklich nur nützlich machen wollte. Erst zweifelnd und kritisch, dann zufrieden hatte sie Mei Yu mit der Garderobe der Herrin vertraut gemacht. Mei Yu lernte rasch den Umgang mit den kostbaren Seidenstoffen und wie sie erst Flecken von Muttermilch herausbekam, dann die Spuren klebriger Kinderfinger. Und irgendeine Stickbordüre löste sich immer auf, irgendwelche Perlen oder Schmucksteine oder Spiegelchen gab es immer wieder anzunähen oder zu ersetzen.

Voller Neugierde war Mei Yu auf die Frau des Tuans gewesen. Es hatte sie überrascht und bestürzt zu sehen, wie schön die *Tai tai*, ihre Herrin, war. Die Haut wie aus sattbraunem Samt, mit großen Augen und dickem, glänzendem Haar, das eine viel hübschere, wärmere Farbe hatte als Mei Yus feines, blauschwarzes. Von Angesicht zu Angesicht mit der Herrin kam sie sich vor wie eine aus Reispapier ausgeschnittene Figur, deren wenige Details hastig mit Tusche hingepinselt waren. Eine Fruchtbarkeitsgöttin mit ausladenden Hüften und großem Busen war die Herrin, überquellend vor Liebe für ihre süßen Kinder und strotzend vor Sinnlichkeit.

Mei Yu konnte nicht verstehen, warum die Ehe der *Tai tai* mit dem Tuan unglücklich war.

Nur noch selten teilten sie das Bett miteinander, hatte Kembang ihr beim Aufziehen der frischen Laken erzählt, ganz im Vertrauen. Und nur oben bei ihr, nie bei ihm unten; die Herrin betrat seine Gemächer nicht. Er schlug sie zwar nicht, zumindest hatte weder Kembang oder sonst jemand im Haus jemals etwas dergleichen mitbekommen. Aber es gab eine Art von Grausamkeit, die genauso schlimm war, hatte sie mit einem bedauernden Zungenschnalzen und einem tadelnden Kopfschütteln hinzugefügt.

Mei Yu hatte sich in Grund und Boden geschämt, tat es jedes Mal aufs Neue, wenn die Herrin, die so freundlich zu ihr war, so traurig aussah, sobald sie sich unbeobachtet glaubte. Weil Kembangs Erzählungen ihre vermessene, hochfliegende Hoffnung nährte, dass der Tuan irgendwann einmal mehr in ihr sehen könnte als nur das Mädchen, das sich um seine Wäsche kümmerte.

Die Geräusche im Badezimmer waren verstummt. Die Tür öffnete sich, und Mei Yus Herz zwirbelte sich um die eigene Achse. Sie atmete tief ein und wieder aus und trat über die Schwelle des Ankleidezimmers.

Sie hielt ihre Hände vor dem Schoß, die schon lange nicht mehr rot und rissig waren, sondern weiß und weich, die Nägel dank eiserner Selbstbeherrschung nicht mehr ausgefranst, sondern glatt und kurz gehalten. Mit gesenktem Kopf schielte sie unter den Lidern hervor.

Nur in Hosen saß der Tuan breitbeinig auf der Bettkante und sah überrascht zu ihr herüber.

»Mei Yu. Du bist ja noch hier.«

»Habt Ihr noch einen Wunsch, Tuan?«

Ob ihm wohl auffiel, dass sie den grün und mattrot gemusterten Sarong anhatte, den er ihr von der letzten Reise mitgebracht hatte und der ihr gewöhnlich für die Arbeit zu schade war? Die bestickten Pantoffeln von der vorletzten Fahrt, die sie sonst nie trug, weil sie ihr zu groß waren? Und dass auf seinen Laken eine Kemboja lag, die sie noch vor dem Regen im Garten aufgeklaubt hatte? Manchmal bemerkte er die Blumen, die sie ihm hinlegte, und sagte etwas Nettes dazu oder lächelte, was die spöttisch hochgezogenen Brauen Kembangs wieder mehr als wettmachte.

»Nein.«

Das Tuch, mit dem er sich gerade noch über den Kopf gerubbelt hatte, warf er einfach zu Boden. Mei Yu machte einen Schritt vorwärts, um es aufzuheben, doch er wehrte ab.

»Lass liegen. Das kann Kembang morgen beim Bettenmachen aufsammeln.«

Mei Yu gehorchte, aber ein Anflug von Verzweiflung stieg in ihr auf; sie wollte noch nicht gehen, sie hatte ihn so lange nicht gesehen.

»Kann … kann ich Euch einen Tee bringen? Einen Kaffee? Oder etwas zu essen?«

Manchmal nahm er ein solches Angebot an, dankbar sogar; es gab Tage, da erzählte er ihr dann von seinen Reisen, und Mei Yu sog jedes Wort davon auf wie ein Schwamm.

»Nein.« Müde klang er. »Du kannst gehen.«

Er knetete seinen Nacken, neigte den Kopf hin und her, bevor er die Hand nach dem Hemd ausstreckte, dass Mei Yu für ihn auf dem Bett ausgebreitet hatte.

»Habt … habt Ihr Schmerzen? Im … im …« Weil ihr das malaiische Wort für Genick nicht einfiel, tippte sie sich gegen den Hals.

Sein Mund kräuselte sich. »Ist nichts weiter. War eine anstrengende Fahrt. Und ich werde auch einfach älter.«

Mei Yu stürzte sich auf den Strohhalm, der sich ihr darbot.

»Ich kann Euch helfen!«

In eiligen Tippelschritten flog sie zum Bett, schleuderte die Pantoffeln von den Füßen, hüpfte auf die Matratze hinauf und kniete sich hastig hinter ihn. Sie hatte ihm angesehen, dass sie ihn überrumpelte, spürte es an der Art, wie sich seine Schultern verkrampften, als sie ihre kleinen Finger hineinbohrte und die bretthartnen Muskeln mit aller Kraft zu bearbeiten begann. Unvermittelt löste sich seine Anspannung, atmete er mit einem Geräusch aus, das wie ein Schnurren klang.

Seine nelkenbraune Haut war warm, nach Wasser duftete er und nach einer herben Seife. Aus den Haaren, die sich feucht im Nacken kräuselten, rann ein Tropfen und glitt zwischen seinen

Schulterblättern hindurch, sein Rückgrat hinab; Mei Yu war versucht, ihn mit der Zunge aufzufangen.

»Hör auf!«

Grob schüttelte er sie ab, fuhr herum.

Mei Yu hatte im Nachhinein Bunga Recht gegeben: Der Tuan war wahrlich ein Tiger. Launisch und reizbar und gefährlich, unter Umständen sogar tödlich. Weil er das Gefängnis nicht ertrug, in dem er eingesperrt war. Ein Gefängnis, in das ihn das Leben verbannt hatte, womöglich auch er sich selbst.

Mei Yu sah es in seinen Augen, die sie zu verbrennen drohten und in denen doch Unsicherheit flackerte.

Ein feines Stimmchen der Vernunft warnte sie davor, den Tuan zu erzürnen; bestimmt würde er sie bestrafen, womöglich doch in seinem Zorn die Hand gegen sie erheben. Gar aus dem Haus werfen, ohne dass sie wusste, wohin sie dann sollte. Doch sie hatte sich bereits zu weit vorgewagt. Zu viel von dem gekostet, was sie sich mehr als alles andere auf der Welt ersehnte.

Er hatte sich rasiert; der zottelige Bart, mit dem er zur Mittagsstunde angekommen war, war sorgsam getrimmt. Ein schmaler, ebenso eleganter wie verwegener Rahmen um seinen Mund, der mit seinem vollen Schwung so weich aussah.

Mei Yu warf ihr Leben in die Hände von Kuan Yin, der Göttin der Barmherzigkeit, als sie sich herüberlehnte und ihren Mund sacht auf den des Tuans legte.

Als hätte eine Sturmbö ihn gepackt und mit dem Kopf gegen den Mast geschlagen.

Er konnte sie nur anstarren, als sie sich von ihm löste und ihn ängstlich ansah. Aus Augen, die schwarz glänzten wie der Himmel in tiefster Nacht. Er versuchte zu begreifen, indem er über ihre Wange strich, und zuckte zusammen, weil ihre helle Haut so zart war, sie unter seiner Berührung erschauerte. Sein Blick fing sich an ihren Lippen; Blätter von Rosenblüten, auf denen Regen glänzte.

Er brauchte Gewissheit.

Der Stängel einer Blume war ihr Hals, als er sie im Nacken packte und zu sich zog, sie küsste, ihren Atem kostete, der süß und frisch war; wie ein Kätzchen rieb sie sich an ihm.

Dieses Mädchen, das wie ein Schmetterling durch seine Räume flatterte, mit seinem Lächeln immer einen Sonnenstrahl mitbrachte und einen klaren, kühlen Lufthauch, in dem er Atem schöpfen konnte. Das ihm fortwährend mit kleinen Gesten eine Freude zu machen versuchte, was er ihr mit ähnlichen Gesten dankte.

Das Mädchen, das er vor vier oder fünf Jahren im Bauch eines Schiffs aufgelesen hatte, bevor Menschenhändler es in einem Bordell versklavten. Schmutzig, ausgehungert und verängstigt war es gewesen, sein Leib nicht schwerer als Veenas, vermutlich auch nicht viel älter, allenfalls ein paar Jahre.

Die Erkenntnis rammte ihre Faust tief in seinen Magen.

Grob stieß er sie von sich, dass sie rücklings auf dem Bett aufschlug; ihr Sarong rutschte hoch und enthüllte einen schlanken, sahnigen Schenkel. Er wandte den Blick ab und fuhr sich zornig durch das feuchte Haar.

»Mach, dass du rauskommst«, schnaufte er, ein tiefes Grollen in der Stimme. »Ich vergreife mich doch nicht an einem Kind!«

Aus dem Augenwinkel sah er, wie sie sich aufrappelte und vom Bett heruntersprang. Doch anstatt wegzulaufen, stellte sie sich vor ihn hin, die Hände zu Fäusten geballt und Tränen in den Augen.

»Ich bin aber kein Kind mehr, Tuan!«

Raharjo schnaubte, halb wütend, unwillkürlich halb amüsiert.

»Ich weiß nicht, wie alt du bist. Aber ich bin auf jeden Fall mehr als doppelt so alt wie du. Alt genug, um dein Vater zu sein!«

»Ich bin älter, als ich vielleicht für Euch aussehe!«

Energisch zuppelte sie an dem Band, das ihren bereits zerrauften Zopf zusammenhielt, schüttelte dann ihren Kopf; mit gelöstem Haar, das fein und glatt über ihre Schultern fiel, sah sie tatsächlich etwas älter aus.

Und schön. Verwirrend, betörend, atemberaubend schön.

»Ich bin schon eine Frau«, blieb sie beharrlich. Auf ihren Wangen flammte es auf. »Fast.«

Eine zähe Wut stieg in Raharjo auf. Er hatte große Lust, ihr den Kopf abzureißen. Lust, seiner Erregung nachzugeben, die qualvoll pochte und ihn nur noch mühevoll atmen ließ.

»Du hast keine Ahnung, wie gefährlich das Spiel ist, das du da treibst. Du hast keine Ahnung, wen du hier vor dir hast.«

»Dann zeigt es mir, Tuan.«

Ohnmächtig sah er zu, wie sie sich ihre Kebaya über den Kopf zog und von sich schleuderte, den Sarong abstreifte und zur Seite kickte. Er konnte keinen Finger rühren, keinen Laut von sich geben.

Nackt stand sie vor ihm. Ein noch kindlicher, schmaler Leib, zerbrechlich und verwundbar. Gerade zur Frau reifend, ihre Scham von kaum mehr als einer schwarzen Daunenfeder bedeckt. Den hochroten Kopf stolz erhoben, hatte sie einen Blick in den Augen, der sehnsüchtig war und flehend, zornig und zärtlich.

»Bitte, Tuan«, wisperte sie. »Ich hab doch von Anfang an nur Euch gehört.«

Eine Flut in Rot und Schwarz schäumte in ihm empor und pflügte ihn unter; fluchend schnellte er hoch und packte sie, schleuderte sie aufs Bett und warf sich auf sie.

»Du willst es so, ja?«, zischte er sie an, ihre Arme auf das Laken gepresst, sein Knie zwischen ihren Beinen. Sein Atem ging schnell und stoßweise, wie der eines feuerspeienden Drachen.

Ein unergründliches Lächeln um den Mund, nickte sie.

Der Gedanke durchzuckte ihn, ob man ihr auf dem Schiff oder auf dem Weg dorthin Gewalt angetan hatte. Übelkeit trieb aus seinem Magen aufwärts, versickerte dann irgendwo in der Tiefe. Und mit ihr aller Zorn.

Nur das Begehren blieb, leise und beharrlich wie der Lockruf einer ruhigen See und doch so stark, dass er nicht widerstehen konnte.

Sie war wirklich wie aus heller Jade geschnitzt. Sanft fuhren seine Hände über diese kostbare Arbeit der Schöpfung, dann sein Mund, seine Zunge. Aus Wolken schien ihre Haut gemacht, schmeckte nach Blüten im Sonnenschein, wie Honig und Milch. Willens war er, jederzeit aufzuhören, sollte sie sich sträuben. Sollte sie nicht mehr diese gehauchten, seligen Laute von sich geben.

Erst, als sein Mund die rosige Knospe zwischen ihren Beinen aufblühen ließ, er ihren Nektar schmeckte, konnte er sich nicht mehr beherrschen und streifte seine Hosen ab. In diesem winzigen Augenblick, als er begriff, dass er ihr Erster war, wusste er, er beging einen Fehler. Er tat ihr weh, weil er zu groß, zu mächtig für sie war. Zu spät; er konnte es nur noch hinauszögern, ein Zurück gab es nicht mehr.

Ein weißblühender Garten war sie für ihn, durch den ein sanfter Wind strich, sich zu einem tosenden Sturm auswuchs, an den Zweigen rüttelte, an den Blüten riss. Myriaden von Blütenblättern umwirbelten ihn, streiften kühl über seine Haut. Legten sich besänftigend auf eine Wunde in seiner Seele, von der er nicht einmal gewusst hatte, dass er an ihr litt.

Bis der Sturm nachließ, flüsternd davonschlich und die letzten Blütenblätter zu Boden sanken.

Sacht, so sacht.

»Es tut mir leid«, murmelte er, als er sie an sich zog, ihr mit dem Daumen unbeholfen die Tränen von den Wangen wischte. »Was ich dir gerade genommen habe, kann ich dir nie wieder zurückgeben. Nie wiedergutmachen.«

Niemals wäre es ihm in den Sinn gekommen, Bunga, Kembang oder Embun, die Ayah seiner Kinder, in sein Bett zu holen. Nicht, weil es ihn nicht gereizt hätte, und die Blicke, die ihm die Frauen im Haus unter gesenkten Lidern zuwarfen, ihre geröteten Wangen, eine gewisse Heiserkeit in ihren Stimmen, wenn sie ihn anredeten, waren ein ums andere Mal eine ebenso verführerische wie taktvolle Einladung. Er hielt einfach nichts davon, trug sein Verlangen nach anderen Frauen lieber in die Weiten Nusantaras hinaus.

»Nein«, flüsterte sie tonlos.

Langsam kehrte Leben in ihre starren Augen zurück; sie blinzelte.

»Nein.« Sie rieb ihr Gesicht an seiner Brust. »Ich hatte mich so lange danach gesehnt. Und nie hätte ich gedacht, dass es so sein würde. So ...«

Sie schluchzte auf und drückte einen Kuss auf seine Haut, auf die Stelle, unter der sein Herz schlug.

»Danke, Tuan.«

Als klaffe seine Brust auf, läge offen, und sie grub sich hinein, tiefer und tiefer, so fühlte es sich an. Scheußlich, so angreifbar zu sein. So verwundbar. Er biss die Zähne zusammen.

»Nenn mich nicht Tuan«, presste er hervor, eine unmissverständliche Drohung in der Stimme.

Erstaunt sah sie zu ihm auf. »Wie soll ich Euch dann nennen?«

»Bei meinem Namen. Raharjo.«

Sie kicherte verlegen und schlug die Augen nieder.

»Nein, Tuan. Das geht nicht.«

Hart schloss sich seine Hand um ihr Kiefergelenk, zwang sie, ihm in die Augen zu sehen.

»Sag meinen Namen!«

Ihr Kichern wurde lauter, kräftiger.

»Mach schon! Sag meinen Namen!«

Der Glanz in ihren Augen, das Lächeln auf ihrem Gesicht ließen ihn weich werden.

Er verstand nicht, warum sie keine Angst vor ihm hatte. Dieses viel zu junge, viel zu schöne und zarte Mädchen, dem er gerade die Jungfräulichkeit geraubt hatte. Und noch viel weniger verstand er, warum sich der Griff seiner Hand lockerte, es gegen seinen Willen um seinen Mund zu zucken begann.

»Sag meinen Namen«, raunte er und fuhr behutsam die Linie ihres Unterkiefers entlang.

»Ra… har… jo«, versuchte sie sich unsicher daran. »Ra… harjo. Raharjo.«

Sie begann zu lachen, ein mädchenhaftes, helles Lachen, das ihren ganzen Leib erbeben ließ und auf ihn übersprang. Lachend rollte er sich auf den Rücken und zog sie mit sich.

Die Knie gegen seine Hüften gepresst, schmiegte sie sich an ihn und bedeckte sein Gesicht mit Küssen. Ihre Haut, ihr Haar wie Seide auf seiner Haut, staunte er über dieses Wunder.

Wieder aus tiefster Seele zu lachen. Sich lebendig zu fühlen. Frei zu sein. Glücklich.

21

Die Sonne glänzte auf dem Laub der Bäume und Sträucher, ließ das Scharlachrot, das Weiß, Gelb und Orange der Blüten aus dem satten Grün hervorstrahlen; sogar das sanfte Blauviolett des Heliotrops hatte an Leuchtkraft gewonnen. Die Welt war frisch gewaschen nach den Monsunregen der letzten Monate.

»Haalloooh! Ah Toohoong!«, rief die kleine Jo von der Treppe der Veranda aus, auf der sie mit Kartika saß, und wedelte eifrig mit der Hand.

Ah Tong duckte sich unter einen Ast, schwer von weißen Blütentrauben, schaute lächelnd zu ihr herüber und winkte zurück.

»Hallo, Putri!«

Jo, von allen Bediensteten im Haus *Prinzessin* gerufen, lachte fröhlich. Menschen ein Hallo zuzurufen und ihnen zuzuwinken war derzeit ihre Lieblingsbeschäftigung.

»Ah Toohoong! Haalloooh!«

Wenn es sein musste, auch ein Dutzend Mal hintereinander.

Unter Geraschel blätterte Gordon Findlay durch die *Straits Times*. Sein Ritual, mit dem er am Teetisch der Familie das Wochenende einläutete.

Eine der vier Banken hatte als erstes Unternehmen der Stadt eingeführt, dass der Samstag kein voller Arbeitstag mehr war, das Wochenende schon am Mittag begann, eine Regelung, die schnell Mode wurde in Singapur. Schließlich gab es in den Godowns nicht mehr so viel zu tun wie früher, in den fetten Jahren des Handels; *Findlay, Boisselot & Bigelow* hatte sogar einige Angestellte entlassen müssen.

»Furchtbar ist das«, murmelte er. »Ich mag mir das kaum vorstellen. Vor verkohlten Ruinen zu stehen und praktisch noch einmal von vorne anzufangen.«

Es war *das* Gesprächsthema in Singapur. Etwas mehr als ein Jahr nach dem großen Brand, der mehrere Godowns in Schutt und Asche gelegt hatte, war vor einem Monat erneut ein Feuer in der Battery Road ausgebrochen; die Godowns zweier Firmen waren restlos ausgebrannt.

»Nicht auszudenken, wenn sich das Feuer ausgebreitet hätte«, stimmte Paul ihm zu. »Unser Godown liegt ja ganz in der Nähe beider Brandstätten.« Er trank einen Schluck Tee. »Wobei ich es doch auffällig finde, dass es gleich zweimal an ungefähr derselben Stelle gebrannt hat, in so kurzer Zeit. Beide Male an einem Sonntagmorgen. Nimmt man den Großbrand in der Upper Circular Road dazu, gleich dreimal im selben Karree. Das riecht doch förmlich nach Brandstiftung. Als wolle jemand möglichst großen Schaden anrichten. Wie ein Racheakt.«

Georginas Kopf, eben noch über das Buch in ihrem Schoß gebeugt, ruckte hoch. Groß und dunkelblau hefteten sich ihre Augen auf ihn. Seine Brauen zogen sich zusammen.

»Was ist?«

Ihre Wangen färbten sich rot, und sie schüttelte den Kopf. »Nichts.«

Sie griff zu ihrer Tasse; ihre Hand zitterte.

»Ach, Unsinn.« Gordon Findlay verzog das Gesicht in Abwehr. »Die Lagerräume sind bis obenhin vollgestopft mit Kisten und Säcken, mit Tauwerk, Hölzern und Gewürzen. Da genügt schon ein Funke, ein bisschen Glut oder eine umgefallene Lampe, und das Ganze brennt wie Zunder. Und solange wir hier noch keine ordentliche Feuerwehr haben, die im Notfall schnell ausrücken kann ...« Geräuschvoll blätterte er eine Seite um. »Deshalb schärfe ich unseren Leuten immer ein, vorsichtig zu sein. Lieber einmal zu viel Umsicht zeigen als einmal zu wenig.«

»Mama!« Mit wippenden Locken kam Jo angerannt und schickte sich an, auf Georginas Knie zu klettern. Georgina legte das Buch beiseite und hob ihre Tochter auf den Schoß.

»Geh'n wir schwimmen, Mama?«

»Jetzt?«

Jo nickte heftig und spielte mit den Rüschen am Ausschnitt von Georginas Kebaya.

»Jetzt geht es nicht. Du hast den Bauch noch voller Kuchen.« Georgina pikste sie zwischen die Rippen, worauf Jo sich kichernd wand. »Später können wir schwimmen gehen.«

»Mir ist aber *jetzt* heiß!«

Georgina pustete die Locken aus der erhitzten Stirn des Kindes. »Besser?«

Jo giggelte und schüttelte den Kopf, drehte sich dann halb um. »Papaaa? Bitte?«

Mit diesem Blick aus großen Augen, diesem zuckersüßen Tonfall machte sie aus seinem Herzen einen Teigklumpen, den sie in ihren Händchen nach Belieben kneten und formen konnte. Er hätte ihr einen Elefanten in den Garten gestellt, hätte sie ihn darum gebeten, oder sich auf die Suche nach einem Einhorn begeben; es war schwer, da konsequent zu bleiben.

Er zwinkerte ihr lächelnd zu. »Wenn's ums Schwimmen geht, entscheidet allein Mama.«

Jos Kopf flog zur anderen Seite, zu ihrem Großvater hin, der die Brauen hob und mit dem Zeigefinger wackelte.

»Oh nein, kleine Lady. Versuch es gar nicht erst bei mir.«

Flehentlich sah Jo wieder zu ihrer Mutter. »Mamaaa! Büttee!«

»Später, Josie-Rosie.« Georgina drückte ihr einen Kuss auf die Wange. »Aber wir könnten so lange in den Garten gehen. In den

Schatten. Uns vom Wind kühlen lassen und schauen, ob du Ah Tong ein bisschen helfen kannst. Was meinst du?«

»Jaaa«, schnaufte Jo selig und krabbelte vom Schoß ihrer Mutter herunter.

Paul sah ihnen nach, als sie die Treppe hinunterstiegen und durch den Garten gingen.

Wie aus demselben Stoff gemacht waren sie, Mutter und Tochter, ihre Haut in demselben zarten Goldton, Jos Augen nur von klarerer Farbe, ihre Locken von hellerem Braun; manchmal ähnelten sie einander sogar in Gestik und Mimik, ihrem Tonfall.

Während Jo halb durch das Gras lief, halb rannte, schlenderte Georgina neben ihr her, machte immer wieder einen Ausfallschritt und kitzelte Jo in der Seite, was diese mit einem Aufquietschen und fröhlichem Kichern quittierte. Beim Gehen schmiegte sich Georginas Sarong an ihr unübersehbar runderes Hinterteil; fraulicher war sie geworden mit dem dritten Kind, sinnlicher.

Zwischen ihren vor Selbstbewusstsein und Redseligkeit sprühenden Cousins in London, ihrer ähnlich gesinnten Cousine, die sich allesamt Partner vom selben Schlag erwählt und auch solche Kinder in die Welt gesetzt hatten, hatte Georgina erschreckend still und scheu gewirkt; ein zurückhaltendes Veilchen zwischen englischen Rosen und feschem Rittersporn. Linkisch nahm sie sich neben ihrer Tante aus, einer silberhaarigen Eiskönigin, die ebenso elegant wie sicher auf dem Parkett der feinen Gesellschaft stand, aber erstaunlicherweise dennoch das Herz am rechten Fleck hatte. Und dazu noch einen gar nicht so feinen Mann mit dröhnender Bassstimme, der seine Worte gern mit kräftigen Schulterklopfern unterstrich.

In London begriff Paul, was er Georgina mit dieser Verbannung angetan hatte. Welches Leid er ihr zufügte, indem er sie zwang, sich zwischen ihren Söhnen und Singapur zu entscheiden. David und Duncan hatten eine Leere in ihr hinterlassen, die Jo und Singapur nur unzureichend zu füllen vermochte. Eine Wunde, die ihm selbst tief ins Fleisch schnitt und die sich nur zögerlich schloss.

Er versuchte, Abbitte zu leisten, so gut er es vermochte. Doch Georgina schien im Kampf mit sich selbst zu liegen seit ihrer Rückkehr, ein Kampf, den sie allein mit sich ausfocht; es tat weh, tatenlos dabei zusehen zu müssen.

Manchmal sehnte er sich nach einer anderen Frau, eine, die schlichteren Gemüts war, von heiterem, sonnigem Wesen. Die ihm das Leben leichter machte und nicht erschwerte. Die kein Rätsel, keine Herausforderung war. Obwohl er wusste, dass ihm Georgina längst zu tief unter die Haut ging.

»Das renkt sich schon wieder ein«, ließ sich Gordon Findlay vernehmen, als hätte er seine Gedanken erraten. »Mit euch beiden.«

Verblüfft sah Paul seinen Schwiegervater an, der seinen Blick unverändert auf die Zeitung gerichtet hielt.

»Es …« Gordon Findlay räusperte sich; seine Brauen zuckten. »Es gab eine Zeit, da war ich sicher, Joséphine verloren zu haben. Dass unsere Ehe keinen Cent mehr wert war und auch nicht mehr lange halten würde. Und glaub mir, gegen meine Joséphine ist Georgie ein sanftmütiges Lämmchen.«

Unwillkürlich ruckten Pauls Schultern unter Hemd und Jackett; er war es nicht gewohnt, mit jemandem über solch intime Dinge zu sprechen, noch weniger mit seinem steifen schottischen Schwiegervater.

»Frauen wie Joséphine, wie Georgie …« Umständlich blätterte Gordon Findlay in der Zeitung herum. »Das sind Frauen wie Diamanten. Wie Hochkaräter. Hart und unbeugsam und so scharfkantig, dass man sich an ihnen blutig ritzen kann. Bis auf den Knochen hinunter. Sie sind selten, und sie sind kostbar. Man ist ein reicher Mann, wenn man das Glück einer solchen Frau erleben darf. Da lohnt es sich, Geduld zu haben. Zu kämpfen.«

Paul schwieg, dankbar für die Worte seines Schwiegervaters. Aber er war auch erleichtert, als dieser nahtlos auf einen nüchternen, geschäftsmäßigen Tonfall umschwenkte.

»Wenn ich mir so die Fortschritte des Telegraphen anschaue ... Vielleicht sollten wir verstärkt auf Guttapercha setzen? Da scheint es künftig einen gesteigerten Bedarf zu geben.«

»Ja«, gab Paul gepresst von sich.

Seine Erleichterung war so rasch zerstoben, wie sie ihn überfallen hatte. Er hatte noch nicht den Mut aufgebracht, Gordon Findlay seinen großen Fehler einzugestehen.

Einen guten Eindruck hatte der malaiische Händler gemacht, der ihm eine Schiffsladung Schildpatt anbot. Die Muster, die Paul zu Gesicht bekam, waren beste Qualität, rechtfertigten den ungewöhnlich hohen Preis, denn sie würden ungleich mehr wieder einbringen. Er hätte misstrauisch sein müssen, dass der Händler bei ihm vorstellig wurde, das Angebot nicht über einen Towkay kam. Nicht einmal die verschämt vorgebrachte Forderung, die Ware gleich bar zu bezahlen, hatte ihn stutzig werden lassen; man hatte in Singapur allenthalben aus der Krise von vor zwei Jahren gelernt. Paul griff zu und kaufte für viel, viel Geld die gesamte Ladung. Die sich bei Lieferung als billige Abfälle von Schildkrötenpanzern herausstellte. Als wertlos.

Ein grober Schnitzer, zwar aus der Not geboren, der ihm dennoch niemals hätte unterlaufen dürfen, nicht einmal seinerzeit als Anfänger. Vor allem nicht in einer Zeit, in der die Firma ohnehin ums Überleben kämpfte und die Familie allein von dem lebte, was der genügsame Gordon Findlay über Jahrzehnte hinweg angespart hatte und was nun erschreckend schnell zusammenschmolz.

Gestern Abend hatte Georgina ihm fast ihren gesamten Schmuck übergeben, Stücke, die er ihr gekauft hatte, aber auch Stücke ihrer Mutter.

Es ist nicht so, dass es mir nichts bedeutet, hatte sie leise gesagt, eine fast schon beängstigende Ruhe in ihren ozeanblauen Augen. *Aber falls ich der Firma damit helfen kann ... Verrat nur meinem Vater nichts davon*, hatte sie mit einem kleinen Lächeln hinzugefügt.

Eine noble Geste, das war Paul bewusst, und eine, die ihn zutiefst beschämte.

Findlay, Boisselot & Bigelow stand am Abgrund. Das Haus, das er für Georgina gebaut hatte, hatte er nicht halten können. Seine Ehe war porös und zerbrechlich wie eine Eierschale. Alle seine Träume, es in Singapur zu etwas zu bringen, waren versandet wie die Mündung des Singapore River.

Ausgelaugt und müde fühlte er sich vom Leben in den Tropen, für das er ebenso wenig geschaffen schien wie für eine Frau wie Georgina.

Ah Tong, der gerade zwischen einem vor weißer Blütenpracht berstenden Jasminstrauch und der Hecke zugange war, strahlte über sein ganzes faltiges Ledergesicht, als Jo auf ihn zugestürmt kam, gefolgt von Georgina.

»Ah, ich bekomme Gesellschaft. Noch dazu so zauberhafte. Wie schön.«

»Ich komm dir helfen!«, verkündete Jo stolz.

Ah Tongs Brauen zogen sich erstaunt in die Höhe.

»So was! Das ist aber lieb von dir, Putri.«

Er faltete sich aus seiner schlaksigen Höhe zusammen und strich ihr über den Kopf, bevor er auf die abgeschnittenen Zweige und Triebe deutete, die im Gras verstreut lagen.

»Du kannst diese ganzen kleinen Äste zusammentragen und auf den großen Haufen dort werfen. Magst du das machen?«

Jo nickte eifrig und stürzte sich in die Arbeit. Nicht ohne bei jedem Zweig, den sie aufhob, die Blätter und Blüten zu befühlen, abzurupfen und genau zu betrachten.

»Nicht in den Mund stecken, Jo«, ermahnte Georgina sie sanft, und gehorsam spuckte Jo das Blütenblatt wieder aus.

»Das ist mir die liebste Zeit im Jahr«, sagte Ah Tong und blickte versonnen im Garten umher, schenkte dem freundlichen blauweiß marmorierten Himmel einen zufriedenen Blick. »Gleich nach dem Wintermonsun. Wenn alles in Saft und Kraft steht. Wenn man die Farben riechen kann. Wenn man spürt, wie unbändig stark die Natur ist. Nichts, Miss Georgina, nichts auf der Welt kommt dem gleich.«

Lächelnd sah Georgina ihm zu, wie er die Zweige ausschnitt.

Nicht ohne Besorgnis; grau wirkte sein verwittertes Gesicht unter der gelben Hautfarbe, und dicke Schweißtropfen standen auf seiner Stirn, seiner Oberlippe. Georgina konnte sich nicht daran erinnern, Ah Tong jemals schwitzen gesehen zu haben. Nicht so.

»Soll ich dir was zu trinken holen?«

»Nein, nein, ich hab erst. Danke, Miss Georgina.«

Nachdenklich kaute Georgina auf ihrer Unterlippe herum. Wie alt mochte Ah Tong wohl sein? Älter als Cempaka auf jeden Fall, das wusste sie. Ungefähr so alt wie ihr Vater, schätzte sie; inzwischen zogen sich einige weiße Fäden durch seinen langen geflochtenen Zopf.

»Sollen wir nicht doch eine Hilfe für dich einstellen?«

»Nein, nein. Geht schon.« Verbissen rupfte er an einem Zweig und ächzte, als dieser endlich nachgab und zu Boden fiel. Er deutete ein Grinsen an. »Nicht mehr so flott wie früher, natürlich. Aber die Natur kennt auch keine Eile.«

»Du kannst dich auch gern aufs Altenteil zurückziehen, wenn du willst. Mit Cempaka.«

»Und was soll ich dann den ganzen Tag über tun, Miss Georgina?« Sein Grinsen dehnte sich aus; seitlich fehlte einer seiner schiefen Zähne. »Und den lieben langen Tag Cempaka um mich zu haben ... Nein, Miss Georgina, das könnt ihr mir nicht antun. Erst, wenn ich steinalt und weich im Kopf bin. Oder halb taub.«

Er zwinkerte ihr zu und lachte, dass sein knochiger Adamsapfel hüpfte, und Georgina stimmte in sein Lachen ein.

Das zärtliche Verhältnis, das Cempaka zu Duncan und David an den Tag gelegt hatte, hatte sich auch auf Georgina ausgeweitet. Mit Jo jedoch ging sie ähnlich kühl bis rüde um wie mit Georgina früher und heute wieder; vielleicht mochte Cempaka Jungen einfach lieber als Mädchen.

Ah Tong ließ die Schere sinken, einen andächtigen Glanz in den schwarzen Augen.

»Erinnerst du dich, Miss Georgina? Wie du hier immer im Garten gespielt hast? Ganz in deiner eigenen Welt versunken?«

Georgina nickte; unwillkürlich glitt ihr Blick über den finsteren Schattenriss des Wäldchens.

»Manchmal«, flüsterte sie vor sich hin, »manchmal denke ich, ich habe nie wieder den Weg zurück aus dieser Welt gefunden.«

Ah Tongs Augen ruhten auf ihr. »Weißt du, Miss Georgina ... Ein langer Weg enthüllt die Ausdauer deines Pferdes. Eine lange Zeit enthüllt das Herz deiner Freunde.«

Georgina sah ihn fragend an, und auch Ah Tong blickte verwundert drein, als wisse er selbst nicht, woher die Worte aus seinem Mund gekommen waren. Lächelnd schüttelte er den Kopf, wischte mit dem Ärmel über sein Gesicht und setzte die Schere neu an. Er zuckte zusammen und blinzelte. Erneut hob er die Hand und ließ sie wieder sinken, geriet ins Schwanken. Das Grau unter seiner Haut hatte einen kalkigen Ton angenommen.

Georgina nahm ihn beim Arm und löste behutsam die Schere aus seinen Fingern, ließ sie ins Gras fallen.

»Setz dich einen Moment hin, und ruh dich aus, ja?«

»N... nein?«, kam es unsicher von ihm.

»Doch, Ah Tong. Ist in Ordnung.« Vorsichtig half sie ihm, sich hinzusetzen, dicht an der Hecke, damit er sich anlehnen konnte. »Nur ganz kurz, dann kannst du weiterarbeiten.«

»K... kurz. Ja.«

Georgina brauchte nicht lange zu überlegen. Sie waren zu weit weg vom Haus, von Büschen halb verborgen. Vermutlich hätte man ihr Rufen unter dem Rauschen der Wellen auch nicht gehört, und sie wollte weder Ah Tong allein noch Jo jetzt bei ihm lassen; es waren genug Leute im Haus, die sich fürs Erste um sie kümmern konnten.

Stocksteif stand das Mädchen da, die Augen aufgerissen und mit offenem Mund, die Finger noch gespreizt, nachdem ihr vor Schreck die Zweige aus den Händen gefallen waren.

Georgina sprach langsam und sanft, damit sie ihre Tochter nicht noch mehr ängstigte.

»Jo, du rennst jetzt zum Haus zurück. So schnell du kannst. Und rufst ganz laut nach Papa und Opa. Ah Tong braucht Hilfe. Machst du ...«

Jo war schon losgerannt, Georgina konnte hören, wie ihr feines Stimmchen erstaunlich stark durch den Garten schallte.

»Gleich kommt Hilfe«, flüsterte sie und drückte Ah Tongs dürren Arm, der seltsam leblos in ihrer Hand lag.

Mit dem Ärmel ihrer Kebaya wischte sie den Schweiß von Ah Tongs Gesicht und fing den Speichelfaden auf, der sich aus seinem verzerrten Mund spann.

Seine andere Hand legte sich um ihren Arm, erschreckend schwach und kalt.

»Ayu«, raunte er undeutlich, mit gebrochener Stimme. Sein Mund zuckte zu einem einseitigen Lächeln aufwärts, und Tränen sammelten sich im Augenwinkel. »Ach. Ayu.«

Schwere Laufschritte trommelten heran. Paul schoss keuchend um den Jasminstrauch herum; er nahm sich nicht einmal die Zeit, zum Stehen zu kommen, sondern warf nur einen gehetzten Blick auf Ah Tong, bevor er wieder davonlief.

»Ich hole Doktor Little!«

Den Saum ihres Sarongs hoch geschürzt, rannte Cempaka herbei, ihre braunen, sehnigen Beine über die Erde schlagende Dreschflegel, jeder drängende Atemzug ein Schluchzen. Sie fiel auf die Knie und warf sich über Ah Tong.

Die Hände um sein Gesicht gelegt, überschüttete sie ihn mit einem Wortschwall, der in seinen kurzen, auf- und abschwingenden Lauten verzweifelt und zärtlich zugleich klang; Georgina hatte nicht gewusst, dass die beiden Chinesisch sprachen, wenn sie unter sich waren. Wie sie einander in die Augen sahen, sich mit Blicken festhaltend und gleichzeitig loslassend, ließ Georgina zum ersten Mal erahnen, wie sehr sie sich wohl tatsächlich liebten. Ihre Kehle war eng.

Cempakas Kopf fuhr hoch, ein Funkeln hinter dem Tränenschleier. Zornig. Hasserfüllt.

»Was hast du getan?«, keifte sie. »Was hast du mit meinem Mann gemacht?«

Ihre Hand schnellte vor und versetzte Georgina einen harten Stoß gegen das Brustbein; sie fiel hintenüber, auf das Steißbein, ein scharfer Schock, der ihr Rückgrat bis in den Schädel hinein erschütterte.

»Fass ihn nicht an! Du … du Hexe! Du Hantu! Hantu!«

Unerträglich schrill und scharf durchschnitten ihre Schreie die Luft. Eine Stimme wie aus einer anderen Welt, markerschütternd und haarsträubend.

Eine Hand unter den Kopf Ah Tongs geschoben, wippte Cempakas Oberkörper vor und zurück. Tränen strömten über ihr Gesicht, und aus ihrem Mund flog lautes Klagegeheul zum Himmel hinauf.

Georgina wischte sich über die nassen Augen, Tränen, die nach

Angst, Kummer und Wut schmeckten, mehr bitter denn salzig, und sah auf.

Außer Atem kam Gordon Findlay angelaufen. Schweiß glitzerte auf seiner Stirn, und seine Wangen waren gerötet.

»Papa«, wisperte Georgina kläglich und rappelte sich auf; sie brauchte seinen Trost.

Er beachtete sie nicht.

Langsam ging er neben Cempaka auf die Knie, strich ihr über die Schultern und sprach leise auf sie ein. Halt suchend packte Cempaka die Hand ihres Tuans, barg weinend das Gesicht in seiner Halsbeuge, während sich Gordon Findlays andere Hand auf Ah Tongs Brust, eingesunken und reglos, legte.

Ein Kreis hatte sich geschlossen und enthüllte eine Geschichte, die noch nie erzählt worden war.

In der es keinen Platz für Georgina gab.

22

Nacht flutete den Garten mit Finsternis.

Wolken trieben über das Firmament und schluckten das Licht der Sterne. Sanft plätschernd strömte der Fluss in seinem Bett; ein Windstoß fuhr flüsternd durch die Bäume.

Mei Yu brauchte kein Licht. Sie kannte ihren Weg, von den Dienstbotenquartieren zum Küchenhaus und durch den überdachten Gang in Richtung des Hauses. Den beiden Nachtwächtern, die durch das Gras strichen und dabei den Flusslauf im Auge behielten, nickte sie kurz zu.

Ein früher Vogel rief den neuen Tag herbei, heiser und ungeduldig.

Auf der Veranda nahm sie ihre Pantoffeln in die Hand und hastete um das Haus herum. Sacht öffnete sie die Tür und schlüpfte ins Zimmer.

Langsam und vorsichtig war jede ihrer Bewegungen, als sie sich entkleidete, bemüht, möglichst kein Geräusch zu machen. Sie atmete nur noch flach, obwohl ihr Herz aufgeregt pochte, ein Kichern hinter ihrem Brustbein kitzelte.

Der Tuan hatte einen tiefen Schlaf, doch seine Ohren waren immer gespitzt; es war ihr Ehrgeiz, sich anzuschleichen, ohne dass er wach wurde. Auf Zehenspitzen balancierte sie zum Bett und schob sich über die Laken, auf die verlockende Hitze in der Mitte zu.

Mei Yu liebte es, noch vor dem ersten Hahnenschrei hierherzukommen. Wenn sein Leib glühte vom Schlaf, in dieser Stunde, in der seine Haut so intensiv seinen unverkennbaren Geruch verströmte wie zu keiner anderen Zeit, schwer, dunkel und salzig. Wie in ein Kleidungsstück, das ihrer Haut, ihrer Seele schmeichelte, hüllte sie sich in seine Hitze, seinen Duft, ließ ihren Mund, ihre Hände über seinen Leib wandern.

Er knurrte leise, fasste sie bei den Hüften und zog sie auf sich. Wie das Anheben eines Windes war der lange Atemzug, der aus ihren Mündern strömte und sich mischte, und Mei Yu legte den Kopf in den Nacken.

Als würde sie wahrhaftig auf einem Tiger reiten, so kam es ihr vor. Ein unbändig kraftvolles Raubtier, das gerade in einer zärtlichen, einer verspielten Laune war. Das sie mit dem Druck ihrer Schenkel lenken und antreiben konnte, durch einen Dschungel, finster in der frühen Morgenstunde und still.

Nur ihrer beider Atem war zu hören, das Rascheln der Laken unter ihnen und ihr Herzschlag, der sich zu einem wilden Trommeln steigerte. Bis sie atemlos auf ihm zusammensank, ihr Gesicht an seinen Hals geschmiegt, seine Hand in ihrem Haar vergraben, sein Mund an ihrer pochenden Schläfe.

Als Mei Yu die Augen aufschlug, füllte das perlmutthelle Licht des neuen Tages das Zimmer.

Den Kopf in die Hand gestützt, lag er neben ihr und beobachtete sie, seine Augen tiefschwarz und ruhig.

Mei Yu lächelte, in dieses unsanft schöne Männergesicht hinauf. Sie streckte die Hand aus und fuhr die Wölbung seines Brauenbogens nach und den scharfen Winkel seines Wangenknochens. Auf dem Rücken seiner kräftigen Nase setzte sie neu an und zeichnete die Kerbe bis zum Kinn hinunter nach.

»Ich hab etwas für dich.«

Er reckte den Arm über sie hinweg, zu dem Tischchen neben

dem Bett; warm und weich war der Beutel aus Samt, den er zwischen ihre kleinen Brüste legte, und erstaunlich schwer.

Fragend schaute sie ihn an. »Was ist das?«

»Sieh nach.«

Mei Yus Atem geriet ins Stocken, als das massive Gold durch ihre Finger rann wie Honig. Staunend betrachtete sie die filigranen Schmetterlinge, auf deren Flügeln blaue und weiße Steinchen funkelten wie vom Himmel aufgelesene Sterne.

»Gefällt es dir?«

Sie nickte. »Ich habe noch nie etwas so Schönes gesehen.« Sie blinzelte, dann ließ sie die Kette zurück in den Beutel gleiten und hielt ihn Raharjo hin. »Aber ich kann das nicht annehmen.«

»Warum nicht?« Seine Züge verhärteten sich, verrieten seine Kränkung.

»Wo soll ich das denn tragen?«, erwiderte sie weich, strich wie besänftigend mit ihrem Fuß sein Schienbein entlang. »Bei der Arbeit? Und um sie unter meinem Lager im Dienstbotenquartier zu verstecken, ist sie zu schade.«

Er beugte sich über sie und drückte den Mund auf ihren Hals.

»Dann trägst du sie eben nur hier«, murmelte er gegen ihre Haut, ihren Pulsschlag. »Bei mir. Und sonst nichts am Leib.«

Mei Yu lachte. Seine Hand strich ihren Rippenbogen entlang, spannte sich um ihre schmale Taille.

»Du musst auch nicht mehr im Haus arbeiten. Bei den Dienstboten schlafen. Du kannst hier wohnen. Bei mir.«

Als meine Konkubine.

Unausgesprochen kroch es zu ihnen ins Bett. Keine ehrenrührige Stellung für eine Frau, ihre Eltern hätten sich glücklich geschätzt, ihre Tochter in diesen Stand erhoben zu wissen. Für Mei Yu jedoch ein hässliches, ein schändliches Wort für das, was sie mit Raharjo teilte.

Niemandem im Haus war verborgen geblieben, dass der Tuan

das Chinesenmädchen in sein Bett geholt hatte. Scheele Blicke streiften sie; anzügliche Bemerkungen wurden ihr vor die Füße geworfen, Sticheleien zielten wie vergiftete Pfeile auf ihren Rücken. Mei Yu kümmerte sich nicht darum, und sie fürchtete auch nicht den Neid, der ihr auf Schritt und Tritt folgen würde wie übelriechende Rinnsale, sollte sie offen mit dem Tuan zusammenleben.

Es war nur nicht das, was sie wollte.

Sie ergriff seine Hand, legte den Beutel hinein, schloss seine Finger darum. »Ich brauche das nicht.«

Sie rutschte näher, schlang den Arm um ihn und drückte sich mit geschlossenen Augen an diesen Mann, der ihr der Himmel auf Erden war.

»Ich habe alles, was ich brauche«, flüsterte sie. »Ich bin glücklich, so wie es ist.«

Verwirrt betrachtete Raharjo den Beutel in seiner Hand.

Es war ihm vollkommen natürlich erschienen, ihr Schmuck zu schenken. Ihr ein besseres Leben anzubieten als das eines Wäschemädchens. Dass sie das rundheraus abgelehnt hatte, kränkte ihn ebenso sehr wie es ihn beschämte; als hätte er sie damit kaufen wollen.

Sein Blick senkte sich auf Mei Yu, die an ihn geschmiegt dalag, ihr schönes, zartes Gesicht leuchtend vor Glück.

Oft lagen sie so beieinander, in dieser Kammer des Herzens, wenn die körperliche Lust sich erschöpft hatte, sie sich aber noch nicht voneinander trennen mochten. Wenn sie sich einspannen in einen Kokon aus ihrer beider Flüsterstimmen und einander langsam ihre Seelen öffneten.

Von ihrer Kindheit in China hatte sie erzählt, von dunstverschleierten Bergen, mächtigen Flüssen und Reisfeldern. Von Armut und Elend, Krieg und Hunger und wie wenig das Leben eines Mädchens dort wert war. Traurig hatte sie dabei geklungen, manch eine Träne vergossen, aber ohne Bitterkeit oder Hass.

Mei Yu mochte wirken wie ein fragiler Schmetterling, aber ihre Flügel waren aus Eisen geschmiedet. Dieses Mädchen, das in sein Leben gespült worden war wie Strandgut, von ihm aufgeklaubt, bevor die Strömung es in die Tiefe riss, es in einem erstickenden Grund aus Schlamm und Dreck verschwand.

Mit ihrer feinen, klaren Stimme wirkte sie oft noch so kindlich, dass er sich manchmal vorkam wie ein schmutziger alter Mann, der sich wieder und wieder an ihr verging; unlängst hatte er das erste graue Haar an sich entdeckt. Dann wieder stürzte sie sich mit einer furchtlosen Leidenschaftlichkeit auf ihn, die so viel älter, reifer zu sein schien als ihr Mädchenleib verhieß. Heiß und kalt wurde ihm, wenn er allein daran dachte, wie sie manchmal sein Geschlecht berührte und er innerhalb weniger rasender Herzschläge kurz davor war, in ihrer Hand zu zerbersten. Eine Verkörperung verführerischer Urweiblichkeit war sie dann, gleichermaßen lockend wie fordernd und so machtvoll, dass sie ihn ein ums andere Mal überwältigte.

Er legte den Beutel beiseite und zog sie enger an sich.

»Was immer du willst, Mei Yu«, murmelte er. »Du bekommst es von mir.«

Er spürte, wie sie sich einen Deut versteifte, sah, wie sie blinzelte, schließlich die Augen öffnete.

»Alles?« Eine Frage, halb keck, halb unschuldig vorgebracht.

»Alles.«

Ihr Kopf bewegte sich unruhig auf seinem Arm hin und her, und sie atmete tief durch. »Und wenn es etwas ist, das dir ganz und gar nicht gefällt? Dir widerstrebt?«

»Sag«, erwiderte er, barsch und in misstrauischer Vorahnung. »Was ist es?«

Mei Yu tupfte sanfte Küsse auf seine Brust, suchte von unten herauf immer wieder seinen Blick aufzufangen, wie um seine Stimmung einzuschätzen.

»Die Herrin«, begann sie vorsichtig. »Sie leidet sehr, dass sie so wenig von dir hat. Dass du dich so sehr von ihr abgewandt hast, und …«

Abrupt setzte er sich auf. »Hat sie dich vorgeschickt? War das ihr Einfall, dass du mich weichklopfen sollst? Hat sie dich gezwungen?«

Verblüfft sah sie ihn an, dann lachte sie. »Nein. Ganz und gar nicht.«

Sie richtete sich ebenfalls auf und umfasste ihre verschränkten Beine, ihr Haar wie ein tintenschwarzes Cape über ihren Schultern.

»Sie gibt sich Mühe, ist nach wie vor freundlich zu mir. Obwohl es scheußlich für sie sein muss. Manchmal flieht sie vor mir, hält es nicht im selben Zimmer aus. Sie weiß ja nicht, dass ich ihr nichts wegnehme. Das tue ich doch nicht, oder?« Unsicher fuhr sie über ihre Zehen, schielte zu ihm hin.

Als er schwieg, krabbelte sie hastig zu ihm herüber, lehnte sich an seinen Rücken und schlang die Arme um ihn.

»Kannst du nicht ein wenig freundlich zu ihr sein? Ihr ab und zu ein liebes Wort schenken? Ein Lächeln? Und den Kindern etwas mehr Zeit?«

Unwillig versuchte er sie abzuschütteln, doch sie klammerte sich an ihm fest wie ein Äffchen. Als hätte ihre Haut Widerhaken, ihr Mund auf seinen Schultern wie die Saugnäpfe eines Tintenfischs.

»Ich weiß nicht, was euch auseinandergetrieben hat. Was es auch war … Die Kinder können nichts dafür. Sie sehnen sich am meisten nach dir.«

Ihre Umklammerung drohte ihn zu ersticken. Er brannte vor Zorn über ihre Dreistigkeit. Vor Scham, weil sie ihm die Wahrheit schonungslos unter die Nase rieb wie Salz in eine offene Wunde.

»Du weißt wirklich nichts. Lass mich los.«

»Ich weiß«, flüsterte sie in seinen Nacken, »dass du ein großes Herz hast. Groß genug für mich und deine Kinder. Und sicher auch groß genug, dass du darin noch ein Plätzchen für die Herrin frei hast. Daran glaub ich ganz fest.«

ℰℭ

Rastlos tigerte Raharjo durch das Schlafzimmer.

Seit er am Morgen von seiner Fahrt zurückgekehrt war, hatte er Mei Yu noch nicht gesehen. Sie musste durch den vorausgeschickten Boten von seiner Ankunft gewusst haben; im Badezimmer hatten frische Tücher und Kleidung bereitgelegen und eine Hibiskusblüte flammte auf den weißen Laken.

Doch von ihr selbst keine Spur.

Schließlich hatte er Kembang losgeschickt, sie zu suchen; seine Sehnsucht begann sich zu Gereiztheit aufzubäumen, an den Rändern finster vor Sorge.

Die Tür zum Garten öffnete sich, und er fuhr herum.

Das Sonnenlicht, das hinter ihrer Gestalt hereinfiel, ließ sie aufleuchten wie in blasses Gold getaucht, eine Erscheinung, die ihm den Atem nahm. Die sogleich wieder zerstob, als sie die Tür hinter sich schloss. Scheu stand sie da, die Hände vor ihrem Schoß gefaltet, den Kopf gesenkt.

»Du hast mich rufen lassen.«

In zwei, drei langen Schritten war er bei ihr, riss sie an sich und wirbelte herum, dass sie aufquiekte. Lachend hielt sie sich an seinen Schultern fest; ihre Knie an seinen Flanken, seine Hände um ihre Schenkel trug er sie zum Bett und ließ sich vorsichtig mit ihr darauf nieder, küsste sie hungrig.

Küsse, bei denen ihr Mund seltsam unbeteiligt blieb.

»Ich hab mich so nach dir gesehnt«, murmelte er gegen ihre Lippen.

Seine Hand tastete nach dem Saum ihrer Kebaya, wollte darunterzugleiten; hastig schlossen sich ihre Finger um sein Handgelenk, schoben ihn weg.

»Nicht«, flüsterte sie angestrengt. »Bitte nicht.«

Langsam hob er den Kopf. »Freust du dich denn nicht, mich zu sehen?«

»Doch«, kam es zaghaft und zitternd von ihr.

Ratlos ließ er seine Augen über ihr Gesicht wandern. Heftig blinzelnd starrte sie an den Baldachin hinauf, kleine Teiche von Tränen am Unterlid.

»Ist etwas geschehen, während ich weg war?«

Sie nickte; die Teiche liefen über, und Tränen rannen aus ihren Augenwinkeln.

»Ich will nicht, dass du böse auf mich bist.« Ein halbes Schluchzen brach aus ihrer Kehle.

Ein unerwarteter, brutaler Hieb, irgendwo in seiner Magengegend. Er setzte sich auf, fuhr sich durch das Haar, in dem sich während der letzten Wochen das Grau vermehrt hatte. Zorn verspürte er keinen, nur Traurigkeit und so etwas wie Leere. Vermutlich hätte er wissen müssen, dass er auf Dauer zu alt war für ein Mädchen wie sie; sie hatten einander nie etwas versprochen.

»Wie heißt er?«

Er hörte, wie sie scharf die Luft einsog, dann brach sie in Lachen aus. Verwirrt drehte er sich zu ihr um.

»Gib mir deine Hand.«

Ein rätselhaftes Lächeln um den Mund, führte sie seine Hand zu ihrem Bauch.

»Er hat noch keinen Namen. Oder sie.«

Aus dem Augenwinkel nahm er wahr, wie sie ihn ängstlich ansah, die Unterlippe angespannt zwischen die Zähne gezogen.

Seine Hand bebte unter der Wärme, die von der kleinen Wölbung unter dem Sarong ausging, seinen Arm hinauf floss und dann mit einem machtvollen Ruck bis tief in ihn hineinströmte. Wie einer dieser glühenden Tropenwinde, die ihm an Deck ins Gesicht bliesen, die Haare durchwirbelten und nach Glück schmeckten, so fühlte es sich an.

»Du bist mir nicht böse?«

Er brachte keinen Laut heraus, schüttelte nur den Kopf.

Ein Kind. Ein Kind von Mei Yu. Ein Mädchen, das ihre Züge tragen würde. Ein Junge mit ihrem Lachen.

Behutsam schob er die Kebaya hinauf, zog den Bund des Sarongs hinunter und legte seine Lippen auf ihren Bauch, in dem ihrer beider Kind, noch winzig und kaum ausgeformt, umherschwamm.

Hinter den geschlossenen Lidern fühlten sich seine Augäpfel heiß an.

ℰℭ

Eine Decke auf dem Gras ausgebreitet, saß Leelavati im Garten. Immer wieder wanderten ihre Augen zu dem Haus hin, das in den vergangenen Wochen auf dem Grundstück hochgezogen worden war.

Verglichen mit dem Haupthaus nicht größer als eine Hütte, mit höchstens drei oder vier Räumen auf einer Ebene, aber solide und sorgfältig gebaut, dicht am Fluss und auf Blindmauern, falls der Sungai Seranggong über die Ufer treten sollte. In respektvollem Abstand zum Haupthaus errichtet, war es dennoch unübersehbar, und auch wenn es Leelavati einmal nicht ins Auge sprang, wusste sie doch, dass es da war.

Das neue Haus für die chinesische Geliebte ihres Mannes.

Keine Miniaturausgabe von Kulit Kerang, sondern mit den steinernen Löwen, die es bewachten und dem geschwungenen

Dach aus roten und grünen Ziegeln, das an den vier Ecken in Drachenleiber auslief, wie ein Gruß an die Heimat Mei Yus. Ein Tempel, um diesem widerwärtigen Verhältnis zu huldigen. Eine fortwährende Demütigung für Leelavati; genausogut hätte er ihr seinen Dolch mitten ins Herz rammen können.

Sie spürte, wie Embun, die neben ihr saß, sie mit ihren Augen wie Kaffeebohnen beobachtete, und sie richtete ihren Blick wieder auf Sharmila, die auf ihren dicken Beinchen umherstapfte, um ihre Puppe auszuführen. Sie spürte auch, welcher Aufruhr in Embun tobte, sie hörte es an ihrem schnobernden Atem. Als ob die kräftige Ayah zu platzen drohte, wenn sie ihrem Herzen nicht endlich Luft machte.

»Es geht mich im Grunde nichts an«, brach es auch gleich darauf aus Embun heraus. »Aber wie könnt Ihr das bloß ertragen! Nicht nur, dass er sich dieses Chinesenmädchen in sein Bett geholt hat, vor Euren Augen! Jetzt bekommt sie auch noch sein Kind und schämt sich nicht einmal dafür!«

Leelavati schwieg.

Sie wünschte, sie könnte Mei Yu hassen, doch dazu hatte sie das Mädchen davor schon zu sehr liebgewonnen gehabt; auch die Kinder mochten sie mit ihrer sanften Art, sie hätte eine gute Amah für sie abgegeben. Vielmehr empfand sie so etwas wie Mitleid, dass dieses zarte Geschöpf einem solchen Wüstling ausgeliefert war. Obwohl das Strahlen in ihren Augen, das Leuchten ihrer Haut eine andere Sprache sprach. Aber womöglich genoss sie es ja auch, grob angefasst und rau genommen zu werden; bei den Chinesen wusste man schließlich nie.

Vom Flussufer schwappte das Lachen und Kreischen von Veena und Harshad herüber, die von der Anlegestelle aus wieder und wieder ins Wasser sprangen. Wenigstens ein Mal hatte er sein Wort gehalten und den beiden das Schwimmen beigebracht. Mehr aber auch nicht.

Er gab sich neuerdings häufiger mit ihnen ab, verstand aber nicht, dass es Geduld verlangte, bis die Kinder ihm Vertrauen schenkten, nachdem er sich so lange kaum um sie gekümmert und sie dem Wechselbad seiner Launen ausgesetzt hatte. Ihnen war es gleich, dass ihr Vater jetzt nicht mehr so häufig und so lange zur See fuhr; in ihrer kleinen Welt, die eine andere als die ihres Vaters war, machte das keinen Unterschied.

Auch mit Leelavati gab er sich Mühe, war freundlich zu ihr, erkundigte sich, wie es ihr ging, schenkte ihr manchmal sogar ein Lächeln. Doch nie kam es von Herzen.

Das war nicht das, worum sie die Götter gebeten hatte. Betrogen fühlte sie sich, mit kümmerlichen Brosamen abgespeist, während das Chinesenmädchen mit all dem überschüttet wurde, was Leelavati nicht nur so lange schon ersehnte, sondern was ihr auch zustand.

Es war ein übles Spiel, das die Götter mit ihr trieben, obwohl Leelavati doch alles tat, um sie ihr gewogen zu machen.

Seitdem ihre Eltern gestorben waren, hatte sie niemanden mehr, außer den Kindern und Embun und der Handvoll anderer Frauen im Tempel von Sri Mariamman, die von eigenen, größeren Sorgen geplagt waren.

Ein kränkelndes Kind. Eines mit einer Hasenscharte. Geldnöte. Eine böse Schwiegermutter.

Einsamkeit war keine davon.

Leelavati spreizte ihre Finger, die im Schoß ihres teuren smaragdgrünen Saris lagen, und betrachtete die kostbaren Ringe, schüttelte sich die schweren, edelsteinbesetzten Goldreifen an ihrem Arm zurecht.

»Du hast Recht, Embun«, erwiderte sie schließlich mit gezwungener Kühle. »Es geht dich nichts an.«

ঞ৩ব

In all den Jahren, die kommen sollten, würde Raharjo diese Zeit mit Mei Yu als die beste seines Lebens in Erinnerung behalten. Als seine glücklichste.

Die Getriebenheit seiner Jugend, seiner jungen Mannesjahre war verebbt; sein Nomadendasein hatte in einem sicheren Hafen sein Ende gefunden. Nur selten schaute er in dem Haus in der Kling Street nach dem Rechten. Der Handel mit Gold und Edelsteinen, den er nach dem Tod Viswanathans übernommen hatte, lief auch ohne ihn in seinen gewohnten Pfaden.

In dem chinesisch anmutenden kleinen Haus, das er am Flussufer baute, warf er seinen Anker aus.

Wie ein vertäutes Boot dümpelte er auf dem Fluss der Tage, an denen er von der Veranda des Häuschens aus den Königsfischern und Libellen zusah, während Mei Yu in seiner Armbeuge döste und das Kind unter seiner Hand strampelte, durch die Bauchdecke hindurch nach ihm zu greifen schien. Wenn Mei Yu Hemdchen und Schühchen nähte und mit Drachen, Lotusblüten und Chrysanthemen, Phönixen und Tigerköpfen aufwändig bestickte, las er in einem englischen Buch. Manchmal legte er es danach beiseite und erzählte Mei Yu die Geschichte in seinen eigenen malaiischen Worten nach, während er ihre geschwollenen Füße knetete; jetzt passten ihr die Pantoffeln, die er ihr einmal mitgebracht hatte. Zuweilen hockte sie sich ächzend ans Ufer, wenn er im Fluss schwamm, kühlte ihre blaugeäderten Beine im Wasser und ließ sich kichernd von ihm nassspritzen, bis er aus dem Fluss stieg und ihr mit ihrem dicken Bauch wieder aufhalf.

Und wann immer ihnen danach war, ob in den Nächten oder mitten am Tag, zogen sie sich unter den seidenen Baldachin des neuen Betts zurück, neben dem schon die Wiege bereitstand, und liebten sich, vorsichtig und zärtlich, geborgen im Murmeln des Flusses, dem Flüstern des Gartens.

Er hatte nicht gewusst, dass das Leben so beschaulich und

friedlich sein konnte. Dass Glück nicht ein Rauschzustand sein musste, sondern manchmal ein ruhig dahinströmender Fluss, der die Seele füllte.

Nicht einmal das Meer vermisste er; seine Welt bestand allein aus der sich stetig höher wölbenden Himmelskuppel von Mei Yus Bauch. Dem langsam ansteigenden Ozean darunter, im Takt zweier Herzen pulsierend und rauschend, in dem das Kind wuchs und gedieh, dem Tag seiner Geburt entgegentrieb.

Blicklos starrte Raharjo von der Veranda aus auf den Fluss. Seine Augen brannten; er konnte sich nicht erinnern, wann er zuletzt geschlafen hatte.

Das in ein Tuch gewickelte Bündel regte sich in seinen Armen; viel weniger schien es zu wiegen als ein paar Pfund, vielleicht, weil er selbst zu Blei geworden war. Zu Stein.

Sein Blick senkte sich.

Shao de, hatte Mei Yu gehaucht, als sie es erblickt hatte. *So ein winziges Dingelchen.*

Wie ein Meereswesen hatte es ausgesehen, als es in diese Welt gespült worden war. Vor seiner Zeit und doch erst nach einem Kampf, der fast zwei Tage währte. Schillernd in bläulichem, purpurgetöntem Blassrosa, glitschig von Blut und Schleim. Faltig, fast verschrumpelt, als wäre es zu lange im Wasser geschwommen. Der Mund im zerdrückten Gesicht zu einem tonlosen Schrei aufgerissen, dem nach dem Klaps durch die Mak Bidan der erste dünne, hohe Laut gefolgt war.

Jetzt, nur Stunden später, hatte die Haut die Farbe von blassem Tee mit einem Schuss Sahne angenommen. Die Äuglein waren zugekniffen, aber man konnte ahnen, dass sie einmal mandelförmig sein würden, bestimmt genauso schwarz wie die seidigen Daunen, die das Köpfchen bedeckten.

Seine Tochter.

Leise Schritte näherten sich unter dem Rascheln von Seide, dem Klimpern von Geschmeide, und er hob den Kopf. In gut zwei Armlängen Entfernung war Leelavati stehen geblieben.

Stumm sahen sie einander an.

Ihr Leib war so viel kräftiger, stärker als der Mei Yus, der von einer Wehe nach der anderen gemartert und zerrissen worden war. Bis die Mak Bidan ihr zum Schluss mit eingeölten Händen noch zusätzlich Gewalt angetan und ihr das Kind entrissen hatte.

Ob Leelavati auch so sehr gelitten hatte? Hatte sie auch tapfer Stunde um Stunde durchgehalten, geweint und gestöhnt, hatte sie geschrien, bis sie keine Kraft mehr für einen Schrei gehabt hatte, nur noch für ein Wimmern?

Er wusste es nicht, er war nie dabei gewesen und hatte sie auch nie danach gefragt.

»Es ... es tut mir so leid«, sagte Leelavati leise, aufrichtiges Bedauern in der Stimme.

Raharjo deutete ein Nicken an. Natürlich wusste sie es, jemand von den Bediensteten musste es ihr gesagt haben.

»Später kommt eine Amme vorbei. Ich hoffe, sie ist gesund und eine annehmbare Person mit viel Milch. Es war nicht leicht, auf die Schnelle jemanden zu finden.« Sie atmete schwer aus. »Und ich habe nach einem Priester aus dem Tempel von Thian Hock Keng geschickt. Ich ... ich dachte, sie sollte ein Begräbnis nach den Ritualen ihrer Heimat bekommen. Nur, wenn es dir recht ist natürlich!«

»Ja«, brachte er heiser hervor, seine Zunge aus totem Holz. »Danke.«

Sie verfielen in Schweigen.

Die Wangen des Kindes färbten sich; das Köpfchen drehte sich hin und her, lief rot an. Die Rosenknospe von Mund öffnete sich zu einem quäkenden, abgehackten Laut, der an den Fasern seines Herzens riss, das er eben noch abgestorben geglaubt hatte. Unbeholfen begann er das Kind zu schaukeln, ihm von unten auf den Rücken zu klopfen, wie er es schon einmal bei Leelavati gesehen hatte.

Leelavati trat zu ihm und streckte die Hände aus. »Gib her.«

Unwillkürlich zuckte er zurück, und ihre Augen verdunkelten sich, zornig und verletzt.

»Ich tu ihr schon nichts! Aber du lässt sie womöglich fallen, du hast ja keine Ahnung von kleinen Kindern!« Erschrocken über die Schärfe in ihrer Stimme hielt sie einen Wimpernschlag lang inne und setzte dann etwas versöhnlicher hinzu: »Und du siehst aus, als könntest du dich kaum mehr auf den Beinen halten.«

Widerstrebend übergab er ihr das weinende Kind und sah staunend zu, wie sie es in ihrem Arm wiegte, zärtlich angurrte und ihm die Spitze ihres kleinen Fingers zwischen die Lippen schob, an dem es zaghaft zu nuckeln begann.

»Hast du schon einen Namen?«

Sieh doch, Raharjo! Schön wie eine Rose ist sie!

»Li Mei«, brachte er mühselig hervor.

Sorg ... sorg für Li Mei, ja?

»Li Mei«, wiederholte Leelavati und band den Namen sogleich in das liebevolle Geflüster ein, in dem sie das Neugeborene badete.

»Warum ... warum tust du das alles?«

Leelavati warf ihm einen raschen Seitenblick zu und schnaubte. »Sicher nicht deinetwegen!« Ihre Augen wanderten von dem Kind auf ihrem Arm auf den Fluss hinaus. »Ich kenne das Tal aus Feuer, Blut und Schmerz. Diesen schmalen Pfad zwischen Leben und Tod. Vier Mal bin ich ihn gegangen. Vier Kinder habe ich geboren und eines begraben.«

Ihr Gesicht wurde weich, als sie Li Mei wieder in Augenschein nahm.

»Kein Kind kann etwas dafür, unter welchen Umständen es

gezeugt und geboren wird. Jedes Kind verdient es, dass man gut zu ihm ist.«

Ein Peitschenhieb, den er mehr als verdient hatte; auch als die kleine Kalpana starb und zu Grabe getragen wurde, war er auf See gewesen.

»Ich nehm sie mit hinüber«, flüsterte sie. »Ich hab schon alles herrichten lassen, Wiege und Kleidchen und Windeln. Versuch du zu schlafen.«

Ohne ihm auch nur einen weiteren Blick zu schenken, ging sie mit dem Kind davon.

Raharjo stand noch eine Weile auf der Veranda.

Sacht bewegten sich die Blätter der Bäume im rauchigen Blau des frühen Abends, ruhig und gleichmäßig strömte der Sungai Seranggong vorüber. Still und friedlich lag der Garten da. Als wäre nichts geschehen. Als wäre an diesem grausamen Tag nicht die Welt zerbrochen.

Er wusste nicht, wie er je wieder Schlaf finden sollte.

Langsam wandte er sich um und ging ins Schlafzimmer.

Nur der süße, kupferne Geruch von Blut erinnerte noch an das Schlachtfeld dieses Tages.

Er hatte viele Kämpfe ausgefochten, als er jung gewesen war, einige Männer getötet, einige Male schwere Verwundungen davongetragen, von Klingen und Kugeln. Nichts davon schien ihm so brutal gewesen zu sein wie die Geburt Li Meis.

Blut. Da war so viel Blut gewesen.

Hellrot wie die Anemonen am Meeresgrund. Karminrot wie rohes Fleisch. Purpurdunkel, fast schwarz. Viel zu viel Blut für einen kleinen, zarten Leib wie den Mei Yus.

Erst als er begriffen hatte, dass es vorbei war, ließ er sich aus dem Zimmer schicken, das Neugeborene in den Arm drücken; vielleicht hatte er es auch selbst aus der Wiege geholt, er konnte sich nicht erinnern.

Sie hatten inzwischen sauber gemacht, das Bett frisch bezogen, den Leichnam gewaschen und ihr den blauseidenen Morgenrock übergestreift, den er ihr geschenkt hatte.

Ein Nachhall ihrer Stimme, zermahlen von Wehenschmerz, abgeschabt von Erschöpfung und schwindender Lebenskraft, schien noch im Raum zu hängen. Erstaunt sah sie aus, trotz der geschlossenen Lider, als könne sie es ebenso wenig glauben wie er, dass sie tot war. Weiß wie Chunam ihr Mädchengesicht, die noch kindlichen Glieder. Ihr Bauch unter der Seide des Morgenrocks ein blauer Himmel, der sich über einer leeren, toten Welt wölbte.

Zitternd ließ er sich auf dem Bett nieder, streckte sich neben ihr aus und zog sie in seine Arme, wusch sie zum Abschied mit einem salzigen Meer aus Tränen.

❦

Draußen rauschte der Regen in dicken Strömen herab und trommelte laut auf das Dach, als Raharjo die Treppen hinaufstieg.

Alles erinnerte ihn an Mei Yu, jeder Schritt, jeder Handgriff, jeder Herzschlag. Des Tags lauschte er vergeblich nach ihrer feinen Stimme, und nachts suchte er ihren warmen Leib. Sobald er einatmete, spürte er die Leere, die sie hinterlassen hatte. Dieser Schmetterling mit den Flügeln aus Eisen, der zu zart gewesen war, um die Geburt ihrer Tochter zu überleben.

Viel zu kurz war die Zeit mit ihr gewesen; nur etwas mehr als ein Jahr hatten sie zusammen verbracht, als Liebende zwischen den Südwinden des einen Jahres bis zu den Westwinden des nächsten.

Leelavati nahm Li Mei gerade der Amme ab, als sie ihn in der Tür stehen sah, und gab ihr einen Wink. Verlegen stopfte die kräftige Bauersfrau ihre dicke Brust, aus der noch Milch troff, zurück in die Kebaya. Ihrem pummeligen Jungen, der pudelnackt auf dem Boden hockte, entwand sie die silberne

Rassel, die er gerade noch vergnügt geschüttelt hatte, hob ihn auf die Hüfte und hastete mit einem gemurmelten Gruß aus dem Zimmer.

»Sie macht sich prächtig«, verkündete Leelavati stolz, während sie sich Li Mei über die Schulter legte und ihr mit der flachen Hand auf den Rücken klopfte. Das Kind gab ein Schmatzen von sich und ein leises Aufstoßen, gefolgt von blubbernden Lauten.

»Bald bist du kugelrund wie ein Laddu, ja, Li Mei? Genauso süß bist du ja schon. Oder, Raharjo? Schau doch mal!«

Leelavati drehte sich halb um, damit Raharjo einen Blick auf den Säugling werfen konnte, der gerade an der Schulternaht von Leelavatis Choli saugte. Das Gesichtchen war voller geworden, und jetzt konnte man auch ihre schwarzen Mandelaugen erkennen, die schläfrig blinzelten.

»Willst du sie wieder nehm ... Was ist das?« Erstaunt besah sich Leelavati den Samtbeutel, den er ihr hinhielt.

»Ich wollte dir danken. Für ... all das.« Seine Hand machte eine unbestimmte Geste durch den Raum, bevor er den Beutel wieder Leelavati hinhielt, eine Spur nachdrücklicher. »Willst du es dir nicht ansehen?«

Ihre Augen wurden schmal.

»Und ich ... ich wollte dich um Verzeihung bitten.«

Er erstickte beinahe an seinen eigenen Worten.

»Mit Geschmeide?«

Wie ihre Hand sich um das Köpfchen des Kindes legte, sie in den Knien wippte, um es zu schaukeln, war sie ganz Mutterliebe und Zärtlichkeit. Doch auf ihrem Gesicht spiegelten sich Zorn und Verachtung wider.

»Ich habe dir schon einmal gesagt, ich mache das für Li Mei. Nicht für dich.« Ihr Blick glitt an Raharjo vorbei. »Ich hatte schnell gelernt, dass du mich nie lieben wirst. Mich früh damit abgefunden. Auch damit, dass du andere Frauen hast. Trotzdem habe ich immer versucht, dir eine gute Ehefrau zu sein. Nie habe ich mich deshalb bei dir beklagt, nie deshalb mit dir gezankt. Vergolten hast du es mir allein mit Grausamkeit oder mit Gleichgültigkeit. Als ...«

So etwas wie ein Schluchzen rutschte ihr heraus, und sie schluckte ein paar Mal, bevor sie sich wieder gefangen hatte.

»Als wäre es eine Strafe, mit mir verheiratet zu sein.« Sie hob das Kinn und sah ihn unverwandt an. »Es gibt Dinge, die kann man nicht vergeben. Ich weiß nicht, ob ich dir jemals vergeben kann. Aber wenn du etwas wiedergutmachen willst, dann tu das bei den Kindern. Die sehnen sich nämlich nach einem Vater, der mehr ist als nur der Mann, der sie in einem groben, gefühllosen Akt gezeugt hat.«

Leelavati kehrte ihm den Rücken zu und drückte einen Kuss auf Li Meis Köpfchen.

»Falls du es wahrhaftig ernst meinst ... Die Kinder sind nebenan.«

Sobald er den Raum betrat, brachen die Stimmen der Kinder ab.

Mitten in der Bewegung hielten sie inne, den Bauklotz noch in der erhobenen Hand, den Löffel, mit dem die Puppe gefüttert wurde, auf halbem Weg stehen geblieben. Aus großen Augen starrten sie ihn an. Fast furchtsam.

Wann waren sie so groß geworden? Veena mit ihrem armdicken Zopf und ihren schlanken Gliedern, herzzerreißend hübsch mit ihren großen braunen Augen, den weichen Zügen; sie musste schon fast in dem Alter sein, in dem er Mei Yu damals vom Schiff geholt hatte. Aus Harshad war ein sehniger Bursche geworden, mit offenen, wachen Zügen. Ein kleiner Orang Laut, durch und durch, der aussah, als hätte er Freude daran, mit dem Boot aufs Meer hinauszusegeln und fischen zu gehen.

Raharjo hatte nie daran gedacht, ihn einmal mitzunehmen.

Nicht daran, die Kinder zur Schule zu schicken, ihnen wenigstens Lesen und Rechnen beizubringen, und um alles andere hatte sich Leelavati gekümmert. Um diese Kinder, die ebenso sehr sein Fleisch und Blut waren wie Li Mei, die er aus der Wiege holte, wenn sie weinte, sie in seinen Armen wiegte und leise mit ihr sprach, bis sie sich wieder beruhigt hatte. Die er manch eine Nacht an seine Schulter gebettet durch das Haus trug, bis sich ihr Brüllen erschöpft hatte.

Scham sog ihm alle Kraft aus den Knochen, Schuld und Reue walzten ihn nieder; er ließ sich auf den Boden fallen und vergrub den Kopf in den Händen. In seinen Ohren rauschte und pochte es, das Tuscheln der Kinder hörte er nur noch aus weiter Ferne.

»Bist du traurig?«

Er hob den Kopf. Das schwarze Haar in ungebärdigen Wellen und Kringeln, stand die kleine Sharmila vor ihm, ihre schmalen Augen fragend auf ihn gerichtet. Wie sich eine steile Falte über ihrer Nasenwurzel abzeichnete und ihr voller Mund aufwarf, wie sie ihr spitzes Kinn hochreckte, war sie seinen jüngeren Schwestern wie aus dem Gesicht geschnitten.

»Ja.« Seine Stimme war zäh und schwer. »Sehr traurig.«

Das Mädchen drückte den Bauch heraus, während sie mit ihren Perlzähnen grüblerisch auf der Unterlippe kaute. Sie gab sich einen Ruck und streckte ihm ihre sichtbar abgeliebte Puppe hin. Um seinen Mund zuckte es, halb ein Lächeln, halb der angestrengte Versuch, nicht vor den Kindern zu zerbrechen.

»Danke. Das ist lieb von dir.«

Er blinzelte, während er die Puppe in den Händen drehte, und als sich Sharmilas kleine Hand unbeholfen auf seinen Kopf legte, lief ihm eine Träne aus dem Augenwinkel.

Scheu lächelte er seine Tochter an, fasste sie dann vorsichtig am Arm. Sharmila zögerte, musterte ihn so gründlich wie ein Tier, bei dem sie nicht einzuschätzen wusste, ob man es streicheln konnte oder ob es zuschnappen würde. Schließlich machte sie einen halben Schritt auf ihn zu, dann noch einen, bevor sie schüchtern die Ärmchen um seinen Hals legte.

Raharjo zitterte, als er sie an sich drückte, ihren Duft einatmete, der ihm auf merkwürdige Art nicht vertraut war, aber doch nicht fremd. Der Trost, der von diesem kleinen Kinderkörper ausging, überwältigte ihn, und er ließ seinen Tränen freien Lauf.

Angelockt von Lachen und Kichern, den fröhlichen Kinderstimmen, die sich gegenseitig zu übertönen versuchten, während sich Raharjos tiefe Stimme darunter wob, schlich sich Leelavati nach nebenan und blieb im Schatten des Türrahmens stehen.

Die Puppe an sich gepresst, hockte Sharmila zwischen den Knien ihres Vaters, der aufmerksam zuhörte, wie ihm Harshad erklärte, woran er und Veena gerade bauten. Veenas Augen flackerten misstrauisch; als Älteste hatte sie die meiste Erfahrung mit den Launen ihres Vaters. Sie wusste, wie gefährlich es sein konnte, zu viel Freude zu empfinden, wenn er mit ihnen spielte. Weil unweigerlich die bittere Enttäuschung folgte, ihn danach ungehalten und zornig zu erleben oder gar nicht mehr zu Gesicht zu bekommen. Und die Sehnsucht, die Leelavati trotzdem in ihren Augen lesen konnte, tat ihr im Herzen weh.

Ein Schmerz, der sogleich gemildert wurde, als Harshad den Kopf in den Nacken legte und lauthals über etwas lachte, das Raharjo gesagt hatte, und sein Vater ihm über das Haar strich. Auch Veenas Mundwinkel krümmten sich zu einem Lächeln, und verlegen senkte sie den Kopf, beschäftigte sich mit den Bauklötzen und schielte doch immer wieder verlangend und selig zu ihrem Vater hin.

Am meisten freute sich Leelavati über das Staunen in Raharjos Augen. Über die Aufmerksamkeit, die er seinen Kindern schenkte, und sein Lächeln. Weil es von Herzen kam.

Der Tiger war gezähmt; er hatte seinen Meister in der unerbittlichen Grausamkeit des Todes gefunden.

Jetzt siehst du, wie es ist, wenn man sein Herz herausgerissen bekommt. Wenn einem alle Träume und Hoffnungen brutal zermalmt werden.

Und sie schämte sich nur ein bisschen für solch schadenfrohe Gedanken.

Auf ihre Art trauerte auch Leelavati um Mei Yu. Um dieses zarte, sanfte Geschöpf, dem nur ein so kurzes Leben vergönnt gewesen war; sie hatte seither jeden Tag für Mei Yus Seele gebetet, auf dass ihr eine glückliche Wiedergeburt gewährt würde.

Zärtlich rieb Leelavati ihre Wange am Köpfchen Li Meis, strich ihr leicht über den Rücken, der sich in schlafschweren Atemzügen bewegte.

Später würde sie den Göttern ein üppiges Opfer darbringen und ein ganzes Bündel Räucherstäbchen für Mei Yu entzünden. Nicht nur, weil sie ihnen zum Abschied von dieser Welt dieses schöne Kind zum Geschenk gemacht hatte.

Sondern weil Mei Yu das gelungen war, woran die Götter zuvor gescheitert waren.

Leelavatis Herz war leicht und voller Hoffnung, als sie Li Meis Füßchen streichelte.

Diese Füßchen, die zwischen der zweiten und dritten Zehe eine Schwimmhaut hatten wie die einer Ente oder eines Otters.

23

Mit dem Jahr 1867 brach für Singapur eine neue Zeitrechnung an.

Endlich hatten die Klagen und Forderungen der Kaufleute in London nicht nur Gehör gefunden, sondern auch eine Entscheidung herbeigeführt. Mit dem 1. April wurde Singapur zur Kronkolonie, nicht mehr nur gleichberechtigt mit Calcutta, sondern gleichwertig und vor allem unabhängig. Regiert von einem Gouverneur, der nicht mehr von Bengalen bestimmt wurde, sondern von Westminster, unterstützt von einem eigenen Stab jeweils für Gesetzgebung und deren Ausführung.

Der Ableger hatte eigene Wurzeln geschlagen im Meeresboden, die früher nährenden, dann zunehmend als erstickend empfundenen Luftwurzeln zur Mutterpflanze gekappt. Ein neues Juwel glänzte im Gold der britischen Krone. Kleiner zwar, gewiss, und nicht ganz so hell strahlend wie der wuchtige Diamant des riesigen Indiens, aber nicht weniger stolz; ein Saphir, der blau wie Himmel und Meer triumphierend seiner Zukunft entgegenfunkelte.

Überraschend schnell hatte sich der Handel von seiner Krise erholt. Der Freihafen von Singapur war einfach zu wichtig, zu gut gelegen, als dass man in Südostasien ohne ihn ausgekommen wäre, und das Ende des amerikanischen Sezessionskriegs und das Ende der Taiping-Rebellion in China trugen das Ihre dazu bei. Im New Harbour entstand gerade das zweite Trockendock, das das Verladen von Waren von und auf die großen neuen Dampfschiffe erleichtern und vor allem beschleunigen sollte, während auf dem von Sampans und Tongkangs hoffnungslos verstopften Singapore River alles etwas mehr Zeit brauchte.

Mit Spannung wurde die Eröffnung des Kanals von Suez erwartet. Noch wusste man nicht, ob er zum Segen oder zum Fluch für Singapur werden würde. Sicher war nur eines: Dieser Kanal, der das Mittelmeer mit dem Roten Meer verband, würde die Welt verändern.

Nach Jahrzehnten, in denen unruhige Zeiten wie ein Taifun nach dem anderen über die Insel hinweggefegt waren, blickte Singapur auf ein ruhiges, sanft gekräuseltes Meer hinaus, über dem vom blauen Himmel die Sonne lachte.

Auch auf L'Espoir war eine neue Ära angebrochen: Ein fast komplett neuer Stab an Dienstboten erledigte die täglich anfallenden Arbeiten.

Jati hatte sich schweren Herzens, aber der Not seiner müden Knochen gehorchend auf sein Altenteil zurückgezogen und war von zwei jungen Männern ersetzt worden. Der betagte *Boy One* war nach China heimgekehrt, *Boy Two* auf seine Stellung nachgerückt, der wiederum seine Aufgaben an *Boy Three* übergab, neben denen dieser gleichzeitig noch den Neuling *Boy Four* anlernte.

Nach dem Tod Ah Tongs war Cempaka nicht lange auf L'Espoir geblieben. Nur wenige Tage nach der Bestattung hatte sie ihre Habseligkeiten und ihr Erspartes gepackt, die von Tuan Findlay von Anfang an vereinbarte Pension in Empfang genommen und war nach über drei Jahrzehnten im Dienste der Findlays in ihr Heimatdorf zurückgegangen. Die junge Murni, schlank und hübsch wie eine Cannalilie, ebenso fröhlich und zum Plaudern aufgelegt wie zupackend, ging Kartika zur Hand, die jetzt Cempakas frühere Aufgaben versah, während sie sich nach wie vor in ihrer Eigenschaft als Ayah um ihren Augenstern Jo kümmerte.

Keine Sorge, Mem Georgina!, hatte ihr Kartika ob der Veränderungen im Haus mit fester Stimme versichert. *Ich bleibe dir, den beiden Tuans und Putri erhalten! Ich wüsste auch gar nicht, was ich auf dem Land sollte. Mir einen Mann ans Bein binden, der mich rumschubst und unser Geld beim Hahnenkampf auf den Kopf haut? Nein, Mem Georgina, das ist nicht das, was ich vom Leben haben will. Hier bei euch, da geht's mir gut, da hab ich's schön.*

Es tat wohl, ihr vertrautes Gesicht und die der beiden alten Boys noch im Haus zu haben, während man sich an die neuen Gesichter gewöhnte.

»Kronkolonie.« Gordon Findlay schüttelte den Kopf und faltete umständlich die *Straits Times* zusammen. »Singapur ist eine Kronkolonie.«

Sein Stolz war nicht zu überhören, nicht in seinem Schmunzeln zu übersehen; schließlich waren es Kaufleute wie Gordon Findlay, die Singapur zu dem gemacht hatten, was es heute war.

Er legte die Zeitung auf den Teetisch und lehnte sich in seinem Stuhl zurück. Die Hände auf den Armlehnen, schaute er in den Garten hinaus, in dem Jebat und Johan zwar fleißig, aber noch etwas kopflos herumwerkelten; im Gegensatz zu Ah Tong hatten sie es vorgezogen, in ihrem Kampong wohnen zu bleiben, anstatt in die Dienstbotenquartiere des Hauses umzusiedeln.

»Das hätten wir uns niemals träumen lassen«, sagte er leise. »Damals, als wir hierherkamen.«

Wir. Damit meinte er die Händler der ersten und zweiten Stunde, alte Weggefährten und Konkurrenten, von denen kaum noch einer übrig war. Die meisten hatten ihre Unternehmen in jüngere Hände abgegeben und waren in ihre alte Heimat zurückgekehrt, viele davon mittlerweile verstorben, entweder in Großbritannien oder hier in Singapur. So viele Todesanzeigen und Nachrufe waren es in der letzten Zeit gewesen in den englischen und schottischen Tageszeitungen, die Gordon Findlay sich regelmäßig schicken ließ. So viele Begräbnisse, denen er auf dem neuen Friedhof in der Bukit Timah Road beigewohnt hatte.

Ah Tongs Tod hatte ihn tief getroffen, das wusste Georgina, und auch der von Anish, den er noch viel länger gekannt hatte. Schon gebrechlich und kränkelnd, hatte Anish zwar seinen Nachfolger gut eingearbeitet, dennoch beklagte sich Gordon Findlay in einem fort, dass Selasa zwar nach Anishs Rezepten kochte, das Essen aber zu malaiisch und nicht indisch genug schmeckte, er es auch gar nicht mehr vertrug, und dass immer zu wenig Zucker in den Süßigkeiten sei.

Seine Art, der Trauer über die erlittenen Verluste Ausdruck zu verleihen, der Zeitenwende zu begegnen. Dem Wechsel von seiner Generation zu einer jüngeren.

Lächelnd sah Georgina von ihrem Buch auf und betrachtete ihren Vater, nicht ohne ein sorgenvolles Ziehen in der Brust.

Lebensstürme und Jahre, die neuerdings schwerer wogen, hatten die hochgewachsene, schon verwitterte Birke weiter gekrümmt; auf die siebzig ging er jetzt zu. Verknöchert wirkte die Borke, zersetzt vom Salz der Meeresluft, der Stamm zerfurcht von der Zeit und den Elementen. Hin und wieder plagten ihn Zahnschmerzen, und die drei Backenzähne, die Doktor Poiron ihm nach und nach gezogen hatte, hatten seine Wangen ausgehöhlt, ließen seine kräftige Nase schärfer vorspringen, machten sein Kinn wuchtiger in diesem Gesicht, das sich zu knittrigem Pergament wandelte.

Mit seinen überlangen Armen und Beinen hatte er etwas von einem müden Grashüpfer, der sich unter langsamen, vorsichtigen Bewegungen auf einem Blatt ausruhte, und sein Geruch hatte eine staubige Note bekommen. Gordon Findlay war alt geworden.

»Mit nicht mehr als einem kleinen Koffer voller Hemden und einem Beutel Geld bin ich hier angekommen«, sagte er nach einer

Weile. »Nur um nach Waren Ausschau zu halten für die Firma, die ich mit deinem Onkel gegründet hatte. Siebenundzwanzig war das. Da war Singapur noch nicht einmal eine richtige Stadt. Nicht mehr als der Hafen mit den Lagerhäusern, dem chinesischen Markt und den malaiischen Kampongs. Aber als ich dann gesehen habe, was es hier alles gibt, wohin sich das verschiffen lässt…«

In seinen Augen schienen sich die Schätze Asiens widerzuspiegeln, ausgebreitet auf den Kais am Singapore River wie auf einem Basar. Nach all den Jahren noch immer staunend, schüttelte er den Kopf.

»Da habe ich Étienne geschrieben, dass wir die Firma hierherverlegen müssen. An diese Goldader. Also haben wir einen Godown gemietet. Nicht der, in dem die Firma heute ist. Ein anderes Haus war das, weiter oberhalb. Steht längst nicht mehr.«

Trotz des Fiaskos mit der Lieferung minderwertigen Schildpatts hatte er Paul die alleinige Leitung der Firma übertragen. Nur noch an ein oder zwei Tagen in der Woche ließ er sich zum Raffles Place fahren, nur für ein paar Stunden. Weniger, um in der Firma nach dem Rechten zu sehen, wie es Georgina manchmal vorkam, sondern aus Gewohnheit, vielleicht auch mit einer gewissen sentimentalen Nostalgie.

Als hätte er auf seinem Lebensweg eine Gabelung erreicht und wäre unschlüssig, welche Abzweigung er nehmen sollte, schien er sich umzudrehen und zurückzublicken. Sein Mund, nur mehr eine dünne Linie, ein Einschnitt in seinem Gesicht, dehnte sich zu einem kleinen Lächeln aus.

»Deiner Mutter hat das ganz und gar nicht gefallen. Wir waren jung verheiratet, hatten uns noch nicht lange in unserem Häuschen in Calcutta eingerichtet, und ihr ging es oft nicht gut.« Ein Schatten legte sich auf sein Gesicht, er zögerte und sprach dann hastig weiter.

»Das Klima in Bengalen, weißt du? Singapur schien mir auf Anhieb verträglicher für sie. Mit dem Meer vor der Tür, dem Wind. Ich hatte mir zwar überlegt, sie nachzuholen, wollte aber abwarten, ob ich hier wirklich länger bleibe. Erst noch eine passende Unterkunft suchen. Und damals war das ja vollkommen unüblich, dass man seine Frau mit hierherbringt. Wo doch alles so unsicher und auch nicht ungefährlich war. Davon, dass sie vorübergehend wieder zu ihrer Familie nach Pondichéry zieht, wollte sie nichts hören.« Er lachte auf. »Da hat sie einfach ihre Sachen gepackt und ist hierhergefahren. Allein. Nur mit Anish im Schlepptau. Weil ich ihr geschrieben hatte, dass ich das indische Essen vermisse. Gott weiß, wie sie die Kraft dafür aufgebracht hat! In zwei Zimmern über dem Godown haben wir gehaust, Anish hat in der Küche geschlafen. Dabei war deine Mutter doch ganz anderes gewöhnt von zu Hause. Die Boisselots sind ja ganz feine, reiche Leute. Aber das hat sie nicht gestört.«

Versonnen nickte er vor sich hin.

»So war sie. Meine Joséphine.«

Schwer geschluckt hatte er bei den letzten Worten und nur noch geflüstert, einen feuchten Schimmer in den Augen. Georgina lehnte sich herüber und legte ihre Hand auf die ihres Vaters.

In Gordon Findlays Gesicht zuckte es; mit beiden Händen, spröde und knotig wie die Äste eines Baums, umfasste er die Finger seiner Tochter und tätschelte sie, unbeholfen, aber zärtlich und ein bisschen verlegen.

≈

Mit langsamen, sachten Beinschlägen trieb Raharjo durch das Wasser, das klar war und grünlich schillerte wie geschmolzene Jade. Er wirbelte kaum Sand auf vom Grund, der nur ein paar Handbreit unter ihm dahinzog. Schwärme von Fischen zuckten an ihm vorüber, Seetang winkte ihn lockend heran, strich um seine Beine.

Sein Mund, von Luftblasen überperlt, bog sich zu einem Lächeln. Er griff sich die halb im Sand vergrabene Muschel, stiess sich kräftig ab und schoss an die Wasseroberfläche.

Nur in abgeschabten Hosen und tropfnass, steuerte er sein Boot dem Wind nach, genoss die kräftige Brise im Gesicht, die heiße Sonne auf seiner Haut.

Nach den Maßstäben seines Stammes war er schon fast ein alter Mann, jetzt, irgendwo zu Beginn seines fünften Lebensjahrzehnts, Strähnen von Grau in Haar und Bart, tiefe Fächerlinien unter seinen Augen. Alt genug, um Großvater zu sein und Oberhaupt eines Clans, aber er fühlte sich nicht alt.

Nur wenig hatte er an Kraft, Ausdauer und Schnelligkeit eingebüßt, was er mit Erfahrung mehr als wettmachte, und er hatte noch alle seine Zähne, wenn sie auch nicht mehr ganz so weiß waren wie früher.

So oft es neben der Schule her ging, fuhr er mit den Kindern hinaus. Das Segeln lehrte er sie, das Schwimmen und Tauchen im offenen Meer, das Angeln und Ausnehmen der Fische, und wie man auf einem Boot kochte. Harshad brachte er dazu noch den Umgang mit der Harpune bei, der Veena zu grausam, zu blutig war, und Sharmila war ohnehin noch zu klein. Das Wissen um das Meer, den Wind und die Gestirne gab er ihnen weiter und erzählte ihnen die alten Legenden der Orang Laut und von ihren stolzen Traditionen. Vor allem Harshad war hingerissen davon, dass sein Vater einmal ein Pirat gewesen war, und bat ihn wieder und wieder, von seinen Abenteuern und Kämpfen zu erzählen.

Einmal war er noch am Kallang River gewesen, kurz vor dem Tod seiner Mutter, mit allen vier Kindern. Niemand hatte etwas dazu gesagt, aber er hatte es seiner Mutter, seinen Brüdern und Schwägerinnen, seinen Schwestern und deren Männern angesehen, wie es sie befremdete, dass drei seiner Kinder indische Namen trugen und auch danach aussahen und das vierte unübersehbar chinesisches Blut in den Adern hatte. Umgekehrt hatten Veena, Harshad und Sharmila mit großen Augen alles um ihre unbekannte Großmutter, ihre Onkel und Tanten, Basen und Vettern in sich aufgesogen, aber diese fremde Welt hatte sie verwirrt; sie sprachen nicht einmal dasselbe Malaiisch.

Ich bin froh, dass wir zu Hause wohnen und nicht dort, hatte Harshad es verschämt zusammengefasst, und Raharjo verstand ihn. Er hatte sich dort selbst als Fremder gefühlt, obwohl doch durch seine Adern dasselbe Blut floss.

Vielleicht zog es ihn deshalb so oft allein aufs Wasser hinaus, nur um des Segelns willen. Des Tauchens nach Muscheln und Schneckenhäusern, manchmal nach einer verlorengegangenen alten Münze oder anderem Strandgut. Wie er es früher getan hatte, bevor er beschlossen hatte, mit den Schätzen des Meeres reich zu werden.

Damit er nicht vergaß, woher er kam. Wer er war.

Seine Augen wanderten über die Küste und fingen sich an einer dunklen Schattenwand, die drohend über eine Mauer quoll. Palmwedel, dicht belaubte Zweige und wuchernde Sträucher, die einander zu bedrängen und zu verschlingen schienen.

Allein dem Wind hatte er die Führung überlassen, und ausgerechnet hierhin hatte das Boot ihn getragen.

Lange hatte er keinen Gedanken an Nilam mehr verschwendet. Als hätte es sie nie gegeben.

Erst in der letzten Zeit war sie wieder aus den Tiefen seines Gedächtnisses heraufgetrieben wie Fetzen von Seetang. Wenn Harshad seine Narben bewunderte und er sich daran erinnerte, wie die Finger eines kleinen Mädchens ihn dort zusammengeflickt hatten. Wenn Veena Tränen der Scham vergoss, weil sie die Älteste in der Schule war, die sich mit den Anfängen von

Buchstaben und Zahlen abmühte und er sie damit trösten wollte, dass er noch älter gewesen war, als er lesen lernte.

Entschlossen reffte er das Segel und ruderte an Land, zog das Boot hinauf in den Sand.

Er ging ein paar Schritte die Jalan Pantai entlang, erhaschte über die Mauer, die vorbeirollenden Pferdewagen und Ochsengespanne hinweg einen Blick auf das Haus, das schäbig aussah. Flechten überkrusteten das Dach, der Chunam der Mauern war vergraut, und in Rissen hatten sich Moospolster eigenistet. Die ganze Straße sah abgewohnt und heruntergekommen aus; vielleicht täuschte es auch, war er doch selbst heute ein reicher Mann, der in einem großen, schönen Haus lebte.

Ob sie aus England zurückgekehrt war? Wieder hier wohnte, nachdem sie das Haus in der Orchard Road verloren hatten?

Ein zufriedenes Lächeln umspielte seinen Mund.

Er hatte es genossen, einen Faden nach dem anderen zu ziehen, die dem Handel des schottischen Tuans den Boden unter den Füßen wegrissen. Bigelow hatte sich über ihn erkundigt, das wusste er, bei Whampoa und anderen *taukehs*. Aber er wusste auch, dass die Netze, die ein weißer Tuan auswarf, nicht weit genug reichten, zu grobmaschig waren, um aus dem Handel unter Malaien und Indern etwas herauszufischen.

Sein Lächeln bekam etwas Verächtliches. Dieser Bigelow war nicht nur ein schlechter Geschäftsmann, er war auch ein schlechter Menschenkenner. Ließ sich von einem dahergelaufenen Händler das Geld aus der Tasche ziehen für eine Schiffsladung, die er nicht mit eigenen Augen begutachtet hatte.

Einen Dummkopf von Orang Putih hatte sie ihm vorgezogen. Einen blinden Narren, der nicht einmal Lunte roch, wenn seine Frau ihn betrog.

Das Letzte, was er gehört hatte, war, dass der Handel dort stand, wo er ihn haben wollte: kurz vor dem Ende.

Dann hatte Mei Yu ihn geküsst.

Mei Yu war sein Opium gewesen. Sie linderte den Schmerz alter Wunden, besänftigte Zorn und Hass, zog ihn hinab in ein seliges Vergessen. In ein weiches, friedvolles Glück, das für nichts anderes mehr Raum ließ. Ein Weh in Leib und Seele war es, ohne sie leben zu müssen.

Er wandte sich um und tat ein paar Schritte durch den Sand, setzte sich hin und schaute auf das Meer hinaus, eine Bahn aus gekräuselter Seide an diesem Nachmittag, türkisen und zartblau glänzend. Schiffe kreuzten mit geblähten Segeln vor der Küste von Batam, Fischerboote zogen vorüber, und das Rauschen und Schäumen der Wellen war wie sein eigener Herzschlag.

Am Meer, auf dem Fluss war Mei Yu ihm nahe, wie ein warmherziger, sanftmütiger Wassergeist. Ein Echo ihrer Stimme flüsterte in den Wellen, ihr Lächeln schien aus Sonne und Wolken hervor, und wie ihr seidiges Haar floss der Wind über seine Haut. Auch bald zwei Jahre danach spürte er noch den Riss in seinem Herzen, den ihr Tod hinterlassen hatte.

Ein Trost waren ihm die Kinder. Besonders Li Mei. Mitnichten wie ein runder Laddu, sondern ähnlich zart wie ihre Mutter flatterte sie wie ein Schmetterling durch das Haus. Immer ein Lächeln auf dem Gesicht, das dem Mei Yus so sehr glich, obwohl er auch sich selbst darin wiedererkannte.

Im Schwung des Amorbogens. Der etwas kräftigeren Nase. Der Linie des Oberlids. In der Form der Ohrmuscheln. Und in den Schwimmhäuten zwischen ihren Zehen, dieselben, die auch einer seiner Brüder hatte, eine Schwester, zwei Onkel von ihm.

Glückverheißend und ein Zeichen, dass Li Mei einem alten Stamm der Orang Laut angehörte.

Er stand tief in Leelavatis Schuld. Nicht allein, weil sie für Li Mei sorgte wie für ihre leiblichen Kinder. Für all die Jahre, in denen er sie für etwas strafte, das eine andere Frau ihm angetan hatte. Ein grosses Unrecht, unverzeihlich und zutiefst beschämend.

Es hatte Zeit gebraucht, die Trümmer beiseitezuschaffen, die der wilde Tanz seiner Dämonen hinterlassen hatte, und war allein Leelavatis grossem, starkem Herz zu verdanken. Er würde sie nie so lieben, wie sie es sich ersehnte, wie sie es verdiente, aber er hatte gelernt, sie zu achten. Ihren Leib zu ehren, dieses reiche, dunkle Feld, in dem sein Samen zu den vier Kindern herangewachsen war, die sie geboren hatte. Von saftiger Jugend zu fraulicher Üppigkeit gereift war dieser Leib, aufgeweicht und neu geformt von den Gezeiten der Schwangerschaften und Geburten, dem Nähren der Kinder. Ein Leib, den sie ihm nur zögerlich wieder anvertraute. Dem er in einer Lust begegnete, die aus Dankbarkeit erwuchs. Aus einer selbstlosen Zärtlichkeit, die Mei Yu ihn gelehrt hatte.

In einigen Wochen würde er wieder Vater werden; dieses Mal würde er an Leelavatis Seite bleiben, sein Kind gleich bei seinem ersten Atemzug, seinem ersten Schrei in den Armen halten.

Er spürte, wie ihn jemand beobachtete und wandte den Kopf, blinzelte, als seine Augen mit einem Paar leuchtend blauer zusammentrafen.

Nilam.

Unmöglich. Nilam war schon lange kein Mädchen mehr. Schon damals war sie kein solch kleines Mädchen mehr gewesen.

Und doch erinnerte ihn alles an Nilam.

Wie dieses Mädchen in Sarong und Kebaya mit einem Ruck wieder wegsah. Die Art, wie es den Kopf gesenkt hielt, als es in die Hocke ging und im feuchten Sand grub und dabei immer wieder zu ihm hinschielte. Auch ihr welliges Haar, zum Zopf geflochten, ähnelte Nilams Haar, wenn auch nicht ganz so dunkel; Palmholz zwar, das jedoch lange in der Sonne gelegen hatte.

Sie barst sichtlich vor Neugierde, warf ihm fortwährend Seitenblicke zu und schob dabei doch eine Gleichmütigkeit vor, die ihn amüsierte. Immer wieder ging sie ein paar Schritte ins Wasser hinein, schlenderte dann betont selbstvergessen durch den Sand; zwischendurch bückte sie sich nach etwas, warf es wieder weg und winkte den Fischern draußen mit einem strahlenden Lächeln zu.

So lange, bis sie sich ihm genähert hatte.

Sie blieb stehen, pulte mit den Zehen im Sand und betrachtete ihn eingehend.

»Was machst du da?« Das Malaiisch kam ihr ganz natürlich über die Lippen.

»Ich sitze hier und schaue mir das Meer an.«

Wie sie die Brauen zu zwei zierlichen Arabesken zusammenzog, streifte sein wundes Herz, so sehr glich sie dabei Nilam.

»Einfach so?«

»Einfach so.«

Gedankenvoll sog sie an ihrer Unterlippe und tänzelte einen unschlüssigen Schritt auf ihn zu, den er als Einladung verstand weiterzusprechen.

»Und was machst du?«

»Muscheln suchen.« Sie deutete ein Schmollen an. »Ich hab aber noch keine schönen gefunden heute.«

Sie musste Nilams Tochter sein, es war dasselbe schmale Gesicht. Ihre Augen waren genauso geformt, mit diesem verblüffend dichten Wimpernbogen. Die Iris jedoch leuchtete in klarerem, unverfälschtem Blau, war nicht von diesem eigentümlichen Violettblau wie die wilden Orchideen am Flussufer. Ihre Nase war kleiner, niedlicher, ebenso ihr Mund, und das Kinn wirkte weicher, weniger energisch; sie war auch nicht so mager wie Nilam es gewesen war.

Heiß durchzuckte ihn der Gedanke an Nilam. Georgina. Nackt in seinen Armen, wie sie sich unter ihm wand und bebte, ihr glühender Atem in seinem Ohr, auf seiner Haut.

Er hatte das Mädchen wohl zu lange angestarrt; mit argwöhnischer Miene trat es einen Schritt zurück.

Sein Herz pochte schnell. »Wie alt bist du?«

»Fünf.« Sie hob die Rechte mit gespreizten Fingern, ein kleiner Seestern, den sie stolz herzeigte wie eine Auszeichnung. »Aber bald sechs.« Der Daumen der Linken gesellte sich dazu. »Nächstes Jahr, sagt Mama.«

Nein, es war zu lange her; sie war Bigelows Kind, und es wunderte ihn selbst, dass Enttäuschung mit nadelfeiner Spitze durch ihn hindurchfuhr.

»Wohnst du hier?«

»Ja. Da.« Entschlossen zeigte sie auf die Mauer hinter der Jalan Pantai. Auf das Stück Dschungel dahinter.

»Mit deiner Mama?«

Sie nickte. »Und mit meinem Papa. Und meinem Opa. Und mit Kartika. Das ist meine Ayah.« Ihre Zehen zeichneten Rillen in den Sand. »Ich hab auch noch zwei Brüder. Aber die sind in England. Wo ich geboren bin. Da kann ich mich aber nicht mehr dran erinnern.«

»Nein, natürlich nicht.« Er lächelte. »Darfst du das denn, so allein hier am Strand herumlaufen?«

Sie lief rot an. »Ich kann schon richtig gut schwimmen!«, verteidigte sie sich heftig. »Meine Mama hat's mir beigebracht!«

Der Riss, den Mei Yus Tod hinterlassen hatte, klaffte weiter auf; vielleicht war es auch eine viel ältere Wunde, die erneut wieder aufbrach. Abrupt schwang er sich in die Höhe.

»Lauf wieder nach Hause«, sagte er heiser. »Deine Mama sorgt sich bestimmt schon um dich. Ich muss auch gehen.«

»Dein Boot?«, rief sie ihm hinterher.

Er wandte sich um. Blanke Sehnsucht stand in ihren Augen, und in diesem Moment glich sie so sehr Nilam, dass er nach Luft rang.

Ich werde dir alles nehmen, was dir lieb und teuer ist, hallten seine eigenen Worte in ihm wider.

Er gierte danach, sich das Mädchen zu schnappen, in sein Boot zu zerren und mit ihm davonzusegeln. Georgina einen letzten, vernichtenden Schlag zu versetzen. Einen Teil von ihr zu besitzen und nie wieder aufzugeben.

»Los!«, herrschte er sie an. »Mach schon. Geh nach Hause!«

Erschrocken wirbelte das Mädchen herum und rannte davon, und sogleich packte ihn Reue.

Sein Blick fiel in das Boot. »Warte!«

Ein Bein fluchtbereit hinter sich ausgestreckt, drehte sie sich um. Ihre Haltung, ihr Blick und wie sie einen Zipfel ihres Sarongs knetete, eine Mischung aus Furcht, Neugierde und einer so unschuldigen Vertrauensseligkeit, dass sich seine Brust zusammenkrampfte.

Er lief zu ihr und ging vor ihr in die Knie, hielt ihr die weiße, fast faustgroße Muschel hin, die er vorhin vom Meeresgrund geholt hatte. »Die ist für dich.«

»Daaanke!« Ihr Strahlen traf ihn irgendwo tief in seinem Leib.

Offener, fröhlicher war sie als Nilam, auch argloser. Sie umgab kein finsterer Schatten, keine verfrühte, unkindliche Ernsthaftigkeit; er hoffte, es bedeutete, dass sie geliebt wurde und geborgen aufwuchs und nie so einsam war wie ihre Mutter einst.

»Und die gibst du deiner Mama.«

Eine Kaurimuschel, gefleckt wie ein Leopard.

»So eine hab ich auch!«, rief sie entzückt. »Hab ich im Pavillon gefunden! Unterm Bett, ganz weit hinten. Und in der Schublade hab ich noch andere Sachen gefunden. Einen schwarzen Stein, der aussieht wie ein Schiff. Und einen Fächer, aber der ist kaputt. Und …«

»Gib sie deiner Mama, ja?«, stieß er aus rauer Kehle hervor. Er unterdrückte das Bedürfnis, dem Mädchen über das Haar zu streichen oder es in den Arm zu nehmen.«Und jetzt lauf schnell nach Hause!«

Die kostbaren Muscheln an sich gepresst, flog Jo leichtfüßig durch den Garten. Der Mann war seltsam gewesen, ein bisschen zum Fürchten, aber trotzdem irgendwie nett. Nur furchtbar traurig hatte er ausgesehen, als sie ihm vor dem Durchgang in der Mauer noch einmal zugewinkt hatte.

Ein glückliches Sprudeln im Bauch, hastete sie innen an der Mauer entlang und zwängte sich durch das Dickicht. Mit der Veranda aus Holz musste man vorsichtig sein, einige Bretter waren durchgebrochen. Über die hohen Gräser fiel man leicht, und die Treppen waren teils morsch.

Achtsam hüpfte Jo die Stellen hinauf, von denen sie wusste, dass sie sicher waren, und lief in das Zimmer mit dem schiefen Bett.

Wie unter Wasser war es hier, dämmrig, fast dunkel. Eine Welt für sich, in einen gruselig schönen Grünschimmer getaucht. Die Luft, die sie atmete, war feucht und roch nach Meer, nach Tang und Salz. Lustig, der Mann hatte ganz ähnlich gerochen, als er vor ihr in die Knie gegangen war.

Mit einer Hand ruckelte sie an der verzogenen Schublade, bis sie sie weit genug geöffnet hatte. Im großen Haus hatte sie ein ganzes Zimmer voller Spielsachen, aber nichts davon war so schön wie ihr heimlicher Schatz in dieser Schublade. Wie das Häuschen hier.

Ihr Märchenschloss. Ihr Sultanspalast. Ihr Piratenschiff.

Zärtlich streichelte sie den rubbeligen dunklen Stein, der ein verzaubertes Schiff war. Über den kaputten Fächer, in dessen Farbresten sie immer neue magische Bilder entdeckte. Stücke von einem Kamm lagen daneben, der bestimmt einmal einer verwunschenen Prinzessin gehört hatte, und ein Armband aus kleinen Muscheln, von denen viele zerbrochen waren, das sie aber trotzdem manchmal über ihr Handgelenk streifte und auf ihrer Haut bewunderte.

Die weiße Muschel legte sie zwischen die kleinen Schneckenhäuschen, die sie am Strand gefunden hatte, wenn sie mit Mama schwimmen oder spazieren ging, zwischen die herzförmigen Muschelhälften und die, die aussahen wie das in sich gedrehte Horn eines Fabelwesens. Sie hielt die braungefleckte Muschel neben die andere. Ja, genau so eine war es, wie sie sie hier beim Spielen gefunden hatte, nur ohne das glitschige Moos darauf.

Das Lächeln auf ihrem Gesicht verlosch. Solche Muscheln lagen nicht einfach so am Strand herum, das wusste Jo, Mama hatte ihr das einmal erklärt. Die kamen von unten aus dem Meer, wo es tief war. Wenn sie Mama die Muschel gab, würde sie beichten müssen, dass sie allein am Strand gewesen war, obwohl sie das nicht durfte; sie konnte noch nicht gut genug schwimmen für das weite, wilde Meer, war noch nicht groß und stark genug. Und dann hatte sie auch noch mit einem Fremden gesprochen und sich etwas von ihm schenken lassen ...

Ihr Gesicht verzog sich bang.

»Jo-ho!« Sie zuckte zusammen, als sie die Stimme ihrer Mutter vom Haus her hörte, lockend und lächelnd. »Kommst du, Jo? Es gibt Essen!«

Angespannt nagte sie an ihrer Unterlippe herum. Sie wollte nicht lügen, aber die Wahrheit würde ihr sicher mächtig Ärger einbringen.

»Jo-ho! Josie-Rosie! Wo steckst du?«

Morgen. Morgen würde ihr bestimmt etwas einfallen. Morgen würde sie Mama die Muschel geben.

Erleichtert über diesen weisen Entschluss ruckelte sie die Schublade wieder zu und rannte los.

24

Georgina konnte kaum ihren Blick abwenden von dem hochgewachsenen, gutaussehenden jungen Mann, der neben ihr durch den Sand ging, aufrecht und in geschmeidigen Schritten, die Hände locker in den Hosentaschen. Wenn der Wind, der sein kaffeedunkles Haar verwirbelte, gegen seinen Oberkörper blies, schmiegte sich das lose Hemd an seinen schlanken Leib, seine breiten Schultern.

Sie konnte sich nicht sattsehen an seinem kräftigen Profil, den scharfen Konturen der Wangenknochen; am willensstarken Kinn hatte er beim Rasieren ein paar Bartstoppeln übersehen.

Hin und wieder trafen sich seine Augen, grau wie Regenwolken unter schweren Brauenbögen, mit ihren. Dann lächelten sie einander an, scheu beinahe, und doch mit einer tiefen Vertrautheit, die ohne viele Worte auskam.

Mein Sohn. Georgina staunte über diesen schönen Fremden, in dem immer noch das Kind zu erkennen war, das sie geboren und eine viel zu kurze Wegstrecke seines Lebens begleitet hatte.

»Erzähl mir von David«, sagte sie leise in das Rauschen der Wellen hinein. »Wie geht es ihm? Eure Briefe kamen so selten und sind immer so kurz ausgefallen.«

Duncan hob einen Mundwinkel zu einem kleinen Grinsen, das hell aufschien in seinem Gesicht, von der Sonne an Deck während der langen Überfahrt von Southampton nach Singapur zu einem Bronzeton gebräunt.

»Wir sind normale Jungs, Mama! Keine Poeten.« Seine Stimme war tief, noch kratzig auf halbem Weg zu einer Männerstimme, die voll und weich zu werden versprach. »Ihm geht's gut. Die Arbeit in der Firma liegt ihm sehr viel mehr als die Schule. Onkel Silas und Onkel Stu sagen, er wird es mal weit bringen.«

Georgina nickte. Was in seiner Stimme unausgesprochen mitschwang, ließ sie aufhorchen, aber sie hakte nicht nach; er würde es ihr sagen, wenn er so weit war.

»Großvater geht es nicht gut, oder?«, fragte Duncan nach einer Weile zögerlich.

Georgina schossen Tränen in die Augen, die sie hastig wegwischte. »Nein.«

»So schlimm?«

Sie blieb stehen, vergrub die Zehen tief im Sand und wusste doch, dass sie keinen Halt finden würde; sie hatte schon einige Zeit keinen festen Boden mehr unter den Füßen.

Mit zusammengekniffenen Brauen starrte sie aufs Meer hinaus, ein sanft gekräuseltes lichtblaues Feld, über dem die Vögel Kreise zogen.

»Er ... hat ein Geschwür im Leib. Doktor Little sagt, er kann nichts für ihn tun, außer ihm die Schmerzen zu nehmen. Für ... für die Zeit, die noch bleibt.«

»Mama.« Nur ein Wort, flüsternd und behutsam ausgesprochen, und doch schwang so viel darin mit.

Schrecken. Sorge. Betroffenheit. Der Versuch eines Trostes.

Georgina schenkte ihm ein Lächeln, dankbar gemeint und um Tapferkeit bemüht, aber es geriet schwach. Sie rieb über seine Hand, die sich auf ihre Schulter gelegt hatte und wollte weitergehen, doch Duncan verharrte auf der Stelle.

»Das ist jetzt sicher herzlos von mir.«

Er zog die Schultern hoch und seine Hosen, in denen er die Hände vergraben hatte, gleich mit, sodass er mehr einem kleinen

Jungen glich denn einem fast erwachsenen Mann von achtzehn Jahren.

»Aber ich hatte gehofft, Großvater könnte mir helfen. Oder du vielleicht.«

Fragend sah Georgina ihn an.

Duncan blies die Wangen auf und ließ den Atem ausströmen, während er halb über die Schulter aufs Wasser schaute.

»Dass ich bei Onkel Stu in die Lehre gehen sollte ... Das war sicher gut gemeint von ihm. Von Papa und auch Großvater. Aber ich tauge nicht für den Handel. Zumindest nicht im Kontor. Nicht so wie David.« Seine Augen, dunkel wie Zinn, richteten sich auf sie. »Ich will zur See fahren, Mama. Wie ich es immer schon wollte.«

Er ließ den Kopf hängen und glättete mit der Fußsohle den Sand vor ihm.

»Für die Royal Navy ist es zu spät, da hätte ich mit dreizehn oder vierzehn eintreten müssen. Mir wäre aber auch die Handelsmarine mehr als recht. Solange ich nur auf ein Schiff komme. Onkel Stu hat Beziehungen und könnte mich als Kadett unterbringen, aber er kann und will das nicht ohne Papas Erlaubnis. Und Papa will davon nichts hören, für ihn ist das kein richtiger Beruf.«

Er ließ den Kopf hängen.

Die Jahre, die Paul und Duncan sich nicht gesehen hatten, hatten sie einander entfremdet, auf eine unbeholfene, befangene Weise, die beide angestrengt zu überspielen versuchten. Georgina erriet, dass Paul in seiner Entschlossenheit, Duncan wie seinen leiblichen Sohn zu behandeln, dabei war, über das Ziel hinauszuschießen und ihn unglücklich zu machen.

»Es ist nicht das Kaufmännische«, flüsterte er. »Ich bin fix im Kopf und kann gut mit Zahlen. Aber der Umgang mit Lieferanten und Kunden ... Das kann ich nicht. Ich hab's oft genug versucht, mir immer und immer wieder Rat bei Onkel Stu und auch bei Onkel Silas geholt. Aber ich kann's einfach nicht.«

Er wandte sich halb um und sah den Schiffen hinterher, mit einer wilden Sehnsucht im Blick, die Georgina ins Herz schnitt.

»Ich will einfach nur dort draußen sein. Ein paar Mal war ich sogar schon kurz davor, einfach abzuhauen und auf dem erstbesten Kutter anzuheuern.« Er warf ihr einen beschämten Seitenblick zu. »In England hab ich Segeln gelernt. Heimlich. Onkel Stu weiß nichts davon und auch Tante Stella nicht. Nur David. Onkel Silas hat es mir bezahlt.« Seine Miene hellte sich auf. »Es würde mir im Blut liegen, habe ich mehrfach gesagt bekommen.«

Natürlich tut es das. Mit einem schwermütigen Gefühl betrachtete sie ihren Sohn.

Das Kind des Selkie. Der sein dunkles, herbschönes Aussehen, mit dem man ihn manchmal aufzog, nicht seinen Vorfahren aus der Provence verdankte. Nicht seinen Ahnen aus Schottland, wo spanische und portugiesische Seefahrer einst ihren Samen verstreut, den Findlays ihr schwarzes Haar, ihre prägnanten Züge, manchmal olivfarbene Haut und Augen, so dunkel wie Black Pudding, vermacht hatten.

Wie der alte Douglas Findlay, erinnert ihr euch?

Ein halber Orang Laut war er, Abkömmling eines alten, stolzen, seefahrenden Volkes, von Kriegern des Meeres, der den Ozean und den Wind im Blut hatte, ein Sehnen nach Freiheit und Weite.

Sie konnte es ihm nicht sagen, nicht in einer Welt, in der er als Eurasier so viel weniger wert war als ein Kind mit einem englischen Vater, dessen Namen er trug.

»Geh damit ruhig zu deinem Großvater«, sagte sie stattdessen. »Er freut sich bestimmt, wenn du Zeit mit ihm verbringst. Wenn du ihm erzählst, was dich beschäftigt und seinen Rat suchst. Und ich versuche, deinen Vater umzustimmen.«

Duncan atmete tief aus, als hätte er die ganze Zeit die Luft angehalten. »Danke, Mama.«

Die Augen schimmernd wie Mondlicht ruckte er mit dem Kopf auf das Meer hinaus.

»Gehen wir schwimmen? Wie früher?«

ℰℭ

Der Hauch des Todes durchzog L'Espoir.

Der dumpfe Geruch einer unheilbaren Krankheit waberte vom Schlafzimmer Gordon Findlays aus durch das Haus, ließ sich auf Treppen und Wänden nieder, gesellte sich in den Ecken zu Moder und Schimmel. Erstickend war dieser Geruch in der schwülen Luft, hartnäckiger als frisch gewaschene Wäsche und scharfe Seifen. Der Geruch eines Leibes, der zunehmend verfiel und doch zu stark, zu zäh war, um aufzugeben, hatte er doch bereits ein halbes Jahrhundert in den Tropen überlebt.

Der Tod zeigte keine Eile, vielleicht biss er sich auch die Fangzähne an dem harten schottischen Eichenholz aus, aus dem Gordon Findlay geschnitzt war.

Geschrumpft war er, nur mehr ein Skelett unter grauer Haut, die lose Falten schlug. Sein auch im Alter flach gebliebener Bauch grotesk aufgetrieben und das Gesicht ausgezehrt, die Augen zu wässrigem Blau verwaschen und tief in die Höhlen gesunken. Klaglos und dankbar nahm er die Demütigung hin, von Kartika und Georgina gewaschen und gefüttert zu werden wie ein Kleinkind; er wusste, dass dieser Weg, der langsam, so quälend langsam, bergab führte, irgendwann zu Ende sein würde.

Ein Morgen würde es für ihn nicht mehr geben. Das Heute, dieses zu einem trägen Brei zerflossene Heute, hielt ebenfalls nichts mehr für ihn bereit. Als wollte er sich versichern, dass es ihn wahrhaftig auf dieser Welt gegeben hatte, wandte er sich der Vergangenheit zu. Sein Geist, geschwächt von der Krankheit, vernebelt von Laudanum, dann wieder verblüffend klar, kramte Erinnerungen hervor wie kostbare Edelsteine, bestaunte sie und wog sie in der Hand. Wie um zu entscheiden, welche davon er mitnahm auf seine letzte Reise.

Dieser Schlaks aus Dundee, der nie wusste, wohin mit seinen Armen und Beinen. Dem immer eine Strähne seines Haares, schwarz wie das Gefieder eines Raben, in die hohe Stirn fiel, gleich mit wie viel Pomade er es auch zurückbürstete. Der mehr wollte, als ein Schreiber in Diensten der East India Company zu sein, und von seinem Anteil an den Reichtümern Indiens träumte.

Étienne hatte das Kapital, ich die Ideen. Die Beziehungen und die Kenntnisse. Étienne hatte den Charme, um die Kunden anzulocken und gewogen zu machen, ich habe dann die Geschäfte festgeklopft. So haben wir angefangen. Damals. Mit Findlay & Boisselot.

»Ich bin stolz auf meine Enkelsöhne.« Seine Stimme klang zerfasert. »Prächtige Burschen, einer wie der andere. Das hast du gut gemacht, Georgie.«

Georgina lächelte. »Auch, wenn der Älteste jetzt irgendwo auf dem Ozean Decksplanken schrubbt?«

Gordon Findlay lachte, ein tonloses Lachen aus weit geöffnetem Mund, das die tiefen Hautfalten entlang seines Halses schlackern ließ, sichtlich zufrieden, dass er einen Kompromiss zwischen Vater und Sohn in die Wege leiten konnte: Sollte Duncan sich innerhalb von fünf Jahren nicht wenigstens zum Midshipman hochgearbeitet haben, würde er unverzüglich bei *Findlay, Boisselot & Bigelow* anfangen.

»Soll er. Soll er. Harte Arbeit hat noch keinem geschadet. In die Firma kann er immer noch einsteigen. Die läuft nicht weg.« Seine rotgeäderten Augen wanderten zu ihr. »Paul hat das gut gemeistert. Die Krise von vierundsechzig. Der macht die Firma wieder groß. Da hab ich keine Sorge …«

Seine Gedanken tröpfelten aus, sein Blick streifte ziellos durch den Raum.

»David …«, flüsterte er nach einer Weile. »Ist er noch da?«

David war die Ehre zugekommen, als erster der beiden Brüder den im vergangenen Jahr eröffneten Kanal von Suez zu durchfahren, der die Reise von Europa nach Singapur von drei Monaten auf gerade mal einen verkürzte. Wie ein junger Sonnengott war er im Haus erschienen, das von seiner Lebendigkeit, seinen lebhaften Erzählungen und seinem Lachen vibrierte, sofern er nicht gerade damit beschäftigt war, seinen siebzehnjährigen, starken Leib mit Selasas Küche vollzustopfen, als gäbe es ab morgen in ganz Singapur nichts mehr zu essen.

So würde es von nun an immer mit Duncan und David sein, dachte sie manchmal wehmütig; zwei junge Männer, die für einige Wochen zu Besuch kamen und dann wieder in die Welt hinauszogen, um ihr eigenes Leben zu führen.

»Er und Paul sind reiten gegangen. Er schaut nachher wieder bei dir vorbei.«

Gordon Findlay nickte und schloss die Lider seiner Schildkrötenaugen, öffnete sie jedoch gleich wieder, einen bangen Ausdruck in den Augen.

»Und Jo?«

»Ich bin hier, Opa!«

Jo sprang vom Boden auf, krabbelte auf das Bett und drückte ihrem Großvater einen ebenso zärtlichen wie herzhaften Kuss auf die Wange.

Georgina hatte ihre Tochter vom Krankenbett fernhalten wollen, aber Jo suchte aus eigenem Antrieb das Zimmer ihres Großvaters auf. Stundenlang konnte sie mit einem Buch auf dem Boden ausharren, las ihm manchmal daraus vor oder hörte zu, wenn er von früher erzählte, bis es sie von selbst wieder nach draußen zog oder Georgina sie hinausschickte, weil es Zeit war, ihn zu waschen.

Gordon Findlays Miene wurde weich, als er seine Enkeltochter betrachtete und ihr über den Kopf strich, während sie sich mit ihrem hinreißenden Zahnlückenlächeln an ihn kuschelte.

»Genau wie du früher«, murmelte er mit schweren Lidern, unter denen sich Feuchtigkeit sammelte. »Ganz genau wie du. Wie deine Mutter.«

Sie war so schön, Georgie.

Die Essenz seines Seins. Die Erinnerungen an Joséphine, die er wieder und wieder hervorholte. Seine größte Angst schien es zu sein, nichts davon mit hinübernehmen zu können, und umso fester klammerte er sich daran.

Wie sie da oben an der Treppe stand … Irgendetwas Zartgrünes hatte sie an, das ihre Augen leuchten ließ. Erst, als sie herunterkam, habe ich gesehen, wie klein sie war.

Seine dürre Flüsterstimme beschwor das Indien herauf, das Georgina aus den Erzählungen ihrer Mutter kannte. Ein farbenprächtiger, funkelnd bestickter Seidenstoff, duftend nach Gewürzen, nach Blüten und Räucherwerk. Nach Rindern und staubiger Hitze, Monsunregen und Dungfeuern. Ein Indien, in dem alteingesessene Familien wie die Boisselots in großzügigen, säulenumstandenen Häusern lebten und in den Gärten Pfauen zwischen riesigen Banyans und Mangobäumen umherstolzierten. Ein Indien zwischen Einladungen in den Palast eines Rajas, rauschenden Ballnächten, Elefantenritten und Tigerjagden.

Ich weiß nicht, was sie in mir gesehen hat, Georgie. In mir ungelenkem Tölpel. Sie hätte doch jeden haben können. Ich bekam keinen Ton heraus und stieß sogar das Weinglas beim Dinner um. Und sie … Sie verzog keine Miene, hat nicht einmal gelächelt. Erst später erfuhr ich, dass sie sich schämte, weil ihre Zähne nicht ganz regelmäßig waren. In meinen Augen hat sie das nur noch schöner gemacht.

Wie ein Märchen klang es, was Gordon Findlay erzählte, von

Joséphine, dem Augenstern ihres Vaters, argwöhnisch bewacht von zwei älteren Brüdern.

Gaspard hast du nie kennengelernt, er starb, als du noch ganz klein warst.

Eine verbotene Liebe. Geschmuggelte Briefe. Heimliche Treffen.

Erst als der alte Georges Boisselot unter der Erde war, konnte ich um ihre Hand anhalten.

Unruhig tasteten Gordon Findlays Finger über die Bibel auf seiner Brust. Knochig und verkrümmt sahen sie im flackernden Lampenlicht aus, wie die dürren Zweige eines kahlen Baumes, die im Wind zitterten.

Oft hatte Georgina ihm daraus vorgelesen; jetzt schien ihm nur noch der stoffliche Korpus der Heiligen Schrift Trost zu spenden. Vielleicht auch das Wissen um seinen Wahlspruch, das Motto der Findlays, das er vor langer Zeit mit einst schwarzer, jetzt bräunlich vergilbter Tinte vorne hineingeschrieben hatte.

Hilf dir selbst, so hilft dir Gott.

»Glaubst ... glaubst du, mir wird meine Schuld vergeben werden?«

Seine Augen zuckten in den tiefen Höhlen.

»Nicht doch, Papa.« Sie beugte sich vor und umfasste seine Hand.

Ihre Kehle war eng, und sie blinzelte. Sie wollte nicht weinen. Noch nicht.

»Doch, Georgie. So viel ... so viel Schuld hab ich auf mich geladen.«

Seine Augen richteten sich auf sie, trüb wie schlammiges Wasser.

»Weißt du, dass du einen Bruder hast? Hattest. Nein. Du weißt es nicht. Wir haben es dir nie gesagt. George Gordon Findlay.«

Um seinen eingefallenen Mund zuckte ein schmerzliches Lächeln. »Er war noch so klein. Keine drei Monate alt. So viele Kinder hat sie verloren. Vor der Zeit.«

Seine Augen wanderten zurück an die Decke, schimmerten auf.

»Deshalb ... deshalb wollte sie weg aus Calcutta. Alles ... hinter sich lassen. Neu anfangen. Und ich ... hab's ihr so schändlich vergolten.«

Eine Träne rann durch eine Furche in seinem Gesicht.

»Nicht, Papa.« Sie streichelte seine rastlose Hand. »Quäl dich nicht so. Ist doch alles schon so lange her.«

Er nickte. »Ja. So lange her.« Seine Lider schlossen sich, seine Stimme verebbte. »So ... lange.«

Eine Weile war nur sein Atem zu hören, flache und mühevoll klingende Atemzüge wie das Meer an einem windstillen, brütend heißen Tag.

»Immer«, begann er dann wieder zu flüstern, »immer wenn ich dich angesehen habe, habe ich mich daran erinnert. Nicht zu Anfang. Erst als ... als Joséphine gestorben war.« Sein Gesicht zog sich zusammen wie unter großer Pein. »Weil du ihr immer ähnlicher geworden bist. Dein Lachen. Deine Stimme. Wenn du wütend wirst.«

»Ich weiß, Papa.« Georgina konnte die Tränen nicht mehr zurückhalten, und ihre Finger verschränkten sich mit denen ihres Vaters. »Ich weiß, dass ich Maman sehr ähnlich bin.«

Seine Lider klappten auf, und er sah sie an, mit unvermittelt klarem Blick und zusammengezogenen Brauen, als wundere er sich, dass sie ihn nicht verstand.

»Nicht Joséphine. Der Frau, die dich geboren hat. Tijah.«

Georgina jagte durch die Finsternis.

Das raue Gras stach und schnitt ihr in die Fußsohlen. Stimmen, die ihren Namen erst riefen, dann brüllten. Sie fiel, schlug hart auf den Knien auf, stauchte sich die Handgelenke, sammelte sich auf und rannte weiter.

In den Baumwipfeln über ihr brauste der Wind, brannte auf ihrem glühenden Gesicht. Schrill stach ihr das Zikadengeschrei in den Ohren, hallte schmerzend in ihrem Kopf wider.

Keuchend schnappte sie nach Luft, während ihr das Herz in der Kehle pumpte, dass sie zu ersticken glaubte.

Fort, trommelte es im Takt ihres Atems. *Fort. Fort.*

Sie flog über die Beach Road, die im Dunkeln lag; in der Ferne tanzten die Laternen eines Palanquins wie Irrlichter. Sand stob auf, prasselte auf ihre nackten Beine. Wasser spritzte an ihr herauf, dämpfte ihren Lauf, umspülte sie kühl, stieg höher und höher, ließ sie taumeln, bis sie schließlich stehenblieb.

Georgina ballte die Hände und schrie, schrie in das Rollen und Rauschen der Wellen hinaus, aus der Tiefe ihres Leibes, ihre Stimmbänder zum Zerreißen gespannt, zu den finsteren Wolken, den blassen Sternen hinauf.

Ihr Vater war tot.

Sein Halt in den letzten Stunden waren Namen gewesen.

Joséphine.

Sein Gebet.

Georgie.

Irgendwann nur noch vom rissigen Mund geformter Atemhauch.

Tijah.

Immer wieder *Tijah.*

»Georgina!« Paul riss sie herum, schüttelte sie. »Guter Gott! Du bist ja nicht bei Sinnen! Komm zu dir, verdammt!«

Hilflose, ruckartige Laute kamen aus ihrem Mund, während sie gegen Pauls Griff ankämpfte.

Fass mich nicht an. Du weißt doch nicht einmal, wer ich bin. Ich weiß es ja selbst nicht mehr.

Übrig blieb eine heisere, wortlose Klage, die aus ihr herausfloss, während sie sich gegen Paul stemmte.

Die Ahnung einer Wahrheit, jenseits aller Worte.

Ihre Welt, immer schon schwankend, immer schon zerbrechlich, war aus den Fugen geraten.

In tausend Trümmer zerborsten, trieben ihre Überreste auf dem Meer.

25

Die Röcke ihres alten, zu Lavendelgrau ausgeblichenen Sommerkleids um sich ausgebreitet, hockte Georgina im Gras; hier in Singapur fühlte sie sich nicht an die Regeln für Trauer gebunden, die Tante Stella ihr beigebracht hatte.

Diese Trauer, die eine herbe Note erhalten hatte, eine, die nicht von der Bitternis des Todes allein herrührte.

Reglos saß sie da, sie schlug nicht einmal nach den Mücken, die sie umsirrten, sie in den Hals, die Hände stachen, juckende, rote Beulen hinterließen. Ihre Augen waren auf eine Stelle am Horizont gerichtet, irgendwo dort, wo sich Himmel und Meer paarten und Wolken zeugten.

Oft kam sie in der letzten Zeit hier herauf und schaute über die Stadt und auf das Meer. Hier oben, am Hang des Hügels, der Government Hill geheißen hatte, so lange sie denken konnte, und nun nach Collyers idealistischem, aber untauglichem Festungsbau den Namen Fort Canning Hill trug.

Nichts bleibt, wie es einmal war.

Stolz und schlank reckte sich der neue Turm von St. Andrew's empor, ein Leuchtturm im Häusermeer der Stadt. Nicht mehr nur eine Kirche, sondern im vergangenen Jahr zur Kathedrale des anglikanischen Bistums von Labuan und Sarawak geweiht, schien ihr mächtiger Leib, zu den Gottesdiensten von den volltönenden Klängen der Orgel geflutet, für die Ewigkeit gebaut. Als wolle ihr St. Andrew's zu verstehen geben: *Auch wenn deine*

Welt in Trümmern liegt – ich werde da sein, unveränderlich und immerfort. Mich wirst du nie aus den Augen verlieren.

Sie atmete tief durch und betrachtete den Grabstein vor ihr. Es musste Ah Tong gewesen sein, der ihn früher sauber gehalten hatte. Mittlerweile hatten sich Moos und gelbschuppige Flechten darauf angesiedelt; sie wünschte, sie hätte ihn fragen können, wie man sie wieder abbekam.

Seit Monaten schob sie die Entscheidung hinaus, ob sie Maman umbetten und neben Gordon Findlay auf dem neuen Friedhof in der Bukit Timah Road bestatten sollte. Er hatte sich nie dazu geäußert, sie nie daran gedacht, ihn danach zu fragen; früher hätte sie wohl nicht lange gezögert, die beiden nebeneinander vereint zu wissen.

Denk nicht schlecht über mich, Georgie. Ich habe wirklich beide geliebt.

Um ihre Brauen zuckte es, als sie die Hand ausstreckte und über die Inschrift fuhr.

Geliebte Ehefrau von Gordon Stuart Findlay.

Ihre Hand wanderte abwärts und presste sich gegen die Lettern.

Schmerzlich entbehrte Mutter von Georgina India Findlay.

Es war in Stein gemeißelt. Wie konnte es dann nicht die Wahrheit sein?

Vor mehr als einem halben Jahr hatte sie ihren Vater zu Grabe getragen. Seitdem driftete sie als leere Hülle durch die Tage, stumm, blind und taub. Versuchte den Bruchstücken, die er im Dämmerzustand seiner letzten zwei Tage auf Erden von sich gegeben hatte, einen Sinn abzuringen.

Nach Erinnerungen an Maman durchwühlte sie ihr Gedächtnis, an Dinge, die sie vielleicht als Kind gehört, gesehen oder gespürt hatte, so lange, bis ihr Kopf von einem wattigen Nichts angefüllt war und schmerzte.

Es gab Zeiten, da mied sie ihr Spiegelbild, aus Furcht, was ihr darin entgegenblicken mochte. Und andere, in denen sie lange damit zubrachte, ihr Gesicht aus allen Blickwinkeln, bis hin zu jedem noch so kleinen Detail zu mustern. Ihre Haut, die selbst in England nie blass gewesen war, immer einen hellen Goldschimmer behalten hatte, aber auch unter der Tropensonne nie eine tiefbraune Färbung angenommen hatte. Dieses Gesicht, das jetzt, mit neununddreißig, voller war, zunehmend an Festigkeit verlor und unter den Augen, diesen eigentümlichen veilchenblauen Augen, die ersten Linien aufwies. Mit dem Gesicht ihrer Mutter suchte sie es zu vergleichen, das in ihrem Gedächtnis umso stärker ausbleichte, je verzweifelter sie es vor ihrem inneren Auge heraufbeschwor.

Du bist ein Kind der Tropen, mon chouchou. Wie ich.

Erinnerungen wie Wasser, das ihr durch die Finger rann. Trockener Sand, der davonrieselte und von dem nur winzige Körnchen auf der Haut haften blieben.

Einen Menschen gab es noch, der Georgina von klein auf kannte, fast von Geburt an. Der vielleicht um die Wahrheit wusste, vielleicht auch nur einen Schlüssel dazu besaß.

Sie stützte die überkreuzten Arme auf ihre Knie und vergrub das Gesicht darin, als die alte Angst, die ihre Kindheit begleitete, wieder in ihr heraufkroch.

℘⊙℘

»Weiter kann ich Sie leider nicht bringen, Mem.«

Andikas noch jugendlich weiches Gesicht, am Kinn von Flaum bedeckt, drückte Bedauern aus, als er ihr aus dem Palanquin half.

»Dort vorne wird der Weg zu schmal und zu schlammig. Da bleibe ich stecken.«

»Das macht nichts. Ich kann das letzte Stück gut zu Fuß gehen.«

Unruhig kratzte er sich an seiner Hemdbrust, die Stirn in sorgenvolle Falten gelegt.

»Soll ich nicht lieber mitkommen, Mem?«

»Nein, brauchst du nicht.«

Die Schar Kinder, die sich auf dem Pfad versammelt, aus großen Augen und unter viel Getuschel den Palanquin gemustert hatte, stob in alle Richtungen auseinander, als Georgina auf sie zuschritt.

Bläulicher Rauch verschleierte die Luft, würzte sie mit seinem beißenden Aroma. Nach nasser roter Erde roch es hier, nach gebratenem Fisch und Fleisch, saftig grün wie frisch aufgeschnittenes Gemüse oder gewässerte Pflanzen und nach der Süße reifen Obstes.

Georginas Schritte waren schwer, als sie an den umzäunten Gärtchen, den Hütten vorbeiging. Sie kannte dieses Dorf nur vom Fluss aus, von einem Boot; mehr als zwanzig Jahre war es her.

Eine Ewigkeit.

Während der Fahrt im Palanquin hatte sie mit gesenktem Kopf ihre Finger angestarrt, in ihrem Schoß ineinander gefaltet wie zu einem flehentlichen, verzweifelten Gebet. Und dennoch hatte ihr Herz höher geschlagen, als ihr Gefühl ihr verriet, dass sie auf der Serangoon Road gerade an Kulit Kerang vorbeirumpelten.

Georgina trat an den Zaun eines der Gärten; eine Frau in rotem Sarong und blauer Kebaya bearbeitete gerade tief gebückt mit einer Hacke ein Stück nackter Erde.

»Guten Tag. Entschuldigen Sie bitte.«

Die Frau warf ihr einen schnellen Blick über die Schulter zu und fuhr dann hoch, starrte sie mit unverhohlener Verblüffung an.

»Entschuldigung.« Georgina zwang sich zu einem Lächeln. »Ich suche Cempaka. Die früher in der Stadt gearbeitet hat. Auf L'Espoir, bei den Tuans Findlay und Bigelow.«

Die Frau erholte sich rasch von der Überraschung, dass sich

eine weiße Nyonya in einem einfachen Musselinkleid, ohne Hut und Sonnenschirm, auf Malaiisch nach jemandem aus dem Dorf erkundigte.

»Sie gehen einfach weiter da lang, Mem.« Mit der Hacke zeigte sie die Richtung an. »Bis der Weg sich gabelt. Da gehen Sie nach links. Bis zu dem Haus mit dem großen Mangobaum.«

»Danke schön.«

Georgina spürte die Blicke der Frau in ihrem Rücken, die ihrer Nachbarinnen und hörte das Geflüster der Kinder, die ihr in einigem Abstand folgten, das Kichern, das immer wieder leise aufsprudelte.

Cempaka saß vor der Hütte, schaukelte ein Kleinkind auf den Knien, das an seinen Fingern lutschte, und schaute einer Handvoll Kindern zu, die um den Stamm des Mangobaums herum Fangen spielten. Neben dem Haus spaltete ein Mann Holz; eine noch junge Frau jätete in den Gemüsebeeten Unkraut.

Georgina trat an den Zaun, und Cempakas Blick richtete sich auf sie. Als hätte sie ihren Besuch angekündigt und Cempaka nur auf sie gewartet.

»*Selamat sejahtera*, Cempaka.«

Wie Wolken, die über den Himmel zogen, war Cempakas Gesicht in Bewegung; Regungen, die Georgina nicht zu deuten wusste.

»Bleib, wo du bist!«, rief sie schließlich. »Ich komme zu dir.«

Sie setzte das Kind auf der Erde ab, strich ihm zärtlich über das Haar und stand auf.

Stumm musterten sie einander, während sie sich vor dem Zaun gegenüberstanden.

Cempaka war alt geworden in den fünf Jahren seit Ah Tongs Tod. Tiefe Furchen zogen sich durch ihr braunes Gesicht, dessen Konturen aufgeweicht waren, das zum Knoten straff zurückgebundene Haar von Grau durchzogen, an den Schläfen schon weiß. Feindselig funkelten ihre Augen, unter denen sich Falten eingegraben hatten, und doch stand noch etwas anderes darin, das Georgina Rätsel aufgab.

»Was willst du?«, fragte Cempaka schließlich, die Arme vor der Brust verschränkt; einer ihrer unteren Schneidezähne fehlte.

»Mein Vater ist im letzten Jahr gestorben.«

Cempakas Kinn hob sich eine Spur weiter an.

»Wer ist Tijah?«

Cempakas Augen wurden schmal. »So hat er es dir doch noch gesagt.«

Ihr Blick glitt an Georgina vorbei. Sie atmete tief durch und ruckte dann mit dem Kopf hinter sich.

»Komm mit.«

Sie gingen einen Weg zwischen den Gärten entlang, der sich irgendwann zwischen Feldern und Wiesen verlor, über die Bäume mit ihren dicht belaubten, ausladenden Zweigen Schatten breiteten; silberhell füllte das Zirpen der Zikaden die süße, grasduftende Luft.

»Wie geht es dir?«, erkundigte sich Georgina leise, als sie das Schweigen nicht mehr aushielt, doch Cempaka gab ihr keine Antwort.

Unter einem mächtigen Feigenbaum ließ sich Cempaka ächzend nieder; ihr Mund zeigte ein spöttisches Lächeln, als Georgina es ihr gleichtat.

»Was willst du wissen?«

»Am besten alles.«

Cempaka ließ sich Zeit, beobachtete die Mücken und Fliegen und verfolgte mit Blicken einen umhertorkelnden Schmetterling, bis er irgendwo hinter den Gräsern verschwand.

»Tijah war hier aus dem Dorf«, begann sie schließlich leise. »Zu der Zeit gingen viele junge Männer aus dem Dorf weg, um in der Stadt ihr Geld zu verdienen, statt auf dem Feld zu arbeiten oder als Fischer, aber kaum Frauen. Eines Tages kam einer dieser Burschen, der als *syce* arbeitete, zu Besuch und hörte sich nach einem Mädchen um, das mit in die Stadt kommen wollte. Der Tuan eines *syce*, den er kannte, suchte ein Mädchen für seine Mem.«

»Jati?«, riet Georgina.

Cempaka schüttelte den Kopf. »Nein, nicht Jati. Das war damals ein anderer. Viele Mädchen wollten diese Stellung haben, aber die meisten durften nicht. Ihre Familien waren dagegen. Solche Arbeit bringt zwar viel Geld, aber später nimmt womöglich kein Mann mehr ein Mädchen zur Frau, das lange in der Stadt gewesen war. Tijah durfte, und Tijah hat er mitgenommen.«

Ein kleines Lächeln zuckte auf ihrem Gesicht auf, ließ sie für einen Augenblick jünger wirken.

»Wir waren alle voller Neid. Tijah war schon das hübscheste Mädchen im Dorf, hatte viele Verehrer, und nun durfte sie noch in die große Stadt und Geld verdienen. Und wenn sie einmal im Monat zu Besuch kam und ihrer Familie Geld brachte, wusste sie so viel zu erzählen. Von dem großen neuen Haus und von dem hübschen Zimmer im Dienstbotenquartier, das sie ganz für sich allein hatte. Sie bekam dort gut und reichlich zu essen und sogar noch neue Sarongs und Kebayas geschenkt, die sie nicht einmal selbst waschen musste. Bewundernd sprach sie von ihrer Mem, die eine so schöne, herzensgute Frau war. Und so unglücklich, weil sie sich nach einem Kind sehnte, aber keines bekommen konnte. Keines, das lebte. Sie durfte es auch nicht mehr wollen, die nächste Zeit, es war zu gefährlich für sie.«

Cempakas Miene verhärtete sich, lockerte sich nur langsam wieder.

»Und vom Tuan schwärmte Tijah. Ein solch feiner Mann, groß und gutaussehend und großzügig, mit allem. Ja. Wir waren alle so voller Neid.«

Sie nickte vor sich hin, verschränkte die Finger auf den Knien und legte den Kopf gegen den Baumstamm.

»Dann kam Tijah lange nicht mehr ins Dorf, und wir hatten Sorge um sie. Eines Tages war sie wieder da. Mit rotgeweinten Augen. Von der Stadt und ihrer guten Stellung dort wollte sie nicht mehr sprechen und auch nichts mehr davon hören. Bald war nicht mehr zu übersehen, dass sie ein Kind unter dem Herzen trug.«

Das Kind des Tuans. Georginas Kehle zog sich so heftig zusammen, dass es sie würgte.

»Irgendein Mann aus dem Dorf hätte sie trotzdem noch geheiratet, hübsch wie sie war. Doch Tijah wollte nicht.«

Cempaka löste die Finger von ihren Knien und schlang die Arme um sich; sie blinzelte, als müsse sie Tränen hinunterzwingen.

»Sie wusste wohl, warum. Weil sie kein Menschenkind in sich trug, sondern einen Hantu. Einen Geist, der ihren Leib zerfetzte. Einen Matianak. Arme und Beine lang und dürr wie Zweiglein, mit bleicher Haut und kalten, blauen Augen. Still und ohne Atem. Und als die Mak Bidan es wegschaffen wollte, saugte es Tijah ihren letzten Atem aus dem Leib, füllte seine eigene Lunge damit. Jeder in der Hütte spürte den Windstoß, der von Tijah in den Matianak fuhr. Keiner, der dabei war oder davon hörte, hat je so etwas miterlebt. Nicht einmal die Mak Bidan.«

Georgina starrte vor sich hin, die Nägel tief in ihre Handflächen gegraben, die Knöchel weiß vor Anspannung. Später, sie würde später darüber nachdenken, später etwas empfinden.

»Hat ... Tijah ... noch Familie hier im Dorf?«

Unwillkürlich wandte sie den Kopf, als sich Cempakas Augen auf sie richteten, dunkel und unergründlich. Soghaft.

»Tijah war meine Schwester.«

೫)ೊ

Mit müden Schritten schleppte sich Georgina durch die Halle; ihre Besuche bei Cempaka zogen ihr alle Kraft aus den Knochen, jedes Mal ein bisschen mehr.

In der Tür zum Arbeitszimmer blieb sie stehen.

Paul, der das Zimmer noch vor Gordon Findlays Tod übernommen, es mit einer Chaiselongue und zwei Sesseln wohnlicher gestaltet hatte, stand am Schreibtisch und sortierte Papiere. Er warf ihr nur einen Seitenblick zu, der vor allem ihren von rotem Schlamm verkrusteten Röcken galt und nicht höher wanderte als zu den Schweißflecken auf ihrem Oberteil.

»Schön, dass du auch einmal wieder nach Hause kommst.«

»Ich weiß, ich war in letzter Zeit viel unterwegs.«

»Ach. Dir ist das auch aufgefallen?« Der Papierstoß, den er durchsah, raschelte überlaut unter seinen Händen.

»Diese Ausfahrten waren wichtig für mich, Paul.«

»Offenbar wichtiger als unsere Tochter.«

Er ließ den Stapel Blätter, den er in der Hand hielt, auf den Tisch klatschen und hob endlich den Kopf.

»Herrgott, Georgina! Ich habe wirklich viel Verständnis dafür gehabt, dass du nach dem Tod deines Vaters Zeit und Ruhe brauchtest. Aber irgendwann musst du wieder aus deinem Schneckenhaus hervorkriechen und dich der Wirklichkeit stellen! Ich reiße mir in der Firma jeden Tag Arme und Beine aus, um aus der guten Geschäftslage so viel herauszuholen wie möglich, damit uns nie wieder eine Krise derart in die Knie zwingen kann. Und zu allem Überfluss sitzt mir noch dein Cousin wegen seiner Anteile im Nacken. Ich kann mich da nicht auch noch um das Haus und um Jo kümmern. Ist es denn wirklich zu viel verlangt, wenn du da dein eigenes Vergnügen mal hintenanstellst?«

Georgina ließ seine Worte, seinen erbosten Tonfall an sich abperlen wie Wasser vom Gefieder eines Königsfischers und schloss die Tür. »Ich muss mit dir reden.«

Schweigen lastete auf dem Zimmer. Nur der Regen, der draußen niederging, lispelte und flüsterte mit Abertausenden von nassen Zungen.

Die Lampen, die Paul im Lauf der letzten Stunden entzündet hatte, verbreiteten nicht mehr als einen schwachen Schein, ließen viel Raum für starke Schatten.

»Guter Gott«, murmelte Paul irgendwann, der breitbeinig auf der Chaiselongue saß.

Er rieb sich über das Gesicht, aus dem alle Farbe gesickert war, bevor sein Blick wieder in der bernsteinfarbenen Tiefe seines Glases versank; es war nicht das erste an diesem Abend. Wie tote Käfer lagen die Stummel der Zigarren im Aschenbecher, die er eine nach der anderen geraucht hatte.

»Und es besteht kein Zweifel?«

»Wenn man es weiß, sieht man es.« Georginas Lächeln wirkte wund. »Meine Nase. Die Form meiner Augen. Ich habe dieselben Augen wie Cempaka. Nur sind meine blau.«

Die Beine im Sessel unter sich gezogen, nippte sie an ihrem Glas und stellte es in ihre Handfläche, legte den Kopf in den Nacken.

»Jetzt ergibt so vieles einen Sinn«, sagte sie langsam. »Warum Cempaka mich schon immer so verabscheut hat. Warum mein Vater sich nach dem Tod meiner ... von Maman so verändert hatte und mich irgendwann fortschickte. Ich muss ihn jeden Tag, jede Stunde an seinen Treuebruch erinnert haben. An seine Schuld seiner verstorbenen Frau gegenüber.«

Eine Zeit lang war allein das Prasseln und Plätschern des Regens zu hören. Die Ahnung eines grollenden Donners. Das Knistern der Lampen.

»Wir sollten niemandem etwas davon sagen«, flüsterte Paul rau. »Vor allem wegen der Kinder nicht.«

Die Zeiten, in denen ein William Renshaw George, der im Lauf der Jahre als Buchhalter für einige Handelsunternehmen tätig gewesen war, bevor er dann ins Zeitungswesen einstieg, seine illegitime Tochter mit einer Malaiin nicht zu verstecken brauchte, waren lange vorbei.

Paul streckte die Hand nach ihr aus, ließ sie auf halbem Weg jedoch sinken und rieb sich stattdessen über das Knie. Georgina schluckte und schloss für einen Augenblick die Lider.

»Ich würde es verstehen, wenn du unter diesen Umständen die Scheidung willst«, gab sie heiser zurück. »Über die Firma würden wir uns sicher einig werden.«

Er starrte sie an. »Glaubst du wirklich, dass ich so denke? Dass ich dich fallen lasse, weil sich jetzt zufällig herausgestellt hat, du bist eine halbe Malaiin?«

Hart wirkten seine Augen im Lampenschein, glänzend und durchscheinend wie blaues Glas, das jederzeit springen konnte.

»Dass ich nur auf die Firma aus war? Auf Geld und ein hübsches Gesicht dazu? Und mich nebenbei noch zum mildtätigen Retter eines gefallenen Mädchens aufspielen konnte?«

Die Unterlippe zwischen die Zähne gezogen, blieb Georgina stumm. Paul knallte sein Glas auf den Tisch, dass der Scotch darin aufschwappte, und fuhr hoch. Bang sah sie ihm zu, wie er im Zimmer auf und ab marschierte, sich wieder und wieder über das kurzgeschorene Haar fuhr.

»Versuch mich doch zu verstehen«, flüsterte sie.

»Das versuche ich, Georgina!«, rief er. »Ich tue seit zwanzig Jahren nichts anderes!« Er breitete die Arme aus und ließ sie in einer hilflosen Geste wieder fallen. »Aber hast du je versucht, *mich* zu verstehen? Hast du jemals versucht zu verstehen, wie es für mich ist, mit dir verheiratet zu sein?«

Zorn schoss mit greller Flamme in ihr herauf.

»Ich habe dich nicht darum gebeten, mich zu heiraten!«

»Nein, das hast du nicht, und du hast es mich all die Zeit immer wieder spüren lassen! Du hast mich geheiratet, weil du keine andere Wahl hattest. Weil ich deinen Vater angelogen hatte, das Kind in deinem Bauch wäre meines. Ja, die Firma war ein Argument. Ja, du hast mir leid getan. Und ja, die Vorstellung, dich in meinem Bett zu haben, hat mich sogar darüber hinwegsehen lassen, dass du einen anderen liebst. Aber hast du in diesen zwanzig Jahren auch nur ein einziges Mal daran gedacht, dass ich noch einen anderen Grund hatte, dich zu heiraten?« Die Härte in seiner Stimme schmolz. »Siehst du denn nicht, dass ich alles, was ich in diesen zwanzig Jahren getan habe, immer nur für dich getan habe?«

Ungläubig sah sie ihn aus geweiteten Augen an.

Sein Blick flackerte. »Du siehst es wirklich nicht.«

Er trat hinter den Schreibtisch und begann, zwischen den Papieren herumzusuchen, einzelne Blätter zu bündeln.

»Es ist wohl besser, wir sehen uns eine Weile nicht. Ich wollte irgendwann ohnehin nach Pondichéry zu deinem Cousin. Ich fahre so bald wie möglich.« Er klopfte einen Papierstoß auf die Tischplatte, um die Kanten zu begradigen. »Und ich denke auch, es ist besser, ich nehme Jo mit.«

»Nein!« Ein Ruf, so trocken und scharf wie das Zuschnappen einer Krebsschere. »Jo bleibt bei mir!«

Paul hob den Kopf, verharrte reglos in seiner vorgebeugten Haltung.

»Du glaubst doch nicht ...« Seine Augen waren dunkel, fast schwarz im Lampenschein, und Georgina begriff, wie sehr sie ihn verletzt hatte. »Du glaubst doch nicht, ich würde dir das Kind ... wegnehmen?«

Er warf die Papiere zurück auf den Tisch und ließ sich im Stuhl zurückfallen. Müde wirkte er, wie zerschunden.

»Paul ...« Mehr brachte sie nicht heraus.

Er schüttelte den Kopf. »Du kennst mich wirklich nicht, Georgina. Du hast noch nicht einmal versucht, mich je kennenzulernen.«

Paul mied ihren Blick und strich sich über den Kopf, und zum ersten Mal nahm Georgina wahr, dass über seiner Stirn der Haaransatz zurückzuweichen begann.

Er atmete tief durch und ließ die Hand sinken.

»Ich schlafe heute Nacht hier unten.«

ಓಬಇ

Paul hielt das Gesicht in den kräftigen Wind an Deck; zum ersten Mal seit vielen Jahren konnte er wieder frei atmen.

Er brauchte Abstand. Er brauchte Zeit, fern von ihr.

Er wusste, er hätte sich schuldig fühlen müssen, weil er Georgina gerade jetzt allein ließ. Doch ebenso gut wusste er, dass sie ihn nicht brauchte. Sie hatte ihn nie gebraucht, außer, um ihrem Sohn einen Namen zu geben. Das, was Georgina brauchte, konnte er ihr nicht geben; dafür war er der falsche Mann.

Seine Kiefermuskeln spannten sich an, als sich ein bitterer Geschmack auf seiner Zunge ausbreitete.

Sein Blick fiel auf Jo. Die Bänder ihres Strohhuts flatterten in der Brise; ein Windstoß tändelte mit dem Saum ihres blauen Mantels. Das Kinn auf einen Arm gestützt, der auf einem Holm der Reling lag, schaute sie über das Meer. Auf die Küste Singapurs, ein verwaschenes Aquarell in satten Grüntönen, doch wirkte ihr Blick nach innen gewandt. Der Zeigefinger ihrer anderen Hand krümmte und streckte sich wieder aus, ahmte eine Raupe nach, die den Holm entlangkroch, so weit Jos Arm reichte, und dann wieder am Anfangspunkt ansetzend.

»Freust du dich nicht auf Indien?«

»Doch.« Schnell und gedankenlos hingeworfen, weil sie wusste, dass er diese Antwort hören wollte. Die Fingerraupe nahm ihre ganze Aufmerksamkeit in Anspruch; sie schien über etwas nachzubrüten.

»Warum kommt Mama nicht mit?«

Paul ging in die Knie und umfasste die Schultern seiner Tochter. »Mama braucht jetzt ein bisschen Zeit für sich allein, Josie.«

»Wegen Opa?«

»Ja, mein Herz. Wegen Opa.«

Sie wandte sich ihm zu, und ihr Mädchengesicht mit den zusammengezogenen Brauen, den feucht schimmernden blauen Augen war Georginas so ähnlich, dass es ihm das Herz abdrückte.

»Aber wenn sie morgen merkt, dass sie uns braucht, und wir sind nicht da?«

»Dann weiß sie, wo sie uns findet. So weit weg fahren wir ja nicht. Und in einem Monat sind wir schon wieder zurück.«

Jo nickte, wenig überzeugt. Ein Monat war eine Ewigkeit in ihrem Alter.

»Du kannst dort auf Elefanten reiten«, versuchte er sie aufzumuntern. Sie abzulenken.

Ein Strahlen blitzte auf Jos Gesicht auf, verlosch jedoch ebenso schnell wieder.

»Das würde Mama bestimmt auch gern machen.«

»Du musst ihr auf jeden Fall davon erzählen, wenn wir wieder zurück sind, ja?«

Jo nickte eifrig.

Sofern deine Mutter dann noch da ist.

Paul drückte seine Tochter an sich, gleichermaßen zerfließend vor Liebe für sein kleines Mädchen wie berstend vor grimmiger Entschlossenheit, alles zu tun, um sie zu beschützen.

26

Still war es geworden auf L'Espoir, seit Jo, die kleine Putri, fort war, ihre fröhliche Stimme, ihr glückliches Lachen mitgenommen hatte. Ohne Tuan Bigelow zerfiel der regelmäßige Tagesablauf, und auf Zehenspitzen schlichen die Dienstboten um ihre Mem Georgina herum, die in einer schwammigen Zeitlosigkeit versunken war.

Als hätte es in der Leere, im Verstummen seiner Bewohner seine Stimme wiedergefunden, begann das Haus zu ächzen und zu knirschen, zu flüstern und zu murmeln. Die Geschichte zu erzählen, die es miterlebt und lange, viel zu lange verschwiegen hatte.

Georgina lauschte auf diese Stimme, die so oft nach Cempaka klang. Manchmal nach Gordon Findlay. Und nach Joséphine.

Das hohe Girren der Zikaden, ein Laut wie aus Silbersprengseln, neben dem sich das Trillern der Vögel blass und dumpf ausnahm, flutete die Veranda. Nur manchmal, wenn die Wellen heftiger anrollten, war das Meer zu hören.

Georgina versuchte sich vorzustellen, wie eine junge Cempaka, noch keine zwanzig Jahre alt, sich von ihrem Dorf auf den Weg in die Stadt machte und sich mit einem Flechtkorb in den Armen nach dem Haus von L'Espoir durchfragte. Ein brüllendes Neugeborenes lag darin, von weiblichem Geschlecht, hungrig und noch nicht einmal von Blut und Schleim seiner Mutter gesäubert.

Ein Geisterkind. Ein Hantu, den sie dort abzugeben gedachte, wo er hergekommen war.

Ein Matianak.

Das Wort allein genügte, um die malaiischen Dienstboten in alle vier Himmelsrichtungen davonstieben zu lassen, die drei Boys in Ratlosigkeit zu stürzen. Der Tuan war nicht da, ihn konnten sie nicht fragen, was zu tun war, nur die Mem.

Wie schnell musste Verwunderung in qualvollen Schmerz, in hellen Zorn umgeschlagen sein, als sie in die beim Luftholen blaublinzelnden Augen des Kindes blickte. Als sie Tijahs Verschwinden verstand. Ihre eigene Blindheit. In all den Monaten, in denen sie sich vor der Welt zurückzog, mit dem Schicksal haderte und Gott zürnte und ihren Mann von sich fernhalten musste, damit man sie nicht mit dem nächsten unausgereiften Kind begrub.

Georgina konnte nur ahnen, ob Joséphine und Cempaka sich hitzige Wortgefechte über den Korb hinweg geliefert hatten oder ob es ein Kräftemessen in erbittertem Schweigen gewesen war. Ob es schnell gegangen war oder Stunden gedauert hatte. Bis es das Kind gewesen war, das den Sieg davontrug, indem es Joséphines gefoltertes, zerfetztes und blutendes Mutterherz eroberte.

Wie eine Göttin sah sie aus, als sie dich in den Armen hielt. Eine furchtlose, strahlende Göttin. So mächtig in ihrer Güte und Liebe, dass sogar ich die Furcht vor dir verlor und mich voller Demut und Verehrung vor ihr verneigte.

Als Gordon Findlay am Abend nach Hause kam, lag in den Armen seiner Frau ein Neugeborenes, gebadet und in ein Kleidchen gesteckt; gierig trank es an ihrer Brust, aus der die Milch erst zaghaft tröpfelte, dann kräftiger floss.

Gordon, schau nur. Der Herr hat meine Gebete erhört und ein Wunder geschehen lassen. Heute ist mir ein Kind geschenkt worden.

Als Doktor Oxley das Kind untersuchte, machte er keinen Hehl aus seiner Verärgerung, dass Joséphine Findlay nach ihrer letzten Fehlgeburt nicht wieder ihn hinzugezogen, sondern sich derart leichtsinnig, derart fahrlässig in die primitiven, schmutzigen Hände einer malaiischen Hebamme begeben hatte. Es grenzte wahrlich an ein Wunder, dass dieses Kind unter diesen Umständen so kräftig und gesund zur Welt gekommen war.

Dieses Kind, das in der Mission Chapel seine Taufe erhielt.

Georgina India Findlay.

Ein Triptychon von Name, dessen einer Flügel eine Lüge war.

Sie war eine Findlay, aber nicht die Enkelin von Georges Boisselot. Kein junger Trieb am Baum dieser Familie von Seidenwebern und Seidenhändlern aus dem provenzalischen Orange, die im vergangenen Jahrhundert nach Indien ausgewandert waren. Vor Ironie troff der Mittelteil; sie war nicht über Joséphine ein Kind Indiens, sondern ein Kind Ostindiens. Die Tochter eines malaiischen Mädchens namens Tijah.

Noch nicht einmal ihr Geburtstag stimmte, sie war einen Tag älter, vielleicht auch zwei.

Umflossen vom Schrillen der Zikaden, schlug Georgina die Hände vors Gesicht.

℘ Q

Seit Tagen schlich Georgina um das Wäldchen herum. Dieses Stück ungezähmter Wildnis, verwunschen und verflucht zugleich, das ihr mal Himmel, mal Hölle gewesen war, bis sie es ihren Kindern überlassen hatte.

Sie hatte nie gefragt, wo man all ihre viel zu früh aus dem Mutterleib geschwemmten Geschwister begraben hatte.

*Halb*geschwister.

Sie gab sich einen Ruck und zwängte sich durch das Dickicht. Tropfen, vom Regen des Vortages übrig geblieben, trafen auf ihre Haut, und ihre Lunge füllte sich mit der schwülen Luft, dem Geruch nach Laub und feuchter Erde und wilden Orchideen.

Vor dem alten Feigenbaum, der den Pavillon früher umarmt hatte, jetzt zu ersticken drohte, kniete sie sich hin. Ihr Herz hämmerte in ihrer Brust, als sie mit zitternden Händen zwischen seinen mächtigen Wurzeln zu graben begann, feuchte Erde beiseiteschaufelte. Ein scharfer Schmerz durchzuckte sie, und sie schrie auf. Blut floss aus einem Schnitt in ihrem Finger und mischte sich mit der roten Erde Singapurs.

Der Deckel des kleinen Tontopfs war zersprungen, irgendwann im Lauf der vergangenen vier Jahrzehnte.

Hastig schaufelte Georgina die Erde zurück in das Loch, klopfte sie fest und presste schließlich mit ihrem ganzen Gewicht die Handflächen darauf. Als müsste sie das, was dort beerdigt lag, mit aller Gewalt daran hindern, an die Oberfläche zu gelangen.

Ihr Seelenzwilling. Mutterkuchen und Nabelschnur, die Cempaka dort begraben hatte, damit der Matianak blieb, wo er hingehörte.

Georginas unzerstörbares Band mit L'Espoir. Mit Singapur.

Wackelig stemmte sie sich in die Höhe, ging langsam und auf unsicheren Beinen um den Pavillon herum, der auf seinem See aus Unterholz trieb wie ein Floß. Sie hatte ihn nie anders gekannt als mit der Echsenhaut aus Flechten, seinem Pelz aus Moos. Von der feuchten Luft, dem Meer und dem Wind verzogen und verwittert, zugewuchert von Bäumen und Sträuchern und beschattet von hohen Palmen. Altersgebeugt und schwach war er jetzt, ein williges Opfer für das übermächtige Tropengrün, das ihn über kurz oder lang verschlingen würde.

Sie versuchte den Pavillon zu sehen, wie er einmal gewesen war.

Licht und hell, von Meeresbrisen und Blütenduft durchzogen, geborgen und gleichzeitig frei in einem Nest sorgsam gehegter Bäume und Sträucher, von Wellenklang und Blätterrauschen umflüstert. Eine Oase, die Gordon Findlay für Joséphine schuf, damit sie Ruhe und Erholung fand an den heißen Tropentagen, in der einen oder anderen schwülen Nacht. Damit ihr Leib wieder zu Kräften kam, ihre Seele gesundete. Ein Ort, der heilsam für sie war, vielleicht ein Ort, an dem sie beide in einer sternenübersäten Nacht, an einem heissen, stillen, verträumten Nachmittag ein Kind zeugten, das leben durfte.

Joséphine hatte den Pavillon anfangs geliebt, dann gemieden, weil er nur eine enttäuschte Hoffnung mehr verkörperte. Später hatte sie ihn gehasst.

Vom Haus her glaubte Georgina laute Stimmen zu hören. Joséphine, die weinend Verwünschungen und Anklagen ausstiess, Gordon Findlay, der sich heftig verteidigte und um Verzeihung bat; möglich, dass er auch in stummer Scham, in demütiger Reue die Vorwürfe über sich ergehen liess, in der Hoffnung, Joséphine möge ihm vergeben.

Joséphine, die so voller Liebe für das Gottesgeschenk dieses Kindes war. Die den Rest ihres kurzen Lebens ihrem Mann in einer glücklichen Ehe verbunden blieb. Weil sie einen Weg fand, zu verzeihen und doch nicht zu vergessen. Der Pavillon und das Wäldchen, bereits zum Abriss, zum Abholzen verurteilt, sollten stehen bleiben. Als ewige, unübersehbare Erinnerung an die Untreue Gordon Findlays.

Wie grausam, auf diese Weise Vergebung zu erlangen.

Vorsichtig stieg Georgina die morschen Stufen hinauf, und die Gräser kitzelten sie an Knöcheln und Waden. Sie tauchte ein in das finstergrüne Licht, die feuchte Luft. In diesen Geruch nach Meer und Moder und Salz.

Zwischen den Wänden, die wie von einer schattenhaften Vergangenheit getränkt waren, trieb sie hindurch. In einen Raum voller Erinnerungen hinein, die nicht ihre eigenen waren, sich aber über die Zeit mit ihren verwoben hatten. Erfüllt von Traumbildern und früher namenlosen Sehnsüchten, die sie heute zu benennen wusste. Den verschwommenen, noch ungeformten Anfängen einer Geschichte, die geduldig ausgeharrt hatte, bis es an der Zeit gewesen war, sie zu erzählen. Eine Geschichte, die hier ihren Ursprung hatte.

Die Geschichte eines noch jungen Gordon Findlay, jünger, als Georgina ihn je gekannt hatte. Gerade einmal dreißig, das Haar rabenschwarz. Hochgewachsen und breitschultrig, lang und schlank und stark wie ein Eisenholzbaum. Und Tijah, so viel kleiner, so viel jünger als er, mit funkelnden Augen und Haar wie dunkelstes Palmholz. Die so gern lachte und nie die Hände stillhalten konnte, wenn sie sprach, und so hübsch war, dass alle Burschen im Dorf verrückt nach ihr waren.

Ein Paar blauer und ein Paar schwarzer Augen, die sich trafen, auf ganz gewöhnliche, alltägliche Weise erst. Die einander festzuhalten begannen, lang und länger; über Gebühr lang. Ein Lächeln, das erwidert wurde. Ein Scherz, über den man gemeinsam lachte. Herzklopfen. Eine flüchtige, wie zufällige Berührung. Hände, die einander fanden, der erste heimliche Kuss und irgendwann das Sehnen nach mehr. Viel mehr.

Georgina starrte auf das Bett.

In dem Raharjo sie zur Frau gemacht hatte. In dem sie womöglich ihren ältesten Sohn empfangen hatte. Dasselbe Bett, in dem sie gezeugt worden war. Von ihrem Vater und einer jungen Malaiin.

Ihr Magen verkrampfte sich. Der Raum begann um sie zu kreisen, und sie schwankte, stieß hart mit der Hüfte gegen eine Kante, fand Halt am Waschtisch.

Ihre Finger umschlossen den Knauf einer Schublade. Ihre Büchse der Pandora. Sie klemmte, ließ sich nur nach und nach öffnen. Tränen schossen ihr in die Augen, als ihr Blick auf den schwarzen Lavastein fiel. Auf das Armband aus zersplitterten Muscheln. Den zerbrochenen Fächer.

Die Handvoll Muscheln und Schneckenhäuser, die zu einem

hübschen Muster arrangiert waren, ließ ein Lächeln über ihr Gesicht zucken. Natürlich, Jo liebte Muscheln, hielt immer danach Ausschau, wenn sie schwimmen gingen oder am Strand entlangspazierten.

Georgina blinzelte, fuhr mit dem Finger erst über die große, reinweiße Muschel, dann über die glattglänzende, leopardengefleckte neben ihrem alten, moosigen Gegenstück.

27

Die Arme über dem Kopf gekreuzt, ein Knie angezogen, lag Georgina auf dem Bett des Pavillons. Unaufhörlich wanderte ihr Blick durch den zerrissenen Dunstschleier des Moskitonetzes über die spröden Balken der Decke, rastlos und verwirrt wie ein eingesperrtes Tier.

Noch immer versuchte sie zu begreifen.

Sie hatte den Teil ihres Wesens, der ihr von jeher schon zu fehlen schien, gefunden. Dieses Bruchstück, vor langer Zeit abhandengekommen, das vielleicht der Grund dafür gewesen war, dass sie sich in Gegenwart anderer stets als Fremde gefühlt hatte, nie in England heimisch geworden war.

Doch diese beiden Hälften passten nicht zueinander, die eine war zu alt, die andere zu jung, beide zu spät aufeinandergetroffen, um sich nahtlos zusammenzufügen; zerbrochen fühlte sie sich.

Ein Schatten, der sich am Rand ihres Sichtfelds bewegte, ließ sie zusammenfahren. Hastig setzte sie sich auf.

Ein Jahrzehnt war es her, seit sie einander das letzte Mal gesehen hatten.

Die Zeit war gut zu ihm gewesen. Das Grau in seinem schwarzen Haar, seinem Bart stand ihm, adelte ihn ebenso wie die feinen Linien unter seinen Augen, die tiefen Kerben beiderseits seiner Mundwinkel. Die Trauer, die unter der abweisenden Vorsicht in seinen nachtdunklen Augen zu ahnen war wie ein finsterer Abgrund, verlieh seinem Blick eine Tiefe, die früher noch nicht da gewesen war. Größer und schlanker als sie ihn in Erinnerung hatte, wirkte er in seinem schmucklosen weißen Hemd, den einfachen braunen Hosen; vielleicht, weil sie nicht damit gerechnet hatte, dass er sich immer noch so aufrecht halten würde. Als ob die Jahre auf See eine jugendliche Weichheit, die zuvor dem Auge entgangen war, weggeschmolzen, nur noch Muskeln und Sehnen unter der Haut übrig gelassen hatten.

Wie ein für seine Tapferkeit, Erfahrung und Weisheit zum Stammesoberhaupt berufener Mann sah er aus.

»Du bist tatsächlich gekommen«, sagte sie leise.

Sein Blick glitt durch den Raum, schien sich irgendwo dahinter zu verlieren. »Wo ist dein Mann?«

»Er ist nicht hier.« Wie ein Eingeständnis klang es in ihren Ohren, dass ihre Ehe Schiffbruch erlitten hatte.

Raharjos Brauen zogen sich zusammen.

»Ich bin gekommen, weil ich nicht sicher war, ob du Hilfe brauchst oder etwas im Schilde führst.«

In einer lockeren Bewegung warf er ihr etwas zu. Sie fing die Muschel auf, mit der sie Andika nach Kulit Kerang geschickt hatte, ohne ein geschriebenes Wort, ohne eine Botschaft. Leopardengefleckt und glatt wie Porzellan, war sie noch warm von seiner Hand.

»Verschon mich mit deinen Spielchen.«

Er wandte sich zum Gehen.

»Warte bitte!«

Die Dringlichkeit in ihrer Stimme ließ ihn stehen bleiben, vielleicht spürte er auch ihren flehentlichen Blick in seinem Rücken, und er drehte sich halb um.

»Du hattest Recht«, flüsterte sie. »Ich bin eine halbe Malaiin. Ich wusste nur all die Jahre nichts davon.«

Der Argwohn auf seinem Gesicht schwand, je länger er sie ansah; schließlich ließ er sich auf der Bettkante nieder.

»Erzähl, Nilam.«

Georgina war dankbar um die Wolken, die die Strahlen der Sonne schluckten und das grüne Licht im Pavillon zu einem aschenen Grau verdunkelten, das ihre Gesichter verhüllte. Dankbar war sie um das Strömen des Regens und das Donnergrollen, die die erdrückende Stille milderten, nachdem ihre letzten Worte im Raum verklungen waren.

»Du bist kein Hantu«, sagte Raharjo nach einer Weile mit einer Stimme wie bitterer Kaffee mit einem Schuss Milch. Seine Hand umfasste ihre Schulter und drückte sie, ebenso fest wie behutsam. »Du bist ein Mensch aus Fleisch und Blut.«

»Ich weiß«, gab sie zurück, ihre Stimme brüchig. »Aber Cempaka hielt mich für einen. Maman war für sie eine Göttin, die den Bann des Hantu brach. Deshalb blieb sie bei uns, als Maman sie darum bat. Aber als Maman starb ...« Sie schluckte, doch die Rauheit in ihrer Kehle blieb. »Ich würde nur Unheil heraufbeschwören, hat Cempaka immer gesagt.«

»Warum ist sie nicht einfach gegangen?«

»Ich weiß es nicht«, flüsterte Georgina. »Darauf habe ich keine Antwort bekommen. Vielleicht, um auf meinen Vater achtzugeben, um Mamans willen. Oder auf ihren Mann. Ah Tong. Unser Gärtner.« Ein wehmütiges Lächeln flackerte um ihren Mund, das sogleich wieder erstarb. »Sie ... sie mochte es nicht, wenn ich in seiner Nähe war.«

Georgina starrte in das Halbdunkel und fuhr zusammen, als ein Blitz aufzuckte.

»Als ... als ich meinen ersten Sohn erwartete, holte sie eine Mak Bidan ins Haus, die dafür sorgen sollte, dass ... dass ...« Sie lachte auf, ein bitteres, fast giftiges Lachen. »Dass ich das Kind nicht bei der Geburt umbringe, um mich von seiner Seele zu ernähren. Dass das Böse in mir nicht entweicht und ungezügelt umherstreift, sollte ich dabei sterben.«

Raharjos Arm legte sich um ihre Schultern, und unwillkürlich lehnte sie sich an ihn, während ihre angezogenen Knie weiter Abstand hielten.

»Diese Geburt hat alles verändert. Dachte ich. Als wäre sie zur Vernunft gekommen. So erscheint es mir im Nachhinein. Als hätte sie da verstanden, dass ich nichts anderes als ein Mensch bin. Duncan ... Duncan hat sie an Tijah erinnert, vom ersten Augenblick an, das hat sie mir gesagt. Und obwohl sie ja wusste, dass ich nicht Mamans Kind bin, habe ich sie da an Maman erinnert.« Sie atmete tief durch. »Danach war alles anders. Alles war ... gut. Zwischen ihr und mir. Mit den Kindern. Bis ich mit meiner Tochter aus England zurückgekommen bin. Vielleicht, weil Jo mir so ähnlich sieht. Und als Ah Tong vor meinen Augen zusammenbrach und starb, da ...«

Sie schloss die Lider und schüttelte den Kopf.

»Dich trifft keine Schuld.«

»Ich weiß«, erwiderte sie mit bebender Stimme. »Ich weiß, dass ich aus Fleisch und Blut bin. Halb schottisches Blut und halb malaiisches. Aber wie kann ich mich mit meiner malaiischen Hälfte aussöhnen, wenn man sie mir nicht ansieht? Wenn ich unter Malaien immer die hellhäutige Nyonya mit den blauen Augen sein werde? Wie kann ich diese Seite an mir bejahen, wenn ich dort, wo ein Teil meiner Wurzeln ruht, verurteilt werde? Dafür, dass ich durch Zufall mit blauen Augen zur Welt gekommen bin und Tijah bei meiner Geburt starb?«

Endlich flossen die ersten Tränen, jetzt, da das ausgesprochen war, was ihr eine solche Last auf der Seele gewesen war. Das sie mit Paul nicht teilen konnte. Der akzeptieren mochte, dass sie malaiisches Blut in den Adern hatte, der jedoch zu nüchtern, zu rational war, um auch nur hören zu wollen, dass sich damit auch die Tür zu einer fremden Welt öffnete, die ihm verschlossen blieb.

»Und was, so denke ich immer wieder ... was, wenn doch ein Fluch auf mir liegt?«

Bang schaute sie in sein schemenhaftes Gesicht, immer nur für den Bruchteil eines Wimpernschlags vom Aufflackern der Blitze erleuchtet und gleich wieder in Schatten aufgehend.

Wortlos zog Raharjo sie an sich, fuhr durch ihr Haar, während sie an seiner Schulter weinte. Durchkämmte es mit seinen Fingern, als wolle er sie von etwas befreien. Strich über ihren Rücken, als wolle er etwas von ihr abstreifen.

Irgendwann begann er, mit dem Mund die Tränen aufzulesen, die sich in den Fältchen unter ihren Augen sammelten und über ihre Wangen rannen, verlockte sie zu einem Kuss, der sanft war und bedächtig.

Sie nahmen sich Zeit, einander die Kleider vom Leib zu schälen.

Sie hatten alle Zeit der Welt. Hier, im Pavillon, wo Vergangenheit und Gegenwart sich trafen und gegenseitig aufhoben, während draußen Regen und Wind, Blitz und Donner tobten.

Unendlich viel Zeit, in der Raharjos Körper, sehniger und härter, als sie ihn in Erinnerung hatte, so behutsam, so tröstend, mit ihrem umging, der weicher geworden war, nachgiebiger.

So viel Zeit, sich ineinander zu verlieren. Im anderen wiederzufinden.

»Siehst du«, murmelte Raharjo später im gesättigt davonrollenden Donner. »Du kannst kein Hantu sein. Kein Matianak. Ich bin noch am Leben.«

Georgina lächelte, den Mund an seine Brust gedrückt, ihre Finger die Narbe auf seinem Oberschenkel nachzeichnend.

»Du bist ein Orang Laut. Ein Meereswesen. Vielleicht hebt sich das gegenseitig auf.«

Seine Brust vibrierte, als er leise lachte.

Georgina legte den Kopf in den Nacken, suchte seinen Blick im langsam aufhellenden, zartgrauen Licht. »Ich wollte Paul nicht heiraten. Er und mein Vater …«

Raharjos Hand legte sich auf ihren Mund, und er schüttelte den Kopf, ebenso sacht wie warnend.

»Nein, Nilam«, raunte er heiser. »Es lässt sich doch nicht mehr ungeschehen machen.«

Kein Wort verloren sie mehr über die Vergangenheit.

Nicht an diesem Tag und auch nicht an allen anderen.

Im Pavillon des Gartens, wenn es regnete. In Raharjos Boot, mit dem sie auf das Meer hinausfuhren und schwimmen gingen, wenn die Sonne von Himmel brannte. In Tijahs Dorf und an ihrem Grab.

Ihre Erinnerung an das, was sie einst zusammen hatten, brauchte keine Worte. Die Trauer um das, was sie verloren hatten. Was ihnen nicht vergönnt gewesen war.

Sie trugen die Vergangenheit in sich. Das kleine Mädchen mit den veilchenblauen Augen und den Piratenjungen. Die Frau und der Mann, die sie gewesen waren. Die sie nie wurden. All jene Dinge und Augenblicke, die sie miteinander geteilt hatten. Und die, die es niemals gab.

Sie nahmen sich, was diese Tage ihnen boten, Tag für Tag ein unendliches, ewiges Heute.

Keinen Gedanken verschwendeten sie an das Morgen.

Obwohl sie wussten, dass ihnen das Heute unaufhaltsam durch die Finger rann wie Wasser aus dem Serangoon River.

ଙ୍କ

Raharjo starrte zu dem Baldachin seines Bettes hinauf und beobachtete die tanzenden Schatten, die das Licht der Lampe durch das Zimmer geistern ließ. Die blauen Rauchfähnchen, die von seiner Zigarre aufstiegen.

Er wusste, es verletzte Leelavati, dass er wieder hier unten nächtigte. Doch noch schäbiger wäre es ihm vorgekommen, würde er am Ende eines jeden Tages, den er mit Nilam verbracht hatte, zu seiner Frau ins Bett kriechen, schlaflos neben ihr liegen und an Nilam denken. Er roch noch nach ihr, dieser unverwechselbare Duft nach dem Ozean und der roten Erde Singapurs, der dunkler war als früher, mit einer herberen Note wie sonnengebleichtes Gras.

Eine unausgesprochene Übereinkunft war es gewesen, an all diesen Tagen, dass sie einander nichts versprachen. Und doch konnte er nicht anders, als nachzudenken und abzuwägen, sich selbst eine Entscheidung aufzudrängen. Solange noch Zeit blieb; in ein paar Tagen würde Bigelow aus Indien zurückkehren.

Er setzte sich auf und löschte den Stummel der Zigarre im Aschenbecher. Schnelle Schritte im Garten ließen ihn aufhorchen. Mit dem ersten Ruf eines seiner Nachtwächter fuhr er hoch, und noch bevor draußen Gebrüll aufbrandete, hatte er zu Dolch und Pistole gegriffen.

Eine dunkle Nacht war es, mondlos, die Sterne nur schwach hinter den Wolken sichtbar. Die Geräusche, die Schwingungen auf seiner Haut verrieten ihm, dass die Schatten seiner zwei Männer einen dritten niederrangen. Bis er sie erreichte, hatten sich seine Augen an die Dunkelheit gewöhnt.

Keuchend kniete Malim auf einer Gestalt am Boden, während Ahad sich an einer Kiste zu schaffen machte.

»Was geht hier vor?«

»Sagt er Euch am besten selbst, Tuan«, schnaufte Malim, packte die Gestalt bei den Haaren und riss den Kopf nach hinten. Ein noch junger Bursche war es, ein Malaie, der durch den Mund nach Luft schnappte; die Laute, die er dabei von sich gab, klangen ängstlich. Eine dunkle Spur zog sich von seiner Nase abwärts über den Mund. Malim war selbst in der Nacht zielsicher mit den Fäusten.

»Das hier wollte er gerade vergraben.« Ahad trat mit dem Fußballen gegen die geöffnete Kiste.

Raharjo tat einen Schritt darauf zu, und ein unverwechselbarer süßlicher Geruch stieg ihm in die Nase. Seine Stirn runzelte sich, glättete sich sogleich wieder.

Opium. Ohne Lizenz. Gegen das Gesetz und mit hohen Gefängnisstrafen geahndet.

»Wer hat dich dafür bezahlt?«

Der Bursche presste die Lippen zusammen und deutete in Malims Griff ein Kopfschütteln an.

»Malim.«

Eine Klinge blitzte auf und presste sich an den Hals des Burschen, der zu wimmern begann.

»Wer hat dich dafür bezahlt?«, wiederholte Raharjo.

»Hörst du schlecht?«, hakte Malim nach. »Gib dem Tuan eine Antwort!«

Der Bursche schrie erstickt auf. Eine dunkle Linie erschien unterhalb der Klinge, von der dicke Tropfen hinabliefen.

»Bi... Bigelow«, brachte er hastig hervor.

»Tuan Bigelow hat dir den Auftrag gegeben?«

»J... ja, Tuan.«

»Und wer soll den Gesetzeshütern einen Wink geben? Auch du?«

»Ja, Tuan.«

Blutrot schlugen die Wellen des Zorns über Raharjo zusammen. Zorn auf diese Ratte Bigelow und Zorn auf sich selbst, dass er ihn derart unterschätzt hatte.

Der Lichtschein, der im oberen Stockwerk aufglomm, die rundliche Silhouette, die am Fenster erschien, das weit entfernte, leise Greinen eines kleinen Kindes waren wie ein kalter Guss, der seinen Kopf wieder kühl und klar wusch.

»Lass ihn aufstehen.«

Malim stieg vom Rücken des Burschen und zerrte ihn an den Haaren hoch.

»Du bekommst sicher noch Geld von Tuan Bigelow, sobald du den Auftrag erfüllt hast, nicht wahr?«

»Ja, Tuan.«

Raharjo trat dicht vor den Burschen hin und starrte ihm unter zusammengezogenen Brauen in die Augen.

»Du hast zwei Möglichkeiten. Entweder lasse ich dich jetzt laufen, und du suchst das Weite, dann kommst du mit einer blutigen Nase und einem Kratzer davon. Oder einer meiner Männer folgt dir wie ein Schatten, bis du dir deinen Lohn bei Bigelow abholst. Er wird dafür sorgen, dass du Bigelow eine Nachricht überbringst. Sollte er mir nämlich noch einmal ein Bein stellen oder mir drohen wollen, komme ich sein niedliches Töchterchen mit den schönen blauen Augen holen. Und danach kümmert sich jemand darum, dass du am nächsten Tag mit aufgeschlitztem Bauch im Fluss treibst. Such's dir aus.«

»Lasst mich laufen, Tuan«, bettelte der Bursche. »Bitte!«

»Hat einer von euch Geld zur Hand? Ich geb's ihm morgen zurück.«

Als Ahad bejahte, stopfte er auf eine Geste Raharjos hin sichtlich angewidert die paar Dollar in den Hosenbund des Burschen.

»Damit du nicht vergisst, wie großzügig ich zu dir war.«

»Danke, Tuan.« Er klang den Tränen nahe. »Vielen Dank!«

»Lass ihn gehen.«

»Sicher, Tuan?« Malim klang enttäuscht, ließ den Burschen aber los und verpasste ihm noch einen Tritt, bevor dieser durch den Garten davonstolperte, in die Nacht hinaus.

»Nimm das Boot und versenk die Kiste gleich im Meer«, wandte sich Raharjo an Ahad.

Er streckte den beiden Männern seine Rechte zu einem kräftigen Handschlag hin.

»Ihr habt was gut bei mir. Gibt auch was zum Lohn dazu.«

Raharjo schloss die Tür hinter sich, legte seine Waffen auf ihren angestammten Platz zurück und ließ sich auf das Bett fallen.

Eine Entscheidung hatte er gesucht, eine Entscheidung hatte er bekommen; Bigelow hatte sie ihm abgenommen, noch aus dem fernen Indien. In seine Abscheu mischte sich so etwas wie Achtung für diesen Orang Putih, der nicht annähernd so dumm war, wie er stets geglaubt hatte.

Und Mitleid für Nilam. Für Georgina.

Die letzten Endes doch ein Kind Nusantaras war, dazu verdammt gewesen, eine Lüge zu leben.

Doch er konnte jetzt nichts mehr für sie tun, er hatte eine Frau und fünf Kinder, die ihn dringender brauchten. Die allein und schutzlos wären, würde er für lange Zeit im Gefängnis sitzen, die dadurch vielleicht noch Hab und Gut und ihr Heim verloren.

Er erkannte eine Warnung, wenn er eine vor Augen hatte.

Mit einem tiefen Durchatmen rieb er sich mit beiden Händen über das Gesicht und fuhr sich durch die Haare; er erschrak darüber, dass seine Finger zitterten. Müde fühlte er sich und alt; zu alt, um auf Rache zu sinnen.

Irgendwann musste es einmal ein Ende haben.

Sacht klopfte es an der Tür, die in sein Arbeitszimmer führte.

»Verzeih bitte«, flüsterte Leelavati, ihre weiche Stimme dünn und hoch vor Angst. »Ich wollte nur nach dir sehen und fragen, ob alles in Ordnung ist.«

»War nur ein Einbrecher. Malim und Ahad haben sich schon darum gekümmert.« Er wandte ihr das Gesicht zu. »Wie geht's den Kindern?«

»Sind natürlich sehr erschrocken. Vor allem Kishor.« Sie lächelte. »Embun versucht ihn gerade zu beruhigen.«

Raharjo musterte sie, wie sie im Türspalt stand, ihren rosafarbenen Morgenrock mit einer Hand vor der üppigen Brust zusammengenommen, ihr glänzendes Haar in einem dicken Flechtzopf über der Schulter. Weder die Jahre noch die vielen Kinder schienen ihr etwas anhaben zu können, sie war noch immer hübsch, seine sanftmütige, geduldige, starke Frau.

Er streckte die Hand nach ihr aus. »Komm zu mir.«

Verwunderung glitt über ihr Gesicht, als sie auf ihn zuging, in diesem geschmeidigen, hüftschwingenden Gang auf leisen, vorsichtig gesetzten Sohlen, der ihr zu eigen war. Er zog sie neben sich auf die Bettkante und in seine Arme, sog ihren vertrauten Duft nach Rosenöl und Sandelholz ein, wie schwere, regennasse Erde.

»Ihr werdet hier immer in Sicherheit sein, du und die Kinder«, flüsterte er. »Ich werde nicht zulassen, dass euch jemals etwas geschieht.«

Mit geschlossenen Augen schmiegte sich Leelavati in die Umarmung ihres Mannes.

Das Herz schlug ihr bis zum Hals, Nachwehen von Schrecken und Angst, die vorhin über ihr sonst so behütetes, stilles Haus hereingebrochen waren. Aber auch vor Glück.

Er roch nach einer anderen Frau. Wahrscheinlich würde er nie treu sein können. Und dennoch hatte sie das sichere Gefühl, dass er endlich ganz und gar ihr gehörte.

ଛଠ

Winzig nahm sich die einzelne Orchideenblüte auf den knittrigen, stockfleckigen Laken aus.

Blauviolett war sie, in der Farbe eines frischen Blutergusses. Genauso fühlte es sich an, sie zu betrachten. Eine wunde Stelle, tief in ihrer Seele.

Ein wehmütiges, ein trauriges Lächeln auf dem Gesicht, nahm Georgina die Blüte an sich und ging hinaus auf die morsche Veranda.

Rotblühende Zweige streiften sie, als sie den Felsen vor der Mauer erklomm, und der Wind blies ihr ins Gesicht.

Lange saß sie dort und überließ sich ihrer Trauer.

Der Trauer um ihren Vater, diesen stolzen, gottesfürchtigen und arbeitsamen Schotten, der so viel auf Anstand und Aufrichtigkeit hielt. Und der doch ein solch leidenschaftliches Herz gehabt hatte, das nicht nur für Joséphine schlug, die temperamentvolle französische Löwin, das Tropenkind mit dem Tigerherzen. Sondern auch heimlich für ein malaiisches Mädchen. Bis zu seiner Todesstunde hatte ihn die Schuld gemartert, beiden Frauen, die er so sehr liebte, mit seinem Begehren den Tod gebracht zu haben.

Eine Schuld, an die ihn Georgina fortwährend erinnerte und für die er sie bestrafte, als sie selbst ein Kind heimlicher Liebe erwartete.

Sie verstand, warum er so gehandelt hatte. Warum er die halbe Wahrheit, die doch nichts anderes gewesen war als eine Lüge, erst auf seinem Sterbebett offenbart hatte; sie tat das Gleiche mit ihren Kindern. Um sie zu schützen. Um ihnen alle Wege offen zu halten in einer Welt, die reines weißes Blut über alle anderen Farben stellte.

Und doch wünschte sie sich, sie hätte es nicht mehr erfahren. Nicht so spät. Zu spät.

Denn die Trauer um das Leben, das ihr diese Lüge genommen hatte, war unerträglich. Um das Leben, das hätte sein können, aber niemals hatte sein dürfen.

Als halbe Malaiin hätte sie sich nicht schämen müssen, das Kind eines Orang Laut in sich zu tragen. Sie hätte auf ihren Selkie warten können, bis das Meer ihn zu ihr zurückbrachte.

Sie ahnte, dass diese Trauer sie den Rest ihres Lebens heimsuchen würde.

Georgina öffnete die Hände, in denen sie die Orchideenblüte hielt, die blauviolett war wie ihre Augen. Diese Augen, deren Farbe ihr zum Schicksal geworden war.

Geduldig wartete sie, bis der Wind die Blüte mit neugierigen Fingern ertastete, daran spielte und sie schließlich aus ihren Händen pflückte.

Ein blauvioletter Tropfen, den er mit sich forttrug, auf das Meer hinaus.

ℰℐℭℛ

Schlafschwer lag Jos Kopf an seiner Schulter, als Paul sie die Treppen hinauftrug, der Stoff seines Jacketts von ihrem Atem und Speichel durchfeuchtet.

Vorsichtig legte er sie in ihrem Zimmer auf das Bett.

»Zu Hause?«, nuschelte sie, kaum dass ihr Kopf das Kissen berührt hatte, und blinzelte unter den Lidern hervor.

»Ja, wir sind wieder zu Hause.« Zärtlich strich er ihr eine Strähne aus dem Gesicht. »Kartika zieht dir gleich dein Nachthemd an.«

»Mama?«

»Kommt auch gleich zu dir. Ich muss sie nur eben suchen gehen, ja?«

Ein Lächeln kräuselte Jos Mund, und noch im Nicken war sie wieder eingeschlafen.

Er wusste, wo er sie finden würde.

Wenn sie noch hier war.

Es war die Stunde, in der die Insel von Singapur in einem pastelligen, rauchigen Blau versank. In dem sich die Konturen zu verwischen begannen und die Schärfe des Tages sich zu träumerischer Sanftheit dämpfte.

Ungläubig betrachtete er die gefällte Palme, die quer im Garten lag. Die abgesägten Äste, die Blätterwolken ausgeschnittener Sträucher.

Die finster dräuende Wand des Wäldchens war aufgebrochen und durchlässig geworden; zwischen den gelichteten Bäumen und Büschen lugte das flechtenverkrustete Dach des Pavillons hervor. Unfertig sah die Arbeit daran noch aus, und doch war es jetzt schon wie ein Aufatmen, das durch den Garten zog.

In der Bläue dieser Stunde glich sie einem jungen Mädchen, wie sie mit angezogenen Knien auf dem Felsen saß und auf das Meer hinausschaute. Sie wandte sich nicht um, obwohl sie ihn gehört haben musste, wie er unter Knirschen und Rascheln durch das Unterholz stapfte. Nur das leichte Anheben ihrer Schultern verriet ihm, dass sie um seine Nähe wusste.

»Lässt du es doch abholzen?«, fragte er statt einer Begrüßung.

Sie schüttelte so leicht den Kopf, dass ihr Zopf sich kaum über den Rücken bewegte. »Nur ausdünnen und zurechtstutzen.«

Sie sah ihn über ihre Schulter hinweg an, mit Augen, die wie aus dieser blauen Stunde gemacht zu sein schienen.

»Es war Zeit. Zeit für Licht. Für Luft.«

In ihrer Stimme klangen Trauer und Schmerz an; jetzt war er es, der die Schultern hochzog, während er die Hände in den Hosentaschen vergrub und ihrem Blick auswich.

»Wie war es in Pondichéry?«

»Gut. Dein Cousin und ich sind uns einig geworden. Von nun an heißt die Firma nur noch *Findlay & Bigelow*.«

Die Erinnerung an Agnès durchzuckte ihn. An diese betörenden moosgrünen Augen, die ihn bei einer Abendgesellschaft der Boisselots schamlos angeflirtet hatten. Noch nie hatte ihm eine fremde Frau derart unverhohlen zu verstehen gegeben, dass sie ihn wollte. Eine so schöne Frau. Mit elfenbeinweißer Haut, das feingeschnittene Gesicht sanft und stolz zugleich wie eine voll erblühte Rose, eingebettet in einen Blütenkelch aus goldenem Haar. Üppig gerundet und verführerisch wie ein reifer Pfirsich. Eine Frau wie Champagner.

Ein rauschhaftes Intermezzo von einigen Nächten war es gewesen zwischen der Offizierswitwe und ihm. Hemmungslos. Gierig.

Nicht belanglos. Aber ohne Bedeutung.

Sein Platz war hier. Bei Georgina.

In guten wie in schlechten Tagen.

»Jo hat dich sehr vermisst.«

Sie nickte nur.

Verloren wirkte sie, wie sie wieder aufs Meer hinausschaute, und er wusste, an wen sie dachte. Genauso, wie er vor seiner Abreise gewusst hatte, an wen sie sich wenden würde in ihrer Not.

Es tat weh, immer noch, und dennoch litt er mit ihr. Etwas Endgültiges lag in ihrer Haltung, das ihm trotz allem naheging.

Dass sie noch hier war, sprach dafür, dass seine List aufgegangen war, doch er empfand es nicht als Triumph. Ein Pyrrhussieg war es, den er errungen hatte. Den er in Kauf genommen hatte, damit sie bei ihm blieb. Auch um den Preis, dass ihr Herz niemals ganz ihm gehören würde. Sie sich womöglich anders entschieden hätte.

Hätte er ihr die Wahl gelassen.

Er würde es wiedergutmachen, heute und an allen Tagen ihrer Ehe.

Paul trat zu ihr an den Felsen und reichte ihr die Hand.

»Komm nach Hause, Georgina.«

෨ **IV** ෪

Irrlichter

1881–1883

Lass mich nicht dem Bunde treuer Seelen
Hindernisse zugesteh'n. Lieb' ist nicht Liebe,
die sich wandelt, wenn sie Wandlung findet
noch sich der Ferne beugt und endet.
Oh nein, sie ist ein ewig festes Zeichen,
das Stürmen trotzt und niemals schwankt.
Der Leitstern einer jeden irrend' Bark,
von unbekanntem Wert, von geschätzter Höh'.
Liebe ist kein Narr der Zeit, kommt auch einmal
der Sichel Schwung rosig' Lippen und Wangen nah.
Liebe wandelt sich nicht im Lauf von Stunden, Wochen,
sondern harret aus bis an das Ende aller Zeiten.
Sei dies mein Irrtum und mir bewiesen,
hab' ich nie geschrieben, hat kein Mann je geliebt.

William Shakespeare

28

Unter dem gleichmäßigen Schlag der Ruder glitt das Boot über den Fluss.

Ein kleines, einheimisches Boot war es, das Duncan vor ein paar Jahren einem Fischer abgekauft hatte und unter dem Vordach der Stallungen verstaute, wenn er wieder in See stach.

Die Küste waren sie entlanggesegelt, in eine schmale Meerenge hinein, die zwischen der Insel von Singapur und einer Handvoll kleinerer Inseln hindurchführte; ab der Flussmündung hatte Duncan das Segel gerefft und zu den Rudern gegriffen.

Davids Augen, blaustrahlend wie der Himmel, von dem die Sonne brannte, wanderten über die eingezäunten Gärtchen, in denen Frauen in bunten Sarongs und Kebayas in den Beeten jäteten und ernteten, miteinander schwatzten und lachten. Vor den Hütten saßen alte, verhutzelte Mütterchen im Schatten eines Baumes und beaufsichtigten die Kinder, die quietschend und kreischend umeinander herumsprangen. Hähne krähten, Hühner gackerten, irgendwo bellte heiser ein Hund, und die Luft schmeckte würzig wie kross gebratenes Gemüse.

»Was machen wir hier?«

»Ich war hier noch nie.«

David runzelte die Stirn ob dieser Feststellung, die für ihn kaum als Begründung taugte.

Bäume säumten das Ufer, von denen manche so alt und knorrig aussahen, als wurzelten sie hier schon Ewigkeiten. Dahinter waren blühende Ziergärten zu erkennen und dicht beieinanderstehende Häuser aus Stein; hier schienen wohlhabende Malaien zu leben.

»Ich dachte«, hieß es einige Ruderschläge später, »wir schauen uns mal etwas von Singapur an, das wir noch nicht kennen.«

Bezeichnend für Duncan, der sich von allem Neuen, Unbekannten angezogen fühlte, stets den Aufbruch zu fremden Ufern suchte. Das Abenteuer.

David lehnte sich auf den Ellbogen zurück und streckte die Beine von sich.

»Wie Touristen?«

Ein Grinsen blitzte in Duncans Gesicht auf, noch dunkler von der Sonne, die er während seiner letzten Fahrt abbekommen hatte.

»Touristen verirren sich bestimmt nicht hierher. Die bestaunen den Hafen. Die kolonialen Prachtbauten und das Treiben in Chinatown. Vielleicht noch das indische Viertel.«

Sein Kopf ruckte in die Richtung, in der die Serangoon Road die Insel durchschnitt.

So wie aus den beiden Bigelow-Jungen, die einst durch den Garten von L'Espoir getobt waren und im Meer jenseits der Beach Road schwimmen gelernt hatten, Männer geworden waren, war auch die Stadt ihrer Kindheit erwachsen geworden.

Das südliche Ufer des Singapore River war fest in chinesischer Hand, mit einer kleinen indischen Enklave und dem europäischen Herzstück der Stadt, den unermüdlich Geld scheffelnden Godowns in den Straßen um den Raffles Place.

Chinatown war eine Stadt für sich, mit ihren lärmenden Gassen, den Lädchen und Buden und Straßenhändlern, den spinnengleichen Schriftzeichen und den Lampions an den Fassaden. Ein kleines Stück China, das ins Meer hinauswuchs; sobald das Land, das Menschenhände gerade jenseits von Telok Ayer dem Ozean abtrotzen, bebaut war, würde der Tempel von Thian Hock Keng, der Göttin des Meeres und der Seeleute geweiht, nicht mehr unmittelbar am Wasser liegen.

Eine feine Stadt war es am nördlichen Ufer des Singapore River. Von weißleuchtender, säulenumstandener Eleganz, durchzogen von satten Grünflächen und beschattet von sorgsam gestutzten Bäumen. Mit breiten Einkaufsstraßen, in denen Chinesen sich die Seele aus dem Leib rannten vor den Rikshas, die erst kürzlich auf den Straßen der Stadt Einzug gehalten hatten und von denen es täglich mehr zu geben schien.

Dahinter drängten sich die bunten Häuser und Tempel der Inder und Tamilen, und zur Küste hin glich die Stadt einem farbenfrohen Flickenteppich aus malaiischen, arabischen und javanischen Gegenden, dort, wo Menschen aus Ceylon und Bali lebten und arbeiteten und die Muezzins der Moscheen in einem schwermütigen Gesang zum Gebet riefen.

Gestern hatte Duncan ihn dorthin geschleppt, zwischen Gewürzständen hindurch, an chinesischen Steinmetzen vorbei, an Korbflechtern und Schreinern und an Läden, in denen Stoffe in allen Regenbogenfarben feilgeboten wurden. Satay hatten sie dort gegessen, Fleisch am Spieß, und zwischen lauter braunhäutigen Männern in einem der Kaffeehäuser einen Kaffee getrunken, der sein Herz pumpen ließ wie eine Dampfmaschine.

Eine groß gewordene, lebhafte, pulsierende Stadt war Singapur, in die es Duncan und David stets zurücktrieb wie Zugvögel, die immer wieder an den Ort zurückkehrten, an dem sie geschlüpft waren.

Nach den Jahren, in denen er zwischen London und Singapur pendelte, war David mit achtundzwanzig jedoch dauerhaft in den Schoß der Familie zurückgekehrt und hatte sich ein Nest gebaut: Bonheur, von Paul Bigelow vor ein paar Jahren zurückgekauft und renoviert.

Das Geschenk seiner Eltern zu Davids Hochzeit.

»Ich kann es noch immer nicht glauben«, sagte Duncan mit breitem Grinsen. »Mein kleiner Bruder ist ein verheirateter Mann und bald Vater!«

David sah ihn verstohlen an. »Was hältst du von Liza?«

Duncan machte ein abschätziges Gesicht und hob die Schultern. »Was soll ich dazu schon sagen? Ich habe ja noch nicht viel von ihr gesehen. Sie ist hübsch und scheint sehr nett zu sein.« Er grinste. »Und sie hat sich auf dich eingelassen und ist dir hierhergefolgt. Wagemutig scheint sie demnach zu sein. Das spricht für sie.«

David trat ihn spielerisch mit dem bloßen Fuß vor das Knie. »Wie steht's bei dir, Captain Bigelow?«

»Alles beim Alten«, erwiderte Duncan mit ungerührter Miene.

»Also in jedem Hafen eine andere Braut … Oder zwei?«

Duncan zuckte nur mit den Schultern, doch seinen Mund umspielte ein kleines Lächeln, und auch David schmunzelte.

So war es schon in England gewesen. David mit seinem sandbraunen Haar und Augen wie in der Sonne funkelnde Seen, durch Rugby, Reiten und Cricket von athletischer Statur, gepaart mit einem leichtherzigen Wesen, hatte zwar leichtes Spiel bei den Mädchen. Doch Duncan war es, dem sie geradezu vor die Füße fielen. Seine scharf geschnittenen Züge, seine dunklen, kräftigen Farben und seine verschlossene Art wirkten wie ein Magnet auf Frauen. Als witterten sie bei ihm ein düsteres Geheimnis, das nur darauf gewartet hatte, von ihnen enträtselt zu werden.

Eine Anziehungskraft, die David ihm keineswegs neidete. Denn Duncan erwies sich als wählerisch, und die verschmähten jungen Damen zeigten sich dankbar, wenn sie bei seinem zugänglicheren und gleichfalls ansehnlichen Bruder Trost fanden.

Er musterte Duncan, der scheinbar mühelos mit seinen sehnigen Armen das Boot den Fluss entlangruderte, wie er selbst in einem losen Hemd, abgetragenen Hosen und barfuß. Es war ihm anzusehen, wie sehr es ihm auf dem Wasser gefiel; gelöst wirkte sein Gesicht mit der eckigen Kieferlinie und den ausgeprägten Wangenknochen, dem vollen, geschwungenen Mund.

Unwillkürlich strich David über seinen Bart, den er sich während seiner Verlobungszeit mit Liza hatte wachsen lassen und der sein Spiegelbild reifer, seriöser machte. Obwohl die Sonne an Deck schon die ersten Linien in die Haut unter seinen Augen gebrannt hatte, wirkte Duncan jünger als dreißig; vielleicht, weil er trotz der Verantwortung, die er als Kapitän trug, ein solch freies, ungebundenes Leben führte.

Manchmal stellte er sich vor, wie es wäre, zu leben wie Duncan. Die meiste Zeit des Jahres auf See zu sein. Ganz Asien bereist zu haben. Australien und Neuseeland. Den Norden und Süden Amerikas; sogar in Afrika war Duncan schon mehrfach gewesen. Nicht mehr Habseligkeiten zu besitzen, als in eine Kiste und einen Seesack passten.

Für ein solches Leben war David jedoch nicht geschaffen. Ihn verlangte es nach Ordnung, Beständigkeit, Sicherheit; danach, Wagnisse einschätzen und abwägen zu können. Auch darin schlug er ganz nach ihrer beider Vater, während Duncan mehr nach ihrer Mutter geriet, die nie so gewesen war wie andere Mütter.

Selten war sie auf den äußeren Anschein bedacht und wenig darum besorgt, was andere Leute von ihr oder ihren Kindern halten mochten. *Schöne Fee,* nannte Vater sie manchmal; schon als Junge hatte David verstanden, weshalb. Phantasievoll war sie, manchmal ein bisschen verträumt und auch mit dreißig, mit über vierzig noch mädchenhaft. Zärtlich, ohne ihre Kinder mit ihrer Liebe zu ersticken. Zurückhaltend, fast vorsichtig im Umgang mit anderen Menschen, hatte sie ihnen beiden viel Freiheit gelassen, scheinbar ohne Angst, dass sie sich beim Klettern auf den

Bäumen das Genick brachen oder beim Raufen gegenseitig umbrachten. Er hoffte, Liza würde ihrem Nachwuchs eine ähnlich glückliche Kindheit bereiten.

Fröhlich und liebenswert, war Elizabeth Stanton, die Tochter eines Londoner Reeders, mehr als nur ein hübsches Gesicht. Von Natur aus gescheit und dazu noch gebildet und weit gereist, ließ sie nicht nur sein Männerherz höher schlagen. Sie fügte sich nahtlos in die Familie ein, als wäre sie schon immer ein Teil davon gewesen, und mit ihrer vernünftigen, patenten Art war sie die richtige Frau an seiner Seite, um *Findlay & Bigelow* in das nächste Jahrhundert zu führen.

»Vater wünscht sich immer noch, dass du mit in die Firma einsteigst.«

Duncan warf ihm einen kurzen Blick aus sturmgrauen Augen zu. »Ich weiß.«

Schweigend schaukelten sie weiter über den Fluss und beobachteten die schillernden Libellen, die knisternd an ihnen vorüberflogen.

»Schau.« Duncans Stimme, tief und weich und leicht aufgeraut, war kaum lauter als ein Atemhauch. »Dort drüben.«

Davids Blick folgte dem Zeigefinger seines Bruders. Unwillkürlich hielt er den Atem an, als der orangerote und kobaltblaue Blitz eines Königsfischers in den Fluss einschlug und gleich darauf wieder daraus aufzuckte, im Dickicht verlosch.

Die Brüder tauschten ein Lächeln.

David setzte sich auf. »Lass mich mal rudern.«

»Dich Landratte?« Duncans Augen hellten sich auf, schimmerten wie Perlmutt. »Du weißt ja noch nicht einmal, wie man einen Riemen hält!«

»Bild dir bloß nichts drauf ein, dass du schon mit Schwimmhäuten auf die Welt gekommen bist!«

Duncan legte den Kopf in den Nacken und lachte.

Falls es Duncan verletzte, in England wegen seiner zusammengewachsenen Zehen Zielscheibe für Hohn und Spott zu sein, so hatte er es jedenfalls nie gezeigt. Mit hochgerecktem Kinn und blasierter Miene hatte er darauf beharrt, von den Göttern des Meeres gesegnet zu sein und deshalb schneller schwimmen konnte als alle anderen. Und wenn Worte nicht reichten, hatte er Fäuste sprechen lassen, nicht selten mit Davids Unterstützung, was ihnen manchen Tadel einbrachte.

David beugte sich vor, packte Duncan bei der Hand und boxte ihn gegen das Bein.

»Los, gib schon her! Und mach Platz!«

»Vergiss es!«

Lachend und johlend begannen sie miteinander zu rangeln und sich zu schubsen. Als das Boot heftig wippte, schließlich krängte, versuchten sie gar nicht erst, es auszubalancieren. Unter vergnügtem Gebrüll ließen sie sich ins Wasser fallen und setzten ihre Rauferei im kühlen Fluss fort.

»Nimm das, du Landratte!«

Schnaufend drückte Duncan seinen Bruder unter Wasser, der die Arme um ihn schlang und ihn mit hinabzog.

Prustend und unter Gelächter tauchten sie wieder auf, traten Wasser, während sie Atem schöpften. Duncan strich sich das nasse Haar aus dem Gesicht und horchte auf.

»Hast du das gehört?«

»Was?« David schüttelte sich Wasser aus dem Ohr.

»Klingt wie ein Vogel«, murmelte Duncan und schaute sich nach allen Seiten um.

Schwarze Mandelaugen. Lächelnd und Schalk versprühend, hoch oben in einem Baum unmittelbar am Ufer. Blätter umtanzten das Mädchengesicht in der Farbe von hellem Tee. Ein Gesicht wie eine Orchidee.

»He! Du!«, rief Duncan lachend hinauf.

Schlanke Finger pressten sich auf den rosigen Mund. Gedämpft sprudelte ein Kichern dahinter hervor, das fein und hell klang wie der Gesang eines Vogels.

»Ja, dich meine ich! Du da oben!«

Das Gesicht verschwand. Die Äste des Baumes erzitterten und schaukelten; einzelne tote Blätter regneten herab und segelten auf den Fluss hinaus, als das Mädchen flink und behände wie ein Äffchen in den Ästen herumkletterte, den Stamm ein Stück weit hinabstieg und aus großer Höhe beherzt auf den Boden sprang. Sofort schnellte sie in die Höhe und lief barfuß durch den Garten davon, in einem Geflatter von weiten blauen Hosen und einer lockeren Bluse mit Blütenstickerei, ihr langer, geflochtener Zopf wie eine Peitsche durch die Luft schwingend.

»Na warte!« Duncan holte aus, um mit ein paar kräftigen Schwimmzügen ans Ufer zu gelangen.

»Was machst du da?« David packte ihn und riss ihn zurück. »Du kannst doch nicht einfach auf ein fremdes Grundstück!«

Stumm starrte Duncan dem Mädchen hinterher, und der kecke Blick, den sie ihm in vollem Lauf über die Schulter zuwarf, ein Lachen auf ihrem Gesicht, traf ihn tief in seinem Leib.

»Komm, rudern wir zurück.« Versöhnlich klopfte David ihm auf den Rücken. »Ich bekomme langsam Hunger.«

Immer wieder drehte Duncan sich um, während David das Boot wieder flussabwärts ruderte.

Ein weitläufiger Garten war es, mit alten Bäumen und üppig blühenden Sträuchern; zwei kleine Nussschalen von Booten waren an der Anlegestelle aus Holz und Stein vertäut. Vom Ufer aus blickte ein chinesisch anmutendes Häuschen über den Fluss, das Dach aus bunten Ziegeln geschwungen und in Drachen auslaufend; steinerne Löwen hielten mit gebleckten Zähnen davor

Wache. Weit zurückgesetzt und in einigem Abstand konnte er zwischen den Bäumen ein wesentlich größeres Haus ausmachen, reinweiß wie aus Chunam, mit einem roten Ziegeldach. Aus einiger Entfernung glaubte er mehrstimmiges Lachen zu hören und das Kreischen eines Kakadus, doch von dem Mädchen war nichts mehr zu sehen.

»Schlag dir das ganz schnell aus dem Kopf.«

Duncan wich dem strengen Blick seines Bruders aus.

»Das war doch noch ein Schulmädchen! Und dazu noch eine Chinesin. Keine gute Idee in Singapur. Nicht für was Festes.«

Dennoch blieben diese schwarzen Mandelaugen in Duncans Gedächtnis eingebrannt. Diesen schalkhaften Blick, die lebenssprühende Energie des Mädchens und ihr bezauberndes Kichern nahm er mit auf See.

Eine Erinnerung, die erst viele Monate später verblasste, aber nicht verlosch.

29

Die Welt hatte sich verändert.

Kleiner war sie geworden, kreiste schneller um ihre eigene Achse, mit einem betriebsamen, geradezu rastlosen Herzschlag, vom vorwärtsstürmenden Fortschritt dieser Jahre weiter angetrieben.

Der Kanal von Suez und die neuen, zu höheren Geschwindigkeiten fähigen Dampfschiffe beförderten in kürzerer Zeit Waren und Menschen von einem Ort der Welt an einen anderen.

Und viele Wege führten dabei über Singapur.

Das Liverpool des Ostens nannte man Singapur, wegen der gewaltigen Mengen, die im ständig wachsenden Hafen verladen wurden, vor allem an Kohle für die gefräßigen Kessel der Dampfer. Innerhalb weniger Jahre stiegen die Umsätze und damit die Gewinne rasant an. Sprengten den Rahmen dessen, was sich die Händler der ersten Stunde wie Gordon Findlay damals erhofften und wohl auch Sir Stamford Raffles in der Geburtsstunde der Stadt dereinst erträumt hatte.

Zwischenfälle wie der Großbrand im Kohlelager der *Tanjong Pagar Dock Company* und der eine oder andere wirtschaftliche Misserfolg waren nicht mehr als eine Beule, die man sich stieß, eine Schramme, die man sich holte; kleine Blessuren, die eben vorkommen konnten und morgen schon wieder vergessen waren.

Reisen in alle Welt waren nicht nur kürzer geworden, sondern auch komfortabel und geradezu erschwinglich. Und wer von Europa aus nach Asien reiste, nach Australien oder Neuseeland und wieder zurück, für den lag Singapur am Weg. Acht respektable Hotels, von denen mehr als eines die Bezeichnung *first class* verdiente, boten die Möglichkeit, auf dieser Reise in die Ferne ein paar Tage oder länger zu rasten. Sich in dieser großen, schönen, reichen Stadt ein wenig umzusehen, die Exotik in Hülle und Fülle bot und gleichzeitig eine feine koloniale Lebensart.

Zum Charing Cross des Ostens war Singapur geworden, zur Clapham Junction Asiens, wie die beiden englischen Umsteigebahnhöfe eine bequeme, umtriebige und bestaunenswerte Kreuzung von Reiserouten.

Auch die malaiische Halbinsel rückte näher an Singapur heran. Ein wildes, dschungelüberwuchertes Land, reich an Zinn, für europäische Augen von einem unübersichtlichen und verwirrenden Geflecht aus Stämmen und Sultanaten überzogen. In den Verhandlungen mit einzelnen dieser Sultanate warfen die Briten starke Taue über die Straße von Johor und zurrten sie mittels Verträgen fest.

Singapur war nicht mehr länger ein einsames Eiland am Ende der Welt, sondern ein sich emsig drehendes Zahnrad im großen Getriebe des weltumspannenden Handels, von dem auch *Findlay & Bigelow* profitierte. Die Firma erlebte eine zweite Blütezeit und bescherte der Familie sorgenfreie Jahre.

Stramm und wie frisch gewaschen spannte sich der Himmel über die Insel; nur in der Ferne waren ein paar weiße Wolken zu sehen, schaumig wie aufgeschlagene Sahne.

Heiter schäumte und sprudelte das Meer auf der anderen Seite der Beach Road und verwob sich mit vergnügten Stimmen und Lachen.

Es war die Zeit nach den regenreichen Monsunwinden von Nordost. Die liebste Jahreszeit von Ah Tong. Zu seinem Angedenken schien der Garten, dem er über so viele Jahre hinweg sein unverwechselbares Gesicht gegeben hatte, von Jebat und Johan so treulich verwaltet, als hätten sie ihn noch persönlich gekannt, vor sattgrünem Laub zu bersten. Mit üppigen Blütentrauben hatten sich Bäume und Sträucher geschmückt, ihre Formen, ihre Farben zwischen leuchtendem Rot, Sonnengelb und Flamingorosa bis zu reinstem Weiß, ihr süßer, schwerer, betörender Duft ein Fest für Georginas Sinne.

Auf einer ausgebreiteten Decke kniete Liza, das braune Haar in kunstvoller Schlichtheit aufgesteckt und in der Sonne kupfern glänzend. Nur in Windeln und einem losen Hemdchen klammerte sich ihr Sohn an ihren Händen fest. Mit vor- und zurückwackelndem Hinterteil mühte er sich ab, nicht nur auf beiden speckfaltigen Beinchen stehen zu bleiben, sondern die ersten unsicheren Schritte zu wagen. Auf seine Tante Jo zu, die ihn vom anderen Ende der Decke aus mit ausgestreckten Armen anlockte und unter den leise anfeuernden Rufen seines Vaters, der mit angezogenen Knien im Gras hockte.

»Wir sind schon Großeltern«, sagte Paul und beugte sich vor, um den Stummel seiner Zigarre im Aschenbecher auszudrücken. »Ist das zu glauben?«

Er lehnte sich zurück und legte den Arm um Georginas Schultern.

Sie nickte. »Wir sind alt.«

»Ich schon.« Er drückte einen Kuss auf Georginas Schläfe. »Du nicht. Gerade einmal fünfzig.«

Boy Three hatte noch nicht abgetragen; auf dem ausladenden Tisch standen noch die Gedecke der Teestunde und die Überreste der indischen Süßigkeiten, die sich Georgina von Selasa anstelle eines Geburtstagskuchens gewünscht hatte.

Tijahs Tochter mochte einen oder zwei Tage früher zur Welt gekommen sein. Georgina India Findlay aber war an diesem Tag vor fünfzig Jahren geboren worden, hatte sie für sich entschieden.

Kein großes Fest hatte sie für diesen Tag gewollt, nur eine ausgiebige Teestunde mit der Familie und am Abend ein üppiges Dinner. Allein Duncan fehlte, zuletzt war er zur Taufe seines Patensohns in St. Andrew's hier gewesen.

Die Augen des kleinen Gordon leuchteten, als er mit der Hilfe seiner Mutter auf einwärtsgedrehten Zehenspitzen ein Schrittchen nach dem anderen auf seine Tante zumachte. Bigelowblau waren diese Augen, während sein seidiger Haarschopf von dunklem Karamell noch nichts darüber verriet, ob er einmal in die Sandfarbe seines Vaters, das rötliche Braun seiner Mutter oder in die Findlay'schen Nuancen zwischen Tiefbraun und Schwarz übergehen würde.

Nach dem Sturm, der mit dem Tod Gordon Findlays vor zehn Jahren über Georgina hereingebrochen war und keinen Stein auf dem anderen gelassen hatte, hatte sie sich noch ein Kind gewünscht. Zweimal hatte sie hoffen können, und zweimal war diese Hoffnung von ihrer monatlichen Blutung weggespült worden; dann hatte sie begriffen, dass diese Zeit ihres Lebens unwiederbringlich vorbei war.

Vielleicht ein Segen; sie hatte das Schicksal genug herausgefordert mit drei gesunden Kindern, denen man ihr malaiisches Blut nicht ansah. Von dem sie nichts ahnten, sie hatte es ihnen nie erzählt. Es war keine Zeit, die gemischtes Blut verzieh.

Nicht nur Touristen kamen zahlreich nach Singapur. Sondern auch Geschäftsleute und zunehmend Kolonialbeamte für die ständig weiterwachsende Verwaltung der Stadt und der Straits Settlements.

Ein neuer Menschenschlag war es, der sich in Singapur ansiedelte. Die Zeit der Draufgänger, Haudegen und Abenteurer, die sich in freiwillige Verbannung begaben, um auf einem ungezähmten Inselchen am Ende der Welt unter großen Wagnissen ihr Glück zu machen, war vorüber.

Diese neuen Bürger Singapurs trugen weiße Anzüge, Tropenhelme und Gehstöcke zur Zierde und sahen im besten Fall überheblich, im schlimmsten Fall verächtlich auf das bunte Gemisch aus Völkern herab. Und im Unterschied zu früheren Zeiten brachten sie dieses Mal ihre Mems mit, die keineswegs daran dachten, ihren Haushalt dem Klima oder den Sitten in den Tropen unterzuordnen, sondern sich mit Feuereifer daran machten, den Tropen ihren zivilisierten britischen Lebensstandard aufzudrücken. Nur mit mehr Personal.

Der Fortschritt dieser Zeit kam ihnen entgegen und machte aus Singapur einen etwas abgelegenen tropischen Vorort Londons, der nur noch zwei Wochen entfernt war. Zeitungen und Magazine hielten einen über das auf dem Laufenden, was zu Hause vor sich ging und in Mode war, und der ständige Strom an Post, der zwischen Großbritannien und Singapur hin- und herfloss, hielt die Mems beschäftigt.

Per Telegraph war man in Singapur mit Madras, Java und den anderen Städten der Straits Settlements verbunden, und nach der Übernahme des ersten privaten Telephondienstes durch die *Oriental Telephone and Electric Company* würde das Telephonnetz der Stadt bald auch nach Johor ausgeweitet. Und die neue dampfbetriebene Trambahn machte den unzähligen Rikshas Konkurrenz; es wurden Wetten abgeschlossen, welches der beiden Beförderungsmittel letztlich den Sieg davontragen würde.

Das Theater, die zahlreichen Clubs und Bälle, Pferderennen und Regatten, die Leihbibliothek und das Museum, die botanischen Gärten und Rauchkonzerte für die Gentlemen sorgten für angenehme Zerstreuung, bei der man unter sich blieb.

Anlässe, zu denen sich auch Paul und Georgina Bigelow einfanden, der Geschäfte und der Kinder wegen. Ihre Scheu hatte Georgina nie ganz abgelegt, aber sie kam zurecht. Das Wissen um ihre Herkunft gab ihr Halt, in die sich zuweilen wie ein bodenständiger Schnaps in Champagner das diebische Vergnügen mischte, sich als halbe Malaiin zwischen all diesen feinen, standesbewussten Ladys und Gentlemen zu bewegen. Ein Getränk, das ihr manchmal jedoch bitter auf der Zunge schmeckte.

Im neuen Singapur verwischten sich über die Zeit und mit wachsendem Wohlstand die Trennlinien zwischen den Völkern. Chinesen, Tamilen, Inder und Araber, die sesshaft geworden waren, heirateten malaiische Frauen, zeugten Kinder, die wiederum Kinder bekamen: Peranakans. *Kinder des Landes.*

Verbindungen, denen eine eigene Küche, eigene Bräuche, eigene Lebensweisen entsprangen, in denen sich Vaterland und Mutterwelt mischten. *Baba Nyonya. Chitty. Jawi Peranakan.*

Für die Tochter eines schottischen Händlers und eines malaiischen Dienstmädchens gab es keinen wohlklingenden Namen.

Im neuen, wohlgeordneten, sauberen, kolonialen Singapur gab es keinen Platz mehr für Meeresmenschen. Piratenjungen. Für Hantus. Matianaks. Für Geschichten wie Georginas.

»Georgina?«

Sie zuckte zusammen und wandte den Kopf. Paul lächelte und fasste sie zärtlich am Kinn.

»Meine schöne Träumerin. Worüber hast du gerade nachgedacht?«

Mit einem Ausatmen, das einem Seufzen gleichkam, schmiegte sie sich an ihn und legte den Kopf an seine Schulter.

»Über das Leben.«

Unter dem Jubel von Mutter, Vater und Tante ließ sich der kleine Gordon in Jos Arme fallen, die ihn drückte und herzte, und lachend strich David seinem Sohn über den Kopf. Liza sah zu ihnen herüber und winkte, die Ärmelrüschen ihres schmal geschnittenen Sommerkleides wie ein Wasserfall am Ellbogen herabrieselnd. Auch Jo hob lachend die Hand und ließ mit der anderen Gordons Händchen mitwinken.

»Mein schönstes Geburtstagsgeschenk«, flüsterte Georgina.

Mit sechzehn hatte Jo beschlossen, an der Seite ihres Bruders nach England zu fahren und dort auf ein College für Mädchen und junge Frauen zu gehen, um Sprachen, Literatur und Kunst zu studieren. Erst seit zwei Wochen war sie zurück, eine schlanke, hochgewachsene Neunzehnjährige mit übermütig blaufunkelnden Augen. Maisie und ihr Mann Henry hatten sie begleitet, die sich jetzt, nach dem Tod von Stella und Silas Gillingham und nachdem auch ihr letztes Kind flügge geworden war, einmal das Singapur ihrer Cousine anschauen wollten; nach dem Tee waren sie zu einem Spaziergang am Strand aufgebrochen.

»Sie erinnert mich an dich«, murmelte Paul. »Damals. In unserer ersten Zeit.«

»Nein.« Lächelnd schüttelte Georgina den Kopf. »Jo ist viel hübscher, als ich es früher war. So selbstbewusst und zielstrebig. Und so klug.«

Manchmal fragte sie sich, wie ihr Leben verlaufen wäre, hätten sich Tijahs Erbanlagen durchgesetzt und nicht die störrischen, schottischen der Findlays. Wenn sie mit dunklen Augen, brauner Haut zur Welt gekommen wäre.

Sie konnte niemanden sonst mehr fragen. Cempaka hatte sich ihre Besuche irgendwann verbeten. Sie war Tijahs Schwester gewesen und Georginas Ayah, wollte aber nicht ihre Tante sein. Einmal war sie doch noch hingefahren, vor ein, zwei Jahren. Ihr letzter Besuch im Dorf. An Cempakas Grab.

»Klug wie ihre Mutter«, sagte Paul leise. »Ohne dich würde die Firma heute nicht so gut dastehen.«

Georgina hob den Kopf und sah ihn verwundert an.

»Ist dir nie in den Sinn gekommen, dass ich zwar nicht begeistert war, wenn du mir Ratschläge gegeben hast, ich aber zumindest darüber nachgedacht habe? Dass es mir immer geholfen hat, mit dir über die Geschäfte zu reden? Ohne deine Einwände hätte ich damals bestimmt die Anteile an der Gesellschaft veräußert, und das würde ich heute bitter bereuen.«

Die *Tanjong Pagar Dock Company*, nicht nur die größte Gesellschaft, die Trockendocks im New Harbour unterhielt, sondern auch die aggressivste, die sich bereits die Finger nach schwächeren Konkurrenten leckte, warf seit ein paar Jahren satte Dividenden ab, die das Vermögen der Bigelows mehrten.

»Und ich bin sicher, dass wir unsere guten Geschäfte mit Whampoa auch dem Eindruck zu verdanken haben, den du damals bei ihm hinterlassen hast. Er hat sich jedes Mal nach dir erkundigt, wenn ich bei ihm war.«

Auch Whampoa, dem noch die große Ehre zuteilgeworden war, vom Gouverneur mit dem Orden von St. Michael und St. George ausgezeichnet zu werden, für seine Verdienste um die britische Kolonie von Singapur, weilte nicht mehr unter den Lebenden.

»Das wusste ich nicht«, flüsterte Georgina.

Paul lächelte. »Manchmal glaube ich, es ist diese Spur von Violett in deinen Augen. Sie öffnet dir den Blick für andere Welten. Aber sie trübt deine Sicht auf das Naheliegende, Greifbare. Für die Wirklichkeit macht sie dich oft blind.«

Georginas Wangen färbten sich, und ihr Blick wanderte zum Pavillon hinüber.

In kräftigem Rotbraun leuchteten die neuen Ziegel zwischen den gelichteten Baumwipfeln und den gestutzten Sträuchern hervor. Im Zuge der Renovierung von L'Espoir hatten sich die Handwerker auch des Pavillons angenommen, ihn von Gestrüpp, Schimmel und Moos befreit. Ein helles und doch schattiges Plätzchen war er wieder geworden, beständig von einer kühlen Meeresbrise durchzogen und mit neuem Mobiliar aus Rattan und Tropenhölzern ausgestattet. Nur das Bett hatte Georgina behalten und von einem Schreiner richten lassen.

Ihr Weg, sich mit der Vergangenheit auszusöhnen und Frieden zu schließen.

Sie sah Paul an. Diesen Mann, den sie gegen ihren Willen geheiratet hatte und mit dem sie nun schon so viele Jahre Tisch und Bett teilte.

Für Ende fünfzig war er noch gut in Form, nur ein wenig fülliger um die Leibesmitte. Auch sein Gesicht wirkte voller, vielleicht auch durch die Geheimratsecken seines ergrauten Haares.

So wie Georginas dunkles Haar den ersten Silberhauch aufwies und ihre Schenkel Dellen. Nachdem sie drei Kinder genährt hatten, waren ihre Brüste längst nicht mehr rund und voll, und an Bauch und Hüften hatten sich kleine Polster festgesetzt, die Reiten und Schwimmen hartnäckig trotzten.

Sie hatte keine Ahnung gehabt, wie gut er sie kannte, nach all der Zeit. Während sie noch immer nicht recht wusste, was sie für ihn empfand.

»Ich fürchte, du hast Recht«, flüsterte sie und küsste ihn auf die Wange.

Paul legte den Mund an ihr Ohr. »Gehen wir hinauf? Ins Schlafzimmer?«

Georginas Brauen hoben sich. »Jetzt? Am Nachmittag?«

Das Grinsen, das Paul ihr schenkte, war jedoch immer noch so schelmisch und jungenhaft wie früher.

»Es ist dein Geburtstag. Da kannst du tun, was du willst.« Er strich eine verirrte Strähne hinter ihr Ohr. »Und Großeltern wie uns traut ohnehin niemand etwas Ungehöriges zu.«

Auf leisen Sohlen schlichen sie sich Hand in Hand von der Veranda, hasteten die Treppen hinauf und schlossen atemlos die Tür hinter sich.

Um den Nachmittag nicht zu verbringen wie ein Ehepaar nach dem dreißigsten Hochzeitstag, sondern wie heimlich Liebende, die alle Regeln brachen.

30

Die Beine ihrer weiten Hosen hochgekrempelt, saß Li Mei am Ufer und plätscherte mit den nackten Füßen im Wasser. Lustlos blätterte sie in dem Buch, das sie auf den Knien hielt. Sonst las und lernte sie gern, sie war eine der besten Schülerinnen in der chinesischen Mädchenschule, aber heute war es einfach zu heiß, selbst hier am Wasser, im Schatten der Bäume.

An einem solchen Tag konnte man eigentlich nur in den Fluss springen, um sich abzukühlen und mit dem besten aller Brüder darin herumplanschen und miteinander raufen.

Kishor arbeitete allerdings schon seit einiger Zeit in der Firma des Großvaters, die ihr Vater an Harshad übergeben hatte, und kam erst am Abend nach Hause. Ihren Vater von seinen Rechnungsbüchern und Listen weglocken, damit er mit ihr aufs Meer hinausfuhr oder einfach nur von früher erzählte, von ihrer leiblichen Mutter, konnte sie auch nicht, weil er wieder für einige Zeit auf See war. Und um mit Veenas und Harshads Kindern zu spielen, die lärmend über die schattige Veranda tobten, fühlte sie sich mit ihren siebzehn Jahren zu erwachsen; das ging sogar ihrer jüngsten Schwester Indira oft so, und die war gerade zehn geworden.

Vom Haupthaus drang das Geschnatter der Frauen herüber, und Li Mei überlegte, ob sie hinübergehen sollte; die Aussicht auf Tee und Zuckerzeug war verlockend. Aber darauf, sich zu ihrer Mutter und Veena zu setzen, zu Harshads Frau Dara, die sich mit den Stoffmustern für Sharmilas Mitgift beschäftigten, mit Farben, Qualitäten, Stickereien, hatte sie keine rechte Lust. Schon gar nicht darauf, sich die guten Ratschläge und manchmal derben Scherze über Liebe, Ehe und Kinderkriegen anzuhören, die von den erfahreneren Frauen auf Sharmila niedergingen. Noch schlimmer war nur, wenn alle schlagartig verstummten, sobald Li Mei dazukam und sich damit begnügten, sich schmunzelnd vielsagende Blicke zuzuwerfen.

Missmutig schaufelte sie mit dem Fuß eine Wasserfontäne in die Luft.

Als ob sie von diesen Dingen noch nie etwas aufgeschnappt hätte. Noch ein kleines Mädchen wäre.

Sie fühlte sich schon lange als Frau, kannte das Sehnen nach Herzklopfen und Kniezittern und nach Küssen, das manchmal in ihren Adern brannte und wehtat. Doch sie wusste nicht, ob sie sich wünschen sollte, dass ihr Vater ihr bald einen Mann suchte wie unlängst für Sharmila.

Harun, der Sohn eines wohlhabenden Goldschmieds im indischen Viertel der Stadt, war ein anständiger, höflicher junger Mann und mit seinen sanften Zügen, den weichen braunen Augen auch nicht hässlich, aber für Li Meis Begriffe schrecklich fade. Wie ungewürzter Reisbrei; sie konnte nicht verstehen, was Sharmila an ihm fand. Für Li Mei müsste es schon ein fescherer Bursche sein, einer wie Pfeffer und grobkörniges Meersalz. Aber vielleicht wollte sie auch gar nicht heiraten, sondern lieber Lehrerin werden oder ...

Ihr Gedankenfaden löste sich unter der Hitze in dösiges Wohlgefallen auf.

Sie unterdrückte ein Gähnen und wickelte ihren langen Zopf um den Zeigefinger. Aus glasigen Augen beobachtete sie das Boot, das sich über den Fluss näherte. Oft kamen Boote vorbei, die Hühner in Bambuskäfigen geladen hatten oder riesige Körbe voller Ananas, Bananen und Rambutans; einmal sogar eine angebundene Ziege, die kläglich meckerte.

Sie blinzelte, als der dunkelhaarige Mann im Boot über seine Schulter blickte, dann stutzte, einen längeren Blick in ihre Richtung warf und kräftiger an den Rudern zog.

Li Mei war nicht sicher, sie hatte sein Gesicht nur kurz gesehen, halb von der Seite, und es war schon so lange her. Dennoch geriet ihr Herz ins Stolpern; hastig zog sie die Füße aus dem Wasser und unter sich. Krampfhaft richtete sie den Blick auf das Buch vor ihr, während sie unter den Lidern hervorschielte.

»*Selamat petang.*« Ein höflicher Gruß kam aus dem Boot, das ans Ufer steuerte.

Die tiefe, volle Männerstimme ließ einen angenehmen Schauder über ihr Rückgrat rinnen.

»Verzeihung, junge Dame. Aber lungerst du immer auf Bäumen herum und lachst über Männer, die im Fluss baden?«

Das Herz schlug ihr bis zum Hals. Er war es wirklich, einer der beiden jungen Männer, die damals vom Boot aus ins Wasser gesprungen waren und darin herumtollten wie die Kinder von Kulit Kerang. Und er erinnerte sich an sie, so wie sie noch lange danach mit offenen Augen von ihm geträumt hatte.

»Manchmal«, gab sie betont gleichmütig zurück, ohne den Blick anzuheben, zwirbelte jedoch ihren Zopf schneller um den Finger.

»Ist es dir peinlich oder gibt es einen anderen Grund, weshalb du mir nicht ins Gesicht schaust?«

Li Mei versuchte, sich das Lächeln zu verkneifen, doch es mochte ihr nicht so recht gelingen.

Langsam hob sie den Kopf und schluckte.

Er war viel älter, als sie gedacht hatte; damals hatte er wie ein junger Bursche gewirkt, so übermütig, wie er sich im Wasser gebärdet hatte. Ein erwachsener Mann war er, bestimmt doppelt so alt wie sie. Für den sie nichts anderes sein konnte als ein kleines

Mädchen, mit dem er scherzte und schäkerte, ohne sich weiter etwas dabei zu denken.

Ein schöner Mann war er mit seiner goldenen Haut, den herben Zügen. Mit einem Kinn wie eine unausgesprochene Herausforderung und einem Mund, der verwirrend weich aussah.

Und mit diesen Augen, diesen wolkengrauen, mondlichtsilbernen Augen.

Vollkommen natürlich saß er in seinem Boot. Als wäre es seine zweite Haut, er ein Mann, der es gewohnt war, auf dem Wasser zu sein. Dem das Meer die Heimat war. Wie ihr Vater.

Ein einheimisches Boot war es, doch er hatte nichts Malaiisches an sich, bis auf seine Sprache.

Verstohlen blickte sie über die Schulter, um sich zu vergewissern, dass nicht gerade ihre Mutter aus dem Haus kam oder eine ihrer Schwestern. Die Kinder nicht ihres Spiels überdrüssig geworden waren oder sich gestritten hatten und nun nach ihr suchen kamen. Ob auch keiner der Wachposten gerade seine Runde drehte; mit Fremden auf dem Grundstück war ihr Vater eigen.

Bis unter die Haarwurzeln wurde ihr heiß.

»Was liest du da?«

»Geht dich nichts an!« Ein Kichern in der Kehle, klappte Li Mei das Buch zu und verwünschte sich sogleich dafür, sich genau wie ein Schulmädchen zu benehmen.

»Zeig her.« Lächelnd streckte er einen seiner sehnigen Arme aus; er hatte auch schöne Hände, groß, schlank und doch kräftig.

Kichernd zog sie das Buch weg und erstarrte.

Ihr Blick war auf seine bloßen Füße gefallen und saugte sich jetzt daran fest.

Seine Wangen färbten sich, ließen ihn mit einem Mal wirklich wie einen viel jüngeren Mann wirken. Wie einen schüchternen, unbeholfenen Burschen.

»Ist nicht ansteckend«, gab er schroff von sich.

»Ich weiß«, hauchte Li Mei tonlos und sah ihn aus großen Augen an.

»Du brauchst keine Angst vor mir zu haben.«

Scheu klang er, fast bittend.

Ich weiß. Ein Lächeln zitterte über Li Meis Gesicht, als sie das Buch beiseitelegte und ihre Füße hervorzog, sie ihm mit gespreizten Zehen hinhielt.

Staunen breitete sich auf seinem Gesicht aus. Seine Finger schwebten über einem ihrer Füße, als wolle er über ihre Schwimmhäute streichen; sie spürte schon die Wärme seiner Hand auf ihrem Spann. Dann ließ er jedoch die Hand rasch fallen, legte sie locker auf seinen Oberschenkel und betrachtete seine eigenen Zehen.

»Meine Mutter hat immer gesagt, der Meeresgott hat seine Hand über mich gehalten, als ich geboren wurde.«

Li Mei lächelte. »Bei mir ist es ein Zeichen, dass ich von Meeresmenschen abstamme.«

Ein Lächeln umspielte auch seinen Mund. »Bist du eine Meerjungfrau?«

Li Mei zog verlegen eine Schulter hoch und ließ die Beine baumeln.

»Ein Zeichen«, wiederholte er nachdenklich und sah sie unverwandt an, mit einem Blick, der sie benommen machte.

»Und es bringt Glück!«, warf sie hastig hinterher, eine flammende Röte auf dem Gesicht.

»Daran möchte ich sehr gern glauben.«

Obwohl er lächelte, freundlich wirkte, waren seine Augen wie eine sturmumtoste See, die Li Mei tiefer und tiefer in seinen Blick hineinsog.

Eine See, in die sie sich hineinfallen lassen wollte, um darin unterzugehen.

ഔരു

Mit zusammengekniffenen Augen sah Duncan auf das Wasser hinaus, bemüht, seine Aufmerksamkeit ganz auf die Fischerboote zu richten, die gemächlich auf den Wellen tanzten.

Ein Vorsatz, den er nicht lange durchhielt, bevor seine Augen wieder zu Li Mei wanderten.

Kaum drei Handbreit entfernt saß sie neben ihm am Strand, wie er mit angezogenen Knien. Selbstvergessen zeichnete sie mit dem Finger Schleifen und Ranken in den Sand. Eine konzentrierte Falte bildete sich steil über ihrer Nasenwurzel ab, und die Strähnen, die der Wind aus ihrem ebenholzschwarzen Zopf gelöst hatte, flatterten durch die Luft wie Rauchfähnchen.

Ihre Fähigkeit zu schweigen war es, die ihn am meisten an ihr gefangen nahm.

Duncan war noch nie einem Mädchen, einer Frau begegnet, die nicht dauernd das Bedürfnis verspürte, etwas zu sagen, etwas zu fragen; ein fortwährendes Summen in seinem Kopf, das ihm schnell lästig wurde und ihn reizbar machte. Abgesehen von seiner Mutter; Li Mei konnte schweigen wie Georgina Bigelow.

Kein beleidigtes Schweigen. Kein herausforderndes, erzürntes. Kein gelangweiltes, abweisendes. Ein behagliches Schweigen war es, leicht und doch gedankenvoll. In dem sie sich mit Blicken verständigten, gleich gesinnt und herzenseinig.

Als sprächen allein ihre Seelen miteinander.

Dennoch hatten sie viel geredet an all diesen, besonders den ersten Tagen. Zwischen Boot und Ufer anfangs, dann auf ihren Ausfahrten, zu denen sich Li Mei heimlich von zu Hause fortstahl; heute hatte sie sogar die Schule geschwänzt, um mit ihm in diese Bucht im Westen der Insel zu segeln.

Wie ein Märchen klang es, was Li Mei von ihrer Familie zu erzählen hatte. Ein Märchen wie die, die seine Mutter ihm und David früher vorgelesen oder erzählt hatte.

Die Geschichte seiner eigenen Familie nahm sich dagegen

farblos aus, aber Li Mei hörte gebannt zu, wenn er von seinem Leben auf verschiedenen Schiffen erzählte und von den Ländern, den Kontinenten, die er bereist hatte.

Von ihrem Vater, dem Orang Laut, erzählte Li Mei mit glänzenden Augen. Einst ein Pirat, ein Krieger zur See. Ein *Beachcomber* offenbar, der mit den Schätzen des Meeres, den Kostbarkeiten der Inseln Nusantaras reich geworden war. Von ihrer Mutter, der Tochter eines Inders, der mit Gold und Edelsteinen handelte, und einer Malaiin. Und von ihrer leiblichen Mutter, die bei Li Meis Geburt gestorben war. Eine Chinesin, als Kind nach Singapur verkauft und von Li Meis Vater vor dem Bordell gerettet.

Eine Geschichte, wie sie sich nur in Singapur zutragen konnte.

Der brackige Sündenpfuhl Chinatowns war in den Jahren seither mitnichten trockengelegt worden; vielmehr hatte man versucht, ihn mithilfe von Staudämmen in geregelte Bahnen zu lenken.

Das chinesische Protektorat Singapurs erwuchs aus den letzten Unruhen, die fünf Jahre zuvor die Stadt durchgerüttelt hatten. Wie ein Lauffeuer hatten die Gerüchte sich ausgebreitet, der geplante Postdienst der Stadt nach China würde kein Angebot sein, sondern künftig die einzige Möglichkeit und mit hohen Gebühren belegt. Gerüchte, von den Towkays, die mit ihren Schiffen und Agenten bisher das Monopol für Post von und nach China innegehabt hatten, gezielt gestreut und die chinesische Seele wutschnaubend aufkochen lassend. Ungeachtet dessen, dass der bisherige Versand von Briefen nicht immer zuverlässig ablief, besonders, wenn Geld in die alte Heimat geschickt wurde.

Die Macht der Towkays, der Kongsis ließ sich nicht mit Stumpf und Stiel ausrotten, aber sie ließ sich zurückschneiden, indem die Sinkehs bei ihrer Ankunft in Singapur von chinesisch sprechenden Angestellten der neuen Behörde empfangen wurden und Hilfe angeboten bekamen. Das Protektorat bot Coolies einen

Dolmetscher an und einen Rechtsbeistand bei Misshandlungen oder Knebelverträgen, ordnete in den inzwischen legalen Bordellen Durchsuchungen an und bemühte sich, Mädchen unter sechzehn und solche, die unter Zwang dort waren, herauszuholen.

Das hier und dort zurechtgestutzte und mit viel gutem Willen leicht ausgedünnte Nachtschattengewächs des Lasters trieb dennoch weiterhin üppige Blüten und verströmte weit über die Gassen Chinatowns hinaus seinen verführerischen, lasziven Geruch nach Frauen, Opium und Glücksspiel.

Ein Schmetterling mit Flügeln aus Eisen war sie, hatte Li Mei mit verklärtem Blick geflüstert.

Li Mei war alles andere als ein Schmetterling, obschon feingliedrig, beinahe zart und mehr als einen Kopf kleiner als er. Biegsam und stark wie junger Bambus war sie. An eine Gazelle erinnerte sie ihn manchmal, genauso elegant in ihren Bewegungen, genauso kraftvoll.

Sie liebte das Meer ebenso sehr wie Duncan es tat, und manchmal dachte er, sie müsste wahrhaftig eine Meerjungfrau sein.

Es gab nichts Schöneres, als ihr dabei zuzusehen, wie sie mühelos auf ihren kleinen Füßen im Boot balancierte, sich im Wind Bluse und Hosen an ihren knabenhaft schmalen Leib schmiegten und sie sich mit Kraft und geschickten Fingern an den Leinen des Segels zu schaffen machte. Ihr Vater hatte es ihr beigebracht, hatte sie lachend erklärt; sie konnte nach den Sternen segeln, angeln und sogar mit der Harpune jagen. Beinahe burschikos wirkte sie dabei, trotz ihrer mädchenhaften Züge, ihres langen Zopfes. Wie eine Amazone. Ein katzengleicher, sinnlicher Zauber ging von ihr aus, der ihn mit Staunen und Ehrfurcht erfüllte.

Wie damals, als er auf einem seiner Streifzüge über die Insel einem Tiger begegnet war, in der Bukit Timah Road, in der Nähe der Brücke über den Rochor River. In der Abenddämmerung war es gewesen, dass ein Schatten seinen Weg in einiger Entfernung kreuzte und stehen blieb. Einer der letzten Tiger von Singapur, auf der Suche nach Beute oder einem neuen Revier, nachdem Plantagen und sich schnell ausdehnende Siedlungen den Dschungel im Herzen der Insel von Jahr zu Jahr gieriger auffraßen.

Bulliger hatte der Tiger ausgesehen, als er sich diese Raubtiere immer in freier Wildbahn vorgestellt hatte; von einer solch majestätischen, geschmeidigen Kraft, dass Duncan den Atem angehalten und keinen Muskel mehr gerührt hatte. Im rauchblauen Licht ein blasses Flammenmeer, an Brust und Bauch ein schneeiges Feld, hatte der Tiger Duncan mit glühenden Augen gemustert, reglos und fast wie seinesgleichen. Lange hatten sie einander angeschaut, bis der Tiger die Zähne zu einem stummen Brüllen bleckte, wie ein Gruß, und in die Schatten des Dickichts davonstolzierte.

Bei Li Mei empfand er das Gleiche. Das Wissen, etwas Seltenes, Kostbares gefunden zu haben, eine Begegnung, die einem vielleicht nur ein Mal im Leben vergönnt war. Eine Ahnung von Gefahr, die er jedoch nicht fürchtete.

Bevor er den Blick gewaltsam von ihr lösen konnte, fing sie ihn auf und hielt ihn fest, lächelte.

»Was ist?«

Nichts. Alles.

»Du bist sehr hübsch.«

Ihre Wangen färbten sich. »Du auch.«

Duncan lachte auf und fuhr sich mit gespreizten Fingern durch das Haar.

»Vor allem bin ich viel zu alt für dich.«

Li Mei schob die Arme unter ihre Kniekehlen, wippte nachdenklich mit den Füßen und schaute aufs Wasser.

Wie ein sentimentaler Narr kam er sich zuweilen vor, ein eitler Gockel, der glaubte, noch jung genug für Li Mei zu sein. Wie ein Unhold, der einem kleinen Mädchen nachstellte.

Dabei hatte er sich nichts vorzuwerfen: mehr als galant ihre Hand zu nehmen, um ihr ins Boot zu helfen oder wieder heraus, hatte er nicht getan. Nicht einmal schwimmen wollte er mit ihr, damit er nicht sah, wie ihre Hosen, die lockere Bluse nass und durchscheinend auf ihrer Haut hafteten, sie womöglich etwas davon auszog. Und die Art, wie sie ihn ansah, ihre Augen auf seinen Händen ruhten, über seinen Leib wanderten, war Reiz und Folter zugleich; er wusste nicht, wie lange er sich noch beherrschen konnte.

Unvermittelt hielt sie still und zog die Knie näher heran.

»Hast du mich denn ein bisschen gern?«, flüsterte sie in den Wind.

Er wollte vernünftig sein. Ehrenhaft. Nein sagen. Aufstehen und gehen und sie nicht mehr wiedersehen.

»Sehr sogar, Li Mei.«

Ein Strahlen sprang auf ihrem Orchideengesicht auf, brachte es zum Leuchten. Sie rutschte näher, legte den Kopf an seine Schulter und sah ihn von unten herauf an. Fragend. Bittend.

Unmissverständlich und unwiderstehlich.

Sanft legte sich sein Mund auf ihren, der nach grünem Tee schmeckte und wie der Monsunwind. Seine Zungenspitze teilte ihre Lippen, und sie zuckte zurück, starrte ihn erschrocken an, als hätte sie sich an ihm verbrannt.

Die Kehle barst ihm vor Worten der Entschuldigung, des Bedauerns, doch Li Meis Mund, entschlossen plötzlich, noch mit unschuldiger Unbeholfenheit, aber wachsender Gier, erstickte jedes einzelne davon.

Duncan hatte viele Frauen gehabt, noch mehr geküsst. Aber er hatte nicht gewusst, dass eines Menschen Herz in Flammen aufgehen und lichterloh brennen konnte, bis es wehtat.

☙❧

Kühl umspülte das Wasser ihre Knöchel, tränkte ihre Hosenbeine, als sie Duncan half, das Boot auf den Strand hinaufzuschieben.

An seiner Hand lief sie durch den Sand, der hell schimmerte in der Dunkelheit, dem Licht der Sterne. Über eine Straße führte er sie, durch einen Durchgang in einer Mauer, und feucht schlug ihr der nächtliche Atem von Laub entgegen.

Das Schrillen der Zikaden war ihr laut gewordener Herzschlag, hoch, dünn und schnell, und ein Kichern kitzelte sie hinter dem Brustbein.

Aufregend war es gewesen, sich im Schutz der Nacht aus dem Haus zu stehlen. Sich an den Nachtwächtern vorbeizuschleichen und im Boot über den dunklen Fluss zu gleiten, an dessen Ufern es raschelte und knisterte und die Ochsenfrösche grunzten.

Erst die erleuchteten Fenster am Ende des Gartens ließen Bangigkeit in ihr aufsteigen, und das Zikadengeschrei bekam unvermittelt etwas Bedrohliches.

Hinter Duncan schlängelte sie sich durch die Bäume hindurch, folgte ihm über die Stufen in ein Häuschen hinein.

»Warte kurz«, raunte er. »Ich mach eben Licht.«

Li Mei hörte ihn herumkramen. Ein schwacher Schein glomm auf, drängte die Finsternis in die Ecken des Raumes und zauberte die Silhouetten eines Tisches und eines Bettes hervor.

»Was ist das hier?«

»Der Gartenpavillon. Hier habe ich als kleiner Junge manchmal gespielt. Damals war er noch halb verfallen. Meine Schwester zieht sich manchmal zum Lesen hierher zurück.«

Ängstlich sah sich Li Mei um. »Und wenn doch jemand kommt?«

Hell blitzte ein Grinsen auf seinem Gesicht auf.

»Um diese Zeit nicht mehr.«

Er ließ sich auf das Bett fallen und streckte die Hand nach ihr aus. Unwillkürlich schlang Li Mei die Arme um sich.

»Hast du es dir anders überlegt?«

Halbherzig schüttelte sie den Kopf.

Ihr Wunsch war es gewesen, einen Platz zu finden, an dem sie allein sein konnten. An dem sie nicht fürchten mussten, dass Fischer sie beobachteten und lachend zotige Bemerkungen riefen. In das chinesische Häuschen auf Kulit Kerang, das ihr gehörte, konnten sie nicht. Tagsüber konnte jederzeit jemand hereinplatzen, und nachts war die Gefahr zu groß, Duncan liefe einem der Nachtwächter in die Arme. Sie allein könnte sich schnell eine Ausrede einfallen lassen, aber ein fremder Mann auf dem Grundstück …

Dieser Platz, der in Duncans Erzählungen so einladend geklungen hatte, war ihr jedoch unheimlich. Holz und Stein rochen neu, doch darunter lag der ewige Geruch des Meeres. Als wäre der Pavillon einmal, vor vielen, vielen Jahren, auf den Grund gesunken und nur mit Mühe dem Ozean wieder entrissen worden.

Etwas lauerte in seinen Schatten. Nichts Böses. Eher traurig fühlte es sich an. Und verboten.

Sie sollte nicht hier sein.

»Nur Küsse, Li Mei. Versprochen.«

Sie gab sich einen Ruck und legte sich zu ihm auf das Bett. In Duncans Armen fühlte sie sich beschützt. Sein Herzschlag, sein Duft nach regennassem Gras und sonnendurchwärmtem Stein beruhigten sie.

Mit Duncan war es, wie auf dem Meer zu sein. Still, aber nicht immer schweigsam; seine Stimme, die Worte, die er sprach, brachten etwas in ihr zum Schwingen, mal leise und sanft, mal kräftiger, manchmal gar hoch aufschießend und mitreißend. Bei Duncan fühlte sie sich zu Hause, er war der große, silberglänzende Stern am Firmament, auf den sie zusegelte. Der ihren Weg unveränderlich begleitete.

Seine Küsse machten sie kühn.

»Nicht.« Atemlos schob Duncan sie von sich, zog ihre Hand unter seinem Hemd hervor.

»Ich will nicht aufhören«, wisperte sie.

Forschend wanderten seine Augen über ihr Gesicht.

»Bist du dir sicher? Ich kann warten, weißt du.«

»Ich will nicht länger warten«, blieb sie beharrlich und fragte sich selbst, woher sie den Mut dazu nahm.

Langsam zog sich Duncan das Hemd über den Kopf, öffnete seine Hosen. Fahrig entkleidete sich Li Mei und bereute es sogleich, als Duncans Augen über ihren Körper glitten.

»Ich weiß, an mir ist nicht viel dran«, versuchte sie schulterzuckend die Scham abzuschütteln, nicht annähernd so wohlgerundet zu sein wie Veena und Sharmila.

»Mehr als genug, Li Mei«, raspelte Duncan aus heiserer Kehle. »Mehr als genug.«

Sie rang nach Atem, als Duncans Hände, sein Mund über ihren Leib wanderten. Ihn neu formten. Die viel zu kleinen Hügel ihrer Brüste wuchsen sich zu weichen Kissen aus, zwischen denen er sein Gesicht vergrub; ihr harter Bauch, ihre scharfen Hüftknochen flossen dahin wie Wasser. Seine Lippen streichelten eine Mulde in ihr Schambein, und die Hitze seines Körpers machte ihre Haut sirren wie Zikaden.

Ein Klotz aus Fleisch drückte sich zwischen ihre Beine, grub sich seinen Weg in sie hinein. Abstoßend fühlte es sich an, und grundfalsch.

Sie rang nach einem Wort, nur ein einziges Wort, so etwas wie ein Nein … Das jäh in ein fassungsloses, unfassbares Ja umschlug. Wärme durchzitterte sie Welle um Welle und füllte sie mit einem fremden, neuen, seltsamen Gefühl von Glück.

So ist das also.

Mit bebenden Fingern streichelte Duncan ihr Gesicht, zeichnete ihre stolze Nase nach, die fast zu kräftig war für ihr Mädchengesicht. Die geschlossenen Lider, schimmernd wie Perlmutt und den Mund, der den sattrosa Lippen einer Orchideenblüte glich. Hilflos kam er sich vor, war froh darum, dass Li Mei sich an ihn presste und ihm Halt gab.

So war es also, wenn man eine Frau nicht nur mit dem Leib begehrte, sondern mit jeder Faser seines Seins liebte.

Er wollte etwas sagen, etwas Tröstendes vielleicht oder etwas Bedeutsames, doch sein Kopf war leer, seine Zunge voll von Li Meis Geschmack nach herbem Honig, gesalzener Milch und Safran.

Sie schlug die Lider auf, sah ihn unverwandt an, aus diesen schmal zulaufenden Augen, die Iris dunkel und abgründig wie tiefe Brunnen.

Sie sprach so leise, dass er es von ihren Lippen ablesen musste.

Auf dich habe ich mein ganzes Leben gewartet.

31

Geborgte Tage und gestohlene Stunden in der Nacht waren es in diesem heißen August, zu Beginn eines hitzigen Septembers. Sonnenfeuer, nachglühende Dunkelheit und Begehren badeten sie in ihrem Schweiß, und jeder Tag glich einem Versteckspiel auf glosenden Kohlen. Jeder Tag ein Tropfen, der aus der immer kleiner werdenden Pfütze an Zeit verdunstete, die ihnen blieb. Bis Duncan nach seinem Urlaub wieder an Bord gehen würde. Bis Li Meis Vater zurückkehrte.

»Ist er sehr streng mit dir?«, flüsterte Duncan in das Rollen und Brausen der Wellen, das den Pavillon füllte.

Er strich über ihre Wange, den Hals abwärts über ihre Schulter; seine Finger vermochten nicht zu unterscheiden, wo Li Meis Haut aufhörte und der Seidenstoff ihrer Bluse begann.

»Nur manchmal.« Ein Lächeln huschte über ihr Gesicht, im buttrigen Lampenschein von der Farbe einer edlen Teerose. »Dass ich dich heimlich treffe, was ich hier wieder und wieder mit dir tue, würde ihm aber ganz und gar nicht gefallen. Meiner Mutter sicher auch nicht.«

In Sharmila hatten sie eine Verbündete gefunden, selbst bis über beide Ohren in ihren Harun verliebt und in sehnsüchtiger Erwartung der Hochzeit. Und in Jo, die nach unzähligen vergeblichen Versuchen, ihre Neugierde zu stillen, schließlich schulterzuckend hinnahm, dass ihr Bruder sich abends im Pavillon zu Rendezvous traf, aber nicht verraten wollte, mit wem.

Das Lächeln auf Li Meis Gesicht flackerte und verlosch; ihre Augen füllten sich mit Tränen.

»Ich habe solche Angst um ihn.«

Ein heftiges Krachen wie von einer Explosion hatte vergangene Woche den feierlichen Gesang der Abendpsalmen in St. Andrew's gestört. Eine rüde Störung der Sonntagsruhe durch Sprengungen im Zuge der Landgewinnung vor Telok Ayer, wie man annahm, die sich später am Abend und durch die Nacht fortsetzte und für Unmut sorgte. Signalschüsse vom Fort Canning Hill, glaubten andere, oder ein Gefecht auf See, vielleicht mit chinesischen Piraten, die sich lästig wie Heuschrecken von Zeit zu Zeit in hiesige Gewässer wagten. Ein gewaltiger Schlag, krachend und scharf wie der Donnergott höchstselbst in all seiner vernichtenden Gewalt zerriss den Montagmorgen.

Es war die Stunde, in der fünfhundert Meilen südlich von Singapur, in der Sundastraße zwischen Java und Sumatra, unter einem rauchschwarzen Himmel der Vulkan des Inselchens Krakatau wie eine Bombe detonierte, Feuer, Asche und Gestein in die Luft spie und das Meer sich zu einer tödlichen Flut erhob.

Nach dem Zusammenbruch der Telegraphenverbindung mit Java tröpfelten die Nachrichten nur spärlich nach Singapur, das wie eine Insel der Seligen fernab des Geschehens lag und nur ahnen konnte, welches Inferno sich auf Java und Sumatra zugetragen hatte, auf allen anderen Inseln nah und fern; von vollkommen ausgelöschten Dörfern und Tausenden von Toten war die Rede.

»Er hat sich bestimmt rechtzeitig in Sicherheit gebracht.« Duncan zog Li Mei an seine Brust. »Bei einem Seebeben ist man nirgends sicherer als mitten auf dem Ozean.«

»Aber wenn er nun gerade an einer dieser Küsten gesegelt ist ... Oder gerade dort an Land gegangen war ...« Ihre Finger krallten sich Halt suchend in seinen Rücken. »Und ich muss immer wieder denken – was, wenn mich die Götter strafen, indem sie mir meinen Vater nehmen? Für das, was ich bei dir gefunden habe?«

»Nicht, Li Mei«, raunte er in ihr Haar. »Denk nicht so was. Hast du mir nicht erzählt, dass dein Vater das Meer so gut kennt wie sonst niemand? Dass es eins ist mit dem Blut, das in seinen Adern fließt? Mit seinem Herzschlag?«

Das Bild, das Li Mei von ihrem Vater gezeichnet hatte, nötigte ihm Respekt ab. Stolz. Unbeugsam. Zuweilen jähzornig. Sicher kein Mann, dem man in die Quere kommen sollte, besonders nicht was seine Tochter betraf, die sein Augapfel zu sein schien. Und doch war er voller Neugierde auf diesen Mann. Ein Mann des Meeres, so wie er. Fast eine verwandte Seele; er hätte ihn gern einmal kennengelernt.

»Ja«, hauchte sie. »Ja, das stimmt.«

Duncans Herz ballte sich zusammen, dehnte sich dann zu einem wilden, unregelmäßigen Schlagen aus, als er die Worte auf der Zunge spürte, die er seit Tagen mit sich herumtrug.

»Glaubst ... glaubst du, er sagt Ja, wenn ich ihn um deine Hand bitte?«

Li Mei hob den Kopf, glänzende Tränenspuren auf den Wangen, ihre Augen groß und weit vor fassungslosem Glück. Ein Lächeln schien auf ihrem Gesicht auf, wehmütig, beinahe schmerzlich, und sie legte eine Hand auf seine Wange.

»Du kannst mich nicht heiraten, Duncan. Du bist ein Weißer. Ein Orang Putih. Und ich bin halb Chinesin, halb Orang Laut. Das geht nicht zusammen. Nicht hier.«

Jäh hatte sich der Altersunterschied zwischen ihnen umgekehrt. Er, der romantische und naive Jüngling und sie die erfahrene, abgeklärte Frau, die um die Dinge des Lebens wusste.

»Wenn nicht hier, dann irgendwo sonst, Li Mei«, flüsterte er und ließ seine Stirn an ihrer ruhen. »Wenn es sein muss, auch am Ende der Welt.«

»Wo ist Li Mei?«

Die Erleichterung, die Freude der letzten Stunden, dass der Ehemann, der Vater wohlbehalten und früher als erwartet nach Kulit Kerang zurückgekehrt war, das Haus so silberhell erfüllt hatte wie das Zirpen der Zikaden, erzitterte unter seiner Stimme; etwas Drohendes grollte darin.

»Ich weiß nicht«, erwiderte Leelavati ratlos.

Sie saß mit Indira auf dem Boden der lampenerleuchteten Veranda und hatte gerade den letzten der neuen Perlmuttkämme im Zopf des Mädchens befestigt, während Indira, zierlich und rehäugig, die aus Holz und Bein geschnitzten Spielfigürchen bewunderte, die Raharjo seiner jüngsten Tochter mitgebracht hatte.

»Ist sie vielleicht im chinesischen Haus?«

Raharjo, den Bart frisch getrimmt, das Haar noch feucht vom Bad, schüttelte den Kopf.

»Nein, dort ist sie nicht. Vom Personal und den Wachposten hat sie auch niemand seit dem Mittag gesehen. Kishor?«

Die endlos langen Beine von sich gestreckt, einen Stapel druckfrischer Bücher neben dem Rattansessel und in das aufgeschlagene Buch in seinen Händen vertieft, zuckte der junge Mann mit den kantigen, verschlossenen Gesichtszügen die Schultern. »Keine Ahnung.«

»Sharmila?«

Mit heißen Wangen beugte sich Sharmila tiefer über ihre Stickarbeit und schüttelte den Kopf. Bei ihrer Mutter fiel ihr das Flunkern nicht schwer, zumal Leelavati derzeit mit den Vorbereitungen für die Hochzeit alle Hände voll zu tun hatte; ihr Vater jedoch war nicht so leicht hinters Licht zu führen.

Sie spürte, wie sich die Augen ihres Vaters in ihren Scheitel bohrten, die Augen ihrer Mutter sich erschrocken auf sie richteten.

»Sharmila.« Die Stimme ihres Vaters war gefährlich leise.

»Weiß ich doch nicht, wo Li Mei steckt«, murmelte sie halb patzig, halb schuldbewusst.

»Du lügst.«

Sharmilas flächiges Gesicht glühte, und sie presste ihren vollen Mund zu einer dünnen Linie zusammen.

Unter Seidengeraschel und dem Klimpern von Geschmeide erhob sich Leelavati schwerfällig und ging neben Sharmila in die Knie, umfasste behutsam ihr Handgelenk.

»Wenn du etwas weißt, dann musst du es uns sagen, Sharmila. Um diese Zeit ist es gefährlich für ein junges Mädchen wie deine Schwester, noch draußen zu sein.«

Sharmila senkte den Kopf tiefer.

»Weißt du denn, wo sie sein könnte?«

Sharmila blieb stumm.

»Verstehst du nicht, dass wir in Sorge sind? Gleich, was du deiner Schwester auch versprochen haben magst – du musst uns jetzt sagen, wo sie ist.«

»Sharmila.« Die Stimme ihres Vaters, kalt und scharf wie zerbrochenes Glas, machte ihr Gänsehaut. »Du sagst mir auf der Stelle, wo deine Schwester ist. Sofern du in der nächsten Zeit Haruns Frau werden willst.«

Sharmilas Kopf ruckte hoch; ihre schmalen Augen waren entsetzt geweitet.

»Nein, Papa. Bitte. Das ist nicht gerecht!«

»Du kannst es dir aussuchen. Li Mei oder Harun.«

Sein Blick war steinern.

Ihre Augen schimmerten feucht, und hilfesuchend sah sie zu ihrer Mutter.

»Bitte, Sharmila. Sag uns, wo Li Mei ist.«

Sharmilas spitzes Kinn zitterte. »Sie … sie ist mit einem … einem Mann zusammen.«

In den Augen ihres Vaters züngelten Flammen auf.

Leelavati sog scharf die Luft ein, und ihre Finger schlossen sich fester um das Handgelenk ihrer Tochter. »Wo, Sharmila?«

»Das weiß ich nicht.«

»Männer, die Mädchen zu Heimlichtuerei überreden, führen nichts Gutes im Schilde. Nie.« Leelavatis Stimme war sanft, aber beharrlich. »Um deiner Schwester willen, sag uns alles, was du weißt. Kennst du vielleicht seinen Namen?«

Tränen tropften aus Sharmilas Augen.

»Duncan. Duncan Bigelow.«

Leelavatis Herz ballte sich kalt zusammen, als sie ihren Mann ansah.

Alle Farbe war aus seinem Gesicht gewichen; grau sah es aus, so grau wie die Strähnen in seinem Haar, seinem Bart. Und in seinen Augen loderte blanker Hass.

»Dir ist es ernst?«, flüsterte Li Mei zwischen zwei Küssen.

Duncan rollte sich auf sie, strich über ihr Gesicht, über ihr Haar, das als schwarzer Fluss über die Kissen strömte.

»Mir war noch nie etwas so ernst, Li Mei. Wir sind füreinander bestimmt.«

Sein Fuß fuhr über ihren. Füße, wie sie unterschiedlicher nicht sein konnten, ein großer, knochiger Männerfuß und ein weiblicher, zierlicher mit hohem Spann; gemeinsam war ihnen nur die Schwimmhaut zwischen der zweiten und dritten Zehe. Wie die einer Robbe oder eines Otters.

Ein Zeichen des Schicksals.

Ein kecker Funke glomm in Li Meis dunklen Augen auf, und ihre Hände tasteten nach dem obersten Knopf seines Hemdes.

»Beweis es mir.«

Duncans Mund an ihrem Hals ließ Schauder über ihre Haut rieseln, und unter dem Gewicht seines Leibes schien sie zu schweben.

»Du bist alles für mich«, murmelte er gegen ihre Haut.

Li Mei lächelte und zuckte zusammen. Hastig presste sie ihre Finger gegen seinen Mund, schob ihn von sich weg und lauschte mit aufgerissenen Augen in den Garten hinaus.

»Da ist jemand. Jemand streicht um den Pavillon herum.«

Duncan zog ihre Hand weg und schüttelte lächelnd den Kopf.

»Da ist niemand. Nur das Meer und der Wind. Vielleicht noch ein Tier im Gebüsch.«

Li Mei schrie auf, als ein Schatten ins Zimmer flog, sich auf sie beide stürzte; er packte Duncan bei den Haaren und zerrte ihn durch den Raum, stieß ihn so hart gegen die Wand, dass er glaubte, sein Rückgrat entzweibrechen zu hören.

»Finger weg von meiner Tochter!«

Eine sehnige, harte Hand schloss sich um Duncans Kehle, und etwas Kaltes schmiegte sich mit tödlicher Schärfe gegen seinen Hals, ritzte die Haut.

In eine Dämonenfratze blickte er, so dicht vor ihm, dass er den heißen, stoßweisen Atem spürte. Halb verborgen in tiefen Schatten sah er nur das helle Aufblitzen der Zähne im verzerrten Mund und das Glosen in den Augen. Hasserfüllt. Mordlüstern.

Ein Männerkörper, fast so großgewachsen wie seiner und drahtig, nagelte ihn mit geballter Muskelkraft an der Wand fest; keine Chance, einen Arm, ein Bein freizubekommen, um sich zur Wehr zu setzen. Er rang nach Atem, und sein Herz drohte in Todesangst seine Rippen zu zerschmettern.

»Papa!« Li Mei krabbelte vom Bett herunter, sprang ihrem Vater in den Rücken, krallte sich in seine Schultern, zog und riss an ihm. »Du tust ihm weh! Lass ihn los! Bitte, Papa! Lass ihn los!«

Etwas Hartes, Spitzes rammte sich schnell wie eine Harpune in sie, vielleicht ein Ellbogen, und sie knallte rücklings auf den Boden. Den Mund zu einem stummen Schrei geöffnet, hielt sie sich die schmerzenden Rippen, den geprellten Magen. Luft, sie bekam keine Luft.

Vor Schmerz. Vor Angst um Duncan.

Vor Schock, dass ihr geliebter Vater in seinem Zorn nicht einmal sie verschonte.

Georgina hob den Kopf von ihrem Buch und blinzelte von ihrem Platz auf der Veranda in den nächtlichen Garten hinaus.

»Was war das?«, flüsterte sie erschrocken.

Auch Jo hatte mit schreckgeweiteten Augen ihr Buch sinken lassen, sah abwechselnd ihre Mutter und ihren Vater an.

»Ihr bleibt hier.« Paul schleuderte die Zeitung beiseite und stand rasch auf, lief ins Haus.

Jo warf ihr Buch auf den Tisch, dass die Gläser klirrten und sprang auf. Georgina hielt sie fest.

»Hast du nicht gehört? Wir sollen hierbleiben.«

Jo wand sich in ihrem Griff, der erstaunlich zupackend war; schließlich stampfte sie mit dem Fuß auf.

»Ich kann nicht hierbleiben, Mama! Duncan ist dort vorne! Im Pavillon! Mit seiner Flamme!«

»Papa. Bitte.«

Aus den dünnen Fetzchen Luft, die Li Mei in ihre Lunge bekam, formte sie ihre flehentlichen Worte.

Raharjos Hand schloss sich enger um Duncans Kehle, drückte die Klinge fester gegen seinen Hals.

Duncan biss die Zähne zusammen, zorniges Aufbegehren im Blick. Fast verächtlich.

»Du dreckiger Orang Putih wirst nie wieder meine Tochter anfassen. Du wirst sie nie wiedersehen. Hast du mich verstanden?«

Nilam. Bilder flackerten auf und Erinnerungen, umkreisten ihn. *Georgina.*

Vor Raharjos Augen tanzten rote Funken, in seinen Ohren rauschte es; vielleicht war es auch ein Rascheln, ein Luftholen, das zu ihm drang.

»Ich schwöre bei allem, was mir heilig ist, ich bring dich sonst um.«

»Tu's nicht, Raharjo. Ich bitte dich. Er ist doch mein Sohn.«

Er wandte den Kopf und blinzelte. Selbst im schwachen Schein der kleinen Lampe strahlten ihre Augen noch blau wie Saphire. Ängstlich wirkte sie, und doch hielt sie ihr Kinn tapfer hochgereckt; rundlicher war sie geworden, ihr dunkles Haar graugesträhnt. Und wie die Nilam, die er einmal gekannt hatte, drückte sich ihre Tochter hinter sie. Das kleine Mädchen, dem er vor Jahren am Strand Muscheln geschenkt hatte.

Ein Schatten schob sich hinter ihrem Rücken heran, an ihr vorbei. Schärfte sich zu einem Mann in seinem Alter, von eher kleinem Wuchs und kräftig, ein Gewehr im Anschlag und ihn darüber hinweg fixierend.

Breitbeinig und angespannt blieb er stehen, den Kolben unbeweglich auf Raharjos Stirn gerichtet, und seine Augen glitzerten hart und kalt wie blaues Glas.

»Krümm meinem Sohn auch nur ein Haar, und du bist auf der Stelle tot.«

Raharjos Mundwinkel hob sich zu einem verächtlichen Grinsen.

»Ist das deine armselige Rache, Bigelow? Dass dein Fleisch und Blut meine Tochter verführt und entehrt? Weil ich dein geliebtes Weib zuerst hatte? Weil ich der Erste bei ihr war? Du immer fürchten musstest, nur Lückenbüßer zu sein?«

Paul bewegte sich keinen Deut, blinzelte nicht einmal.

»Er ist nicht mein Fleisch und Blut. Sondern deines.«

Stille füllte den Raum, selbst das Meer schien den Atem anzuhalten, als alle Augen sich auf Georgina richteten.

Sie schloss für einen Augenblick die Lider; nackt kam sie sich vor, entblößt bis auf den Grund ihrer Seele. Sie öffnete die Augen, sah Raharjo unverwandt an.

»Du bist sein Vater«, flüsterte sie, ihre Stimme brüchig und kraftlos. »Du hast ihn gezeugt. Damals. Unter dem Südwind.«

Zum ersten Mal sahen sie einander in die Augen, Vater und Sohn. Mit flackerndem Blick betrachteten sie die schweren Brauenbögen des anderen. Die kräftige Nase. Den vollen, geschwungenen Mund und die harte Kinnlinie. Sahen die Ähnlichkeit. Spürten ein feines Echo ihres gemeinsamen Blutes.

Duncans Blick glitt an Raharjo vorbei, zu Li Mei, die auf dem Boden kauerte, ihre Augen tiefe schwarze Seen des Leids.

Zu ihren Füßen hinunter, an denen eine Schwimmhaut zwei der Zehen verband.

Das Erbe ihres Vaters. Seines Vaters.

Raharjo taumelte zurück, ließ die Hände herabfallen; die Klinge des Dolchs zitterte, warf umherirrende Lichtfunken durch den Raum. Zu einem Schatten schien er zu schrumpfen, zu verblassen.

Als hätte man ihm das Herz herausgerissen und ließe ihn verbluten, und Georgina blutete mit ihm.

»Es tut mir leid«, brachte sie kaum hörbar heraus.

Er deutete ein Kopfschütteln an, drehte sich langsam um und schlich mit müden Schritten hinaus.

Der Boden des Pavillons war übersät mit scharfkantigen Splittern von Träumen und Hoffnungen, von Wünschen und Gefühlen. Den Trümmern von mehr als einem Leben. Und zäh sickerten Rinnsale von Scham und Schuld darunter hervor, faulig, klebrig und übelkeiterregend. Die modrigen Überreste alter Lügen verteilten sich dazwischen und die schäbigen Spuren einer Wahrheit, die niemandem nützte, nur bis ins Mark verletzte.

Stumm schlug Li Mei die Hände vor ihr Gesicht. Jo suchte

Halt am Türrahmen und presste mit zusammengekniffenen Augen die Stirn dagegen. Blicklos rutschte Duncan die Wand entlang in die Hocke und vergrub den Kopf in den überkreuzten Armen.

Ein Ruck ging durch Georgina.

»Georgina!«

Paul ließ das Gewehr sinken und griff hastig nach ihr.

Einen Wimpernschlag war er zu langsam, fing nur noch einen Luftzug zwischen seinen Fingern, einen Duft wie nach rauem Gras und der Luft nach einem Gewitterregen.

»Georgina!«

Wie ein verwundeter Tiger klang sein Gebrüll, er hatte keinen festen Boden mehr unter den Füßen.

Das Weiß von Georginas Kebaya verlosch in der Nacht.

༺༻

Regungslos saß Duncan auf der Chaiselongue im schwach erleuchteten Arbeitszimmer.

Die Unterarme auf die Knie gestützt, hielt er ein noch halb volles Glas in der Hand und starrte vor sich hin. Nur wenn er blinzelte, wirkte er nicht wie aus Stein.

Lange saßen sie schon hier. Vor geraumer Zeit hatte Jo vorsichtig angeklopft und den Kopf hereingestreckt, Paul kurz zugenickt, um ihm mitzuteilen, dass sie Li Mei im Palanquin nach Hause gebracht hatte. Bevor sie die Tür leise wieder zuzog, war ihr Blick kummervoll zu ihrem Bruder gewandert. Die Andeutung eines Lächelns hatte sie Paul dabei geschenkt, aufmunternd und doch elend; verweint hatte sie ausgesehen.

»Warum habt ihr es mir nicht gesagt?«, raunte Duncan nach einiger Zeit aus wunder Kehle.

»Wir hielten es für besser. Wir konnten ja nicht ahnen …«

Paul atmete tief durch und trank einen großen Schluck.

Unendlich langsam ballte sich Duncans Hand zur Faust.

»Ich hatte immer das Gefühl, du würdest anders mit mir umgehen als mit David. War es deshalb?«

Er klang um Nüchternheit bemüht, unter der eine kindliche Angst zitterte. Die Bitte, es möge nicht so sein. Duncan verdiente eine ehrliche Antwort, deshalb ließ sich Paul Zeit damit.

»Das habe ich mich auch oft gefragt«, sagte er schließlich leise. »Manchmal war es schwer für mich, dich anzusehen und zu wissen, du bist der Sohn eines anderen Mannes. Eines Mannes, den deine Mutter mir vorgezogen hat. Zu wissen, sie hat mich nur geheiratet, weil du unterwegs warst. Ich habe es irgendwann vergessen, bin aber doch manchmal daran erinnert worden. Die größte Mühe hatte ich mit dir, weil du so anders bist als ich. Nicht äußerlich. In deinem Wesen. Immer wieder warst du mir fremd. Genauso fremd wie deine Mutter. Denn an sie hast du mich dabei jedes Mal erinnert. An diese Frau, die ich bis heute nicht ganz verstehen kann.« Er atmete schwer aus. »Aber ich will nicht ausschließen, dass es Zeiten gab, in denen ich dich spüren ließ, dass du nicht mein leiblicher Sohn bist. Trotz aller guter Absichten und wahrscheinlich, auch ohne es zu bemerken.«

Duncan deutete ein Nicken an.

»Es ist so bitter«, flüsterte er nach einer Weile. »Die ganze Zeit über dachte ich, ich könnte sie nicht heiraten, weil ich ein Weißer bin und sie halb Chinesin, halb Malaiin. Jetzt stellt sich heraus, dass ich malaiisches Blut im Überfluss in den Adern habe und kann sie trotzdem nicht heiraten.«

Er bohrte Daumen und Zeigefinger in die Augenhöhlen.

»Li Mei.« Weich sprach er ihren Namen aus, und doch klang seine Stimme dabei zerschunden. »Meine ... Sie ist ... Wir haben ... Ich habe mit meiner ...«

Ein krampfhafter Atemzug nach dem anderen ruckte durch seinen Leib, als müsse er sich übergeben.

Leise stellte Paul sein Glas ab, entwand Duncan das seine und stellte es daneben. Vorsichtig legte er seine Hand in Duncans Nacken.

Mit gesenktem Kopf warf sich Duncan gegen ihn, bohrte die Finger in seinen Rücken und heulte wie ein Wolf; ein fast tränenloses, zorniges, Mensch und Gott verfluchendes Weinen. Paul hielt ihn fest, ruppig, beinahe grob, eine Hand in seinem Haar vergraben. Klopfte ihm schließlich derb auf den Rücken, als dieser Ausbruch irgendwann abebbte, Duncan sich von ihm löste.

»Oh Gott.« Mit beiden Händen rieb sich Duncan über das Gesicht, schnaufte auf. »Was soll ich denn jetzt bloß tun?«

Paul griff zu seinem Glas und ließ sich mehrere Schlucke auf der Zunge zergehen, erforschte gründlich seine Seele, sein Gewissen.

»Du weißt«, begann er vorsichtig, »dass sich im Schreibtisch eine gutgefüllte Geldkassette befindet? Der Schlüssel dazu liegt in der obersten Schublade auf der rechten Seite. Und wenn ich sage, sie ist gut gefüllt, meine ich auch gut gefüllt. Damit kann man weit kommen. Auch ... auch zu zweit. Wenn man es will.«

Duncan runzelte die Stirn, die sich nach und nach glättete, als er begriff und doch nicht ganz verstand.

»Warum tust du das?«

Paul dachte daran, was er alles für Georgina getan hatte. Im Guten wie im Schlechten.

»Weil man manchmal etwas Falsches tun muss. Wenn es sich hier drin«, er tippte sich mit den Fingerspitzen gegen die Brust, »richtig anfühlt. Weil man nicht anders kann.«

Sie verfielen beide in Schweigen.

»Danke«, sagte Duncan irgendwann und erhob sich auf unsicheren Beinen. »Ich muss jetzt eine Weile allein sein.«

An der Tür wandte er sich noch einmal um.

»Du warst mir der beste Vater, den ich mir vorstellen konnte. Besonders ...« Sein Atemzug geriet ins Stocken. »Besonders heute. Ich habe nur einen Vater, und das bist du.«

Mit brennenden Augen starrte Paul in sein Glas.

»Du solltest noch einmal mit deiner Mutter sprechen.«

Duncan schüttelte den Kopf. »Ich will sie im Augenblick nicht sehen. Morgen vielleicht. Und eines Tages werde ich ihr sicher auch verzeihen. Aber jetzt ... jetzt noch nicht. Würdest du ihr das bitte sagen, falls ich sie nicht mehr sehe? Irgendwann? Wenn du es für die rechte Zeit hältst?«

Paul nickte, die Brauen zusammengezogen, fast verkniffen.

Falls sie je wieder hierher zurückkehrt.

»Ein Diamant«, raunte er.

Duncan sah ihn fragend an.

»Hat dein Großvater einmal über deine Mutter gesagt. Sie sei wie ein Diamant. Ein Hochkaräter. Hart und scharfkantig, dass man sich an ihr blutig ritzen kann. Bis auf den Knochen. Selten und kostbar. Und dass es sich lohnt, Geduld zu haben und zu kämpfen.«

Er sann einige Herzschläge diesen Worten nach.

»An dem Tag, an dem du geboren wurdest, hat Ah Tong sie mit einer Tigerin verglichen. Die einem die Klauen in den Leib schlagen und das Herz zerfetzen kann. Dass man einer solchen Tigerin die Freiheit und Wildheit lassen muss. Damit sie vielleicht von selbst zu einem kommt.«

Duncan schwieg einige Augenblicke.

»Auch wenn sie es dir nicht zeigen kann ... Ich bin sicher, Mutter liebt dich. Sehr sogar.«

»Ich wünschte, es wäre so«, flüsterte Paul in das Geräusch der sich schließenden Tür hinein.

Stumm saßen sie nebeneinander.

Zwei dunkle, zusammengekauerte Silhouetten im silbern

schimmernden Sand. Auf das Meer sahen sie hinaus, eine endlose, bewegte Schwärze, die atmete und flüsterte, in Wellen heranschäumte und sich leise wieder zurückzog. Unter dem weiten, nachtglänzenden Himmelszelt. Im Licht der Sterne.

»Du hättest es mir sagen müssen.«

Seine Stimme war rau und brüchig, wie sonnengedorrtes, zerborstenes Treibholz.

»Ich weiß.« Leise sprach sie und weich, wie mit den Zungen des Meeres. »Und ich hatte oft daran gedacht, es zu tun. Aber hättest du ihn mir denn gelassen in deinem Zorn?«

Sie sah ihn von der Seite her an. In seinem Gesicht zuckte es; er senkte den Kopf, grub mit der Ferse eine Kuhle in den Sand.

»Vermutlich nicht.«

Das Meer mischte sich ein, lockte und schmeichelte. Bat um Verständnis, bot Trost und zog den wispernden Wind mit hinzu.

»War er der Grund, weshalb du Bigelow geheiratet hast?«

»Ja. Paul hat mit meinem Vater gesprochen und behauptet, das Kind wäre seines. Also haben wir geheiratet.« Ihre Finger wühlten sich in den Sand, noch warm an der Oberfläche von der Hitze des Tages, kühl und feucht darunter. »Ich wusste auch nicht, was ich sonst tun sollte. Du bist einfach nicht wiedergekommen.«

Sie schwieg einige Herzschläge lang.

»Das bedaure ich am meisten in meinem Leben – dass ich damals nicht um mein malaiisches Blut wusste. Dass ich nicht auf dich warten konnte. Mit unser beider Sohn.«

Seine Hand tastete nach ihrer, und ihre Finger verschränkten sich im Sand.

»Erzähl mir von ihm.«

»Er ist dir sehr ähnlich«, flüsterte sie auf das Wasser hinaus. »In sich gekehrt, geradezu verschlossen und manchmal voller Zorn. Seemann ist er geworden, ein guter noch dazu. Er liebt das Meer genauso sehr wie du, hat es in seinem Blut. Er ist ja auch mit Schwimmhäuten an den Füßen geboren worden.«

»Wie Li Mei«, raunte er.

Der Druck seiner Finger verstärkte sich.

»Wir können nicht länger so weitermachen, Nilam. Es muss einmal ein Ende haben.«

»Ich weiß nicht, wie.« Tonlos hatte sie es gehaucht. Hilflos.

Mit einem schweren Ausatmen zog er sie an sich und vergrub die Hand in ihrem Haar.

»Doch, Nilam«, murmelte er gegen ihren Mund. »Du kennst die Antwort. Schon lange.«

Kraftlos ließ sich Paul in den Stuhl fallen und starrte auf den Schreibtisch vor sich.

Nicht mehr lange, und das erste fahle Morgenlicht würde sich durch den Garten anschleichen und in den Raum hineinkriechen.

Eine Nacht hatte genügt, um aus den Taten und Worten der Vergangenheit Unheil hervorbrechen zu lassen. Eine Nacht, die Leben zerstört hatte.

Sein Blick wanderte über die ausgebreiteten Papiere.

Er fragte sich, was er mit dem, was von seinem Leben übrig geblieben war, jetzt noch anfangen sollte.

Mit seinen Anteilen am Unternehmen würde er sein Auskommen haben, gleich, ob er sie behielt oder sich auszahlen ließ, für seinen Lebensabend würde gesorgt sein. Um die Firma, ihm von Gordon Findlay zu treuen Händen übergeben, war ihm nicht bang. Es waren gute Zeiten in Singapur, in Asien und der ganzen Welt, und David erwies sich als fähiger Kaufmann, doppelt so geschickt wie ein Findlay, ein Bigelow allein.

Nur ein paar Jahre hatte er in Singapur bleiben wollen, um sein Glück zu machen.

Fast vier Jahrzehnte waren daraus geworden, in denen er sich damit abgefunden hatte, den Rest seines Lebens hier zu verbringen, höchstens ein oder zwei Mal noch nach England zu reisen, seine Brüder und Schwägerinnen zu sehen, deren Kinder und Enkel. All die Plätze seiner Kindheit und Jugendjahre, vertraut noch, aber bereits fremd bei seinem letzten Besuch.

Nur für Georgina war er in den Tropen geblieben.

Er stützte die Ellbogen auf und vergrub das Gesicht in den Händen.

Alles hatte er getan, was in seiner Macht stand, was seine Kräfte hergaben, und sie am Ende doch verloren. Dieses Meermädchen mit den funkensprühenden Augen, dessen Wurzeln tief in der roten Erde Singapurs lagen. Freiheitsliebend und stolz wie seine schottischen Vorfahren. Manchmal temperamentvoll wie die in Indien geborene Französin, die es großgezogen hatte, und mit dem dunklen Feuer malaiischen Bluts seiner einheimischen Ahnen.

Sein ganzes Glück. Ein Fluch, der ihn so lange schon heimsuchte.

Das Geräusch der sich öffnenden Tür, Schritte von bloßen Füßen ließen ihn den Kopf heben.

Wie von einem Tropensturm durchgeschüttelt sah sie aus. Wie die Überlebende eines Schiffbruchs.

Sarong und Kebaya waren zerknittert, staubig und angeschmutzt, ihr Haar zerzaust. Bläuliche Schatten lagen unter ihren Augen, fast dieselbe Farbe wie das verwirrende, betörende Violettblau der Iris. Eine Frau in reifen Jahren, und doch schimmerte dahinter noch immer das Mädchen durch, das sie einmal gewesen war.

Langsam lehnte er sich zurück, ließ die Hände auf den Armlehnen ruhen. Er war der Kämpfe müde, die er um sie ausgefochten hatte; er wollte endlich Ruhe, endlich Frieden.

»Hat er dich doch nicht gewollt?« Bissig klang er, und seine Miene zeigte keine Regung.

Sie schüttelte den Kopf.

»Hast du etwas vergessen? Brauchst du Geld?«

Wie eine Schlafwandlerin kam sie auf ihn zu, die Augen groß, fast verwundert und nahezu ohne zu blinzeln, und mit keinem ihrer Schritte schien sie den Boden zu berühren.

»Du brauchst dich nicht von mir zu verabschieden. Geh einfach. Los, geh!«

Er erstarrte, drückte sich tiefer in den Stuhl, als sie sich auf seinen Schoß setzte und an ihn schmiegte, schließlich die Füße hinaufzog wie ein kleines Mädchen.

Sie musste es nicht aussprechen, er verstand sie auch ohne Worte.

Wie ihre Finger seinen Nacken umfassten und über die Haarlinie dort fuhren, ihr Gesicht sich in seine Halsbeuge drückte. Wie ihr Atem über seine Haut strich, warm und ruhig, nur dann und wann von einem trockenen Schluchzen unterbrochen.

Er presste sie an sich, und heiße Tränen liefen über sein Gesicht.

Georgina India Findlay hatte endlich nach Hause gefunden.

※

Ein Schatten flog durch den nächtlichen Garten von Kulit Kerang. Durch die Silbertropfen des Zikadengezirps, die feuchten Bässe der Ochsenfrösche.

In den weiten Hosen, dem lockeren Baumwollhemd in dunklen Farben ging dieser Schatten fast vollkommen in der Finsternis auf; nur das Bündel, das er an sich gepresst hielt, leuchtete hell.

Ein Nachtfalter war es, der über das Gras flatterte, auf den Fluss zu. Frisch geschlüpft und bereit, sein Leben im sicheren Kokon hinter sich zu lassen und ein neues zu beginnen.

Beflügelt von einem Brief. Einer getroffenen Entscheidung, unabänderlich und unwiderruflich.

Einem verbotenen Leben flog dieser Falter entgegen. Ein heimliches Leben, auf fremden Meeren, an fernen Küsten.

Doch er würde dabei nicht allein sein.

Ein zweiter Schatten wartete in einem Boot, zwischen Sträuchern am Flussufer verborgen und half dem ersten, so viel kleineren, schmaleren Schatten herein.

Sanft, fast geräuschlos tauchten die Ruder in das Wasser, und das Boot glitt über den Sungai Seranggong, seiner Mündung entgegen.

Aus zweiter Hand, aber so gut wie neu war das Schiff, das vor der Küste im zähen Tintenschwarz nächtlichen Wassers ankerte, vom Silberlicht der Sterne übergossen.

Kein besonders großes Schiff war es, doch groß genug, um tiefe, raue Ozeane zu durchkreuzen und Stürmen zu trotzen.

Groß genug für zwei Menschen, die keine Scheu voreinander hatten. Die sich blindes Vertrauen schenkten und ihr Leben miteinander verbringen wollten, jeden Tag, jede Stunde.

Weil sie wussten, dass sie füreinander geschaffen waren, aus dem Stoff des Meeres und des Windes gemacht. Aus dem Holz von Seefahrern geschnitzt.

Sicheren Tritts gingen sie an Bord, holten das Boot herauf und lösten die Leinen der Segel, mit kundigen, aufeinander eingespielten Handgriffen und ohne ein Wort, als wären sie schon Hunderte von Malen gemeinsam in See gestochen.

»Bist du dir sicher?«, fragte eine tiefe, heisere Stimme den Wind.

Li Mei sah Duncan erstaunt an. »Natürlich bin ich sicher.«

»Noch könntest du zurück.«

Li Mei schüttelte den Kopf, dass ihr schwarzer Zopf durch die Luft peitschte.

»Für mich gibt es kein Zurück mehr.« Sie zögerte. »Für dich?«

»Nein, Li Mei. Schon lange nicht mehr.«
Lächelnd sahen sie einander an.

Ungeduldig fuhr der Wind in die gehissten Segel und blähte sie auf. Vom Ankertau befreit, segelte das Schiff geschmeidig aus der Straße von Johor, nahm Kurs auf das offene Meer.
In die Weiten Nusantaras hinaus.
Zu den Sternen und was dahinter lag.

1889

Jenseits von Weizen und der Ernte
der Früchte von des Baumes Ast
erkenn' ich den alten Herbst
reitend auf einem Pflug.
Überschritten ist der Zenit im Jahr
dem Ende zu muss es sich neigen.
Vom Sommer hatte die Erde ihren Teil
so wie ich davon den meinen.

J. H. B.

Georginas Augen wanderten durch den hohen, weiten Raum von St. Andrew's.

Von den dunklen, fast schwarzen Bohlen der Decke über das immer noch strahlende Weiß der Säulen und Spitzbögen, der Nischen dahinter. Weiß wie die Wolken, und blau wie Himmel und Meer waren die Wände der Apsis hinter dem Altar aus Tropenholz. Sonnenlicht fiel durch die schlanken Buntglasfenster dort und zauberte Regenbogenlichter in die Kathedrale.

In einer der Kirchenbänke aus warm schimmerndem Holz saß sie, die Füße auf einem kleinen Hocker abgestellt, das Polster von den emsigen Händen weiblicher Gemeindemitglieder mit christlichen Symbolen in Kreuzstich verziert; auf ihrem lag ein zutrauliches Lämmchen auf königsblauem Grund.

Kühler als draußen war es hier, aber nicht viel; das Hütchen auf ihrem hochgesteckten grauen Haar war immer noch zu warm, obwohl sie schon den Schleier aus schwarzem Tüll hochgeschlagen hatte. Durch die Schlitze der Fensterläden, die die untere Hälfte der Buntglasfenster auf beiden Seiten einnahmen, drang kaum ein Lufthauch.

Still war es, Georgina war die einzige Besucherin an diesem Nachmittag.

Ein Nachhall der Orgelmusik, von Psalmen und Gebeten schien noch vom Morgen in der Luft zu liegen, als sie hier Abschied genommen hatten.

So viele Menschen waren gekommen, um Paul Bigelow das

letzte Geleit zu geben. Ganz Singapur schien sich in die Kathedrale zu drängen, um ihm Lebewohl zu sagen, bevor man ihn auf dem Friedhof von Bukit Timah zu Grabe trug, in unmittelbarer Nähe zu Gordon und Joséphine Findlay.

Singapur, der größte Hafen Asiens. Einer der größten auf der ganzen Welt.

Eine Stadt, die ihresgleichen suchte, beschützt von Kriegsschiffen und einer Garnison, gezähmt und behütet durch eine von bärtigen, turbantragenden Sikhs unterstützte Polizeitruppe.

Eine noch immer grüne Tropeninsel im aquamarinblauen Meer war Singapur. Zartgrün wie ein junger Trieb. Satt und samten grün wie ein ewiger Sommer. Das Grün der Mangroven und Palmen und Bananenstauden, von Mangobäumen und Baumfarnen, durchsetzt von den weißen und farbigen Gemmen der Orchideen. Reich am Grün und Gold und Rot tropischer Früchte, den Schätzen des Meeres, den Kostbarkeiten Asiens. Das Tor zur Welt, gen Westen wie gen Osten.

Paul hatte hier nie Wurzeln geschlagen, aber Singapur war dennoch sein Zuhause gewesen. Durch Georgina.

Vierundsechzig war er geworden. Das Herz war es gewesen, sein großes, starkes, tapferes und treues Herz. Irgendwann hatte es sich erschöpft gehabt, sein Körper ein unaufhaltsam ansteigender Ozean, in dem er ertrank.

Georgina senkte den Blick auf ihre Hände, die sie im Schoß ihres schmalen schwarzen Kleides ineinandergelegt hielt. Welk sahen sie aus, von bläulichen Adern durchzogen, aber ihr Ehering passte noch. Siebenundfünfzig war sie jetzt. Und Witwe.

Bis dass der Tod uns scheidet.

Tränen tropften auf den steifen schwarzen Stoff des Trauerkleides.

Ein paar gute Jahre hatten sie noch gehabt, vielleicht die besten als Ehepaar.

Auf L'Espoir, mit den Kindern, den Enkeln. Zu zweit. Einmal waren sie noch in England gewesen, nachdem Paul sich aus der Firma zurückgezogen hatte, einmal in Neuseeland, um dort Ferien zu machen, einmal in Hongkong.

Glückliche Jahre waren es gewesen und viel zu wenige, zu schnell vorbei. Sie bereute es, erst so spät begriffen zu haben, dass aus dieser Ehe, die sie nie gewollt hatte, in der sie oft unglücklich gewesen war, Liebe erwachsen war, irgendwann zwischen der Hochzeitsnacht und der Nacht, in der sie ihren Sohn verlor.

Obwohl sie wusste, dass es vergeblich war, weil ständig neue Tränen nachrannen, wischte sie sich hastig über die nassen Wangen, als sich Schritte durch das Kirchenschiff näherten. In gleichmäßigen Abständen vom leisen Klopfen eines Gehstocks begleitet, machten sie neben ihrer Kirchenbank Halt, und ein salziger Hauch wehte zu ihr herüber, wie der Atem des Meeres.

Georgina hob den Kopf.

Haar und Bart mehr silbern denn schwarz, hielt er sich noch immer aufrecht, war noch immer schlank, inzwischen fast hager. Was auch an seinem hellen Anzug nach europäischer Mode liegen mochte, mit langer, enger Jacke und schmalen Hosen, während das pastelltonige Rankenmuster von Krawatte und Weste asiatisch anmutete.

Linien fächerten sich unter den Augen auf, glänzend wie Tropfen eines schwarzen Ozeans. Riefen zogen sich entlang der Mundwinkel, doch die Schärfe seiner Züge war ungebrochen; über sechzig musste er jetzt sein.

»Ich wollte dir zu Hause einen Besuch abstatten. Dort sagte man mir, dass du hier bist.«

Mit einer Geste, die den massiven, ziselierten Ring mit schwarzem Stein an seiner Hand auffunkeln ließ, deutete er auf die Kirchenbank.

»Darf ich?« Seine Stimme war rauer geworden.

Georgina nickte. An der Art, wie er sich vorsichtig neben ihr niederließ, erkannte sie, dass er den Stock nicht zur Zierde nutzte.

Schweigend saßen sie nebeneinander, während Raharjo sich ausgiebig in der Kathedrale umsah und Georgina den Goldreif um ihren Ringfinger drehte. Schließlich zog er mit umständlichen Bewegungen aus der Innentasche seines Gehrocks ein zusammengefaltetes Blatt hervor und hielt es ihr hin.

»Was ist das?«

»Lies einfach.«

Georgina stockte der Atem, als sie Pauls steile Handschrift erkannte, bereits von der Krankheit zerrüttet.

Werter Herr,
solange ich noch jung war, war ich davon überzeugt, am Ende meines Lebens nicht zu denjenigen zu gehören, die auf dem Sterbebett reinen Tisch machen müssen. Doch nun, da meine Zeit unwiderruflich abläuft, verspüre ich doch ein solches Bedürfnis.

Wir sind uns nur ein Mal begegnet, und das unter denkbar ungünstigen Umständen. Dennoch wusste ich immer, dass es Sie gibt und welche Rolle Sie im Leben meiner Frau spielen. Ich würde lügen, wenn ich behauptete, es hätte mich nicht geschmerzt. Selbst im Angesicht meines Todes vermag ich nicht derart großmütig zu sein. Die Zeiten, in denen ich wusste, sie ist bei Ihnen, um sich das zurückzuholen, was ich ihr durch unsere Heirat genommen hatte, waren kaum zu ertragen. Ich konnte es nur deshalb ertragen, weil ich mich an der Hoffnung festhielt, sie würde dennoch danach wieder zu mir zurückkommen, ein ums andere Mal.

Ich weiß, es wäre Ihnen gelungen, Sie mir wegzunehmen, hätten Sie alles darangesetzt. Dass Sie es nie ernsthaft versucht haben, lässt mich dankbar zurück. Denn Georgina verdanke ich ein solches Glück, wie eine Frau nur einem Mann schenken kann, und die beste Zeit meines Lebens. Und auch für den Sohn, den Sie mir unwissentlich hinterlassen haben, bin ich Ihnen zu Dank verpflichtet.

Ich möchte Ihnen Georgina für die Zeit nach meinem Tod anvertrauen, sie wird jemanden an ihrer Seite brauchen. Und sollten Sie beide die alten Bande wieder aufleben lassen, die Sie einst zueinander hatten, ehe das Schicksal Sie trennte, ehe ich zwischen Sie trat, so haben Sie meinen Segen.

Bei Ihnen weiß ich meine Frau in guten Händen. Das ist mir das Wichtigste.

Hochachtungsvoll
Paul Bigelow

»Er hat es gewusst«, flüsterte Georgina unter Tränenbächen. »Er hat es all die Zeit gewusst.«

Ihre Hände zitterten; Raharjo umschloss eine davon mit trockenen, knotigen Fingern und drückte sie fest. Gab ihr Halt, bis sie wieder atmen konnte.

»Danke, dass du mir den Brief gebracht hast.«

Er räusperte sich und legte seine Hand wieder zu der anderen an den Knauf seines Gehstocks.

»Wie geht es deinen Kindern?«, fragte er nach einer Weile leise.

Sie zog ihr Taschentuch aus dem Ärmelsaum hervor.

»Jo lebt noch bei mir. Sie hat zwar viele Verehrer, aber der richtige war wohl noch nicht dabei. Sie ist Lehrerin und sehr glücklich damit. David leitet die Firma. Die Geschäfte gehen gut, er denkt sogar über eine Niederlassung in Hongkong nach.«

Sie warf Raharjo ein kleines Lächeln zu, während sie sich die Nase abtupfte.

»Ich bin sogar schon zweifache Großmutter. Ein Junge und ein Mädchen. Gordon und Mabel. Und bei dir?«

Auf seinem Gesicht blitzte ein Grinsen auf. »Mein jüngster Sohn Kishor ist vor kurzem Vater seines ersten Sohnes geworden. Dreizehn Enkelsöhne und Enkeltöchter habe ich jetzt. Nur meine jüngste Tochter Indira ist noch im Haus. Sechzehn ist sie und noch sehr anhänglich. Besonders, seit …« Ein Schatten verdunkelte sein Gesicht. »Meine Frau ist vor drei Jahren gestorben.«

»Das tut mir sehr leid«, wisperte Georgina betroffen und streifte ihn leicht am Arm.

Er nickte und umklammerte seinen Gehstock fester.

»Ich bedaure es sehr, dass ich sie nie so lieben konnte, wie sie es sich ersehnt hat. Wie sie es verdiente vor allem. Sie war mir eine gute Frau und eine noch bessere Mutter. Ich kann nur hoffen, dass es für sie trotzdem ein gutes Leben war.«

Einige Herzschläge rang Georgina mit sich.

»Hast … Hast du je wieder etwas von Li Mei gehört? Oder vielleicht von Duncan?«

Er schüttelte den Kopf. »Du?«

»Nein«, hauchte sie. »Ich hoffe, er wird mir irgendwann verzeihen.«

»Sicher wird er das. Du bist seine Mutter.«

Ein trauriges Lächeln huschte über ihr Gesicht.

»Auf eine Art habe ich immer gewusst, dass ich ihn eines Tages an das Meer verlieren würde. Wie dich. Weil er ein Kind des Meeres ist. Genau wie du.«

Ein Selkie. Der sein Robbenfell abgestreift hatte, um eine gewisse Zeit ihr Sohn zu sein, bevor er sich wieder die Haut des Meereswesens überzog, das er war, und auf den Ozean hinausschwamm.

Raharjo nickte. »Ich habe Li Mei mehr behütet als meine anderen Kinder, weil ich vom Tag ihrer Geburt an in der Angst lebte, sie früh zu verlieren. Wie ihre Mutter.«

»Es tut mir so leid, dass du Duncan niemals kennenlernen konntest«, flüsterte sie.

Um seinen Mund zuckte es schmerzlich. »Mir auch. Zumal es mein eigenes Verschulden war.«

Er lehnte sich vor und ließ sein Kinn auf den Händen über dem Gehstock ruhen.

»Du hast in jener Nacht die richtige Entscheidung getroffen. Bigelow hatte dich mehr verdient als ich. Sehr viel mehr. Mit allen Mitteln hat er darum gekämpft, dich für sich zu gewinnen. Dich zu behalten. Während ich …«

Seine Augen, auf das Blau der Apsis hinausgerichtet, wurden schmal.

»Ich bin an dem Tag zurückgekommen, an dem du Bigelow geheiratet hast. Ihr habt gerade im Garten gefeiert. Und ich … Ich war nicht Manns genug, hinzugehen und zu sagen, das ist meine Frau. Mir angetraut auf dem Meer nach dem alten Ritual der Orang Laut. Ich hätte dich bei der Hand packen und wegzerren müssen. Mit dir auf meinem Schiff davonsegeln sollen. Aber ich war zu stolz. Ich bin einfach geflohen. Habe lieber meine Wunden geleckt und meinen Hass genährt. Das ist der eine große Vorwurf, den ich mir mache, wenn ich auf mein Leben zurückblicke.«

In seinen Augen schimmerte es auf.

»Ich sollte mich wohl schuldig fühlen, dass ich Li Meis Flucht keinen Riegel vorgeschoben habe. Obwohl ich erriet, was sie vorhatte. Vielleicht war ich da, dieses eine Mal, zu weich, zu nachgiebig. Ich wollte einfach nur, dass sie glücklich wird. Mag das in den Augen der Menschen auch noch so verwerflich sein. Es betrübt mich, dass ich mich nicht von ihr verabschieden konnte. Aber ich wusste, sie würde den Mut dann nicht mehr aufbringen. Das Einzige, was ich für sie tun konnte, war, ihr keine Steine in den Weg zu legen. Also bin ich selbst kurz darauf in See gestochen. In der Hoffnung, sie tut in meiner Abwesenheit das, was sie für das Richtige hält.«

Georgina sann schweigend über seine Worte nach.

»Manchmal ...«, begann sie flüsternd und schluckte hart. »Manchmal denke ich, Cempaka hatte doch Recht. Dass ich Unheil über mich und andere bringe.«

»Nein, das glaube ich nicht.« Raharjo richtete sich auf. »Aber ich habe doch noch gelernt, an Schicksal zu glauben.«

»Ja?« Lächelnd sah sie ihn an.

Seine Finger strichen über den Knauf seines Gehstocks.

»Wenn ich auf dein Leben und meines zurückblicke ... Ja, dann glaube ich an Schicksal. Wenn ich an Li Mei und Duncan denke. Die beiden sind wie Singapur. Orang Putih. Orang Laut. Malaiisch. Chinesisch. Li Mei noch dazu in einem Haus aufgewachsen, das mehr indisch war als alles sonst. Enger verbunden sind die beiden, als sie es sollten. Als sie dürften. Und doch können sie nicht anders, aus tiefstem Herzen und ganzer Leidenschaft. Als ob nicht allein dein Schicksal und meines sich in ihnen erfüllt, sondern auch das der Insel.«

»Wenn es ihnen nur gut geht.« Hilfesuchend richtete Georgina ihren Blick auf den Altar. »Wenn sie dort draußen nur zurechtkommen.«

»Natürlich tun sie das.« Er klang halb verwundert, halb entrüstet. »Sie sind halbe Orang Laut!«

Er lehnte sich zurück und nestelte etwas aus seiner Jackentasche hervor.

Georgina betrachtete den Armreif aus dunklem Gold, den er ihr hinhielt, sah ihn fragend an.

»Den hatte ich dabei, als ich damals zurückkam. Am Tag deiner Hochzeit mit Bigelow. Ein Hochzeitsreif der Orang Laut.«

Abwehrend schüttelte sie den Kopf, rückte unwillkürlich von ihm ab. »Nein, ich kann noch nicht ...«

»So war es auch nicht gemeint!«, fiel er ihr grob ins Wort, ein wütendes Glimmen in den Augen. »Ich habe ihn mitgebracht, weil er immer nur deiner war. Meiner Frau habe ich ihn nie gegeben und auch Li Meis Mutter nicht. Er war immer nur für dich gedacht.«

Georginas Kehle war eng, als sie den schweren Armreif entgegennahm, ihn zwischen den Fingern drehte und bewundernd über die Wellenlinien und Fische strich.

Sie sah Raharjo an.

Der Piratenjunge, den sie verletzt im Pavillon gefunden und gesundgepflegt hatte, als sie zehn gewesen war. Ein Selkie, an den sie ihr Kinderherz verlor und der ihr das Herz mehr als einmal im Leben gebrochen hatte. Der junge Meeresmann, der ihre erste Liebe gewesen war und dem sie sich auf dem Meer anvermählt hatte. Eine Ehe, die so flüchtig gewesen war wie Wasser in den Händen und doch so ewig wie der Ozean.

Eine Zeit lang ihr größtes Glück. Zu anderen Zeiten ihr schlimmster Albtraum.

Der nun als silberhaariger Neptun vor ihr saß. In dessen Augen sie lesen konnte, dass er noch immer das kleine Mädchen in ihr sah. Die junge Frau, die sie gewesen war.

Von Liebe und Begehren erzählten seine Augen, von Schmerz und Hass, von Glück und Trauer, von Schuld und Reue.

Von einem ganzen langen, voll ausgekosteten Leben und von einem Leben, das nicht hatte sein sollen.

Sie konnte nur erraten, dass ihre Augen Ähnliches erzählten.

Ein Leben zwischen Meer und Land, Himmel und Wind.

Tanah air. Erde und Wasser. Heimat.

Ihre Finger drängten sich zwischen seine, und ihre Hände verflochten sich. Als erneuerten sie den Pakt, den sie damals, vor fast einem halben Jahrhundert, im Pavillon von L'Espoir geschlossen hatten.

Der Piratenjunge mit den großen Träumen. Und das kleine Mädchen mit Augen, so violettblau wie die wilden Orchideen am Fluss.

Er verstärkte den Druck seiner Finger und schickte sich an aufzustehen.

»Ich bring dich nach Hause, Nilam.«

An seinem Arm ging Georgina durch die Kathedrale von St. Andrew's, ihrer beider Schritte untermalt vom Klopfen seines Gehstocks.

Gemeinsam traten sie über die Schwelle, hinaus in das gleißende Licht der Sonne über Singapur.

FINIS

Nachwort

Meine Bücher entstehen aus Liebesgeschichten.

Aus der Liebe zu einem Schauplatz, einem Kulturraum. Zu einem historischen Ereignis. Zu einer historischen Persönlichkeit oder einer Romanfigur, zu einem bestimmten Thema oder auch nur einer Idee. Manchmal trifft mich eine solche Liebe wie der Blitz. Manchmal wächst sie über einen langen Zeitraum hinweg, wurzelt vielleicht sogar schon die längste Zeit meines Lebens in mir. Eine solche Liebe kann zärtlich sein oder stürmisch, herzerwärmend oder verzehrend; zuweilen artet sie in eine Form von Besessenheit aus, in eine Amour fou.

Bei diesem Buch war alles anders.

Ich erinnere mich noch gut an meinen ersten Abend in Singapur, Ende November 2011. Einen Zwischenstopp von knapp zweieinhalb Tagen hatten wir auf der Rückreise von Bali eingeplant, vor dem langen Heimflug nach Deutschland, einfach, um uns die Stadt einmal anzuschauen.

Und diese Stadt gefiel mir gar nicht. Mir war alles, was ich sah, zu groß, zu technisch, zu stylish, zu künstlich; Singapur schüchterte mich ein. Auf der Orchard Road, der stark belebten Einkaufsmeile, vergaß ich meine Abneigung für kurze Zeit, weil ich aus dem Schauen nicht mehr herauskam und vor Staunen über die Tonnen an Weihnachtsbeleuchtung, die Singapur aufgefahren hatte. Aber bald darauf überrollten mich all die Lichter, der Lärm, die Menschen, die Eindrücke, und obwohl ich mich nun schon vier Wochen in den Tropen aufgehalten hatte, ging ich beinahe ein vor Tropenschwüle.

Der Abend endete damit, dass ich weinend auf dem Hotelbett saß, nur noch nach Hause wollte und fluchte, weil ich hier noch zwei volle Tage festsitzen würde.

Der Singapore River brachte mir am nächsten Morgen Trost. An seinem Ufer, mit Blick auf die bunten Godowns und die Wolkenkratzer dahinter, war es ruhig, fast beschaulich, und mir gefiel die Bootsfahrt über den Fluss. Einer der für Singapur typischen Regengüsse ließ uns ins Asian Civilisations Museum flüchten, das ich ohnehin besuchen wollte, um mir ein paar Ausstellungsstücke für »Das Herz der Feuerinsel« anzusehen. Und dort begegnete ich dann dem alten, dem historischen Singapur.

Es sollte mir noch öfter begegnen an diesem Tag und an dem darauf, und auf unseren Wegen durch die Stadt entdeckte ich Ecken, in die ich mich sofort verliebte. Das Peranakan Museum. Little India. Chinatown. St. Andrew's. Doch immer wieder war mir die Stadt zu laut, zu groß, zu modern, einfach zu viel, überreizte und erschöpfte mich.

Mit zwiespältigen Gefühlen stieg ich ins Flugzeug zurück nach Deutschland, hauptsächlich froh, diese Stadt hinter mir zu lassen. Doch ich bekam Singapur nicht aus dem Kopf.

Während ich an der »Feuerinsel« schrieb, trieb mich die Neugierde um, mehr über Singapur wissen zu wollen, vor allem über die Geschichte der Stadt. Immer noch in einem Gefühl der Ambivalenz, aber mit wachsender Faszination las ich mich durch Bücher und Artikel, und ganz zaghaft, ganz allmählich keimte in mir der Wunsch auf, über Singapur zu schreiben.

Über den Recherchen, den ersten Arbeiten am Roman söhnte ich mich ein bisschen mit Singapur aus. Und als ich vergangenes

Jahr dorthin zurückkehrte, um für dieses Buch vor Ort zu recherchieren, begannen wir einander zu umwerben, Singapur und ich. Jeden Tag, den ich auf den Spuren von Georgina und Raharjo dort unterwegs war, morgens nach dem Aufstehen schon vom Fenster des Hotelzimmers aus auf den Fort Canning Hill blickte, verliebte ich mich mehr in diese Stadt. Nicht nur in ihr altes, historisches Gesicht, sondern auch in ihr neues, modernes.

Dieses Mal bedauerte ich den Abschied von dieser Stadt, die es mir bei unserer ersten Begegnung so schwer machte und die dann doch noch – unter viel Blitz und Donner und heftigen Regengüssen – mein Herz erobert hat.

Ein Gefühl nahm ich von dort nach Hause mit. Meine Empfindungen in der Stadt, meine Wahrnehmungen. Eine ganz bestimmte Atmosphäre. Eine Vorstellung vom alten Singapur und von dem Roman, den ich schreiben wollte.

Aus diesem Gefühl ist »Zeit der wilden Orchideen« entstanden. Mein Meeresbuch.

Spätestens, als ich während der ersten Recherchen über die Orang Laut nachzulesen begann, hatte mich Singapur als Romanstoff gefangen genommen. Ich war fasziniert von diesem Volk, das sich als die eigentliche, ursprüngliche Bevölkerung der malaiischen Welt versteht und mitnichten eine homogene Gruppe darstellt, sondern aus nahezu zahllosen Untergruppen besteht, von denen nicht alle miteinander verwandt sind.

Viel wissen wir nicht über die Orang Laut des alten Singapur, kaum etwas über ihre Rolle im Herrschaftsbereich von Sultan und Temenggong und die in der Piraterie hinaus. Als sich die ersten Europäer ab der Mitte des 19. Jahrhunderts für dieses Volk als solches zu interessieren begannen, war es bereits dabei, seine traditionelle Lebensweise aufzugeben, sesshaft zu werden und in der malaiischen Bevölkerung aufzugehen.

Doch es gibt sie heute noch, die Orang Laut, in den Weiten Nusantaras. Cynthia Chous anthropologische Arbeiten Indonesian *Sea Nomads: Money, Magic, and Fear of the Orang Suku Laut* (2003) und *The Orang Suku Laut of Riau, Indonesia: The Inalienable Gift of Territory* (2010) waren meine wichtigsten Quellen, um mich Raharjo und seinem Volk zu nähern. Eine große Hilfe war mir dabei auch das Malay Heritage Centre in Singapur, das mir nicht nur weitere Einblicke in die Welt der Orang Laut ermöglichte, sondern auch eine Tür zum alten Singapur jenseits von Chinatown, der Godowns und britischer Kolonialbauten öffnete.

Da in der Literatur die Begriffe *taukeh* und *Towkay* ungefähr gleichberechtigt nebeneinander her verwendet werden, habe ich mich entschieden, die malaiische Variante *taukeh* zu verwenden, wenn die Perspektive malaiisch bzw. chinesisch geprägt ist oder innerhalb der Handlung gerade Malaiisch gesprochen wird; *Towkay*, wenn die Perspektive europäisch ist und Englisch gesprochen wird.

Die Zitate und Gedichte zu Beginn des Romans und der einzelnen Romanteile wurden allesamt von mir selbst ins Deutsche übertragen. Eine besondere Geschichte hat dabei das Gedicht von »J. H. B.«, das dem Epilog vorangestellt ist.

Gefunden habe ich es in *The Sun in the Morning* (1992), dem ersten Band der Autobiographie *Share of Summer* von M. M. Kaye. Sie selbst habe dieses Gedicht vor langer Zeit in einem Monatsmagazin gefunden, das es schon lange nicht mehr gebe, schreibt sie dort, es damals abgeschrieben und seither in einer Ausgabe von Kiplings *Kim* aufbewahrt – falls sie eines Tages, alt und grau, tatsächlich einmal ihre Lebensgeschichte aufschreiben sollte. Als es dann soweit war, konnte sie den Autor nicht mehr ausfindig machen; niemand schien zu wissen, wer »J. H. B.« war.

Auch ich hatte bei dieser Suche keinen Erfolg – aber genau wie M. M. Kaye bin ich »J. H. B.« mehr als dankbar für diese Zeilen.

Mein Dank gilt auch und vor allem Jörg, dem Mann an meiner Seite, der damals überhaupt erst die Idee hatte, nach Bali noch ein bisschen in Singapur zu bleiben. Der wieder einmal nicht nur für uns beide, sondern auch für ein Buch mit mir um die halbe Welt geflogen und all die Wege in Singapur mit mir gegangen ist – und dafür sorgte, dass ich dort Fort Canning Hill vor dem Fenster und St. Andrew's vor der Tür hatte. Carina und Anke, die den Weg dieses Romans mit mir gegangen sind und mir dabei so viel Mut gemacht haben. AK und Sanne – ihr wisst, wofür! E. L., die mich ermuntert hat, den vertrauten Pfad zu verlassen, ins Unbekannte aufzubrechen und Neues zu wagen. Mariam und Thomas M. Montasser für ihre großartige Arbeit und Unterstützung, Buch um Buch und auch dazwischen. Meinen Lesern, immer und immer wieder. Meiner fabelhaften Lektorin Leonora, die nicht nur Gedanken lesen und heimliche Wünsche erfüllen, sondern auch zaubern kann – besonders am Manuskript. Und dem Team von Goldmann, das dieses wunderschöne Buch daraus gemacht hat.
Terima kasih banyak-banyak.

Nicole C. Vosseler
Konstanz, im Mai 2014

Glossar

Mal = malaiisch, OL = Sprache der Orang Laut, BI = Britisch-Indisch, F = Französisch, CH = Chinesisch

aduh (Mal) Autsch

amah chinesisches Kindermädchen

ang mo char bor (CH) wörtlich: »rothaarige Frau«; abwertende Bezeichnung für eine Weiße

Arrak in Südostasien verbreiteter Alkohol aus Palmzuckersaft und vergorener Reismaische

Ayah (BI) indisches oder malaiisches Kindermädchen

Chapati nordindisches Fladenbrot aus Gerste, Hirse und Weizen

chap cheng kia (CH) Bastard

Choli (BI) Taillenkurzes Oberteil, das unter einem Sari getragen wird

chouchou (F) Liebling

cik (Mal) Miss, Fräulein

Cochinchina Bezeichnung des 19. Jahrhunderts für das Gebiet um Saigon an der Südspitze Vietnams

Coolie chinesischer Lastenträger oder Tagelöhner

Dal indisches Gericht aus Hülsenfrüchten

Dal Tadka spezifische Variante des Dals aus verschiedenen Hülsenfrüchten und vielen Gewürzen

dhobi-wallah (BI) Wäscher

Fukien alter Name für die chinesische Provinz Fujian

Godown Lagerhäuser mit Kontor in Singapur

Guttapercha eingetrockneter Milchsaft des Guttaperchabaumes; als Vorläufer späterer Kunststoffe verwendet

Jalan Pantai (Mal) Beach Road, von jalan = Straße, pantai = Strand

Kanton alter Name für die chinesische Provinz Guangdong

Kebaya dünne, locker geschnittene Bluse

Kemboja (Mal) Frangipani

Kongsi (CH) Geschäftspartnerschaft; Organisation von Chinesen, die Neuankömmlingen Hilfe, Beistand und Gemeinschaft anbot und oft wohltätige Zwecke verfolgte, allerdings mit fließenden Übergängen zu Geheimgesellschaften wie den Triaden

Mak Bidan (Mal) Hebamme

Mem (BI), Kurzform von *memsahib*: respektvolle Anrede für eine europäische Frau

minta maaf (Mal) Ich bitte um Verzeihung

Nangka (Mal) Jackfrucht

Nyonya (Mal) respektvolle Bezeichnung und Anrede für eine (meist verheiratete, weiße) Frau

Orang Laut (Mal) wörtlich »Menschen des Meeres«, Seenomaden in Südostasien

Orang Putih (Mal) Menschen mit weißer Haut, besonders aus Großbritannien

Palanquin ein für Singapur typischer geschlossener Pferdewagen

Perahu (Mal) Sammelbegriff für verschiedene Bootstypen

perau (OL) Boot

Pondok (OL) provisorische und vorübergehend bestehende Schutzhütte am Wasser

p'tit ange (F) eigtl. »petit ange«: Engelchen

Pulau (Mal) Insel

punkah-wallah (BI) Angestellter des Hauses, der den *punkah*, den Deckenfächer, mittels einer Leine in Bewegung hält

Sampan (CH) flacher Kahn, meist zu Transportzwecken verwendet

Sarong Wickelrock

Selamat datang (Mal) Herzlich willkommen

Selamat petang (Mal) Guten Tag (am Nachmittag)

Selamat sejahtera (Mal) Guten Tag (formell)

Sepoy indischer Soldat der East India Company

Sungai (Mal) Fluss

syce (BI) Stallbursche, Kutscher (ausgesprochen »sais«)

taukeh (Mal) chinesischer Händler, Finanzier, Chef

Temenggong alter malaiischer Adelstitel (Aufgaben des Temenggong waren die Sicherheit des Sultans, der Frieden im Staatsgebiet und die Führung der Armee)

Terima kasih (banyak-banyak) (Mal) Vielen Dank

Tiffin (BI) Mittagessen, auch: Imbiss

Tongkang (CH) asiatischer Bootstyp zur Beförderung von Lasten

Tonkin Bezeichnung des 19. Jahrhunderts für den nördlichen Teil des heutigen Vietnam

Towkay englische Variante von *taukeh*

Tuan (Mal) Herr

Nicole C. Vosseler,

geboren 1972 in Villingen-Schwenningen, studierte Literaturwissenschaft und Psychologie in Tübingen und Konstanz, bevor sie sich ganz der Schriftstellerei widmete. Mit ihren Romanen »Unter dem Safranmond«, »Sterne über Sansibar«, »Der Himmel über Darjeeling« und »Das Herz der Feuerinsel« feierte sie große Erfolge. Die Autorin lebt am Bodensee – mit über zweitausend Büchern unter einem Dach.

Außerdem von Nicole C. Vosseler bei Goldmann lieferbar:

Das Herz der Feuerinsel. Roman (🕮 als E-Book erhältlich)

GOLDMANN
Lesen erleben

Um die ganze Welt des
GOLDMANN Verlages
kennenzulernen, besuchen Sie uns doch
im Internet unter:

www.goldmann-verlag.de

Dort können Sie
nach weiteren interessanten Büchern *stöbern*,
Näheres über unsere *Autoren* erfahren,
in *Leseproben* blättern, alle *Termine* zu Lesungen und
Events finden und den *Newsletter* mit interessanten
Neuigkeiten, Gewinnspielen etc. abonnieren.

Ein *Gesamtverzeichnis* aller Goldmann Bücher finden
Sie dort ebenfalls.

Sehen Sie sich auch unsere *Videos* auf YouTube an und
werden Sie ein *Facebook*-Fan des Goldmann Verlags!

www.goldmann-verlag.de
www.facebook.com/goldmannverlag